금주령

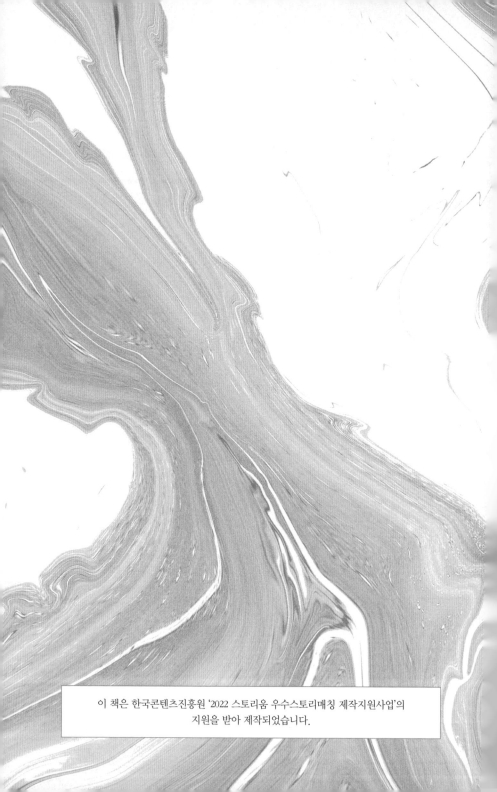

이 책은 한국콘텐츠진흥원 '2022 스토리움 우수스토리매칭 제작지원사업'의
지원을 받아 제작되었습니다.

금주령

2

전형진
장편소설

차례

제 4 장

여명이 밝아오니,
진실이 눈을 뜬다

"이것이 하늘의 뜻이라면, 따르겠습니다."

장치경

22

아직 끝나지 않은,
그래서 다시 시작되는

1743년 겨울

　　창해가 공양간에서 승려들의 저녁 공양을 준비하는 중이었다. 아까부터 아들 기륭이 공양간 문턱에 앉아 손으로 턱을 괸 채 뾰로통한 표정을 짓고 있었다. 창해는 아들이 무엇 때문에 그러고 있는지 짐작했다. 또 동자승들과 놀다가 마음이 틀어진 모양이었다.

　　계속 창해가 자신을 모른 척하자, 기륭은 끙끙 앓는 소리를 내기 시작했다. 자신을 좀 봐달라는 뜻이었다. 하는 수 없이 창해는 기륭에게 다가가 뒤통수를 쓰다듬으며 말했다.

　　"스님들과 놀다가 다투었니?"

　　그제야 기륭이 투정을 늘어놓았다.

"어머니, 왜 저는 사미가 아닙니까? 저도 다른 아이들처럼 사미승(沙彌僧)이 되고 싶습니다."

같은 질문을 받은 것이 이미 다섯 번째였다. 그때마다 창해는 같은 대답을 할 수밖에 없었다.

"주지 스님께서 허락하지 않으시지 않니? 스님께서 너에 대하여 다른 뜻을 품고 계신 것 같구나."

"나도 사미가 될래요. 자꾸 아이들이 따돌린단 말이에요."

사미(沙彌)란 속인(俗人)과 비구(比丘)의 중간 단계라고 할 수 있다. 속인이 승려가 되기 위해서는 사미계(沙彌戒)를 받고 일정 기간 동안 수행을 해야 한다. 이 과정을 거쳐 정식 승려인 비구가 될 수 있다. 묘적사에는 동자승(童子僧)이라고 불리는 어린 사미가 네 명 있었다. 어린아이가 무슨 의지가 있어 스스로 승려의 길을 택했겠는가. 묘적사의 아이들은 먹고살기 힘들어진 부모가 자식만큼은 굶기지 않으려고 절에 들여보냈거나 절 앞에 버려진 아이들이었다. 묘적사 주지인 일여는 그 아이들을 거두어 절에서 키웠고, 모두 승려가 되는 길을 걷는 중이었다.

묘적사에 머무르는 아이 중에 기륭만이 예외였다. 공양간에 딸린 방에서 부모와 함께 사는 것도 그렇지만, 유일하게 사미가 아니었다. 장치경은 기륭이 네 살일 때 일여에게 아들을 불가에 귀의(歸依)시킬 의도를 비쳤으나, 일여는 받아들이지 않았다. 주지의 뜻이 그러한데 고집을 피울 수는 없었다.

창해가 어린 아들을 다독거리고 있을 때, 장치경이 땔감으로 쓸 나무를 가지고 와서 공양간의 부뚜막 아궁이에 넣었다. 그는 칭얼거리는 아들을 보며 미소를 지었다.

"어머니는 공양 준비로 바쁘니 아비랑 이야기하자꾸나."

기륭이 일어섰다. 장치경은 창해와 눈길이 마주치자 살짝 웃음을 지어 보였다.

장치경과 기륭은 공양간에서 조금 떨어진 땔감 창고로 향했다. 가을 동안 장치경이 백봉산과 갈마봉을 오르내리며 준비한 땔감이 창고에 가득했다.

"아버지, 왜 저는 사미가 아닙니까?"

기륭이 같은 질문을 던졌다. 장치경이 말했다.

"왜 너는 사미가 되고 싶은 것이냐?"

"아이들이 걸핏하면 나는 사미가 아니니, 자기들이랑 어울릴 수 없다고 합니다."

"따돌림을 당하고 싶지 않아서 승려가 되고 싶다고?"

기륭이 눈을 위로 치떴다. 생각할 것이 있을 때면 나오는 버릇이었다. 기륭에게서 대답이 늦어지자 장치경이 다시 물었다.

"너는 승려가 어떤 사람이라고 생각하느냐?"

"부처님의 가르침을 따르고 중생을 구제하기 위해 노력하는 사람입니다."

"그렇지? 자신보다는 중생을 위해 살아가는 승려는 아주 훌륭한 사람이구나. 그런 사람이 벗들과 다투는 것이 옳을까?"

기륭의 입이 나왔다. 아버지의 말뜻이 무엇인지 알지만, 억울했다. 같이 놀이를 할 때면 또래에 비해 힘이 월등한 기륭이 앞서거나 이길 때가 많았다. 사실 몸으로 하는 놀이에서 동자승들은 기륭의 상대가 안 되었다. 그렇게 기륭에게 밀릴 때면 동자승들은 기륭이 머리도 삭발하지 않고 사미계도 받지 못한 것을 들어 무리에서 밀어내고는 했다.

"네가 진정으로 중생을 구제하는 사람이 되고자 한다면, 반드시 뜻을 이룰 것이다. 그러니 서두르지 말거라."

기륭은 마지못해 고개를 끄덕였다.

"밥 짓는 냄새가 구수하구나. 현각 스님께 공양 준비가 되었다고 알려드려라."

기륭이 일어섰다. 장치경은 어깨가 처진 채 걸어가는 아들의 뒷모습을 보며 다시 미소를 지었다.

묘적사에 든 이후로 여덟 번째 겨울을 맞았다. 고맙게도 기륭은 건강하고 심성 고운 아이로 잘 자라주었다. 동자승들과 가끔 저런 식으로 틀어질 때가 있지만, 그래도 대체로 잘 지내는 편이었다.

거의 모든 무관의 칭송을 받는 든든한 아버지를 둔 덕분에 장치경의 삶은 순조로웠다. 아버지 장붕익은 무관의 여러 요직을 거쳤을 뿐 아니라, 무관으로서는 드물게 한성부 판윤과 형조 판서에까지 올랐다. 그런 아버지를 볼 때마다 장치경은 부끄러움을 느끼는 동시에 한계를 실감하고는 했다. 아버지는 도저히 다다를 수 없는 존재였고, 아버지의 반도 따라가지 못하는 자신의 능력에 좌절하고는 했다.

외탁을 한 탓인지 장치경은 어릴 때부터 몸이 약하고 무예에 소질이 없었다. 무명(武名)을 떨친 이의 자식임에도 무예를 익히는 것이 그리 좋지 않았다. 그렇다고 문재(文才)가 탁월했던 것도 아니다. 아버지처럼 훌륭한 관리가 되겠다는 뚜렷한 목적이 있었기에 열심히 노력한 결과, 이른 나이에 급제했으나 요직인 홍문관 교리가 된 것은 순전히 장붕익의 아들이라는 배경이 작용한 덕이었다.

순탄하고 편안한 삶이었다. 관리로서 승승장구했고 좋은 처를 만나 귀한 아들을 얻었다. 부러울 것이 없었다. 을묘년(乙卯年, 1735년) 봄의 그날, 귀가가 늦었던 아버지 장붕익이 갑자기 세상을 떠나고 이어진 자객들의 공격에 몸을 피해야 했을 때만 해도 앞날이 캄캄했다. 천신만고 끝에 묘적사에 도착한 첫날, 좁은 방에서 창해를 안고 얼마나 많이 울었던가. 귀한 집에서 자라 손에 물 한 번 묻혀본 적이 없던 처는 승려들의 밥을 해 먹이는 처지가 되었고, 장치경 자신은 불목하니와 나무꾼으로 새 삶을 시작해야 했다. 절에 기대어 살아가면서도 부처를 원망했다. 한동안 장치경에게 부처는 자비를 베푸는 존재가 아니라 사람의 운명을 함부로 좌지우지하는 폭군으로 다가왔다.

하지만 세월이 약이었다. 산에서 나무를 하고 절의 허드렛일을 하며 승려들의 밥을 짓는 일이 하나의 수행이었다. 새벽에 예불을 올리는 승려들의 염불 소리는 부드럽게 장치경의 가슴을 어루만져주었다. 그 세월이 팔 년이었다. 도성에서의 삶이 꿈처럼 느껴졌다.

승려들은 장치경을 해원이라고 불렀다. 주지인 일여가 내려준 법명(法名), 해원(解冤). 원통함을 풀라는 뜻이었다. 그 이름대로 장치경의 가슴에 응어리졌던 한은 세월의 힘을 입어 무뎌져 있었다. 살아가면서 해야 할 남은 일은 아버지 장붕익의 영가가 극락왕생하기를 기도하고, 아들 치경을 건강하게 키우는 것뿐이었다. 조상을 위해 부처의 은덕을 빌고 후손을 잘 기르며 중생의 구제를 위해 마음을 다하는 것 말고 사람에게 주어진 다른 어떤 역할이 있단 말인가. 장치경은 이제 그것으로 족했다.

기륭은 현각의 처소에 들렀다가 돌아가는 길에 법당에 홀로 앉아 염불을 외고 있는 일여를 발견했다. 기륭은 도둑고양이처럼 살금살금 다가가 일여 옆에 자리를 잡고는 그를 빤히 쳐다보았다. 일여가 인기척을 느끼고 염불을 멈추었다. 기륭과 시선이 마주치자 일여는 표정으로 무슨 일이냐고 물었다.

일여는 자신이 모셨던 상관이자 불세출의 명장 장붕익의 아들 장치경을 특별히 대하지 않았다. 아니, 절에서 마주칠 때면 일부러 냉정하게 대했다. 장치경의 정체를 드러내지 않기 위함이었다. 하지만 기륭에게 마저 그럴 수는 없었다. 절에 있는 동자승들도 살가운 존재들이었지만, 기륭에게 더 마음이 기울어지는 것은 어쩔 수 없었다. 일여는 기륭을 향한 마음을 다른 이들에게 들킬까 싶어 조심해야 했다.

"스님, 왜 저는 사미가 될 수 없습니까? 저도 머리를 깎고 사미가 되고 싶습니다."

일여는 미소를 지었다. 기륭이 동자승들과 잘 어울리다가도 때때로 사미가 아니라는 이유로 따돌림을 당한다는 사실을 현각을 통해 들은 바였다.

일여는 기륭을 향해 고쳐 앉았다. 그리고 기륭의 눈을 똑바로 바라보며 말했다.

"기륭아, 때가 되면 알게 될 것이다. 그때 네 운명이 어찌될지 부처님께 여쭈어라."

피, 또 그 소리였다. 기룡은 알쏭달쏭한 일여의 말에 입을 삐죽거
렸다. 일여는 그 모습이 귀여워서 기룡의 머리를 쓰다듬었다. 그때 저녁
공양을 알리는 종소리가 들려왔다.

도성의 목멱산 자락에 있는 홍화정의 별채에 들자, 취객들과 기생들
의 흥청거리는 소리가 멀어졌다. 그제야 이철경은 마음을 차분히 가라
앉힐 수 있었다. 도성의 부자들과 양반들에게 유흥을 제공하고 그 대가
를 얻는 것이 홍화정 주인의 본업이었지만, 주색을 즐기지 않는 이철경
은 취객들이 떠벌리는 허풍과 기생들의 간드러지는 음성을 좋아하지 않
았다.

그는 버릇처럼 서궤에 놓인 장부를 펼쳤다. 지난 한 달 동안의 수입
과 지출이 빼곡하게 적혀 있었다. 근래 들어 홍화정은 나날이 수입이 늘
었다. 홍화정뿐 아니라 칠선객이 도성과 그 부근에서 운영하는 세 곳의
색주가가 다 그랬다. 이대로 순탄하게 간다면 몇 년 안에 도성을 통째로
사들일 만큼 재물이 쌓일 터였다.

하지만 좋은 일만 있는 것은 아니었다. 수입이 늘어날수록 관리들에
게 대야 하는 뇌물의 크기가 커졌다. 우리가 뒤를 봐주는 덕에 돈을 많
이 벌고 있으니 그만큼 더 내라는 논리였다. 물론 관료의 안배 없이는
밀주 장사를 할 수 없다. 더 먹기 위해서는 더 갖다 바쳐야 한다. 하지만

이철경은 항상 관료들의 태도 때문에 비위가 상했다. 떳떳하지 않은 재물을 처먹으면서도 그들은 늘 고자세를 취했다. 뒤가 켕길수록 겉으로는 더 위엄을 가장했다. 좋은 집에서 태어나 좋은 교육을 받은 덕분에 과거에 통과한 것 말고는 별다른 능력도 안목도 지혜도 없는 인간들이 높은 자리를 차지하고서 떵떵거리는 꼴이라니. 하기야 그런 인간들이 고관이 된 덕분에 칠선객도 먹고사는 것이었다.

'그나저나 회주는 언제까지 나를 이곳에 붙들어둘 셈인가.'

지방에 흩어져 숨죽이고 있던 칠선객 무리는 장붕익이 죽은 뒤 도성으로 집결했다. 훈련도감 관군들의 공격으로 흉가가 되었던 낙산의 기화루와 목멱산의 홍화정을 재건했을 뿐 아니라, 돈의문 바깥의 안산에도 색주가를 열었다. 특히 이철경이 머무르며 운영하는 홍화정은 규모를 키우면서 목멱산 자락 안쪽 깊숙이 별채를 마련했다. 별채는 약간 비탈진 곳에 있어서 홍화정이 한눈에 내려다보였다. 칠선객의 우두머리들은 그곳에 모여 앞날을 논의하고는 했는데, 그러다 보니 자연스럽게 홍화정의 별채가 칠선객의 근거지가 되었고, 그런 만큼 이철경의 입지가 탄탄해졌다.

하지만 이철경의 시선은 더 높은 곳을 향했다. 관료들의 뒤나 핥아주는 검계의 일개 두목에 만족해서는 안 되었다. 또한 관료들의 처분에 좌우되는 한 칠선객은 영원히 관료들의 똥개 노릇이나 하는 처지에서 벗어날 수 없었다. 그들을 넘어설 수는 없더라도 최소한 그들과 대등한 세력을 형성해야 했다.

"부회주, 경주 일대를 수색하고 온 이들이 도착했습니다."

계형이었다.

"특별한 소식이 있는가?"

"이들의 이야기를 들어보시지요."

"들라 하라."

계형이 무사 한 명을 데리고 방으로 들어왔다. 무사는 이철경에게 고개를 숙여 보인 뒤 자리에 앉았다.

"말해보라."

무사가 말했다.

"토함산에서 흔적을 발견했습니다. 불국사가 내려다보이는 자락에 움막이 하나 있는데, 장시의 상인들을 탐문한 결과 천덕이라는 자와 인상착의가 흡사한 심마니가 그곳에서 처와 함께 살았다고 합니다."

팔걸이에 몸을 기울인 채 듣고 있던 이철경이 상체를 세웠다.

"지금은?"

"행방이 묘연합니다. 상인들이 정확하게 기억하지는 못하지만, 을묘년(乙卯年, 1735년)부터 보지 못한 것 같다고들 했습니다."

이철경은 생각에 잠겼다. 을묘년이라면 장붕익이 죽은 해였고, 산곡주를 만들던 양일엽의 아들이 몸을 숨긴 해이기도 했다. 팔 년 전 그날을 떠올리며 이철경은 미간을 찌푸렸다. 양일엽이 그렇게 맥없이 죽으리라고는 생각지 못했다.

당시 이철경은 울산도호부사와 관리들의 도움을 받아 일대의 산을 다 뒤졌다. 하지만 달아난 양상규의 종적을 찾을 수 없었다. 이후에는 상경차여 침선객을 재거하는 일에 매진하느라 잠시 산곡주를 잊었다.

도성의 색주가가 자리를 잡고 난 뒤에야 다시 양상규를 좇기 시작했다. 지난 이 년 동안 아무런 소득이 없었는데, 토함산에서 반가운 소식이 올라온 것이다.

이철경이 말했다.

"팔 년 전에 사라졌다고는 하나, 어차피 조선 땅을 벗어나지는 않았을 것이다. 그리고 시간이 많이 흘렀으니, 놈들도 마음을 놓고 있을 터. 수색 인원을 두 배로 늘려라. 토함산을 중심으로 반경을 점점 확대하면서 온 산을 샅샅이 뒤져라. 양상규라는 자는 반드시 생포해야 한다. 그 자를 찾는 이에게는 큰 상을 내릴 것이다."

"예, 부회주."

계형과 무사가 일어서서 목례를 하고 방을 나서려고 했다. 이철경이 말했다.

"계형은 잠깐 있어라."

계형이 다시 자리에 앉았다. 이철경은 생각에 잠겨 있다가 말했다.

"회주를 어떻게 생각하느냐?"

계형은 부회주의 말에 담긴 뜻을 간파하지 못해 눈을 크게 떴다. 이철경의 말이 이어졌다.

"너의 주군(主君)으로서 따를 만한 가치가 있느냐?"

위험한 발언이었다. 사실 칠선객의 무사들 사이에서는 회주 표철주에 대한 의견이 갈렸다. 성격이 호방해서 크게 놀 줄 안다는 평가가 있는가 하면, 사람을 귀하게 여길 줄 모르고 의리가 없다는 평가가 따르기도 했다. 하지만 어차피 검계의 우두머리에게서 훌륭한 성품을 기대할

수는 없었다. 그저 자신의 안위와 영화를 책임져줄 만한 사람인가 아닌
가가 중요했다.

"만약 내가 회주와 대립한다면, 너는 어느 편에 설 것이냐?"

계형은 칠선객의 다른 무사들과는 결이 다른 사람이었다. 아무리 출
중한 능력을 갖추고 공을 세운다 한들 서얼은 하급 무관을 벗어날 수
없다는 사실에 좌절하여 검계에 투신했으나, 그는 시정잡배가 되기를
원하지 않았다. 더 이상 자신의 칼이 의로운 일에 쓰일 수는 없겠으나,
약자를 겁박하고 핍박하는 도구에 그쳐서는 안 된다는 자괴감에 마음
한 구석이 텅 빈 것 같은 공허함을 느꼈다.

계형이 침묵을 지키자 이철경의 말이 다시 이어졌다.

"나는 칠선객이 민초의 등을 쳐먹는 왈짜에 머무르기를 원치 않는다.
또한 관료들의 똥구멍이나 닦아주면서 비굴하게 살기를 원하지도 않
는다. 너는 어떻게 살고 싶으냐?"

깊은 침묵에 잠겨 있던 계형이 드디어 입을 열었다.

"부회주와 회주가 대립한다면, 부회주의 편에 서겠습니다."

이철경이 고개를 끄덕였다.

"이만 가서 쉬어라."

계형이 고개를 숙여 보이고는 방에서 나갔다.

숙영은 아버지가 나무통 만드는 걸 지켜보았다. 서로 이가 맞도록 정

교하게 다듬은 나뭇조각을 이어 붙이자 동그란 테두리가 모양을 갖추었다. 양상규는 나뭇조각들이 더욱 단단하게 연결되도록 테두리를 끈으로 조였다. 그 작업을 하는 데 꽤 오랜 시간이 걸렸지만 숙영은 지루한 줄을 몰랐다. 곁에서 자신을 지켜보고 있는 딸과 눈이 마주칠 때마다 양상규는 미소를 지었다. 이제 바닥을 대고 연한 대나무로 만든 깔때기 모양의 뚜껑을 덮으면 산곡주를 만드는 데 필요한 나무통이 완성될 터였다.

천덕으로부터 아버지 양일엽이 죽었다는 소식을 전해 듣고 양상규는 분노와 슬픔에서 헤어나기 힘들었다. 하지만 몸과 마음이 무너지려 할 때마다 그는 자신을 단단히 붙들어 매기 위해 부단히 노력했다. 살아야 할 이유가 하나 있었다. 아내 견정과 그녀의 뱃속에서 자라는 아이 때문이었다.

양상규와 견정이 기진맥진한 상태로 토함산에 도착한 날, 천덕은 곧바로 백선당으로 달려갔다. 반쯤 넋이 나간 서생댁 혼자 백선당을 지키고 있었다. 양일엽이 죽었다는 소식을 들었을 때 천덕은 낫이라도 들고 가서 그 이철경이라는 작자의 정수리에 꽂아버리고 싶었지만, 그보다 먼저 챙겨야 할 일이 있었다. 관군들과, 부역(賦役)에 동원된 부민들이 양상규를 찾고 있었다.

약사동에서 자기 걸음으로 한나절 거리인 토함산은 안전하지 못했다. 견정이 어느 정도 몸을 회복하자마자 움막을 버리고 떠났다. 천덕과 난지, 양상규와 견정 그리고 두 마리의 고라니는 북동쪽으로 방향을 잡았다. 터를 잡은 곳은 토함산에서 백 리 정도 떨어진 어래산이었다.

천덕과 난지가 통나무를 엮고 흙을 발라서 벽을 세우고 짚풀로 천정을 얹어 임시 거처를 만들었다. 인가가 지척인 토함산 자락과는 달리 어래산에서 장시가 열리는 안강으로 나가려면 한 시진 반 정도 걸어야 했다. 인가와 떨어진 만큼 추적을 피하기에 용이했다.

그해 봄 견정이 아이를 낳았다. 딸이었다. 양상규는 아버지 양일엽이 지어준 대로 딸을 '숙영'이라고 불렀다. 세상을 다 잃은 듯한 비통함 속에서도 새 생명은 한 가닥 빛을 안겨주었다. 숙영이 태어난 날 난지는 덩실덩실 춤을 추었고, 좀처럼 웃는 법이 없는 천덕도 함박웃음을 지었다.

하지만 기쁨은 오래가지 못했다. 견정의 상태가 극도로 악화되었다. 아이에게 자신이 가진 모든 생명력을 나누어준 듯 견정은 출산 이후로 하루가 다르게 쇠약해져갔다. 난지는 견정에게 도움이 될 만한 약초를 찾아다녔다. 천덕은 위험을 무릅쓰고 안강의 약방으로 향했다. 하지만 백약이 무효였다. 숙영이 태어난 나흘 뒤 견정은 양상규의 품에서 눈을 감았다.

이후로 한동안 양상규는 폐인으로 지냈다. 천덕과 난지가 움막을 넓히고 꾸미면서 제법 집처럼 꾸미는 동안 양상규는 꼼짝도 하지 않았다. 하루 종일 흐르는 계곡물에 넋을 놓고 있다가 밤이 깊어지면 길게 통곡을 했다. 어래산의 나무와 풀과 새와 짐승들은 거의 매일 이어지는 양상규의 통곡에 잠을 설쳐야 했다.

하지만 생명이 지닌 힘은 강했다. 숙영이 옹알이를 하고 엉금엉금 기어 다니고 아장아장 걷는 동안 양상규는 조금씩 기력을 회복했다. 딸을 바라보는 눈동자에 조금씩 생기가 돌았다. 죽은 어미를 꼭 닮은 딸을 볼 때마다 가슴에 눈물이 차올랐지만, 그렇기에 더더욱 살아야 했다.

양상규는 천덕을 따라다니며 나물과 약초를 캐고, 땔감을 장만했다. 그러다가 숙영이 여섯 살이 된 이 년 전부터 산곡주 만드는 작업을 시작했다. 산곡주는 아버지를 죽게 만든 물건이었지만, 오래토록 가문의 조상들이 이어온 역사이자 정신이었다.

"내일 바닥을 대고 뚜껑을 씌운 뒤 실험을 해볼 것이다. 이번에는 잘 되었으면 좋겠구나."

양상규가 나무통의 테두리를 한쪽으로 밀어놓고 몸을 일으키자 숙영도 일어나 옷을 털었다. 곁에 가만히 엎드려 있던 고라니 두 마리도 덩달아 몸을 일으켰다.

고라니들이 태어난 때가 갑인년(甲寅年, 1734년)이었으니, 벌써 열 살이었다. 인간으로 치면 거의 천수(天壽)를 다 누린 셈이었다. 난지와 천덕은 고라니들을 자연의 품으로 돌려보내려 했으나, 번번이 기회를 놓쳤다. 숙영이 자라는 동안 고라니들은 좋은 벗이자 언니가 되어주었다. 그런 시간이 쌓여서 이제는 한 가족이나 진배없었다. 고라니들은 항상 숙영과 동행했고, 밤이면 마당으로 꾸며놓은 집 앞의 터에서 잠을 청했다.

"난지 어머니 찾으러 가자!"

숙영과 고라니들이 계곡 쪽으로 내달렸다. 숙영은 재빠르게 달려가다가 곁에서 함께 달리던 머루의 등에 올라탔다. 지각(知覺)이 생긴 뒤로 숙영은 고라니에게 이름을 붙여주었는데, 각각 머루와 달래였다.

"어, 저저⋯⋯."

그런 모습을 볼 때마다 양상규는 마음이 조마조마했다. 산에서 나고 자란 덕분에 숙영은 다람쥐처럼 날래고 고라니처럼 재빨랐다. 들짐승이나 마찬가지였다. 그런 사실을 알면서도 양상규는 숙영이 나무를 타거나 계곡물에 첨벙 뛰어들거나 달리는 고라니의 등에 올라탈 때마다 행여 딸이 다칠까 봐 마음을 놓을 수 없었다.

저녁이 되어 전날 안강의 장에 나갔던 천덕이 돌아왔다. 천덕이 올 때를 알고 멀리 마중을 나갔던 숙영이 천덕의 어깨에 무동을 탔다. 집에 도착하자마자 숙영이 천덕의 어깨에서 펄쩍 뛰어내리더니, 천덕이 메고 있는 바랑을 뒤졌다.

"천덕 아버지, 서책은?"

천덕이 숙영의 물음에 답했다.

"책방에 새로 들어온 책이 없더구나. 새 책이 오려면 열흘 정도는 더 기다려야 한다고 그러더라."

작년부터 숙영은 글공부를 시작했다. 자연을 벗 삼아 천방지축 뛰어다니는 걸 좋아해서 글공부에는 영 마음이 없을 줄 알았는데, 뜻밖에도 숙영은 글공부를 좋아했고 성취도 빨랐다. 산에 사는 여자아이가 공부를 해서 무엇 할까마는, 그래도 양상규는 딸에게서 문재를 발견한 것이 기뻤다.

숙영이 실망한 기색을 보이자, 천덕이 바랑을 뒤져 무언가를 꺼냈다.

"대신 이것을 구해왔어."

청옥으로 만든 작은 노리개였다. 난지가 정주간으로 쓰는 광에서 고개를 내밀고 피식 웃었다.

"우리 숙영이는 그런 것 안 좋아하는구먼. 다음에 뭘 사오려거든 차라리 대장간에서 단도(短刀) 같은 걸 사오소."

아니나 다를까 숙영은 노리개에 별 관심을 보이지 않았다. 아니, 그게 어디에 쓰는 물건인지조차 몰랐다. 양상규가 노리개를 숙영의 옷고름에 달아주었다.

"하고 다니다 보면 정이 들 것이다."

난지가 소리쳤다.

"다들 밥 먹으러 와요!"

천덕이 양상규에게 말했다.

"도련님, 저는 계곡에서 좀 씻고 올 터이니 먼저 안으로 드십시오."

양상규가 대답했다.

"형님 오시기 전에는 숟가락을 들지 않을 테니 얼른 오십시오."

천덕이 집 아래쪽에 있는 계곡으로 향했다. 양상규는 숙영의 손을 잡고 마루에 올랐다.

첫눈이 내렸다. 묘적사를 둘러싼 백봉산과 갈마봉은 밤새 내린 눈으로 하얗게 뒤덮였다. 묘적사 경내의 마당에도 눈이 쌓여 발이 푹푹 빠졌다. 곧 있으면 눈을 치우느라 고생할 것을 알면서도 아이들은 첫눈이 반가워 재잘거리며 뛰놀았다. 평소에 경내에서 정숙할 것을 요구하는 일여였지만, 첫눈이 내리는 날만큼은 내버려두었다.

동자승 월현이 기륭에게 눈덩이를 던졌다. 기륭도 지지 않고 큼지막한 눈덩이를 만들어 상대했다. 나이가 많은 편인 월현과 월정이 한편을 먹고 나이가 어린 축인 덕호와 덕운, 기륭이 한편을 먹고서 한바탕 눈싸움을 벌였다. 월현이 기륭보다 두 살 위였고, 월정은 한 살 위였다. 덕호와 덕운은 각각 기륭보다 두 살, 네 살 아래였다. 주지 체면에 아이들 틈에 섞일 수 없어서 일여는 눈싸움하는 것을 보면서 몸이 근질근질했다. 눈에는 마음을 들뜨게 하는 마법이 있었다. 하지만 마법은 오래가지 않았다. 사방이 눈에 갇히면 탁발을 나갈 수 없어서 한동안 곤궁한 시기를 보내야 했다.

사흘째 눈이 내렸다. 기륭의 무릎까지 눈이 쌓이자 묘적사의 승려들이 죄다 비를 들고 마당을 썰었다. 사찰의 건물들이 낡고 오래되어서 눈이 쌓이면 지붕이 상할 염려가 있었다. 그래서 지붕에 쌓인 눈도 쓸어내려야 했다.

한창 비질이 끝나고 아침 공양을 기다리고 있을 때였다. 눈 속을 뚫고 웬 사내가 묘적사 입구에 닿았다. 동자승들과 기륭이 가장 먼저 사내를 발견했다. 절에 사람이 찾아오는 일이 드물어서 아이들은 그 낯선 사내를 호기심 어린 눈길로 지켜보았다.

사내는 삿갓을 깊이 눌러쓰고 대나무 지팡이를 들고 있었다. 사내가 아이들에게 다가갔다. 그는 기륭과 눈이 마주치자, 몸을 굽혀 기륭의 얼굴을 자세히 뜯어보았다.

"네가 기륭이구나."

처음 보는 남자가 자신의 이름을 알고 있는 것이 이상했다. 기륭은 아버지가 있는 땔감 창고로 냉큼 달려갔다.

"아버지, 어떤 어른이 찾아왔습니다. 그런데 제 이름을 압니다."

순간, 장치경은 경계하는 눈빛으로 기륭의 어깨 너머를 살폈다.

"너는 여기 있거라."

장치경이 절의 입구 쪽으로 향했다. 기륭은 아버지의 말을 어기고 그를 따라갔다.

기륭은 눈 속에 마주 선 아버지와 사내가 두 손을 맞잡는 것을 보았다. 나쁜 사람은 아닌 모양이었다.

잠시 뒤 일여와 장치경, 묘적사를 찾아온 사내가 마주 앉았다. 장치경이 일여에게 말했다.

"팔 년 전 저희 가족을 도성에서 묘적사까지 데려다주었던 이학송 종사관이십니다."

그랬다. 눈을 헤치고 묘적사로 찾아온 사내는 다름 아닌 이학송이었다. 이학송은 거뭇거뭇한 수염이 하관을 뒤덮었을 뿐 마지막 헤어질 때 모습 그대로였다.

일여가 말했다.

"장 대장의 휘하에 있었다고 들었습니다. 같은 상관을 둔 이로서 참으로 반갑소."

이학송이 대답했다.

"제가 무관이 되기 훨씬 전 장붕익 대장과 함께 수많은 전장을 누비셨다고 알고 있습니다. 저에게는 한참 선배이시니, 말씀을 낮추십시오."

"그럴 수는 없지요. 나는 속세를 떠난 사람이니, 속세의 위계에 얽매이고 싶지 않습니다. 그러니 무관께서는 내가 편하게 대할 수 있도록 해 주시오."

이학송이 고개를 숙여 보였다.

장치경이 물었다.

"그동안 어떻게 지내셨습니까?"

"무기력한 나날을 보냈습니다. 장 교리의 가족을 이곳에 모셔다 드리고 곧장 도성으로 향했지요. 장붕익 대장과 가까이 지냈던 이제겸에게 비위 관료의 이름을 적은 명단을 전할 계획이었습니다. 하지만 이제겸의 집에 잠입했다가 뜻밖의 광경을 목격했습니다. 무관이 아닌 검객들이 도승지의 집을 지키고 있더이다. 상황을 조금 더 알아보기로 하고 일단 그곳에서 물러났습니다. 그리고 오래지 않아 제 의심은 확신으로 굳어졌습니다. 아무래도 장 대장의 갑작스러운 죽음 배후에 이제겸이 있는 것 같습니다."

"예?"

장치경의 눈이 커졌다. 이학송의 말이 이어졌다.

"팔 년 전 그날 자객들이 공격한 곳은 장붕익 대장의 집만이 아니었습니다. 육조 거리의 형조 관아에 자객들이 들이닥쳐 군졸 둘을 죽이고 아문을 온통 아수라장으로 만들었습니다. 아마도 비위 관료의 이름을 적은 명단을 찾으려고 한 것 같습니다. 명단은 두 장을 만들어 저와 장 대장께서 각각 보관하고 있었습니다. 그런데 비슷한 시각에 남별궁에도 자객들이 늘이닥쳐 예빈시의 관원들을 봉땅 죽였습니다. 그렇게 닥치는 대로 살육을 저지른 것으로 보아 관원들의 입막음을 하기 위한 것이 아니었나 생각됩니다."

장치경이 물었다.

"무엇을 입막음한 것입니까?"

이학송이 잠시 사이를 두고 의미심장한 표정으로 답했다.

"장붕익 대감께서 어이없게 돌아가신 그날, 대감께서는 어디에 가신 걸까요? 제 생각에는 남별궁에 가셨던 게 아닌가 싶습니다. 그러니까 자객들은 장 대감께서 남별궁에 들렀다는 사실을 감추기 위해 예빈시의 관원들을 죽인 것입니다. 남별궁이 어떤 곳입니까? 왕실의 허락 없이는 함부로 쓸 수 없는 곳이지요."

일여가 끼어들었다.

"장붕익 대장의 죽음에 왕실이 개입되었다는 뜻이오?"

이학송이 고개를 저었다.

"그것은 알 수 없습니다. 하지만 누군가 왕실의 재가(裁可)를 꾸밀 수는 있지요. 주상과 가까운 자라면 말입니다."

장치경이 단어를 잘근잘근 씹듯이 내뱉었다.

"도승지 이제겸!"

방 안에 무거운 정적이 흘렀다. 장치경의 입술이 가볍게 떨렸다. 그는 마음을 추스르려는 듯 심호흡을 했다.

이학송이 말했다.

"이제겸을 겁박하여 실토하게 할 수는 있으나, 그것은 온전한 복수가 아닙니다. 장 대장이 꿈꾸었던 세상을 만드는 일에도 도움이 안 되지요.

하지만 일개 무관이었던 자가 당장 무엇을 할 수 있겠습니까? 그래서 길게 보기로 했습니다. 내가 할 수 없다면 우리의 후대가 그 일을*이루도록 하는 것입니다."

일여가 끼어들었다.

"종사관이 묘적사에 찾아온 이유가 무엇이오?"

이학송이 일여와 눈을 맞추며 말했다.

"스님, 기룡을 훈련시킬 수 있도록 해주십시오."

장치경이 이학송을 바라보았다. 이학송은 장치경을 일별하고 나서 말을 이었다.

"첫눈에 기룡을 알아보았습니다. 무인의 골격을 타고났더군요. 교리께는 죄송한 말이지만, 장 대장의 무재(武才)가 교리를 건너뛰고 기룡에게 온전히 전해진 것 같습니다."

일여가 말했다.

"기룡에게 무예를 가르친 뒤에는 어쩔 계획입니까?"

"무관이 되도록 해야지요. 관(官)의 힘을 빌리지 않고서 관리를 단죄할 수는 없습니다. 저와 뜻을 같이하는 의로운 이들이 있으니, 기룡의 앞길을 여는 데 도움을 줄 것입니다."

일여와 이학송의 눈길이 장치경에게로 향했다. 어려운 결정이 장치경 앞에 놓여 있었다.

23
묘적사의 무술승
1745년 여름

양상규는 가마솥에서 끓고 있는 물에 닿을락
말락 나무통을 설치하고 그 안에 천남성을 가득 채운 뒤 대나무 깔때기
가 달린 뚜껑을 덮었다. 아래쪽으로 향하도록 휘어진 깔때기 끝에는 통
을 연결했다. 양상규는 이음새 부분이 제대로 밀봉되었는지 꼼꼼히 확
인했다. 마당에서는 난지가 고드밥 만드는 일을 하고 있었다. 숙영은 양
상규와 난지 쪽을 왔다 갔다 하며 구경했다.

시간이 한참 지나서 나무통이 뜨거워진 뒤에 양상규가 곁에 쪼그려
앉아 있는 숙영에게 말했다.

"나무통에서 김이 새어나오는지 어떤지 잘 살펴보아라."

부녀가 꽤 오랫동안 나무통의 이곳저곳과 깔때기를 살폈다. 김이 새

어나오는 부분은 없었다. 양상규는 흡족한 미소를 지은 채 코를 킁킁거렸다.

"천남성 냄새가 나느냐?"

숙영이 콧구멍을 크게 벌려 깊이 숨을 들이쉬었다. 그러고는 고개를 저었다. 양상규는 마당의 난지를 향해 크게 말했다.

"형수님, 혹시 천남성 냄새가 납니까?"

난지도 숙영과 마찬가지로 고개를 이쪽저쪽으로 돌리며 숨을 크게 들이쉬었다.

"안 나는구먼요."

오감이 극도로 발달한 난지가 그렇다면 그런 것이었다.

"성공이구나."

그렇게 혼잣말을 하고 나자 양상규는 코끝이 찡했다. 부친과 함께 백선당의 광에서 나무를 깎고 다듬던 기억이 떠올랐다.

아버지 양일엽은 엄한 사람이 아니었다. 야단을 치거나 꾸중을 하는 법도 없었다. 하지만 산곡주에 관해서만큼은 대단히 엄격해서 자잘한 실수도 용납하지 않았다. 스물을 넘겨 산곡주 만드는 일을 시작한 이후로 양상규는 나무 다듬는 일이 익숙지 않아 거의 매일 손가락을 베었다. 아버지는 나뭇결을 잘 살펴서 칼을 대면 크게 힘이 들지 않는다고 조언했지만, 그 결을 볼 줄 아는 데만 꼬박 사 년이 걸렸다. 이후로도 많은 과정이 기다리고 있었다. 천남성을 찌는 나무통을 완성하는 날이 과연 찾아올까 싶었다. 그랬는데, 드디어 그날이 온 것이었다.

양상규가 코를 훔치고 나서 숙영에게 말했다.

"천남성에는 독이 있다. 그 독을 잘 다스리면 약으로 쓸 수 있지만, 천남성의 생잎을 다량으로 씹어 삼키면 중독되어 죽는다. 천남성을 쪄서 만든 주정은 독성이 더욱 강해서 그냥 마시면 즉사한다. 그래서 산곡주는 함부로 만들어서는 안 되는 술이다. 어설프게 흉내를 냈다가는 여러 사람을 죽일 수 있어. 그래서 우리 조상님들은 산곡주 만드는 법이 외부에 알려지지 않도록 비밀을 지켜왔다. 혹시 나중에 숙영이 네가 이 아비를 따라 산곡주를 만들더라도 이 점을 꼭 명심하여라."

숙영이 크게 고개를 끄덕였다. 양상규가 딸의 머리를 쓰다듬었다.

저녁이 되어 양상규는 천남성에서 뽑아낸 주정을 난지가 만든 누룩에 섞었다. 백선당의 역대 당주들은 오로지 울산도호부의 약사천 계곡 상류의 맑은 물로 주정의 농도를 조절했지만, 그곳으로부터 멀리 떠나온 양상규는 그럴 수 없었다. 그래서 그는 어래산 이곳저곳을 다니며 찾아낸, 그나마 물맛이 가장 좋은 곳의 물을 떠서 농도를 조절했다. 그러고 나서 증류 과정을 한 번 더 거쳤다.

밤이 이슥해져서야 양상규는 완성된 술을 잔에 따랐다. 술잔을 입술에 대고 천천히 들이켰다. 부친이 만들던 산곡주에 비하면 다소 모자란 감이 없지 않았으나, 첫 번째 시도 치고는 괜찮은 편이었다.

"맛이 어떻습니까, 도련님?"

천덕의 물음에 양상규는 대답 대신 그에게 잔을 내밀었다. 그러고는 술을 따라주었다.

"형님이 판단해주십시오."

천덕이 술을 들이켰다. 그가 입가에 살포시 미소를 머금고 말했다.

"당주 어르신께서 계셨으면 크게 기뻐하셨을 겁니다."

그 말에 양상규는 숙연해졌다. 진한 그리움이 가슴에 차올랐다. 그는 남은 산곡주를 산막에서 떨어진 숲으로 가서 흩뿌렸다. 당분간 산곡주는 마시기 위한 것이 아니라 오로지 훈련을 하기 위한 것일 뿐이었다. 노을이 물드는 서녘 하늘을 바라보는 양상규의 눈시울이 촉촉이 젖었다.

기륭은 목검을 앞으로 뻗었다가 오른쪽 어깻죽지로 거두어들이는 동시에 몸의 방향을 반대로 틀어 크게 위로 휘둘렀다가 다시 거두어들였다. 그러고는 몸을 위로 솟구치면서 목검을 내지르고 착지하는 짧은 순간에 사선으로 그었다. 기륭이 목검을 휘두를 때마다 공기가 찢어지며 북북 소리를 냈다.

꽤 오랫동안 동작을 취하던 기륭이 이윽고 목검의 자루 부분을 양손으로 쥐고 위로 세운 채 호흡을 가다듬었다. 그러고는 칼집에 넣는 시늉을 했다. 이학송이 다가갔다.

"하루가 다르게 발전하는구나. 검을 놀리는 동작과 손목의 움직임이 훨씬 부드러워졌다. 네가 휘두르는 것이 진검이 아닌 것이 아쉽구나."

이학송의 지도 아래 무예를 익히기 시작한 지 일 년 하고도 여섯 달이 지났다. 열세 살이 된 기륭은 그사이 키가 훌쩍 자라고 어깨가 벌어져서 멀리서 보면 장정(壯丁)처럼 보였다. 가까이 다가가 앳된 얼굴과

생글거리는 표정을 확인하고서야 아직 소년임을 알아볼 수 있었다.

기륭이 땀에 흠뻑 젖은 저고리를 벗었다. 상체의 탄탄한 근육이 태양빛을 받아 번들거렸다.

이학송이 말했다.

"왜 그런지 뚜렷이 이유를 모르지만 저절로 되는 것들이 있다."

기륭이 이학송과 눈을 맞추고 그의 다음 말을 기다렸다.

"검을 휘두르다 보면 내가 검을 움직이는 것이 아니라 검이 제 스스로 움직인다는 느낌을 받고는 한다. 그럴 때면 내가 검을 쥐고 있다는 사실조차 잊어버리게 돼. 검이 나의 손에서 두 치 정도 떨어진 채로 내가 팔을 움직이는 대로 따라 움직인다는 느낌이 들지."

"무아지경(無我之境), 물아일체(物我一體)의 경지입니까?"

기륭의 물음에 이학송이 답했다.

"글쎄. 그 경지가 어떤 것인지 알 수 없기에 자신 있게 말할 수는 없다만, 경이로운 체험인 것만은 분명하다. 그것은 결코 나의 힘이나 의지만으로는 빚어낼 수 없는 영역이지. 솔직히 그런 일을 겪고 나면 내가 어떻게 움직였는지조차 제대로 복기(復棋)할 수 없더구나."

하늘을 올려다보며 잠시 말을 끊었던 이학송이 기륭을 돌아보았다.

"너에게도 그런 날이 올 것이다. 검과 네가 하나가 되는 그런 순간."

기륭이 말했다.

"그런 날이 빨리 오도록 열심히 수련하겠습니다."

이학송이 고개를 저으며 말했다.

"잡고자 하면 멀리 달아나고, 잊어버리면 찾아오는 법이다. 그저 묵묵히 지금 하는 대로 꾸준히 나아가거라. 더디다는 생각이 들어도 그렇게 꾸준히 나아가면 어느새 몇 걸음 성큼 앞서 있는 네 자신을 깨닫게 될 것이다."

"예, 스승님."

기륭이 내려놓았던 목검을 들었다. 자세를 취하려고 할 때 저 멀리 나무 밑에 사미들이 옹기종기 모여 있는 것이 보였다. 월현과 월정, 덕호, 덕운이었다. 기륭이 손을 흔들었다. 네 명의 사미는 서로 얼굴을 마주 보며 저희들끼리 이야기를 주고받다가 뜻이 일치했는지 기륭과 이학송이 있는 곳으로 다가왔다.

월현이 이학송에게 말했다.

"저희도 기륭이처럼 무술을 배울 수 없습니까?"

이학송이 웃음을 지으며 대답했다.

"스님께서 칼을 잡으시겠단 말입니까?"

그 말에 덕호가 물었다.

"기륭이 형이 살생을 하려고 무술을 배우는 건 아니지 않습니까?"

"스님 말씀이 옳습니다. 무예는 살생을 목적으로 하지 않습니다. 나를 보호하고 남을 도우며 마음을 다스리기 위해 익히는 것입니다."

이번에는 월정이 말했다.

"그렇다면 불제자의 수행과 무엇이 다릅니까? 저희에게도 가르침을 주십시오."

이학송은 고민에 빠졌다. 기륭을 가르치는 틈틈이 사미들에게 기본적인 동작을 가르치는 것쯤 크게 문제가 되지 않았다. 무술을 익히면 사미들의 체력 단련에도 도움이 될 터였다. 하지만 그가 내릴 수 있는 결정이 아니었다. 주지인 일여의 허락이 있어야 했다.

이학송이 말했다.

"스님들 뜻이 그러시다면, 스님들의 체력 단련을 위해 무술을 익히는 것이 어떻겠느냐고 주지 스님께 여쭈어보겠습니다."

그날 저녁 공양을 마친 뒤 이학송은 일여의 방으로 찾아가서 마주 앉았다. 이학송이 일여에게 말했다.

"사미들의 체력 단련을 위해 무술을 가르칠까 하는데, 스님 생각은 어떠십니까?"

일여가 웃음을 지었다.

"기륭이 훈련하는 모습을 사미들이 지켜보는 것을 나도 보았습니다. 벗이 하니까 저희들도 하고 싶은 것이겠지요."

"무술에는 검을 쓰지 않는 권술(拳術)도 있으니, 살생하지 말라는 사미계를 해치는 일은 없을 것입니다."

"권술이면 어떻고, 검술이면 어떻습니까?"

뜻밖의 말에 이학송이 놀란 표정을 지었다. 일여가 덧붙였다.

"임진년(壬辰年, 1592년)에 왜가 쳐들어와 우리의 백성과 국토를 유린할 때 서산대사와 사명당께서는 분연히 떨치고 일어나 승군(僧軍)을 조직하여 싸우셨습니다. 당시 무기를 들고 왜군을 처단하던 승려들의 마음이 어떠했을지 나는 참으로 궁금합니다. 왜적에 맞서 싸우던 그 순간 선사(禪師)들께서는 생명을 해치지 말라는 가르침을 어긴 것일까요, 지킨 것일까요? 포악하고 사악한 자가 나타나 인명을 해치고 괴롭히는 것을 두고 보는 것이 승려의 올바른 길은 아닐 것입니다."

"하면……."

"가르쳐주십시오. 오히려 내가 먼저 종사관께 청을 드릴까 생각하는 중이었습니다. 묘적사의 승려들이 이 세상에서 좋은 역할을 할 수 있도록 잘 가르쳐주십시오."

이학송이 고개를 숙여 보였다.

다음 날 새벽 예불 때 일여는 임진왜란 당시 승군이 보인 활약을 예로 들어 생(生)과 살(殺), 활(活)에 대한 법문을 펼쳤고, 몸을 단련하는 것 역시 마음을 닦는 일의 한 방편이라고 설법(說法)했다. 그러면서 몸이 불편하지 않은 승려들은 수행하는 틈틈이 무예를 익힐 것을 권했다.

그날 오후 기륭이 훈련하는 곳으로 세 명의 동자승과 네 명의 사미 외에 젊은 승려 열두 명이 찾아와 배움을 청했다. 나이가 있어서 몸이 따라주지 않거나 아직 마음이 동하지 않은 승려들은 주변에 자리를 잡고 구경했다. 기륭은 함께하는 동지가 생겨서 신이 난 듯 입가에서 미소가 떠나지 않았다.

하지만 장소가 마땅치 않았다. 그래서 이학송은 다시 일여의 허락을 얻어 훈련장을 조성하기 시작했다. 일주문 바깥 비교적 완만한 등성이의 나무를 베고 돌을 옮기고 땅을 깎았다. 장치경과 이학송, 기륭과 묘적사 승려들은 여름 내내 훈련장 만드는 일로 굵은 땀을 흘렸다.

훈련장 조성하는 일이 거의 마무리되어가던 날의 늦은 밤, 이학송은 아무도 없는 경내를 거닐며 밤하늘을 올려다보았다. 장붕익 휘하의 장수였던 이가 승려로 변신하여 이곳 묘적사의 주지가 된 일, 자객의 추격을 피해 장치경 내외와 기륭이 묘적사로 피신한 일, 승려들이 무예 훈련에 합류하게 된 이 모든 일들이 누군가 잘 짜놓은 한 편의 이야기가 아닌가 하는 생각이 들었다.

◇ ◈ ◇

계형과 검계 무사 세 명이 주막으로 들어섰다. 그곳은 제물포 부두가 지척이어서 상인의 왕래가 잦기 때문인지 규모가 꽤 컸다. 넓은 마당 곳곳에 평상 여러 개가 있을 뿐 아니라 마당 한가운데에는 제법 큰 정자도 서 있었다.

계형과 무사들을 나무 그늘 아래의 평상으로 안내한 여자아이가 물었다.

"무엇으로 준비해드릴까요?"

무사 중 한 명이 대답했다.

"장국밥 네 그릇과 전을 내오너라."

여자아이가 다시 물었다.

"술은 무엇으로 올릴까요? 탁주도 있고, 청주도 있습니다."

그러고 보니 정자와 평상마다 술병이 하나씩은 올라가 있었다. 반주로 가볍게 술을 곁들이는 이들이 있는가 하면, 대낮부터 제법 질펀하게 술판을 벌인 축도 있었다. 장붕익이 죽은 뒤로 금주령은 있으나 마나한, 허울뿐인 국법으로 전락했다. 무사 세 명이 계형의 눈치를 살폈다. 계형이 말했다.

"술은 되었다. 음식만 내어라."

무사들이 입맛을 다시고는 여자아이를 향해 고개를 끄덕였다.

여자아이가 돌아선 뒤 건물 안쪽에서 한 무리의 사내들이 마당으로 나섰다. 모두 철릭 모양의 붉은 옷과 전립을 쓰고 있었다. 계형의 수하들은 그들을 무관으로 착각하여 순간 흠칫했다. 무리의 우두머리로 보이는 이가 주막 마당을 둘러보다가 계형이 심상치 않은 인물임을 알아보고 매서운 눈길을 던졌다. 두 사람의 눈길이 마주쳤으나, 계형이 먼저 시선을 거두었다. 그들이 주막을 빠져나간 뒤 계형이 말했다.

"개성 상단의 무사들이다. 대부분이 하급 무관 출신이지."

검계 무사 중 한 명이 말했다.

"우리나 다를 바가 없는데, 저치들은 무슨 관리나 되는 듯 행세하는군요. 아니꼽기 짝이 없습니다, 사형."

여자아이가 음식을 가져와 상 위에 올렸다. 계형이 여자아이에게 물었다.

"여기 주막에 술을 대는 자가 누구인 줄 아느냐?"

여자아이가 주변을 살피더니 목소리를 낮추어 대답했다.

"철상이라는 사람입니다. 이 근방의 술은 전부 그 사람이 댑니다."

"어디 가면 그자를 만날 수 있느냐?"

그 물음에 여자아이가 정자를 차지한 채 질펀하게 술판을 벌이고 있는 무리를 눈짓으로 가리켰다. 일곱 명의 우락부락한 사내들이 왁자하게 떠들고 있었다. 계형이 그들을 일별하고는 다시 물었다.

"저기에 철상이라는 자가 있느냐?"

여자아이가 고개를 저었다. 계형이 말했다.

"알았다."

여자아이가 떠난 뒤 무사 중 한 사람이 계형에게 말했다.

"사형, 바로 칠까요?"

"우선은 요기부터 하자."

계형이 숟가락을 들었다. 나머지 무사들도 국밥을 떠서 입으로 가져
갔다.

"꺄아아악!"

그릇이 다 빌 즈음 여자아이의 비명이 들려왔다. 소리 나는 쪽을 보
니, 술판을 벌인 왈짜 패거리 중 한 명이 여자아이를 뒤에서 껴안고 젖
가슴을 주무르고 있었다.

"이년 몸이 아주 물이 올랐구나. 오늘 내가 너의 머리를 올려주마."

그 말에 정자의 사내들이 한바탕 웃음을 터뜨렸다. 여자아이는 놈에
게서 벗어나려 버둥거렸으나, 그럴수록 놈의 손은 더 깊은 곳으로 향
했다. 평상에서 밥을 먹던 객들이 험한 꼴을 보지 않기 위해 슬금슬금
자리에서 일어섰다. 정주간에서 음식을 만들던 여인들이 마당으로 나와
정자의 패거리를 말렸으나 소용이 없었다.

계형의 수하 중 한 명이 그 모습을 빤히 쳐다보며 히죽거렸다. 여자
아이를 희롱하던 무뢰배가 그의 시선을 느끼고는 소리쳤다.

"구경났냐? 썩 눈깔을 깔아라!"

그 말에 정자의 무리들이 일제히 계형과 수하들이 앉은 평상으로 눈
길을 던졌다. 하지만 계형의 수하는 시선을 거두지 않은 채 여전히 히죽

거렸다. 왈짜 패거리에게 등을 보인 계형은 마지막 남은 한 숟갈의 밥을 떠서 입으로 가져갔다.

"다녀오겠습니다, 사형."

계형이 고개를 끄덕이자, 왈짜 패거리와 눈길을 주고받은 수하가 일어섰다. 그러고는 곧장 정자 쪽으로 향했다. 여자아이를 붙잡고 있던 무뢰배가 치마 속으로 넣었던 손을 슬그머니 빼고는 몸을 일으켰다. 그 틈에 여자아이가 후다닥 달아났다.

계형의 수하가 정자로 다가가며 말했다.

"철상이라는 놈에게 인도한다면 병신이 되는 것은 면할 것이다."

분위기가 심상치 않음을 감지한 왈짜 패거리들이 술병이나 술잔, 젓가락 등 무기가 될 만한 것들을 집고서 일어났다. 곧장 계형의 수하가 여자아이를 희롱하던 무뢰배에게 달려들어 발길질로 머리통을 내갈겼다. 무뢰배는 기둥에 머리를 부딪치고는 그대로 나동그라졌다. 정자의 무리들이 어찌할 틈도 없이 계형의 수하가 정자로 뛰어올랐다. 지방 고을에서 머릿수만 믿고 행패를 일삼는 왈짜들은 속수무책이었다. 계형의 수하가 내지르는 주먹과 발길질에 하나둘 맥없이 쓰러지고 말았다.

그제야 평상에 있던 계형과 나머지 무사들이 몸을 일으켰다. 계형은 정자의 난간을 붙잡고 있는 왈짜 한 명의 팔을 잡아 자신 쪽으로 쑥 잡아당기더니 그대로 비틀었다. 우지끈 소리와 함께 왈짜의 비명이 터져 나왔다.

"으아아악!"

계형은 이어서 여자아이를 희롱했던 무뢰배에게 다가갔다. 계형은 슬금슬금 땅바닥을 기며 뒤로 물러나는 그의 무릎을 사정없이 짓밟았다. 또다시 비명이 터졌다.

계형이 정자 안팎에 널브러진 이들에게 말했다.

"철상이라는 놈에게 이리 오라고 일러라. 이곳은 이제 도성의 칠선객이 접수할 터이니 와서 무릎을 꿇으라고 전하라."

왈짜들이 달아난 뒤 계형과 무사들은 평상으로 돌아가 앉았다. 그사이에 주막을 채웠던 객들이 모두 떠나고 주막은 텅 비어 있었다. 주막의 주인과 일꾼들이 주춤주춤 다가왔다.

"협객님들의 도움이 아니었다면 큰 봉변을 당했을 겁니다요. 이 고마움을 어찌 갚아야 할지 모르겠으나……."

계형이 주막 주인의 말을 끊고 입을 열었다.

"이제 곧 철상이라는 자가 무리를 이끌고 들이닥치겠지? 놈들이 몇 명이나 되는가?"

"정확하진 않으나 못해도 서른은 될 것입니다."

계형이 고개를 끄덕이더니 말했다.

"여기 평상들을 다 치우고, 정주간에 있는 칼을 죄다 이리로 가져다주게."

"정주간에 있는 칼이라고 해봐야 식칼뿐입니다요."

"그것이면 충분하다."

그날 저녁, 해가 기울 무렵이었다. 제물포를 장악하여 상인들에게서 뒷돈을 뜯고 밀주를 유통하는 왈짜 패거리가 주막을 에워쌌다. 어림잡아 스무 명이 넘어 보였다. 긴 칼을 들고 있는 이가 대여섯이었고, 나머지는 낫 따위의 농기(農器)를 무기로 대신하고 있었다.

그들 중 하나가 주막 마당으로 조심스럽게 들어서서 주변을 살폈다. 평상은 말끔하게 치워져 있었다. 상대는 낮에 들었던 그대로 네 명뿐이었다. 정자에 자리를 잡은 그들은 태연하게 차를 마시고 있었다. 정황을 살핀 이의 보고를 받은 우두머리 철상이 마당으로 들어서서 소리쳤다.

"도성의 칠선객이라 했느냐? 그동안 우리가 피땀을 흘리며 다져놓은 구역을 공짜로 먹겠다니, 도둑놈 심보가 따로 없구나. 오늘 너희들의 목을 쳐서 본보기를 보이리라!"

계형과 검계 무사들이 천천히 정자에서 내려섰다. 그들이 들고 있는 무기라고는 고기와 야채를 썰고 다지는 식칼이 전부였다. 고작 저 따위 무기를 들고 스무 명이 넘는 무리를 상대하겠다고? 철상은 피식 웃음을 흘렸다. 그 순간, 계형이 손에 들고 있던 식칼을 던졌다. 날아간 식칼이 철상의 허벅지에 꽂혔다. 두 번째 식칼은 철상 곁에 있던 왈짜의 허벅지로 날아들었다. 처절한 비명이 터져 나왔다.

눈 깜짝할 사이에 벌어진 일이었다. 왈짜들은 어안이 벙벙하여 서로의 얼굴만 마주 보았다. 제법 용기가 있는 왈짜 한 명이 칼을 치켜들고 계형에게 달려들었다. 계형은 오히려 그에게 바짝 다가서며 손목을 잡고 칼을 낚아챈 뒤 휘둘렀다. 전광석화였다. 칼을 빼앗긴 왈짜의 상투가 바닥에 툭 떨어졌다. 왈짜는 그대로 얼어붙고 말았다.

계형과 검계 무사들이 다가서자 왈짜들은 무기를 앞으로 내민 채 뒤로 주춤주춤 물러섰다. 아무리 숫자가 많다 한들 우두머리를 잃은 그들은 오합지졸에 불과했다. 계형이 말했다.

"너희는 우리의 상대가 안 된다. 살고 싶다면 무기를 내려놓고 무릎을 꿇어라."

서로 눈치를 살피던 왈짜들이 하나둘 무기를 던지고 무릎을 꿇었다. 계형이 다시 말했다.

"오늘부터 너희는 칠선객의 식구다."

그러고 나서 계형은 자신에게 달려들었던 왈짜에게 칼을 돌려주며 말했다.

"지금부터 네가 칠선객 제물포 지부의 책임자다."

상투를 잃고 산발(散髮)이 된 왈짜가 겁에 질린 눈길로 계형을 바라보더니 이내 깊이 허리를 굽혔다.

◇ ◆ ◇

천남성은 원래 귀한 식물이지만, 풍토기 맞지 않는 탓인지 어래산에서는 더욱 귀했다. 천덕과 난지가 약초를 캐는 틈틈이 천남성을 구해 오기는 했지만 그것만으로는 부족했다. 아버지 양일엽만큼 실력을 키우기 위해서는 부단한 연습만이 길이었다. 그래서 양상규는 지난봄부터 직접 천남성을 찾아 나섰다. 여름이 무르익고 가을로 들어서면 천남성은 잎이 질겨져서 산곡주의 재료로 쓸 수가 없었다. 여름이 깊어지기 전에 조금이라도 더 모아서 말려놓아야 했다.

양상규가 천남성을 찾아 나설 때면 항상 숙영이 동행했다. 그날도 양상규는 숙영과 함께 어래산을 뒤지고 다녔다.

"아부지, 그런데 마시지도 않는 술을 왜 만들어?"

딸의 물음에 양상규는 걸음을 멈추었다. 시원하게 물줄기가 쏟아져 내려오는 계곡이었다. 아침밥을 먹고 나선 뒤로 내내 허탕을 쳐서 마음이 급했지만, 이마의 땀도 식힐 겸 잠시 쉬어가는 게 좋을 것 같았다. 양상규는 물가에 바랑을 내려놓고 작은 바위에 걸터앉았다. 숙영이 바로 곁에 자리를 잡고는 두 다리를 쭉 뻗었다. 고라니들이 조금 떨어진 곳에서 풀을 뜯고 있었다.

양상규가 말했다.

"산곡주는 우리 집의 가보(家寶)이자 조상님들의 영혼이 담긴 술이다. 내가 만약 산곡주를 제대로 만들지 못한다면 그건 우리 가문이 수백 년 이어온 귀한 유산을 포기하는 일이야. 나라에서 금주령을 내려 술을 마시지 못하고 팔지 못한다 해도 그 유산만큼은 지켜야 하지 않겠느냐?"

이제 열한 살이 된 숙영은 용케 아비의 말을 알아듣고는 고개를 끄덕이며 말했다.

"그러니까 산곡주는 아버지가 지켜야 할 약속인 거네?"

양상규가 딸의 말에 흡족하여 웃음을 지었다.

"그래, 숙영이 네 말이 옳다. 네 할아버지의 아들로 태어난 이상 나에게 산곡주는 꼭 지켜야 할 약속인 게지."

그 말에 숙영이 아비를 돌아보며 물었다.

"그럼 나도 그 약속을 지켜야겠네?"

양상규는 선뜻 답하지 못했다. 생각해본 적 없는 문제였다. 세상이 이렇게 어지러워지고 도망자 신세가 되었지만, 양상규는 언젠가 딸이

선한 지아비를 만나 여염집의 아낙으로 살아가기를 바랐다. 여자라고 해서 산곡주를 만들지 말라는 법은 없었지만, 양상규는 딸에게 그 일을 시키고 싶지 않았다. 어쩌면 산곡주는 양상규 자신에게서 대가 끊길지도 모른다는 생각이 들자 갑자기 우울해졌다.

"나도 약속 지킬 거야. 그래서 약속이 앞으로도 계속 이어지도록 할 거야."

아비의 심중을 훤히 들여다보기라도 한 듯한 숙영의 말에 양상규는 깜짝 놀랐다. 어여쁜 딸이 영민하게 잘 자라준 것이 고마웠다. 숙영이 이처럼 잘 자란 것을 보지 못하고 먼저 세상을 떠난 처 견정이 새삼 그리워졌다.

"아부지, 저기!"

숙영이 손가락으로 맞은편 계곡 가의 절벽을 가리켰다. 숙영의 손가락이 가리키는 방향으로 눈길을 던진 양상규의 눈이 커졌다. 절벽 중간에 천남성이 무더기로 자라나 있었다.

숙영이 사슴처럼 총총 계곡을 건넜다. 양상규도 바랑을 걸머지고 숙영의 뒤를 따랐다. 절벽은 높이가 다섯 장(丈, 1장은 약 3미터) 정도로 천남성은 딱 그 중간에 위치하고 있었다. 양상규는 주변을 살폈다. 오른쪽의 약간 경사가 진 부분을 타고 올라가다가 왼쪽으로 이어진 바위의 돌기 부분을 짚으면 천남성에 접근하는 것이 가능할 것 같았다.

"아부지, 내가 따올게."

다람쥐처럼 날랜 숙영이라면 어렵지 않은 일이었으나, 양상규는 아비 된 입장에서 딸에게 그 일을 시킬 수 없었다.

"아서라. 내가 올라갈 터이니, 숙영이 너는 잠자코 여기 있거라."

양상규는 짚신을 벗고 절벽을 오르기 시작했다. 비탈이 가팔랐으나, 다행히 여기저기 발을 디딜 부분이 있었다. 천남성이 자란 높이에 이르러 그는 왼쪽으로 몸을 옮겼다. 손으로는 바위의 틈새 부분을 잡고 발로는 돌기를 짚은 채 조심스럽게 이동했다. 손을 뻗으면 천남성이 닿을 만큼 가까이 접근했다.

"천남성을 뜯어서 아래로 던질 터이니, 물에 빠지지 않게 잘 챙기거라."

"응, 아부지."

천남성 쪽으로 왼팔을 뻗었다. 한 움큼의 풀이 손아귀에 들어온 순간, 양상규가 짚고 있던 바위의 돌기 부분이 무너졌다. 몸이 기울어질 때 그는 천남성을 꽉 붙들었으나 연약한 뿌리는 그의 무게를 견디지 못하고 후드득 뽑히고 말았다. 양상규는 그대로 아래로 추락했다.

"아부지이!"

아래로 떨어지면서 양상규의 왼쪽 다리가 니은자로 꺾였다. 무언가 부러지는 소리가 양상규의 귀에도, 숙영의 귀에도 들렸다. 양상규는 숙영이 놀라지 않도록 터져 나오려는 비명을 어금니에 깨물었다. 엄청난 고통이 밀려왔다.

"천덕 아부지! 난지 어무니!"

숙영은 겁에 질린 채 어래산의 아무데나 대고 소리를 질렀다. 한가로이 풀을 뜯던 고라니들이 무슨 일이 일어난 것을 알아차렸는지 내달렸다.

난지가 먼저 고라니들과 도착했다. 오래지 않아 천덕이 나타났다. 양상규의 상황을 살핀 천덕이 말했다.

"정강이가 부러졌어. 부목을 대야 하니, 반듯한 나무를 찾아와."

숙영과 난지가 숲으로 향했다. 천덕은 상의를 벗어 계곡 물에 적셨다.

"도련님, 조금만 참으십시오. 곧 산막으로 옮겨드리겠습니다."

양상규가 힘겹게 웃음을 지어 보였다.

24
가슴 아픈 일들
1745년 늦여름

홍화정의 별채에 이른 계형이 안에다 대고 말했다.

"계형입니다."

이철경의 목소리가 흘러나왔다.

"들라."

계형이 문을 열고 별채에 들어섰다. 이철경은 들여다보던 장부를 한쪽으로 치웠다. 계형이 마주 앉자 물었다.

"어디서 오는 길인가?"

"오산입니다. 제물포를 시작으로 안산과 수원, 화성을 거쳐 오산에 이르렀습니다."

"일은 잘되어가는가?"

"각 고을의 장시에 기생하던 왈짜들은 거의 제압했으니, 조무래기 패거리들은 알아서 숙이고 들어올 것입니다."

"경기도를 무대로 활동하는 왈짜들은 대체로 기가 세서 일이 쉽지 않을 터인데, 계형 자네의 수고가 많군."

그렇게 말하고 나서 이철경은 연상(硯床) 곁의 나무 상자에서 엽전 꾸러미를 꺼내 계형 앞으로 던졌다.

"수하들과 나누어 쓰게."

족히 수백 냥은 되었다. 계형은 이철경에게 머리를 숙여 보인 뒤 엽전 꾸러미를 챙겼다.

"충청좌도와 우도는 예전부터 터를 닦아놓은 곳이라 어렵지 않게 손아귀에 넣었다. 경기를 접수하고 나면 전라도와 경상도로 넘어갈 것이다."

이철경은 표철주가 그랬던 것처럼 칠선객의 세력권을 확장하는 중이었고, 계형이 그 일의 첨병으로 움직이는 중이었다. 경기 남서 지역의 왈짜와 소규모 검계 조직을 병합했으니, 경기 전체를 아우르는 일은 시간문제였다. 하지만 전라도와 경상도라면 이야기가 달랐다. 도성에서 먼 변방 지역일수록 왈짜 집단의 규모가 컸고 연대감이 굳건했다. 칠선객만큼 규모가 크지는 않지만, 곳곳에서 활약하는 검계 조직의 세력도 만만치 않았다. 그들이 쉽게 이권을 포기할 리 없었다.

"전라도와 경상도를 규합하려면 전쟁을 치러야 할 것입니다."

계형의 말에 이철경은 대꾸하지 않았다. 이철경이 입을 다문다는 것은 심경이 편치 않다는 뜻이었다. 이럴 때 기분을 맞추겠다고 어설프게 말을 걸었다가는 된서리를 맞을 수 있었다. 꽤 시간이 지난 뒤 이철경이 입을 열었다.

"계형, 나는 칠선객이 민초들의 등이나 쳐 먹는 잡범들의 소굴이 되어서는 안 된다고 생각한다. 현왕이 금주령을 고집하고 있으나, 언젠가는 해제될 것이다. 그러니 지금 주류의 유통망을 장악하지 않는다면, 결국 칠선객은 여염을 약탈하고 고관들의 심부름이나 하는 왈짜 패거리로 다시 전락하고 말 것이다. 그렇게 된다면 또다시 우리는 낮 동안 퍼질러 자다가 어둠이 내려서야 슬슬 기어 나오는 박쥐나 다름없는 생활을 해야 한다. 금주령이 내린 이때, 밀주가 유통되는 지금이 우리에게는 다시 없는 기회다. 언제까지 어두운 곳만 골라서 다닐 텐가. 전국의 주류 유통망을 장악하면 우리도 대상(大商)으로서 떳떳하게 거리를 활보할 수 있을 것이다."

계형은 얼마 전 제물포의 주막에서 본 개성 상단의 무사들을 떠올렸다. 무관이라도 된 듯 철릭에 전립을 차려입고 으스대던 그들의 모습을. 이철경의 뜻이 이루어진다면, 칠선객이 전국의 주류 유통망을 장악한다면, 결코 불가능한 일이 아니었다. 칠선객은 더 이상 범죄 집단이 아니라 어엿한 주류상으로 행세할 수 있었다.

계형은 상체를 바짝 낮추었다.

"전쟁을 치러서라도 전라도와 경상도를 규합하겠습니다."

이철경이 고개를 끄덕였다.

"자네가 나의 뜻을 알아주니 기쁘다."

잠시 사이를 두고 이철경의 말이 이어졌다.

"백선당주의 아들을 추적하는 일은 어떻게 되고 있는가?"

계형이 대답했다.

"눈썰미가 좋고 몸이 날랜 수하 스물을 동원하여 울산도호부로부터 다시 반경을 넓혀나가고 있습니다. 경주와 청도, 밀양, 양산, 부산포를 샅샅이 뒤졌으나, 아직 찾지 못하였습니다. 여기서 조금씩 반경을 넓혀서 한 무리는 전라도로 향하고, 한 무리는 경상도 북부로 향할 계획입니다."

"반드시 찾아야 한다. 백선당의 산곡주만 있다면 우리가 바라는 바를 더욱 앞당길 수 있다."

그때였다. 홍화정의 기루(妓樓) 쪽에서 소란이 일은 듯 큰소리가 들려왔다. 이철경이 눈 꼬리를 위로 올렸다. 계형이 바깥을 향해 소리쳤다.

"무슨 일이냐?"

바깥의 수하가 대답했다.

"알아보겠습니다."

잠시 뒤 상황을 알아본 무사가 알렸다.

"우리 식솔들 중 한 명이 홍화정 부근 여염의 여식을 겁탈한 모양입니다. 그 집 아비가 낫을 들고 와서 악다구니를 퍼붓기에 단단히 맛을 보였습니다."

이철경이 물었다.

"그 집 여식은 어떻게 되었느냐?"

"자결한 듯합니다."

이철경이 자리에서 일어섰다. 그러고는 곧장 소란이 일었던 곳으로 향했다. 도착해보니, 딸을 잃은 아비가 피투성이가 된 채 끌려 나가는 중이었고, 기루의 문 뒤에서 기생들이 고개를 내밀고 그 광경을 지켜보고 있었다.

"멈추어라!"

이철경이 남자에게 다가갔다.

"이 집 식솔의 소행이라고 어떻게 확신하느냐?"

남자의 부르튼 입술 사이로 희미한 음성이 흘러나왔다.

"얼굴을 보았소. 이곳에서 일하는 자요."

"여기에 있는가?"

남자가 부들부들 떨리는 팔을 들어 한 곳을 가리켰다. 그 손가락의 끝에 밀주를 나르는 수레꾼들을 감독하는 검계의 조직원이 걸렸다. 이철경이 다가갔다.

"네놈 짓이 맞느냐?"

조직원이 뒷머리를 긁적이며 대답했다.

"예. 히히, 밀주 운반하는 길에 그년이 자주 눈에 걸리기에 따라가서 재미 좀 보았습니다."

순간, 이철경이 손을 뻗어 그의 목젖을 강타했다. 일시적으로 기도(氣道)가 막힌 조직원이 캑캑거리며 앞으로 쓰러졌다. 이철경이 계형에게 말했다.

"이놈의 성기를 잘라라, 죽지 않게 치료한 뒤에 내쫓아라."

별채로 향하려던 이철경은 우뚝 멈추어 서서 자신을 둘러선 검계 무사들에게 날선 목소리로 말했다.

"앞으로 쓸데없는 짓을 해서 이곳 홍화정과 칠선객의 얼굴에 먹칠을 하는 자는 저놈과 똑같이 궁형(宮刑)에 처할 것이다."

어리둥절한 표정을 짓고 있는 검계 무사들을 뒤로한 채 이철경이 돌아섰다.

계형이 단도를 꺼내 여염의 여식을 겁탈하여 죽음에 이르게 한 조직원에게 다가갔다. 성기가 거세될 위기에 처한 검계 조직원이 품고 있던 칼을 빼들었다. 그는 등을 보인 채 멀어지고 있는 이철경을 향해 달려들었다. 그 순간, 수레꾼 한 명이 발차기로 검계 조직원의 면상을 가격했다. 검계 조직원은 그대로 고꾸라지고 말았다.

잠시의 소란에 이철경이 뒤를 돌아보았다. 모두의 시선이 이철경을 공격하려던 검계 조직원을 막아선 수레꾼에게 쏠렸다. 이철경이 그에게 물었다.

"이름이 무엇이냐?"

수레꾼이 머리를 조아리며 대답했다.

"바우라고 합니다."

이철경은 계형을 향해 고개를 끄덕이고 나서 다시 돌아섰다.

험한 꼴을 보지 않으려고 문 뒤로 몸을 숨겼던 기생들이 하나둘 바깥을 내다보았다. 홍화정 기생들의 행수(行首) 노릇을 하는 연수가 멀어지는 이철경의 뒷모습을 지켜보았다.

창해가 잠에서 깨어 몸을 일으켰다. 아직 사위가 캄캄했다. 창해의 움직임에 장치경이 눈을 뜨고 물었다.

"무슨 일이오?"

창해가 "쉿" 소리를 내고는 가만히 귀 기울였다. 장치경에게도 갓난아기의 울음소리가 희미하게 들려왔다. 그는 얼른 몸을 일으켰다.

"기륭을 깨우시오. 나는 저쪽으로 가보리다."

창해는 기륭이 사미들과 함께 거하는 요사채로 향하고, 장치경은 아이의 울음소리가 들려오는 쪽으로 다가갔다.

일주문에 가까워질수록 아기의 울음소리가 커졌다. 장치경은 짙은 어둠을 헤치며 소리 나는 쪽으로 점점 가까이 다가갔다. 자그마한 인영 여러 개가 어슴푸레 보였다. 장치경은 주변을 둘러보았다. 아이들 말고는 인기척이 느껴지지 않았다.

"너희들끼리 온 것이냐?"

아이들은 대답하지 않았다. 그때 기륭과 사미 네 명이 초롱을 들고 뛰어왔다. 불빛 아래로 네 명의 아이가 모습을 드러냈다. 예닐곱 살쯤 되어 보이는 남자아이가 갓난아기를 안고 있었고, 그 곁에 대여섯 살쯤으로 보이는 코흘리개 꼬마 둘이 서 있었다.

장치경이 다시 물었다.

"너희들끼리 온 것이냐? 어미와 아비는 어디 있느냐?"

그제야 갓난아기를 안은 남자아이가 울먹울먹하더니, 울음을 터뜨렸다. 곁에 선 꼬마들도 덩달아 울음을 터뜨렸다.

사미승 중에 가장 나이가 많은 월현이 무릎을 굽혀 갓난아기를 받아 안았다. 나머지 사미들은 아이들을 달랬다. 기륭은 초롱을 든 채 계곡 아래로 내달렸다. 눈 깜짝할 사이에 초롱의 불빛이 숲 너머로 사라졌다.

일주문을 넘어서자 아이들 울음소리에 잠을 깬 승려들과 이학송이 경내의 마당에 나와 있었다. 주지인 일여가 아이들을 발견하고는 사미들에게 물었다.

"아이들 부모는 있더냐?"

기륭보다 한 살 많은 월정이 대답했다.

"부모는 보이지 않았습니다. 기륭이 계곡 아래로 내려갔습니다."

일여는 아이들 앞에서 몸을 낮추었다.

"이것도 다 부처님 뜻이다. 당분간 이곳을 너희 집으로 생각하고 편히 있거라."

창해가 월현에게서 갓난아기를 받았다. 누더기 헝겊으로 만든 포대기 안을 살핀 창해가 말했다.

"이 아이는 여자입니다."

그 말에 일여가 "허허." 하고 탄식을 했다. 창해의 말이 이어졌다.

"아기는 제가 보살피겠습니다."

일여가 말했다.

"그래 주십시오."

월정이 덧붙였다.

"남자아이들은 당분간 저희 방에서 같이 지내도록 하겠습니다."

일여가 고개를 끄덕였다.

네 명의 사미는 남자아이들을 데리고 요사채로 향했다. 큰아이가 갓 난아기에게서 눈을 떼지 못했다. 월현이 말했다.

"걱정하지 마. 우리 보살님은 선녀처럼 마음씨가 고운 분이니까 아기 를 잘 보살펴주실 거야."

승려들이 하나둘 각자의 요사채로 향했다. 창해는 새벽바람이 아기 에게 해로울까 싶어 방으로 들었다. 마당에는 일여와 장치경, 이학송만 남아 기륭을 기다렸다. 이윽고 기륭이 땀을 뻘뻘 흘리며 일주문을 넘어 왔다.

"아이들 부모를 보았느냐?"

일여의 물음에 기륭이 고개를 저었다.

"계곡 아래의 인가와 월문천까지 가보았지만, 찾을 수 없었습니다."

묘적사에서 월문천까지는 왕복 십오 리 거리였다. 그것도 길이 성치 않은 계곡을 타야 했다. 그런데도 이제 열세 살인 기륭은 채 한 식경도 걸리지 않아 그 거리를 달려갔다가 되돌아왔다. 땀은 흘렸으나 호흡은 가쁘지 않았다. 이학송은 기륭이 타고난 무골(無骨)임을 다시 한 번 깨 달았다.

장치경이 일여에게 말했다.

"스님, 아이들을 어찌할 것입니까?"

일여는 별 고민도 없이 곧장 대답했다.

"우리가 거두어야지. 그나저나 보살님의 일이 늘어 걱정이네."

"처는 저 어린 생명을 기쁘게 받아들일 것입니다."

그러고 나서 장치경은 기륭에게 말했다.

"너도 어머니를 도와 아기를 잘 살펴야 한다. 여자아이이니, 너에게는 여동생이다."

여자아이? 기륭은 기분이 묘했다. 묘적사에 든 이후로 어머니 말고는 여자를 만난 적이 없었다. 뿐만 아니라 기륭이 묘적사에 온 것이 세 살 무렵이었으니, 사실상 어머니 외의 여자를 대하는 것이 처음이었다. 하지만 기륭은 누군가의 오라비가 되었다는 사실에 저도 모르게 가슴 한 곳이 부풀어 올랐다.

기륭이 요사채로 갔을 때 남자아이들은 곤히 잠들어 있었다. 월현과 월정, 덕호, 덕운은 아이들에게 이부자리를 내준 채 벽에 기대어 앉아 있었다. 아이들을 바라보는 사미들의 눈에 안쓰러움과 애틋함이 묻어났다. 몇 년 전 자신들의 모습을 떠올리는 듯했다.

큰아이에 의하면, 아이들의 부모는 인가에서 외떨어진 산속에서 화전(火田)을 일구고 살았다고 했다. 하지만 어느 날 들이닥친 고을의 아전들에게 몇 년 동안 일군 화전을 빼앗기고 말았다. 그러던 차에 새 생명까지 태어났다. 살 길이 막막해진 아이들의 부모는 부처의 자비에 아이들을 맡기고 길을 떠난 듯했다. 큰아이는 일곱 살로 이름은 김영정이었다. 둘째와 셋째는 각각 여섯 살과 다섯 살이었고, 이름은 영후와 영수였다. 여자인 갓난아기는 부모가 정을 붙이지 않으려 작심한 탓인지 아직 이름이 없었다. 일여가 아이에게 영현이라는 이름을 지어주었다.

이철경은 계형과 함께 볼일을 보고 홍화정으로 귀환했다. 대문을 넘어서자 청지기와 바우가 기다리고 있었다. 청지기가 다급하게 말했다.

"회주께서 오셨습니다."

"회주라니?"

이철경의 물음에 청지기가 자신의 이마를 가리켰다. 표철주가 왔다는 뜻이었다. 이철경이 계형을 돌아보았다. 계형은 이철경의 심중을 알아차리고 고개를 끄덕였다.

"어디에 계시느냐?"

청지기가 홍화정의 기루 가운데 가장 큰 곳으로 향했다. 기루 앞에 살수인 듯한 낯선 자들이 칼을 찬 채 지키고 있었다. 모두 여섯 명이었다. 그들을 본 계형이 바우에게 귀엣말을 했다. 바우는 눈에 띄지 않게 움직여 멀어졌다.

이철경이 기루 안으로 들어섰다.

"회주를 뵙습니다."

표철주 곁에는 홍화정의 행수 기생 연수가 앉아 있었다. 이철경이 주안상을 사이에 두고 표철주와 마주 앉은 뒤 연수에게 차갑게 말했다.

"이만 나가보라."

표철주가 급하게 연수에게 잔을 내밀며 말했다.

"오랜만에 집에 온 나를 섭섭하게 대할 셈이냐?"

연수가 재빠르게 표철주의 잔에 술을 따르고는 발했나.

"저희 주인께서 회주님께 드릴 긴한 말씀이 있는 듯하니, 저는 잠시 물러가 있겠습니다."

연수가 나간 뒤 이철경을 빤히 쳐다보던 표철주가 싸늘한 미소를 지었다.

"주인이라……. 호랑이 없는 굴에 여우가 왕 노릇 한다더니 딱 그 짝이구나. 어디 저년의 주인한테 술 한 잔 받아보자."

표철주가 잔을 내밀었다. 이철경은 두 손으로 공손히 술을 따랐다. 술잔을 단숨에 비운 표철주가 다시 잔을 내밀었다. 이철경은 다시 술을 따랐다. 그렇게 거푸 일곱 잔을 들이켠 뒤 표철주가 말했다.

"충청도는 이미 먹었다지? 경기의 잡놈들을 규합하는 일도 일사천리로 진행 중이라 들었다."

이철경은 대답하지 않았다.

"그사이 많이 컸구나. 언젠가 네가 크게 될 놈이라고 생각하고 있었다."

십 년 전 장붕익이 죽은 뒤 도성으로 상경한 이철경은 칠선객을 재건하는 일로 동분서주했다. 관리들을 만나 갖은 아첨을 떨고, 도성에 남은 칠선객의 재산을 처분하여 그들의 주머니를 채우는 일은 오롯이 이철경의 몫이었다. 표철주는 간간이 나타나 돌아가는 상황을 확인하고는 어딘지 모르는 곳으로 사라지고는 했다. 이철경이 표철주를 마지막 만난 것도 벌써 오 년 전이었다. 홍화정의 책임자로 이철경을 지목한 뒤로 표철주는 단 한 번도 소식을 전해오지 않았다.

이철경은 표철주가 왜 그렇게 두문불출하는지 그 이유를 잘 알고 있었다. 표철주는 지방의 객주나 색주가에서 더러 목격되고는 했는데, 시시때때로 광증(狂症)을 일으켜 사람을 때려죽이는 등 통제 불능의 상태에 빠지더라는 소문이 돌았다. 장붕익에게 강타당한 머리가 이제야 이상을 일으켰다는 이야기가 있었고, 밤마다 악몽에 시달려서 잠을 제대로 이루지 못한다는 이야기도 있었다. 밤마다 표철주를 악몽에 빠지게 하고 나날이 그를 피폐하게 만드는 존재는 다름 아닌 장붕익이었다. 장붕익은 죽은 뒤에도 여전히 표철주의 멱살을 움켜쥐고 있었다.

내내 입을 다물고 있던 이철경이 드디어 입을 뗐다.

"칠십만 냥. 타협은 없습니다."

표철주가 놀란 표정을 지었다. 그에게서 좀처럼 보기 힘든 표정이었다. 그는 술병을 들어 자신의 잔에 술을 따랐다. 얼굴에서 노기(怒氣)를 찾을 수는 없었다. 그저 천천히 술잔을 들어 맛을 음미하며 들이켤 뿐이었다.

"바깥에 몇 놈이나 있느냐?"

표철주의 물음에 이철경이 대답했다.

"회주의 살수들을 제압하기에는 충분합니다."

"나는 어떻게 상대할 것이냐?"

"사수들을 대기시켰습니다. 회주가 장붕익은 아니지 않습니까?"

순간, 표철주의 표정이 무섭게 일그러졌다. 이철경은 아차 싶었지만, 이미 늦은 뒤였다. 곁에 둔 쇠 지팡이를 집어 든 표철주가 소리쳤다.

"내 앞에서 그 이름을 올리고 살아남은 자가 없다!"

이철경은 앞뒤 가리지 않고 문 쪽으로 몸을 날렸다. 문이 와장창 부서지며 이철경의 몸이 바깥으로 튕겨져 나왔다. 그와 동시에 이철경의 무사들과 대치하고 있던 표철주의 살수들이 검을 뽑았다. 계형이 달려들어 살수 한 명이 채 검을 뽑기도 전에 배를 갈랐다. 칼집에 꽂힌 검을 쥔 살수의 팔이 덜렁거렸고, 복부에서 내장이 쏟아졌다.

표철주가 바깥으로 나섰다. 계형이 소리쳤다.

"쏘아라!"

사수들이 화살을 날렸다. 표철주는 자신이 부리는 자객들 뒤로 몸을 숨겨 화살을 피한 뒤에 앞으로 나서며 쇠 지팡이를 휘둘렀다. 한 번에 홍화정 무사 두 명의 머리통이 날아갔다. 계형이 표철주를 향해 검을 휘둘렀다. 하지만 그의 검은 쇠 지팡이에 막혀 두 동강 나고 말았다. 그때 뒤에서 바우가 몽둥이로 표철주의 등을 후려쳤다. 표철주가 험악하게 일그러진 표정으로 바우를 노려보았다. 그 틈에 이철경이 단검을 날렸다. 표철주의 어깻죽지에 단검이 꽂혔다. 하지만 표철주는 개의치 않고 바우를 향해 쇠 지팡이를 휘둘렀다. 바우가 가까스로 피하고 뒤로 물러났다. 다시 사수들이 화살을 겨누었다. 하지만 표철주는 피하지 않고 사수들에게 달려들었다.

퍽!

위에서 내리친 쇠 지팡이를 맞은 사수 한 명의 몸이 기이하게 찌그러졌다. 괴력이었다. 계형이 표철주에게 달려들었지만, 그는 표철주의 쇠 망치 같은 주먹질에 나동그라지고 말았다. 표철주가 쇠 지팡이로 계형의 머리를 내리치려는 찰나 이철경이 필사적으로 던진 단검이 그의 뒷목에 꽂혔다. 표철주가 우뚝 멈추었다. 그는 이철경을 향해 돌아섰다.

표철주는 자신의 뒷목에 꽂힌 단검을 뽑았다. 피가 솟구쳤다.

"회주, 멈추시오!"

이철경이 소리쳤다. 그 소리가 이성을 깨운 듯 표철주의 눈빛이 서서히 잦아들더니 단검을 바닥에 내려놓았다. 그는 자신을 둘러싼 무사들과 사수들을 휘 둘러보고는 피식 웃음을 지었다.

"이보게, 철경이. 너는 아무것도 모른다. 너는…… 나에게 자유를 주었다."

뜻을 알 수 없는 말을 내뱉은 뒤 표철주는 희미하게 미소를 지었다. 그러고는 돌아섰다. 그는 쇠 지팡이로 바닥을 두드리며 홍화정의 대문 쪽으로 걸어갔다.

철컹, 철컹, 철컹, 철컹……

표철주가 내짚는 쇠 지팡이 소리가 점점 멀어졌다.

이철경은 그제야 주변을 둘러보았다. 표철주의 살수들과 홍화정의 사수들 시신이 널브러져 있었다. 이철경이 말했다.

"주객이 닥치기 전에 주변을 깔끔하게 정리하라."

"예."

검계 무사들과 홍화정의 일꾼들이 분주히 움직이기 시작했다.

"그리고 계형."

계형이 이철경에게 다가갔다.

"바우에게 검을 선사하라."

그 소리를 듣고 시신 치우는 일을 거들던 바우가 우뚝 멈추었다. 검계의 무사가 된 것이다. 그의 나이 이제 열여섯이었다. 아무리 노력해도 노비 신세를 벗어날 수 없음을 깨닫고 집을 떠난 지 일 년째였다. 의탁할 곳이 없어 홍화정에 들고 나는 술을 나르는 수레꾼이 되었지만 딱히 검계가 되겠다는 생각은 해본 적 없었다. 하지만 그 또한 운명이었다. 바우는 멀어지는 이철경의 뒷모습을 향해 허리를 숙여 보였다.

어래산의 산막을 떠나 안강으로 향하면서 천덕은 이전과는 다른 길을 택했다. 혹시나 천남성을 발견할 수 있을까 싶어서였다.

양상규는 정강이가 부러지는 큰 부상을 입고도 산곡주 만드는 일에 매진했다. 천덕과 숙영이 무리하지 말라고 말려도 소용없었다. 양상규는 마치 시간에 쫓기는 것마냥 산곡주에 매달렸다.

"형님, 조금만 더 노력하면 아버지가 만들던 산곡주에 거의 다가갈 것 같습니다."

천덕이 느끼기에도 양상규가 만드는 산곡주는 나날이 맛과 향이 더해지고 있었다. 그처럼 목표 지점이 눈앞에 보이자 양상규는 더욱 조바심이 나는 모양이었다. 하지만 어래산에서는 천남성이 귀해서 좀처럼 눈에 띄지 않았다. 산막에 가져다놓은 천남성은 이미 다 소진되고 난 뒤였다. 가을이 되어 열매를 맺기 시작하면 천남성은 산곡주의 재료로 쓸 수가 없었다. 일단 많은 양을 확보해서 말려놓아야 겨울에도 산곡주를 만들 수 있었다.

천덕은 약초가 가득해서 불룩한 바랑의 감촉을 느끼며 흐뭇했다. 이번에는 제법 수확이 좋아서 약초를 약방에 넘기고 나면 생선을 살 수 있을 것 같았다. 난지와 숙영에게 생선국 먹일 생각을 하니 벌써부터 기분이 좋았다. 게다가 전에 책방에 《사략(史略)》을 부탁해놓았으니, 금상첨화였다. 숙영은 일찍이 《천자문(千字文)》을 떼고 얼마 전에는 《동몽선습(童蒙先習)》까지 마쳤다. 이제나저제나 책을 기다리는 숙영의 입이 찢어질 것을 떠올리자 천덕은 저도 모르게 입가에 미소가 맴돌았다.

운수가 대통한 날인 모양이었다. 바위를 넘던 천덕은 바로 곁에 웃자란 소나무 아래에 천남성이 자라 있는 것을 발견했다. 모두 스물두 포기였다. 아직 억세지 않아서 산곡주 재료로 딱 안성맞춤이었다. 천덕은 조심스럽게 줄기를 꺾었다. 그리고 바랑 가장 깊은 곳에 넣었다. 산막으로 가져갈 것이 참 많았다. 천덕은 천성이 잘 웃지 않는 편이었지만 그날만큼은 함박웃음을 지었다.

어래산을 벗어나 드문드문 인가가 있는 산골 마을을 지나고 곧장 장시로 향했다. 장날에 맞추어 남사당패가 찾아온 듯 꽹과리 소리가 요란했다. 쫓기는 신세만 아니라면, 숙영에게 보여주고 싶은 것들이 너무나 많았다.

장터 초입에 이르렀을 때 한 꼬마 녀석이 천덕을 물끄러미 올려다보았다. 아이와 시선이 마주치자 천덕이 물었다.

"무슨 일이냐?"

아이는 아무런 대답 없이 천덕의 얼굴을 뚫어지게 쳐다보고 있다가 홱 돌아서서 장터 쪽으로 내달렸다. 천덕은 꼬마가 하는 짓이 귀여워서 코웃음을 쳤다.

장터에 들어선 뒤 제일 먼저 약방으로 향했다. 그런데 약방의 주인이 바깥에 나와 있다가 천덕을 발견하고는 부리나케 달려와 그를 한쪽으로 끌었다.

"조금 전에 말일세, 어떤 사람들이 찾아와서 사람 얼굴이 그려진 종이 두 장을 내밀고는 본 적 없냐고 물었어. 그런데 그중 하나가 딱 자네 얼굴이야. 그 사람들 눈매가 사나워서 일단 모른다고 잡아뗐네. 장사꾼들을 상대로 탐문하는 것 같으니, 오늘은 냉큼 돌아가게."

천덕의 눈이 커졌다. 그는 재빨리 사람들이 몰려 있는 장터 쪽을 살폈다. 아니나 다를까 읍민(邑民)들 사이로 행색이 도드라진 이들이 여럿 보였다.

"고맙수다."

천덕은 약방 주인에게 인사를 건네고 그대로 왔던 길을 되짚었다. 그때였다.

"저기 심마니가 있어요!"

장터 초입에서 천덕을 유심히 살피던 바로 그 꼬마였다.

"저기 저기! 심마니가 가요!"

천덕은 그대로 내달렸다. 장터 쪽에서 소란이 일었다.

"저기다!"

일단의 남자들이 소리를 쳤다. 천덕은 뒤도 돌아보지 않고 있는 힘을 다해 달렸다. 그러면서도 천덕은 머리를 굴렸다. 어래산의 산막 위치를 아는 사람은 없었다. 하지만 안강 일대에서 가장 큰 산인 어래산이 양상 규를 좇는 무리의 수색 범위에서 벗어날 리는 없었다. 당장 산막을 떠나는 것이 가장 좋은 수였으나, 양상규가 문제였다. 다리가 부러진 그는 도저히 달아날 처지가 못 되었다.

일단은 시간을 벌어야 했다. 천덕은 뒤를 좇는 자들에게 혼선을 줄 목적으로 어래산이 있는 서쪽이 아니라 북쪽으로 방향을 잡았다. 한참을 달리다가 야트막한 언덕을 오르면서 천덕은 뒤를 돌아보았다. 예닐곱 명의 사내들이 멀리서 다가오고 있었다. 그는 다시 힘껏 내달렸다.

다음 날 새벽이 되어서야 천덕은 어래산의 산막 부근에 이르렀다. 북쪽으로 오십 리를 달려 비학산까지 갔다가 뒤를 좇는 자들이 없는 것을 확인한 뒤에야 남서쪽으로 남하하여 어래산에 이른 것이었다. 장에 나갔던 천덕의 귀환이 늦어지자 난지는 무슨 일이 있음을 감지하고 산막을 비운 채 주변에서 양상규, 숙영과 함께 경계하는 중이었다.

천덕이 산막에 도착하여 바랑을 벗어던졌다. 새의 울음소리가 들려왔다. 난지였다.

"그만 나와!"

난지가 먼저 모습을 드러냈고, 양상규를 부축한 숙영이 그 뒤를 따랐다. 때를 맞추어 고라니들도 풀숲에서 나와서는 천덕이 바닥에 던져놓은 바랑을 뒤졌다.

"당장 이곳을 떠나야 해."

천덕의 말에 양상규가 물었다.

"형님, 무슨 일입니까?"

"안강의 장시에 갔다가 도련님과 저를 찾는 무리와 마주쳤습니다. 잠시 따돌리기는 했으나, 오래지 않아 이곳에 닥칠 것입니다. 장시의 사람들이 저의 거처가 어래산 어딘가에 있다는 것쯤은 눈치 챘을 테니까요."

천덕은 이어서 난지에게 말했다.

"세간에 미련을 두지 말고 몸만 떠나야 해."

양상규가 긴 한숨을 내쉬었다. 천덕이 양상규의 심중을 알아차리고 말했다.

"저에게 업히시면 됩니다. 다행히 서쪽으로는 험한 산세가 이어지기 때문에 놈들이 쉽게 좇아오지는 못할 것입니다."

하지만 양상규는 고개를 저었다.

"나 때문에 숙영이와 형수님을 위험에 빠뜨릴 수는 없습니다. 놈들이 원하는 것은 산곡주이니, 나를 해치지는 않을 것입니다."

숙영이 양상규에게 안기며 소리쳤다.

"아부지가 안 가면 나도 안 갈 거야!"

양상규가 숙영의 볼을 어루만졌다.

"괜찮다, 숙영아. 나는 괜찮아. 그러니 천덕 아버지랑 난지 어머니 따라서 가거라. 곧 다시 만나게 될 게다."

"싫어, 싫어!"

천덕이 양상규에게 말했다.

"도련님, 그런 말씀일랑 마십시오. 죽어도 함께 죽고 살아도 함께 살아야지요."

양상규가 말했다.

"백선당을 떠난 지 벌써 십 년이 지났습니다. 그래도 놈들은 포기하지 않았어요. 이 세상 끝까지라도 좇아올 놈들입니다. 숙영이를 이런 위험 속에 살게 하고 싶지 않습니다, 형님. 까짓것 산곡주를 만들어주지요. 놈들의 뜻에 따르겠습니다. 그러니 저를 두고 떠나십시오. 나중에 제 소식이 들리거든 제가 있는 곳으로 찾아오십시오. 그때 다시 만납시다, 형님."

지금으로서는 그게 최선이었다. 천덕이 양상규를 업고 간다면 아무래도 속도가 떨어질 수밖에 없었고, 이동 중에 양상규의 상처가 깊어질 수도 있었다. 천덕은 울음을 삼켰다. 그러고 나서 양상규에게 붙어 있는 숙영을 떼어내 들쳐 멨다.

"싫어, 싫어! 안 갈래! 안 갈 거야!"

숙영이 발을 동동거리며 천덕의 등을 사정없이 쳤다.

난지가 양상규 앞에서 몸을 낮추어 그와 눈을 맞추었다.

"다른 마음일랑 먹지 마시와요."

양상규가 고개를 끄덕였다.

"형수님, 우리 숙영이 잘 부탁합니다."

천덕이 양상규에게 다가갔다.

"도련님, 부디 몸조심하십시오. 숙영이를 안전한 곳에 데려다 놓고 다시 오겠습니다."

양상규가 말했다.

"형님, 단 한 번만이라도 저를 아우로 대해주십시오."

양상규의 표정이 간절했다. 천덕의 눈빛이 흔들렸다. 그가 간신히 입을 열었다.

"상규야…… 꼭 살아 있어라."

양상규가 함박웃음을 지으며 고개를 끄덕였다.

천덕이 돌아섰다. 천덕에게 들쳐 메진 숙영이 계속 발버둥 쳤다.

"아부지! 아부지!"

양상규가 숲의 어둠 속으로 멀어지는 딸을 향해 손을 흔들어 보였다. 천덕의 바랑에 있던 약초를 먹고 있던 고라니들이 양상규와 숙영 쪽을 살피더니 이내 숙영 쪽으로 따라붙었다. 숙영의 울음소리가 점점 멀어졌다.

여명을 지나 아침 햇살이 산막에 쏟아졌다. 까무룩 잠이 들었던 양상규가 눈을 떴다. 산막의 기둥에 등을 기댄 채 양상규는 주변의 사물들을 하나하나 눈길로 쓰다듬었다. 평생 이곳에 머물며 숙영, 천덕 내외와 오순도순 살았다 해도 그리 아깝지 않은 인생이었을 것이라는 생각이 들었다. 부귀영화가 다 무슨 소용인가. 비록 산속의 허름한 움막에서 풋성귀를 먹으며 살아도 정겨운 이들이 곁에 있다면 그것이 행복한 인생 아니겠는가. 하지만 양상규에게는 그 초라한 삶조차도 허용되지 않았고, 그래서 서러웠다.

산 아래쪽에서 사람의 말소리가 들려왔다. 드디어 올 것이 오고야 말았다. 양상규는 바닥을 엉금엉금 기어서 소리가 들려오는 쪽으로 향했다. 부러진 다리가 바닥에 쓸릴 때마다 엄청난 통증이 밀려왔다. 산막에서 산 아래를 내려다볼 수 있는 지점에 이르러 그는 조심스레 고개를 내밀었다. 무기를 든 자들이 산막 쪽으로 올라오고 있었다.

양상규는 산막 쪽으로 몸을 돌렸다. 그때 천덕이 내던지고 간 바랑이 눈에 들어왔다. 바랑에서 녹색의 이파리들이 비주룩이 나와 있었다. 산막의 벽에 등을 기대고 있을 때는 보이지 않던 그것은 천남성이었다. 양상규는 바랑을 손에 쥔 채 바닥을 기어 산막 쪽으로 향했다. 벽에 등을 기대어 앉자, 마지막 헤어지던 순간에 아버지 양일엽이 했던 말이 떠올랐다.

"산곡주는 우리 가문의 영혼이고, 나의 영혼이다. 내 영혼을 더럽힐 수는 없었다."

숙영을 떠나보낼 때부터 어느 정도 예상한 일이었다. 사악한 자들을 위해 산곡주를 만들며 목숨을 연명할 수도 있겠지만, 그것은 아버지의 말대로 영혼을 다치는 일이었다. 영혼을 더럽힌 채 딸과 세상을 떳떳이 대할 수는 없었다.

순간, 눈물이 왈칵 쏟아졌다. 천덕을 차갑게 대했던 때가 후회되었고, 숙영을 더욱 살갑게 대하지 못한 것만 같아 또 후회되었다.

양상규는 바랑에서 천남성을 꺼냈다. 산곡주의 재료가 천남성이라는 사실이 알려져서는 안 되었다. 그는 그것을 우걱우걱 씹기 시작했다.

"형님께서 참 많이도 캐셨네."

서글픈 미소를 지으며 그는 계속해서 천남성을 씹어 삼켰다. 목구멍으로 넘어가지 않는 것을 억지로 밀어 넣었다.

마지막 한 포기까지 다 삼키고 나자, 천덕을 좇아온 자들이 드디어 모습을 드러냈다. 그들 중 한 명이 종이를 펼쳐 거기에 그려진 초상과 양상규의 얼굴을 비교했다.

"히야, 백선당주의 아들이라는 작자군. 횡재했네 그려."

"회주가 천 냥의 상금을 걸었으니까 한 사람당 백 냥 이상은 돌아가겠군."

무사들 중 한 명이 양상규에게 바짝 다가가 몸을 숙였다.

"다리가 부러진 것이냐? 그래서 도망을 못 갔나 보구나."

그러면서 칼집으로 양상규의 부러진 다리를 툭툭 건드렸다. 양상규의 입술 사이로 신음이 새어나왔다.

"그나저나 이놈을 데리고 어떻게 산을 내려간다?"

"백선당주의 아들은 절대 해치지 말라는 엄명이 있었으니, 시체를 끌고 갈 수도 없는 노릇 아닌가."

"업고 내려가는 수밖에."

양상규를 둘러싸고 이야기를 나누던 검계 무사들은 저희들끼리 제비뽑기를 했다. 양상규를 업고 내려갈 이를 고르기 위한 것이었다. 선택된 자가 오만상을 찌푸리며 양상규에게 욕지기를 퍼부었다.

그들은 일말의 조심성도 없었다. 양상규는 부러진 다리가 덜렁거릴 때마다 밀려오는 엄청난 고통에 신음을 토했다. 검계 무사들은 양상규의 고통 따위 아랑곳 않고 산을 내려갔다.

어래산에서 오십 리 떨어진 침곡산에 이르러서야 천덕과 난지는 걸음을 멈추었다. 내내 까무러칠 듯 울고 불던 숙영은 천덕의 품에 안긴 채 잠들어 있었다. 천덕은 숙영을 나무 둥지에 기대어놓았다. 그가 난지에게 말했다.

"여기까지 오는 데는 시간이 꽤 걸릴 거야. 난 도련님 상황을 알아보러 갔다 올 터이니, 숙영이 좀 잘 챙겨줘. 혹시 놈들이 나타난다면, 북쪽의 구암산으로 달아나."

난지가 고개를 끄덕였다. 천덕은 그대로 돌아섰다.

한나절을 숙영을 들쳐 멘 채 잠시도 쉬지 않고 산길을 달렸건만, 천덕은 지칠 줄을 몰랐다. 그는 자신이 낼 수 있는 최대의 속도로 왔던 길을 되짚었다.

어래산의 산막에 도착했을 때는 어둠이 내린 뒤였다. 산막 부근에 이르러 주변을 살핀 그는 인기척이 없는 것을 확인하고 이곳저곳을 살폈다. 어둠이 짙은 탓에 제대로 분간할 수는 없었으나 여러 사람이 왔다 간 흔적을 발견할 수 있었다. 그러던 중 무언가가 발에 채였다. 약초를 캐러 갈 때 메고 다니는 바랑이었다. 그제야 전날 안강의 장시로 가면서 천남성을 캤던 일이 떠올랐다. 천덕은 바랑 안을 살폈다. 약초 몇 포기는 그대로 있었지만 천남성은 보이지 않았다. 불길한 기운이 온몸을 훑고 지나갔다. 그는 안강 읍내를 향해 내달렸다.

읍내에 이르러 천덕은 주변을 살폈다. 여염집들은 죄다 어둠에 잠겨 있고, 유독 한 곳만이 불을 밝히고 있었다. 읍내에 딱 하나 있는 의원이었다. 천덕이 조심스럽게 다가가던 중에 대문이 벌컥 열리며 사내 한 명이 밖으로 나섰다. 천덕은 바닥에 납작 엎드렸다. 의원에서 튀어나온 사내는 쥐고 있던 칼을 바닥에 내던지며 소리쳤다.

"빌어먹을! 이런 육시랄!"

이어서 다른 사내가 밖으로 나섰다.

"이 일을 어쩐다? 내일 아침이면 파발이 회주에게 닿을 것인데, 나중에 저놈이 죽은 것을 알면 우리는 뼈도 못 추릴 것이야."

"저 잡것이 독초를 먹었을 거라고 누가 생각이나 했겠어?"

"회주가 그런 사정을 봐줄 사람인가? 십 년을 좇았다고 하지 않는가?"

상규가 죽었다…… 상규가 천남성을 먹고 죽었다……. 천덕은 눈앞이 하얘졌다. 아니, 그럴 리가 없다…… 숙영을 두고 상규가 그런 선택을 할 리가 없다……. 천덕은 후들거리는 다리를 추스르며 의원의 담 쪽으로 바짝 다가갔다. 그는 불이 환하게 밝혀진 의원의 담 너머를 살폈다. 마당 한가운데에 불이 타오르고 있었고 마루에 무사들이 널브러져 있었다. 무사들은 하나같이 낙담한 듯 어깨가 처져 있었다.

천덕은 담에 등을 기대고 앉았다. 불현듯 어릴 적 양상규와 함께 뛰놀던 시절이 선명하게 떠올랐다. 나이가 들면서 다소 소원해지기는 했지만 어릴 때만 해도 천덕과 양상규는 둘도 없는 벗으로 지냈다. 이제 그 벗들은 형제가 되었으나, 아우는 세상을 떠나고 없었다. 끓어오르는 분노와 슬픔에 천덕은 자신의 가슴을 쳤다. 당장 의원에 뛰어들어 몇 놈을 작살내고 자신도 생을 끝내고 싶은 심정이었으나, 참아야 했다. 십년 전 양일엽의 죽음과 마주했을 때 그랬던 것처럼 또다시 참아야만 했다. 아직은 살아야 할 이유가 있었다.

"상규야, 나중에 다시 만나자."

천덕은 천천히 몸을 일으켜 비척비척 걸음을 옮겼다. 그의 쓸쓸한 뒷모습이 어둠 속으로 사라졌다.

"형님, 우리 숙영이 잘 좀 부탁하오."

양상규

25

적의 적

1750년 여름~가을

새벽이었다. 천덕은 지난밤에 숙영이 산막을 떠난 뒤로 내내 한 숨도 자지 못했다. 이제나저제나 숙영이 돌아오기만을 기다리며 뜬 눈으로 밤을 지새우다가 새벽을 맞았다. 천덕이 긴 한숨을 내쉬자 난지가 말했다.

"이제 그만 자시오. 당신이 그런다고 숙영이 일찍 오는 것도 아니지 않소?"

"안 잤어?"

"조금 전에 깼소."

잠시 사이를 두고 난지가 말했다.

"저렇게라도 해야 가슴의 응어리가 풀릴 것이니, 어쩌겠소?"

"내가 그걸 모르는가? 걱정되니 그라지."

"숙영이 걱정은 마소. 산짐승보다 날랜 아이요. 숙영이가 붙잡힐 것 같았으면 내가 기둥에 묶어서라도 못 가게 말렸을 것이오."

다시 잠시 사이를 두고 천덕이 말했다.

"그나저나 또 짐을 싸야 하는데, 당신은 괜찮어?"

"나는 상관없소. 숙영이 덕분에 이 산 저 산 돌아다닐 수 있는 건데, 어찌 귀찮겠소?"

"아, 산이 다 같은 산인데 옮겨 다닌다고 기분이 달라지는가?"

"당신은 산사람 되려면 한참 멀었구면. 어찌 산이 다 똑같소? 생김새도 다르고 기운도 다르고 공기가 다르고 물도 다른데."

"난 아직 잘 모르겠구면."

여명이 희붐하게 밝아오자, 천덕과 난지는 누가 먼저랄 것도 없이 자리에서 일어났다. 바깥으로 나서서 벽에 걸어놓은 바랑과 걸망을 각각 멨다. 산막을 나서며 천덕이 말했다.

"먹을 것은 있어?"

난지가 대답했다.

"쌀도 있고 고구마도 있으니 걱정하지 마시오."

계곡으로 내려가 대충 몸을 씻은 두 사람은 좌구산의 깊은 숲을 향해 걸었다.

양상규가 세상을 떠난 그해 겨울에 고라니들도 한날한시에 세상을 떠났다. 수명을 다한 고라니들은 숙영과 난지, 천덕이 지켜보는 가운데 마치 잠에 빠지듯 마지막 눈을 감았다. 날 때부터 고라니들과 함께했던 숙영의 슬픔이 컸다. 난지와 천덕도 한동안 고라니들이 떠난 산막이 텅 빈 것 같아 가슴이 허전했다.

이후로 숙영은 말수가 크게 줄었다. 나물과 약초를 캐러 갈 때면 난지와 천덕 둘 중에 한 사람은 반드시 숙영 곁을 지켰다. 하지만 세월이 약이었다. 이 년이 지나면서부터는 차츰 예전의 숙영으로 돌아갔다. 난지와 천덕은 숙영이 슬픔을 극복한 것이라 믿었다. 그러나 그게 아니었다. 숙영의 마음속에 똬리를 튼 한(恨)은 숙영의 몸이 성숙하는 것과 비례하여 점점 자라나 있었다.

그날 오후 천덕과 난지가 좌구산의 산막에 이르렀을 때, 굴뚝에서 연기가 피어오르고 있었다. 약초를 캐는 내내 일이 손에 잡히지 않았던 천덕은 그 모습을 보자 비로소 안도의 한숨을 내쉬었다.

천덕과 난지가 산막 마당으로 들어서자 숙영이 정주간에서 뛰어나왔다. 간밤에 분명 큰일을 치렀을 텐데도 그녀는 태연했다.

"천덕 아부지, 이것 마셔 봐. 아버지가 만들던 거랑 비교해서 어때?"

산곡주였다. 아니, 산곡주를 흉내 낸 술이었다. 천남성을 재료로 쓰는 것은 같지만, 약식으로 만들어서 산곡주라 부를 수는 없었다.

숙영은 새로운 장소에 터를 잡고 산막을 세우면 어김없이 산곡주를 만들기 시작했다. 아버지 양상규가 하던 대로 정교하게 다듬은 나뭇조각을 이어 붙여서 나무통을 만들고 김이 새는지 어떤지 살폈다. 하지만 번번이 실패였다. 그래도 천남성을 쪄서 만든 소량의 주정은 남았다. 숙영은 그것을 자신이 직접 만든 고드밥에 섞어서 발효를 시키고 증류했다. 천남성의 독성이 완전히 제거되지 않은 술맛을 보다가 숙영이 준

독된 적도 있었다. 위험천만한 일이어서 천덕이 말렸으나, 숙영은 멈추지 않았다. 그렇게 시간이 흐르자 산곡주의 맛을 완전하게 되살리지는 못했으나 독성을 제거하는 데는 성공했다.

천덕은 숙영이 내민 잔을 받아들었다.

"내가 먼저 마셔봤는데, 독은 없는 것 같아."

숙영의 말에 천덕은 살포시 미소를 짓고 나서 잔을 들이켰다. 이전보다 산곡주의 맛과 향이 더욱 살아 있었다. 자신의 피붙이가 산곡주를 이어가고 있다는 사실을 알면 백선당주 양일엽의 혼백도 기뻐할 것이라는 생각이 들었다.

"좋구나."

천덕의 말에 숙영이 펄쩍펄쩍 뛰며 좋아했다.

"정말, 정말?"

그러고는 난지에게도 잔을 내밀었다.

"난지 어매도 마셔 봐."

난지도 한 모금 입에 대고는 고개를 끄덕였다.

다음 날 새벽 천덕은 길을 나섰다. 그동안 캔 약초를 내수의 장시에 내다팔기 위해서였다. 그는 산막이 있는 좌구산에서 곧장 내수로 향하지 않고 일부러 인경산 쪽으로 향했다가 거기에서 내수의 장시로 향했다. 안강에서의 경험 때문이었다.

안강에서 양상규가 죽은 뒤로 더 이상 추적자는 나타나지 않았다. 하지만 새로운 화근이 생겼다. 숙영이 검계를 상대로 복수를 시작했다. 숙영이 처음 검계의 바침술집에 불을 지른 것은 한 해 전인 기사년(己巳

年, 1749년) 가을이었다. 상주 부근의 채릉산에 자리를 잡았을 때였다. 상주의 장터에 나갔다가 바침술집이 전소(全燒)한 것을 보았을 때만 해도 그것이 숙영이 저지른 일인 줄 몰랐다. 며칠 뒤에 숙영이 사실을 털어놓았다. 천덕과 난지는 숙영을 탓할 수 없었다.

더 이상 채릉산에 머무를 수 없었다. 채릉산을 떠나 북쪽의 속리산으로 향했다. 속리산에서의 평화도 오래가지 못했다. 올해 봄에 가까운 보은 군내에서 다시 검계의 바침술집이 불탔다. 이번에는 숙영도 말하지 않았고, 천덕과 난지도 묻지 않았다. 그냥 조용히 짐을 쌌다. 그렇게 이른 곳이 좌구산이었다.

이번에는 어디로 가야 하나……. 천덕은 좌구산 주변의 산을 하나하나 떠올려보았다. 그러다가 생각해낸 곳이 만뢰산이었다.

내수의 장시는 어수선했다. 바침술집의 규모가 그리 크지 않았으나, 원인이 밝혀지지 않은 화재 사건으로 인해 분위기가 뒤숭숭했다. 천덕으로서는 놀라운 일이 한 가지 더 있었다. 내수는 사방이 산으로 둘러싸인 소읍(小邑)이었다. 주변 민가의 인구를 다 합쳐도 채 백 명이 되지 않았다. 이런 보잘것없는 소읍에까지 밀주를 유통하는 조직이 스며들어 있었다는 사실이 놀라웠다.

천덕은 약방에 약초를 넘기면서 주인에게 물었다.

"이곳 내수에도 검계가 뻗어 있었소?"

약방 주인이 대답했다.

"조선 천지에 검계 없는 곳이 어디 있겠소? 이곳은 워낙 외진 곳이어서 금주령이 내렸을 때도 별 단속을 받지 않았는데, 어느 날 놈들이 나타나서는 술도가를 자기들 것으로 만들더니 술값을 올려버렸지 않았소. 나도 다달이 놈들에게 돈을 뜯기는 중이오."

천덕은 돈을 손에 쥐고도 물건을 사지 않았다. 오늘내일 중으로 좌구산의 산막을 떠나야 했다.

◇ ◆ ◇

홍화정의 행수 기생 연수가 잔에 술을 따랐다. 이철경은 심드렁한 표정으로 그 모습을 지켜보고 있다가 연수가 내민 잔을 받았다. 이철경은 입술에 술을 살짝 묻힌 뒤에 혀로 핥았다. 그러고 나서 잔을 단숨에 들이켠 뒤 술맛을 음미했다.

"괜찮군."

그렇게 말하고 나서 이철경은 연수 곁에 앉은 청지기에게 물었다.

"생산량은 얼마나 되는가?"

청지기가 답했다.

"한 달에 큰 항아리 네 개 정도의 양이 나온다고 합니다. 우리 홍화정에서 쓰는 백자 주병(酒甁)으로 치면 약 오백 병입니다."

"양을 두 배로 늘리라 하라."

"예?"

"한 달에 일천 병을 만들라 말이다. 오백 병은 홍화정에서 소화하고, 오백 병은 경기 지역에 유통한다. 홍화정에서는 다섯 냥, 경기에 유통할 때는 두 냥을 받아라."

청지기가 난처한 표정을 짓다가 말했다.

"회주님…… 고령주(高靈酒)는 만드는 공정이 까다로워 한꺼번에 그렇게 많은 양은 만들 수 없다 합니다."

이철경이 납작 엎드린 청지기의 머리꼭지를 바라보다가 말했다.

"돈을 지원할 테니 시설과 일꾼을 늘리라 하라. 넉 달 안에 일천 병을 생산하지 못하면 너에게 책임을 묻겠다."

청지기가 머리를 조아리고 물러났다. 연수가 그를 따라 바깥으로 나섰다.

이철경은 또다시 산곡주를 떠올렸다. 혀에 감기던 그 알싸하고 달콤한 맛과 향이 평생 지워지지 않을 것 같았다. 산곡주만 있었다면 사업 규모를 지금의 두 배로 키웠을 것이라 생각하니 아쉬움이 더욱 커졌다.

오 년 전 백선당주의 아들을 붙잡았다는 소식을 접했을 때 그는 뛸 듯이 기뻤다. 그래서 당장 계형과 함께 말을 타고 안강이라는 고을로 향했다. 하지만 그곳에서 기다리고 있던 것은 참혹한 소식이었다. 그사이에 백선당주의 아들 양상규가 죽어 있었던 것이다. 의원 말로는 독을 먹은 것 같다고 했다. 이철경은 너무나도 절망적인 현실 앞에 분노를 삼키지 못하고 추격조 책임자의 목을 베고 말았다. 그것으로는 분이 풀리지 않아 부관참시(剖棺斬屍)를 하듯 양상규의 시신을 난도질했다. 그러고 나서 조각 난 시신은 주변 산자락에 아무렇게나 흩어버리도록 했다.

산곡주의 맥이 끊겨버린 것이다. 조선뿐 아니라 청과 바다 건너 왜를 통틀어도 찾을까 말까 한 귀한 술의 명맥이 그렇게 허무하게 끊어져버린 것이다. 그 허탈함과 아쉬움으로 인해 이철경은 오랫동안 밤잠을 제대로 이루지 못했다.

이후로 생각한 것이 유통하는 술의 질을 높이는 전략이었다. 누구나 만들 수 있는 청주나 탁주로는 더 이상 이윤을 높일 수 없었다. 그래서 이철경은 전국을 수소문하여 금주령이 내리기 전에 각 지방에서 만들어지던 특산주를 알아냈다. 그중에 특별히 맛과 질이 뛰어난 술을 선별하여 다시 만들도록 했다. 하지만 귀한 술을 만드는 장인일수록 자존심이 강했다. 순순히 따르지 않는 자는 무력으로 다스렸다. 때로는 재물로 회유했다. 그렇게 만들어진 첫 번째 술이 전라우도 강진의 특산주인 고령주였다. 신맛이 나면서도 끝물에는 단맛이 나는 뛰어난 술이었다. 하지만 산곡주에 비하면 한참 모자랐다. 이철경은 더이상 산곡주에 미련을 두어서는 안 된다고 생각하면서도 쉽사리 마음에서 밀어내지 못하고 있었다.

"회주, 계형입니다."

계형의 음성에 이철경은 상념에서 벗어났다.

"안으로 들라."

계형이 별채로 들어서서 허리를 굽혔다.

"내수라는 곳의 바침술집에 또 불이 났습니다."

"내수? 처음 듣는 곳인데 어디 있는가?"

"청주와 증평 사이의 산지에 있는 인구 백 명 정도의 소읍입니다."

"또 방화(放火)인가?"

"그렇습니다."

"작년 가을부터 상주와 보은에 이어 세 번째군. 인구 백 명 정도의 소읍이라면 이익이 크지 않아서 지역의 왈짜들이 탐을 낼 만한 곳은 아닌데 말이야."

"아무래도 제가 직접 가봐야 할 것 같습니다."

"그런 조무래기들을 상대하는 일은 수하들에게 맡기게."

"아무래도 감이 좋지 않습니다. 상주는 경상좌도의 땅이고, 보은과 내수는 충청도에 속한 지역입니다. 경상도야 칠선객이 아직 완전히 장악하지 못한 지역이라 우리를 적대시하는 정체불명의 무리가 일으킨 일이라 할 수 있지만, 충청도는 다릅니다. 만약 충청도에 균열이 생겼다면 이는 걷잡을 수 없이 커질 것입니다. 미리 단속을 해야 합니다."

이철경이 고개를 끄덕였다.

"자리를 너무 오래 비우지는 말라. 수하가 수백 명이지만, 믿을 만한 이는 오직 계형 자네뿐이다."

계형은 머리를 숙여 보이고 별채를 나섰다.

이학송과 기륭이 일주문을 넘어선 뒤에 돌아섰다. 창해가 기륭의 손을 잡았다.

"꼭 조심해야 한다."

"예, 어머니. 염려 마십시오. 멀리서 염탐만 하겠습니다."

창해가 기륭의 손을 꼭 쥔 뒤에 놓아주었다. 기륭은 아버지 장치경을 향해 고개를 숙여 보였다. 장치경은 별 말 없이 고개를 끄덕였다.

이학송이 월현에게 말했다.

"스님, 내가 없는 동안에 훈련을 게을리 하지 않도록 부탁합니다."

묘적사의 무술승 중에 월현의 성취가 가장 높았다. 타고난 무골인 기륭에 비교할 수는 없지만, 승려가 되지 않았더라면 능히 일군(一軍)을 통솔할 무장이 되었을 것이라고 이학송은 생각했다. 월현이 스무 살이고 기륭이 열여덟로 두 살밖에 차이가 나지 않지만, 월현은 기륭에 비해 훨씬 어른스러웠다. 그래서 이학송은 월현에게 무술승들을 가르치는 사범 역할을 맡겼다.

월현이 말했다.

"스승님, 걱정 말고 다녀오십시오. 스승님만큼은 아니지만 그동안 잘 가르치겠습니다."

이학송이 웃어 보였다.

이학송과 기륭이 걸음을 옮겼다. 일주문에서 멀어졌을 때 산기슭에 만들어놓은 훈련장에서 나이 어린 사미승들이 소리쳤다.

"스승님, 잘 다녀오십시오."

"기륭이 형, 조심해서 다녀와!"

이학송과 기륭은 사미들에게 손을 흔들어 보였다.

기륭은 삼 년 뒤인 계유년(癸酉年, 1753년) 식년시(式年試) 무과를 치를 예정이었다. 기륭의 실력이라면 무과 급제는 떼어 놓은 당상이었다. 도망자 신세인 장치경과 창해가 상민(常民) 신분으로 갈아탄 탓에 신분의 벽을 넘어설 수 없어 고위 무관이 될 수는 없겠지만, 중히 쓰일 가능성이 높았다. 그래서 기륭은 무관이 되기 전에 경기 지역 검계의 실태를 파악하기 위해 나름대로 암행을 하는 중이었다. 지난봄의 암행 때 광주

(廣州)와 수원을 둘러보았고, 이번에는 용인과 오산을 둘러볼 예정이었다. 검계를 뿌리 뽑는 것! 기륭은 할아버지 장붕익이 이루지 못한 꿈을 향해 다가가고 있었다.

이학송은 이규상과 연정흠을 만나기 위해 도성으로 향하는 길이었다. 이규상은 장붕익이 죽었을 때 진천으로 달아났다가 차츰 북상하여 세 해 전부터는 한강 건너 작은 마을에 숨어 지내며 은밀히 연정흠 등과 소식을 주고받고 있었다.

"스승님, 검계라는 자들은 도대체 어떻게 생겨난 것입니까?"

기륭의 물음에 이학송이 머릿속으로 생각을 정리한 뒤 답했다.

"어느 시대에나 세상을 어지럽히는 탁류(濁流)들은 있기 마련이었다. 그들은 대체로 호족(豪族)과 귀족의 사병으로서 권력자의 세력을 유지하는 수단인 동시에, 권력자의 비호 아래 민초를 상대로 약탈을 일삼는 무뢰배였지. 그런데 조선이 건국한 뒤에는 양상이 조금 달라졌다. 문벌귀족이 사라지고 사대부들이 권력자의 위치에 오르면서 사병이 거의 사라졌거든. 자신의 권력을 유지하고 확대할 합법적인 무력(武力)을 상실한 권력자들은 암암리에 왈짜들을 수하로 거느리면서 정적을 제거하거나 자신의 권력을 유지하는 데 방해가 되는 이들을 처단하는 수단으로 삼았다. 하지만 임진왜란 이전만 해도 왈짜들이 조직적으로 움직이지는 않았어. 임진란을 전후하여 양반의 위상이 실추되고 반상의 규율이 흐려지자, 조정 대신들은 성리학을 심산유곡의 고을에까지 주입하여 질서를 바로잡고자 했다. 이때 형성된 것이 향약계(鄕約契)다. 향약계 외에도 시역 공동체를 단속하기 위한 여러 가지 형태의 계(契)가 만들어졌지. 그런데 고을의 유지들과 권력자들은 이 계를 사적으로 동원하여 힘을 과시하는 수단으로 삼기 시작했다. 계에 속한 부민과 읍민들은 힘 있는 자들의 요구에 따를 수밖에 없었지."

기륭이 끼어들었다.

"그럼 각 고을의 계들이 검계로 변한 것입니까?"

"사실은 그게 알 수 없는 부분이다. 지역의 힘 있는 자들이 사적으로 계를 동원하고 부당하게 활용하였으나, 그게 범죄 조직으로 발전하지는 않았다. 그런데 현왕의 부친인 숙종 임금에 이르러 무를 숭상하고 조직적으로 범죄를 일삼는 검계가 나타나기 시작했다. 왜 하필 그때였는지는 아직 파악하지 못했다."

"스승님께서 검계에 대해 많이 연구하셨군요? 하긴 적을 알아야 제대로 공격할 수 있을 테니까요."

이학송이 고개를 저으며 말했다.

"지금 내가 네게 들려준 이야기는 내가 알아낸 것이 아니라, 네 할아버지 휘하에서 함께 싸웠던 이규상이라는 동지가 알아낸 것이다. 곧 너도 규상을 만나게 될 것이다."

묘적사 계곡 아래의 마을에 이르러 이학송과 기륭은 헤어졌다. 이학송은 그곳에서 서쪽으로 향하고, 기륭은 남쪽으로 향하여 두물머리에서 나룻배를 타고 강을 건너야 했다.

이학송이 말했다.

"기륭아, 절대로 검계와 싸워서는 안 된다. 아직은 싸울 때가 아니다."

기륭은 자신이 들고 있는 지팡이를 내려다보았다. 이 년 전 스승 이학송이 어렵게 구한 박달나무를 정성스럽게 다듬어 만든 것이었다. 쇠와 부딪쳐도 부러지거나 잘리지 않을 만큼 단단했으나, 목검으로 진검을 상대할 수는 없었다.

"명심하겠습니다, 스승님."

이학송이 먼저 걸음을 옮겼다. 기륭은 이학송이 보이지 않을 때까지 자리를 지키다가 시야에서 사라진 뒤에야 움직였다.

계형이 충청도 내수에서 일어난 바침술집 화재를 알아보러 떠난 지 보름 만에 도성으로 돌아왔다. 새벽에 도착한 그는 이철경이 잠에 든 시각임에도 홍화정의 별채를 찾아 그를 깨웠다. 계형이 돌아오기를 손꼽아 기다리던 이철경은 계형이 새벽잠을 깨웠음에도 전혀 탓하지 않았다.

"왜 이리 오래 걸렸는가?"

계형과 마주 앉고 난 뒤에 이철경이 내뱉은 첫 마디는 그것이었다.

"사안이 중하여 오래 머무를 수밖에 없었습니다."

"말해보라."

계형이 잠시 사이를 두고 입을 열었다.

"내수에 도착하여 근방에서 활동하는 왈짜들이 있는지 알아보았으나, 예상대로 주변인 청주와 증평 등은 우리 칠선객이 완벽하게 관리를 하고 있는 상태였습니다."

"그럼 누군가의 실수로 일어난 화재인가?"

"아닙니다. 방화의 흔적이 역력했습니다. 누군가 바침술집의 곳곳에 기름을 바르고 불을 붙인 것이 확실합니다."

"내부의 소행인가?"

"그래서 내수 장터의 상인들과 읍민들을 상대로 탐문하였습니다."

그렇게 말하고 나서 계형이 종이 한 장을 펴서 이철경에게 내밀었다. 양상규를 추적할 때 함께 좇았던 심마니 천덕의 초상이 그려져 있었다. 초상화를 받아든 이철경의 눈이 커졌다. 계형의 말이 이어졌다.

"한동안 장터에 나타나던 심마니가 없었는지 물으며 초상화를 내밀자 몇 사람이 이 자를 알아보았습니다."

이철경은 상체를 앞으로 기울인 채 계형의 다음 말을 기다렸다.

"그래서 증평과 청주의 칠선객 조직원과 관원들까지 동원하여 일대의 산을 뒤졌습니다. 그리고 죄구신이라는 데서 심마니의 산막을 찾았습니다. 이것을 보십시오."

계형이 작은 단지를 연상 위에 올려놓았다. 이철경이 기대에 찬 눈빛으로 말했다.

"이것이 무엇인가?"

"산막에서 찾은 것입니다. 회주께서 찾으시는 물건이 아닌가 하는 생각이 들어 가지고 왔습니다."

이철경은 심호흡을 했다. 그는 단지의 뚜껑을 열고 내용물의 냄새를 맡았다. 그의 표정이 환하게 밝아졌다.

"계형, 이것의 맛을 보았느냐?"

"아닙니다, 회주."

이철경은 바깥에 대고 소리쳤다.

"잔 두 개를 가져오라!"

오래지 않아 청지기가 잔을 가지고 와 연상에 내려놓았다. 청지기가 나간 뒤 이철경은 단지에 든 것을 잔에 따랐다. 잔 두 개를 채우지 못할 정도의 소량이었다.

"맛을 보라."

계형이 잔 하나를 들어 내용물을 들이켰다. 계형의 눈이 커졌다. 그 모습을 지켜보던 이철경이 미소를 지었다.

"맛이 어떠한가?"

계형이 대답했다.

"지금껏 경험하지 못한 기가 막힌 맛입니다. 이것이 무슨 술입니까?"

이철경이 잔을 들이켰다. 흡족한 표정을 짓고 나서 말했다.

"백선당주가 만든 것만은 못하지만, 산곡주가 분명하다. 내가 그렇게 도 찾아 헤맸던 바로 그 술이다."

이철경은 맛을 음미하는 듯 눈을 감고 있다가 말을 이었다.

"하늘이 나를 돕는구나. 백선당주의 아들이 죽어 산곡주의 맥이 끊겼다고 여겼거늘, 그 심마니 놈에게 비법이 전수된 것이다."

이철경은 직접 지도를 가져와 바닥에 펼쳤다.

"놈은 지금 바침술집에 불을 질러 우리에게 타격을 주는 것으로 복수 글 하고 있다. 다음 공격 지점은 어디일 것 같은가?"

계형이 지도를 유심히 살피더니 대답했다.

"진천이나 증평, 음성은 내수에서 너무 가깝습니다. 저라면 천안이나, 아산, 안성 가운데 한 곳을 고르겠습니다.

"좋다! 세 지역에 인력을 보충하라. 하지만 놈이 공격할 여지를 주어야 하니, 무사들이 눈에 띄지 않도록 하라. 그리고 심마니는 반드시 생포하라."

"예, 회주!"

계형이 바깥으로 나섰다. 이철경은 천장을 올려다보며 미소를 지었다.

가을 햇살이 좋았다. 묘적사에서만 지내다가 검계를 염탐하러 길을 나설 때면 가슴이 뻥 뚫렸다. 이번에 향하는 곳은 안성이었다. 안성까지 파악하고 나면 경기 남동쪽은 거의 둘러본 셈이었다.

묘적사를 떠난 지 이틀 만에 안성에 도착했다. 마침 장날이라 장시는 사람들로 붐볐다. 기륭은 남사당패의 공연을 구경하다가 돌아섰다. 장터 곳곳의 주막에서는 대낮부터 술판을 벌인 사내들이 호기롭게 떠들고 있었다. 그는 도대체 술이 무엇이기에 사람들을 저리 흥분하게 만드는지 궁금했다.

솔직히 기륭은 금주령에 크게 신경 쓰지 않았다. 절반은 불제자인 탓에 스스로 술을 멀리할 뿐 사람들이 국법을 어기고 술을 마시는 일에 크게 거부감이 없었다. 하지만 밀주를 유통하는 검계 조직에 대해서는 달랐다. 할아버지 장붕익을 죽음으로 내몰고 아버지와 어머니를 도망자 신세로 만든 이들은 결코 용서할 수 없었다.

'내가 무관만 된다면 깡그리 오랏줄로 포박하리라.'

어릴 때부터 할아버지 장붕익의 무용담을 듣고 자란 덕분에 기룡은 커서 할아버지 같은 사람이 되겠노라고 다짐했다. 이제 그날이 삼 년 뒤로 다가와 있었다.

술항아리를 실은 수레 두 개가 커다란 집으로 들어가는 걸 목격하고 기룡은 길을 지나는 행인에게 물었다.

"저곳은 무엇 하는 집입니까?"

행인이 아직 앳된 티를 벗지 못한 기룡의 얼굴을 훑어보다가 대답했다.

"주색(酒色)을 파는 곳이다. 술이 있고, 여자가 있는 곳이지. 그래서 색주가라고 한다. 벌써부터 저런 데 다닐 생각을 했다가는 나중에 패가망신할 것이다."

행인은 기룡에게 단단히 이르고는 가던 길을 갔다.

지금껏 다녀본 고을에서는 본 적 없는 곳이었다. 안성이 그리 큰 고을이 아닌데도 규모가 꽤 큰 술집이 있다는 사실이 의아했다.

기룡은 주변을 둘러보았다. 근처에 키 큰 나무가 자라고 있었다. 그는 길에 사람이 없는 것을 확인하고 나무를 탔다. 나무 위에 이르자 색주가 마당이 훤히 내려다보였다. 식솔들이 분주히 오가는 것으로 보아 장사 준비에 여념이 없는 듯했다. 그리고 칼을 든 무사가 여럿 보였다.

어느 고을에서나 검계의 바침술집에는 으레 무사들이 한둘은 있기 마련이지만, 그곳은 특히 숫자가 많았다. 기륭은 성업을 하는 저녁나절에 다시 살피기로 하고 나무에서 내려갔다.

그날 밤 기륭은 다시 색주가 부근에 이르렀다. 담 너머로 훤한 불빛이 새어나왔다. 적지 않은 취객들이 있는 듯 와자한 소리와 여자들의 교태 섞인 웃음소리가 담을 넘었다. 기륭은 낮의 그 나무에 올랐다. 마당 한가운데 피워놓은 모닥불 주변에 여러 명의 남자가 둘러서 있었고, 하인들은 술과 음식이 가득한 상을 나르고 있었다. 술상 위의 저 음식만으로도 묘적사 아래 빈곤한 마을 전체가 배부르게 먹고도 남을 것 같았다. 한쪽에서는 배를 쫄쫄 굶고 있는데, 다른 한쪽에서는 술과 음식으로 배에 기름을 두르고 있었다. 세상의 부조리한 단면을 목격하는 기륭의 마음이 편치 않았다.

오래지 않아 인경이 울렸다. 딱따기꾼을 앞세운 순라군 둘이 색주가를 지나갔다. 통금을 어길 뿐 아니라 금주령마저 대놓고 묵살하는데도 순라군들은 색주가를 모른 체했다. 그동안 살펴본 고을에서도 이미 봐온 익숙한 장면이었다. 기륭은 자신이 무관이 된다면, 관리들의 기강부터 바로잡으리라 마음먹었다.

기륭이 나무에서 내려가려 할 때였다. 색주가에서 가장 큰 건물의 기와지붕에 인영이 보였다. 검계의 무사인 듯했다. 무사는 바짝 몸을 엎드린 채 경계를 하고 있었다. 마치 쳐들어올 적에 대비하는 모양새였다. 다른 고을의 술집에서는 본 적 없는 광경이었다. 기륭은 이전과는 다른 어떤 일이 벌어지고 있음을 직감하고, 나뭇가지 사이에 더욱 깊이 몸을 숨긴 채 무슨 일이 벌어지나 기다렸다.

햇불을 든 검계 무사 두 명이 나무 아래를 지나가고 난 뒤였다. 색주가 맞은편의 기와집 담벼락을 따라 작은 그림자가 접근하는 것이 보였다. 그 그림자는 달빛과 색주가의 불빛이 닿지 않는 곳으로만 골라 다녔다. 몸집이 작은 반면 민첩하고 날랜 그림자의 주인공은 검계 무사들의 시선이 닿지 않는 사각(死角)으로만 움직였다.

낯선 그림자는 짙은 그늘과 색주가를 여러 번 오가며 무언가를 벽과 대문에 발랐다. 번을 서는 무사들이 다가올라 치면 잽싸게 빠져 웅크렸다가 기회를 보아 다시 길을 가로질러서는 같은 일을 되풀이했다. 아무리 보아도 검계에게 우호적인 자는 아니었다. 적의 적은 우군이라 했던가? 아니, 반드시 그렇지만은 않다. 기륭은 숨을 죽인 채 낯선 그림자의 움직임을 계속 지켜보았다.

그때 누군가 소리쳤다.

"술도가에 불이 났다!"

기륭이 고개를 빼서 보니, 장시 쪽이 불빛으로 환했다. 화재가 난 모양이었다. 순라군과 검계 무사들이 우르르 그쪽으로 달려갔다. 인원이 빠져나간 틈을 타 낯선 그림자가 다시 색주가로 접근했다. 그림자가 숨은 쪽에서 작은 불꽃이 여러 번 일었다. 부싯돌이었다. 순간 불길이 일어났다. 무사들의 눈을 피해 부지런히 오가며 미리 기름을 발라둔 모양이었다. 그제야 기륭은 그림자 인간을 똑똑히 볼 수 있었다. 검은 옷차림의 그는 가녀린 몸피로 보아 여자임에 분명했다. 그녀는 미리 준비해둔 기름 바른 나무에 불을 옮기고는 그것들을 색주가 안으로 던졌다. 불길이 날아들자 색주가는 한 순간에 아수라장으로 변했다.

"저기다!"

기와지붕에서 경계를 서던 무사가 검은 옷차림의 여인을 발견하고 소리쳤다. 그러자 그동안 색주가 안에 몸을 숨기고 있던 무사 여러 명이 칼을 빼들고 바깥으로 나섰다. 그뿐만이 아니었다. 거리 곳곳에 잠복하고 있던 무사들이 모습을 드러냈다. 그들은 화재가 일어날 걸 예상이라도 한 것처럼 움직였다.

그림자가 모퉁이를 돌아 달아났다. 기륭이 나무 위에서 보니, 무사 두 명이 그림자가 달아나는 쪽으로 접근하고 있었다. 마주 오는 무사들을 발견한 여인이 방향을 돌렸으나, 뒤쪽에서도 무사 두 명이 다가섰다. 망설일 여유가 없었다. 기륭은 나무에서 뛰어내려 그림자 쪽을 향해 달렸다. 뒤쪽에서 접근한 무사의 칼이 그림자 여인을 내리치려는 순간, 가까스로 기륭의 박달나무 목검이 막아냈다.

채챙!

날카로운 소리가 이어지는 가운데 기륭과 무사들이 몇 합을 겨루었다.

"따라와!"

그림자 여인이 소리치고는 내달리기 시작했다. 무사들의 칼날을 피한 기륭이 그녀를 뒤따라 뛰기 시작했다. 기륭은 뜀박질이라면 어느 누구에게도 지지 않을 자신이 있었지만, 좀처럼 낯선 그림자와 거리가 좁혀지지 않았다. 가까스로 따라잡으면 그림자 여인이 다시 간격을 벌렸다. 대단한 경공술이었다.

마을을 벗어나 산자락의 나무들 사이에 몸을 숨긴 뒤에야 두 사람은 걸음을 멈추었다. 그림자 여인은 마을에서 일고 있는 불길을 내다보다가 기륭을 향해 돌아섰다.

"왜 끼어들어?"

날카롭고 앳된 음성이었다. 기륭은 도움을 베풀고도 되레 욕을 먹자, 어이가 없어서 입을 헤 벌렸다. 순간 구름 속에 숨었던 달이 나타나면서 복면 사이의 맑은 눈동자가 드러났다. 잠시 기륭을 노려보던 여인은 몸을 홱 돌려 숲으로 사라졌다. 무사들이 다가오는 소리가 들려왔다.

'검계를 적으로 삼았다면 언젠가 다시 만나리라.'

기륭은 여인이 사라진 숲과는 반대 방향으로 달리기 시작했다.

"우리 가문의 원수,
    검계 놈들을 가만두지 않을 거야!"

양숙영

26
묘적
1753년 봄

      계유년(癸酉年, 1753년) 이른 봄이었다. 문무백관이 도열한 가운데 임금이 인정전으로 들어서고, 그 뒤로 도승지와 내시를 대동한 세자 이선이 들어섰다. 임금이 용상(龍床) 오른쪽에 마련된 팔걸이의자에 자리를 잡자, 세자가 용상에 올랐다.

    세자가 열다섯 살이던 기사년(己巳年, 1749년)에 시작된 대리청정(代理聽政)이 벌써 사 년째를 맞았지만, 세자는 여전히 용상이 편치 않은 듯 표정이 잔뜩 굳어 있었다. 원래 대리청정은 왕이 정사를 돌볼 수 없는 상황에 처했을 때 이루어지는 일이었으나, 올해 예순이 된 임금은 여전히 건강했고 정신도 또렷했다. 그럼에도 임금은 신료들의 만류를 물리치고 굳이 세자로 하여금 정사를 돌보도록 했다.

표면적인 이유는 세자의 제왕 수업이었지만, 그것만이 아니었다. 임금의 심중을 완전히 헤아릴 수는 없으나, 저의(底意)는 어느 정도 짐작할 수 있었다. 대리청정을 하는 동안 세자는 노론 신료들과 자주 부딪쳤다. 게다가 임금은 신료들 앞에서 세자에게 자주 면박을 주어 그의 체면을 깎아먹었다. 그렇지 않아도 부왕(父王) 앞에만 서면 하얗게 질리고 꿀 먹은 벙어리가 되고 마는 세자 이선은 조회와 어전 회의에서 노론 신료들의 공격을 받으면서 더더욱 움츠러들었다. 대리청정을 시작할 때만 해도 노론의 부당한 읍소를 꺾고 내치던 패기는 사라지고 세자는 점점 바보가 되어갔다. 인정전의 가장 높은 자리인 용상에 앉았으나 허수아비가 따로 없었다. 게다가 임금은 신료들 앞에서 세자가 곤경에 처하는 것을 은근히 즐기는 듯했다. 물론 아비 된 이로서, 더욱이 자신을 이어 왕이 될 세자를 걱정하는 마음이 왜 없겠는가. 세자를 용상에 앉힌 왕의 마음에는 세자가 나날이 무너지는 것을 지켜보며 일종의 쾌감을 느끼는 잔인한 심성과, 끝끝내 신료들의 공격을 이겨내어 우뚝 서기를 바라는 아비의 바람이 공존했다.

좌찬성 이제겸은 안절부절못하고 있는 세자를 바라보다가 안타까운 마음에 눈을 감아버렸다. 왕과 세자 사이의 골이 깊어진 원인을 따지자면 시간을 오래전으로 되돌려야 했다.

현왕은 왕자인 연잉군 시절에 부왕인 숙종의 총애를 받지 못했다. 숙종의 애정은 오로지 여섯째 아들인 연령군에게로만 향했다. 맏아들인 이복형 경종은 그나마 신료들로부터 왕세자 대접을 받았으나, 연잉군은 안팎에서 찬밥 신세를 면치 못했다. 무수리 출신에게서 난 서자(庶子)!

연잉군은 자신의 신세가 초라한 이유가 그 때문이라고 여겼고, 부왕인 숙종과 이복형인 경종을 이어 왕위에 올라 치세 삼십 년이 된 지금까지도 자격지심에서 벗어나지 못했다.

을묘년(乙卯年, 1735년)에 태어난 세자 이선은 기해년(己亥年, 1719년)에 얻은 아들 효장 세자가 열 살을 채 넘기지 못하고 죽은 뒤에 어렵게 얻은 귀한 아들이었다. 이선은 어릴 때부터 문재가 돋보여 세 살 때 《효경》을 깨치고 여덟 살에는 《동몽선습》을 토씨 하나 틀리지 않고 그대로 베껴 써서 아비를 기쁘게 했을 뿐 아니라, 신료들로부터도 칭찬이 자자했다. 하지만 세자는 나이를 먹어가면서 문(文)보다는 무(武)에 관심이 높았다. 아들이 학문에 매진하여 잘난 체하는 문인 신료들의 기를 꺾어주기를 바랐던 왕의 실망이 차츰 깊어갔다. 그러던 중 전쟁놀이에 여념이 없는 세자를 발견한 왕은 분노를 참지 못하고 세자의 훈육을 담당하던 상궁 두 사람에게 형벌을 내렸고, 그 둘은 결국 죽고 말았다. 부왕과 세자 사이가 완전히 틀어진 것이 그때부터였다. 저승전(儲承殿)에서 함께 기거하며 피붙이와도 같은 정을 나누었던 상궁들이 부왕에 의해 죽음을 맞자, 어린 세자는 크게 충격을 받았고 부왕을 두려워하기 시작한 것이다. 왕은 자신 앞에서 벌벌 떨며 눈치만 살피는 세자가 마음에 찰 수 없었다.

신료들은 신료들대로 왕과 척을 진 세자를 불편하게 생각했다. 특히 노론 신료들이 그랬다. 대리청정을 시작한 뒤로 나날이 기가 꺾인 세자는 경오년(庚午年, 1750년)에 태어난 아들 의소세손이 이 년도 안 되어 죽자 더욱 위기소침해졌고, 부왕과 신료들 앞에서 자신의 생각을 제대로 밝히지 못할 정도로 주눅이 들었다. 하지만 노론 세력이 자신들의 의도를 관철하기 위해 올린 주청에는 사사건건 반대하는 뜻을 내비쳤다. 왕의 나이 예순이었다. 달리 후사(後嗣)가 없는 상황에서 왕이 승하하기라도 해서 세자가 왕위에 오른다면 노론은 절체절명의 위기에 처할 수 있었다. 왕실에 대를 이을 자식이 한 명이라도 더 있었다면, 노론은 떼거지로 달려들어 이선의 세자 지위를 박탈하라고 왕을 윽박질렀을 것이다.

그러던 중 의소세손이 죽고 오래지 않은 임신년(壬申年, 1752년) 10월, 정실(正室)인 세자비에게서 다시 아들이 태어났다. 세손(世孫)이 태어난 일은 왕실에 큰 경사였으나, 노론 세력에게도 다행스러운 일이었다. 달리 방도가 없어 세자 이선을 내칠 주장을 펴지 못했던 그들에게 세손은 좋은 대안이 되어준 것이었다.

좌찬성 이제겸은 궁궐 내에 흉흉한 소문이 돌기 시작한 것이 세손 이산의 탄생과 무관하지 않음을 직감했다. 노론의 이간질이 본격적으로 시작된 것이다. 이제겸은 내반원 내시 몇 명이 노론에게 매수되어 세자가 하지도 않은 일을 거짓으로 꾸며서 궁내에 소문이 돌도록 만들고 있다는 사실을 이미 알고 있었다.

"경들은 고하시오!"

세자의 음성이 들려오자, 이제겸은 눈을 떴다. 조금 전만 해도 안절부절못하던 모습은 온 데 간 데 없고, 세자는 다소 무겁게 가라앉은 눈빛으로 문무백관을 둘러보고 있었다. 이제겸만이 아니었다. 여느 때와는 다른 세자의 모습에 신료들은 하나같이 의아한 표정을 지었다.

"세자는 말해보라. 금주령에 대해서 어찌 생각하는가?"

왕이 대뜸 질문을 던졌다. 며칠 전 세자가 동궁에서 몰래 술을 마셨다는 소문을 접한 까닭이었다. 세자를 탐탁지 않게 여기는 신료들이 거짓을 퍼뜨린다는 사실을 알기에 소문을 접한 왕은 반신반의했으나, 확인을 해야 했다.

세자가 잠시 생각에 잠겨 있다가 입을 열었다.

"아바마마께서 금주령을 내리신 이유는 백성의 배를 채워야 할 곡식이 술을 만드는 데 허비되는 것을 막고자 하는 깊은 뜻이 있음을 알고 있습니다. 하지만 백성이 허기에 시달리고 그들의 살림이 나아지지 않는 것은 곡식이 부족하기 때문이 아니라, 백성에게 돌아가야 할 곡식이 일부 양반과 지주들에게 편중되기 때문입니다. 왕실과 조정의 신료들이 곡식이 제대로 분배되도록 조세 정책을 개선하고 농민들에게서 과도하게 소작료를 뜯는 지주들을 벌하며 어려움에 처한 백성을 위한 긍휼 사업을 적극적으로 실시한다면 금주령은 필요치 않을 것입니다. 금주령은 백성의 배고픔을 달래주는 근본적인 해결책이 될 수 없습니다. 금주령이 시행된 이후로 민초들은 잘잘못을 그릇되게 따지는 관리들에게 억압받고 있으며, 일부 관료들은 밀주를 유통하는 자들과 결탁하여 제 배를 불리고 있습니다. 아바마마께옵선 하루빨리 금주령을 거두어들이시고, 금주령이 시행되는 동안 비위를 저지른 관료들을 색출하여 벌하소서."

장내가 무거운 침묵에 휩싸였다. 세자의 대답은 금주령을 내린 임금이나 직간접적으로 비리에 발을 담근 신료 모두를 당혹스럽게 만들고 있다. 아니나 다를까, 임금의 눈썹이 꿈틀거렸다. 심기가 편치 않다는 뜻이었다. 그렇지 않아도 미운 털이 박혀 있는데, 세자는 신료들 앞에서 임금에게 무안을 주고 말았다.

임금이 자리에서 일어섰다. 세자와 문무백관이 몸을 일으켰다. 임금은 용상 앞의 세자를 잠시 올려다보더니 그대로 인정전을 나가버렸다. 세자가 또다시 임금의 심기를 건드렸다는 사실을 알아차린 신료들 사이에 웅성거림이 일었다. 그날의 조회는 그것으로 막을 내렸다.

이제겸이 창덕궁을 빠져나와 육조 거리의 의정부를 향해 걷던 중에 좌참찬 윤이경이 따라붙었다. 이제겸과 보조를 맞추어 나란히 걷던 윤이경이 이제겸의 옆얼굴을 살피고는 입을 열었다.

"세자 저하의 심경에 변화가 생긴 듯합니다, 대감."

윤이경은 소론에 속한 인물이었다. 세자를 옹호하는 입장인 그로서는 조금 전 세자가 조회에서 보인 태도가 반갑지 않을 수 없었다. 이제겸은 대꾸하지 않고 윤이경의 다음 말을 기다렸다.

"적통(嫡統)을 이을 세손이 탄생하시어 세자 저하께서 마음을 다잡은 것이겠지요."

윤이경의 이어진 말에 이제겸이 고개를 끄덕이며 말했다.

"세자 저하의 춘추가 올해 열아홉이지요. 홍서(薨逝)하신 의소세손을 얻었을 때만 해도 열여섯으로 아직 소년티를 벗지 못했으나, 이제는 다를 겁니다. 남자는 약하나 아버지는 강하다는 말이 있지 않소이까?"

윤이경은 입가에 머금었던 미소를 거두고 말했다.

"그나저나 오늘 세자 저하께서 신료들에게 한방 먹이셨으나, 주상 전하의 심기까지 건드린 것 같아 마음이 편치만은 않습니다."

이제겸이 그의 말을 받았다.

"세손의 탄생으로 주상 전하와 세자 저하의 부자관계가 회복되기를 바랄 뿐이외다."

윤이경은 이제겸의 그 말이 진심임을 잘 알았다. 이제겸은 오랫동안 도승지를 지내며 왕을 지근거리에서 보필했다. 신료들이 노론과 소론으로 갈라져 다투는 동안에도 이제겸은 중심을 잃지 않고 오로지 왕의 곁을 지켰다. 그 무렵 이제겸이 어느 한쪽으로 기울었다면, 왕이 천명한 탕평(蕩平)은 힘을 발휘하지 못했을 것이다. 하지만 윤이경은 왕과 왕실을 향한 이제겸의 충심(忠心)이 때로는 두려웠다. 만약 왕과 세자 중 한쪽을 선택해야 하는 상황이 발생한다면, 그는 세자를 지지하는 소론의 가장 두려운 적이 될 수도 있기 때문이었다.

같은 날 오후 세자 이선은 부왕을 배알하기 위해 희정당으로 향했다. 세자가 나타나자, 희정당의 궁인들은 깜짝 놀랐다. 진노한 왕이 세자를 꾸짖기 위해 불시에 동궁으로 들이닥친 적은 있어도 세자가 몸소 희정당을 찾은 것은 거의 처음 있는 일이었다. 하여 왕은 세자가 찾아왔다는 내시의 전언을 들었을 때 곧바로 응대를 하지 않고 잠시 뜸을 들였다.

"들라 하라."

이윽고 세자가 희정당의 내실에서 부왕과 마주했다. 세자는 여느 때처럼 아비의 눈은 제대로 쳐다보지 못하고 시선을 피했다. 왕은 자신 앞에서 잔뜩 쪼그라드는 세자를 볼 때마다 마음이 아팠다. 자신이 세자를 너무 가혹하게 대했다는 후회가 밀려오기도 했다. 하지만 되돌릴 수 없는 일이었다. 이제 와서 무엇을 어떻게 할 수 있단 말인가. 그저 과거의 그 총명하던 아들로 돌아가기만을 바랄 뿐이었다.

"무슨 일이냐?"

세자 이선은 바짝 몸을 낮춘 채 입술을 달싹거렸으나, 좀처럼 입 밖으로 소리를 내지 못했다. 그 모습이 답답하여 왕이 채근했다.

"무슨 일인지 묻지 않느냐?"

눈을 질끈 감은 채 마음을 다잡은 세자가 비로소 떨리는 음성으로 말했다.

"자, 장봉익이라는 장수가 있었다 드, 들었습니다."

세자의 입에서 뜻밖의 말이 나오자 왕은 놀란 표정을 지었다.

"고구려의 연개소문이나 고려 말의 최영에 필적할 만한 장수였다. 나의 심복으로, 그가 건재할 때 도성에서는 밀주가 사라졌지. 그런데 어찌하여 그 이름을 올리는 것이냐?"

"그그, 금주령을 어기고 밀주를 유통하는 자들을 처, 척결하고자 하옵니다."

"조회에서는 금주령을 비판하여 이 아비의 얼굴에 먹칠을 하더니, 이제 와서 네가 직접 금주령을 단속하겠다?"

부왕의 비아냥거림에 세자는 다시금 잔뜩 움츠러들었으나, 그는 용기를 내었다.

"제도를 악용하여 사사로이 이익을 취하는 무리를 척결하는 일은 관리의 기강과 나라의 질서를 바로잡는 일이옵니다. 소자의 힘이 미약하나, 아바마마께서 허하신다면 방책을 마련할까 하옵니다."

"그때 나에게는 장붕익이 있었다. 너에게는 누가 있느냐?"

"소자와 뜻을 같이하는 이들이 있습니다. 그들과 힘을 합쳐 아바마마의 명이 지켜지도록 충심을 다하겠사옵니다."

왕은 생각에 잠겼다. 밀주를 유통하는 검계라는 집단이 관료 사회와 연결되어 있다는 사실은 그도 익히 알고 있었다. 그러기에 금주령을 단속하는 일은 아주 힘겨운 싸움이 될 수밖에 없었다. 그 힘든 싸움을 세자가 자청한 것이다. 사실 왕은 세자 이선에게서 기대를 거둔 지 오래였다. 하여 경오년(庚午年, 1750년)에 태어난 세손 이정에게 많은 것을 걸었으나 그 역시 물거품이 되고 말았다. 세손 이정이 죽고 오래지 않아 이산이 태어난 덕분에 대를 잇게 되었으나, 세손 이정을 끔찍이 아꼈던 왕은 새로이 태어난 세손 이산에게 아직 정을 붙이지 못한 상태였다.

싫든 좋든 적통을 이을 왕세자는 이선이었다. 그에게 다시 한 번 기대를 거는 수밖에 없었다. 게다가 금주령은 계륵(鷄肋)이었다. 스스로 내린 어명이었기에 거두어들일 수 없었고, 그렇다고 밀어붙일 수도 없었다. 강경하게 나가면 신료들의 거센 저항을 감수해야 했다. 그 일을 세자가 하겠다고 나선 것이다. 왕으로서는 손해 볼 것이 없었다.

"잘할 수 있겠느냐? 칼을 제대로 휘두르지 않으면 그 칼이 너의 목을 칠 것이다."

희정당에 든 뒤 처음으로 세자가 부왕과 눈을 맞추며 말했다.

"담관을 제대로 다스리지 못한다면 어좌에 앉아 있어도 관료들의 허수아비가 될 뿐입니다. 반드시 뜻을 이루어 왕실의 권위를 지키겠나이다."

세자의 그 말이 다시 한 번 왕의 심기를 건드렸다. 금주령을 어기고 검계와 결탁한 탐관들을 다스리지 못한 자신을 지금 세자가 허수아비라고 말하고 있는 것이 아닌가. 하지만 왕은 속내를 드러내지 않았다. 세자가 스스로 청한 일이다. 이 일을 통해 그의 운명이 결정될 것이다.

"잘해보아라."

왕이 자리에서 일어섰다. 세자가 몸을 일으켜 허리를 굽혔다. 왕실의 법도는 매정했다. 왕과 세자는 부자이면서 동시에 군신(君臣)이었다.

동궁 마당으로 들어서자 채제공이 기다리고 있었다. 그를 발견한 세자의 표정이 한결 밝아졌다.

"세자 저하를 알현하옵니다."

세자 이선이 채제공에게 바짝 다가서며 말했다.

"유배에서 풀려났다는 이야기는 들었습니다. 그간 고생이 많으셨습니다."

채제공은 예문관 사관(辭官)을 지내던 중 민가의 재산을 탈취했다는 죄명을 쓰고 유배형을 선고받았다. 명백한 모함이었으나, 채제공은 왕과 세자가 자신을 두둔하다가 어려움에 처할 것을 걱정하여 저항하지 않았다. 왕과 세자도 그의 뜻을 알고 형벌을 내렸다. 그리고 일 년이 지나 다시 관리로 복귀한 것이었다.

채제공은 거의 몰락하다시피 한 남인(南人) 세력에 속한 데다 노론의 견제를 심하게 받았으나, 왕은 불편부당한 그의 처신을 높이 샀고 총애했다. 세자 이선 역시 뭇 관리들의 사표가 되는 그에게 기대는 바가 컸다.

세자가 궁인들을 물리고 채제공을 한쪽으로 끌었다. 둘만 남게 되자 채제공이 말했다.

"희정당에 가셨다 들었습니다. 참으로 잘하셨습니다."

"아바마마께서 금주령 단속을 윤허하셨습니다."

그 말을 들은 채제공의 낯빛이 어두워졌다.

"세자 저하, 힘든 일이 되실 것입니다."

"나도 압니다. 하지만 그 간악한 무리들을 어찌 내버려둘 수 있겠습니까? 그자들이 하는 짓거리를 알고도 모른 체한다면 제왕의 자격이 없습니다."

"저하에게 힘이 될 이들이 있사옵니까?"

"그렇지 않아도 오래지 않아 공에게 그들을 소개할 참입니다. 나의 눈과 귀가 되어주고 힘이 되어주는 이들이 몇 있습니다."

채제공은 세자 이선의 됨됨이를 누구보다도 잘 알고 있었다. 비록 부왕의 눈 밖에 나서 신임을 잃었으나, 백성을 아끼는 마음은 제왕의 그릇이 되기에 충분했다. 세자의 위치가 위태롭다는 사실을 알기에 채제공은 왕과 세자 사이의 다리가 되고자 노력했다.

"이번에 아바마마께서 암행어사에 명하셨다지요?"

"예, 저하. 충청도의 사정을 돌아볼 것을 명하셨습니다."

"참 잘되었습니다. 그 일을 시작으로 아바마마께서 공을 귀하게 쓰실 생각이실 겁니다."

"부디 저하께옵선 옥체를 보존하소서."

"공도 무사히 잘 다녀오십시오."

"예, 저하."

채제공이 허리를 깊이 숙여 보였다. 세자 이선이 그를 흐뭇한 눈길로 바라보며 고개를 끄덕였다.

◇ ◈ ◇

이학송과 기륭이 묘적사를 나섰다. 장치경과 창해, 묘적사의 승려들이 한 사람도 빠짐없이 두 사람을 배웅했다. 기륭은 식년시 무과를 치르기 위해 도성의 경기 감영으로 향하는 길이었다. 한 해 전에 병마절도사가 주관한 초시(初試)를 무난하게 통과한 그가 급제할 것을 의심하는 이는 아무도 없었다. 하지만 스승 이학송은 다른 말을 했다.

"기륭아, 이번에 혹여 급제하지 못한다 해도 낙담하지 말거라."

기륭이 스승의 얼굴을 돌아보며 말했다.

"스승님, 제가 무과에 응하는 자들의 실력에 미치지 못할까 걱정이십니까?"

"아니다. 검술과 권술에 관한 한 너는 이미 나를 넘어섰다. 조선 팔도에서도 너를 뛰어넘는 자는 몇 없을 것이다. 다만 나라에서 치르는 시험이라는 것이 반드시 공정한 것만은 아니기에 하는 말이다."

기륭이 잠시 생각에 잠겼다가 말했다.

"스승님, 걱정하지 마십시오. 혹시 이번에 낙방한다 하더라도 다음을 기대하겠습니다."

기륭의 말에 이학송이 씁쓸한 미소를 지었다. 스승의 표정이 어두운 것을 보고 기륭은 의아한 생각이 들었으나, 더는 묻지 않았다.

이튿날, 두 사람은 도성에 닿았다. 기륭은 다음 날 있을 시험을 위해 감영 근처의 객주에 여장을 풀었다. 이학송은 거기에서 경기 서부 지역으로 향할 예정이었다.

"이번에는 만날 수 있을까요?"

기륭의 물음에 이학송이 답했다.

"그동안 경기 동부와 북부에 있는 검계의 바침술집들에 화재가 났으니, 이번에는 경기 서부일 가능성이 높다. 검계 놈들도 만반의 준비를 할 것이다."

"그 처자가 무사해야 할 텐데요."

"그래, 그래야지. 예감이 좋다. 이번에는 필시 만날 수 있을 것이다."

이학송은 기륭이 안성의 색주가를 염탐하던 중에 우연히 엮였던 처자를 좇는 중이었다. 칠선객이 운영하는 술집과 바침술집에 차례로 불을 지르고 다니는 걸 보면 칠선객에 원한을 가진 것이 분명했다. 그동안 이학송과 기륭은 경기 일대를 돌아다니며 그 처자의 흔적을 좇았으나, 항상 한 발 늦은 뒤였다. 피해가 점점 커지자 검계는 검계대로 날이 선 상태였다. 이대로 가다가는 정체불명의 처자가 위험에 처할 수 있었다. 이학송은 처자를 보호하고 그와 같은 일을 저지르는 이유를 알기 위해 뒤를 좇는 중이었다.

"그럼 나는 이만 떠나마. 무과에서 네가 가진 실력을 십분 발휘하여라."

"예, 스승님. 나중에 묘적사에서 뵙겠습니다."

이학송이 고개를 끄덕이고는 돌아섰다. 기륭은 이학송이 보이지 않을 때까지 자리를 지키고 있다가 객주로 향했다.

다음 날 아침, 기륭은 경기 감영에 도착했다. 감영 앞에는 무과에 응시할 이들과 그들의 가족들이 빼곡하게 들어차 있었다. 각양각색이었다. 이미 무관이라도 된 듯 구군복을 차려입은 양반의 자제와 무사 차림을 한 중인 행색의 사내들과, 그들에 비해 입성이 초라한 농민들이 저마다 청운의 푸른 꿈을 품고 시험을 기다리고 있었다. 기륭은 승려들이 입는 먹물 옷을 걸치고도 머리를 깎지 않은 외모 때문에 눈길을 끌었으나, 사람들의 시선을 개의치 않았다.

드디어 감영의 문이 열렸다. 무과에 응시할 이들이 차례로 호패를 보이고 명단을 확인한 뒤에 감영으로 들어섰다. 감영의 병영은 족히 삼백 명은 되어 보이는 장정들로 가득 찼다. 모두들 긴장한 탓에 표정이 굳어 있었다.

첫 번째 과제는 활쏘기였다. 한 해 전에 초과를 치르기 전 기륭은 이학송의 지도 아래 활쏘기를 연마했다. 수련을 하면서 깨달은 사실이지만, 활쏘기는 마음을 닦는 일이었다. 과녁의 점에 정신을 모으지 않으면 화살은 여지없이 빗나갔다. 시간이 지나 활쏘기에 익숙해진 뒤에도 잡념이 스며들면 과녁을 맞힐 수 없었다.

산중에서 승려들과 함께 생활하는 기륭의 마음을 흩뜨리는 잡념은 딱 한 가지였다. 안성에서 부딪쳤던 검은 옷차림의 처자! 자신을 쩌려보던 그 맑은 눈동자가 부지불식간에 떠올라 마음을 어지럽히고는 했다.

검계를 상대로 위험천만한 일을 하고 있는 그녀가 걱정되어 잠을 이루지 못한 때도 있었다.

'부디 이번에는 스승님께서 그 처자를 만나야 할 텐데.'

무과를 치르는 감영에서도 기륭은 그녀가 떠올랐다. 그는 정신을 흐트러뜨리는 잡념을 쫓기 위해 머리를 세차게 흔들었다.

기륭의 차례가 왔다. 다섯 발을 쏘아야 했다. 기륭은 사선(射線)에 서서 마음을 가다듬었다. 무장(武將)이었던 할아버지도 이곳에서 무관의 길을 처음 걸었을 것이다. 그는 얼굴을 모르는 조부(祖父)의 혼령에게 속으로 말했다.

'할아버지, 저에게 힘을 주세요.'

활시위를 놓았다. 날아간 화살이 정확하게 과녁의 정중앙에 꽂혔다. 기륭은 조금도 망설이지 않고 연거푸 살을 날렸다. 그가 날린 화살은 한 치의 어긋남도 없었다. 그를 지켜보는 감시관(監試官)의 눈빛이 빛났다.

다음은 검술이었다. 먼저 목검으로 대련을 했다. 기륭의 상대는 단 두 합도 버티지 못하고 기륭에게 제압당했다. 전광석화 같은 기륭의 움직임에 무과 응시자들은 물론 시험을 감독하는 무관들도 혀를 내둘렀다. 그들이 보기에 기륭은 그야말로 '물건'이었다.

검술의 두 번째 과제는 짚단을 베는 것이었다. 짚단을 단칼에 벤다면 능히 사람의 목을 쳐서 벨 수 있음을 뜻했다. 기륭은 처음으로 진검을 손에 쥐었다. 목검과는 확실히 느낌이 달랐다. 무관이 된다면 자신에게도 진검이 주어질 것이다. 사람의 목숨을 살릴 수도, 죽일 수도 있는 물건의 주인이 되는 것이다. 기륭은 짚단을 사선으로 그었다. 짚단은 마치 두부가 잘려나간 듯 매끄럽게 절단되었다.

그때부터 기륭을 바라보는 응시자들의 눈빛이 달라졌다. 구군복을 닮은 옷으로 멋을 낸 양반가 자제들은 애써 무시하는 척했으나, 기륭이 무예를 펼칠 때마다 어쩔 수 없이 그를 눈으로 좇았다. 응시자 모두가 감영에 들어서며 장원(壯元)의 영예를 노렸을 것이나 그 자리의 주인은 이미 정해진 것으로 보였다. 승려들이나 입는 회색빛의 옷을 입은 바로 그 사내, 기륭이었다.

무예를 가늠하는 과제와 학문적 소양을 살피는 강서(講書)가 모두 끝났을 때는 해가 기울고 있었다. 하루 동안의 무과 시험을 끝낸 응시자들은 결과를 기다렸다.

드디어 시관(試官)이 급제자의 이름을 호명했다. 먼저 세 번째 등급인 병과(丙科)에 오른 스물 명의 이름이 불렸다. 희비가 교차하는 가운데 기륭의 이름은 거기에 없었다. 다음으로 을과(乙科)에 오른 다섯 명의 이름이 불렸다. 거기에도 기륭은 속해 있지 않았다. 드디어 첫 번째 등급인 갑과(甲科)에 오른 세 명의 이름만이 남았다. 이 셋 중에 이름이 가장 늦게 불린 자에게 장원 급제의 영예가 주어졌다.

"갑과 급제 오명환!"

이름의 주인인 듯한 사내가 환호성을 터뜨렸다.

"갑과 급제 김용일!"

기륭 곁에 서 있던 '김용일'이라는 양반 자제가 괜히 거들먹거리며 기륭을 일별하고는 앞으로 나섰다. 이제 장원 급제만이 남아 있었다. 기륭은 떨리는 마음을 추스르며 자신의 이름이 불리기를 기다렸다.

"장원 급제 최국영!"

기륭의 눈앞이 캄캄해졌다. 묘적사의 모두가 그랬듯, 기륭 자신도 무과에 급제할 것을 단 한 번도 의심한 적이 없었다. 자신의 성취가 어디에 이르렀는지 알 수는 없었으나, 무장 출신인 주지 일여와 스승 이학송은 기륭이 타고난 무골임을 이야기하지 않았던가. 그리고 무과의 과제를 수행하는 동안 그는 딱히 자신의 적수가 될 만한 이를 찾을 수 없었다. 그랬는데, 결과는 낙방이었다. 그제야 관리를 선발하는 국가의 시험이 반드시 공정한 것만은 아니라는 스승의 말이 떠올랐다.

"아무래도 어떤 수작이 있는가 보오. 나보다 그대의 무예가 훨씬 출중한데, 나라의 부름을 받지 못하다니."

누군가의 음성이 들려왔다. 기륭이 자신 앞에 선 사내를 올려다보았다. 기륭보다 머리 하나가 더 있을 만큼 키가 큰 사내였다.

"따라오시오."

사내가 성큼성큼 시관에게 다가갔다.

"갑과에 이름을 올린 최국영이라 합니다. 평가에 문제가 있는 듯하여 시정을 요구합니다."

시관이 최국영을 올려다보았다. 시관과 눈이 마주치자 그는 멀찍이 떨어져 있는 기륭을 손가락으로 가리키며 말을 이었다.

"누가 보아도 저이의 실력이 가장 출중한데, 어찌 급제자 명단에 이름을 올리지 못했습니까?"

기륭은 장원 급제를 한 이가 자신을 대변하여 문제를 제기하자, 용기를 내어 시관에게 다가갔다. 시관도 기륭이 낙방한 일이 납득이 가지 않는 듯 곤란한 표정을 지은 채 침묵을 지켰다. 그러자 무과를 치르는 동안 현장을 감찰하던 무관이 다가왔다. 활쏘기를 할 때부터 기륭을 유심히 지켜보던 바로 그 감시관이었다.

"결과는 바뀌지 않는다. 이만 돌아가라."

하지만 최국영은 물러서지 않았다.

"저이가 낙방하였다면, 장원 급제를 하여도 명예롭지가 않습니다."

그제야 기륭도 입을 열었다.

"제가 어찌하여 낙방하였는지 그 이유를 알려주십시오."

감시관이 말했다.

"낙방한 이들에게 어찌 일일이 그 이유를 밝힌단 말인가. 평가는 공명정대하였으니, 이만 돌아가라!"

감시관이 매서운 눈빛으로 기륭과 최국영을 쏘아보고는 돌아섰다. 내내 안절부절못하던 시관도 기륭과 최국영을 일별하고는 그대로 자리를 떠났다.

"미안하게 되었소. 마땅히 그대가 장원의 영예를 누렸어야 하오."

기륭은 위로를 건네는 최국영을 향해 씁쓸한 미소를 지어 보였다. 그는 고개를 숙여 감사를 표하고는 돌아섰다.

기륭은 감영에서 멀지 않은 한강변으로 향했다. 억울한 마음을 달랠 길이 없었다. 묘적사를 떠날 때 자신을 응원하던 부모님과 승려들의 얼굴이 하나하나 떠올랐다. 그는 웃자란 억새풀 사이에 벌러덩 누워버렸다. 해가 기울어 사위가 캄캄했다.

"그대가 왜 낙방했는지 아는가?"

낯선 음성에 기륭은 재빨리 몸을 일으키고 자세를 낮춘 채 주위를 살폈다. 기륭이 인기척을 느끼지 못한 틈에 다가올 정도라면 무예가 뛰어난 자였다. 기륭은 음성이 들려온 쪽의 어둠을 헤집다가 한 사내의 인영을 발견했다. 옆모습을 보인 채 밤하늘을 올려다보는 것으로 보아 공격할 의사는 없는 듯했다. 다시 나직한 음성이 날아들었다.

"그대가 낙방한 이유는 능력이 출중해서이네. 군계일학! 그런 이를 도적의 손에 넘길 수는 없지 않겠소?"

"뉘시오?"

기륭이 물었으나, 사내는 답하지 않고 멀어져갔다.

계형은 바침술집 주변을 살핀 뒤에 안으로 들어섰다. 술을 즐기지 않는 그로서는 술 익는 냄새가 역겨웠다. 부평에 도착하여 바침술집에 머문 지 벌써 한 달째였다. 냄새에 익숙해질 만도 하건만 날이 갈수록 괴로움이 더해갔다. 이제는 두통이 생길 지경이었다.

바우가 말했다.

"사형, 언제까지 기다려야 할까요?"

계형은 시원하게 답할 수 없었다. 경기의 제법 규모가 큰 술집과 바침술집이 죄다 화재에 소실된 탓에 밀주 공급선에 지장을 초래할 정도였다. 상대는 점점 대담해졌고, 계형은 조바심이 커졌다. 회주 이철경은 반드시 상대를 생포하라 했으나, 만약 눈앞에 그가 나타난다면 단칼에 베고 싶을 만큼 그는 바짝 독이 올라 있었다.

"놈을 붙잡지 않고는 도성으로 돌아가지 않을 것이다."

계형의 말에 바우가 다시 물었다.

"놈이 이곳으로 올까요?"

"부평은 제물포와 도성을 연결하는 기착지(寄着地)다. 상인의 왕래가 잦은 만큼 거래량이 많으니, 놈은 반드시 이곳을 노릴 것이다."

"목격자에 의하면 몸피가 작다 했습니다. 어떤 이들은 여자일지도 모른다고 하더군요."

"놈이든 년이든 회주가 원하는 술과 관련된 것만은 분명하다. 놈을 잡기만 하면 이 지긋지긋한 추격전도 끝날 것이다."

지난 삼 년 동안 계형은 번번이 그를 놓쳤다. 계형으로서는 불행하게도 항상 길이 엇갈렸다. 이쪽을 지키면 저쪽에서 터지고 저쪽을 지키면 이쪽에서 터지는 식이었다. 그래서 계형은 아예 한 곳에 눌러앉는 쪽으로 전략을 달리했다. 제물포와 도성을 잇는 길목을 지키면 언젠가는 걸려들 것이라는 생각에 벌써 한 달째 부평에 머무르는 중이었다.

중천에 걸렸던 해가 차츰 기울었다. 계형은 장시의 색주가를 지키기로 하고 바침술집은 수하들에게 맡겼다.

"보통 작자가 아니다. 놈이 방심하도록 너희들은 몸을 숨긴 채 꼼짝하지 말아야 한다. 결정적인 때가 아니면 절대 나서지 말라."

"네, 사형. 명심하겠습니다."

계형은 바우만을 거느리고 바침술집을 떠났다. 나머지 수하들은 바침술집 주변 곳곳에 자리를 잡고 몸을 숨겼다.

계양산에서 하루를 지낸 숙영은 어둠이 깊어지자 남서쪽 능선을 타고 산을 내려갔다가 천마산의 기슭을 끼고 돌았다. 오래지 않아 바침술집이 내려다보이는 산기슭에 이르렀다. 숙영은 바침술집 주변을 살펴보았다. 경계를 서는 무사는 서넛에 불과했다. 저 정도 인력이라면 어렵지 않게 일을 치를 수 있을 것 같았다.

숙영은 바랑에서 돼지기름을 꺼내 미리 준비한 나무막대기 두 개에 발랐다. 바침술집의 지붕이 짚으로 이어져 있어 그곳에만 불을 붙이면 불길이 크게 일 터였다. 숙영은 기름 바른 나무막대기들을 들고 조심스럽게 바침술집으로 다가갔다. 마당에서는 일꾼들이 술을 담그느라 여념이 없었다. 그동안 숙영이 경기도 일대의 바침술집 여러 곳에 불을 지른 탓에 칠선객이 운영하는 대부분의 바침술집은 제때 술을 대기 위해 밤낮 없이 움직여야 했다.

숙영은 숲을 벗어나기 전에 다시 한 번 바침술집 주변을 살펴보았다. 술도가 앞을 지키는 무사 두 명만 조심하면 될 것 같았다. 그녀는 부싯돌을 마주쳐 지푸라기에 불을 일으켰다. 불씨에 기름 바른 막대기를 가져다 대었다. 역한 냄새와 함께 타닥타닥 소리를 내며 불길이 일었다. 숙영은 횃불을 들고 곧장 바침술집 뒤쪽으로 달려갔다. 바침술집에 거의 이르러 지붕으로 횃불을 던지려던 때였다.

"나타났다! 잡아라!"

담벼락 안쪽에 몸을 숨기고 있던 무사 두 명이 담을 넘어왔다. 숙영은 횃불 하나를 무사들에게 던지고, 그들이 주춤하는 사이 나머지 하나를 바침술집의 지붕을 향해 던졌다. 그러고 나서 천마산의 숲으로 날아

나려 했으나, 칼을 든 무사들이 길을 막고 있었다. 반대 방향으로 달아
나야 했다. 하지만 그마저도 여의치 않았다. 어느새 나타난 무사들이 숙
영을 에워싸고 조심스럽게 다가오는 중이었다.

검계의 술집과 바침술집을 방화하는 일을 시작한 이후로 가장 위험
한 순간과 맞닥뜨렸다. 숙영은 자신을 향해 접근해오는 무사들을 뚫고
나가기 위해 틈바구니를 노렸으나, 구멍이 보이지 않았다. 지금껏 상대
해온 무사들과는 다른 자들이었다. 바침술집의 지붕에 불길이 활활 치
솟는데도 그들은 조금도 당황하지 않고 오로지 숙영만을 노렸다. 숙영
은 사로잡히느니 자결하겠다는 심정으로 품에서 작은 단도를 꺼내 손에
쥐었다.

그때였다. 바침술집의 불길이 닿지 않는 어둠 속에서 누군가 빠른
속도로 다가왔다. 손에는 검이 들려 있었다. 이윽고 불빛 안으로 뛰어든
그는 검계의 무사를 향해 검을 휘둘렀다.

딱!

정수리를 강타당한 무사 한 명이 그대로 쓰러졌다. 진검이 아닌 듯
둔탁한 소리가 났다. 검계의 무사들이 전열을 정비하기도 전에 두 번째
무사가 바닥에 널브러졌다. 어둠 속에서 나타난 사내는 천마산 쪽을 지
키고 있는 무사들에게 달려들었다. 무사의 검이 몸통을 가르려는 찰나
사내는 몸을 동그랗게 말고 바닥을 구른 뒤에 몸을 일으키고는 상대의
무릎을 후려쳤다. 이어서 협공을 하는 두 명의 무사로부터 거리를 두고
소리쳤다.

"달아나라!"

숙영은 천마산으로 향하는 퇴로가 열리자, 내달리기 시작했다. 무사들이 숙영을 좇으려 했으나, 사내가 막아섰다. 무사 다섯 명이 사내와 대치했다. 무사들은 수적으로 우위에 있으면서도 쉽사리 덤벼들지 못했다. 꽤 시간을 벌었다고 판단한 사내가 몸을 홱 돌려 숙영이 사라진 천마산의 숲으로 향했다. 무사들이 그의 뒤를 좇으려 했으나, 그들 중의 수장인 듯한 자가 소리쳤다.

"그만두어라! 우리 상대가 아니다. 어두운 숲이라면 오히려 더욱 위험하다."

무사들은 불길이 치솟고 있는 바침술집과 천마산의 어둠을 황망한 눈으로 바라보았다.

숙영은 한강 남단에 이르러 뒤를 살폈다. 좇아오는 자는 보이지 않았다. 하마터면 불귀의 객이 될 뻔했다. 안전을 확보하고 나자, 그제야 숙영의 가슴에 두려움이 차올랐다. 이대로 다시는 천덕과 난지를 보지 못할 수도 있었다는 생각이 들자, 저도 모르게 눈물이 났다.

숙영은 헤엄을 쳐서 한강을 건넜다. 헤엄을 칠 때는 몰랐는데, 젖은 옷에 새벽의 찬 공기가 닿자 오소소 소름이 돋았다. 천덕과 난지가 있는 호명산의 산막까지는 딱 한나절 거리였다. 부지런히 걷는다면, 저녁 전에 도착할 수 있었다. 전에 없이 천덕과 난지가 사무치게 그리웠다.

천덕과 난지는 지난 며칠 동안 숙영이 보이지 않았던 일에 대해서 묻지 않았다. 대신 짐을 꾸리는 난지에게 숙영이 먼저 사정을 밝혔다.

"난지 어머니, 짐 꾸리지 않아도 돼. 이번에는 아주 멀리 갔다 왔거든."

숙영은 더 할 말이 있는 듯 쭈뼛거렸다. 난지가 숙영의 말을 기다렸다.

"이번에…… 아주 무서웠어. 하마터면 죽을 뻔했어."

난지가 다가가 숙영의 손을 꼭 잡았다. 숙영의 말이 이어졌다.

"천덕 아버지와 난지 어머니를 다시는 못 볼 수도 있다는 생각을 하니까, 너무 슬펐어."

난지가 말했다.

"숙영아, 네 아버지가 무엇을 바랄까?"

숙영이 눈물 그렁그렁한 눈으로 난지를 보았다. 난지의 말이 이어졌다.

"네가 원한을 갚기 위해 위험한 일을 하기를 바랄까, 아니면 아무 탈 없이 잘살기를 바랄까?"

숙영은 대답할 수 없었다. 곁에서 바랑을 손질하는 천덕은 시선을 바닥에 둔 채 두 사람의 대화에 귀를 세웠다.

"하지만, 하지만……."

난지가 숙영의 댕기머리를 어루만지며 말했다.

"대답하지 않아도 돼."

숙영이 가볍게 미소를 지으며 고개를 끄덕였다.

그때였다. 천덕이 벌떡 몸을 일으켰다. 난지와 숙영도 이상한 낌새를 알아차리고 몸을 일으켰다. 세 사람의 시선이 향한 곳에서 한 사내가 다가오고 있었다. 호명산에 자리를 잡은 이후로 더러 산에 기대어 살아가는 심마니와 우연히 부딪치는 경우는 있었으나, 일부러 누가 산막을 찾아온 일은 처음이었다. 천덕은 바짝 긴장한 채 사내를 살폈다.

숙영은 그가 간밤에 부평의 바침술집에서 자신을 도운 사람임을 알아차렸다.

"천덕 아버지, 괜찮아. 어제 나를 도와준 사람이야. 저 사람이 아니었으면 돌아올 수 없었을 거야."

난지는 그가 나쁜 사람이 아님을 알아보고 나무 의자를 가리키며 말했다.

"이쪽으로 앉으시오."

사내가 패랭이를 벗어 난지에게 예를 갖추고는 나무 의자에 가서 앉았다. 천덕은 두 주먹을 불끈 쥔 채 사내를 주시했다. 사내가 숙영을 뚫어지게 쳐다보다가 입을 열었다.

"그동안 검계의 바침술집에 불을 지른 이가 너였더냐?"

숙영은 대답하지 않았다. 하지만 그 침묵 속에 수긍의 뜻이 담겨 있었다. 사내가 고개를 끄덕인 뒤 난지와 천덕을 둘러보며 말했다.

"나는 이학송이라 합니다. 과거에 장붕익이라는 장수의 휘하에서 검계와 싸운 무관이었소. 장 대장이 갑자기 죽임을 당한 뒤에 도망자 신세가 되었으나, 검계를 일망타진하는 일은 포기하지 않았소."

천덕은 도성의 검계 무리를 공포에 떨게 했다는 그 전설적인 인물에 대해서 익히 들어 알고 있었다.

숙영이 물었다.

"무관과 제가 부평의 바침술집에서 마주친 것이 우연입니까?"

이학송이 대답했다.

"안성에서 우리 기륭이와 마주친 적이 있지?"

숙영은 삼 년 전 안성에서 겪은 일을 생생하게 기억하고 있었다. 그때도 절체절명의 위기에 처했고, 웬 장정의 도움으로 위험을 피할 수 있었다. 자신에게 도움을 베푼 이에게 인사는 못할망정 표독스럽게 쏘아붙였던 일은 두고두고 후회했다. 숙영은 그 일을 떠올리며 고개를 끄덕였다.

"기륭에게서 네 이야기를 듣고 그동안 찾아다녔다. 같은 목적을 가진 이와 힘을 합칠 요량이었지만, 그것만은 아니다. 행여 네가 다칠까 기륭의 걱정이 깊었다."

난지가 물었다.

"기륭이라는 청년은 누구입니까?"

"제가 조금 전에 이야기한 장붕익 대장의 손자입니다. 그 역시 선대의 업을 이어 검계와 싸울 준비를 하는 중입니다. 안성에서 검계의 색주가를 염탐하던 중에 저 규수를 만난 것이지요."

이학송은 그렇게 말하고 나서 천덕과 난지, 숙영을 차례차례 살펴보았다. 조금 전에 저 처자가 남자를 '천덕 아버지'라고 불렀던가? 그렇다면 세 사람은 부모자식 관계가 아니었다. 이학송은 어떤 연유가 있어 이 깊은 산막에서 세 사람이 함께 살아가는지 그 사연이 궁금했다.

"자, 이제 저의 궁금증을 해소해주십시오. 세 사람은 왜 검계의 술집을 공격하는 것입니까?"

난지가 천덕의 얼굴을 살폈다. 천덕은 여전히 갑자기 나타난 이 사내를 믿어야 할지 말아야 할지 가늠하는 것 같았다. 꽤 오랫동안 고민을 거듭한 끝에 비로소 천덕이 입을 열었다.

"저 아이는 우리의 친딸이 아닙니다. 제가 모시던 주인의 손녀입지요. 제 주인께서는 가업을 이어 울산도호부의 술도가에서 산곡주라는 술을 빚는 장인이었습니다. 하지만 금주령이 내린 뒤로 술 만드는 일을 접었지요."

이학송의 표정이 굳어졌다. 그는 천덕의 이야기에 귀를 기울이면서도 한편으로는 기억을 더듬는 듯 하늘을 올려다보았다.

"그런데 울산으로 스며든 검계의 무리가 주인어른께 접근하여 산곡주 만들 것을 강요하였습니다. 산곡주는 예사로운 술이 아니었거든요. 검계의 청을 거절한 주인어른께서는 아들 내외를 피신시켰습니다. 저 아이가 바로 그들의 소생입니다. 아씨께서는 저 아이를 낳고 오래지 않아 세상을 떠났고, 아비는 검계가 추적해오자 우리를 피신시키고 스스로 목숨을 끊었습니다."

이학송은 감격에 겨운 표정으로 숙영을 바라보았다. 장붕익의 사랑채에 모였을 때 강찬룡이 들려주었던 이야기 속의 주인공이 긴 시간을 건너뛰고 저 심마니의 입을 빌려 모습을 드러낸 것이었다.

'형님께서는 사표로 삼으시는 관리가 있습니까?'

이규상이 그렇게 물었을 때 강찬룡은 자신이 도호부사로 있던 울산의 백서담이라는 술도가의 주인을 입에 올리지 않았던가.

이학송은 숨을 깊게 들이신 뒤에 천덕을 향해 말했다

"혹시 댁의 주인어른이라는 분의 함자가 양자, 일자, 엽자를 쓰지 않으셨소?"

천덕과 난지, 숙영의 눈이 커졌다.

"어찌……?"

이학송은 범상치 않은 기운이 몸을 훑고 지나가는 것을 느꼈다. 도대체 이 일의 끝이 어디에 이를 것인가. 이학송은 코끝이 시큰했다. 숙영을 바라보는 그의 눈빛이 참으로 처연하면서도 부드러웠다.

◇ ◆ ◇

스승 이학송과 도성에서 헤어진 지 보름째였다. 기륭은 무과에 낙방한 뒤 한강변에서 정체불명의 사내를 만난 직후 그곳을 떠나 다음 날 새벽 묘적사로 돌아왔다. 이후로 두 주일이 지났건만 스승에게서는 아무런 소식이 없었다.

"아무래도 제가 가봐야겠습니다."

걱정에 찬 기륭의 말에 장치경이 대꾸했다.

"어디 계신 줄 알고 간다는 말이냐?"

"경기 서쪽으로 가신다 하였으니, 목적지는 제물포 근방이었을 것입니다. 그곳에 가면 스승님의 흔적이라도 찾을 수 있을 것입니다."

"나도 종사관이 걱정이다. 하지만 너무 염려 말거라. 자기 몸은 충분히 지키실 분이다."

하지만 기륭의 표정은 여전히 어두웠다. 보다 못한 장치경이 말했다.

"정 그렇다면 딱 하루만 더 기다려보자꾸나. 그래도 소식이 없다면, 내일 일찍 나서거라."

"예, 아버님."

기륭은 묘적사에서 사하촌으로 향하는 계곡 길목의 바위에 걸터앉았다. 오전에 시작된 승려들의 무예 훈련에도 참가하지 않았다. 오라비들이 훈련에 들어가자, 심심해진 영현이 기륭을 찾아와 곁에 앉았다. 을축년(乙丑年, 1745년)에 오라비들의 품에 안긴 채 묘적사를 찾아온 갓난아기 영현은 이제 아홉 살 소녀로 자라 있었다.

"기륭 오라버니, 여기서 뭐해?"

"응, 스승님 기다려."

"스승님은 왜 안 오셔?"

"중요한 일이 있어서 멀리 가셨어. 하지만 곧 오실 거야."

기륭 곁에서 나뭇가지를 가지고 노닥거리던 영현이 기륭의 허벅지에 머리를 기댔다.

"졸려."

기륭이 영현을 품에 안았다. 영현은 금세 기륭의 품에서 잠이 들었다. 남녀칠세부동석이라고는 하나, 묘적사에서는 유학의 법도가 통하지 않았다. 게다가 기륭에게 영현은 피붙이나 다름없었다. 기륭은 곱게 잠이 든 영현의 얼굴을 보며 미소를 지었다.

점심 공양을 알리는 범종(梵鐘) 소리가 울렸다. 오전 훈련을 마친 영현의 첫째 오라비 영정이 다가왔다.

"기륭 형님, 공양하시러 안 가십니까?"

기미년(己未年, 1739년) 생인 영정은 기륭보다 여섯 살 아래로, 열다섯 살이었다. 둘째와 셋째인 영후와 영수가 아직 앳된 티를 벗지 못한 것에 비해 영정은 일찌감치 가장(家長)의 역할을 맡은 탓인지 무척 어른스러웠다. 무술의 성취가 높아서 묘적사 훈련장에서도 큰 역할을 맡았다.

기륭은 잠들어 있는 영현을 영정의 등에 업혀주었다.

"나는 생각이 없어. 난 개의치 말고 혜정 스님은 맛있게 드시게."

"음식을 좀 갖다드릴까요?"

"아니, 괜찮아. 정말 생각이 없어."

법명이 혜정인 영정이 기륭에게 고개를 숙여 보이고 자리를 떠났다. 영정은 묘적사 내에서 특히 기륭을 따랐다.

점심 공양이 끝나고 승려들의 오후 훈련이 막 시작되었을 때였다. 계곡 아래쪽에서 인기척이 느껴졌다. 기륭은 벌떡 일어나서 계곡 아래로 바람같이 내달렸다. 역시나 이학송이 웬 사내 두 명과 함께 계곡을 오르는 중이었다.

자신을 향해 득달같이 달려오는 기륭을 발견한 이학송이 만면에 웃음을 띠었다.

"아니, 스승님! 왜 이제야 오십니까?"

기륭의 타박이 오히려 반가운 듯 이학송의 표정이 더욱 밝아졌다.

"여기저기 둘러볼 곳이 많았다. 걱정을 끼쳐 미안하구나."

기륭은 원망과 안도감이 뒤섞인 묘한 표정을 짓고 있다가 씩 웃어 보였다. 기륭은 코를 훔친 뒤에 이학송과 동행한 두 사람을 쳐다보았다. 두 사람은 어떤 감회에 사로잡힌 듯 아득한 눈길로 기륭을 지켜보고 있었다. 그중 한 사람이 말했다.

"과연 장 대장을 그대로 빼닮았구나."

기골이 장대한 나머지 한 사람이 그 말에 흐뭇한 표정을 지으며 고개를 끄덕였다. 기륭은 스승 이학송에게 눈길을 던졌다.

"기륭아, 인사 올려라. 네 할아버지와 함께했던 분들이다."

이학송이 상대적으로 왜소해 보이는 사내에게 다가갔다.

"네 할아버지 휘하에서 좌랑을 지낸 이규상이다."

기륭이 허리를 숙였다.

"스승님으로부터 존함은 이미 들어 알고 있습니다. 장기륭입니다."

이학송이 다른 사내에게 다가갔다.

"비밀리에 우리를 도왔던 의금부의 연정흠 동지사(同知事)이시다."

역시 기륭이 허리를 숙여 보였다.

연정흠이 말했다.

"장붕익 대장이 돌아가신 뒤로 검계를 소탕하는 일을 멈출 수밖에 없었다. 그동안 이십여 년이 지났지만, 그래도 우리는 포기하지 않았다. 그러던 중 뜻이 맞는 이들이 하나둘 모이게 되었고, 다시 싸움을 시작할 참이다. 종사관에게 듣기로 너의 성취가 높다 하더구나. 우리와 함께하겠느냐?"

기륭이 이학송을 일별하고는 대답했다.

"할아버님의 뜻을 잇는 일인데 제가 어찌 망설이겠습니까? 하지만 제가 살펴본 바로 검계는 함경도와 평안도를 제외한 조선 천지에 뻗어 있는 큰 조직입니다, 어찌 이 소수의 인원으로 그들을 상대하겠습니까?"

기륭의 반응을 보며 이규상은 웃음을 지었다. 훈련도감 장붕익 대장의 집무실에 처음 여섯 명의 금란방 관원이 모였을 때가 떠올라서였다. 그때 이규상은 고작 여섯 명의 인원으로 무엇을 할 수 있을까 의심했다. 하지만 이후에 벌어진 일들을 반추해보건대 일을 성사시키는 것은 숫자의 힘이 아니었다. 반드시 해내고자 하는 열의와 충심이 성패(成敗)를 좌우했다. 비록 장붕익이라는 걸출한 장수는 세상을 떠나고 없으나, 그 빈자리를 메워줄 존재가 있었다. 장붕익의 핏줄을 이어받은 장기륭 그리고 지금 일정한 거리를 두고 이곳으로 다가오고 있는 그였다.

이규상이 말했다.

"기륭아, 이 일을 계획한 분이 오고 계신다."

때마침 계곡 아래쪽에서 계곡의 돌을 밟고 오르는 발걸음 소리가 들려왔다. 기륭은 소리가 들려오는 쪽으로 고개를 뺐다. 가장 먼저 젊은 처자가 눈에 들어왔다. 그 뒤로 건장한 사내 두 사람이 있었다.

이학송 일행에게 거의 다다르자, 젊은 처지가 고개를 들었다. 눈빛이 마주치자 기륭은 금세 그녀를 알아보았다. 삼 년 전 안성의 달빛에 잠깐 스쳐 지나갔던 그 맑은 눈동자였다. 지난 삼 년 동안 부지불식간에 떠올라 잡념을 일으키게 했던 이가 바로 눈앞에 있었다. 기륭은 저도 모르게 함박웃음을 지었다. 그러나 처자는 새치름하게 기륭을 흘겨보고는 고개를 돌려버렸다.

이학송이 말했다.

"기륭아, 이 규수의 이름은 양숙영이다. 삼 년 전 안성에서 마주친 적이 있지?"

기륭은 자신을 애써 외면하는 숙영이 못마땅하여 인상을 찌푸렸다. 그 모습을 보고 이학송이 가볍게 웃음을 지었다.

"왜 유서 깊은 사찰은 죄다 첩첩산중에 있는 게요. 그게 도량을 쌓는 데 도움이 되는 건가?"

기륭의 또래로 보이는 젊은이가 너스레를 떨었다. 기륭은 그 음성을 기억하고 있었다. 보름 전 무과에 낙방하여 낙담한 채 한강변에 널브러져 있을 때 소리 없이 다가온 그 사내였다. 사내는 기륭과 눈길이 마주치자 씩 웃어 보였다.

연정흠이 말했다.

"기륭아, 예를 갖추어라. 세자 저하이시다."

기륭은 벌어진 입을 다물지 못했다. 세자 이선은 어안이 벙벙한 채 자신을 쳐다보고 있는 기륭을 보며 재미있다는 듯 웃음을 지었다. 세자가 자신의 뒤쪽에 서 있는 중년의 사내를 돌아보며 말했다.

"이는 나의 호위 무사인 절영일세."

기륭은 다른 이들에게 한 것처럼 그저 허리를 숙여 보였다. 이학송이 다급하게 말했다.

"기륭아, 세자 저하께는 절을 올려야 하느니라."

그러나 세자 이선이 손을 내저었다.

"궁중의 쓸데없는 법도 따위 예서는 집어치우시오."

그때 묘적사 훈련장에서 훈련을 하는 승려들의 우렁찬 기합 소리가 멀리서 들려왔다. 세자 이선이 이학송을 바라보았다.

"승려들이 무예를 수련하며 내지르는 소리입니다, 저하."

이선은 곧장 계곡의 상류 쪽으로 내달렸다. 나머지가 일제히 그 뒤를 따랐다. 묘적사 일주문에 이르러 이선은 걸음을 멈추고 훈련장에서 훈련하고 있는 승려들을 바라보았다. 그가 이학송에게 말했다.

"종사관이 굳이 나를 이곳으로 오라 한 것이 저들 때문이었소?"

이학송이 고개를 숙여 보였다.

세자는 일주문 옆의 선돌에 새겨진 글씨를 읽었다.

"묘적사(妙寂寺)……. 묘적……. 기묘하게 적요하다……."

세자 이선이 일행에게 말했다.

"비밀스러워야 할 우리에게 참으로 어울리는 이름이오. 묘적, 어떻소?"

모두들 서로의 얼굴을 바라보며 고개를 끄덕였다.

27

비밀의 옷자락

1753년 봄~여름

왕세자 이선은 묘적사 주지 일여와 마주 앉았다. 일여는 자신의 인생에서 세자와 같은 공간에 있는 일이 일어나리라고는 생각지도 못했다. 지금 비록 일여는 법가의 제자이나, 한때 국가의 녹을 먹은 관리였고 이 나라의 백성이었다. 일여는 세자 앞에서 어쩔 줄 모르고 바짝 엎드렸다.

세자가 말했다.

"주지께서 그런 자세를 취하면 내가 편하게 말할 수 없습니다. 그러니 편히 앉으시오."

일여가 몸을 약간 일으켰다. 세자의 말이 이어졌다.

"오늘 묘적사의 훈련장에서 무예를 익히는 승려들을 보고 깜짝 놀랐습니다. 종사관으로부터 묘적사의 승려들에게 무예를 가르친다는 이야기는 들었으나 이처럼 체계적이리라고는 기대하지 않았습니다."

일여가 대답했다.

"체력을 단련하느라 무예를 익히는 것뿐입니다. 아직 가야 할 길이 멉니다."

"그렇지 않습니다. 왜가 쳐들어왔을 때 바람 앞의 등불이었던 이 나라를 구하는 데 승병들이 큰 힘을 보태지 않았습니까? 불가와 무력은 서로 어울리지 않으나, 중생을 구하는 일에 어찌 도구를 따지겠습니까? 평시에는 기도로 중생을 구제하고, 난리에는 옳은 일을 위해 나설 줄 알아야지요."

일여는 세자가 하고자 하는 말이 무엇인지 짐작할 수 있었다. 그래서 아무런 말도 할 수 없었다.

"기륭이 비구가 아니라 들었습니다. 주지께서 허락하지 않으셨다지요. 어떤 연유였습니까?"

세자가 일여의 아픈 구석을 찔렀다.

장치경이 아들 기륭을 법제자로 받아 달라 청했을 때 일여 자신은 무엇을 주저했던가. 언젠가 비명에 간 장붕익의 원한을 그의 자손이 풀어주기를 바라는 마음에 끌리지 않았다면 거짓이었다. 법가의 제자로서 해서는 안 되는 판단이었고 품지 말아야 할 생각이었다. 하지만 장붕익의 원한을 갚는 일이 어찌 개인의 복수에 그치겠는가. 어긋난 것을 바로잡고 썩은 것을 도려내는 일을 어찌 법당에 앉아 목탁을 두드리며 염불을 외는 것으로 이룰 수 있겠는가. 일여는 기륭이 선하고 정의로운 칼이 되기를 바랐다. 그리고 지금 세자가 묘적사에게 그 일을 요구하고 있었다.

"주지, 힘이 되어주십시오."

"미약한 존재들이 어찌 그런 일을 하겠습니까?"

"들어보십시오. 나는 솔직히 금주령이 옳다고 여기지 않습니다. 왕의 자식 된 자가 할 말은 아니지만, 옳고 그른 것은 분별을 해야지요. 금주령으로 민초들의 삶이 나아졌다면, 나의 생각을 고칠 것입니다. 하지만 상황은 그 반대로 가고 있지 않습니까? 잘못된 정책이 백성을 파탄에 빠뜨리고 탐관의 탐욕을 부추깁니다. 하지만 아바마마께서는 어명을 거두지 않으실 겁니다. 그것은 문무백관들에게 투항을 하는 것이나 마찬가지이니까요. 잘못된 정책이지만 돌이킬 수 없습니다. 그러나 악한 관리들을 벌할 수는 있습니다. 이 기회에 밀주를 유통하는 자들의 뒷배가 되어 사리를 챙기는 자들을 발본색원하고, 관리의 기강을 바로 세워야 합니다. 관리 된 자가 잘못을 저지른다면 민초들보다 더 호되게 벌을 받게 된다는 본보기를 보여야 합니다. 열심히 일하고 땀 흘리는 이에게 보다 많은 보상이 돌아가는 그런 세상을 만들고 싶습니다. 하지만 주지, 나에게는 힘이 없습니다."

세자는 긴 한숨을 내쉬었다. 일여는 세자의 깊은 고독을 헤아렸다. 가장 높은 자리에 앉아 있으나 자신이 가진 힘을 올바르게 쓸 수 없는 이의 무력감을 느꼈다.

"어쩌면 그 일은 내가 이룰 수 없는 일일지도 모릅니다. 하지만 꺾이더라도 가야 하지 않습니까. 나의 대에서 이루지 못한다면 나의 후대가 그 인은 한 겁니다 나의 후대가 이루지 못한다면 그 다음 세대가 노력할 것입니다. 그렇게 가다 보면 언젠가는 백성들이 관료들의 억압에서 벗어나 편하게 잘사는 세상이 오지 않겠습니까? 묘적사가 힘을 보태어 주십시오."

일여는 자신에게 주어진 잔을 피할 수 없음을 깨달았다. 그가 말했다.

"세자 저하, 묘적사가 어떻게 하면 저하의 힘이 될 수 있겠습니까?"

"왕실의 비밀 군사 조직이 되어주십시오. 내가 어질지 못한 왕이 된다면, 그때는 등을 돌리십시오. 하지만 묘적사의 승려들이 나서야 할 때라고 판단한다면 과감히 나서서 올바른 관리들을 돕고 백성을 도와주십시오."

일여는 상체를 숙여 세자에게 예를 표하며 대답했다.

"중생을 구제하는 일에 몸을 사리지 않겠나이다."

"그리고 한 가지 더. 묘적사의 무술승들이 쓸 진검을 보내겠소이다. 주지께서는 내치지 마시고 받아주십시오."

"부처님의 가르침에 어긋나지 않도록 소중히 쓰겠습니다."

세자 이선이 엷은 미소를 지은 채 고개를 끄덕였다. 하지만 그의 미소가 그리 밝지만은 않았다. 깊은 산중에 파묻혀 마음을 닦는 승려들에게 못할 짓을 하고 있는 것은 아닌가 하는 의구심이 밀려온 탓이었다.

세자가 주지와 면담을 하는 동안 이학송이 창해에게 숙영을 데리고 갔다. 창해는 숙영을 반가이 맞아주었다. 어린 영현은 언니가 생긴 사실이 기뻐서 펄쩍펄쩍 뛰었다. 숙영은 창해에게도, 영현에게도 참으로 살갑게 대했다. 뿐만 아니라 묘적사의 승려들에게도 고분고분했다. 기륭은 숙영이 왜 유독 자신에게만 표독스럽게 구는지 속이 상했다.

한편으로 기륭은 또래 여자와 가까이 지내는 게 처음이어서 영 서먹서먹하고 불편했다. 그렇다고 싫은 것은 아니었다. 기륭은 안성에서 우연히 숙영과 마주쳤을 때 복면 사이로 보이는 눈동자를 보며 참 예쁘다는 생각을 했다. 그날의 기억을 떠올리면 기륭은 이상하게도 오금이 저렸다.

이학송과 이규상이 다가왔다. 기륭은 아무 일 없었다는 듯 일어서서 기지개를 켰다.

"앞으로 숙영과 잘 지내도록 하여라. 두 사람이 같이 해야 할 일이 많을 것이다."

기륭은 싫지 않으면서 괜히 입을 삐죽거렸다.

"보통내기가 아닌 것 같습니다, 스승님. 하도 표독스러워서 말도 제대로 못 붙이겠던 걸요."

이규상이 미소를 지으며 말했다.

"산에서 나고 자라 사람 대하는 법을 익히지 못한 것이니, 혹시 숙영이 쌀쌀맞게 굴더라도 남자인 네가 너그러이 받아주어라."

기륭은 뭐 하는 수 없다는 듯 뚱한 표정으로 고개를 끄덕였다.

기륭이 말했다.

"그나저나 제가 세자 저하 같은 분을 뵙게 되리라고는 상상도 못했습니다. 스승님께서는 어떻게 세자 저하와 인연이 닿으신 겁니까?"

이학송이 지난 세월을 반추하는 듯 생각에 잠겼다가 입을 열었다.

"너와 네 부모님을 이곳 묘적사에 데려다주고 도성으로 돌아갔지만, 내가 할 수 있는 일은 아무것도 없었다. 그것은 규상도 마찬가지였지. 네 할아버지께서 남별궁에서 어떤 일을 당하셨다면, 분명 왕실과 도승지가 관여된 것인데, 물증이 없지 않느냐? 혹여 물증이 있다 한들 우리 두 사람이 무엇을 할 수 있었겠느냐? 오랫동안 끙끙 앓기만 하다가 우리가 할 수 없다면 너에게 기대를 걸기로 하고 네가 장성하기를 기다렸다. 그래서 묘적사로 너를 찾아와 훈련을 시킨 것이다."

이학송이 거기에서 말을 끊었고, 이규상이 그의 말을 받았다.

"그러던 중 이 년 전 도성에서 우연히 궁중의 무관으로 있는 윤필은이라는 이를 만났어. 별군직 윤필은은 은밀하게 네 할아버지를 도왔던 사람이야. 그는 장붕익 대장의 손자가 살아 있다는 소식을 접하고는 모일 모시에 다시 만날 것을 청했지. 그리고 약속 장소에 나갔더니 세자 저하께서 계셨다. 윤필은은 세자 저하의 눈이 되어 도성과 주변에서 일어나는 일을 살피는 역할을 맡고 있거든. 세자 저하께서는 오랫동안 계획을 품고 계시던 중 우리를 만나고 너의 존재를 안 뒤로 그 계획을 실행하시기로 뜻을 세우신 것이야."

기룡이 이규상의 말을 받았다.

"그 계획이 바로 묘적이군요."

이학송이 말했다.

"그렇다. 지금은 비록 초라해 보이지만 보이는 것이 전부가 아니다.

세자 저하와 뜻을 같이하는 관리들이 있고, 죄다 도둑놈처럼 보이는 관리들 중에도 옳은 뜻을 품은 이들이 있다."

기륭은 정말 궁금한 것을 묻지 않을 수 없었다. 하지만 사심이 드러날 것 같아 망설였다. 주뼛거리고 있는 기륭의 속내를 알아챈 이규상이 말했다.

"숙영 낭자와의 인연은 참으로 기가 막힌 것이다."

기륭은 저도 모르게 상체를 이규상 쪽으로 기울였다.

숙영에 대해 이야기하기 위해서는 이십여 년 전으로 거슬러 올라가야 했다. 강찬룡이 울산도호부사로 있는 동안에 만났던 백선당 양일엽으로부터 이야기가 시작되었다. 기륭은 숙영에 대해서 들으며 한때 할아버지와 생사고락을 함께했으나 지금은 세상을 떠난 이들에 대해서도 어느 정도 알게 되었다. 참으로 놀라운 이야기였고, 숙영과의 인연은 하늘이 내린 것이라고 할 만큼 기이했다.

기륭이 말했다.

"숙영 낭자가 백선당에 가고 싶어 하겠군요."

이규상이 기륭을 보며 말했다.

"언젠가 좋은 시절이 오면 가게 되겠지. 숙영 낭자가 원래 있었어야 할 곳이니까."

기륭은 숙영이 측은했다. 그는 앞으로 숙영이 쌀쌀맞게 굴어도 죄다 받아주어야겠다고 다짐했다.

해가 기울 즈음 세자 이선은 묘적사를 떠났다. 의금부 동지사 연정흠과 이규상이 세자와 동행하고, 호위 무사 절영은 남았다. 묘적사 승려들에게 무예를 전수하기 위해서였다.

중금 출신인 이학송의 무예가 짧고 간결하며 부드러운 반면 절영의 무예는 선이 굵고 타격의 강도가 높았다. 이학송은 속도에 바탕을 두었고, 절영은 힘에 바탕을 두었다. 따라서 몸집이 왜소하고 힘이 부치는 이에게는 이학송의 무예가 적합했고, 체격이 크고 힘이 좋은 이에게는 절영의 무예가 안성맞춤이었다.

인경이 울렸다. 좌의정 김판중은 종각에서 울려 퍼지는 종소리에 귀를 연 채 술잔을 들었다. 혀끝에 닿는 술맛이 감미로웠다. 잔을 내려놓자 기생 연수가 잔을 채웠다. 김판중이 말했다.

"근래 맛을 본 술 중에 최고다. 어디에서 난 것이냐?

"전라우도의 강진에서 올라온 고령주라는 술입니다. 그 고장에서 오랫동안 많은 사람이 즐긴 술이온데, 금주령이 내리기 전에 고령주를 만들던 술도가의 장인이 급사하는 바람에 제조법이 끊겼던 것을 살려낸 것입니다."

"끊겼던 것을 살려냈다? 어떤 자가 그런 기특한 일을 했는가? 능력이 아주 출중하군. 아니면 지독한 것인가?"

"누구이겠습니까? 칠선객 회주이지요. 장인의 식솔들을 닦달하여 기어이 되살려냈다 합니다."

"어떤 것들인지 몰라도 회주의 닦달에 고생이 많았겠군."

그 말에 연수가 웃음을 지었다.

연수는 이철경을 떠올리자 슬그머니 마음에 그늘이 졌다. 벌써 열흘 넘게 연수는 이철경의 얼굴을 보지 못했다. 홍화정에 들러도 별채에만 틀어박힌 채 꼼짝하지 않았다. 아무래도 그날 그 일이 있은 이후로 자신을 피하는 듯했다.

보름 전이었다. 자정을 훌쩍 넘긴 시각, 별채에 불이 환한 것을 보고 연수는 청지기를 시켜 술과 안주를 준비하도록 했다. 그것을 들고 별채로 향했다. 주위를 경호하는 무사들이 막아섰다. 하는 수 없이 직접 목소리를 별채에 들이밀었다.

"회주, 연수가 왔습니다."

별채에서는 아무런 반응이 없었다. 자신을 지켜보는 무사들이 비웃음을 머금었다. 연수가 돌아서려는 순간, 별채에서 이철경의 목소리가 흘러나왔다.

"들라."

연수는 무사들에게 눈을 흘기고 별채에 들었다.

이철경은 두툼한 장부를 들여다보는 중이었다. 주안상을 들고 들어서는 연수를 이철경은 무덤덤한 표정으로 지켜보다가 무슨 일이냐고 표정으로 물었다.

"회주께서 고생하시는 것 같아 좀 쉬엄쉬엄 하시라고 주안상을 봐왔습니다."

연수가 직접 서궤를 밀어내고 이철경 앞에 주안상을 놓았다. 잔에 술을 따랐다. 이철경은 마다하지 않았다. 술을 들이켠 이철경이 말했다.

"그만 가보아라."

연수는 별채에 오기까지 몇 날 며칠을 별렀다. 이대로 맥없이 물러날 수는 없었다. 그녀는 고기 산적을 손으로 집어 이철경의 입가로 가져갔다. 하지만 이철경은 흠칫 놀라 고개를 뒤로 빼더니 매서운 눈길로 연수를 쏘아보았다.

"일패 기생이 이리 함부로 구느냐? 값 떨어지는 행동은 삼가고, 그만 나가보라."

연수의 얼굴이 벌겋게 달아올랐다. 수치스러움에 쥐구멍에라도 숨고 싶은 심정이었다. 연수는 상대가 회주라는 사실도 잊은 채 그를 흘겨보고는 그대로 별채를 나섰다.

그날 이후로 이철경은 좀처럼 모습을 보이지 않았다. 그때를 떠올리자 연수는 다시금 수치스러움에 기가 죽고 말았다.

"좌의정 나리, 좌찬성 대감께서 오셨습니다."

바깥에서 청지기가 일렀다. 곧 문이 열리고 이제겸이 들어섰다. 그는 김판중에게 목례를 하고 맞은편에 앉았다. 그러고는 좌의정 곁에 앉은 연수를 곁눈으로 살폈다. 연수는 입가에 미소를 머금은 채 이제겸의 잔에 술을 따르기 위해 술병을 들었다. 하지만 이제겸이 손을 내저었다.

"나는 술을 마시지 않네. 그리고 자리를 피해주게."

김판중이 허허허, 가볍게 웃고는 말했다.

"우리 좌찬성께서는 어명을 목숨처럼 여기는 분이시다. 좌찬성께서 도승지일 때부터 대작(對酌)하기를 원하는 관리가 줄을 섰으나 죄다 퇴짜를 맞았지."

그러고 나서 연수에게 눈짓을 했다. 연수는 자리에서 일어섰다.

연수가 나간 뒤 이제겸이 말했다.

"무슨 일로 나를 부르셨소이까?"

김판중은 대답 대신 품에서 종이 뭉치를 꺼냈다. 누렇게 변색된 것으로 보아 오래된 물건인 것 같았다. 김판중이 말했다.

"그때는 품계가 낮은 관리들의 비위 사실을 적은 이 종잇장 따위가 무슨 화근이 되기에 좌찬성이 그토록 우려하나 궁금했지."

"그것이 무엇이오?"

이제겸의 물음에 김판중이 눈을 가늘게 뜨고 답했다.

"이십여 년 전 독살된 장붕익 대감의 품에 있던 명단이오. 조정의 관료들에게 큰 위험이 될 수 있으니 이것을 없애달라 내게 청하지 않았던가?"

이제겸의 눈이 커졌다. 그는 무척 당황한 채 말했다.

"찾지 못했다 하지 않았소?"

"거짓이었소. 좌찬성이 이리 귀하게 여기는 것을 순순히 넘겨줄 수는 없지 않겠소?"

이제겸은 두 주먹을 불끈 쥐었다. 이십여 년 전 김판중의 얼굴에 새겨진 야욕과 비열함이 적이 염려되면서도 눈앞의 목적을 이루기 위해 그 불길한 예감을 애써 무시했던 자신의 선택이 탐관들의 세상이 되어버린 작금의 사태를 만든 씨앗임을 이제겸은 부정할 수 없었다.

김판중은 당시 노론의 영수 노릇을 하던 우찬성 김익희로부터 소개받은 인물이었다. 교서관(校書館)의 정오품 교리였던 그는 김익희 아래의 노론 신료들이 사악한 목적을 이루고자 할 때 써먹던 '행동대장'에 불과했다. 이제겸 자신이 건넨 독이 든 차를 마신 장붕익이 죽음을 맞은 그날, 장붕익이 가진 비리 관료의 명단을 빼내오도록 김판중에게 사주한 이가 이제겸이었고, 표철주를 움직인 이가 김판중이었다. 그날 장붕익의 집이 전소(全燒)하면서 영영 사라진 줄 알았던 그 명단이 이십여 년의 세월을 건너 정일품 좌의정에 오른 김판중의 손에 들려 있었다.

이제겸은 그제야 많은 것이 이해되었다. 노론의 주구 노릇이나 하던 별 볼일 없는 관리가 어찌 승상의 자리에 올랐는지, 그리고 어찌하여 그가 조정 신료들을 휘어잡았는지……. 그 모든 것의 출발이 이제겸 그 자신이었다. 왕을 향한 충정에서 비롯된 행위가 이처럼 혼란스러운 상황을 만들 것이라고는 생각지 못했다. 하지만 이제겸은 왕위에 금이 가는 일이 생긴다면, 누군가가 왕의 권위를 무너뜨리는 일을 도모한다면, 똑같은 일을 되풀이할 수밖에 없을 것이라고 생각했다.

김판중의 말이 이어졌다.

"이 명단에 어떤 비밀이 숨겨져 있는지 아주 오랫동안 고민했소. 처음에는 종삼품 이하의 관리들 이름밖에 적혀 있지 않아서 내가 오히려 맥이 빠지더군. 기껏 이 따위를 얻자고 좌찬성이 범보다 무서운 장붕익에게 독을 먹이는 도박을 하지는 않았을 것이란 생각이 머리에서 떠나지 않았거든. 그런데 말이오……."

김판중은 술잔을 기울인 뒤에 말을 이었다.

"시간이 지날수록 이 명단의 효력이 커지더이다. 여기에 이름이 적힐 당시에는 당하관에 불과했던 자들이 하나하나 단계를 밟아 품계가 오르지 않겠소. 내가 왜 그 생각을 못했을까……, 좌찬성의 혜안에 무릎을 탁 쳤단 말이오. 지금 조정에서 힘깨나 쓰는 고관대작들의 명줄이 내 손 아귀에 있는 셈이 아닌가."

김판중은 너털웃음을 터뜨렸다. 이제겸은 참혹함에 할 말을 잃었다.

이제겸이 명단을 손에 넣고자 한 이유는 그것이 아니었다. 그런데 명단이 엉뚱한 자에게 넘어가 날개를 달아주고 말았다.

김판중의 말대로 명단에 정삼품 이하의 관리들 이름밖에 적혀 있지 않다면, 그래서 그 명단이 그다지 위협적이지 않다는 사실을 진즉에 알았더라면 장봉익을 죽음으로 몰지는 않았을 것이다. 아니다. 그때 장봉익이 죽지 않았다면 훗날 우려하던 일이 현실이 되었을지도 모른다. 이제겸은 갈팡질팡했다. 이럴 때 그는 딱 한 가지만을 생각했다. 이 모든 것이 주상 전하를 위하는 일이다!

김판중이 득의양양한 표정으로 말을 이었다.

"좌찬성과 나는 이미 오래전에 한 배를 탔소. 그러니 말해보시오. 그때 이 명단을 얻고자 한 이유가 무엇이었소?"

이제겸은 대답하지 않았다. 그는 김판중을 노려보다가 자리에서 일어섰다. 애써 당혹감을 감추며 자리를 뜨는 이제겸의 뒷모습을 보며 김판중은 승자의 미소를 지었다.

기룡은 초흡을 가다듬은 뒤 목검을 내려놓았다. 그는 잠시 쉬는 틈에 훈련장의 한 구석에서 이학송의 지도 아래 비지땀을 흘리고 있는 숙영을 바라보았다. 숙영의 양손에는 사람 팔뚝 길이의 짧은 목검이 들려 있었다. 여자인 숙영에게는 이학송의 궁중 무예가 제격이었다.

기륭은 이학송의 비기(秘技)를 모두 전수받았기에 새로이 절영을 스승으로 모시고 무예를 익히기 시작했다. 두 사람이 본격적으로 수련을 시작하기 전에 절영은 기륭에게 자신에 대해서 들려주었다.

"내가 무관이 되기로 마음을 먹은 때가 열한 살이던 을사년(乙巳年, 1725년)이었다. 내 아버지는 도성 부근 지주의 땅을 부쳐 먹던 소작농이었는데, 그해에 지주가 소작료를 대폭 인상했지. 아버지는 소작농들을 규합하여 쟁의(爭議)를 일으켰고, 그 일로 아버지는 포도청에 끌려갔다. 지금도 마찬가지이지만, 그때에도 소작농은 벌레만도 못한 취급을 받았어. 어떤 관리가 그런 존재의 편을 들어주겠느냐. 하지만 당시 판관(判官)으로 나선 우포도대장은 달랐다. 포도대장은 쟁의를 일으킨 농민들에게 장 두 대씩의 가벼운 형벌을 내렸고, 지주에게는 소작료를 원래대로 되돌리도록 명을 내렸지. 당시 우포도대장의 서슬이 퍼랬기에 지주는 그 명을 따르지 않을 수 없었다. 그때 그런 판결을 내린 우포도대장이 누구인 줄 아느냐? 바로 네 할아버지인 장붕익 대감이셨다."

기륭은 가슴에 묵직하고 뜨거운 기운이 차오르는 것을 느꼈다. 조부가 생전에 남긴 흔적들이 여전히 손자인 자신을 끌어주고 있다는 사실이 놀랍고 고마웠다.

"관리는 죄다 도둑놈으로만 알았던 나는 그때 장붕익 대감과 같은 무관이 되겠다고 마음먹고 혼자서 부단히 수련을 했다. 내가 세자 저하의 눈에 띄어 세자익위사의 무관이 된 일이나, 이렇게 이곳에서 기륭이 너에게 가르침을 주게 된 일이 예사롭지가 않구나."

기륭은 마치 종이가 물을 빨아들이듯 절영의 무예를 하루가 다르게 제 것으로 만들어갔다. 그는 이학송에 의해 다져진 부드러움과 속도감에 절영의 무게감과 강력함을 더하여 자신만의 독특한 무예를 만들어가는 중이었다. 곁에서 지켜보는 두 스승은 오래지 않아 기륭이 어떤 경지를 돌파할 것이라는 서늘한 예감에 사로잡혔다.

승려들이 참선을 하러 간 뒤에도 기륭은 훈련장에 홀로 남아 권술을 다졌다. 권술은 따로 무기를 휘두르지 않고 오로지 맨손으로 공격과 방어를 하는 무예다. 미처 준비되지 않은 상황에서 닥쳐오는 불시의 습격을 막아내기 위해서는 맨주먹으로 칼에 맞서는 기술을 익혀야 했다. 검술 외에 권술에도 뛰어난 절영이 전수해준 동작들을 머릿속에 그리며 기륭은 같은 동작을 반복하고 또 반복했다.

수련을 마쳤을 때는 해가 기운 뒤였다. 요사채로 향하기 위해 일주문을 넘었을 때 숙영이 땔감을 한 가득 품에 안고 지나가고 있었다. 여자의 몸으로 감당하기 힘들어 보였다. 기륭은 못 본 척 지나치려 했으나, 마음에 걸려 발걸음을 돌렸다.

"나한테 좀 넘겨."

"됐어. 저리 가."

기껏 호의를 베풀었는데 퉁명스러운 소리가 되돌아오자 기륭은 마음이 상했다. 하지만 남자답게 너그러이 대하라던 이규상의 말을 떠올리고 다시 다가갔다.

"무거워 보이구먼. 이리 줘."

"됐다니까!"

숙영은 기륭의 손길을 피해 몸을 비틀었다. 그 바람에 안고 있던 땔감들이 바닥에 떨어졌다. 숙영이 똑바로 서서 고개를 기륭 쪽으로 돌렸다. 어두워서 잘 보이지 않지만, 숙영이 매서운 눈길로 자신을 쏘아보고 있을 걸 생각하자 기륭은 가슴이 뜨끔했다.

"내가 주울게."

기륭이 다가갔다. 하지만 숙영은 땔감을 주우며 발을 뻗어 기륭의 접근을 막았다.

숙영은 기어이 땔감을 다 줍고는 가던 길로 향했다. 기륭은 기가 막혀서 혀를 찼다. 다른 사람에게는 친절하게 대하면서 왜 자신에게만 저리 표독스러운지 이해할 수가 없었다.

"허어, 있던 정도 다 떨어지겠네."

기륭의 혼잣말을 숙영이 들었는지 곧바로 지청구가 날아들었다.

"누가 너한테 정 달라고 그랬어?"

기륭은 무안함에 그저 멀어지는 숙영의 뒷모습을 바라볼 뿐이었다.

멀리서 두 사람이 하는 모양을 지켜보던 장치경과 창해에게 월현이 다가왔다.

"보살님, 시주님. 저 두 사람, 꽤 잘 어울리지 않습니까?"

월현의 그 말에 장치경과 창해는 웃음을 머금었다.

봄이 지나고 여름이 다가오자 햇살이 점점 강렬해졌다. 검게 그을린 승려들 사이에서 숙영도 굵은 땀을 흘렸다. 그 모습을 곁에서 지켜보는 영현이 숙영의 동작을 흉내 냈다.

훈련이 한창이던 중에 일단의 사람들이 계곡 위로 나타났다. 하나같이 커다란 나무 상자를 등에 지고 있었다. 처음에 승려들은 그들을 장사꾼으로 여겼다. 행색이 딱 그랬기 때문이다. 하지만 그들을 유심히 살펴본 이학송과 절영이 반색을 하며 그들에게 다가갔다. 승려들이 우르르 두 사람의 뒤를 따랐다.

"별군직 장교께서 예까지 어쩐 일이시오?"

이학송과 절영의 손을 맞잡은 사내가 두 사람의 뒤를 따라붙은 무술 승들을 흐뭇한 표정으로 바라보았다.

"세자 저하께서 이곳에 일만의 적을 능히 상대할 군사가 있다 하셨는데, 그 말씀이 허언이 아니었던 듯합니다."

그는 별군직 장교 윤필은이었다. 윤필은은 승려들 사이에서 머리를 깎지 않은 기륭을 발견하고는 미소를 지었다. 기륭도 그를 알아보았다. 봄에 식년시 무과를 치를 때 경기 감영에서 시험을 감찰하던 바로 그 감시관이었다. 그제야 기륭은 그가 세자와 한패였음을 알아차리고 허탈한 웃음을 지었다.

"짐을 내려놓아라."

윤필은과 동행한 사내들이 등에 지고 온 나무 상자를 내려놓았다. 이학송이 물었다.

"이것이 무엇입니까?"

"열어 보시지요."

승려득이 처을 품고 나무 상자를 열었다. 그 안에는 철을 정련하여 만든 장검들이 놓여 있었다. 진검을 처음 보는 승려들의 눈이 휘둥그레졌다.

"세자 저하께서 은밀히 군기시에 명을 내려 만든 것들입니다. 활시위에 쓸 쇠심줄도 있으니, 여러모로 활용하십시오."

이학송이 난처한 표정을 지었다.

"세자 저하의 하사품이긴 하나 사찰에 이 물건을 들이는 것이 합당한 일인지 염려됩니다."

윤필은이 답했다.

"세자 저하께서 전에 주지 스님의 허락을 얻었다 하더이다. 염려치 마십시오."

그제야 절영이 승려들에게 말했다.

"항렬이 높은 스님들부터 한 자루씩 챙기십시오. 무인으로서 평생을 함께해야 할 수족 같은 물건이니 소중히 다루십시오."

윤필은은 주지 일여를 만나 인사를 전한 뒤 그대로 묘직사를 떠났다. 이학송은 기륭으로 하여금 계곡 아래까지 윤필은을 배웅하도록 했다.

함께 걷던 중에 윤필은이 기륭에게 말했다.

"그날 무과에서 장원 급제는 당연히 너였다."

기륭은 그 말을 듣고도 개의치 않은 듯 별다른 반응을 보이지 않았다.

"그때 너를 대신하여 항변하던 이를 기억하느냐?"

기륭이 대답했다.

"기억합니다. 최국영이라는 이였습니다."

"우리로서는 뜻하지 않은 소득이었다. 양반 자제로서 그처럼 귀한 품성을 간직하고 있다는 사실이 놀라웠지. 그 이름과 얼굴을 잘 기억해두어라. 훗날 네가 무관이 되어 세자 저하를 보필할 때 힘이 되어줄지도 모른다."

"예, 명심하겠습니다."

계곡 아래에 다다르자, 윤필은은 내내 손에 들고 있던 장검을 기륭에게 내밀었다.

"이목을 끌지 않기 위해 칼집과 자루를 일부러 투박하게 만들었다. 하지만 검의 날만큼은 어느 보검에 뒤지지 않는다. 세자 저하께서 장붕익 대감의 후손에게 특별히 내리시는 검이다."

기륭이 검을 받아들었다.

"그만 가보아라. 나중에 다시 만날 것이다."

기륭이 윤필은에게 허리를 숙여 보였다. 윤필은은 한 번 더 기륭을 눈에 담고는 발길을 돌렸다.

윤필은과 일행이 멀어진 뒤에 기륭은 계곡을 올랐다. 그러다가 바위에 걸터앉아 칼집에서 검을 뽑았다. 시퍼런 날이 나뭇잎 사이로 스며들어온 햇빛을 퉁겨냈다. 기륭은 두 손으로 칼자루를 쥐고 칼등을 이마에 갖다 대었다. 순간, 검이 부르르 떠는 듯한 진동이 느껴졌다.

제 5 장

너희가 옳은 것이냐,
우리가 옳은 것이냐?

"나는 어느 누구도 아닌,
　백성의 칼이 되겠습니다."

장기룡

28
잔인한 계절
1754년 여름

"아, 뭐 하고 있는가?"

산에서 캔 약초를 다듬던 난지가 또 멍하니 손을 놓고 있었다. 요즘 들어 자주 그런 모습을 보였다. 하긴 난지만 탓할 일이 아니었다. 천덕 자신도 약초와 나물을 캐다가 한참 동안 먼 산에 넋을 놓기 일쑤였다.

"숙영이 생각하는가?"

난지가 고개를 끄덕이고는 넋두리를 하듯 말했다.

"우리 숙영이 잘 있겠지요? 절에 있으면 고기는 입에도 못 댈 텐데……."

"언제 숙영이가 고기를 먹었어? 어릴 때부터 고라니들이랑 언니 동생 먹고 지낸 탓에 고기라면 질색하시 않았어?"

"참, 그랬지요."

그러고 나서 두 사람은 한참 동안 말이 없었다.

숙영이 떠난 뒤로 호명산의 산막이 허전했다. 아니, 어떨 때는 호명산 전체가 텅 빈 것 같았다. 아침마다 산막 부근에 찾아와 재잘거리며 잠을 깨우던 신새들도 숙영이 떠난 걸 아닌지 별로 찾아오지 않았다.

"가을에 선선해지면 숙영이가 있는 묘적사에 다녀올까?"

천덕의 말에 난지가 반색을 했다.

"가을까지 뭘 기다려요?"

생각해보니 난지의 말이 옳았다.

"그럴까? 그럼 내일 날이 밝는 대로 가지, 뭐."

약초를 다듬는 난지의 손길이 빨라졌다. 신이 난 그녀의 모습을 보며 천덕은 웃음을 지었다.

난지가 문득 생각난 것이 있는 듯 천덕을 바라보며 입을 열었다.

"그나저나 당신은 함경도에 안 가볼 것이요?"

"함경도?"

"당신 친부가 거기 있잖여."

생각해보지 않은 것은 아니었다. 함경도에 가서 친부의 흔적을 찾겠다는 마음이 간절했던 때가 있었다. 하지만 숙영을 돌보느라 떠날 수 없었다. 숙영이 묘적사로 떠나고 산막에 난지와 둘만 남게 되었을 때 잠깐 그런 생각을 품은 적도 있었다. 하지만 친부가 어디 있는 줄 알고 그 넓은 함경도 땅을 헤맬 것인가. 엄두가 나지 않는 일이었다.

"아직 살아 있겠어? 살았어도 아흔이 가까웠을 것인데, 반송장이나 다름없는 사람을 찾아서 뭐 해?"

난지가 말했다.

"당신 후회하지 않겠소? 두고두고 가슴에 맺힐 것 같으면 죽었든 반송장이든 그래도 한번 찾아보는 것이 낫지 않겠소?"

천덕은 시원하게 대답하지 못했다.

다음 날 천덕과 난지는 길을 나섰다. 의정부 북부의 호명산에서 양평의 묘적사까지는 백 리가 조금 넘었지만, 두 사람에게는 한나절도 걸리지 않았다. 아침에 출발해서 묘적사에 도착했을 때는 아직 저녁 전이었다.

창해와 함께 저녁 공양을 준비하던 숙영은 일주문 쪽에서 들려오는 난지의 목소리를 알아듣고는 쏜살같이 달려갔다. 사람들이 몰려들었다. 천덕과 난지가 숙영에게는 피붙이나 다름없는 친지라는 사실을 알고 기류은 넙죽 절을 했다. 난지가 기류과 숙영을 번갈아보면서 묘한 표정을 지었다. 숙영은 사람들이 쉽게 알아차리지 못하는 사실을 간파해내고는 하는 난지가 엉뚱한 소리를 할까 봐 한쪽으로 그녀를 끌고 갔다.

둘이 되었을 때 난지가 말했다.

"서로 좋아하는구면."

"난지 어머니, 그게 무슨 소리야?"

"숙영이 네 얼굴에 다 나와 있는데 무얼 감춰? 저 청년은 모른대?"

"아니야. 실없는 소리 마! 사람들 앞에서 그런 소리 하면 나 그냥 콱 혀 깨물고 뒈져버릴 거야."

숙영이 평생 산에서 지내게 될까 봐 내내 마음을 썼던 천덕은 숙영에게 많은 벗이 생긴 것이 고마웠다.

그날 밤 창해와 난지, 숙영은 늦도록 이야기꽃을 피웠다. 영현은 그녀들 곁에서 잠이 들었다.

천덕은 잠을 청하기 전에 이학송으로부터 많은 이야기를 들었다. 그는 울산도호부사였던 강찬룡을 매개로 이어진 백선당과 금란방 관원들의 인연에 놀라워했다.

숙영과 묘적사의 승려들이 좀 더 있다가 가라고 간곡히 말했지만, 천덕과 난지는 다음 날 아침에 길을 나섰다.

"한나절이면 오가는 거리인데, 자주 올게."

숙영에게 그렇게 말하고 나서 난지는 창해의 손을 잡았다.

"우리 딸이다 생각하고 잘 좀 보살펴주시오."

창해가 대답했다.

"숙영이가 딸같이 살갑게 굴어서 벌써 그렇게 지내고 있습니다. 염려 마세요."

난지의 눈길이 기룡에게로 향했다. 숙영은 난지가 무슨 엉뚱한 소리를 할까 봐 냉큼 그녀를 밀어냈다.

계곡 아래에서 천덕 내외와 숙영은 헤어졌다. 난지가 천덕과 둘만 남았을 때 말했다.

"기룡이라는 총각이 어떻소?"

천덕은 입을 삐쭉 내밀었다가 마지못해 대답했다.

"선하더구면."

"참 잘생겼지요?"

"그야 뭐……."

천덕은 기륭이 마음에 차면서도 속내를 완전히 드러내지 않았다. 그는 딸 가진 아비 마음이 이런 건가 보다, 라고 생각했다.

◇ ◆ ◇

부평의 바침술집에서 괴한을 코앞에 두고도 놓친 뒤로 계형은 눈빛이 달라졌다. 더군다나 무예 실력이 예사롭지 않은 조력자까지 나타났다는 사실이 그를 더욱 조급하게 만들었다. 이상하게도 그날 이후 칠선객이 운영하는 바침술집에 화재가 일어나는 사건은 더 이상 벌어지지 않았다. 그럼에도 계형은 괴한을 잡겠다고 혈안이 되었다.

바침술집이 불탄 뒤 계형은 벌써 일 년이 넘도록 도성과 부평을 오가며 일대의 산을 샅샅이 뒤졌다. 하지만 흔적을 찾을 수 없었다. 그러다가 계양산 아래에서 한강을 오가는 나룻배의 사공으로부터 중요한 정보를 입수했다. 부평의 바침술집이 공격을 당한 그 즈음에 스무 살 전후의 처자를 건너다주었다는 것이었다. 그때부터 계형은 실력이 뛰어난 심복들을 거느리고 한강 이북 지역의 산이란 산은 죄다 뒤졌다. 시간이 걸리더라도 반드시 해내야 하는 일이었다. 회주 이철경이 그토록 바라는 산곡주를 찾는 것이 표면적인 목적이었으나, 계형은 무사로서의 자존심을 회복하는 일이 더욱 중했다.

도성에 며칠을 머물며 이철경을 도운 계형은 다시금 바우를 거느리고 북한산으로 향했다. 객주에 들어 저녁을 먹은 뒤 잠자리에 누웠을 때 계형이 바우에게 물었다.

"너는 왜 검계가 되었느냐?"

계형은 수하들과 사적인 대화를 나누는 법이 없었다. 검계 무사가 된 이후 오랜 시간 계형을 따라다니면서도 바우는 그에 대해서 알아낸 것이 아무것도 없었고, 바우 역시 계형에게 자신에 대해서 밝힌 적이 없었다.

바우는 계형의 물음에 잠시 사이를 두고 대답했다.

"검계가 될 생각은 없었습니다. 그냥 집을 떠나 떠돌다가 잠시 홍화정의 수레꾼이 되어 입에 풀칠을 하던 중에 회주의 눈에 띈 것뿐입니다."

"왜 집을 떠났느냐?"

계형이 무료함을 달래려고 말을 건 것이라고 여겼던 바우는 그의 질문이 이어지자, 적이 당혹스러웠다. 그러면서도 한편으로는 자신에게 관심을 가져주는 계형이 고마웠다.

"평생 노비로 사느니, 검계가 되는 것이 낫지 않겠습니까."

한동안 계형으로부터 아무런 말이 없었다. 그사이 바우는 벌써 십 년째 얼굴을 보지 못한 부모 생각에 가슴이 미어졌다. 부모가 사는 무악재 너머와 홍화정의 거리가 지척이었지만, 바우는 단 한 번도 집 쪽으로 발걸음을 하지 않았다. 차라리 자식이 죽었거니 생각하며 지내기를 바랐다. 처음에는 달아난 노비가 집으로 돌아가 보았자 죽음을 면치 못할 것이라는 두려움 때문이었지만, 이제는 검계가 되어버린 자신의 모습을 부모에게 보이고 싶지 않기 때문이었다.

"무예는 어떻게 익혔느냐?"

다시 어둠 속에서 계형의 질문이 날아들었다. 바우는 저도 모르게 흘러내린 눈물을 닦고 코를 삼킨 뒤에 대답했다.

"저희 주인들은 참으로 어질고 선한 분들이셨습니다. 그분들이 무예와 글을 가르쳐주셨습니다."

"그런데 왜 도망쳤느냐?"

"무지렁이 까막눈이었다면 좋은 주인 모시면서 노비로 사는 것에 만족하며 살았을 것입니다. 아는 것이 독이 되었지요. 내가 아무리 기를 써도 노비 신세에서 벗어날 수 없다는 사실을 알고 난 뒤로는 그렇게 살 수 없었습니다."

바우는 자신의 주인이 의금부 관리인 연정흠이라는 사실은 밝히지 않았다. 계형도 더 이상은 묻지 않았다. 어둠 속에서 한참 동안 뒤척이던 바우는 여명이 밝아서야 겨우 눈을 붙였다.

다음 날, 계형과 바우는 약속된 곳에서 경기 북부의 검계 무사들과 합류했다. 계형 일행은 북한산을 수색한 뒤 도봉산으로 넘어갔다가 가좌라는 고을에 닿았다. 동쪽의 중랑천을 건너면 수락산이 있었고, 고을을 지나쳐 북쪽으로 향하면 홍복산과 호명산이 나왔다. 계형은 홍복산과 호명산을 살펴본 뒤 중랑천을 건너기로 하고 가좌의 주막에 여장을 풀었다. 계형의 수하들은 먼저 백선당 심마니의 초상화를 들고 일대의 장시를 탐문했다. 그러다가 어능이라는 작은 고을의 약방에서 중요한 단서를 잡았다.

"며칠 전에도 말린 약초를 주고 갔구먼요."

"놈이 어디 사는지 아는가?"

"홍복산 방향에서 오는 것 같기는 한데, 정확히는 모르겠소."

소식을 접한 계형은 혼잣말을 하듯 말했다.

"홍복산 방향에서 왔다면 놈들의 거처는 호명산이다."

이어서 그는 수하들에게 명령했다.

"일대의 검계 조직원과 왈짜들, 관원들을 총동원하라. 왈짜와 관원들은 호명산 일대를 둘러싸서 포위한다. 나와 검계 무사들은 산에 올라 수색한다. 놈들의 무공이 뛰어나니 살수들을 최대한 모아라."

계형으로서는 마지막 기회였다. 홍복산과 호명산 북쪽으로는 끝없이 산이 이어지는 험준한 산악 지대였기에 심마니 일당이 그쪽으로 넘어가 숨는다면 이후로는 놈들을 찾아낼 가능성이 희박했다.

이틀 뒤 오전 양주 일대의 검계 조직원 수십 명과 왈짜들 수십 명이 현청으로 집결했다. 관원까지 합하여 도합 백 명가량의 인원이었다. 계형이 비장한 표정으로 그들에게 지시를 내린 뒤 말했다.

"그 년놈들을 붙잡는 자에게는 오백 냥의 상을 내릴 것이다. 명심할 것은 반드시 생포해야 한다는 점이다."

돈이 걸리자 검계 조직원과 왈짜들, 관원들의 표정이 달라졌다. 그들은 마치 잘 훈련된 군사들처럼 움직였다.

천덕은 호명산 북동쪽의 불곡산에서 약초를 캐는 중이었다. 수확이 좋아서 바랑이 가득했다. 불곡산은 인가에서 멀리 떨어져 있어서 사람의 손을 타지 않은 덕분에 좋은 풀이 지천에 널려 있었다. 하지만 거기서 멈추었다. 더는 욕심이었다. 그는 바랑을 내려놓고 시내에 발을 담근 채 생각에 잠겼다.

숙영이 묘적사에서 잘 지내고 있으니, 걱정거리 하나는 덜었다. 여름이 끝나기 전에 난지의 말대로 함경도에 다녀오는 것이 어떨까 고민했다. 난지 앞에서는 무덤덤하게 굴었지만, 어찌 친부의 소식이 궁금하지 않겠는가. 하지만 북쪽은 춥고 험한 곳이다. 난지를 고생시킬 일을 생각하면 선뜻 마음을 먹을 수가 없었다. 천덕은 이리저리 고민을 거듭하다가 여전히 결론을 내리지 못한 채 자리에서 일어섰다. 일을 일찍 마친 덕분에 점심은 난지와 함께 먹을 수 있을 것 같았다.

호명산 아래에 도착한 계형은 무리를 방사형으로 펼쳐 호명산을 에워싸도록 지시한 뒤에 검계 무사 셋, 사수 셋과 동행하여 산을 오르기 시작했다. 곳곳에 풀이 누운 것으로 보아 사람이 빈번이 오간 것이 분명했다. 그는 숨소리조차 죽인 채 조심스럽게 주위를 살피며 정상 쪽으로 향했다.

그 시각, 난지는 솥에 쌀을 안치고 나물을 무쳤다. 숙영을 보러 묘적사에 다녀오는 길에 큰 장터에서 구한 들기름과 고춧가루 향이 좋았다. 산해진미가 부럽지 않았다. 친딸이나 다름없는 숙영은 안전한 곳에서 잘 지내고 있었고, 장기룡이라는 청년은 믿음직했다. 든든한 지아비는 한결 같았다. 더 바랄 것이 없었다.

갑자기 산새들이 날아올랐다. 새들이 먼 하늘로 달아나는 것으로 보아 산짐승 때문은 아닌 듯했다. 멀어지는 새들을 바라보는 난지의 표정이 어두워졌다. 섬뜩한 기운이 가슴을 스쳤다. 뒤를 돌아보았다. 긴 칼을 든 사내가 서 있었다. 계형이었다.

계형은 아무 말 없이 난지를 노려보다가 입을 열었다.

"심마니는 어디 있느냐?"

난지가 알아차리지 못한 사이에 예까지 왔다면 예사 인물이 아니었다. 곧이어 검을 뽑아든 무사들과 활을 든 사수들이 모습을 드러냈다. 그들 사이에 있던 바우가 말했다.

"아짐씨, 당황하지 마시오. 물어볼 것이 있어 온 것뿐이오."

하지만 난지에게는 바우의 말소리가 들리지 않았다. 그녀는 새벽에 천덕이 향한 불곡산 방향으로 내달리기 시작했다. 비록 무예가 뛰어난 사내들일지라도 산에서라면 따돌릴 자신이 있었다. 그녀는 일부러 나무가 빼곡하고 길이 험한 곳을 골랐다. 사내들의 거친 숨소리가 점점 멀어졌다. 하지만 처음 모습을 드러냈던 사내는 달랐다. 거리가 좁혀지지는 않았으나, 좀처럼 따돌릴 수가 없었다. 이대로 가다가는 난지 자신뿐 아니라 천덕까지도 위험에 처할 수 있었다. 갈팡질팡하는 사이 공기를 찢는 무서운 소리가 들려온다 싶더니, 어깻죽지에 날카로운 통증이 느껴졌다. 화살이었다. 칼을 든 사내가 점점 가까워지고 있었다. 난지는 불곡산이 바라보이는 절벽을 향해 뛰었다.

불곡산을 빠져나와 호명산으로 향하던 천덕은 날카로운 새소리에 우뚝 걸음을 멈추고 주변을 둘러보았다. 호명산 기슭에 희끄무레하게 사람들 인영이 보였다. 산막이 발각된 모양이었다. 그는 바랑을 벗어던지고 달리기 시작했다. 그때 다시 한 번 날카로운 새소리가 귀를 찢었다. 난지가 산 속 어딘가에 있는 천덕을 부를 때와는 다른 소리였다. 천덕은 소리가 들려온 쪽으로 눈길을 던졌다. 천덕은 그만 저도 모르게 짧은 비명을 내질렀다. 절벽 위에 난지가 있었다. 잿빛 옷을 물들이고 있는 것은 분명 피였다.

천덕이 난지가 볼 수 있도록 가까이 다가갔다. 연신 새소리를 내던 난지가 천덕을 발견하고 소리쳤다.

"나는 괜찮소! 당신은 살아서 아버지도 찾고 숙영이 시집가는 것도 꼭 보시오!"

천덕의 눈에서 왈칵 눈물이 터졌다. 살아오는 동안 두려움을 느낀 적이 별로 없었다. 하지만 그 순간 천덕은 너무나 무서웠다. 그는 난지를 향해 다시 달리기 시작했다. 그때 난지가 소리쳤다.

"오지 마시오! 꼭 살아서 좋은 일 많이 보시오. 내 몫까지 오래오래 사시오!"

그러고 나서 난지는 몸을 던졌다. 봄날에 씨를 퍼뜨리기 위해 공중을 떠도는 민들레처럼 난지의 몸이 허공을 떠돌다가 아래로 추락했다. 몸을 던지면서도 천덕에게서 눈을 떼지 않은 난지는 웃고 있었다. 봄날에 가지를 떠난 목련꽃잎처럼 하얗고 붉은 난지의 몸이 공중에 떠다닌다 싶더니 이내 절벽 아래의 날카로운 바위에 처박혔다.

"으아아아아아악!"

눈물이 쉴 새 없이 앞을 가리는 상태에서 천덕은 난지에게 달려갔다. 가다가 돌부리에 걸려 넘어졌다. 일어나서 다시 달렸다. 그는 난지의 몸을 부둥켜안고 처절한 울음을 터뜨렸다. 그는 사정없이 몸을 앞뒤로 흔들며 길게 통곡했다.

계형과 무사들이 절벽 아래를 내려다보았다. 사수들이 천덕을 향해 살을 메긴 시위를 겨누었다. 계형이 저지했다.

"저놈까지 죽으면 산곡주는 완전히 사라진다. 내려가서 좇아라."

천덕은 비명 같은 통곡을 내뱉으면서 절벽을 올려다보았다. 계형과 천덕의 눈이 마주쳤다. 천덕은 난지의 시신을 들쳐 멨다. 그는 서럽디서러운 울음을 토하며 불곡산 쪽으로 내달렸다. 천덕이 멀어지는 동안에도 그의 고통스러운 울음이 길게 이어졌다. 바우가 멍하니 선 채 울부짖으며 멀어지는 사내의 뒷모습을 지켜보았다.

점심을 먹던 숙영이 갑자기 숟가락을 내려놓았다. 표정이 어두웠다. 창해가 물었다.

"왜 그러느냐?"

숙영은 대답하지 않았다. 창해가 보니, 숙영의 낯빛이 안 좋았다.

"어디 아프니?"

아닌 게 아니라 숙영은 사시나무 떨듯 몸을 떨었다. 한여름에 고뿔에 걸릴 리는 없었다. 그럼에도 오한이 든 것처럼 숙영의 몸이 부들부들 떨렸다.

"영현아, 방에 가서 요와 이불을 깔아놓아라."

영현이 잽싸게 일어섰다.

"가자. 가서 좀 쉬려무나."

창해가 숙영을 부축해 일으켰다. 숙영은 단 한마디도 하지 못한 채 창해가 이끄는 대로 방으로 가서 몸을 뉘었다.

주지 일여가 숙영이 누운 방으로 들어섰다. 숙영은 신음을 내뱉으며 식은땀을 흘리고 있었다. 일여는 의술에 약간의 지식이 있었으나, 자신이 감당할 일이 아니라는 생각이 들었다.

"누가 가서 의원을 모시고 와야겠다."

바깥에서 기웃거리던 기륭이 말했다.

"제가 모시고 오겠습니다."

그러고는 일주문 밖으로 내달렸다.

의원이 있는 마을까지는 십오 리 거리였다. 한 시진(時辰) 조금 지나 기륭이 의원을 업고 나타났다. 기륭보다 의원이 더 지쳐 보였다.

의원이 진맥을 하고 침을 놓은 뒤에 말했다.

"딱히 원인은 모르겠소. 얼마 전에 귀신 들린 아녀자 하나가 딱 이런 증상을 보이더만. 설마 영험한 사찰에 귀신이 들기야 했겠소? 약 몇 첩 두고 갈 터이니, 때마다 먹이시오."

숙영의 증상은 밤까지도 나아지지 않았다. 밤새 창해가 숙영을 돌보았다. 다행히 새벽이 되어서야 숙영의 숨소리가 차츰 고르게 돌아왔다. 아침이 되어서는 눈을 떴다.

미음을 떠먹이는 창해에게 숙영이 말했다.

"효명산 산막에 다녀와야겠어요."

창해는 놀란 표정을 지었다가 숙영을 다독거리며 말했다.

"그래, 몸이 좀 낫거든 기륭이랑 같이 다녀오너라."

숙영은 정신을 잃은 동안에 몹쓸 꿈을 꾸었다. 난지가 나타나 가만히 숙영의 얼굴을 쓰다듬었다. 꿈에서라도 난지를 만나 반가워야 할 텐데, 그렇지 않았다. 난지는 오래토록 숙영의 얼굴을 들여다보며 미소를 짓고 있다가 손을 흔들며 멀어졌다. 꿈속에서 숙영은 눈물을 흘렸다. 숙영을 앓게 만든 것은 다른 것이 아니라 슬픔이었다. 갑자기 가슴에 아프고 서글픈 기운이 거세게 몰려와 꼼짝할 수 없었던 것이다.

상태가 호전되었으나 숙영의 얼굴에는 수심이 가득했고 낯빛도 창백했으며, 여전히 기운이 없었다. 숙영이 누운 방의 툇마루에서 기륭이 말했다.

"어머니한테 들었어. 몸이 나으면 내가 업고라도 데려가줄게."

이럴 때면 숙영한테서 '누가 너한테 업힌대?'라는 표독스러운 대거리가 돌아와야 할 텐데, 방문 너머의 숙영은 아무런 말이 없었다. 그래서 기륭은 더욱 걱정이 되었다.

숙영이 앓아누운 지 사흘째 된 새벽이었다. 영현의 막내 오라비이자 묘적사 승려 중에 막내인 영수가 새벽 인경을 울리려고 경내의 마당으로 나섰다. 그는 길게 기지개를 켜다가 일주문에 누군가 기대어 앉아 있는 것을 발견하고 조심스럽게 다가갔다.

"뉘십니까?"

상대는 아무런 기척도 보이지 않았다. 아직 사위가 어두워서 얼굴을 알아볼 수도 없었다. 영수는 요사채로 달려가 기륭을 깨웠다. 기륭이 영수와 함께 일주문에 기대어 앉은 이에게 다가갔다. 여명에 드러난 그의 얼굴을 알아본 기륭은 깜짝 놀랐다. 얼마 전 부인과 함께 묘적사로 찾아왔던 숙영의 친지 어른이었다.

"이 시각에 예까지 무슨 일이십니까?"

기륭이 물었으나, 천덕은 허망한 눈길로 허공을 짚을 뿐 아무런 대꾸가 없었다.

기륭이 영수에게 말했다.

"혜월 스님, 가서 주지 스님에게 알려줘."

영수가 고개를 끄덕이고 뛰어갔다. 기륭은 공양간 곁의 방으로 다가가 일부러 기침을 했다. 안에서 창해의 음성이 흘러나왔다.

"기륭이냐?"

"예, 어머님."

"무슨 일이니?"

기륭은 잠시 뜸을 들이고 나서 말했다.

"호명산의 어른께서 찾아오셨습니다."

문이 벌컥 열렸다. 숙영이었다. 그녀는 기륭의 주변을 살피다가 눈빛으로 물었다. 기륭이 대답했다.

"일주문 쪽에 계셔."

숙영이 맨발로 뛰어갔다. 일주문에 등을 기댄 채 축 처져 있는 천덕을 발견한 숙영이 그 앞에 무릎을 꿇었다.

"천덕 아부지, 왜 혼자야?"

그제야 천덕의 눈에 희미한 생기가 돌아오더니 처연한 눈길로 숙영을 바라보았다.

"난지 어머니는 어디 있어?"

천덕의 얼굴이 일그러졌다. 숙영의 눈에 그렁그렁 눈물이 맺혔다.

"아버지, 어매 어디 있냐고?"

입술을 떨던 천덕이 비로소 입을 열었다.

"먼저 갔어."

부릅뜬 눈으로 천덕을 바라보던 숙영은 그 자리에서 혼절하고 말
았다.

◇　◆　◇

묘적사의 승려들은 난지의 극락왕생을 빌며 오랫동안 천도제를 올
렸다. 장치경과 이학송, 절영, 기륭도 승려들과 함께 염불을 외고 기도
를 올렸다. 숙영은 공양간 곁의 방에서 꼼짝하지 않았고, 천덕은 승려들
이 천도제를 올리는 동안 법당의 구석에 무릎을 꿇은 채 엎드려 있었다.

이레 동안 이어진 천도제가 끝나고 천덕은 이틀을 더 묘적사에 머물
렀다. 기륭은 아버지 장치경을 통해 그간의 사정을 듣게 되었다. 검계를
향한 증오를 가누기 힘들었다. 기륭은 분노가 끓어오를 때마다 훈련장
에서 실체가 없는 적을 향해 진검을 휘둘렀다.

천덕이 묘적사를 떠날 때도 숙영은 모습을 보이지 않았다. 천덕은 일
주문을 넘기 전에 기륭을 뚫어지게 바라보았다. 기륭이 입술을 굳게
다문 채 고개를 끄덕여 보였다.

이학송과 절영이 천덕을 계곡 아래까지 배웅했다. 천덕을 배웅하고 돌아온 이학송과 절영에게 장치경이 말했다.

"잘 가시었습니까?"

이학송이 고개를 끄덕인 뒤에 말했다.

"천덕 시주가 숙영에게 전해달라 하더군요. 지금은 돌아볼 곳이 있어 잠시 멀리 떠나지만, 나중에는 호명산의 그 산막으로 돌아가 있을 거라고."

장치경이 곁에 선 창해를 돌아보았다. 창해가 대답했다.

"전해주겠습니다."

창해와 둘만 남게 되자 기륭이 물었다.

"숙영 낭자는 좀 어떻습니까?"

창해가 답했다.

"마음을 다스리는 데 시간이 필요할 거다. 숙영이는 난지 보살이 죽은 것을 자기 탓으로 생각하고 있어."

기륭은 마음이 무거웠다. 숙영의 그 생각이 완전히 틀린 것은 아니었다. 숙영이 검계의 술집과 바침술집에 불을 지르지 않았다면, 검계도 그들을 추적하지 않았을지 모른다.

기륭은 텅 빈 경내의 마당을 둘러보았다. 순간, 마음이 약해졌다. 그냥 이대로 아버지, 어머니와 승려들과 두 분 스승님과 영현이, 숙영과 어느 누구의 간섭도 받지 않고 또한 간섭하지 않으면서 평화롭게 사는 것이 어떨까 하는 생각이 들었다. 기륭은 아직 죽음을 겪어본 적이 없었다. 하지만 숙영과 천덕을 보며 그 깊은 상실감을 느낄 수 있었다. 기륭은 자신이 사랑하고 아끼는 사람 중에 어느 누구도 불행한 죽음을 맞지 않기를 간절히 바라고 또 바랐다.

한여름의 기세가 한풀 꺾이고 아침저녁으로 제법 선선한 바람이 불었다. 점심 공양을 마친 뒤 기륭이 승려들과 함께 훈련장에서 땀을 흘릴 때였다. 한 달 가까이 두문불출하던 숙영이 훈련장에 모습을 드러냈다. 그녀는 세자 이선으로부터 받은 짧은 단검 두 자루를 쥐고 이학송 앞에 섰다. 무술승 중 아무도 숙영에게 말을 걸지 않았다. 기륭은 숙영의 뒷모습을 잠시 지켜보다가 훈련에 몰두했다. 무술승들의 기합 소리가 묘적사 계곡을 타고 내달리다가 공중으로 흩어졌다.

천덕은 묘적사에서 승려들의 도움으로 난지의 천도제를 지낸 뒤 곧장 울산도호부로 향했다. 황방산에 몸을 숨긴 채 해가 지기를 기다린 그는 사위가 짙은 어둠에 잠긴 뒤에 백선당의 담을 넘었다.

달빛에 드러난 백선당은 을씨년스러웠다. 광의 문짝은 떨어져나가고, 내당 문의 창호는 죄다 뜯겨져 있었다. 한때 일꾼들과 식솔들로 북적이던 백선당은 폐가처럼 변해 있었다.

천덕은 호롱불이 켜진 정주간 곁의 방으로 다가갔다. 바느질을 하는 여인의 그림자가 창호에 비쳤다. 천덕은 그 그림자만 보고도 그가 서생댁임을 알아보았다.

"아줌씨, 문 좀 열어보시오."

서생댁의 그림자가 우뚝 멈추었다.

"나요, 천덕이오."

문이 벌컥 열렸다. 천덕은 신도 벗지 않고 방 안으로 뛰어들었다. 깜짝 놀란 서생댁이 흐린 눈으로 천덕을 올려다보았다.

"진짜 천덕이냐? 아이고, 아이고……."

서생댁의 눈에서 금세 눈물이 흘러내렸다.

"아줌씨도 참 많이 늙었소. 그래도 이리 살아계시니 참으로 고맙구먼요."

서생댁이 물었다.

"너는 잘 있었느냐? 우리 아기씨랑 도련님도 잘 계시제?"

천덕은 사실대로 말할 수 없어 고개를 끄덕였다.

"잘 계시지요. 예쁜 딸도 낳고 참 잘 계시지요."

"너거 마누라도 잘 있고?"

"그라믄요. 다들 잘 있으니, 걱정 마소."

그렇게 말하는 천덕의 음성에 울음이 섞였다. 이상한 낌새를 느낀 서생댁이 물었다.

"진짜 다들 잘 있는 거 맞제?"

"그라믄요."

"그런데 어찌 우냐?"

"아줌씨를 오랜만에 봐서 반가워 그러지요."

천덕은 저도 모르게 눈물을 쏟았다. 사정을 아는지 모르는지 서생댁은 눈물을 흘리며 천덕의 등을 두드렸다.

눈물을 거둔 천덕이 물었다.

"당주 어른 묘는 어디 있소?"

"약사천 상류의 선산에 모셨지. 위에서부터 차례대로 보면 제일 아래에 있다. 김치태 그 작자가 깡그리 다 가져가서 묘를 제대로 못 썼어."

"김치태는 아직 살아 있소?"

"칠선객인가 뭔가 하는 놈들하고 붙어먹어 갖고 읍내에 술도가를 운영하며 아주 잘살고 있다."

"이제 도호부 아전은 안 한다요?"

"아전은 그놈 아들이 하지. 저거 아비만큼이나 독하고 못된 인간이야. 약사동의 당주 어른 논을 싹 다 제 것으로 만들고 도호부사랑 나누어 먹었어. 약사동 주민들은 모두 그놈 소작을 치는데, 아주 못 죽어서 살고 있구먼."

"김치태 놈의 집은 아직도 거기요?"

"원래 있던 집의 주변 여염을 헐고 아주 대궐처럼 지었구먼."

약사동의 사정을 파악한 천덕이 몸을 일으켰다.

"아줌씨, 살아 있는 동안에는 못 보겠구먼요. 저승에서나 봅시다. 부디 오래오래 사시오."

"벌써 갈라고?"

"무슨 일이 있어도 내가 왔다 갔다는 이야기는 절대 하지 마소. 그럼 아줌씨, 잘 계시오."

천덕이 방을 나섰다. 눈이 흐린 서생댁은 천덕이 사라진 어둠에다 대고 나직이 말했다.

"너도 몸조심하거라. 근데 우리 아기씨랑 도련님, 잘 있는 것 참말로 맞제?"

하지만 대답은 돌아오지 않았다. 서생댁은 어둠을 바라보며 하염없이 눈물을 흘렸다.

천덕은 딱따기꾼과 순라군이 지나가기를 기다렸다가 김치태 집의 담을 넘었다. 발끝을 세워 소리가 나지 않도록 조심하면서 광으로 보이는 곳의 문을 열었다. 거기에서 날이 잘 선 낫 한 자루를 골랐다.

서생댁의 말대로 김치태의 집은 엄청나게 크고 넓었다. 대궐을 본 적이 없지만, 나라님이 사는 대궐이 꼭 이럴 것만 같았다. 그는 큰 정원을 낀 가장 큰 건물로 다가갔다. 댓돌에 비단신 한 켤레가 놓여 있었다. 천덕은 손가락 끝에 침을 묻혀 창호를 뚫고는 손가락을 밀어 넣어 방문의 고리를 풀었다. 그러고 나서 숨죽여 안으로 들어갔다. 김치태로 짐작되는 늙은이가 코를 골고 자고 있었다.

"김치태."

천덕이 그의 귀에 대고 속삭이듯 말했다.

잠결에 무슨 소리를 들은 김치태가 눈을 떴다. 어두워서 분간이 가지 않았으나, 그는 누군가 자신을 내려다보고 있다는 사실을 알고는 숨이 멎을 듯 소스라치게 놀랐다. 천덕이 얼른 그의 입을 막았다.

"김치태 어른이 맞소? 맞으면 고개를 끄덕이시오."

억센 힘에 제압당한 김치태는 겁에 질린 채 고개를 까닥였다. 천덕이 차갑게 말했다.

"내가 누군지 알겠는가?"

어둔 속에서 김치태가 천덕을 알아볼 리 만무했다. 천덕이 스스로 답을 했다.

"백선당 심마니 천덕을 기억하느냐?"

김치태가 다시 고개를 까닥였다. 그와 동시에 천덕이 무슨 짓을 하려고 야밤에 담을 넘었는지 직감한 김치태가 버둥거리기 시작했다. 천덕은 김치태의 입을 막은 손에 자신의 체중을 실었다.

"너무 억울해하지 마라. 네놈의 목이라도 따지 않으면 분이 안 풀려서 화병으로 죽을 것 같으니까."

천덕은 김치태의 목에 걸어놓은 낫을 당겼다. 뼈에 걸린 낫이 한 번 덜커덕거렸다. 김치태가 몸부림을 쳤다. 이미 저승고개를 반쯤 넘어간 육신의 어디에서 그런 힘이 나오는지 천덕은 하마터면 김치태를 놓칠 뻔했다. 그는 기어이 힘을 주어 머리를 잘라냈다. 머리를 잃은 김치태의 사지가 부르르 떨렸다.

천덕은 잘린 머리의 상투를 잡고 방을 나섰다. 김치태의 머리를 대청마루에 내려놓고 그 옆에 낫을 가지런히 두었다. 그는 대청마루에 앉아 달을 올려다보다가 터벅터벅 마당을 가로질러 담을 넘었다.

다음 날 이른 아침, 서생댁이 양일엽의 묘를 찾았다. 그는 무덤에 자란 잡풀을 뜯으며 말했다.

"당주 어른, 어젯밤에 천덕이 왔다가 갔소. 아기씨랑 도련님은 잘 있다 하오. 그러니 당주 어른도 편히 쉬시오."

무덤 위에 천남성 한 뿌리가 놓여 있었으나, 서생댁은 눈여겨보지 않았다.

29
준비된 이별
1755년 봄

　　　　　　　숙영과 절영이 묘적사에 합류한 지 두 해째
였다. 숙영은 그사이에 단검을 다루는 솜씨가 일취월장했다. 무술승 중
에서 가장 무예가 뛰어난 월현과 목검으로 겨루기를 했을 때도 크게 밀
리지 않았다. 월현은 숙영과 대련을 하기 전에는 어느 정도 봐줄 생각이
었지만 나중에는 최선을 다했노라고 털어놓았다.

　이학송과 절영이 평가하기에 서른 명의 무술승들은 어디에 내놓아도
손색이 없는 군사로 성장해 있었다. 검과 창뿐 아니라 권술에도 뛰어났
고, 기본적으로 활쏘기에도 능했다.

　기륭은 어땠을까? 그는 더 이상 이학송과 절영의 가르침을 필요로
하지 않았다. 기륭 스스로는 받아들이지 않았으나 두 사람의 스승은 그

가 이미 자신들의 경지를 넘어섰다고 인정했다. 조선 팔도에서 몇 손가락 안에 드는 무관인 절영은 자신의 성취가 모자라 기륭을 더 가르칠 수 없음을 안타까워했다.

훈련을 마치고 훈련장을 빠져나올 때 숙영이 기륭에게 나지막이 말했다.

"나 좀 도와줄 수 있어?"

숙영이 먼저 기륭에게 말을 걸기는 처음이었다. 아니, 숙영이 말을 하는 걸 본 게 너무 오랜만이어서 기륭은 반갑기도 하면서 얼떨떨했다. 그런 기륭을 슬쩍 쳐다보고 숙영은 걸음을 옮겼다. 기륭이 아무 말 없이 그녀의 뒤를 따랐다.

숙영은 묘적사를 품고 있는 뒷산으로 기륭을 이끌었다. 한참 산을 오른 숙영이 어느 지점에 이르러 걸음을 멈추었다. 숙영 앞에 작은 묘목이 하나 서 있었다.

"목련나무야. 대웅전 뒷마당에 옮겨 심으려고. 주지 스님께는 허락을 얻었어."

숙영의 말에 기륭이 물었다.

"왜 그런 생각을 했어."

"난지 어머니가 목련꽃을 제일 좋아했어."

숙영은 원래 묘적사에서 활달한 편이 아니었지만, 난지의 죽음을 접한 뒤로 더욱 침울해졌다. 하도 깊게 가라앉아 있어서 기륭은 그동안 말을 붙일 엄두조차 내지 못했다. 숙영은 주지인 일여나 월현 등의 젊은 승려들과는 더러 짧은 대화를 주고받았지만, 기륭만큼은 철저히 외면했다. 하지만 기륭은 숙영이 차갑게 굴어도 서운해하지 않았다. 묘적사를 떠나던 천덕과 눈이 마주쳤을 때 고개를 끄덕여 보이며 그는 끝끝내 숙영을 위하겠다고 다짐했다.

기륭이 손으로 묘목 주변의 흙을 걷어내기 시작했다. 묘목의 크기가 작은 데 비해 뿌리가 깊었다. 한참 동안 흙을 걷어내는 기륭을 보며 숙영이 혼잣말하듯 말했다.

"묘목이 크지 않아서 얕봤네. 삽이나 호미를 가져올걸 그랬어."

그 말에 기륭이 대꾸했다.

"아니야. 이렇게 해야 나무의 뿌리가 다치지 않아."

이윽고 목련나무를 파냈다. 기륭이 나무를 들고 앞장섰다.

기륭은 산을 내려가며 그리운 사람이 좋아한 나무를 곁에 두고 싶어 하는 숙영의 마음을 헤아려보았다. 그리고 그렇게 해서라도 마음의 상처를 조금이나마 지우기를 바랐다.

묘적사로 돌아와 대웅전 뒷마당 구석에 묘목을 심었다. 땅을 넓게 파서 뿌리가 넉넉하게 들어앉도록 했다. 땅을 다지고 물을 주었다.

"고마워."

숙영이 부드러운 눈빛으로 기륭에게 감사 인사를 건넸다. 기륭은 마음 한 곳이 찌르르하고 오금이 저렸다. 머쓱해진 기륭은 뒷머리를 긁적이다가 돌아섰다. 뒷마당을 나오기 전 돌아보았을 때 숙영은 묘목의 가지를 어루만지고 있었다.

봄비가 내렸다. 묘적사 주변의 산을 색색으로 물들인 봄꽃들이 먼지를 씻어내고 더욱 선명하게 빛깔을 뽐냈다. 기륭은 오후 내내 법당의 처마 밑에 쪼그리고 앉아서 빗소리를 즐기며 서책을 읽었다. 기륭 곁에서는 영현이 처마 바깥으로 손을 내밀어 떨어지는 비를 손으로 움켜쥐는 장난을 쳤다.

열한 살이 된 영현은 기륭의 아버지 장치경으로부터 글을 배우기 시작했다. 오전 수련을 마치고 경내로 들어서면 영현의 글 읽는 소리가 무술승들을 반겼다. 여자아이 하나가 주변을 환하게 만들었다. 기륭은 비를 움켜쥘 때마다 까르르 웃어젖히는 영현을 사랑스러운 눈길로 지켜보았다.

그날 밤 공양간 곁의 방에 잠자리를 펴고 누웠을 때 숙영이 영현에게 말했다.

"영현이는 오라비가 많아서 좋겠다."

"응, 좋아."

"오라버니들 중에 누가 제일 좋아."

"기륭 오라버니."

핏줄인 영정과 영후, 영수는 무예를 수련하지 않을 때면 참선을 하거나 예불을 드리기 때문에 영현과 놀아주는 것이 주로 기륭의 몫이기에 그러려니 했다. 그런데 영현에게서 당돌한 말이 이어졌다.

"나중에 크면 기륭 오라버니한테 시집갈 거야."

숙영은 아무 말도 하지 못하고 천장만 올려다보다가 곁눈으로 영현을 훔쳐보았다. 무슨 생각을 하고 있는지 영현은 이불을 턱밑까지 끌어당기고 눈을 감은 채 흐뭇한 미소를 짓고 있었다. 숙영은 기분이 야릇하고 생각이 많아졌다.

"영현이는 자나?"

창해가 방으로 들어섰다. 숙영이 상체를 일으켰다. 창해의 말대로 그새 영현은 새근새근 고른 숨을 내쉬고 있었다. 조금 전 표정 그대로 잠이 든 모양이었다.

"얘가 무슨 좋은 꿈을 꾸기에 저리 표정이 좋누?"

숙영도 궁금했다. 도대체 저 조그만 머리로 무슨 생각을 하는 걸까……

이튿날 훈련장에서 한창 오전 수련이 진행 중일 때였다. 패랭이를 쓴 남자 네 명이 훈련장으로 들어섰다. 이학송과 절영이 그들을 알아보고 소리쳤다.

"모두 동작 그만!"

이학송과 절영이 그들에게 다가가 바닥에 엎드려 절을 올렸다.

"세자 저하를 뵙습니다."

승려들이 어리둥절한 표정으로 바짝 엎드린 두 사람의 스승을 지켜보며 머뭇머뭇하다가 하나둘 같은 자세를 취했다.

"모두 일어나시게."

세자 이선이 웃음을 머금은 채 승려들에게 말했다.

훈련장에 들어선 이들은 세자를 비롯하여 연정흠과 이규상 그리고 채제공이라는 문관이었다. 세자가 말을 이었다.

"나는 개의치 말고 수련을 계속하시게."

이학송은 무술승들의 성취를 확인하고 싶어 하는 세자의 의중을 알아차리고 소리쳤다.

"십팔기 권법, 현각권!"

그 소리에 승려들이 몸을 곧추 세웠다.

"행(行)!"

이학송의 구령에 승려들은 일제히 팔을 오른쪽 사선으로 뻗어 올림으로써 현각권의 품새를 시연했다. 몇 개의 동작이 이어지고 나면 똑같은 지점에서 모두 기합을 토했다. 부드러우면서도 딱딱 끊어지는 승려들의 동작을 세자는 내내 흡족한 표정으로 지켜보았다. 승려들이 현각권의 매듭을 짓고 나자, 세자는 저도 모르게 손뼉을 마주 쳤다.

"무예의 성취는 품새에서 이미 드러나는 법. 나의 무학(武學)이 미미하나, 보기에 마음에 차다."

그렇게 말하고 나서 세자는 이학송과 절영에게 다가가 치하했다.

묘적사에 처음 온 채제공이 어리둥절한 표정으로 승려들을 쳐다보며 말했다.

"한 사람 한 사람이 정예 무관을 능가하는 듯하오."

곁에 선 연정흠이 그 말을 받았다.

"무예에 일가를 이룬 이학송 종사관과 절영 장교가 훈련시켰으니, 어련하겠습니까."

세자가 기룽을 불렀다.

"기륭은 앞으로 나오라."

기륭이 세자 앞으로 나아가 허리를 숙여 보였다.

"너에게 거는 기대가 크다. 나와 몇 합을 겨루어보자."

기륭이 놀란 표정을 지었다. 그러나 세자는 개의치 않고 바닥에 떨어진 목검을 주워들었다. 기륭은 난처한 눈빛으로 이학송과 절영을 번갈아 바라보았다. 절영이 미소 지으며 말했다.

"기륭아, 세자 저하께서는 나를 넘어서신 지 오래다. 결코 옥체(玉體)를 상하는 일은 없을 것이다."

세자가 목검을 들고 자세를 취했다. 하는 수 없이 기륭도 목검을 잡았다.

"힘을 다하지 않는다면, 크게 실망할 것이다."

세자의 말에 기륭이 다시 허리를 숙여 보이고 자세를 잡았다.

세자가 먼저 공격해 들어갔다. 머리 위로 다가오는 검을 기륭이 쳐내자, 이번에는 목젖을 향해 검 끝이 날아들었다. 날카롭고 예리했다. 기륭은 몸을 옆으로 살짝 틀어 세자의 검을 멀리 비껴나게 하고 빈틈을 노려 목검을 찔렀다. 하지만 세자 역시 몸을 살짝 비트는 것으로 기륭의 공격을 가볍게 피하고는 한 발짝 물러났다. 세자도, 기륭도 눈빛이 매서웠다. 이규상은 행여 둘 중 한 사람이라도 다칠세라 조마조마한 마음으로 그들을 지켜보았다. 하지만 대결은 거기까지였다. 세자가 미소를 지으며 목검을 거두었다.

"훌륭하다. 언젠가 너에게 제대로 가르침을 받겠다."

기륭이 머리를 조아렸다.

"당치 않은 말씀이옵니다. 가르침을 받을 이는 소인이옵니다."

그때 주지 일여가 훈련장으로 들어서서 세자에게 절을 했다.

일행은 대웅전 법당에 자리를 잡았다. 세자 이선이 말했다.

"나는 기쁩니다. 전에 내가 묘적사에 온 것이 이 년 전인데, 그사이에 이토록 훌륭하게 거듭나다니, 참으로 든든하고 미쁘오. 묘적사의 무술 승들은 그들 스스로 수련을 해나갈 수 있을 것이오. 하여 이제 기륭과 숙영, 종사관을 도성으로 불러올려 큰일을 맡길 참이니, 경들의 생각은 어떠하오?"

이학송이 대답했다.

"이곳에서는 더 배울 것이 없을 만큼 기륭의 기예가 뛰어납니다. 검계를 소탕하고 비위 관리들을 적발하는 중책을 맡기기에 충분하다 봅니다."

세자 이선이 고개를 끄덕이고 마주 앉은 기륭과 숙영을 바라보았다. 기륭과 숙영은 세자의 시선이 자신들에게 향하자 고개를 약간 숙였다.

"도성 부근 외딴 곳의 여염에 두 사람의 거처를 마련하였다. 기륭은 여기 있는 승정원 동부승지 채제공의 천거로 왕실의 군사 기관인 용호영(龍虎營)의 별부료군관(別付料軍官)이 될 것이다. 용호영은 기존의 금군청을 개편한 것으로 올해 신설된 왕실 친위 부대이며, 별부료군관은 용호영에 속한 무관이다. 기륭 네가 용호영 무관으로 경력을 채우면 때를 보아 내가 다시 너를 중임할 것이다."

기륭이 말했다.

"예, 세자 저하. 뜻에 따르겠습니다."

이어서 세자 이선의 시선이 숙영에게로 향했다.

"숙영은 기륭의 처(妻)로서 도성 부근에 머물며 도성 부근 검계의 움직임을 파악하고, 우리가 지목하는 자를 미행하고 암행하는 일을 맡는다."

숙영이 깜짝 놀라 말했다.

"저하, 기륭의 처라니요?"

숙영이 당혹스러워하자, 이규상이 덧붙였다.

"진짜 부부가 되라는 말씀이 아니시다. 여염의 거처에 어찌 아녀자 혼자 거하겠느냐? 사람들의 눈을 속이기 위함이니, 크게 마음 쓰지 말거라."

그래도 숙영은 내키지 않는 듯 인상을 찌푸렸다. 그 모습을 보고 채제공이 나무라려 하자, 세자 이선이 손을 저어 막았다.

"좌랑의 말이 옳다. 처녀인 몸으로 한 남자의 처 노릇을 하는 것이 쉽지는 않을 것이다. 하지만 은밀히 큰일을 하면서 주변의 이목을 끌 필요가 무엇 있겠느냐? 경들과 논의하여 끌어낸 고육지책이니, 너그러이 이해해다오."

숙영이 어쩔 수 없다는 듯 고개를 조아렸다.

"세자 저하의 뜻에 따르겠습니다."

세자 이선은 미소를 지으며 고개를 끄덕였다.

"종사관 이학송은 기륭과 숙영의 거처에서 멀지 않은 곳에 자리 잡을 것이다. 하지만 위급한 상황이 아니라면 서로 아는 체해서는 안 된다. 절영은 무관으로 복귀하고, 좌랑 이규상은 채제공의 집에 객으로 머물며 서로 머리를 모을 것이다. 내일 도성을 향해 출발할 것이나, 시차를 두고 따로 떨어져 목적지로 향하라."

모두 앉은 자세에서 허리를 숙여 보였다.

마지막으로 세자가 주지 일여를 보았다.

"주지께서는 묘적사의 승려들이 준비를 잘하도록 독려해주시오. 비상시가 아니면 묘적사의 승군들이 움직일 일은 없을 것이나, 필요할 때는 파발을 띄워 알리겠소."

"예, 저하."

세자와 연정흠, 채제공은 어둠이 내린 뒤에 묘적사를 떠났다. 세자가 기륭에게 내린 검은 연정흠이 들었다. 신분이 낮은 기륭이 도성으로 향하다가 검문에 걸릴지도 몰랐기 때문이다.

도성에서 양평의 묘적사까지 먼 길을 왔다가 쉬지도 않고 다시 길을 재촉하는 세자의 뒷모습을 보며 기륭은 마음이 짠했다. 왕족이란 무위도식하는 존재들로만 알았건만 그게 아니었다. 어진 왕이 어진 뜻을 품어도 관리들이 그 뜻에 따르지 않는다면 왕의 깊은 뜻이 백성에게 닿을 수 없었다. 기륭 앞에 놓인 길은 그 어긋난 통로를 바로잡는 것이었다. 지금껏 검계의 무사들을 상대로 활극을 펼치는 자신의 모습만 상상해왔던 시간이 어리석게 다가왔다.

다음 날 날이 밝기 전에 이학송과 절영, 이규상이 묘적사를 나섰다. 승려들이 잠을 깨기 전이어서 그들을 배웅하는 규모가 초라했다. 승려

중에는 주지 일여와, 두 스승이 떠날 것을 미리 알아차리고 밤새 잠을 이루지 않은 월현만이 두 사람을 배웅했다.

"제자들이 무척 서운해할 것입니다."

월현의 말에 이학송과 절영이 쓸쓸한 미소를 지었다. 특히 벌써 십 년째 승려들과 동고동락한 이학송의 얼굴에는 슬픔이 깃들어 있었다.

"다시 만나겠지요. 부디 법체(法體)를 보존하고 득도(得道)하십시오, 스님."

월현이 서글픈 표정으로 합장을 했다.

일여와 장치경, 창해와 일일이 인사를 나눈 뒤 이학송이 기륭과 숙영에게 말했다.

"내일 도성에서 보자. 술시(戌時, 오후 7시 반부터 8시 반 사이)에 돈의문으로 나갈 것이니 그리로 오거라."

"예, 스승님."

이학송과 절영, 이규상이 어둠 속으로 멀어졌다. 장치경은 오랜 지기를 떠나보내는 마음이었다. 아버지 장붕익이 갑작스럽게 죽음을 맞은 뒤 세 식구를 묘적사까지 호위한 이가 이학송이었고, 십 년 전 나타나 아들 기륭을 가르친 것도 그였다. 너무나도 많은 것을 빚졌으나 갚을 길이 없었다. 당분간 사찰 생활이 적적할 것만 같았다. 그는 애써 아내 창해에게 웃음을 지어 보이고 돌아섰다.

다음 날은 기륭과 숙영이 떠날 차례였다.

숙영은 '난지 목련'이라고 이름 붙인 묘목에 물을 주고 잎을 어루만졌다.

"다녀올게."

묘목이 그 소리를 알아들었다는 듯 바람결에 몸을 떨었다.

숙영이 대웅전 앞마당으로 향하는데 여자아이의 울음소리가 들려왔다. 점점 울음소리가 커지더니, 자지러지는 듯한 비명으로 이어졌다.

친오라비인 혜정과 혜문, 혜월이 달랬으나 소용이 없었다. 영현은 기륭의 허리를 부여잡고 떨어질 줄 몰랐다.

"영영 가는 게 아냐? 틈날 때마다 다녀갈게."

기륭 역시 영현의 머리를 쓰다듬으며 다독였지만, 거머리처럼 달라붙은 영현은 숨이 넘어갈 것처럼 보였다. 친오라비들이 억지로 떼어냈다. 그러자 영현의 비명 같은 울음이 더욱 커졌다.

영현 때문에 기륭은 부모님이나 승려들과 제대로 인사를 나눌 수 없었다. 기륭은 재빨리 장치경과 창해에게 엎드려 절을 올렸다.

"아버님, 어머님, 다녀오겠습니다."

"부디 몸조심하여라."

창해에 이어 장치경이 기륭의 손을 잡았다.

"숙영이 잘 보살펴야 한다."

기륭이 힘차게 고개를 끄덕여 보였다.

승려들이 계곡 초입까지 기륭과 숙영을 배웅했다. 기륭은 월문천으로 향하면서 자꾸만 뒤를 돌아보았다. 승려들이 내내 손을 흔들고 있었다.

월문천을 따라 남서쪽으로 걷다가 한강과 만나는 곳에서 강을 건너지 않고 강을 따라 서쪽으로 걸으면 한양이었다. 숙영은 무슨 생각을 하는지 계속 물결에 시선을 놓은 채 아무 말이 없었다. 기륭도 일부러 말을 걸지 않았다. 묘적사에서 지낸 이십 년의 세월이 머릿속에 선명하게 떠올랐다. 코끝이 시큰했다.

30

백선당

1755년 가을

승정원 동부승지 채제공이 천거하는 형식으로 용호영의 신임 무관이 된 기륭은 한동안 금위영(禁衛營)에서 궁중의 법도를 익히느라 지루한 시간을 보냈다. 궁성을 수호하고 왕실을 호위하는 용호영의 군사는 주로 왕실 인사와 고위 관료를 상대하기 때문에 궁중의 예법을 익히는 것이 필수적인 절차였다. 게다가 공격보다는 방어에 중점을 두었기에 기륭의 성정에는 용호영의 군사 훈련이 맞지 않았다. 하지만 기륭은 제 실력의 반에 반도 드러내지 않았음에도 기량이 워낙 출중했기에 그와 함께 새로이 용호영에 배치된 신임 무관들 사이에서 기륭의 존재는 금세 두드러졌다.

그런데 기륭은 금위영에서 석 달여에 걸쳐 예법을 익히고 호위와 방어 위주의 훈련을 하는 동안 용호영 내부에 묘한 기류가 흐르는 것을 느꼈다. 금위영에 파견되어 신임 무관을 훈련시키는 교련관(敎鍊官)이 여섯 명이었는데, 그중 셋은 신임 무관을 상대하는 일이 별로 없고 나머지 셋만이 무더운 여름에 비지땀을 흘리며 교련에 나섰다.

그리고 열 명의 신임 무관들도 두 패로 갈라졌다. 그것은 누가 그렇게 패를 가른 것이 아니라, 신임 무관들 스스로가 자기 위치를 알고 무리를 짓는 것 같았다. 대체로 가르침을 베푸는 교련관에게 대거리를 하거나 힘든 일을 피하는 부류가 상전 노릇을 했고, 나머지 네 명의 신임 무관은 부당한 처사를 받아들이는 쪽이었다. 기륭은 자신이 어느 패거리에 속해야 할지 알 수 없었으나, 약자의 편에 서기를 좋아하는 성격상 부당한 처사를 받아들이는 무리와 어울릴 때가 많았다.

가을이 되어서야 기륭과 신임 무관들은 궁성에 배속되었다. 병조 판서의 지휘를 받는 용호영은 종이품인 두 명의 별장(別將), 정삼품인 여섯 명의 장(將), 열여섯 명의 당상군관(堂上軍官), 열네 명의 교련관과 함께 기륭이 속한 백이십 명의 별부료군관으로 구성되어 있었다. 당상군관부터 교련관, 별부료군관은 용호영 근무 일수와 시취(試取)에 따라 제각각 품계가 달랐다. 이제 갓 무관이 된 기륭은 일반 병영의 하급 장교 품계에 해당하는 정팔품이었다. 처음 관직에 오른 것 치고는 꽤 품계가 높은 편이었는데, 이는 궁궐을 수호하는 군사의 지위가 다른 병영의 병사에 비해 높기 때문이었다.

금위영에서 훈련을 하던 시절의 기륭는 용호영에서도 그대로 이어졌다. 백이십 명의 별부료군관들은 정확하게 절반으로 패거리가 나뉘어 있었다. 비교적 품계가 높고 군마(軍馬)를 타는 기병(騎兵) 무리와 상대적으로 품계가 낮은 보병(步兵) 무리가 그것이었다. 기륭에게는 군마가 주어지지 않아 그는 자연스럽게 보명 무리에 속했다. 처음에 기륭은 그 것이 무예의 성취에 따른 편제(編制)라고 추측했다. 그러니까 대우를 받는 기병의 무예가 상대적으로 처우가 나쁜 보병보다 뛰어나기 때문이라고 생각했던 것이다. 하지만 생각해보니 그런 것이 아니었다. 예비 무관으로서 함께 훈련을 받던 때에 실력이 뛰어나 기륭이 눈여겨보았던 나성찬이라는 무관이 보병에 편제되었고, 아무리 제 실력을 감추었다고는 하지만 그래도 여럿 가운데 두드러질 수밖에 없었던 기륭 자신이 보병이었던 것이다. 그 궁금증은 오래지 않아 풀렸다.

기륭이 궁성에 배속되고 채 열흘이 지나지 않았을 때였다. 기륭보다 연배와 품계가 높은 군관 하도경이 교련관에게 불평을 터뜨리는 것을 목격했다.

"어찌 우리만 계속 숙위(宿衛)를 서야 합니까?"

숙위란 병사가 근무지에서 숙직을 하며 번을 서는 것을 말한다. 용호영의 군관들은 돌아가면서 숙위를 섰는데, 유독 보병들에게 그 순번이 자주 돌아왔다. 숙위를 명한 교련관은 대거리를 하는 군관에게 별다른 대응을 하지 않고 난처한 표정을 짓고 있었다. 상명하복(上命下服)을 금과옥조로 여기는 병영에서 하급자가 상급자에게 그처럼 행동하는 것을 기륭으로서는 이해할 수 없었다.

"하루 이틀 일인가? 참고 지내는 수밖에."

그 며칠 뒤 기륭은 궁금증을 참지 못하고 신임 무관으로서 같이 훈련을 받으며 제법 돈독해진 나성찬에게 물었다. 나성찬은 기륭보다 두 살 아래였다.

"용호영 내에 두 개의 부대가 있는 것 같은데, 내가 잘못 본 것이냐?"

그 물음에 나성찬은 뜨악한 표정으로 기륭을 쳐다보았다.

"형님은 뉘 자식이오?"

"그게 무슨 소리냐? 나야 우리 아버지 어머니 자식이지."

나성찬은 여전히 같은 표정으로 기륭을 뚫어지게 보다가 무언가를 깨달았다는 듯 고개를 끄덕였다.

"어쩐지 좀 이상하다 했는데, 내 그럴 줄 알았소. 형님, 용호영 별부료군관이 모두 양반가의 자제인 것은 아시오?"

"그랬느냐? 몰랐다."

"형님이 양반가 자제가 아니라는 건 나만 알고 있을 테니, 그냥 잠자코 계시오."

기륭이 입을 삐죽거렸다. 나성찬의 말이 이어졌다.

"원래 궁성을 방비하는 금군청에는 두 개의 부대가 있었소. 하나는 겸사복(兼司僕), 하나는 우림위(羽林衛)요. 이것을 백 년 전에 금군청이라는 하나의 군대로 합쳤지만, 이후에도 스스로를 겸사복이라 여기고 우쭐해하는 이들이 있소. 왜냐하면 당시 겸사복은 양반가 정실의 자제가 속했고, 우림위는 양반가 서얼 출신들로 구성되었기 때문이오. 우림위는 벼슬길이 막힌 서자와 얼자들 가운데 무예가 출중한 이들에게 무관직의 길을 열어주기 위해 만든 부대였소. 서얼들로서는 감지덕지였지요. 하지만 금군청 내에서 겸사복은 우림위의 출신을 문제 삼아 항상 깔보았고, 실제로 품계와 역할에 있어서도 차별이 있었소. 그게 오늘날까지 이어지고 있소. 금군청의 기병은 겸사복의 대를 이었고, 보병은 우림위의 대를 이었기 때문이오."

어릴 때부터 묘적사에서만 지내며 신분이나 계급의 차별을 당해본 적이 없는 기륭으로서는 완전히 이해가 되지 않았다.

"형님이 어찌 용호영에 들어오게 되었는지는 모르지만, 아무튼 괜한 말을 해서 의심을 사지 마시오. 서얼이 천한 신분이지만, 그렇기 때문에 중인이나 상민들 앞에서 더욱 거들먹거리면서 자신의 위치를 확인하려는 작자들이 있소. 우림위의 군관들이 형님의 신분을 알면 피곤해질 것이오."

기륭은 고개를 끄덕였지만, 나성찬의 말을 대수롭지 않게 여겼다. 비록 그는 묘적사의 불목하니를 아버지로 둔 천한 신분이었으나, 조선의 전설적인 명장 장붕익의 후손이었다. 기륭은 사람을 평가하는 잣대는 피가 아니라 인품과 실력이어야 한다는 오랜 생각을 다시 한 번 굳건하게 다졌다.

용호영 병사들은 가을마다 이레 동안 금위영 병영에서 시취를 겸한 훈련을 해야 했다. 스무 명씩 순번을 정해 이 과정을 거치는데, 기륭은 하도경, 나성찬과 함께 마지막 순번에 속했다. 병조 판서와 용호영의 별장들도 겸사복과 우림위를 염두에 둔 듯 훈련에는 항상 기병 열 명과 보병 열 명씩을 참가시켰다. 서로 대립하는 두 무리의 경쟁심을 부추기려는 것인지, 아니면 보병들로 하여금 기병들의 훈련을 돕는 자원으로 활용하려는 것인지는 분명치 않았다.

가을이 무르익어가는 좋은 계절이었다. 기륭에게는 애들 장난 같은 훈련이었다. 실력을 감추어야 했기에 저 하고 싶은 대로 동작을 취할 수도 없었다. 그래서 기륭은 산야(山野)를 붉게 물들이는 단풍에 시선을 놓거나 한 집에서 머물고 있는 숙영을 떠올리며 시간을 보내기 일쑤였다. 그리고 한 가지 더 기륭의 마음을 빼앗은 것이 있었다. 그것은 바로 말이었다. 지축을 울리는 말발굽 소리와 먼지를 일으키며 달려가는 말을 볼 때마다 그는 넋을 놓았다.

기병과 보병은 훈련 방식이 달라서 서로 어울릴 일이 별로 없었다. 우림위는 대체로 호위를 할 때의 보법(步法)과 전열(戰列)을 익히는 것을 중심으로 훈련을 했고, 겸사복은 달리는 말 위에서 창을 휘두르고 활을 쏘며 군마를 인솔하여 열병(閱兵)을 이루는 것을 중심으로 훈련을 했다.

그러다가 훈련을 시작한 지 닷새째에 이르러 기병과 보병이 함께 검술과 권술을 수련하게 되었다. 대체로 검술과 권술에서는 우림위가 우위에 있었다. 벼슬길에 오르기 위해 이를 악물고 오랫동안 한 우물을 판 서얼과, 문관을 노리다가 문재가 부족하여 무관으로 방향을 돌린 정실의 자제는 무술에 관한 한 출발부터가 다르기 때문이었다. 하지만 전장(戰場)에서는 기병이 우월한 화력(火力)을 보였기에 스스로 겸사복이라 여기는 이들은 개개인의 무예 실력이 뒤처지는 것에 별다른 의미를 두지 않았다.

그렇다고 겸사복의 무예가 우림위에 항상 뒤지는 것은 아니었다. 무관으로 입신하기 위해 어릴 때부터 좋은 스승 아래에서 무예를 수련한 양반가의 자제가 더러 있었다. 별부료군관 기병의 우두머리 역할을 하는 안효서가 그런 이들 중의 하나였다. 그는 노론의 영수이자 좌의정인 김판중의 외손자로, 용호영 내에서 별장들도 그의 눈치를 볼 수밖에 없었다.

검술 훈련을 마친 뒤 잠시 쉬는 사이에 안효서가 목검 두 자루를 들고 보병 쪽으로 다가갔다. 그는 하도경의 발치에 목검 한 자루를 던지고 말했다.

"우림위 중에 귀관의 무예가 가장 뛰어나다고 들었네. 가르침을 베풀어주겠나?"

사실 안효서는 평소에 숙위를 비롯한 여러 가지 일에서 겸사복이 편의를 누리는 것에 대해 늘 반발하는 하도경에게 앙심을 품고 있었다. 그는 이참에 우림위 별부료군관 중에 품계가 높고 나이가 많아서 큰형 노릇을 하는 하도경을 상대로 본때를 보여 우림위의 기를 꺾을 참이었다.

하도경이 안효서를 쳐다보고 있다가 목검을 들었다. 안효서가 눈짓을 하자, 군관들의 훈련을 맡았던 당상군관과 교련관들이 슬슬 자리를 피했다.

안효서가 자세를 잡고 하도경도 검세를 취했다. 안효서의 공격이 먼저 들어갔다. 하도경의 옆구리를 파고든 안효서의 목검을 하도경이 쳐냈다. 이어서 안효서의 목검이 하도경의 머리를 노렸다. 하도경은 반 발정도 걸음을 뒤로 물려서 공격을 피했다. 안효서가 걸음을 내디디며 목검을 앞으로 내질렀다. 하도경이 다시 뒤로 물러섰다. 그러고 나서 하도경은 목검을 내던졌다.

"귀관의 눈에 살기가 있어 이 대련은 피하겠다."

하도경이 돌아섰다. 그때 안효서가 하도경의 머리를 목검으로 내리쳤다. 순식간에 일어난 일이었다. 하도경이 앞으로 고꾸라졌다. 안효서는 거기서 멈추지 않고 다시금 하도경의 뒤통수를 노렸다.

"천한 것들이 상전을 몰라보고……!"

갑작스러운 사태에 다들 당황하는 사이 기륭이 뛰어들었다. 그는 하도경이 내던진 목검을 주워 들어 안효서를 향해 던졌다. 기륭이 던진 목검에 옆구리를 맞은 안효서가 "윽." 하고 짧은 비명을 토했다.

안효서의 목검이 기륭을 향했다. 사정없이 그의 목검이 기륭을 공격했으나, 기륭은 요리조리 몸을 가볍게 움직여 모조리 피했다. 바짝 약이 오른 안효서는 죽일 듯이 목검을 휘둘렀다. 기륭은 한 차례 목검이 지나가고 난 뒤에 재빨리 파고들어 안효서의 멱살을 잡아 그대로 자빠뜨렸다.

"그만하시오. 비겁하게 뒤에서 공격하다니, 부끄럽지 않소?"

몸을 일으킨 안효서의 얼굴이 붉으락푸르락했다. 그가 바닥에 떨어진 목검을 주워 들었다. 다시 기륭을 공격할 것이라는 예상과 달리 안효서는 반대 방향으로 향했다. 거기에서 일단락되나 싶었지만 그게 아니었다. 안효서는 군영 구석에 매어놓은 말의 고삐를 풀고 거기에 올랐다.

"이랴!"

박차를 가한 안효서는 곧장 기륭에게로 말을 몰았다. 군관들이 모두 후다닥 달아났다. 말과 충돌했다가는 사지가 부러지는 중상을 피할 수 없었다. 하지만 기륭은 가만히 서서 다가오는 말을 매서운 눈초리로 노려보았다.

"피하시오!"

나성찬이 소리쳤지만, 기륭은 오히려 말이 달려오는 쪽으로 내달리기 시작했다. 빠른 속도로 달려가던 기륭은 손으로 땅을 짚어 공중제비를 돌았다. 그의 몸이 거꾸로 뒤집힌 상태에서 허공으로 치솟았다. 말이 지나갈 때 기륭은 손을 뻗어 안효서의 머리통을 붙잡았다. 안효서는 말에서 떨어져 바닥에 등을 찧었다.

눈앞에서 벌어진 놀라운 광경에 군관들은 입을 다물지 못했다. 기륭은 안효서가 다치지 않았는지 몸을 살폈다. 다행히 충격 때문에 잠시 정신을 잃었을 뿐 부러지거나 다친 곳은 보이지 않았다.

"빨리 두 사람을 병영의 의원에게 데려가시오."

나성찬이 소리쳤다. 그제야 정신을 차린 군관들이 하도경과 안효서를 업고 달려갔다.

승정원 동부승지 채제공은 지방의 각처에서 올라온 상소와 상언(上言)을 살피다가 눈살을 찌푸렸다. 궁중에서 떠도는 괴소문이 어느새 지방에까지 닿았는지 유생들이 세자의 비행을 간하여 올린 상소가 두 장이나 섞여 있었다. 세자가 하지도 않은 일이 궁인들의 입을 타고 돌아다녔다. 채제공은 소문의 출처를 밝혀 엄하게 다스려야 한다고 조언

했으나, 세자는 고개를 저었다. 그 일로 자칫 궁중에 피바람이 몰아칠 수 있음이 첫 번째 이유였고, 진위를 밝힌다 한들 소문을 조장한 자들이 미리 대비하여 역공을 펼칠 수 있음이 두 번째 이유였다. 하지만 궁중에 떠도는 소문에 손을 놓고 있는 사이 상황은 점점 심각해져갔다. 처음에는 세자의 비행을 한 귀로 듣고 한 귀로 흘리던 왕이 점점 소문을 사실로 받아들이고 있다는 정황이 포착되었다. 뿐만 아니라, 근거 없는 소문이 궁중의 담을 넘어 세간(世間)에 퍼짐에 따라 세자를 향한 민심도 좋지 않았다.

채제공이 생각하는 세자 이선은 어진 사람이었다. 갖은 어려움을 이겨내고 왕위에 오른다면 선정을 베풀 것이라 의심하지 않았다. 하지만 상황은 점점 세자에게 불리하게 돌아갔다. 연일 노론의 공세가 거세졌고, 소론 신료 중에도 진취적인 세자의 정치 철학을 염려하는 이들이 적지 않았다. 채제공 자신이 속한 남인은 세자에게 힘을 보태기에는 너무나 세력이 약했다.

눈에 띄는 문서가 또 있었다. 형조 참의 조일현이 병을 이유로 사직을 청한다는 내용이었다. 채제공은 고개를 갸웃했다. 보름 전 세자가 주관한 조회 때만 해도 조일현에게서 병세(病勢)의 기미를 찾을 수는 없었다. 병약해 보이기는커녕 오히려 혈색이 좋아 보였다. 간혹 정쟁(政爭)에 지친 관리들이 병을 핑계로 낙향하는 경우가 있었지만, 채제공이 알기로 조일현은 무던하게 관리 생활을 하여 딱히 그런 일을 겪을 인물이 아니었다. 뜻밖의 사직 요청에 채제공은 다시 한 번 고개를 갸웃거렸다.

오랜만에 사인(私人)이 올린 상언이 하나 있었다. 울산도호부의 박동희라는 이가 올린 것이었다. 도호부사와 아전의 횡포가 심하여 부민들이 고통에 시달리고 있다는 내용이었다. 채제공은 얼굴도 모르는 박동희라는 이를 염려하지 않을 수 없었다. 임금에게 올리는 글 중에 특히 상언은 작성자의 신변을 보호하기 위해 공개하지 않는 것이 원칙이었으나, 승정원에 도달하기 전 여러 관아를 거치는 동안 그 내용과 작성자가 알려지기 마련이었다. 그러면 어김없이 보복이 가해졌다. 사인의 상언을 나라에서 대응하는 일은 드물었고, 사태를 알아본다 한들 개인적인 앙심을 품은 주민이 관리를 모함한 것으로 결론이 나기 일쑤였다. 그러고 나면 관리의 보복이 이어졌다. 상언을 올린다는 것은 목숨을 걸어야 하는 일이었고, 그래서 상언을 올리는 이가 드물었다.

채제공은 상소와 상언 등을 정리하여 도승지에게 보였다. 그중 어전회의에서 다룰 만한 것들은 남겨두고 몇 개의 문서를 챙겨 동궁으로 향했다.

세자는 동궁 앞의 마당에서 네 살 난 아들에게 활쏘기를 가르치는 중이었다. 물론 활과 화살 모두 어린아이가 쓰기 좋게 실물을 흉내 내어 만든 것이었다. 곁에 선 궁녀들과 내시들은 안절부절못했다. 세자가 세손의 공부할 시간을 빼앗는다고 임금의 호통이 내려올지도 몰랐기 때문이다. 세자는 부왕 앞에만 서면 잔뜩 쪼그라들면서도 하고자 하는 것은 기어이 하고야 말았다. 대담하다고 해야 할지, 어리석다고 해야 할지 종잡을 수 없었다.

세자가 채제공을 발견하고 말했다.

"승지 오시었소?"

"세자 저하를 알현하옵니다."

"드시오."

그렇게 말하고 나서 세자는 몸을 숙여 세손과 눈을 맞추었다.

"약속하거라. 활쏘기는 꼭 동궁에서만 해야 한다."

세손 이산이 대답했다.

"예, 아바마마."

세자가 세손의 볼을 토닥거렸다. 궁녀들이 세손을 데리고 동궁을 떠났다.

상소와 상언을 살핀 뒤 세자가 생각에 잠기며 혼잣말을 했다.

"울산도호부라……."

손가락으로 의궤를 딱딱 두드리던 세자가 채제공에게 말했다.

"승지께서 고생 좀 해주셔야겠습니다."

채제공이 답했다.

"예, 저하. 말씀하십시오."

"암행어사로서 울산도호부에 다녀오시오."

"예?"

"백성이 용기를 내어 상언을 올렸는데, 어찌 모른 척할 수 있겠소. 무예가 뛰어난 이학송과 기륭을 붙여줄 터이니, 고생 좀 해주십시오."

채제공은 세자의 진의를 파악하지 못해 의구심 가득한 표정을 지었다. 하지만 세자에게서는 더 이상의 말이 나오지 않았다.

그날 밤 채제공은 늦은 시각에 이학송이 기거하는 집에서 은밀히 기룡과 이학송을 만나 세자의 명을 전했다. 울산도호부로 향하는 암행에 동행해달라는 채제공의 말에 이학송과 기룡의 눈이 커졌다. 기룡이 말했다.

"승지 나리, 묘적의 숙영이 함께 갈 수 있도록 해주십시오."

"숙영을?"

그러고 나서 채제공이 웃음을 머금은 채 말을 이었다.

"그새 진짜 부부라도 된 것이냐? 한시도 떨어지기 싫은 것이냐?"

농을 했는데, 이학송과 기룡은 웃지 않았다. 기룡이 말했다.

"울산도호부는 숙영의 조부와 부친이 자란 곳입니다."

"무엇이?"

기룡과 이학송은 울산도호부와 백선당, 양일엽, 양상규, 숙영으로 이어지는 긴 사연을 채제공에게 들려주었다. 이야기를 듣고 난 채제공은 자신의 이마를 짚었다.

"세자 저하께서 나를 울산으로 보내는 이유가 그것이었구나."

채제공은 세자에게 된통 당했다는 생각이 들었다. 하지만 기분이 나쁘지는 않았다.

채제공은 갓과 도포를 차려입고 말을 탔다. 남장(男裝)을 한 숙영 역시 갓과 도포를 차려입고 말에 올랐다. 패랭이를 쓴 중인 차림의 이학송이 채제공이 탄 말의 고삐를 쥐었고, 두건을 쓴 평민 복장의 기룡이 숙영이 탄 말의 고삐를 쥐었다. 양반 부자(父子)를 그들의 식솔 두 사람이 보필하는 모양새였다.

도성을 출발하여 보은에 이를 때까지는 관리로서 객관(客館)과 역참을 이용하였으나, 속리산 자락을 벗어나 경상도에 들어서면서부터는 관(官)이 운영하는 기관을 피하고 민(民)이 운영하는 객주와 주막에서 잠을 청했다. 시설이 열악하고 방이 부족하여 숙영은 남자 세 사람과 한 방을 써야 할 때가 빈번했지만, 개의치 않았다.

도성에서 울산도호부까지의 거리가 천이백 리라고 알려져 있지만, 그것은 쉬지 않고 곧장 말을 달렸을 때의 이야기였다. 잠잘 곳과 먹을 곳을 찾아 잠시 다른 길로 빠졌다가 그 길을 되짚어 나오는 일까지 합하면 족히 천오백 리가 넘었다. 하여 채제공 일행이 울산도호부 어귀에 이르렀을 때는 도성을 떠난 지 열흘 하고도 엿새가 지난 뒤였다. 그사이 단풍이 죄다 떨어지고 계절은 가을과 겨울의 경계선에 있었다.

암행을 할 때 가장 곤란한 일이 잠자리를 마련하는 것이었다. 은밀하게 상황을 돌아보아야 하는 처지에 관리 행세를 하며 객관이나 역참을 이용할 수는 없기 때문이다. 그래서 대체로 암행어사는 자신이 감찰을 할 지역 인근의 양반가에 객으로 머물며 숙식을 해결했다. 조정에서 연륜이 높고 인맥이 넓은 관리를 암행어사로 파견하는 이유였다.

채제공은 울산도호부의 중심지에서 북쪽으로 삼십 리 정도 떨어진 농소라는 동리에 있는 황학현의 집을 찾아갔다. 황학현은 조정의 예문관 직제학을 지내다가 임금의 명령인 사명(詞命)을 왜곡하여 전달했다는 모함을 쓰고 일 년간 유배 생활을 한 끝에 낙향하여 농소에서 후학을 양성하는 중이었다. 채제공과 막역한 사이라고 할 수는 없으나, 함께 조정의 관리로 있을 때부터 상대의 의기를 알아보고 존중했기에 지우(知友) 못지않은 관계를 맺고 있었다.

채제공을 보고 황학현은 크게 기뻐했다.

"승지께서 오셨으니, 비로소 울산도호부의 부민들이 폭정에서 벗어날 수 있겠구려."

황학현은 남장을 한 숙영이 여자인 것을 알아차리고 거처를 따로 마련해주었다.

채제공 일행이 여장을 풀고 내당에 들어 황학현과 마주 앉았다. 황학현이 물었다.

"상언이 올라갔습니까?"

채제공이 답했다.

"부민 중 한 사람인 박동희라는 이가 올렸습니다."

그럴 줄 알았다는 듯 황학현이 고개를 끄덕였다.

"백선당에서 훈장 노릇을 하며 아이들을 가르치던 사람입니다. 저에게 배움을 청하러 찾아온 일이 여러 번이었고, 저도 백선당에 간간이 들러 둘러보았습니다. 부끄럽습니다. 관청의 관리들이 부민들을 뜯어먹고 있음을 훤히 알면서도 나서지 못하고 있었는데, 그이가 그런 일을 했군요."

채제공이 물었다.

"백선당이라 하면 과거에 술도가였던 곳을 말하는 것입니까?"

"승지께서 아는 것이 많으시구려. 백선당은 그냥 술도가가 아니었습니다. 약사동의 부민들이 평화롭게 어울려 살아가는 공동체의 중심이었습니다. 당주 양일엽을 비롯한 그의 선조들이 노력한 덕분에 좋은 풍토를 이루었지요."

기룡은 숙영의 몸이 떨리는 것을 느꼈다. 조부의 이름을 대하고 격정에 휩싸인 모양이었다. 하지만 황학현은 숙영의 변화를 눈치 채지 못하고 말을 이었다.

"당주 양일엽이 비명횡사한 뒤로 박동희가 한동안 아이들을 가르치며 백선당을 지켰습니다. 그러다가 십여 년 전에 아전 김치태와 도호부사가 작당하여 양일엽의 재산을 모조리 몰수했지요. 상속권을 가진 후손이 나타나지 않으니 국고(國庫)로 환수하는 것이 마땅한 일이나, 탐관들은 양일엽의 집과 땅을 제 것으로 만들었습니다. 그런 놈들이 소작을 부치는 농민들에게 얼마나 가혹하게 굴었을지는 보지 않아도 알 것입니다."

기룡이 물었다.

"지금 백선당은 어찌 되었습니까?"

황학현은 기룡을 슬쩍 쳐다보고는 대답했다.

"백선당은 여염에서 외따로 떨어져 있어 주거로 활용하기에는 불편하지. 그래서 그냥 방치되었네. 지금은 그 집의 식솔로 있던 늙은이가 관리를 한다는 이유로 홀로 머물고 있네."

잠시 말을 끊은 황학현이 불현듯 생각이 나서 말을 이었다.

"아, 그리고 얼마 전에 흉한 일이 있었습니다. 동헌의 구실아치 노릇은 아들에게 물려주고 검계와 결탁하여 술도가를 운영하넌 김치태가 살해되었습니다. 새벽에 일어난 그 집 식솔이 내당의 대청마루에 있는 그의 머리를 발견했다고 하더군요. 워낙 주변에 원한을 산 일이 많은 작자여서 그리 험한 꼴로 죽은 것이지요. 한동안 범인을 찾느라 울산도호부 전체가 시끄러웠습니다."

"범인은 잡았습니까?"

"애초에 울산의 부민 중에는 그런 일을 할 만큼 담이 큰 이가 없습니다. 부민들을 상대로 매타작을 하는 등 소란을 피우다가 흐지부지되었습니다. 김치태의 아들인 김달충이나 도호부사로서는 아쉬울 게 없지요. 김치태의 재산이 모조리 자기네 수중에 들어왔으니까."

내내 잠자코 있던 숙영이 황학현에게 물었다.

"나리, 그 일이 정확히 언제 있었습니까?"

황학현이 머릿속으로 가늠해보다가 대답했다.

"정확한 날짜는 기억나지 않으나, 지난해 늦여름이었네."

난지의 천도제를 지낸 천덕이 묘적사를 떠난 때였다. 기륭과 이학송, 숙영은 김치태의 목을 딴 이가 누구인지 짐작하면서도 입 밖에 내지는 않았다.

그날 저녁, 황학현 집 하인의 도움을 받아 채제공 일행은 백선당으로 향했다. 농소에서 동천이라는 하천을 따라 남쪽으로 한 시진 정도 걷다가 그곳에서 황방산 쪽으로 방향을 틀어 계곡을 타고 올랐다. 사람들의 눈에 띄지 않기 위해 일부러 험한 길을 택했다. 계곡을 따라 오르는데 멀리 불을 환하게 밝힌 군영이 눈에 들어왔다. 채제공이 그곳에 시선을 주고 서 있자, 황학현의 하인이 말했다.

"경상좌도 병영입니다요."

생각에 잠겨 있던 채제공이 하인에게 물었다.

"이곳의 병마절도사(兵馬節度使)는 어떤 사람인가?"

"무관 그 이상도 이하도 아닙니다. 도호부사와 그 패거리들에 검계 놈들까지 횡포를 일삼아도 전혀 민가의 일에는 관여치 않습니다. 그걸 옳다고 해야 할지 그르다고 해야 할지 저는 잘 모르겠습니다요."

하인의 그 말에는 병마절도사를 향한 서운함이 깃들어 있었다. 군사력을 지닌 병마절도사가 개입했다면, 울산도호부가 이처럼 망가지지 않았을 것이라는 원망 때문이었다.

채제공 일행은 황방산을 올라 약사천 상류에서 하류로 내려가는 방향을 택했다. 이윽고 백선당이 나타났다. 사위는 어둠에 잠겨 있고, 바람소리 외에는 아무것도 들려오지 않았다.

"아주머니, 계시오?"

안에서는 아무런 답이 없었다. 하인이 말했다.

"이 집 작은 마님을 어릴 때부터 돌본 서생댁이라는 노파가 아직 있는데, 귀가 잘 안 들려서……."

숙영이 앞으로 나서서 대문을 밀었다. 대문이 삐거덕 소리를 내며 스르르 열렸다. 숙영이 마당으로 들어섰다. 하인이 숙영을 앞질러 마당을 가로질렀다. 곧 그가 말했다.

"나리, 이쪽으로 오십시오."

숙영이 앞장서고 채제공과 이학송, 기륭이 그 뒤를 따랐다. 정주간으로 보이는 곳에 딸린 방의 문이 열려 있고, 늙은이 한 사람이 방문턱에 상체를 걸치고 있었다.

"어떻게들 오시었소?"

하인이 대신 대답했다.

"아주머니, 도성에서 오신 지체 높으신 분들이오. 이곳에 꼭 와보고 싶다 하시어 모시고 왔소."

채제공이 말했다.

"안으로 들어가도 되겠습니까?"

"아이고, 방이 누추하여……."

그러면서 서생댁은 바닥의 이불을 걷고 여기저기 널브러진 바느질감을 한쪽으로 치웠다.

채제공이 먼저 안으로 들어서고, 이학송과 기륭이 뒤를 이었다. 숙영이 가장 나중에 방으로 들었다. 하인은 툇마루에 앉았다.

낯선 이들의 갑작스러운 방문에 어리둥절한 서생댁은 연신 흐린 눈을 깜빡였다.

채제공이 입을 열었다.

"예전에는 이곳이 참 살기 좋았다지요?"

그 말에 서생댁은 꿈을 꾸는 듯한 표정으로 이야기를 늘어놓기 시작했다.

"그럼요. 우리 당주 어른이 참으로 어진 분이라서 여기서 일하는 식솔들이나 약사동 사람들은 복을 많이 누렸지요……."

오랜만에 말 상대를 만난 서생댁은 쉬지 않고 이야기를 풀어놓았다. 기륭은 서생댁의 이야기에 귀를 기울이며 틈틈이 숙영을 돌아보았으나, 갓을 쓴 채 고개를 숙이고 있어서 얼굴을 확인할 수는 없었다. 어진 할아버지와 좋은 부모 아래에서 편하게 살았어야 할 숙영이 지나온 시간을 짐작하면 기륭은 마음이 무거웠다.

"나라님이 금주령을 내리고 오래지 않아 그 쳐 죽일 놈이 여기에 오질 않았겠소. 산곡주를 내놓으라고 우리 당주 어른의 피를 말렸소……."

서생댁의 이야기가 중요한 대목으로 향하고 있었다. 양일엽을 죽음에 이르게 한 자의 진면목이 드러나는 순간이었다. 숙영은 침을 꼴깍 삼키고 귀를 세웠다. 숙영의 아버지 양상규는 딸이 원한을 품지 말라는 뜻에서 그의 이름을 밝힌 적이 없었다.

"그자의 이름을 아십니까?"

채제공이 물었다. 서생댁은 기억을 더듬는 듯 미간을 찌푸리고 있다가 입을 열었다.

"이철경이라 했던가. 맞소. 이철경이라고 했소."

이학송이 그 말을 받았다.

"표철주가 사라진 뒤 칠선객의 우두머리 노릇을 하는 자입니다."

서생댁의 말이 이어졌다.

"다행히 우리 아씨와 도련님은 예쁜 딸을 낳아서 잘살고 있다고 하오. 이곳이 좀 편해지면, 그때는 이 백선당으로 돌아오시지 않겠소."

이하송이 서생댁에게 물었다.

"아줌씨는 그 소식을 어디서 들었소?"

"작년 여름에 천덕이……!"

서생댁은 급하게 말문을 닫았다. 자신이 왔다 갔다는 사실을 알리지 말라던 천덕의 다짐이 뒤늦게 떠오른 까닭이었다.

그때까지 꾹 참고 있던 숙영이 기어이 울음을 터뜨리고 말았다. 삿갓 쓴 젊은이에게서 여인의 울음소리가 흘러나오자 서생댁은 몸을 숙인 채 눈을 크게 뜨고 숙영의 얼굴을 들여다보았다. 숙영이 갓을 벗고 서생댁과 눈을 맞추었다. 서생댁은 자기 앞에 앉은 여인의 얼굴을 자세히 보기 위해 흐린 눈을 계속 끔뻑였다. 그러다가 무언가를 알아차린 듯 눈이 커졌다. 눈에 넣어도 아프지 않을, 젖먹이 때부터 자기 손으로 기른 견정의 얼굴이 눈앞에 있었다.

"우리 아씨인가? 아이고, 아씨가 왔소?"

그러면서 서생댁이 숙영의 손을 덥석 잡았다. 숙영은 눈물이 멈추지 않는 눈으로 서생댁을 바라보다가 말했다.

"딸인 숙영입니다."

서생댁이 숙영을 와락 껴안았다.

"아씨가 예쁜 딸을 낳았다고 천덕이가 그러더만, 그 말이 참말이었네, 참말이었어."

서생댁은 놓치면 사라질세라 숙영을 껴안고 놓아주지 않았다.

31
암행어사
1755년 늦가을~겨울

　　　　　천덕은 평안도 문덕의 바닷가 마을에 이르
렀다. 바닷가와 언덕 중턱에 몇 채의 인가가 드문드문 앉아 있는 작은
마을이었다. 대동강 하구의 남포를 출발하여 조선의 서쪽 해안을 따라
북상한 지 한 달 만이었다. 선창에 어선 한 척이 매어져 있고, 선창가에
서 중년 사내 한 명과 아낙 한 명이 그물을 손질하는 중이었다. 천덕이
그들에게 물었다.

"이 동리 이름이 무엇입니까?"

사내가 천덕을 아래위로 훑어보다가 퉁명스럽게 대답했다.

"칠포요."

천덕은 고개를 끄덕이고 돌아섰다. 그는 선창에 앉아 바다에 시선을 놓았다. 사내와 아낙은 낯선 이가 신경 쓰이는지 자주 그의 뒷모습을 힐끔거렸다.

그물 손질을 끝낸 사내가 천덕에게 다가갔다.

"어디서 오셨소?"

천덕이 대답했다.

"그냥 여기저기 떠돌아다니는 중입니다."

"오늘 잘 데는 있소?"

"없습니다."

"남쪽에서 오셨소?"

천덕이 고개를 끄덕였다. 사내의 말이 이어졌다.

"평안도 늦가을 밤은 매섭소. 괜찮다면 우리 집에서 묵으시오."

사내의 말투는 퉁명스러웠지만, 마음씨는 정반대였다. 칠포에 이르기까지 천덕은 낯모르는 북녘 사람들의 도움을 많이 받았다. 그들은 대체로 말과 행동이 거칠었지만, 경기 이남 사람들에게서 찾아보기 힘든 따뜻한 성정을 갖추고 있었다.

저녁을 먹을 때 사내가 술을 가져왔다. 천덕이 다소 놀란 표정을 짓자, 사내가 말했다.

"금주령 내린 지가 오래라지요? 우리는 국법이나 어명 같은 것 모르오."

천덕이 말했다.

"국법과 어명을 아는 사람들도 죄다 마십니다."

천덕이 빈 잔을 내밀었다. 사내가 막걸리를 채웠다.

"칠포에 진짜 우연히 닿은 거요?"

천덕은 대답을 않고 생각에 잠겼다가 이윽고 입을 열었다.

"사실은 사람을 찾아다니는 길입니다."

사내가 눈을 위로 치떠서 무언의 질문을 던졌다. 천덕이 대답했다.

"혹시 길산이라는 사람을 압니까?"

"길산……? 오래전에 출몰했던 도적 장길산을 말하는 거요?"

천덕이 고개를 끄덕이고는 말했다.

"한때 평안도 바닷가 마을에 머문 적이 있다 하여……."

사내가 뚫어지게 천덕을 쳐다보더니 다시 그의 잔을 채워주었다.

두 사람 사이에 무거운 침묵이 흘렀다. 묵묵히 술잔만 비웠다. 그러다가 사내가 몸을 일으켰다.

"따라오시오."

사내가 바깥으로 나섰다. 천덕이 그의 뒤를 따랐다.

사내는 술병 하나를 챙겨 들고 늙은이 혼자 살고 있는 집으로 천덕을 데리고 갔다. 노인과 마주 앉은 뒤 사내가 입을 열었다.

"어르신, 전에 장길산이 우리 동리에 산 적이 있다 하지 않으셨소?"

노인이 대답했다.

"그랬지."

"그 이야기 좀 해주시오."

노인이 기억을 더듬다가 말했다.

"사십 년 전인가, 오십 년 전인가 기억이 가물가물하구먼. 여기 뒷집에 우락부락한 사내 하나가 산 적이 있어. 자기 입으로는 상사를 하기 때문에 여기저기 돌아다닌다고 하는데, 아무래도 수상한 점이 많았어. 수십 날을 집을 비웠다가 어느 날 보면 돌아와 있고는 했는데, 절대로 장사하는 행색이 아니야. 여기 칠포에 자리 잡은 지 한 일 년 되었나? 어느 날은 처자 하나를 데리고 왔구먼. 그러고는 또 며칠 있지도 않고 휑하니 둘 다 사라졌어. 그 다음 날인가 이튿날 뒤에 감영의 장졸(將卒)들이 여기를 찾아왔어. 장길산이를 잡으러 다닌다고 해. 동리의 집 구석구석까지 다 뒤졌는데, 그자가 머물던 뒷집에서 칼과 철퇴, 도끼 같은 무기가 수두룩하게 나왔구먼. 그제야 그 사람이 장길산이구나, 하고 다들 알아차렸지. 하지만 우리는 관리들한테 아무 말도 안 했어. 그때 고초를 겪은 이들이 여럿 있는데, 뭐 아는 게 있어야 이야기를 하지.”

천덕이 물었다.

“그이가 장길산이 확실합니까?”

노인은 천덕의 물음에는 답하지 않고, 자신의 이야기를 이어갔다.

“몇 달 뒤에 장길산과 함께 사라졌던 처자가 혼자 나타나서 한 달가량 머물렀어. 먹지도 않고 자지도 않기에 걱정이 돼서 아낙들이 여러 번 찾아갔지. 나도 갔더랬어. 아, 궁금하잖여. 그래서 내가 바깥양반이 장길산이냐고 물어보았어. 그런데 아니라고는 안 해. 맞다고도 안 했지만, 아니라고도 안 했어. 그렇게 한 달 동안 망부석처럼 틀어박혀 지내더니 홀연히 사라졌어. 그러고는 몰라.”

이야기를 끝낸 노인이 물었다.

“그런데 그 케케묵은 이야기를 왜 묻는 건가?”

중년 사내가 천덕을 돌아보았다. 하지만 천덕은 답하지 않았다.

중년 사내가 노인에게 물었다.

"장길산이 이제는 죽었겠지요?"

"글쎄, 그때 이후로 장길산에 대한 소문이 뚝 끊겼어. 스스로 종적을 감춘 건지, 무슨 일을 당했는지 그건 모르지. 내가 올해 여든을 넘겼는데 나보다 대여섯 위였으니까, 살아 있으면 아흔이 다 되었을 거구먼. 그런데……."

침을 꼴깍 삼킨 노인이 말을 이었다.

"내가 이십 년 전에 영변의 장시에 갔다가 들은 이야기가 있구먼."

사내가 눈을 빛냈다.

"무슨 이야기였습니까?"

"회령 국경 너머의 만주 사람들과 모피 거래를 하는 장사치가 하는 말이, 거기 여진족 마을에서 장길산을 봤다는 거여."

중년 사내가 다시 물었다.

"그이가 장길산을 어찌 안답니까?"

"그래서 나도 똑같이 물었지. 객쩍은 소리 말라고 퉁바리를 놓았어. 그런데 어릴 때 장길산이 덕분에 목숨을 구한 일이 있어서 얼굴을 안다는 거여. 워낙 허풍이 심한 사람이라 믿을 건 못 되는구먼. 그 인간이 아직 살아 있는지는 모르겠네. 영변 큰 장시에 가서 모피 장사꾼 장씨를 물으면 다들 알고 있을 거구먼."

다음 날 새벽, 천덕은 신세 진 집을 나섰다. 답례할 것이라고는 칠포까지 오는 동안 캐서 바랑에 담아온 약초뿐이었다. 그는 툇마루에 약초 몇 뿌리를 가지런히 놓고 길을 나섰다.

$$\diamond \quad \blacklozenge \quad \diamond$$

이학송과 숙영은 황학현의 집과 울산도호부 일대를 오가며 사정을 살폈다. 조정에 상언을 올렸던 박동희는 관리를 무고했다는 죄로 곤장을 맞고 옥사에 갇혀 있었다. 그의 식구와 친지들이 관아 앞에 무릎을 꿇고 용서를 빌며 방면해줄 것을 탄원했으나, 오히려 소란을 일으키고 민심을 어지럽힌다는 죄를 물어 그들 역시 형벌에 처해지고 말았다. 이후로 아무도 박동희의 방면을 요구하는 일이 없었다. 옥사를 지키는 관아의 병졸들에 의하면, 곤장을 맞아 큰 부상을 입은 박동희는 생사를 장담할 수 없는 지경이라고 했다.

부민들의 삶은 처참했다. 특히 김치태의 아들이자 도호부의 이방아전인 김달충과 도호부사가 땅을 나누어가진 약사동은 참혹하기 이를 데 없었다. 양일엽이 살아 있을 때는 일 할밖에 안 되었던 소작료가 작금에 이르러 칠 할이 되어 있었다. 그렇게 부민들에게서 뜯어내고도 성에 차지 않는지 겨울과 봄에 곡식을 빌려주고 이자로 몇 배를 챙겼다. 결국 부민들은 살던 집까지 내놓고 쫓겨나야 했다. 그렇게 갈 곳을 잃은 농민과 그의 가족들은 검계의 술도가에서 공짜 노동력을 제공하고 김달충과 도호부사 소유가 된 논밭에서 노비처럼 일해야 겨우 입에 풀칠을 할 수 있었다.

기룡은 검계에 대해서 알아보았다. 울산도호부가 꽤 큰 고장인 만큼 색주가를 비롯하여 선술집과 내외술집이 곳곳에 자리 잡고 있었고, 바침술집도 세 군데나 있었다. 거기에 속한 검계 조직원은 숫자를 제대로 파악할 수 없을 만큼 많았다.

기륭은 검계에 대하여 알아가던 중에 놀라운 사실을 알게 되었다. 도성과 경기도, 충청도 일대만 장악한 줄 알았던 검계 조직 칠선객이 울산 도호부까지 관리하고 있었던 것이다. 그야말로 칠선객은 전국적인 조직으로 확대되어 있었다. 만약 이처럼 광범위한 조직이 구성원들을 움직여 일을 꾸미고자 한다면 왕실과 나라는 치명적인 피해를 입을 수밖에 없었다.

채제공은 울산도호부 부근 군현의 수령들에 대해서 파악했다. 군민과 현민들, 지역의 유지들을 통해 알아낸 바로는 조정으로부터 뻗어 내린 정치적 사슬에서 자유로운 인물은 근방에 단 한 명도 없었다. 그들에게 크게 기대를 한 것은 아니지만, 참으로 허탈하기 짝이 없었다.

황학현의 집 사랑채에서 네 사람은 머리를 모았다. 도호부 관리들과 검계들이 끈끈하게 연결되어 있어서 치고자 한다면 관청과 검계 양쪽을 한꺼번에 쳐야 했다. 관아를 접수한다 해도 곳곳에 흩어져 있는 검계가 뭉쳐서 공격해 온다면 모든 것이 수포로 돌아갈 수 있었다.

"승지 나리, 병력은 알아보셨습니까?"

이학송의 물음에 채제공이 고개를 저었다.

"일대의 군수와 현령들에게서는 어떠한 도움도 얻을 수 없을 것이오. 대구에 있는 관찰사에게 도움을 청하면 마지못해 병력을 내어주기는 할 것이나, 썩 내키지 않소이다. 울산이 이 지경이 될 때까지 관찰사가 아무런 조치도 취하지 않았으니, 도호부사의 뇌물이 관찰사에게 닿지 않았다고 어찌 장담할 수 있겠소?"

"저와 기륭, 숙영 세 사람이 관아의 장졸들을 제압할 수는 있으나, 검계 놈들이 관아를 에워싼다면 대치가 길어질 것입니다. 그사이에 탐관을 벌하러 온 암행어사가 오히려 도적으로 몰릴 수도 있지요."

채제공이 고개를 끄덕였다.

"며칠 내로 경상 병영으로 병마절도사를 찾아갈 것이오. 이 집의 주인이 가끔씩 병사(兵使)와 바둑을 두는 관계라 하니, 만나는 것은 어렵지 않을 것이오. 현재로서는 경상좌도 병영의 병사(兵士)밖에 기댈 곳이 없소."

다음 날 황학현은 하인을 시켜 병영의 병마절도사에게 바둑을 두러 가겠다고 기별했다. 하인은 하루속히 오기를 바라더라는 병마절도사의 전갈을 황학현에게 전했다. 민가의 일에 전혀 관여하지 않은 채 외딴 섬 같은 병영에만 틀어박혀 지내는 병마절도사에게 황학현과 두는 바둑은 거의 유일한 놀이였다.

그 다음 날, 채제공은 황학현, 기륭과 함께 병영으로 향했다. 병영의 수문장이 황학현을 알아보고는 병졸을 시켜 병마절도사에게 알리도록 하고 세 사람을 곧장 병마절도사 허유락의 집무실로 인도했다.

허유락은 예순이 다 되어 보이는 꼬장꼬장한 노장(老將)이었다. 황학현 외에 두 사람이 더 있는 것을 보고는 경계하는 눈빛을 보냈다. 딱 보기에도 낯가림이 심하고 의심이 많은 사람임을 알 수 있었다.

황학현이 허유락에게 말했다.

"승정원 동부승지 채제공 대감입니다."

허유락은 조정의 일을 멀리하는 편이었지만, 채제공이라는 이름은 익히 들어 알고 있었다. 일처리가 반듯하고 불편부당한 처신 덕분에 서로 갈등을 빚고 있는 왕과 세자 양쪽으로부터 신임을 얻고 있다는 소문을 들었던 것이다. 그는 채제공과 기륭을 찬찬히 훑어보더니 이윽고 입을 열었다.

"승지께서 예까지 오셨으니, 곧 울산도호부에 난리가 나겠소이다."

병마절도사의 말에 채제공이 씁쓸한 미소를 머금은 뒤 말했다.

"난리가 나야지 않겠습니까? 관리라는 자들이 자기에게 주어진 권력을 백성을 핍박하는 데 쓰고, 또 어떤 관리는 백성이 도탄에 빠져 있는 것을 보고도 모른 체하고 있는데, 어찌 난리를 일으키지 않고 사태를 바로잡을 수 있겠습니까?"

채제공이 말한, 백성의 어려움을 모른 체하는 관리가 자신을 지목한 것임을 알고 허유락은 눈살을 찌푸렸다. 감정을 삭이는 듯 여러 번 심호흡을 한 끝에 허유락이 입을 열었다.

"내가 벼슬길에 오른 지 벌써 삼십오 년이 넘었소. 정쟁이 파다한 이 세계에서 여태껏 살아남은 이유는 딱 하나요. 내 일이 아니면 나서지 않는 것. 관료 사회에서 옳고 그름이 도대체 무엇이오? 나한테 이로우면 옳은 것이고, 나한테 해로우면 그른 것이지 않소? 하지만 여태껏 나는 옳고 그름을 따진 적이 없소. 그저 주어진 역할에 충실했소. 승지에게는 내가 직무를 방기하고 탐관을 방조한 무능한 관리로 보이겠지만, 경상도 해안을 유린한 왜구를 소탕하는 일에 게으름을 피운 적이 없소. 나는 무관으로서의 내 직무에 충실했고, 그 부분에 부끄러움이 없소."

채제공이 응수했다.

"국토를 수호하는 궁극적인 목적이 무엇입니까? 나라의 주권을 지키고 백성을 편안케 하기 위함이 아닙니까? 병사께서는 하나의 목적에는 충실했으나, 다른 하나의 목적에는 눈을 감으셨습니다. 그러면서 어찌 관리로서 부끄러움이 없다 하십니까? 경상좌도 병영에 부임한 병사들이 백성을 편안케 하고사 하는 결기를 보였다면 어찌 이곳이 이리 망가졌겠습니까? 병사께서 짐작하시다시피 나는 세자 저하의 명으로 이곳에 암행어사로 왔소이다. 하지만 일대의 모든 관아가 부패하여 병력을 동원할 길이 없습니다. 그러니 병사께서 나와 세자 저하를 도와주십시오."

"도움을 청하는 입장에서 이리 망발을 일삼는 게요?"

"나는 병사 개인에게 도움을 청하는 것이 아닙니다. 백성을 편안케 하려는 의지를 가진 관리의 양심에 호소하는 것입니다. 나와 일행은 모레 곤시(坤時, 오후 2시 반부터 3시 반 사이)를 기하여 왕실이 부여한 권한을 발동할 것입니다. 병영의 군사를 움직일지 말지는 물론 병사의 마음에 달렸습니다. 하지만 부디 병사에게 주어진 직무를 깨닫고 올바르게 처신하시기를 바랍니다."

허유락의 얼굴에 노기(怒氣)가 가득했다. 하지만 채제공은 개의치 않고 그에게 허리를 숙여 보인 뒤 집무실을 나섰다. 두 사람 사이에서 안절부절못하던 황학현이 채제공을 따라나섰다.

병영을 빠져나온 뒤 황학현이 채제공에게 물었다.

"정말로 내일모레 도호부 관아를 칠 것이오?"

채제공이 대답했다.

"할 일을 해야지요."

"병마절도사는 문관들의 놀음에 끼는 것을 피할 것이오. 괜히 나섰다가는 조정의 힘 있는 자들에게 찍혀서 말년(末年)이 어려워질 터인데, 어찌 그런 사람에게 기대를 걸 수 있겠소?"

"병사가 나서지 않으면 우리끼리라도 어떻게 해보아야지요."

그렇게 말하고 나서 채제공이 뒤에 따라오는 기륭을 돌아보았다. 기륭이 고개를 끄덕였다.

이틀 뒤 채제공은 미시(未時, 오후 1시 반부터 2시 반 사이)를 조금 넘긴 시각에 울산도호부 관아에 이르렀다. 그를 막아서는 관아의 병졸들에게 그가 말했다.

"승정원 동부승지 채제공이 왔노라고 부사께 진하라."

병졸 하나가 부리나케 안으로 달려갔다. 오래지 않아 이방아전 김달충이 달려왔다. 조정의 일에 관심이 많은 그는 채제공이라는 인물에 대해서 훤히 알고 있었다.

"승지 대감께서 이 먼 곳까지 어인 일이십니까? 어서 안으로 드십시오."

그렇게 말하면서 김달충은 재빠르게 주변을 살폈다. 혹시나 동행한 군사가 없는지 알아보기 위해서였다. 채제공이 혈혈단신임을 알아챈 김달충은 안심한 듯 표정이 편안해졌다.

도호부사는 종삼품으로, 정삼품인 동부승지와는 한 끗 차이였다. 하지만 조정이 핵심 기관이자 수시로 왕실과 내통하는 승정원 소속의 당상관과 지방의 관리 사이에는 천지(天地)의 격차가 있었다. 도호부사 이영일은 승지의 갑작스러운 방문에 적이 당황하면서도 채제공을 깍듯이 대했다.

"승지 대감, 안으로 드시지요."

하지만 채제공은 동헌 마당에 이르러 꼼짝하지 않았다. 그는 마당을 둘러보며 차갑게 말했다.

"부민의 피비린내가 진동하여 몹시 불편하외다."

이영일과 김달충은 채제공의 말을 얼른 알아듣지 못해 서로 마주 보았다. 채제공의 말이 이어졌다.

"울산 도호부 백성의 원성이 자자하여 주상 전하와 세자 저하께서 잠을 제대로 이루지 못한다 하더이다. 하여 나를 이 먼 곳까지 보내시었소."

사태를 파악한 도호부사 이영일의 눈매가 매서워졌다. 하지만 그는 이내 비굴한 웃음을 머금으며 말했다.

"미처 승지 대감을 챙기지 못한 점 사죄드리겠습니다. 앞으로 섭섭지 않게 대접해드릴 터이니 조정에 돌아가시거든 이 소신(小臣)의 행적을 잘 감싸주십시오."

채제공이 웃음을 터뜨렸다. 그러자 이영일과 김달충도 덩달아 웃음을 터뜨렸다. 동헌 마당에 있는 관졸들도 히죽거렸으나, 그들의 웃음 사이로 날카로운 긴장감이 쌓여갔다.

채제공은 동헌을 드나드는 출입문으로 다가가더니 안에서 문을 걸었다. 이영일과 김달충은 그가 하는 모양을 지켜보며 어리둥절한 표정을 지었다. 채제공이 두 사람을 향해 돌아서서는 매섭게 노려보다가 품에서 무언가를 꺼냈다. 마패였다. 채제공이 마패를 높이 쳐들고 소리쳤다.

"암행어사 출두요!"

이영일과 김달충이 당황하여 사방을 둘러보는 사이 다시 한 번 소리가 터졌다.

"암행어사 출두요!"

이영일은 재빨리 머리를 굴렸다. 승지 채제공이 어명을 받은 어사임에는 틀림없어 보였다. 하지만 상대는 칼 한 번 휘둘러본 적 없을 백면서생이다. 어사를 제압하는 일은 식은 죽 먹기다. 허나 뒷일을 어찌 감당한다? 이대로 순순히 어사 앞에 무릎을 꿇으려고 그동안 관찰사와 얼굴도 본 적 없는 조정의 대신들에게 상납을 해온 것이 아니다. 그들이 무마해줄 것이다. 동부승지 채제공이 애꿎은 지방관을 모함하여 금품을 뜯어내려 했다는 상소가 빗발칠 것이다. 그런 일을 기대하여 여태껏 부민의 피를 빨아서 만든 재물을 위로 올려 보냈고, 그럴수록 부민들에게서 더 많이 뜯어내야 했다. 결코 이대로 무릎을 꿇을 수는 없다……!

이영일이 동헌의 마당에 있는 관졸 두 사람에게 말했다.

"어사를 가장한 사기꾼이다. 저자를 포박하라."

하지만 관졸들은 선뜻 나서지 못했다. 그러자 김달충이 소리쳤다.

"당장 저자를 포박하라!"

그때였다. 그동안 동헌 지붕에 매복하고 있던 이학송과 기륭, 숙영이 뛰어내렸다. 기륭은 뛰어내리면서 칼자루 끝으로 관졸 한 명의 정수리를 내려쳤다. 이학송은 착지하자마자 칼집으로 나머지 관졸의 무릎을 강타했다. 그러고 나서 이학송과 기룡은 칼을 빼들고 각각 동헌을 둘러싼 담벼락으로 뛰어올라 관졸의 접근을 막았다. 숙영은 채제공 곁을 지켰다.

채제공이 말했다.

"부민 박동희의 상언을 접한 세자 저하께서 이 몸에게 울산도호부의 사정을 살피도록 명하셨다. 그동안 열흘에 걸쳐 안팎으로 살펴본 바, 부민의 삶이 피폐하고 혹독하여 눈을 뜨고 볼 수 없을 지경이었다. 이에 암행어사의 권한으로 도호부사 이영일을 파직하고, 탐관의 부정에 동조한 아전과 관아의 관리들에게 형벌을 내릴 것이다. 이영일은 무릎을 꿇고 포박을 받으라."

아연실색한 이영일이 입을 헤 벌리고 있다가 정신을 가다듬으려는 듯 고개를 흔들었다. 그는 채제공을 향해 차갑게 말했다.

"곧 잘 훈련된 무사들이 이곳에 닥칠 것이다. 기껏 네 명이서 어떻게 버틸 것이냐?"

채제공이 말했다.

"장시에서 밀주를 유통하는 놈들 말인가? 관리라는 자가 국법을 유린하는 검계의 조무래기들에게 기대는 꼴이 참으로 가소롭다. 석고대죄해도 모자랄 판에 어사를 협박한 죄는 죽음으로 갚아야 할 것이다."

이영일이 칼을 빼들고 채제공에게 다가섰다. 그가 채제공의 목에 칼을 겨누려는 찰나, 숙영이 달려들어 단검으로 이영일의 손목을 그었다.

"악!"

이영일의 소매가 금세 피로 물들었다. 김달충은 겁에 질려 후다닥 뒤로 물러났다.

그때였다. 바람을 가르는 날카로운 소리가 들려오더니 이학송의 귓가를 지나간 화살이 동헌의 기둥에 박혔다. 어느새 사수들이 다가와 담벼락 위의 이학송과 기륭을 겨누고 있었다.

"기륭아, 내려가자."

이학송과 기륭이 담에서 뛰어내렸다. 기륭이 김달충에게 다가가 말했다.

"무기고가 어디냐?"

김달충이 동헌 한 구석의 광을 가리켰다. 기륭이 바닥에 널브러진 관졸 두 사람의 뒷덜미를 끌고 무기고로 향했다. 안에서 활과 화살을 꺼내고 관졸들을 안에 가둔 뒤 문을 걸었다.

기륭이 담 밖으로 화살을 하나 날렸다. 이학송이 소리쳤다.

"동헌으로 넘어오는 자는 벌집이 될 것이다!"

동헌의 출입문을 치는 소리가 들려왔다. 기륭이 말했다.

"곧 문이 뚫릴 것입니다."

채제공과 숙영이 도호부사와 이방아전을 잡아끌어 대청마루로 올라섰다. 이학송과 기륭은 기둥 뒤에 몸을 숨긴 채 출입문을 향해 화살을 겨누었다.

이윽고 출입문이 부서졌다. 이학송과 기륭이 위협할 요량으로 화살을 날렸다. 관졸 몇 명이 담 위로 얼굴을 내밀고 안을 살폈다. 여지없이 기륭이 쏜 화살이 날아가 관졸의 상투를 관통했다. 사색이 된 관졸이 일른 몸을 숨겼다.

채제공이 소리쳤다.

"관리들은 들어라! 나는 어명을 받고 이곳에 파견된 암행어사다! 지금 너희가 하는 행동은 어명을 어기는 것으로 역모에 해당한다! 허나 이대로 물러난다면 극형(極刑)은 면하도록 아량을 베풀 것이다!"

도호부사나 이방아전을 위해 목숨을 걸 관졸은 없었다. 그들은 담벼락에 딱 기대어 앉은 채 서로 눈빛을 주고받았다. 하지만 검계는 달랐다. 동헌이 어사 일행에게 장악되었다는 소식을 접한 검계의 조직원들이 하나둘 관아로 몰려들었다. 담 너머가 웅성거리기 시작했다. 기류가 바뀐 것을 감지한 기륭이 말했다.

"스승님, 한바탕 휘젓고 오겠습니다."

"조심해라."

검계와 관졸들이 전열을 정비하기 전에 겁을 줄 필요가 있었다. 기륭은 칼을 빼든 채 동헌의 담을 훌쩍 뛰어넘었다. 김달충의 목에 칼을 들이대고 있는 숙영이 걱정스러운 표정으로 기륭의 뒷모습을 지켜보았다.

기륭이 담을 넘어오자 관졸들은 혼비백산하여 달아났다. 검계의 칼잡이 둘이 기륭에게 달려들었으나, 그들은 기륭의 칼부림에 일격을 당하고 맥없이 주저앉았다. 멀찍이 달아났던 사수들이 기륭을 겨누었다. 기륭은 화살을 피해 담을 넘어 동헌으로 돌아갔다.

기둥 뒤에 몸을 숨긴 기륭이 말했다.

"검계 놈들의 숫자가 꽤 많습니다. 사수들 때문에 정면으로 치기 힘듭니다."

그때 화살 여러 발이 날아들었다. 날아온 화살이 동헌의 마당과 기둥, 대청마루에 아무렇게나 박혔다. 김달충이 기겁하여 소리쳤다.

"이놈들아, 부사와 내가 위험하다!"

바깥에서 검계인 듯한 이가 소리쳤다.

"네놈들은 상관없다! 모조리 죽여 입을 막을 것이다!"

다시 화살이 날아들었다. 채제공 일행은 동헌의 내당으로 피할 수밖에 없었다. 이학송과 기륭은 방 안에서 몸을 낮춘 채 출입문과 담 너머로 화살을 날려 검계의 접근을 막았다.

손목을 베여 전의를 완전히 상실한 이영일에게 채제공이 말했다.

"속히 의원의 치료를 받지 않는다면, 그대는 죽을 것이다. 관졸과 검계들에게 물러나라 이르라."

이영일이 쓴웃음을 지으며 대답했다.

"검계 놈들이 내 말을 들을 것 같소? 내가 무너지면 자신들도 무사하지 못하다는 사실을 저들이 모를 것 같소?"

부서진 출입문을 통해 관졸 두 사람이 천천히 들어섰다. 그들의 손에는 무기가 없었다. 검계 무사들이 그들을 앞세워 방패로 삼은 것이었다. 그들 뒤로 몸을 숨긴 칼잡이와 화살을 메긴 사수 여러 명이 마당으로 들어섰다. 이학송과 기륭은 화살을 날릴 수 없었다. 탐관의 악행에 부역한 관졸들이라고는 하나, 그들도 누군가의 아비이고 아들이었다.

기륭이 이학송을 바라보았다. 두 사람은 시선을 주고받은 뒤 누가 먼저랄 것도 없이 곧장 방 밖으로 뛰쳐나갔다. 몸을 지그재그로 움직여 사수의 눈을 흩트리며 달려들었다. 가급적 살생을 피하고 싶었으나 어쩔 수 없었다. 기륭과 이학송의 전광석화 같은 검이 검계 무사들의 심장을 뚫고 사수의 몸을 갈랐다. 기륭으로서는 첫 번째 살생이었다. 검이 인체에 파고드는 섬뜩한 느낌에 기륭은 저도 모르게 움츠러들었다. 스승 이학송이 칼춤을 추는 것을 지켜보면서 그는 이를 악물었다. 이학송이 검계 무사의 목을 꿰뚫은 뒤 그의 몸을 발로 찼다. 피를 뿜어내는 시신이 바깥으로 튕겨져 나오자 관졸들과 검계들이 기겁하여 뒤로 물러났다.

이학송은 넋을 놓은 채 멍하니 서 있는 기륭의 멱살을 잡았다.

"정신 차려라!"

기륭은 눈앞이 흐려졌다. 저도 모르게 눈물이 치솟았다. 이학송이 그의 멱살을 잡아끌어 내당으로 물러났다.

사수들이 화살을 겨눈 채 다시 동헌 마당으로 들어섰다. 그들은 동헌의 내당을 향해 사정없이 화살을 날렸다. 용맹하거나 대담해서가 아니었다. 오히려 온몸을 잠식한 두려움이 그들로 하여금 이성을 잃게 한 것이었다. 미처 피하지 못한 도호부사의 이마에 화살이 박혔다. 김달충의 다리에도 화살이 두 개 박혔다. 이학송은 방 안의 가구를 쓰러뜨려서 엄폐물을 만든 뒤 사수들의 움직임을 살폈다. 기륭은 여전히 넋이 나가 있었고, 숙영은 빗발치는 화살 공격에 몸을 움츠리고 신음을 내뱉었다. 채제공은 바닥에 누운 채 고개를 살짝 들어 상황을 살폈다.

사수들이 점점 다가왔다.

"기륭아, 칼을 들어라!"

스승의 호통에 기륭은 눈을 질끈 감았다가 떴다. 사람을 죽일 때의 섬뜩한 감각을 이겨내야 했다. 채제공을 지켜야 했고, 숙영을 살려야 했다. 그는 칼을 쥔 손에 힘을 주었다.

이학송이 소리쳤다.

"숙영아, 한 놈이라도 더 죽여 숫자를 줄일 터이니 너는 승지와 함께 살 길을 찾아라!"

이학송이 뛰쳐나갈 자세를 취했다. 기륭도 스승을 따라 자세를 잡았다.

그때였다. 지축을 울리는 말발굽 소리가 요란했다. 이어서 길게 호각 (胡角) 소리가 울렸다. 그 소리에 미친 듯이 살을 날리던 사수들이 멈칫했다. 그 틈에 이학송과 기륭이 뛰쳐나갔다. 하지만 굳이 칼을 휘두를 필요가 없었다. 검계의 사수와 칼잡이들이 달아나기 시작했다. 경상좌도 병영의 군사들이 도착한 것이었다.

도호부 관아의 아전들과 관졸들은 경상좌도 병영의 군사에 의해 관찰사가 있는 대구의 감영으로 압송되었다. 이영일의 시신은 소금에 절여진 채 가족이 있는 도성으로 옮겨졌다. 공석이 된 도호부사 자리는 당분간 병마절도사 허유락이 맡아야 했다. 별장들이 그를 보필했다.

채제공과 황학현은 김달충과 이영일의 소유로 되어 있던 땅과 그들의 재산을 하나하나 찾아내 원래대로 돌려놓았다. 집을 잃은 부민들은 집을 찾았고, 옥살이를 하던 무고한 죄인들은 풀려났다. 양일엽 소유였던 땅은 병영에서 관리하도록 하고, 칠 할에 이르렀던 소작료도 삼 할로 조정되었다. 채제공은 왕실과 조정을 대신하여 약조를 한다는 문서를 만들어 농민들에게 나누어주었다.

검계는 자취를 감추었다. 색주가와 술집들은 하루아침에 텅텅 비었다. 바침술집은 부서졌고, 그곳에서 일하던 일꾼들은 강요에 의한 것이었기에 가벼운 태형을 받고 방면되었다. 울산도호부뿐 아니라, 주변 지역인 청량과 울주, 농소, 강동의 검계도 모습을 감추었다.

채제공 일행은 관아의 객사에 머물며 하나하나 일을 처리했다. 부민들에게 재산을 돌려놓고 관청을 정비하는 데만 꼬박 한 달이 걸렸다. 뒤처리가 거의 끝나갈 무렵에야 채제공은 병마절도사 허유락과 독대(獨對)를 했다.

채제공이 말했다.

"병사의 도움이 컸습니다. 그때 병영의 군사들이 도착하지 않았다면, 저와 일행은 불귀의 객이 되었을 것입니다."

허유락이 대답했다.

"고마워할 것 없소. 암행어사가 이곳에서 불행한 일을 당한다면, 병사인 나에게 불똥이 튈 것 같아 움직였을 뿐이오."

그 말에 채제공이 웃음을 지었다.

"부정을 행하거나 소임을 다하지 않았을 때 돌아올 처벌을 두려워하는 마음도 관리의 중요한 덕목 중 하나입니다. 그런 두려움을 갖지 않은 관리에게서 어찌 공정함을 기대하겠습니까?"

허유락이 말했다.

"승지의 대담함도 가상하지만, 수하들의 기백도 훌륭하더이다. 특히 그 젊은이를 보고 있자니 생각나는 사람이 있었소."

"장붕익 대장 말입니까?"

오히려 채제공이 물음을 던지자 허유락의 눈이 커졌다. 허유락은 채제공의 눈을 똑바로 쳐다보았다. 채제공이 미소를 짓자, 허유락이 다시 한 번 놀란 표정을 지으며 말했다.

"진정 그렇소이까?"

채제공은 그 질문에 답하지 않고 다시 한 번 빙긋이 웃어 보였다.

"신임 부사가 도착할 때까지 병사께서 고생해주십시오."

채제공의 말에 허유락은 대답 없이 고개를 끄덕였다.

채제공과 이학송, 기륭, 숙영은 울산도호부를 떠나기 전 박동희의 집을 찾았다. 옥사에서 몸을 상한 그는 풀려난 뒤로 내내 앓아누웠다. 채제공이 찾아오자, 그는 억지로 몸을 일으켜 예를 표했다.

"상언을 올릴 때는 답이 돌아오리라고 기대하지 않았습니다. 주상 전하와 세자 저하의 은혜에 어찌 보답해야 할지 모르겠습니다."

박동희의 말에 채제공이 답했다.

"안타깝게도 백성의 상언에 일일이 답할 수 없는 것이 현실이네. 세자 저하께서 우리를 이리로 보낸 것은 그대가 쌓아온 오랜 의리가 보상을 받은 것이네."

"그게 무슨 말씀이신지……?"

박동희의 물음에 채제공은 답하지 않고 숙영을 돌아보았다. 채제공의 시선을 따라간 박동희의 눈길이 숙영에게서 멈추었다. 분명 처음 보는 처자였으니 어딘가 모르게 낯이 익었다

"그럼 몸조심하게. 어서 쾌차하여 백선당에서 아이들 글 읽는 소리가 약사동의 너른 들판에 퍼지기를 기대하겠네."

박동희는 채제공뿐 아니라 이학송과 기륭, 숙영에게도 일일이 허리를 숙여 보였다.

마지막으로 채제공 일행은 백선당으로 향했다. 백선당에서는 약사동 주민으로 보이는 사내와 아낙들이 집을 고치고 있었다. 숙영을 발견한 서생댁이 와락 달려들려 했으나, 숙영이 입술에 빗장을 걸어 말렸다.

정주간 곁의 방에서 채제공 일행이 서생댁과 마주 앉았을 때 숙영이 말했다.

"할머니, 제가 해야 할 일을 다 이루고 나면 백선당에 내려와 살게요. 그때까지 꼭 건강하게 계셔야 해요."

서생댁은 눈물이 그렁그렁한 눈으로 숙영의 손을 쓰다듬고 또 쓰다듬었다. 그 모습을 지켜보는 기륭은 코끝이 시큰하여 자꾸만 코를 훔쳤다.

채제공 일행이 약사동을 떠날 때 온 동리 사람들이 나와 그들을 배웅했다. 지팡이를 짚은 박동희의 모습도 보였다. 약사동 주민들은 채제공 일행이 보이지 않을 때까지 자리를 지켰다. 때마침 첫눈이 내려 산과 들을 포근하게 덮었다.

박동희가 임종을 앞둔 서생댁으로부터 암행어사 채제공 일행에 섞여 있던 처자가 백선당주 양일엽의 손녀라는 사실을 들은 것은 꽤 세월이 흐른 뒤였다.

일찍이 경험해본 적 없는 엄청난 추위였다. 영변의 장터에서 구한 털옷도 아무런 소용이 없었다. 오랜 세월 산에서 심마니로 살며 자연의 조화에 어느 정도 적응했다고 믿었으나, 북녘 땅의 한파와 눈보라 앞에서 천덕은 두려움을 느꼈다.

영변의 장터에서 모피 장사를 하던 장씨는 이미 오래전에 죽은 뒤였다. 혹시나 해서 장터의 사람들에게 장길산에 대해서 물었으나, 그들에게 장길산은 현실에 존재하는 사람이 아니라 아득한 이야기 속의 전설이었고, 고사에나 등장하는 의적과 영웅으로 기억되고 있었다. 장길산의 무리가 흩어진 때는 정축년(丁丑년年, 1697년)으로 육십여 년 전이었다. 이후로 간간이 장길산으로 추정되는 이가 관아와 악덕 지주를 습격하는 일이 있었으나, 그가 장길산인지는 확실하지 않았다. 그런데도 변방의 주민들 사이에서 그에 대한 이야기는 아직 회자되었고, 어른들에게서 장길산의 활약에 대해 듣고 자란 꼬마 녀석들이 전쟁놀이를 할 때면 서로 장길산을 하겠다고 고집을 부린다고 했다.

변방의 주민들은 스스로를 조선 사람이라 여기지 않았다. 대대로 홀대를 받아왔기에 조정을 신뢰하지 않았고, 왕을 떠받들지도 않았다. 드문드문 나타나는 주막에서는 어렵지 않게 술을 구할 수 있었는데, 그 술들은 검계나 왈짜들이 국법을 피해 대량으로 유통하는 밀주가 아니라 주막의 주인들이 직접 담근 것이었다. 금주령이 내려졌다는 사실을 모르는 이들도 더러 있었다. 국법이 어떠하든, 어명이 어떻든 그들은 지금껏 해온 대로 그렇게 살고 있었다. 그런 북녘의 사람들이기에 조선 팔도의 탐관을 공포에 떨게 하고 악덕 지주들의 재물을 빼앗은 장길산을 자랑스럽게 여겼다.

친부의 흔적을 찾기 위해서는 회령 땅으로 가야 했다. 영변을 떠나 묘향산에 이르렀을 때는 겨울이 성큼 다가와 있었다. 묘향산 자락의 산촌에서 하루 신세를 졌을 때 회령으로 간다는 천덕의 말에 주민들은 깜짝 놀라며 그를 말렸다. 대대로 북녘에서 나고 자란 이들에게도 묘향산에서부터 끝없이 이어지는 개마고원은 좀처럼 도전하기 힘든 곳이었다. 특히 겨울에 개마고원을 넘는다는 것은 스스로 목숨을 버리는 일과 매한가지라고 했다.

하지만 천덕은 산에 기대어 살아온 심마니로서의 이력을 믿었다. 아무리 춥다 한들 남녘의 산과 무엇이 그리 크게 다를까 싶었다. 하지만 묘향산에 깊이 들어가고 나서야 산촌 사람들의 말을 들었어야 했다는 후회가 밀려왔다. 칼바람이 따로 없었다. 얼음 알갱이 같은 눈이 미간을 찌를 때면 칼에 베이는 것 같은 통증이 느껴졌다. 이대로 눈사람이 되어 얼어 죽는다고 해서 무엇이 아까울까. 모든 것을 놓아버리고 싶은 마음이 들었을 때 삭풍과 한설을 뚫고 날아오른 매 한 마리가 길게 울음을 토했다. 산 속에서 난지가 천덕을 부를 때면 내던 바로 그 소리였다. 이어서 마지막 순간 절벽 위에서 난지가 외치던 소리가 천덕의 귀를 때렸다.

"당신은 살아서 아버지도 찾고 숙영이 시집가는 것도 꼭 보시오!"

북방의 한설 속에서도 눈물은 뜨거웠다. 천덕은 무릎까지 쌓인 눈 속에 얼굴을 박고 한참을 울었다. 살아간다는 것이 이토록 서러운 일이었던가. 그렇게 한바탕 울고 나자, 조금은 정신이 맑아졌다. 왔던 걸음을 되돌렸다. 지나온 발자국은 이미 눈에 지워지고 난 뒤였다. 그는 자신이 떠나온 산촌을 향해 힘겨운 걸음을 내디뎠다.

"권력이란 참으로 달콤한 것이로다."

김판둥

32

모략

1756년 봄

　　암행어사에 의해 울산도호부 일대의 조직을 잃은 이철경은 조정의 윗선과 직접 만나기를 청했으나, 상납 창구 역할을 해온 사헌부 장령(掌令) 한두수는 난색을 표했다.

　　"이보시게, 회주. 그분들이 회주 앞에 얼굴을 드러낼 것이라고 생각하는가? 당치도 않은 소리는 그만하시게."

　　이철경은 입술을 깨물었다. 매달 들어오는 수익의 많은 부분을 조정과 관청의 관리들에게 상납하는 이유가 무엇인가. 관리들의 움직임을 미리 파악하고 무마해주기를 기대한 것이 아닌가. 그런데도 꽤 높은 수익을 올리던 울산 일대가 풍비박산 났다.

　　"승정원 동부승지 채제공은 남인에 속한 자로 뒷배는 보잘것없으나,

묘하게도 주상과 세자 양쪽으로부터 신임이 두터워 우리도 어쩔 수가 없었네."

한두수의 말에 이철경은 생각에 잠겨 있다가 입을 열었다.

"왜 하필 울산도호부였습니까?"

이철경은 내내 그것이 궁금했다. 갑인년(甲寅年, 1734년) 장붕익에 의해 도성의 칠선객이 박살났을 때 그가 달아난 곳이 바로 울산도호부였다. 그곳에서 백선당의 양일엽을 만났고 산곡주를 알게 되었다. 이후로 울산은 경상도의 거점으로 큰 역할을 해왔다. 그런데 마치 그런 사정을 알기라도 한 것처럼 암행어사가 울산을 친 것이다.

한두수가 대답했다.

"그곳의 한 사인이 상언을 올렸다 하더군. 물론 세자가 심복이나 다름없는 채제공을 그곳에 파견한 저의는 알 수가 없네. 어쨌든 당분간 울산은 잊게. 경상좌도 병영의 병마절도사가 망령이 들었는지 아주 탄탄하게 다스리고 있다는구먼."

이철경으로서는 손해가 이만저만이 아니었다. 울산을 재건하지 못한다면 경상도 전체를 잃을 수도 있었다. 세상이 제 것이나 되는 양 위세를 떨더니, 이런 일 하나 제대로 처리하지 못하는 고관들에 적의(敵意)가 커졌다. 이철경은 평소와 달리 한두수를 차갑게 바라보며 말했다.

"장령 나리, 칠선객의 재물이 닿는 제일 높은 곳이 어디요? 사헌부의 대헌(大憲)이오?"

"어허, 회주! 어디서 함부로 입을 놀리는가!"

"그게 누구든 앞으로 칠선객으로부터 떡고물이라도 얻어먹고 싶다면 직접 오라고 전하시오."

이철경이 매서운 눈초리로 노려보자 장령 한두수는 기가 눌렸다. 그는 허세를 부리듯 헛기침을 하더니, 자리에서 일어섰다. 그래도 백관(百官)이 몸을 사리는 사헌부 장령으로서 검계 따위에게 겁을 먹은 것이 부끄러웠던지 한 소리 하는 것을 잊지 않았다.

"오늘 이 일로 회주에게 불미스러운 일이 생긴다 해도 오롯이 회주가 자초한 일이니, 그리 아시게!"

이철경은 이글거리는 눈빛으로 장령 한두수의 뒷모습을 노려보았다. 그는 한두수의 발걸음 소리가 사라지자 긴 한숨을 내쉬었다. 장령을 자극한 것이 잘한 일은 아니나, 언젠가는 내보여야 할 패였다. 언제까지고 관료들에게 끌려 다닐 수는 없었다. 수익이 크게 늘어나는 것도 아닌데, 관리들은 점점 더 많은 것을 요구했다. 게다가 관리들이 자신을 대하는 모양새가 예전 같지 않았다. 장령 한두수가 딱 그랬다. 과거에도 두 사람의 관계가 균형을 이룬 것은 아니지만, 대놓고 상전 노릇을 하지는 않았다. 그런데 최근 들어 말투나 태도가 눈에 띄게 거슬렸다.

경기를 포함한 중부와 남부의 거의 모든 지역을 장악한 검계의 왕이지만, 당상에도 오르지 못하는 정사품 장령 앞에서조차 이철경은 아랫것 노릇을 해야 했다. 물론 사헌부가 특별히 힘이 센 기관이어서 품계가 중요하지 않다고는 하지만, 사헌부 하나만 놓고 보아도 이철경에게는 한두수를 포함한 장령 세 명과 집의 두 명, 대사헌(大司憲) 한 명까지 상전이 여섯이나 되었다. 사헌부 외에 이철경이 시시때때로 접촉하는 관청의 당상관까지 더하면 손가락과 발가락을 다 합쳐노 숫사를 헤아릴 수 없었다. 이철경은 자신이 한없이 초라하게 생각되었다. 힘없는 민초들 위에 군림하는 것이 무슨 소용인가, 도성의 절반을 살 수 있는 재물이 있다 한들 또 무슨 소용인가. 아무리 높은 곳을 쳐다보아도 고관들의 주구(走狗)에서 벗어날 수 없었다.

"밖에 계형 있는가?"

"예, 회주."

"들라."

계형이 이철경 앞에 무릎을 꿇었다. 이철경은 함에서 종이 한 장을 꺼내 계형에게 내밀었다.

"우리 칠선객으로부터 주기적으로 상납을 챙겨가는 관리들의 명단이다. 수하들을 시켜 그들의 뒤를 밟도록 하라. 요사이 어떤 자들을 만나는지 알아보고 보고하라."

"예, 회주."

계형이 방을 나갔다. 이철경은 의궤에 팔꿈치를 대고 생각에 잠겼다.

기룡은 암행어사 채제공을 수행한 뒤 공을 인정받아 세자익위사의 종육품 좌위수(左衛率)가 되었다. 세자익위사는 궁궐 내에서도 특히 동궁을 방어하고 세자를 호위하는 임무를 맡은 세자의 친위 부대였다. 소속이 달라졌다고는 하지만, 용호영의 우림위 무관들과는 거의 매일 얼굴을 마주했다. 궁내에서 서로 마주치거나 엇갈릴 때면 코를 찡긋해 보여서 아는 체를 했다. 우림위 무관들 사이에서 신임이 높았던 기륭은 언제나 그들로부터 환영을 받았다.

세자익위사에는 기륭의 무술 스승인 절영이 속해 있었다. 그는 세자익위사의 수장 격인 정오품 좌익위(左翊衛)였는데, 세자가 궁 안팎을 행차할 때면 반드시 동행했다.

그리고 어느 때부터인가 세자를 그림자처럼 따르는 이가 절영 외에 한 사람 더 늘었다. 절영에 의하면 그는 주상과 세자의 어성(御聲)을 대신하는 승전중금으로, 절영과 마찬가지로 세자를 호위하는 일을 맡고 있다고 했다. 기륭은 제 또래로 보이는 그 중금에게 몇 번 알은체를 하고 싶었으나, 공무를 수행하는 중에 사사로이 말을 붙일 수는 없었다. 가끔씩 눈이 마주칠 때면 서로 눈인사를 건네는 것에 만족해야 했다.

기륭은 품계가 오르고 궁성의 무관 중에서도 요직이라 할 수 있는 위치에 있었지만, 마음이 편치 않았다. 그 이유는 세자 이선을 가까이함으로써 그가 겪는 갖가지 고충을 직접 눈으로 목격하는 데 있었다. 다음 왕위를 이을 조선의 이인자라고는 하지만, 세자는 흔들리는 난간 위에 서 있는 격이었다. 왕세자비인 혜경궁 홍씨와의 관계도 원만치 않았고, 대신들도 호의적이지 않았다. 특히 부왕과의 관계는 돌이킬 수 없을 지경까지 악화되어 있었다. 기륭이 보기에 세자 이선은 더없이 어진 사람인데, 어찌하여 궁내에 적이 그리 많은지 이해할 수 없었다.

숙위를 선 새벽, 인경이 울리자 번을 교대할 무관이 다가왔다. 지근거리에서 세자의 곁을 지키는 그 승전중금이었다. 두 사람은 늘 그랬던 것처럼 짧게 눈인사를 건넨 뒤 자리를 바꾸었다.

기륭은 퇴궐하기 전에 궐내각사에 가서 의복을 갈아입었다. 궁을 나서자 그제야 숨을 깊이 들이쉴 수 있었다. 무관의 옷이 기륭에게 어울리지 않는 것은 아니지만, 궁내에서 임무를 수행하다 보면 이상하게도 숨이 막힐 때가 많았다. 차라리 포도청이나 형조, 한성부, 의금부의 무관이 되었더라면 좋았을 것이라는 생각을 자주 했다.

기륭은 운종가(雲從街)를 걸어 돈의문 방향으로 향했다. 도성은 아직 잠이 덜 깨어 거리에 사람은 기륭뿐이었다. 의금부를 지나고 육조 거리가 내다보이는 삼거리를 지나고 경희궁 앞에서 왼쪽으로 빠졌다. 등청하고 퇴청할 때면 늘 지나치는 한 대갓집이 새벽부터 분주했다. 식솔들이 수레 여러 대에 짐과 가구 따위를 싣는 것으로 보아 이사를 하는 모양이었다. 마침 기륭이 대문 앞을 지날 때 장옷으로 얼굴과 몸을 가린 아녀자가 나서서 가마에 올랐다. 그 집의 주인으로 보이는 초로의 사내와 젊은 사내 둘은 말에 올랐다. 둘 다 표정이 좋지 않았다. 마치 야반도주를 하듯 꼭두새벽부터 길을 떠나는 것으로 보아 좋은 일은 아닌 듯했다.

기륭은 전에도 비슷한 상황을 목격한 적이 있었다. 그날도 새벽까지 번을 서다가 퇴궐하여 집으로 향하는 길이었다. 기륭보다 앞서 운종가를 지나는 행렬을 보았는데, 마치 피난길에 오른 양 죄다 풀이 죽어 있었다. 도성을 떠나는 양반가의 주인과 식솔들이었다. 그때 기륭은 중앙 요직에 있다가 지방으로 전출되는 관리의 집안인가 보다 하고 생각했다.

기륭은 돈의문을 지나 집으로 향했다. 숙영과 가짜 부부 행세를 하며 기거하는 집은 청나라 사신을 맞이하는 영은문에서 인왕산 방향으로 오르면 몇 채의 민가가 옹기종기 모여 있는 작은 마을에 있었다. 기륭은 숙영과 같은 집에 있으면서도 거의 대화를 나누지 못했고 밥상에 마주 앉는 일도 없었다. 여염집이 다닥다닥 붙은 동네였다면 남의 이목을 속이기 위해서라도 부부 행세를 좀 했을 텐데, 민가와 외따로 떨어진 탓에 그럴 일이 없어 아쉬웠다. 그래도 기륭은 숙영과 한 공간에 같이 있는 것만으로도 마음이 설레고 기분이 좋았다. 가끔은 저도 모르게 얼굴이 화끈거릴 생각을 하다가 화들짝 놀라고는 했다. 그럴 때면 묘적사에서부터 가져온《법구경》을 읽으며 마음을 다스렸다.

이튿날 저녁, 이학송의 집에 채제공과 연정흠, 이규상, 기륭, 숙영이 은밀히 모였다. 채제공이 말했다.

"최근에 도성 안팎에서 특별히 눈에 띄는 일이 없었는지 말해보시오."

이학송이 말했다.

"특별한 것은 없습니다. 목멱산의 홍화정, 낙산의 기화루, 안산의 색주가가 여전히 성업 중이고, 청의 사신을 영접하는 영은문 부근 모화관의 관리들이 사사로이 조선인 관리를 대상으로 술을 내고 관기를 동원하는 일 역시 여전합니다. 그 외에 한 가지 크게 우려되는 일이 있습니다. 지난번 승지 대감과 함께 울산도호부에 갔다가 확인한 바와 같이 도성의 칠선객은 경기도와 충청도, 경상도, 전라도의 크고 작은 검계 조직을 규합하여 자기네 수중에 넣었습니다. 이들이 탐관들과 모의하여 반란이라도 일으킨다면 왕실은 큰 타격을 입을 것입니다. 속히 이들을 쳐서 화근을 없애야 합니다."

채제공이 고개를 저었다.

"울산에서 경상좌도 병사가 군사를 움직인 일은 하늘이 도운 것이었소. 왕실이 군사를 동원하기 위해서는 대신들의 고변이 있어야 하는데, 위에서부터 아래까지 끈끈하게 악의 사슬로 엮인 탓에 빈틈을 찾기 어렵소. 종사관의 우려에는 나도 공감하나, 섣불리 나서기 어려운 실정이오."

채제공이 연정흠을 돌아보며 물었다.

"의금부에 들어온 첩보는 없습니까?"

연정흠이 대답했다.

"없소이다. 의금부에 죄인이 들어온 지가 언제인지 가물가물할 정도입니다. 겉보기에는 태평성대가 따로 없소이다."

이규상이 연정흠의 말을 받았다.

"부당한 일을 목격하여도 주청하거나 고변하는 이가 없어서 그렇게 보이는 것뿐입니다. 백성은 도탄에 빠져 있는데, 관리라는 자들이 서로 눈치를 보고 몸을 사리며 약속 대련이라도 하는 것처럼 서로 감싸고도니, 사악한 평화가 이어지는 것이지요. 주상께서 탕평을 기치로 내건 탓에 소론과 남인이 노론을 대놓고 헐뜯지 못하는 것도 한 가지 이유일 겁니다."

이학송이 채제공에게 물었다.

"세자 저하께서는 어떻게 지내십니까?"

채제공이 한숨을 내쉰 뒤에 답했다.

"편치 않소이다. 멀쩡한 분을 자꾸만 미치광이로 몰아가니, 언젠가는 세자 저하께서 정말로 정신을 놓으시는 건 아닐지 걱정이오."

채제공이 기륭에게 말했다.

"기륭은 궁궐 안팎에서 보고 들은 것이 없느냐?"

세자가 힘든 시간을 보내고 있다는 사실을 굳이 덧붙일 필요는 없었다. 기륭은 딱히 말할 것이 없어서 고개를 젓다가 문득 생각나는 것이 있어 입을 열었다.

"이런 것도 보고 사항이 될지는 모르겠습니다만⋯⋯."

그렇게 운을 뗀 뒤에 기륭이 말을 이었다.

"지난달과 어제 새벽에 대갓집이 도성을 떠나는 것을 두 번 목격하였습니다. 아직 해도 뜨지 않은 새벽에 야반도주를 하듯 도성을 빠져나가는 것이 괴이하여 머리에 담아두었습니다."

채제공의 한쪽 눈썹이 꿈틀거렸다. 그는 생각에 잠겨 있다가 이학송을 향해 말했다.

"종사관, 장붕익 대감과 함께 금란방 관원들이 작성한 비리 관료의 명단을 내주시오."

이학송이 품에서 낡은 종이 한 장을 꺼냈다. 장붕익이 살아 있을 때에 탐관들을 추적하며 작성한 두 장의 명단 중 하나였다.

명단을 바라보는 채제공의 표정이 심상치 않았다. 연정흠이 물었다.

"승지, 무엇이오?"

채제공이 자신의 이마를 짚으며 혼잣말을 했다.

"왜 진즉 이 생각을 못했는가."

나머지 사람들이 모두 채제공의 말을 기다렸다. 이윽고 채제공이 입을 열었다.

"지난해부터 조정의 고관들이 사직을 청하는 글이 승정원에 자주 들어왔소이다. 대체로 병을 이유로 들었으나, 내가 보기에 그 이유가 탐탁지 않더이다. 그 자리까지 오르기 위해 갖은 다툼을 이겨냈을 터인데, 어찌 그리 쉽게 관작을 버린단 말이오. 게다가 내가 아는 그들은 결코 중병이 들었거나 병약한 상태가 아니었소."

이규상이 참지 못하고 재촉했다.

"그것이 이 명단과 무슨 상관입니까?"

채제공이 바닥에 명단을 펼쳤다.

"여기를 보십시오. 지난가을 사직한 형조 참의 조일현의 이름이 여기 있소. 여기 있는 종사관과 좌랑이 이 명단을 작성할 때에 조일현은 상서원의 종칠품 직장(直長)에 불과했으나, 지금은 고위 관료가 되었다가 사직하였소. 얼마 전 병을 이유로 사직을 청하고 낙향한 한성부 좌윤 김도일 역시 이십 년 전 호조 좌랑이던 때에 검계로부터 상납을 받아 이 명단에 이름을 올렸소. 이들뿐이 아니오. 최근에 갑자기 사직을 청하고 관직을 떠난 이들이 모두 중하급 관리이던 시절 저지른 비리가 포착되어 이 명단에 이름이 오른 자들이오. 이것이 무엇을 뜻하겠소?"

채제공은 자신이 던진 물음에 스스로 답하였다.

"장붕익 대감을 죽음으로 내몬 자들이 이것과 똑같은 명단을 갖고 있고, 이것으로 최근 사직한 관리들의 명줄을 쥐고 흔든 것이 아닐까 의심되오. 내 생각이 사실이라면 이것과 같은 명단이 누군가의 손에 들어가 있고, 그자가 바로 장붕익 대감을 죽음으로 내몬 주범이오. 그자를 찾아내어 체포하기만 한다면, 장붕익 대감이 불시에 죽음을 맞은 비밀을 밝히고 탐관들에게 크게 타격을 입힐 수 있을 것이오."

조부의 이름이 거론되자 기륭의 눈이 빛났다.

이학송이 말했다.

"저는 지금까지 줄곧 당시 도승지였던 좌찬성 이제겸을 의심하고 있었습니다. 그래서 도성에 돌아온 뒤로 그자의 행적을 계속 추적했소. 하지만 아직은 딱히 혐의점을 찾지 못했습니다."

채제공이 말했다.

"내가 아는 좌찬성 이제겸은 그리 사악한 인물이 아니고, 고관들을 스스로 물러나게 할 만한 힘도 가지고 있지 않소이다."

그때까지 줄곧 잠자코 있던 숙영이 말했다.

"드릴 말씀이 있습니다."

남자들의 시선이 일제히 숙영에게로 향했다.

"기생이 되고자 합니다. 길을 열어주십시오."

숙영의 갑작스러운 말에 다들 눈이 동그래졌다. 숙영이 말을 이었다.

"그자들이 은밀히 만나 일을 모의하는 곳이 어디이겠습니까? 기생이 있는 자리에서 중요한 일을 발설하지는 않을 터이나 술은 사람의 경계를 누그러뜨리는 법이지요. 하여 기루의 이름난 기생들이 때로는 국사(國事)를 결정하는 중요한 역할을 한다 들었습니다. 제가 그리로 들어가 여러분의 눈과 귀가 되겠습니다."

"그건 안 돼!"

기륭이 저도 모르게 소리쳤다.

"아무리 부모님의 원수를 갚는 일이 중요하다 하지만, 어찌 아녀자의 몸으로……"

숙영은 발끈하는 기륭에게 눈길도 주지 않고 말을 이었다.

"이곳에서 저는 지아비를 둔 아낙입니다. 일패(一牌) 기생은 대체로 지아비를 두고 있고, 몸을 더럽히지 않는다 들었습니다. 길을 열어주십시오."

다들 내키지 않는 표정이었지만, 그것만한 묘수가 없었다. 숙영이 기생이 되어 탐관들의 술자리에 동석한다면 많은 것을 얻을 수 있었다.

"안 된다고 하십시오!"

기륭이 소리쳤으나, 채제공과 연정흠, 이학송, 이규상은 딱히 뭐라 말을 하지 못했다. 그러던 중 이학송이 기륭의 시선을 피하여 천장을 올려다보며 나직이 말했다.

"숙영을 건드리려 했다가는 뼈도 못 추릴 것이니, 너무 염려 말거라."

기륭은 어처구니없다는 표정으로 스승을 바라보았다.

"너는 기생이 무엇이라 생각하느냐?"

한때 임금의 총애를 받아 모화관의 옥당 기생(玉堂妓生)을 지낸 매홍이 물었다. 숙영이 답했다.

"예인(藝人)입니다."

"그리고?"

"술자리의 흥을 돋우고 외로움을 달래주는 사람입니다."

"또?"

숙영은 그 이상은 답하지 못했다. 그러자 매홍이 스스로 답했다.

"사람이고 여자다."

숙영은 매홍의 다음 말을 기다렸다.

"스스로 천하다 여겨서는 당당할 수 없다. 그리고 아녀자의 몸가짐을 잊어서도 안 된다. 기생을 청하는 사내들은 으레 여체(女體)를 탐하기 마련이나, 이 두 가지를 잊지 않는다면 능히 너를 지킬 수 있다. 기생으로서 네가 어떤 존재가 될지는 너의 처신과 결정에 달려 있다."

"명심하겠습니다."

매홍은 나이 열일곱에 말년이었던 숙종의 눈에 들어 옥당 기생을 지냈다. 하지만 호시절은 오래가지 않았다. 옥당 기생이 된 지 오래지 않아 숙종 임금이 세상을 떠난 것이었다. 임금의 총애를 입은 기생은 임금이 승하하면 그대로 퇴기(退妓)가 되었다. 왕과 동침(同寢)한 기생은 더 이상 여자가 아니었다. 매홍으로서는 억울하기 짝이 없었다. 예순이 다 된 병약한 임금이 어찌 남자 구실이나 제대로 할 수 있었겠는가. 옥당 기생이었던 이력이 있어 함부로 행동할 수도 없었다. 매홍은 의도하지 않았는데도 처녀로 늙고 말았다. 이후로 청의 사신을 접대하는 모화관에서 어린 기생들을 가르치거나 그곳에서 벌어지는 대소사를 관장하며 살았다. 술자리에 옥당 기생을 부르는 이는 없었다. 열여덟에 뒷방 늙은이가 되어 삼십육 년을 살았다. 벌써 그녀의 나이 쉰 중반이었고, 이제 쓸쓸한 노년을 준비해야 할 때였다.

그러던 중에 승정원 동부승지가 은밀히 찾아와 숙영을 맡겼다. 늘그막에 제자를 얻었다. 숙영은 딱 보기에도 당돌하고 영리한 아이였다. 사르치는 재미가 쏠쏠했다.

숙영은 얼굴이 고운 데다 어릴 때부터 시문(時文)을 접하여 일패 기생으로서의 자질이 충분했다. 선머슴 같은 말투와 행동거지만 교정하고 약간의 기예만 보탠다면, 어디 내놓아도 손색이 없을 것 같았다. 매홍은 일찍 시들고 만 자신의 생애를 숙영을 통해 보상받고 싶어 했고, 그만큼 열심히 가르쳤다.

기륭이 퇴궐하여 집에 도착했다. 그는 방으로 들어섰다가 깜짝 놀랐다. 방 안에 저녁상이 차려져 있고, 그 앞에 숙영이 다소곳이 앉아 있었던 것이다. 가짜 부부 행세를 하는 동안 단 한 번도 없었던 일이었다.

기륭은 전에 없이 조신하게 구는 숙영이 수상하여 선뜻 마주 앉지 못했다. 기륭이 그러는데도 숙영은 눈을 아래로 내리깔고 가만히 기륭이 앉기를 기다렸다. 여전히 의심을 거두지 못한 채 기륭이 주춤주춤 상 앞에 앉았다. 숙영이 물병을 들어 술을 따르듯 물을 따라주었다. 기륭은 그제야 마음이 한껏 부풀어 너스레를 떨었다.

"부인이 이처럼 정겹게 맞아주니, 먹지 않아도 배가 부르겠소이다."

기륭이 밥을 크게 떠서 입에 넣었다. 이렇게 밥상을 사이에 두고 마주 앉아 있으니, 정말로 부부가 된 것 같았다. 밥과 나물을 씹으면서도 기륭은 흐뭇하여 웃음을 지었다. 숙영이 내내 아래로 깔고 있던 눈을 들어 기륭을 쳐다보았다. 숙영과 시선이 마주치자 기륭은 더욱 크게 미소를 지어 보였다. 그러자 숙영이 말했다.

"오늘 배운 것 연습하는 중이니까, 까불지 마."

기륭은 밥맛이 싹 사라졌다. 숙영은 조금 전처럼 다소곳한 자세로 시선을 깔았다. 숙영이 다른 남자들 앞에서 저러고 있을 것을 생각하니, 기륭은 열불이 나서 밥이 제대로 넘어가지 않았다.

좌의정 김판중이 낙산 기화루의 기루에서 기생도 없이 혼자 술을 들이켰다. 기루 바깥에는 날렵해 보이는 사내 두 사람이 지키고 서 있었다. 검계의 무사가 아니었다. 기화루에 배치된 검계의 어깨들이 시비를 걸 양으로 괜히 얼쩡거리며 힐끔거렸으나 무사들은 시선을 멀리 둔 채 개의치 않았다. 기루를 지키는 자들이 보통내기가 아님을 알아본 검계들이 일부러 가래를 뱉고는 슬금슬금 물러났다.

청지기가 객을 인도하여 기루에 다가갔다.

"좌참찬께서 오시었습니다."

좌참찬 윤이경이 무사들을 일별하고는 툇마루로 올라섰다. 청지기가 문을 열자 안으로 들어섰다.

저녁에 육조 거리의 의정부 관청을 나서서 집으로 돌아가는 길에 중인 차림의 사내가 다가와 말했다.

"좌의정께서 뵙기를 청하십니다. 낙산의 기화루에서 기다리십니다."

윤이경은 색주가에 가는 것이 마음에 걸렸다. 젊은 시절에는 동료들과 어울려 금주령을 어기고 더러 술과 기생을 즐겼으나, 이십여 년 전 훈련대장 장붕익이 거병하여 도성 안팎의 술집을 박살낸 뒤로는 몸을 사렸다. 술을 입에 대지 않은 지도 오래였다. 하지만 노론의 실력자인 김판중의 청을 거절할 수는 없었다. 지금 피한다면, 다른 곤란한 방법으로 다시 접근해올 것이 분명했다. 윤이경은 내키지 않았으나, 발걸음을 기화루 쪽으로 돌렸다.

"어서 오시오, 좌참찬. 이리 앉으시오."

윤이경이 기루에 들어서자, 김판중이 반갑게 맞았다. 소론인 윤이경이 노론인 김판중과 사석에서 만날 일은 없었다. 그래서 윤이경은 내내 찜찜하면서도 불안을 감추기 위해 너스레를 떨었다.

"좌의정 대감께서 귀한 자리에 불러주시니, 몸 둘 바를 모르겠습니다."

김판중은 미소를 짓고 있었으나 눈매가 날카로웠다. 상대가 어떤 감정 상태에 있는지 훤히 꿰뚫어보는 듯한 그 눈길이 윤이경은 불편했다.

"어쩐 일로 저를 부르셨습니까?"

김판중은 서두를 일이 무엇 있느냐는 듯 대답은 않고 윤이경에게 천천히 잔을 내밀었다.

"좌참찬과 조정에서 얼굴을 맞댄 지가 오래되었거늘 제대로 이야기를 나누어본 적이 없구려."

이바구나 하자고 자신을 부른 것은 아닐 것이다. 윤이경은 점점 조바심이 났으나 내색하지 않으려 무던히 애를 썼다.

"나한테 아주 귀한 물건이 있어 좌참찬께 자랑하려고 실례를 무릅쓰고 여기까지 불렀소."

도대체 무슨 꿍꿍이인가. 식은땀이 등을 타고 흘렀다. 윤이경은 입안이 바짝 타들어가 급하게 술잔을 기울여 목을 축였다. 오랜만에 술을 마신 탓에 금세 얼굴이 달아올랐다.

"좌참찬께서는 관직에 오른 지 올해로 몇 년이 되었소?"

이인좌가 난을 일으켰던 무신년(戊申年, 1728년) 스물한 살의 나이로 문과정시 을과에 급제하여 벼슬길에 올랐으니, 올해로 만 이십팔 년째였다.

"서른 해에 조금 못 미칩니다."

"내가 듣기로는 본가가 영천이라 하던데, 맞소이까?"

"그렇습니다."

"그동안 관직에 있으며 고생이 많았으니, 이제 낙향하여 쉬실 때가 되지 않았소?"

윤이경의 눈이 커졌다. 도대체 저 늙은 여우가 무슨 소리를 하는 건가? 그제야 그는 생각나는 일이 있었다. 지난해부터 조정의 대신 가운데 몇 사람이 갑작스럽게 사직하고 낙향한 일이 지금 이 자리와 무관하지 않다는 생각이 머리를 스쳤다. 그 일들이 김판중의 농간이었다는 데에 생각이 미치자 그는 모골이 송연해졌다. 하지만 윤이경은 책잡힐 일을 한 적이 없었다. 금주령 어긴 것을 이유로 들자면, 지금 술잔을 기울이고 있는 김판중 역시 공범이 아닌가.

김판중이 품에서 무언가를 꺼냈다. 누렇게 빛이 바랜 종이였다. 김판중이 그 종이를 들여다보며 말했다.

"이조 아문의 사령 신규철, 홍화정을 운영하는 검계의 부회주로부터 매달 칠천 냥을 수령하여 오십 냥을 챙기고, 이조 좌랑 문수일에게 전달. 이조 좌랑 문수일은 삼백 냥을 챙기고 이조 정랑 윤이경에게 오백 냥을 전달. 나머지 육천일백오십 냥은 그 윗선인 이조 참의에게 넘어간 것으로 추정……."

그렇게 말하고 나서 김판중이 덧붙였다.

"허, 문수일은 불귀의 객이 되었으니, 이를 어쩐다?"

이십 년도 더 된 일이었다. 이조 정랑을 지내던 때 좌랑이 술자리에서 돈 오백 냥을 건넸다. 판서가 아문의 관리들에게 하사하는 돈이라고 했다. 술이 깬 다음 날 돈을 받은 것이 찜찜하여 돌려주려 했으나, 좌랑은 판서 대감이 서운해할 것이라며 난색을 표했다. 이후로도 몇 번 더 돈을 받았다. 나중에 그것이 검계의 돈이라는 사실을 알았다. 떳떳하지 못한 관계를 끊기 위해 이조에서 병조로 자리를 옮겼다. 병조에서도 비슷한 일이 이어졌으나, 그는 딱 잘라 거절했다. 그것으로 끝난 줄 알았다. 그런데 이십 년 전의 그 일탈이 김판중의 손에 들린 문서에 박제되어 있었다. 저 문서가 어떻게 작성되었고, 어떤 연유로 김판중의 손에 들어가게 되었는지 생각할 겨를이 없었다. 일단은 살아야 했다.

"좌상(左相) 대감, 무엇을 원하십니까?"

김판중이 승자의 득의만만한 미소를 지으며 말했다.

"관직은 제한되어 있고 들어오는 청은 많으니, 내 고충을 이해하시게. 후배에게 자리를 내어준다 좋게 생각하고 그만 물러나시게. 병을 이유로 대어도 좋고, 낙향하여 후학을 양성하는 뜻을 세웠다 해도 좋을 것이오."

어서 이 자리를 피하고 싶었다. 윤이경이 자리에서 일어서려 할 때 김판중의 말이 다시 날아들었다.

"하나 더! 도성의 집은 내가 정하는 값에 넘기시게. 사람이 찾아갈 것이오. 사직서를 내는 것은 빠를수록 좋소."

윤이경은 참담한 심정으로 기루를 나섰다. 삼십 년 가까이 쌓아온 공적이 하루아침에 무너졌다. 그는 넋이 나간 표정으로 어둠 속을 걸어갔다.

◇　◆　◇

북녘의 봄은 늦게 찾아왔다. 묘향산 봉우리에 내렸던 하얀 서리가 서서히 옅어질 무렵 천덕은 길을 나섰다.

겨우내 산촌의 빈 집에 머물렀다. 산에서 나무를 해다가 땔감을 하는 것으로 밥값을 했다. 눈보라가 멎은 날에는 산촌 사람들과 어울려 토끼 사냥을 다니기도 했다.

산촌의 사람들이 밟고 다니는 땅은 주인이 없었다. 관리도 없었고, 지주도 없었다. 그래서 그들은 자기 삶의 주인으로 살았다. 관청과 장시가 그물처럼 얽혀 있는 남쪽에 비해 북녘 땅은 모든 것이 느슨했고, 풍속과 풍광은 원시적이었다. 그만큼 맑고 청아했다. 묘향산 자락의 산촌을 떠나며 천덕은 그들과의 인연에 감사했다. 다시는 만날 일이 없을지라도 사방이 눈에 갇힌 시원(始原)의 땅에서 그들과 함께한 겨울은 내내 머릿속에서 지워지지 않을 것 같았다.

묘향산에서 회령까지는 개마고원이라고 불리는 고지대가 가로막고 있었다. 고산준봉과 기암괴석이 끝없이 이어지는 그 구불구불한 산세를 뚫고 회령까지 닿기 위해서는 삼천 리 길을 걸어야 했다. 북쪽의 압록강에 이르러 물줄기를 거슬러 올라 백두산을 넘은 뒤 두만강을 타고 내리막길을 타는 것이 시간은 걸릴지언정 비교적 쉬운 길이었으나, 천덕은 일부러 개마고원을 택했다. 훗날 죽어서라도 난지를 만나면, 유난히 산을 좋아했던 그녀에게 북녘의 산에 대해서 들려주기 위해서였다. 개마고원 위로 불쑥불쑥 솟아오른 산들은 남쪽의 그 어느 산보다도 고도가 높았지만 개마고원 자체가 워낙 고지대인 까닭에 그 산들은 완만한 구릉처럼 보였다. 6월이 되어서야 잔설(殘雪)이 다 녹고 8월의 끄트머리에 이르면 눈이 내리는 그곳은 그야말로 눈과 겨울의 고장이었다.

사람의 발길이 닿지 않을 것 같은 그 원시적인 땅에도 사람이 살고 있었다. 무엇을 찾아, 또 무엇을 피해 이 먼 곳까지 왔는지 그들은 인간의 세계에서 동떨어진 채 화전을 일구며 삶을 이어가고 있었다. 천덕을 발견한 그들은 마치 산짐승이라도 만난 듯 깜짝 놀랐다. 그럴 때마다 천덕은 두 손을 내보이고 미소를 지으며 천천히 다가가야 했다. 그렇게 운좋게 그들 틈에 섞여 하루를 쉬면 다시 험한 숲과 바위를 오르내릴 힘을 얻었다.

범을 만난 일도 한두 번이 아니었다. 천덕은 사람들이 왜 범을 영물(靈物)이라 하는지 비로소 그 이유를 알게 되었다. 범이 내뱉는 얕은 울음소리에도 오금이 저렸다. 마치 절벽에서 떨어져 나온 거대한 괴석이 땅에 부딪치는 소리 같았다. 만약 범이 마음먹고 포효한다면, 그 소리를 마주하는 것만으로도 심장이 멎을지 모른다는 생각이 들었다. 하지만 범은 공격적이지 않았다. 자신의 영역에 들어온 낯선 생명체를 환영하지는 않았지만, 대놓고 공격성을 드러내지도 않았다. 나를 방해하지 않는다면 너의 통행을 허락하겠노라……. 딱 그 짝이었다. 천덕은 범을 마주할 때마다 두려움보다는 영험한 생명을 향한 무한한 존경심을 품은 채 시선을 아래로 깔고 천천히 걸음을 옮겼다. 그러면 범은 길을 내주었다.

묘향산 자락의 산촌을 출발한 지 스무 날 만에 백두산에 닿았다. 민족의 영산(靈山)이라 불리는, 신령스러운 기운이 깃든 곳이었다. 꼭대기의 분화구에는 천지(天池)라는 커다란 연못이 있어, 그곳에서 발원한 물줄기가 서쪽으로 압록강을 이루고, 동쪽으로 두만강을 이루며, 북쪽으로는 송화강을 이룬다고 했다. 천덕은 그 장엄한 광경을 눈에 담고 싶은 마음이 굴뚝같았으나, 회령 땅이 사흘 거리로 가까워지자 마음이 급해져서 다음으로 미루었다.

백두산에서부터는 두만강 물줄기를 따라 걸었다. 간간이 강에서 물고기를 낚는 이들과 마주치고는 했는데, 그들 중에는 조선 사람도 있었고 아닌 사람도 있었다. 비로소 북쪽 국경 지대에 이르렀다는 사실이 실감되었다.

회령은 두만강 너머, 지금은 청의 영토가 된 동간도(東間島)로 들어서는 관문이었다. 간도(間島)는 청과 조선 사이에 외따로 놓여 있다 하여 섬이 아닌데도 섬이라 불리는 묘한 땅이었다. 한때 고구려와 발해의 땅이었기에 그곳 사람들은 굳이 조선을 남의 나라라 여기지 않는다 했다. 간도는 조선에 반역한 이들이나 도적들과 죄인들이 목숨을 구하기 위해 치흑에 찾아가는 종착지이기도 했다.

회령은 국경을 넘어서는 관문임에도 두만강으로 향하는 길목에 설치된 성문은 초라했다. 성문 주변에는 장시가 마련되어 뜨끈한 국밥을 먹을 수 있는 주막이 여러 곳 있었다. 그곳 장시에서 거래되는 물품은 남쪽과는 사뭇 달랐다. 강에서 건져 올린 민물고기와 자라, 산에서 캔 약초와 나물 그리고 작은 산짐승과 모피가 대부분이었다. 포목점이 있기는 했지만, 물건이 참으로 초라했다. 수레를 끄는 것은 소가 아니라 키가 작달막한 조랑말과 당나귀였다.

성문은 관복을 차려입은 무관들이 무기를 든 채 지키고 있었으나, 딱히 오가는 사람을 검문하는 기색은 없었다. 서로 얼굴이 익고 친근한 듯 목례를 주고받고 눈인사를 하는 것으로 검문을 대신했다. 그렇다고 무관들의 기강이 해이하다고 할 수는 없었다. 장터 부근에 있는 관아의 출입문 앞에서 짝다리를 짚고 서 있거나 쪼그려 앉은 채 괜히 눈알을 부라리며 위압적으로 구는 남쪽의 관졸들과는 달리 그들은 창을 쥔 채 허리를 꼿꼿이 세우고 있었다.

천덕은 자신의 행색이 궁금했다. 수염이 목젖까지 자라 있었고, 옷은 군데군데 헤진 데다 구정물로 더러웠다. 거지가 따로 없었다. 하지만 회령 장시의 주민들은 천덕을 피하거나 주목하지 않았다.

천덕은 주막에서 국밥으로 속을 채운 뒤 성문으로 향했다. 아니나 다를까, 낯선 천덕을 무관들이 주시하더니 막아섰다.

"어디서 왔소?"

"남쪽에서 왔습니다."

"남쪽 어디요?"

천덕은 딱히 어디라고 밝히기가 어려워 머뭇거리다가 사실대로 이야기했다.

"나고 자란 곳은 울산이나, 심마니로 살아온 탓에 여기저기 떠돌아다녔소이다."

"간도로 가는 것이오?"

천덕이 고개를 끄덕였다.

"무슨 볼일로?"

천덕이 다시 머뭇거렸다. 하지만 무관들은 참을성 있게 기다려주었다. 그때 성문 위에서 음성이 들려왔다.

"잠깐 이리 올라오시오."

천덕이 위를 올려다보았다. 문루(門樓)에서 장교 차림의 키가 큰 무관이 천덕을 내려다보고 있었다. 천덕이 성문을 지키는 무관들과 눈을 맞추자, 그들이 고개를 끄덕였다.

천덕은 돌계단을 올랐다.

"거기 앉으시오."

문루에는 작은 탁자가 하나 놓여 있었다. 천덕은 장교가 가리킨 의자에 앉았다. 장교는 천덕과 약간 거리를 두고 의자를 끌어당겨 앉았다.

"보기에는 보잘것없으나 이곳은 엄연히 국경이오. 그러니 통행에 어려움이 있는 점 이해하시오."

천덕이 고개를 끄덕였다.

강폭이 좁은 곳을 정하여 성문을 설치한 모양이었다. 문루에 오르자 두만강 너머 간도 땅이 보였다. 성문에서 멀지 않은 강변에 나루터가 있었고, 두 척의 나룻배가 강 이편과 저편을 오가며 부지런히 사람과 물건을 실어 나르고 있었다.

장교가 말했다.

"나는 경성(鏡城)에 위치한 함경북도 병영의 종사관 최국영이라 하오. 병영의 사무에 얽매이는 것보다는 현장에 나와 있는 것을 좋아해서 자청하여 회령으로 왔소."

천덕은 종사관 최국영의 됨됨이가 마음에 들었다. 딱 보기에도 천한 신분임에 분명한 자신에게 하대(下待)를 하지 않는 것이나, 스스로에 대해 소상히 밝히는 그 모든 것이 좋았다. 최국영의 말이 이어졌다.

"자, 하던 이야기를 계속합시다. 국경을 넘는 이유가 무엇이오?"

천덕이 대답했다.

"친부를 찾아 나선 길입니다. 사생자(私生子)로 태어나 아비의 얼굴을 모르고 자랐습니다. 이십 년 전에 회령의 국경 지대에서 친부를 본 적이 있다는 사람이 있어 이곳까지 이르렀습니다."

최국영이 혀를 찼다.

"어허, 그러면 생사를 모르지 않소?"

"그렇습니다. 이미 이 세상 사람이 아니라도 좋습니다. 혹시 소식이라도 들을 수 있다면 그것으로 족합니다."

"내가 경성의 병영에서 이곳 회령에 부임한 지 일 년 지났소. 간도 땅의 조선인이라면 나도 꽤 아는 편이오. 부친의 함자가 어떻게 되시오?"

천덕은 당황했다. 관가에서는 도적으로 여기는 '장길산'이라는 이름을 입에 올릴 수는 없었다. 천덕이 안절부절못하자 최국영이 의심스러운 눈초리로 그를 지켜보다가 곧 표정을 풀고 말했다.

"괜찮소. 혹시 도움이 될까 하여 물은 것뿐이오."

잠시 사이를 두고 최국영이 말을 이었다.

"그런데 그 꼴로 부친을 뵐 것이오?"

천덕이 눈을 맞추자 최국영이 웃음을 지었다.

"이곳에서는 의복이 귀하오. 다행히 우리 관아에 여벌의 의복이 좀 있으니 몸에 맞는 것으로 챙기시오. 자, 갑시다."

천덕은 일찍이 관리를 상대해본 경험이 없었다. 하지만 그가 알기로 관리란 민초 앞에서는 없던 위세를 만들어 부리는, 하나같이 덜 된 존재로만 알았다. 그래서 국경 성문의 종사관이 베푸는 친절과 배려가 참으로 낯설었다.

최국영이 앞장섰다. 천덕이 주춤주춤 뒤를 따랐다. 돌계단을 내려가던 최국영이 무언가 생각난 듯 우뚝 멈추더니 천덕을 돌아보고 물었다.

"그런데 혹시 우리가 구면이오?"

종육품 무관이 관가에서는 어떨지 모르나, 천덕으로서는 쳐다보기 힘든 위치였다. 그런 이와 알고 지냈을 리 만무했다. 천덕이 고개를 젓자, 최국영은 몇 번 고개를 갸웃거리다가 돌계단을 내려갔다.

"온 세상이 당신 천지요. 잘 있소?"

장천덕

33

천덕

1756년 여름

　　　　　지난봄 사헌부 장령 한두수에게 면박을 준 뒤
로 이철경은 가급적 외출을 삼갔다. 그는 목멱산 홍화정의 깊숙한 곳에
자리 잡은 별채에 틀어박혀 지내다가 가끔씩 해가 중천에 떠오른 한낮
에 무사들을 대동하고 도성을 돌아보다가 돌아가고는 했다. 심복인 계
형이 울산도호부의 검계를 재건하기 위해 홍화정을 비운 동안에는 산책
마저도 그만두었다. 그는 지방에서 올라온 검계의 두목들을 상대하거나
몇몇 관리들을 만나는 것 이외에는 일정을 최소화했다. 하루 종일 서책
을 보고 수묵화를 그리면서 소일했다.

　해가 기울면 기루를 찾은 객들로 홍화정에는 서서히 소란이 일기 시
작했다. 기루와 거리를 두고 있다고는 하지만, 취객들이 내지르는 고성

과 웃음소리가 별채에까지 스며들어 이철경의 머리를 어지럽혔다. 술과 여자를 팔아 재물을 쌓았고, 그 재물을 바탕으로 부하들을 거느리고 있지만, 그는 자신의 처지가 마음에 들지 않았다. 도성을 몽땅 사들일 수 있는 재물이 있고 수백 명의 부하를 사병처럼 부린다 해도 그는 어쩔 수 없이 검계라는 범죄 집단의 우두머리였고, 색주가의 주인이며, 관리들의 하수인에 불과했다. 이러려고 검계가 된 것이 아니었으나, 좀처럼 탈출구가 보이지 않았다.

"회주님, 부르셨습니까?"

홍화정 청지기의 음성이었다.

"들라."

청지기가 발끝을 들고 다가와 의궤 맞은편에 무릎을 꿇었다.

"최근 두 달 동안 고령주가 남아도는 것 같은데, 공급이 넘쳐서 그런 것인가?"

청지기가 머리를 조아리며 대답했다.

"그게 아니옵고……."

청지기가 말끝을 흐리자, 이철경이 몰아붙였다.

"똑바로 이야기하지 못할까?"

"지방과 도성 모두 고령주를 찾는 객이 줄었습니다."

"이유는?"

"지방은 울산도호부가 막힌 것이 가장 큰 이유이고, 도성의 색주가와 술집은 전체적으로 객이 줄어든 것이 이유입니다."

"도성의 주객들이 갑자기 술을 끊기라도 했단 말인가?"

"그게 아니옵고 도성으로 유입되던 경기 북부 지역의 객들이 개성으로 빠진 것이 이유입니다."

원래 색주가와 기생은 평양과 개성이 한양을 압도했다. 평양은 고려의 사경(四京) 중 하나로 대대로 관기가 발달하였으나, 조선의 중심 무대가 경기 이남으로 옮겨진 뒤로 퇴색했다. 개성은 황진이로 대표되는 이름난 기생을 여럿 배출한 명기(名妓)의 고장이었다. 하지만 개성 역시 금주령이 내리고 표철주와 이철경이 한양을 중심으로 색주가를 번성시키면서 명맥만 유지하고 있었다. 그랬는데, 개성의 색주 사업이 다시 꿈틀거리기 시작한 것이다.

뒤에 누가 있는지 짐작하면서도 이철경이 물었다.

"개성 색주가의 술은 누가 대는가?"

"송상 차길현이 청에서 홍주(紅酒)와 황주(黃酒), 백주(白酒)를 들여와 유통하고 있사옵니다. 도성의 관가에서도 차길현의 술이 돌고 있다 합니다."

개성상인 차길현! 이철경이 늘 염두에 두고 있는 이름이었다. 그동안 이철경은 나름대로 차길현과 선을 지켜왔다. 차길현의 상단이 전국 장시에서 공산품의 유통을 장악해도 밀주에 관여하지 않는 한 그를 건드릴 생각은 없었다. 사실 차길현은 이철경이 궁극적으로 도달하고자 하는 '상인(商人)'의 이상형이기도 했다. 그런데 차길현이 묵계(默契)를 어겼다. 그렇다면 사정이 달라질 수밖에 없었다.

이철경이 청지기에게 말했다.

"지금 당장 파발을 띄워 울산에 있는 계형을 급히 불러 올려라."

"예, 회주."

다음 날 새벽이었다. 홍화정의 소란이 어느 정도 잦아들고 비로소 잠을 청한 이철경은 오래지 않아 서늘한 기운에 눈을 떴다. 어둠 속에서 누군가 자신을 내려다보고 있었다. 그는 소리를 지르기도 전에 칼자루에 관자놀이를 강타당하고 정신을 잃었다.

이철경이 다시 눈을 떴을 때는 팔이 뒤로 묶여 있고 얼굴에는 복면이 씌워져 있었다. 누군가 거칠게 복면을 벗겨냈다. 복면을 벗겨낸 자들이 뭐라고 이죽거렸지만, 그는 알아들을 수가 없었다. 조선말이 아니었다. 청의 무사들이었다. 그들이 이철경의 상투를 잡아채 고개를 들렸다. 횃불 두 개가 일렁이는 뒤편으로 얼핏 구군복 차림의 무관들이 도열해 있는 것이 보였다. 무관과 청의 자객이라……. 기가 막힌 조합이었다.

어둠 속에서 누군가 나직이 말했다.

"쳐라."

청 무사가 몸을 낮추어 이철경과 눈을 맞추었다. 가늘게 찢어진 눈이 사악하게 눈웃음친다 싶더니 복부에 엄청난 고통이 밀려왔다. 이철경의 몸이 앞으로 고꾸라졌다. 거기서 그치지 않았다. 청의 무사들은 마치 고기를 다지듯 사정없이 이철경의 몸을 유린했다.

바닥에 엎어진 이철경이 겨우 숨만 쉬고 있을 때 어둠 저편에서부터 누군가가 다가왔다. 홍화정에서 몇 번 마주친 적이 있는 사헌부 집의 김칠규였다.

"떡고물이라도 얻어먹고 싶다면 직접 오라 했다지? 허나 지체 높은 신분으로 네놈에게 쪼르르 달려갈 수 없어 이렇게 너를 모셨다."

이철경은 바닥에 엎어진 채로 다가오는 김칠규를 노려보았다. 김칠규가 이철경의 상투를 잡고 말했다.

"주인을 무는 똥개는 가마솥에서 삶겨져 개장국이 될 것이다. 알겠느냐?"

그렇게 말하고 나서 김칠규는 이철경의 상투를 흔들어 이철경 스스로 고개를 끄덕이는 것처럼 만들었다. 그러고 나서 무엇이 그리 재미있는지 크게 웃음을 터뜨렸다.

이철경이 숨을 내쉴 때마다 코와 입에서 피거품이 올랐다.

홍화정의 행수 기생 연수가 문 앞을 서성거렸다. 걱정이 앞서고 두려운 듯 그녀는 두 손을 가슴 쪽으로 꼭 모아 쥐고 있었다. 나머지 기생들은 거처에 틀어박힌 채 문틈으로 바깥 사정을 살폈다.

청지기와 하인들이 별채 주변에 널브러진 검계 무사 네 사람의 시신을 발견한 때는 이른 아침이었다. 이철경은 보이지 않았다. 방 안의 침구가 흐트러져 있지만 핏자국이 없는 것으로 보아 별채를 습격한 자들에게 끌려간 것으로 보였다.

홍화정의 문은 굳게 닫혔고, 소식을 듣고 달려온 도성의 검계 무사들이 철통 방어를 했다. 하필 계형이 자리를 비웠을 때 이런 일이 생기다니! 어쩌면 홍화정 내부에 내통한 자가 있는지도 몰랐다.

말발굽 소리가 들려왔다. 무사들이 일제히 칼을 뽑아든 채 소리가 들려오는 쪽으로 몰렸다. 누군가 홍화정 부근까지 말을 몰고 와서는 말 등에 가로로 얹혀 있던 물건 하나를 떨어뜨리고는 그대로 말을 돌렸다. 무사들이 달려갔다. 이철경이었다. 무사들 중 하나가 소리쳤다.

"어디가 부러졌을지도 모른다. 수레를 가져와 조심히 모셔라!"

하인들이 이철경을 수레에 올렸다. 얼굴이 피투성이가 되어 있었다. 홍화정으로 들어서는 이철경을 보고 연수는 비명을 질렀다. 하인 몇이 의원을 데리러 가고, 이철경은 별채로 옮겨졌다. 이철경은 혼절한 상태였다. 연수가 그의 곁을 지켰다.

이철경은 사흘 동안 정신을 차리지 못했다. 그동안 간간이 눈을 떴으나 다시 까무룩 정신을 잃기를 반복했다. 기운을 차린 이철경이 눈을 떴을 때 그의 곁을 연수와 계형이 지키고 있었다.

"회주, 정신이 드십니까?"

계형의 물음에 이철경은 한동안 눈을 끔뻑거리다가 주변을 둘러보았다. 자신이 누워 있는 곳이 홍화정의 별채인 것을 알아차리고는 안도하는 눈치였다. 이철경은 계형과 연수의 얼굴을 하나하나 들여다보았다. 그의 눈길이 보기 드물게 부드러웠다.

"회주, 도대체 어떤 놈들이었습니까?"

이철경은 쓴웃음만 머금고 계형의 물음에는 답하지 않았다.

"회주!"

연수가 계형을 저지했다.

"지금은 쉬셔야 합니다."

그 말에 계형은 분노를 삭이며 고개를 떨어뜨렸다.

이철경이 말했다.

"잠시 혼자 있고 싶다."

계형과 연수가 이철경에게 절을 올리고 일어섰다.

이철경은 천장에 눈을 두었다. 사헌부 집의 김칠규가 내뱉은 잔인한 말이 떠올랐다.

'주인을 무는 똥개는 가마솥에서 삶겨져 개장국이 될 것이다. 알겠느냐?'

"주인을 무는 똥개라……."

이철경은 어쩐지 김칠규의 그 말이 처절히 짓밟아야 할 상대의 자존감을 무너뜨리기 위한 것으로만 여겨지지 않았다. 생각해보면 표철주는 백 근이나 나가는 철 몽둥이를 자유자재로 부릴 만큼 괴력을 지녔으나 큰 규모의 집단을 조직하고 다스릴 만큼 치밀한 작자가 아니었다. 그는 칠선객의 출발이 궁금했다.

'너는 나에게 자유를 주었다.'

표철주가 떠나며 마지막 내뱉은 그 말의 뜻이 무엇이었을까? 정말로 그는 그 순간 자신을 옭아매고 있던 오랜 속박으로부터 벗어난 것인지도 몰랐다.

이철경이 상체를 일으켰다. 온몸의 마디마디에서 통증이 느껴졌다. 난데없이 나타난 청의 무사들도 의문이었다. 도대체 일이 어떻게 돌아가고 있는 것인가. 그는 긴 한숨을 내쉬었다.

◇ ◆ ◇

이규상이 바깥으로 문에 자물쇠를 채운 기와집 담벼락 너머를 기웃거렸다. 그곳은 지난달 예조 참의 한상복이 관직을 버리고 낙향하면서 비게 된 집이었다. 규모가 크지는 않지만 육조 거리와 운종가가 가까운 곳에 위치하고 있어서 값을 따지면 십만에서 십이만 냥은 거뜬할 것 같았다.

"거 왜 남의 집을 기웃거리오?"

중인 차림의 사내 하나가 집으로 들어서려다가 이규상을 힐난하는 눈빛으로 쳐다보며 말했다. 이규상은 양반가 출신이지만, 중인으로 가장하고 주변을 얼쩡거리는 중이었다. 이규상이 다소 비굴한 표정을 지으며 사내에게 다가갔다.

"이 집 주인이 예조의 참의 아니었소?"

"그렇소."

"혹시 참의께서 집을 팔고 떠나신 게요?"

"무엇 하는 사람이기에 그런 걸 묻소?"

이규상이 사내에게 바짝 다가서며 말했다.

"충청도에서 거간살이를 하다가 좀 크게 놀아볼까 하고 막 상경한 참이오. 내가 이래봬도 부여와 논산 일대에서는 지주와 양반들을 상대로 집 장사를 꽤 짭짤하게 했소. 아직 주인을 찾지 못했다면 내가 다리를 좀 놓아볼까 하는데, 이런 집은 얼마나 하오?"

사내가 퉁바리를 놓았다.

"도성에서 거간꾼으로 행세하겠다면서 시세도 알아보지 않았소? 전 주인이 갑자기 떠나게 되어 제값을 받지는 못했으나, 못해도 십오만 냥은 될 것이오. 이 집은 이미 주인을 찾았으니 딴 데 가서 알아보시오."

"왜 이리 홀대를 하시나? 그러지 말고 아직 살림살이가 안 들어왔으면 내가 웃돈을 얹어서 거래해드릴 테니, 집주인한테 이야기 좀 전해주시오."

"어허, 이 집의 주인은 웃돈이 아니라 웃돈에 웃돈을 서너 번 얹어도 내놓을 생각이 없으니, 그냥 가시오."

"아니, 도대체 돈이 얼마나 많은 양반이기에 집 욕심만 있고 돈 욕심은 없는 게요?"

중인 사내가 이규상을 떼어낼 요량으로 기를 죽였다.

"지체로 따지면 일인지하 만인지상(一人之下 萬人之上)이요, 돈으로 치자면 나라님이 부럽지 않을 정도요. 괜히 탐욕을 부리다가 경을 칠지도 모르니, 썩 물러가시오."

그렇게 말하고 사내는 열쇠로 자물쇠를 풀어 안으로 사라졌다.

'일인지하 만인지상'의 지체라면 정승을 뜻했다. 현 정승은 영의정 정인권, 좌의정 김판중, 우의정 심원형이었다. 정인권과 김판중은 둘 다 노론에 속한 대신으로, 그중 실세는 김판중이었다. 심원형은 소론이었다.

갑자기 관직을 버리고 낙향한 한상복 역시 이십 년 전에 장붕익과 금란방 관원들이 작성한 비리 관료 명단에 이름을 올린 자였다. 만약 그가 협박에 못 이겨 도성을 떠난 것이라면, 농간을 부린 이는 노론의 영수인

김판중이 유력했다. 그가 장붕익 대감의 죽음에 관여했는가. 채제공은
이미 김판중에게 혐의를 두고 있었다. 하지만 물증이 없었다. 더 확실하
게 하기 위해서는 다른 방법을 택해야 했다.

이규상은 입술을 굳게 다문 채 자리를 떠났다.

이규상이 한지 여러 장을 이어붙인 커다란 종이를 이학송의 집 안방
벽에 붙였다. 종이의 위쪽에는 최근 일신상의 이유를 들어 갑자기 관직
을 버리고 떠난 이들의 이름이 적혀 있고 아래쪽에는 다른 이름들이 적
혀 있었는데, 위쪽의 이름과 아래쪽의 이름은 한 쌍씩 선으로 연결되어
있었다.

마지막으로 연정흠이 이학송의 집에 도착하여 방 안으로 들어서자,
이규상의 이야기가 시작되었다.

"자, 잘 알다시피 위쪽은 어떤 이유로 지난 몇 달 사이에 스스로 관직
을 버리고 도성을 떠났거나 조정의 요직을 차지하고 있다가 지방으로
좌천된 이들의 이름입니다. 그 아래쪽 선으로 연결한 이름들은 도성을
떠난 전현직 관리들이 살던 집에 새로이 들어와 살게 된 관리들의 이름
입니다."

이규상의 시선이 채제공에게로 향했다.

"승지 대감, 아래쪽의 이름들이 지닌 공통점이 무엇인지 아시겠습
니까?"

채제공은 종이에 적힌 이름들을 유심히 들여다보며 골똘히 생각에 잠겼다가 대답했다.

"어허, 이것 참. 죄다 지방의 수령(守令)을 지내다가 이번에 도성의 조정에 입사한 이들이 아닙니까."

이규상이 고개를 끄덕였다.

"맞습니다. 관직을 버리고 떠난 이의 자리를 명단 아래쪽에 있는 인사(人士)가 차지한 것은 아닙니다. 오로지 그들의 집에 들어와 살고 있는 것뿐입니다. 지방의 수령으로 있다가 조정에 입성한 이들은 대부분 종삼품 당하관 이하의 관직에 제수되었고, 당상관에 제수된 경우는 딱 한 사람뿐입니다."

이번에는 이규상의 시선이 기륭에게로 향했다.

"기륭아, 이런 관계를 보고 짐작되는 일이 없느냐?"

기륭은 생각을 짜내기 위해 미간을 찌푸렸다. 무언가 잡힐 듯한데 뚜렷하게 떠오르지는 않았다. 기륭에게서 답이 늦자, 숙영이 답을 가로챘다.

"매관(賣官)입니다. 어떤 자가 고위직의 관료를 밀어내고 아래쪽의 자리를 마련하여 지방의 수령들을 도성으로 불러올리고 있는 것입니다."

"옳다!"

이규상이 흡족한 듯 크게 고개를 끄덕였다. 기륭은 "끙." 하고 된소리를 내뱉었다.

언정홉이 만했다.

"그림이 조금씩 완성되는군. 과거에 금란방 관원들이 작성한 명단을 손에 넣은 자가 하급 관리 시절 부정을 저지른 자들의 목줄을 쥐고 흔들며 협박하여 내쫓고, 공석이 된 자리를 하나씩 차고 올라가면서 생기는 관직의 빈 공간에 지방의 수령들을 앉힌다……."

이학송이 그 말을 받았다.

"새로이 그 자리를 꿰찬 자들은 오랫동안 조정의 실세들에게 상납을 해왔을 것이고, 그 재물과 노력의 비중에 따라 차례가 정해지는 것이겠지요. 지방의 수령들은 그 돈을 마련하려고 부민과 군민들을 얼마나 쥐어짰을꼬."

이규상이 덧붙였다.

"그뿐만이 아닙니다. 협박을 당하여 도성을 떠난 이들은 살던 집을 제값에 넘기지 못했습니다. 자의인지 타의인지 모르나, 대체로 시세의 육 할에서 칠 할에 집을 넘기고 떠나야 했습니다. 그러면 헐값에 나온 집을 사들이는 이가 있습니다."

채제공이 말했다.

"도성의 집값이 작은 것도 십만 냥이 넘을 텐데, 육 할이나 칠 할에 사들였으면 차익이 엄청나겠구먼."

이규상이 말했다.

"그렇습니다. 그렇게 헐값에 나온 매물을 사들이는 사람은 딱 한 명입니다."

모두의 시선이 이규상에게 쏠렸다. 이규상이 입을 열었다.

"송상 차길현!"

이규상은 오래전 강찬룡과 함께 제물포의 포구에서 차길현의 상선을 기다리며 잠복하던 때를 떠올렸다. 문서나 다루던 그가 현장에 나가 몸으로 부딪친 첫 경험이었다. 그때 강찬룡은 이규상을 남겨둔 채 제물포를 먼저 떠나야 했다. 이규상은 차길현의 뒤를 캐기 위해 며칠을 더 머물렀다. 며칠 뒤 도성에 복귀하기 위해 한강을 건넜을 때 나루터에서 눈을 맞으며 자신을 기다리던 강찬룡을 떠올리자 이규상은 눈물이 핑 돌았다. 이학송이 눈시울이 붉어진 이규상을 바라보며 슬픈 미소를 지었다.

이규상은 감정을 추스르기 위해 잠시 심호흡을 한 뒤에 말을 이었다.

"이야기는 여기서 끝나지 않습니다. 그러면 차길현은 도성에 입성한 관리에게 자신이 받은 값 그대로 집을 넘길까요?"

기륭이 입을 헤 벌렸다.

"설마……."

이규상이 기륭을 일별한 뒤에 스스로 대답했다.

"아닙니다. 도성의 현 시세보다 더 비싸게 넘깁니다."

모두 일제히 탄식을 터뜨렸다. 도둑이 도둑에게 도둑질을 하는 셈이었다.

"하지만 관직을 사느라 재산의 많은 부분을 상납한 신임 관리에게 도성의 집을, 그것도 시세보다 비싸게 나온 집을 수용할 능력이 있겠습니까? 이때 누군가가 돈을 빌려줍니다. 금리가 어떨지는 상상에 맡기겠습니다. 중요한 것은 누가 그들에게 돈을 빌려주느냐 하는 문제입니다."

채제공이 대뜸 말했다.

"김판중이오?"

이규상이 고개를 저었다.

"혐의가 짙으나 확정할 수는 없습니다."

이규상이 말을 이었다.

"송상 차길현은 이 복잡한 고리에서 싸게 매각하는 도성의 집을 사들이는 하나의 역할만 맡고 있는지도 모릅니다. 이제 우리가 해야 할 일은 첫째, 과거 금란방이 만든 명단을 누가 가지고 있느냐를 알아내는 것이고, 둘째, 그것이 어떻게 그자의 손에 들어갔는지를 밝히는 것이며, 셋째, 송상 차길현과 그자의 관계를 증명하는 것이고, 넷째, 이 일에 관여된 자들을 모두 잡아들여 벌하는 것입니다."

채제공이 고개를 끄덕인 뒤에 말했다.

"나는 빠른 시일 내에 세자 저하께 이 사실을 알리겠소. 그리고 한 가지 더 부탁할 것이 있소. 모두들 부디…… 몸조심들 하시오."

방 안의 모두가 서로의 얼굴을 바라보며 입술을 굳게 다문 채 다짐을 하듯 고개를 끄덕였다.

행수 기생 연수가 정주간의 음식을 확인하고 나오는 길이었다. 계형이 그녀를 기다리고 있다가 다가왔다. 연수가 걸음을 멈추고 계형의 말을 기다렸다.

"행수는 어떤 자들이 회주를 쳤는지 정녕 모르는가?"

계형의 물음에 연수는 고개를 저었다.

"그자들을 목격한 이들이 모두 불귀의 객이 되었으니, 그들의 정체를 아는 이는 회주가 유일합니다."

"아무리 여쭈어도 도통 답이 없으시니, 답답하여 미치겠다."

연수가 부드러운 음성으로 말했다.

"회주께서 사형을 생각하는 마음이 깊기 때문입니다. 주인의 복수를 하겠다고 나섰다가 사형이 다칠까 걱정하시는 것이지요."

"그만큼 놈들이 만만치 않다는 뜻이기도 하겠지."

"그만 내려놓으세요. 회주께서 원치 않는 일은 하지 마세요. 그냥 지금처럼 잘 보필해드리세요."

연수가 말을 이었다.

"그럼 저는 큰 객들이 있어 그만……."

연수가 자리를 뜨자, 계형은 우두커니 밤하늘을 올려다보다가 별채 쪽으로 향했다.

이철경은 많이 회복했으나, 찢어진 관자놀이와 입술의 상처가 아직 아물지 않아 병색이 깊어 보였다. 일을 당한 뒤로 그는 부쩍 말수가 줄어들었다. 그렇다고 화가 나 있거나 예민하게 굴지는 않았다. 오히려 표정이 편안해 보였다. 계형과 연수를 비롯한 홍화정의 식솔들은 이철경의 내면에서 어떤 일이 일어나고 있는지 도무지 알 수가 없었다.

이철경은 벼루에 연적의 물을 따르고 먹을 갈았다. 의궤에 종이를 펼치고 붓에 먹을 적셔 거기에 한 사람의 이름을 적었다.

'李思晟(이사성)'

참된 무관이 되고자 했으나 역사에 역적으로 기록될 이름이었다.

이십여 년 전 보은의 바침술집에서 장붕익과 마주쳤던 때가 떠올랐다. 그때 장붕익은 이철경이 이사성의 아우임을 알고 놓아주었다. 그때 자신을 향해 일갈하던 장붕익의 외침이 귀를 때렸다.

"이공께서는 백성을 위하여 목숨을 걸고 칼을 들었는데, 어찌하여 그의 아우는 백성을 해치기 위해 칼을 들었느냐? 내 이공의 억울함을 모르는 바 아니나, 그것이 너의 비행을 정당화하는 구실이 될 수는 없을 것이다."

장붕익은 이사성이 군사를 끌고 도성으로 향한 이유를 알고 있었다. 비록 그 자신이 직접 이사성을 체포하여 도성으로 압송하였으나, 그는 이사성의 의기를 알고 있었다.

장붕익과 노론의 대신들에게 복수하기 위해 스스로 검계가 되었고, 이제 검계의 수장이 되었다. 하지만 장붕익은 죽고 없었고, 그는 오히려 노론 탐관들의 하수인 노릇을 하고 있었다. 길을 잃어도 한참 잃은 것이다.

"형님……."

형 이사성이 회령 부사로 있던 시절 동무들과 뛰어놀던 때가 그리웠다. 북풍한설에 볼이 발갛게 달아올라도 추운 줄을 몰랐다. 그때를 떠올리면 이철경은 자기도 모르게 마음이 약해졌다.

"회주님, 사헌부 집의가 찾으십니다요."

청지기였다. 순식간에 마음의 평안이 무너졌다.

"집의가 왔느냐?"

"늦저녁부터 일행과 자리를 잡으셨습니다. 취기가 심한 듯한데, 편찮으시다 전할깝쇼?"

"아니다. 곧 찾아뵙겠다고 전하라."

이철경은 몸을 일으켜 의관을 갖추었다. 그는 종이에 적어놓은 이름을 한참 동안 내려다보다가 방을 나섰다.

이철경이 기루로 들어서자 연수의 표정이 살짝 일그러졌다. 그녀는 애써 침착함을 가장한 채 곁에 앉은 사헌부 집의 김칠규의 잔에 술을 따랐다.

방 안 제일 깊숙한 곳에 상전으로 보이는 이가 앉아 있었고, 그 양쪽에 김칠규와 사내 한 사람이 자리를 잡고 있었다. 다들 얼굴이 불콰했는데, 특히 집의 김칠규의 상태가 가장 좋지 않았다. 가장 안쪽에 앉은 이가 상체를 앞으로 기울여 이철경의 얼굴을 살피더니 혀를 끌끌 찬 뒤에 말했다.

"어허, 집의. 사람 얼굴을 저리 엉망으로 만들었어야 쓰는가? 너무 심했구먼."

그가 한쪽 눈썹을 치켜올리며 말을 이었다.

"그래, 나를 보고 싶다 했다지?"

이어서 김칠규가 살짝 꼬부라진 발음으로 말했다.

"인사드리게. 문무백관이 벌벌 떨고 하늘의 나는 새도 떨어뜨리는 사헌부의 대사헌, 김규열 대감이시다."

연수는 이철경을 이리 만든 자가 바로 술자리의 이들이라는 사실을 알고는 심장이 두근거리고 손이 떨렸다. 억지로 웃음을 지으려 해도 자꾸만 얼굴이 일그러졌다.

하지만 이철경은 천천히 몸을 아래로 내려 김규열을 향해 큰절을 올렸다.

"대헌(大憲) 대감을 뵙게 되어 영광이옵니다."

목소리가 떨리지 않았고, 노기도 보이지 않았다. 연수는 그렇게 수모를 당하고도 그들 앞에서 다시 고개를 숙여야 하는 이철경을 보며 가슴에 눈물이 맺혔다.

김규열은 잔인한 웃음을 지었다. 권력이라는 것이 이리 좋은 것이다. 지금 자기에게 깍듯이 절을 올린 저자는, 예로 치면 사병 수백 명을 거느린 셈이 아닌가. 그런데도 글밖에 모르고 칼도 몇 번 잡아본 적 없는 자신 앞에서 저리 낮추지 않는가. 맞다. 권력이 이리 좋은 것이다. 그래서 놓쳐서는 안 된다. 그것을 놓치는 순간, 그 자신이 아무것도 아니라는 진실이 만천하에 드러나게 된다. 더욱 악하고 더욱 잔인해져서라도 결코 권력을 놓쳐서는 안 된다!

"이리 가까이 와서 내 잔을 받으라."

이철경은 무릎걸음으로 다가가 김규열이 내민 잔을 받았다. 그러고는 술을 단숨에 들이켰다.

"나한테도 한잔 따라보아라."

이철경은 산해진미가 가득한 커다란 상 너머로 손을 뻗어 김규열의 잔에 술을 따랐다.

그 모습을 지켜보던 김칠규가 잔을 들자, 연수가 술병을 들었다. 하지만 연수는 손이 떨린 탓에 김칠규의 바지에 술을 흘리고 말았다. 김칠규가 자신의 바지에 묻은 술과 연수의 얼굴을 게슴츠레한 눈길로 번갈아 보더니 말했다.

"이년, 내 바지를 더럽혔으니, 네년도 벌을 받아야지."

그러면서 연수의 옷고름을 풀었다. 연수는 깜짝 놀라 김칠규의 손을 밀쳤다. 그러자 김칠규가 사정없이 연수의 뺨을 후려쳤다. 순식간에 일어난 일이라 연수는 얼떨떨한 나머지 비명조차 지르지 못했다. 그때 이철경이 버럭 소리쳤다.

"네 이년! 감히 집의 대감의 호의를 뿌리치느냐? 썩 나가라!"

연수는 냉큼 자리에서 일어나 방을 나갔다. 김칠규는 이철경을 손가락으로 가리키며 "어, 이놈이." 하며 혀가 꼬인 채로 말했다.

김규열의 눈이 가늘어졌다. 그의 입가에 차가운 미소가 그려졌다.

간도는 여진족과 조선인이 어우러져 살아가는 땅이었다. 조선인은 초가를 지었고, 여진족은 유목민의 후예답게 짐승의 가죽으로 사방을 둘러친, 군대의 막사 같은 집을 지어 살았다. 여진족 유목민들은 자신들의 집을 몽골어인 '게르'라고 불렀다. 하지만 간도의 여진족은 더 이상 유목민이 아니었다. 조상 대대로 내려온 유목민의 유전자는 희미해지고, 철 따라 가축을 몰고 초목을 찾아 떠나던 생활 풍습도 버렸다. 하지만 먹고 자는 일만큼은 달라진 것이 없었다. 울타리를 치지 않았기에 온 세상이 그들의 마당이었다. 그 너른 마당에서 조선인 아이들과 여진족

아이들이 늑대를 꼭 닮은 개들과 함께 뛰어다녔다.

간도의 조선인들은 대부분 장길산이라는 이름을 알고 있었다. 하지만 그를 보았다는 이는 없었다. 오히려 장길산에 대해서 묻는 천덕에게 그들은 이렇게 되물었다.

"정말로 장길산이라는 사람이 있기는 있었던 거요?"

의적 장길산의 이야기는 민가에 떠돌아다니는 하나의 민담 같은 것이었다. 불과 육십여 년 전에 조선 팔도를 떠들썩하게 만들었던 이의 실재한 삶이건만, 세월이 흐름에 따라 허구와 과장이 덧붙여지면서 차츰 전설이 되어가고 있었다.

간도의 여진족 마을에서 장길산을 보았다는 영변의 모피 장수 장씨의 말이 거짓이었던가. 그 이야기를 들려준 칠포의 늙은이도 장씨가 허풍이 심한 사람이라고 하지 않았던가. 친부의 흔적을 찾고 싶다는 간절한 마음에 너무 쉽게 넘어간 것인지도 몰랐다. 설령 한때 장길산이라는 사내가 이곳에 있었다 한들 그는 국경을 넘어 간도에 들어선 많고 많은 조선인들 중 한 사람일 뿐이었다. 국경을 넘어선 바로 그 순간, 그는 장길산이 아니라 척박한 땅에 기대어 살아야 할 범부(凡夫)로 변신했을 것이다.

회령에서 국경을 넘어 간도를 헤맨 지 석 달째였다. 강가에 터를 잡은 한 여진족 부족의 도움으로 간이 막사에서 하룻밤을 지낸 새벽, 멀리서 말이 달려오는 소리에 천덕은 잠을 깼다. 부족 남자들이 말 탄 이들을 맞았다. 그들은 저희끼리 빠른 만주어로 이야기를 주고받더니, 부족 남자 중 한 사람이 천덕을 가리켰다. 말을 타고 온 두 사내가 곧바로 천덕을 향해 걸어왔다. 막사 밖으로 고개만 내밀고 있던 천덕은 사내들이 다가오자 막사 밖으로 나섰다. 사내들은 사냥꾼인 듯 어깨에 짧은 활을 메고 있었고, 끝이 살짝 구부러진 칼을 차고 있었다. 광야를 삶의 무대로 삼아온 남자들만의 강인하고도 야만적인 근성이 느껴졌다.

사내들은 천덕에게 가까이 다가온 뒤 걸음을 멈추고 그의 얼굴을 유심히 살폈다. 그냥 쳐다보기만 하는 것이 아니라, 이쪽저쪽으로 각도를 달리하며 마치 진귀한 물건을 감상하는 것처럼 굴었다. 천덕은 무안하여 그들과 눈길이 마주칠 때마다 억지로 웃어 보였다. 사내들에게서 적의는 느껴지지 않았다. 다만 자기네의 행동이 상대를 불편하게 만든다는 사실을 모르는 것 같았다.

한참 동안 천덕을 '감상'한 두 사람이 서로 얼굴을 마주 보고 만주어로 이야기를 나누었다. 뜻을 알 수는 없지만, 대단히 중요한 사안을 논의하는 모양이었다. 그러다가 한 명이 천덕에게 말했다.

"장길산?"

천덕이 놀란 표정을 지으며 고개를 끄덕였다. 천덕에게 말을 걸었던 사내가 따라오라는 손짓을 했다. 천덕은 얼른 막사 안의 바랑을 챙겨 그들을 따라나섰다.

사내들이 말에 올랐다. 역시 천덕에게 말을 걸었던 사내가 자기 뒤에 올라타라는 시늉을 했다. 그는 부족 사람들의 도움을 받아 겨우 말의 엉덩이 부분에 오른 뒤 여진족 사내의 허리를 껴안았다. 등의 단단한 근육이 느껴졌다. 사내가 소리를 지르며 박차를 가했다. 천덕은 부족 사람들에게 감사 인사를 전하지도 못한 채 마을을 떠났다.

그렇게 한 식경 정도 달린 뒤 막사 수십 채가 서 있는 부락에 닿았다. 말이 걸음을 멈추며 앞다리를 들어 올린 탓에 천덕은 그대로 뒤로 떨어져 엉덩방아를 찧었다. 그 모습을 보고 부락의 아이들이 웃음을 터뜨렸다. 천덕은 계면쩍은 웃음을 흘리며 바지를 털었다. 그런데 천덕을 보며 웃음을 짓던 아이들이 갑자기 웃음을 뚝 그쳤다. 주변에 선 어른들도 놀란 표정으로 천덕을 바라보았다. 그를 데리고 온 사내들과 똑같이 행동했다.

"장길산."

천덕을 태워 온 사내가 천덕에게 말하고는 앞장서서 걸어갔다. 천덕이 그들의 뒤를 따랐다. 아침을 준비하던 여인들이 일손을 멈춘 채 천덕을 물끄러미 지켜보았고, 양을 치던 목동도 그를 바라보았으며, 모닥불의 불씨를 살리던 사내도 몸을 일으켜 시선을 천덕의 얼굴에 두었다. 천덕은 수십 개의 눈동자가 지켜보는 가운데 자신을 데려온 여진족 사내가 사라진 막사 안으로 들어섰다.

햇빛이 들지 않은 까닭에 막사 안은 어두웠다. 막사 안쪽 깊은 곳에 희끄무레한 물체가 보였다. 차츰 어둠이 눈에 익자 천덕은 그가 사람임을 알아보았다. 백발이 허리까지 내려오고, 수염이 앞섶을 완전히 뒤덮은 산신령 같은 노인이 양반다리를 한 채 형형한 눈빛으로 천덕을 올려다보고 있었다.

노인은 여든이나 아흔 그 사이로 보였다. 어쩌면 백 살이 넘었는지도 몰랐다. 하지만 신령스러운 분위기가 영겁의 세월을 느끼게 해서 그렇게 생각했을 뿐 꼿꼿이 허리를 세운 채 날카로운 눈빛으로 천덕을 바라보는 노인에게 시간과 나이는 무의미해 보였다.

"이름이 무엇이냐?"

또렷한 조선말이었다. 천덕은 어떤 예감에 사로잡혔다. 조금씩 몸이 떨려왔다.

"이름이 무엇이냐고 물었다."

"천덕입니다. 장, 천, 덕."

그는 여태껏 단 한 번도 제 스스로 말해본 적 없는 성을 붙였다.

내내 형형하던 노인의 눈에서 빛이 사그라졌다. 회한에 잠긴 듯 눈앞에 없는 먼 곳을 바라보는 노인의 까만 눈동자는 흡사 깊이를 알 수 없는 우물 같았다. 노인이 입을 열었다.

"내 이름은 티안드. 조선어로는 '천덕(天德)'이다. 나의 신분을 감추기 위해 한때 연을 맺었던 여인과 주고받은 가명을 내 이름으로 삼았다. 예전에 사람들은 나를 '장길산'이라고 불렀다."

제 6 장

공중을 떠도는 작은 홀씨 하나가

세월을 건너뛰어 뿌리 내릴지니

"날이 저물었구나.
　이제는 집으로 돌아가야지."

이학송

34
운심
1758년 가을~겨울

　　　　　　보름 전부터 모화관에 관리들과 궁중 무관들
이 드나들어 모처럼 분주했다. 궁중에서 음식과 반찬 등을 준비하는 상
식(尙食)과 전선(典膳) 궁녀들을 비롯하여 연회에서 소임을 다할 궁녀 수
십 명이 모화관에 배치되었다.

　매홍은 오랜만에 옥당 기생으로서의 지위를 누리게 되어 신이 났다.
이런 일이 있을 때면 으레 모화관의 관기들은 궁중에서 파견된 궁녀들
과 신경전을 벌였는데, 이럴 때 매홍이 아주 중요한 역할을 맡았다. 정
오품으로 품계가 꽤 높은 상궁(尙宮)이 관기들을 찍어 누르려 할 때마다
매홍이 나서서 상궁을 상대했던 것이다. 상궁은 관기들 앞에서 위세를
부리다가도 현왕의 부친으로부터 총애를 받은 옥당 기생 매홍이 나서면

슬그머니 꽁무니를 빼고는 했다.

모화관이 바빠지고 닷새째가 된 날, 청의 사신이 의주에 도착했다는 파발이 도착했다. 그 이틀 뒤 청의 사신이 의주를 출발하였다는 파발이 도착했고, 다시 사흘 뒤 사신 일행이 서경(西京, 평양)에 닿았다는 파발이 도착했다. 그로부터 이틀 뒤 사신 일행이 평양을 출발하였고 개경은 그냥 지나쳐서 곧장 한양으로 향할 것이라는 소식이 닿았다.

액정서 소속의 내관(內官)과 별감(別監)들이 연회에 참석할 기생들을 살폈다. 매홍은 그 틈에 슬그머니 숙영을 끼워 넣었다. 내관과 별감들이 기생들 가운데 함량과 자질이 부족한 이들을 솎아내는 가운데 숙영은 살아남았다. 이 년 넘게 매홍 밑에서 가무를 비롯하여 갖가지 몸가짐을 익힌 숙영이 드디어 '운심'이라는 예명(藝名)으로 기적(妓籍)에 이름을 올리게 된 것이다. 왕과 왕세자가 청의 사신을 맞아 베푸는 하마연(下馬宴)을 통해 기생으로 등용하는 것이 흔한 일은 아니었다.

영은문과 모화관 일대에는 사인의 출입이 통제되고 부근 이 리 이내에 금군과 5군영의 병사들이 진을 쳤다. 이윽고 무악재 꼭대기에 원접사(遠接使) 일행의 모습이 나타나고 뒤를 이어 평안도와 황해도, 함경도의 병영에서 차출된 장교들의 호위 속에 청의 사신 일행이 탄 가마가 모습을 드러냈다.

청의 사신이 영은문에 닿자 왕과 왕세자가 재배(再拜)를 올렸다. 그 두 번의 절은 사신을 향한 것이 아니라 당장은 부재(不在)하지만 사신을 통해 그 자리에 현현(顯現)하는 청의 황제를 향한 것이었다.

세자익위사의 좌익찬(左翊贊) 기륭은 사신 곁에 도열해 있는 무관들

가운데 유난히 키가 커서 돋보이는 이를 금세 알아보았다. 무과에 응시했을 때 기륭이 탈락한 일을 기륭을 대신하여 항변해주었던 바로 그 사내였다. 장원 급제하여 출세할 줄 알았는데, 변방 병영의 무관이 되어 있었다. 그동안 기륭이 그를 찾으려 해도 찾을 수 없었던 이유를 그제야 알게 되었다.

영은문에서의 의식을 치르고 이어 모화관에서 성대한 연회가 열렸다. 세자 이선은 숙영이 기생들 틈에 섞여 있는 것을 보고 웃음을 지었다. 내내 세자를 주시하던 별감이 그의 의중을 곡해하여 굳이 숙영을 세자 옆에 앉혔다. 세자 뒤에서 검을 들고 서 있는 기륭은 세자와 숙영이 주거니 받거니 하는 뒷모습을 지켜보며 묘한 감정에 사로잡혔다.

연회가 한창이던 중에 사신의 청으로 기생들이 춤을 선보였다. 여덟 명의 아리따운 여인들이 합을 맞춘 듯 군무(群舞)를 펼쳤다. 기륭의 눈에는 숙영만 보였다.

그날 저녁이었다. 세자가 휴식을 취하는 사이 기륭도 잠시 틈을 얻었다. 그는 사신 일행을 호위한 무관들이 머무르는 숙소로 향했다. 낮에 영은문에서 본 무관을 발견한 기륭이 다가갔다.

"여기서 보게 되리라고는 꿈에도 생각지 못했습니다."

함경북도 병영의 평사(評事) 최국영이 자신에게 말을 건 이를 돌아보았다. 최국영은 어디서 본 듯한 기륭의 얼굴을 기억을 헤집어 떠올렸다. 곧 최국영의 입에서 "아." 하는 탄식이 터져 나왔다. 오 년 전 경기 감영에서 희비가 엇갈렸던 두 사람이 왕실의 주요 행사에서 정육품의 무관으로 다시 만나게 된 것이었다.

최국영이 말했다.

"세자익위사에 계시오?"

기륭이 고개를 끄덕이고 말했다.

"헌데 장원 급제를 하신 분이 어찌 변방에 계십니까?"

최국영이 답했다.

"그때 내가 그러지 않았소? 장원 급제의 영예는 마땅히 그대의 몫이라고."

두 사람은 마치 오랜 지기라도 되는 양 두 손을 맞잡았다.

청으로 돌아가는 사신 일행을 서경까지 호위한 최국영과 함북 병영의 무관들은 그곳에서 병영에 복귀하기 위해 동쪽으로 말을 달렸다. 원산에 다다른 그들은 동해를 끼고 줄곧 북쪽으로 말을 달려 함흥에서 하루를 묵고, 길주에서 다시 하루를 더 묵은 뒤 그 다음 날 정오 무렵 경성의 함경북도 병영에 닿았다.

병영에 도착한 평사 최국영은 도병마사에게 보고를 마친 뒤 다시 말에 올랐다. 조금의 휴식도 취하지 않고 임지인 회령의 국경으로 향하는 그를 보고 동료 무관들이 혀를 내둘렀다. 최국영이 떠난 뒤 청나라 사신을 맞는 행사에 동행했던 무관들이 그를 화제에 올렸다.

종사관이 말했다.

"평사께서는 장원 급제를 하였다 들었는데, 어찌 이곳 함경도를 벗어나지 못하십니까?"

최국영의 상관인 별장이 대답했다.

"집안 좋고 실력도 뛰어나니 출세 길이 열릴 셈이었지. 평사의 아버지가 호조 판서를 지낸 최기윤 대감이거든. 하지만 도성은 그에게 어울리는 곳이 아니었네. 부당하다고 생각되면 상관의 명령에도 곧이곧대로 따르지 않고 입바른 소리를 두려워하지 않는데, 어찌 조정의 대신들과 고위 무관들이 그를 곁에 두려고 하겠는가? 아마도 최국영 평사는 이곳 변방에서 계속 썩을 것이네."

별장의 말대로였다. 명문가의 자식으로 태어나 일찍이 무관이 되고자 했던 최국영은 조정의 질서에 고분고분했다면, 훗날 조선의 군사를 총괄하는 지위에 올랐을 것이다. 하지만 그는 특유의 반골 기질을 버릴 수 없었다. 옳지 않은 일은 그냥 넘길 수 없었고, 문관과 무관의 탐욕에 분노했다. 결국 그는 조선에서도 가장 오지인 함경북도로 쫓겨났다. 하지만 최국영은 후회하지 않았다. 오히려 그것이 올바른 무관의 길이라 여겼다. 조정의 정치놀음 속에서 허우적거리는 것보다는 국경을 지키는 것이 마음 편했다.

병영이 소재한 경성을 출발한 최국영이 부령을 지나 회령으로 향하는 길로 접어들었을 때였다. 일단의 사내들이 마주 오고 있었다. 옷차림으로 보아 여진족 남자들이었다. 국경 일대의 조선인과 여진족이 서로 교역하며 잘 어울려 지내고는 있지만, 조선 백성이 아닌 여진의 사람들은 원칙적으로 회령의 장시를 벗어날 수 없었다.

최국영이 그들 앞에 말을 세웠다. 낯이 익은 사람들이었다. 거기에 지난해 봄 국경 성문의 문루에서 이야기를 나누었던 천덕이라는 사내도 섞여 있었다. 천덕도 최국영을 알아보고 허리를 숙여 보였다.

"돌아가는 길이오?"

말에서 내린 최국영의 물음에 천덕이 고개를 끄덕였다. 최국영의 말이 이어졌다.

"공식적으로 저들은 청나라 사람이어서 더 이상은 동행할 수가 없소."

안다는 듯 천덕이 다시 고개를 끄덕인 뒤 말했다.

"제 형제들입니다. 어머니는 다르지만 같은 아버지를 두었지요. 그만 돌아가라는데도 굳이 여기까지 따라온 겁니다."

최국영이 말했다.

"나도 저들을 아오. 부족장인 티안드의 아들들이지요. 그대를 어디선가 본 듯했는데, 그랬소. 티안드 족장을 꼭 빼닮았소."

천덕이 말했다.

"베풀어주신 친절에 감사드립니다."

최국영이 미소 지었다. 그리고 의미심장한 표정으로 물었다.

"장길산이지요?"

순간 천덕이 경계하는 눈빛을 보였으나 이내 그의 표정이 누그러졌다. 그리 짐작하면서도 그동안 아무런 조치를 취하지 않았다면, 장길산을 잡을 마음이 없다는 뜻이었다. 천덕은 자신 앞에 서 있는 무관에게는 사실대로 밝혀도 좋겠다는 생각이 들어 고개를 끄덕였다.

자신의 의심을 확인한 최국영이 입을 쩍 벌렸다. 그러고는 다시 미소 지었다.

"친부가 있고 형제들이 여기 있는데, 왜 군이 험한 세계로 돌아가려는 거요?"

최국영의 물음에 천덕이 대답했다.

"지키고 보살펴야 할 딸이 있습니다. 그 아이가 잘사는 것을 보고 나면 돌아올 것입니다."

고개를 끄덕인 최국영이 말했다.

"꼭 돌아오시오."

최국영이 씁쓸한 표정으로 말을 이었다.

"나는 그대의 형제들과 함께 이만 회령으로 돌아갈 터이니, 여기서 헤어지시오."

그러고 나서 최국영이 여진족 사내들에게 만주어로 뭐라고 말했다. 여진족 사내들은 어린아이 같은 표정으로 사정했지만, 최국영은 단호하게 고개를 저었다.

천덕과 여진족 사내들이 진한 포옹을 나누었다. 천덕은 뒷걸음질을 하며 손을 흔들었다. 그의 아우들도 멀어지는 이복형을 향해 손을 흔들었다.

눈발이 휘날리는 날이었다. 장옷을 뒤집어쓴 홍화정의 행수 기생 연수가 청지기와 함께 옥당 기생 매홍의 집을 찾았다. 매홍은 집에 있는데도 화장이 짙었다. 연수는 나이를 감추려는 매홍의 노력이 가상하여 코웃음을 쳤다. 그래도 상대는 조선에 딱 한 명뿐인 옥당 기생이었다. 금주령을 내린 현왕은 술자리와 기생을 멀리하였고 전대(前代) 임금인 경종은 병약하여 주색을 즐기지 않았기에, 숙종 임금의 말년을 함께한 매홍이 현재로서는 유일한 옥당 기생이었다. 연수는 매홍에게 깍듯이 절을 올렸다. 마주 앉은 뒤 연수가 말했다.

"모화관에 물선이 있다고 들었습니다."

'물건'이 숙영을 가리키는 것임을 알고 매홍은 뿌듯했다.

모화관의 하마연에 참석한 뒤로 기생 운심에 대한 소문이 도성에 빠르게 퍼졌다. 관리들 중에는 운심을 보기 위해 공무(公務)를 가장하여 모화관으로 향하는 이들도 있었다. 스물네 살 운심은 기생으로서는 전성기를 지난 나이일 수 있으나, 재치와 입담이 기발하여 함께하는 이들이 하나같이 즐거워한다는 소문이 관가에 파다했다. 그러자 홍화정을 찾은 객들이 이철경에게 모화관의 운심을 홍화정으로 빼내오라는 청을 계속 넣었고, 그리하여 연수가 이철경을 대신하여 내키지 않은 걸음을 한 것이었다.

연수의 물음에 매홍이 답했다.

"운심은 아주 특별한 아이다. 비록 기생의 옷을 입고 기적에 이름을 올렸으나, 여느 기생과는 다른 아이야."

"그러니 우리 주인께서 저를 보내신 것이 아니겠습니까?"

"홍화정의 주인이 어떤 제안을 주셨는가?"

"일만 냥입니다."

매홍은 속으로 놀랐다. 평양과 개성의 기생들이 조선 남성들의 혼을 빼놓던 시절, 색주가들 사이에 이름 있는 기생을 주고받을 때도 거래비가 일천 냥을 넘은 적이 없었다. 시간이 흘러 시세가 그때와 다르다 할지라도 일만 냥은 엄청난 돈이었다.

"홍화정의 회주가 역시 통이 큰 인물이군. 하지만 먼저 운심의 의향을 물어야 하네. 그리고 운심은 경력이 일천하여 아직 일패에 속할 수 없으나, 지아비가 있는 유부기(有夫妓)이기 때문에 몸을 허락하지 않을 것이네."

"그건 제가 아니라 저희 주인께서 약속해주실 것입니다. 저 역시 홍화정에 든 이후로 몸을 판 적이 없습니다."

매홍은 또 한 번 놀랐다. 그녀는 홍화정의 주인이 어떤 인물인지 잘 알고 있었다. 홍화정의 주인인 이철경이 조선 전체를 장악한 검계 조직 칠선객의 우두머리라는 사실은 삼척동자도 아는 일이었다. 그런 범죄 집단의 수장이 여인의 정조를 가벼이 여기지 않는다는 사실을 듣고 매홍은 놀라지 않을 수 없었다.

매홍이 고개를 끄덕였다.

"모든 조건이 마음에 든다. 하지만 한 가지 더. 운심이 홍화정에 갈 때는 나도 동행할 것이니 그리 알아라."

연수로서는 죽었던 시어머니가 살아난 격이었다. 옥당 기생이랍시고 얼마나 참견할 것인가. 하지만 받아들여야 했다. 그 일 때문에 다 된 밥에 코를 빠뜨려서는 안 되었다.

"주인께 그리 전하겠습니다."

연수가 돌아간 뒤 곧장 매홍은 사람을 시켜 숙영을 불렀다. 숙영이 도착하자, 그녀는 지금 전에 있었던 일을 소상하게 알려주었다.

"네가 결정하여라. 조건이 좋기는 하나, 칠선객이 운영하는 색주가여서 나는 썩 내키지만은 않는다."

가르치고 배운 이 년 사이에 깊이 정이 들어버렸다. 매홍은 진심으로 숙영을 걱정하였다.

숙영으로서는 적진에 더 깊숙이 들어갈 수 있는 좋은 기회였다.

"홍화정의 제안을 받아들이겠습니다."

역시 매홍의 표정이 그리 밝지만은 않았다.

다음 날 저녁, 이학송의 집에 묘적이 모였다. 탐관 무리의 꼬리를 잡을 좋은 기회였지만, 호랑이 굴로 뛰어드는 숙영이 걱정되어 다들 한편으로는 마음이 착잡했다. 숙영을 위해서라도 빨리 일을 마무리 짓는 수밖에 없었다.

모두들 침묵을 지키는 동안에 이규상이 말했다.

"그러면 기륭이 운심의 기둥서방이 되는 건가?"

유부기의 필수 항목이 기둥서방이었다. 하지만 세자익위사의 무관으로서 숙위를 하는 일이 많은 기륭은 적격이 아니었다. 채제공이 묘안을 내었다.

"당분간 이 좌랑이 옥당 기생 매홍의 청지기나 하인 노릇을 해주십시오. 이학송 종사관께서 숙영을 암행 중에 호위하고, 기륭이 번을 서지 않거나 숙위를 하지 않을 때 종사관과 교대를 하는 것으로 하지요."

모두 고개를 끄덕였다.

채제공이 숙영에게 물었다.

"홍화정에는 언제부터 나가는 것이냐?"

"정리할 것이 있으니, 열흘의 말미를 달라 하였습니다."

"앞으로 열흘이라……."

생각에 잠겨 있던 채제공이 이학송과 연정흠에게 말했다.

"그전에 만나야 할 사람이 있습니다. 내일이나 모레 영천으로 가려 하니, 동지사와 종사관께서는 준비를 해주십시오."

연정흠과 이학송이 고개를 끄덕였다.

요 며칠 기온이 뚝 떨어지고 바람이 차더니 새벽부터 아침나절까지 눈이 내렸다. 다행히 눈이 그친 뒤로 구름이 걷히고 햇살이 쏟아졌다. 오후에 이르자, 얼굴에 와닿는 공기에 온기가 서려 있었다. 삼한사온(三寒四溫). 혹독한 사흘이 지나면 온화한 나흘이 찾아온다 하더니, 자연은 그 약속을 어기지 않았다.

오전 내내 한지에 붓으로 매화를 치며 시간을 보낸 윤이경은 갑갑증이 도져서 밖으로 나섰다. 대문을 넘어서는 그를 발견한 하인이 얼른 다가왔다.

"대감마님, 제가 따라나설깝쇼?"

"아니다. 되었다."

영천에 낙향한 뒤로 산책에 나설 때면 으레 주고받는 대화였다. 도성과 달리 영천의 본가에서는 수행하는 이가 필요치 않았다. 윤이경은 쌓인 눈 위로 발자국을 만들며 천천히 걸음을 옮겼다. 멀리 보이는 쌀공산이 머리에 눈을 이고 있었다.

자연은 약속을 지켜 따뜻한 나흘을 내주었건만 그에게는 이 혹독한 시간이 지나도 맑은 날이 다시 찾아온다는 기약이 없었다. 소론이나 남인이 권력을 장악할 날은 요원했다. 세자가 소론에 호의적이라고는 하나, 세자의 앞날에는 먹구름이 잔뜩 끼어 있었다. 노론 대신들 중에 세자가 왕위를 이을 것이라고 생각하는 이는 거의 없었다. 어떤 방식일지는 알 수 없으나, 오래지 않아 왕실로부터 비보가 날아들 것이라는 불길한 예감이 점점 뚜렷해져갔다.

깊은 근심에 잠겨 걸음을 옮기던 그는 문득 눈 위에 여러 개의 발자국이 어지럽게 찍혀 있는 것을 보고 의아한 생각이 들었다. 그때였다. 나뭇가지에 쌓인 눈이 후드득 쏟아지는 것과 동시에 나무 위에 몸을 숨기고 있던 괴한이 뛰어내려 윤이경의 목에 단검을 대었다. 윤이경은 짧은 비명조차 지르지 못하고 그대로 괴한에게 제압되었다. 얼굴을 훤히 드러낸 괴한은 주위 사방을 재빠르게 훑어보더니 윤이경을 야트막한 산쪽으로 끌었다.

행인의 눈길이 닿지 않을 만큼 깊이 들어간 뒤에야 괴한이 단검을 풀었다.

'파직시킨 것도 모자라 나를 죽일 셈인가?'

윤이경은 기화루의 기방에서 좌의정 김판중과 마주했던 때가 떠올랐다. 잊고 싶으나 도저히 잊을 수 없는 그 치욕의 순간이 커다란 공포와 함께 눈앞에 다가왔다.

"윤이경 대감이 맞소?"

괴한이 물었다. 윤이경은 다 포기했다는 듯 눈을 감은 채 고개를 끄덕였다. 얼마나 시간이 지났을까, 괴한의 단검이 목을 찌르고 들어오는 고통이 어느 정도일지 상상하던 그의 귀에 낯익은 음성이 들려왔다.

"오랜만입니다, 좌참찬 대감."

윤이경이 살며시 눈을 떴다. 앞에 서 있는 괴한은 그대로였고, 그의 뒤로 산 쪽에서 두 명의 남자가 내려오고 있었다. 그는 두 사람을 얼른 알아보고 눈이 커졌다. 승정원 동부승지 채제공과 의금부 동지사 연정흠이었다. 윤이경은 그제야 긴장이 풀리며 무릎이 후들거렸다.

채제공이 말했다.

"은밀히 대감을 만나기 위해 무례를 범한 점 용서해주십시오."

윤이경은 일이 어찌 돌아가는지 상황을 파악하지 못해 여전히 눈을 동그랗게 뜨고 있었다.

연정흠이 말했다.

"대감을 이곳으로 모신 이이는 과거 장붕익 대장 휘하에서 검계와 결탁한 관리들을 조사하던 종사관 이학송이외다."

이학송이 윤이경을 향해 허리를 숙여 보였다.

왕실의 신임이 두터운 채제공과 의금부 고위 관료인 연정흠이 영천까지 온 일이 예사롭지 않았다. 게다가 김판중이 쥐고 흔들던 그 명단에 자신의 이름을 올렸을 장붕익 대장의 옛 부하까지 대동하지 않았는가. 기어이 한때의 실수가 나를 더 큰 나락으로 떨어뜨리는 것인가.

"대감을 낙향시키고 도성의 집을 빼앗은 이가 좌의정입니까?"

채제공이 갑자스러운 질문에 윤이경의 눈이 다시 커졌다. 그는 채제공을 똑바로 쳐다보고 있다가 고개를 떨어뜨렸다.

연정흠이 말했다.

"대감, 나 역시 과거에 장붕익 대장을 비밀리에 도우며 종사관과 같은 일을 하였소이다. 장붕익 대장이 갑자기 돌아가시고 당시 형조의 금란방 관원들은 죽음을 맞거나 뿔뿔이 흩어졌지요. 하지만 그 유지가 이십 년의 세월을 건너 세자 저하께 전해졌습니다. 지금 우리는 세자 저하의 명에 따라 갖가지 부정을 저지르는 탐관의 뿌리를 뽑기 위해 움직이는 것이오. 그러니 우리의 물음에 솔직히 답해주시오. 김판중이었소?"

윤이경이 길게 탄식을 내뱉은 뒤 고개를 끄덕였다.

"오래전 내가 이조 정랑으로 있을 때 저지른 부정이 담긴 명단을 내밀더이다."

채제공이 물었다.

"그것을 어떻게 손에 넣었는지는 이야기하지 않았소이까?"

윤이경이 고개를 저으며 말했다.

"그때는 그런 것을 생각할 겨를이 없어서 묻지 않았소. 도성을 떠날 때에야 비로소 그 일이 궁금해졌으나, 알아볼 방도가 없었소."

"김판중 외에 그 자리에 동석한 자는 없었소?"

연정흠의 물음에 역시 윤이경은 고개를 저었다. 그러다가 생각나는 것이 있어 입을 열었다.

"기루 바깥을 두 명의 무사가 지키고 있었는데, 그들은 검계의 무사가 아니었소. 그렇다고 무관도 아니었소."

이학송이 말했다.

"대감, 그 명단은 장붕익 대장이 가지고 있던 것입니다. 장 대장의 댁에 자객들이 닥치고 장 대장께서 죽음을 맞은 뒤 사라졌습니다. 좌의정이 그 명단을 가지고 있다는 것은 어떤 식으로든 그가 장 대장의 죽음에 관여했다는 뜻입니다. 반드시 처단할 것입니다. 그러니 이후에라도 생각나는 것이 있으면 꼭 도움을 주십시오."

이학송의 눈이 이글거렸다. 윤이경이 그와 눈을 맞추며 고개를 끄덕였다.

무인년(戊寅年, 1758년) 겨울 묘적의 일원들에게는 두 가지 경사가 있었다. 하나는 동지사 연정흠이 의금부의 으뜸 벼슬인 종일품 판의금부사에 제수된 것이고, 하나는 승정원 동부승지 채제공이 도승지에 제수된 일이었다. 동부승지와 도승지는 같은 정삼품으로 품계에는 변화가 없으나 도승지가 승정원의 수장이라는 상징성이 있었다. 같은 날 경사를 맞은 두 사람은 어전 회의가 끝난 뒤 나란히 인정전에서 동궁으로 자리를 옮겼다. 동궁에 들어서자, 절영과 기륭이 눈짓을 했다.

동궁에서 세자와 연정흠, 채제공이 마주 앉았으나 세 사람은 관작이 오른 것에 대해서는 일절 이야기하지 않았다.

채제공이 말했다.

"전 좌참찬 윤이경, 전 형조 참의 조일현 등과 이야기를 나눈 결과, 소론의 대신들을 낙향시키고 매관을 하는 자가 좌의정 김판중이라는 점을 확인하였습니다. 조금 전에 거론한 두 사람으로부터 김판중을 대상으로 심문을 할 시에 증언하겠노라는 확답을 받았습니다."

세자 이선이 연정흠에게 말했다.

"판사, 증거가 충분한데 좌의정을 압송하는 것이 어떻겠소?"

연정흠이 대답했다.

"소신의 생각으로는 김판중을 압송할 경우 나머지 잔당들이 꼬리를 자를 위험이 있습니다. 겉으로 드러난 몸통을 처단해도 꼬리를 잡지 못하면, 결국 탐관의 부정은 되풀이될 것입니다. 이번 기회에 완전히 뿌리를 뽑기 위해서는 동시다발적으로 검거 작전을 수행해야 합니다."

세자가 말했다.

"경의 말이 옳소. 묘적의 동지들이 열과 성을 다해 노력하고 있다는 점도 알고 있소. 다만 서둘러주십시오. 내가 동궁을 지키고 있을 때라야 합니다. 그렇지 않으면 매듭을 지을 수 없을지도 모릅니다."

채제공이 말했다.

"저하, 왜 그런 말씀을 하시옵니까?"

연정흠도 덧붙였다.

"저하, 약해지시면 안 됩니다. 마음을 굳게 먹으시옵소서."

두 사람의 말에 세자는 답하지 않았다. 그저 쓸쓸한 미소를 지으며 고개를 끄덕일 뿐이었다.

동궁을 떠나기 전 채제공이 기륭에게 말했다.

"기륭아, 만약 동궁에 무슨 일이 생긴다면 즉시 나에게 알려다오."

우려는 곧 현실이 되었다. 그로부터 오래지 않아 임금이 불시에 동궁으로 들이닥쳤다. 노기를 띤 채 임금이 내관과 무관을 대동하고 동궁으로 다가오는 것을 보고 기륭은 재빨리 자리를 떠 궐내각사 쪽으로 내달렸다. 채제공에게 알리기 위해서였다.

동궁 마당에 들어선 임금이 소리쳤다.

"세자는 이리 나오라!"

동궁의 문이 벌컥 열리고, 세자가 버선발로 뛰쳐나와 임금 앞에 무릎을 꿇었다.

"이틀 전 네가 동궁으로 기생을 들여 술판을 벌인 것이 사실이냐?"

금시초문이었다. 또 어떤 작자가 그런 괴이한 소문을 퍼뜨렸는가. 밤낮으로 세자와 붙어 다니는 절영은 억울한 마음에 그런 일이 없었노라고 소리치고 싶었다. 제 한 목숨을 버려서라도 항변하고 싶었다. 하지만 그랬다가는 일을 더욱 악화시킬 뿐이었다. 절영은 임금 앞이었지만, 불편한 마음을 감추지 못하고 표정을 일그러뜨렸다.

세자가 꿇어 엎드린 채로 말했다.

"아바마마, 그런 일은 없었습니다. 국법과 어명이 지엄한데, 소자가 어찌 그런 일을 벌이겠습니까?"

임금이 소리쳤다.

"너는 금주령이 부당하다고 말하고 다니는 것도 모자라 백관 앞에서 이 아비를 망신 주었다. 그러하니, 금주령을 어기지 않았다는 너의 말을 믿을 수가 없다!"

아, 끊임없이 되풀이되고 있었다. 현왕이 왕세제이던 시절 불안한 입지 속에서 차곡차곡 쌓아온 자격지심이 왕과 세자 사이의 영원한 숙제로 남아 있었다. 왕의 심리를 잘 아는 노론 대신들은 집요하게 그 부분을 파고들어 역린을 건드렸다. 잘난 세자가 부왕을 업신여긴다, 세자가 왕위에 오르면 현왕이 만든 정책을 모두 뒤엎어버릴 것이다, 자신을 곱게 여기지 않는 부왕의 치적을 깎아내릴 것이다, 하여 현왕은 조선 왕조 역사의 오점으로 기록될 것이다…….

왕은 그 점을 가장 두려워했다. 천한 궁녀를 어미로 둔 탓에 왕실의 어른들은 그를 왕자로 여기지 않았고, 궁인들도 덩달아 업신여겼다. 부왕인 숙종의 마음은 오로지 배 다른 아우인 연령군에게만 향했다. 넓디넓은 궁궐 안에서 그는 항상 혼자였다. 하지만 그 모든 어려움을 이겨내고 왕위에 올랐다. 그런데 지엄한 왕의 존재가 못난 세자에 의해 흔들리고 있었다. 아들에게 더욱 관대했다면, 세자를 키운 저승전의 궁인들을 죽음으로 내몰지 않았다면, 이런 상황까지는 닥치지 않았을 것이다. 하지만 되돌릴 수 없었다. 왕은 흠결이 없는 존재여야 했다. 그런데 세자의 눈은 계속해서 왕의 내면에 꽁꽁 숨겨놓은 흠결들을 집요하게 건드렸다. 왕이라는 가면 뒤에 감추어둔, 훼손된 인간과 아버지의 모습을 자꾸만 들추어냈다.

"아바마마, 통촉하여주시옵소서! 모함이옵니다. 소자는 결코 그런 일을 하지 않았나이다!"

세자가 자신을 두고 누군가의 모함에나 놀아나는 어리석은 인간이라고 말하고 있었다. 왕은 격노하여 소리쳤다.

"세자 이선의 왕세자 지위를 박탈한다! 폐세자하여 평민으로 강등한다!"

그때 멀리서 한 사내의 처절한 울부짖음이 들려왔다.

"전하, 아니 되옵니다! 아니 되옵니다!"

채제공이었다. 승정원 궐내각사에 머물다 기륭의 전갈을 받고 부리나케 달려와 동궁에 이른 것이었다. 그는 동궁 마당에 들어서자마자 세자 옆에 엎드렸다.

"전하, 명을 거두어주시옵소서. 전하, 통촉하여주시옵소서."

하지만 왕은 노기를 거두지 않았다. 그 잔인한 선언을 남기고 그대로 돌아서려 했다. 그때 채제공이 왕의 용포(龍袍)를 붙잡았다. 불충(不忠) 중에서도 그런 불충이 없었다. 왕을 시위(侍衛)하던 중금과 겸사복 무관들이 칼을 뽑았다. 하지만 채제공은 끝내 용포를 놓지 않았다.

"전하……."

그제야 왕은 정신이 번쩍 들었다. 지금 세자를 폐위하면 누가 이기는 것인가. 내가 이기는 것인가, 노론 대신들이 이기는 것인가. 지는 쪽은 누구인가? 대를 이을 유일한 핏줄인 세손은 아직 어렸다.

눈빛이 흐려진 왕이 나직하게 말했다.

"다시 한 번 더 동궁에서 이상한 소리가 들려온다면 그때는 반드시 죄를 물을 것이다!"

그제야 채제공은 손에 힘을 풀었다. 무관들도 검을 거두었다. 왕이 빠른 걸음으로 동궁을 빠져나갔다. 절영은 칼자루에 대었던 오른손을 풀었다. 거리를 두고 그 모든 광경을 지켜보던 기륭도 칼자루를 쥔 손에서 힘을 풀었다. 폭풍이 지나간 자리에서 세자 이선은 어깨를 들썩이며 흐느끼고 있었다.

35

산곡주

1759년 여름

홍화정 별채에 이철경과 청지기, 연수가 마주 앉았다. 이철경이 장부를 들여다본 뒤 말했다.

"고생이 많았네. 고령주의 판매도 안정적이고, 도성 세 군데의 색주가도 장사가 괜찮더구먼."

연수가 이철경의 말을 받았다.

"운심의 공이 큽니다. 아주 총명한 아이입니다."

이철경이 고개를 끄덕였다. 연수의 말이 이어졌다.

"운심이 홍화정에 온 지 벌써 반년이 되었습니다. 한번 보시지 않으시렵니까? 운심은 회주님을 뵙기를 원하고 있습니다."

이철경이 고개를 저었다.

"보아서 무엇 하는가? 그만 나가보고, 계형을 들라 하게."

청지기와 연수가 나가고, 계형이 방에 들어왔다.

"부르셨습니까?"

이철경이 잠시 생각에 잠겨 있다가 말했다.

"조선 땅에 청나라 무사들이 들어와 있는 걸 본 적 있느냐?"

계형이 대답했다.

"직접 부딪친 적은 없으나, 청과 해상으로 교역하는 제물포와 육로로 교역하는 의주 등에 수시로 출몰한다고 들었습니다. 특히 북쪽 지역에서는 우리 백성을 상대로 갖가지 횡포를 일삼는데도 관군들이 함부로 건드리지 못한다고 합니다."

"그놈들이 도성에 들어왔을 가능성은?"

"아무리 관리들이 썩었다고 하지만, 설마 그놈들이 한양 성내를 버젓이 돌아다니는 걸 그냥 두겠습니까?"

생각에 잠겨 있던 이철경이 천천히 입을 열었다.

"계형……."

"예, 회주."

"개성에 좀 다녀오게."

"차길현 말입니까?"

이철경이 고개를 끄덕였다.

"알겠습니다, 회주."

계형이 고개를 숙여 보이고 방을 나섰다.

기루는 오늘도 흥청망청이었다. 객이 많으면 홍화정으로서는 좋은 일이지만, 하루 술값으로 수백 냥을 쓰는 저들은 도대체 어디에서 재물을 얻는 것인지 연수는 궁금했다. 도성에서 조금만 벗어나면, 어른 아이 할 것 없이 제대로 먹지 못한 채 중노동에 시달리느라 파리하고 창백한 이들이 수두룩했다. 땅은 죄다 가진 자의 것이었고, 거기에서 나오는 소출도 가진 자의 것이었으며, 땅을 일구는 이들의 목숨 역시 가진 자의 것이었다. 난리가 일어나지 않는 것이 이상할 지경이었다. 백성이 편안해야 노동이 안정적으로 공급되고 생산 역시 차질 없이 이루어질 텐데, 가진 자들이 죄다 독식하는 이 나라가 과연 언제까지 이어질지 걱정이었다.

연수는 몰락한 향반(鄕班) 집의 외동딸로 태어났다. 그래도 부친이 공자 왈 맹자 왈만 읊어대는 백면서생은 아니어서 남의 집 품팔이라도 하며 자식을 먹여 살렸다. 하지만 아무리 노력해도 살림이 나아질 기미는 보이지 않았다. 정말로 하루 벌어 하루 먹고사는 삶이었다. 앞으로 더 나아질 것이라는 아무런 희망이 없었고, 미래도 보이지 않았다. 굶지 않는 것이 유일한 삶의 목적이었다.

연수는 열네 살 때 아버지가 일하는 주인집 도령 패거리에게 겁탈을 당했다. 딸이 당한 사실을 안 아버지는 낫을 들고 찾아갔다가 오히려 죽음을 맞았다. 어머니는 그날 이후 얻은 화병으로 오래지 않아 세상을 떠났다. 먹고살기 위해서 중인 남자의 첩이 되었다. 하지만 아이를 낳지 못한다고 쫓겨났다. 그때 연수가 택할 수 있는 길은 기생이 되는 것뿐이었다. 다 지나간 일이었다.

홍화정에서 먹고 자는 기생들이 기거하는 '안채'라고 부르는 건물로 다가갔다. 옥당 기생 매홍이 대청에 앉은 채 어둠에 넋을 놓고 있었다. 누가 다가온 것도 몰랐던지 연수가 건들자 화들짝 놀랐다. 그러고는 자세를 고쳐 앉았다. 오늘도 매홍은 화장이 진했다. 매홍은 서른을 넘긴 연수의 멀지 않은 미래였다.

옥당 기생이라 까탈스럽고 잘난 체할 줄 알았지만, 매홍은 의외로 소탈했다. 특히나 운심을 아끼는 마음이 깊었다. 운심이 홍화정에 올 때 같이 와서는 하루 종일 하릴없이 일이 끝나기를 기다렸다가 늦은 밤이나 새벽에 같이 길을 나섰다. 같이 붙어 다니는 남정네는 기둥서방이라기보다는 오라비 같았다. 두 사람의 생김새만 얼추 맞았으면 그렇게 생각했을 것이다. 후견인 노릇을 하는 매홍이나 기둥서방이나 둘 다 운심을 무척 아꼈다. 연수는 운심이 복이 많은 아이라고 생각했다.

연수가 곁에 앉자 매홍이 말했다.

"운심이 덕분에 네가 좀 한가한 모양이구나."

연수가 대답했다.

"나도 이제 퇴기가 아니겠습니까? 곧 홍화정을 떠나야지요."

그러고 나서 두 사람은 한동안 말이 없었다. 연수도 매홍처럼 어둠에 넋을 놓고 있다가 물었다.

"옥당 기생 시절은 어땠습니까? 궁은 어떤 곳입니까?"

매홍이 고쳐 앉으며 대답했다.

"궁녀와 나이들이 내 몸단장을 하는데, 나는 손가락 하나 까닥하시 않았어. 가채가 너무 무거워서 목과 허리가 아프기는 했지만, 자수를 새긴 비단 옷이 어찌나 황홀하던지 선녀의 날개가 있다면 그럴 것이야. 음식은 또 어떻고? 여염에서는 구경도 못한 산해진미가 가득했지. 임금의 말에 따르면, 궁녀와 나인들이 저희들 먹으려고 그렇게 가득 차렸다고 하더군. 남은 음식은 모두 그년들 차지였거든."

"호강하시었소. 주상과의 잠자리는 어땠소?"

"임금이라고 불알이 세 쪽이겠는가, 귀두에 금을 씌웠겠는가. 그냥 남정네야."

매홍은 임금이 연로하여 결국 동침하지는 못했노라는 이야기는 차마 하지 못했다. 그로부터 일주일 뒤 임금이 승하하고 옥당 기생 매홍의 비밀은 영원히 묻혔다.

객들이 모두 떠나고 평복으로 갈아입은 숙영과 매홍, 이규상이 홍화정을 나섰다. 이규상은 새벽 공기를 들이쉬며 늘어지게 하품을 했다. 홍화정에서 멀어지자, 내내 몸을 감추고 있던 이학송이 모습을 드러내고 저만치 앞서 걸었다.

매홍은 숙영이 평범한 처자가 아니라는 사실을 진즉부터 알고 있었다. 승정원 승지가 기생을 키울 이유가 무엇이겠는가. 하지만 매홍은 묻지 않았다. 사람들이 숙영과의 관계를 물으면, 업어 키운 제자라고 둘러댔다. 다만 아쉬운 일은 어떤 역할을 맡고 있는 숙영이 그 역할을 다하고 나면 자신을 떠날 것이라는 점이었다.

"옥당 마님은 고단하지 않으시오?"

이규상이 물었다. 매홍이 대답했다.

"하루 종일 아무것도 안 하고 있어 보시오. 그게 얼마나 피곤한지."

숙영이 말했다.

"그러니 스승님, 그냥 집에 계셔도 될 것을……."

매홍이 숙영의 말을 끊었다.

"되었다. 내가 좋아서 하는 일이니까, 너는 상관 말아라."

숭례문에 이르렀다. 성문을 지키는 포졸들이 숙영 일행을 알아보고는 모른 체했다. 고관들을 상대하느라 귀가가 늦을 수밖에 없는 몇몇 기생들에 대해서는 인경이 지난 때라도 순라군과 성문의 병졸들이 눈을 감아주었다.

"자, 나는 그만 가보겠소."

텅 빈 거리를 걷다가 돈의문에 이르러 이규상이 발길을 돌렸다.

"그럼 편히들 주무시오."

채제공의 집 행랑에서 머무는 이규상은 정동으로 방향을 잡고, 숙영과 매홍은 돈의문을 지났다. 돈의문에서 벗어나자, 이학송이 붙었다.

"오늘 기륭은 숙위를 자청하여 오지 못했다."

원래 그날 숙영의 호위를 맡은 이는 기륭이었다. 이학송은 숙영이 내심 실망했을까 봐 그렇게 건넸지만, 숙영은 아무런 말이 없었다. 그 침묵이 숙영의 서운한 마음을 대변하는 것 같았다.

모화관 앞에서 매홍은 집으로 향하고, 이학송과 숙영은 인왕산 쪽으로 향했다. 산을 오르는 초입에서 기륭이 그들을 기다리고 있었다. 기륭을 발견한 숙영은 새치름한 표정으로 그를 흘겨보고는 앞질러 가버렸다.

"숙위를 한다 하지 않았느냐?"

이학송의 물음에 기륭이 대답했다.

"세자 저하께서 숙영을 혼자 두지 말라고 억지로 밀어내셨습니다."

이학송이 떠나고 기륭도 집으로 향했다. 집에 도착했을 때 숙영의 방에 등잔불이 켜져 있고, 숙영의 그림자가 창호에 비쳤다. 기륭이 툇마루에 앉았다. 그는 새벽하늘을 올려다보며 말했다.

"요즘 세자 저하의 안위가 걱정되어서 말이야."

숙영은 말이 없었다. 기륭도 더 이상 할 말이 없었다. 숙영이 별 상관도 않을 일을 주저리주저리 늘어놓는 자신이 우스웠다.

"잘 자."

기륭이 자기 방으로 들어갔다. 제법 시간이 지났건만 등잔불에 비친 숙영의 그림자는 꼼짝하지 않았다.

◇ ◈ ◇

의관을 갖춘 연정흠이 마당으로 나서자, 춘삼을 비롯한 집안 식솔들이 그를 기다리고 있었다. 연정흠은 그들을 일별하고 마당을 가로지르려다가 몸을 돌려 춘삼에게 물었다.

"바우에게선 아직도 아무 소식이 없는가?"

춘삼이 침울한 표정으로 고개를 주억거렸다. 춘삼의 나이 일흔을 넘긴 지 한참이었다. 마흔 중반에 얻은 늦둥이 외동이어서 그렇게 아꼈건만 열여섯 무렵에 집을 떠난 바우는 벌써 십오 년째 감감무소식이었다. 연정흠은 바우가 집을 떠난 것이 자기 탓인 것만 같아 춘삼을 볼 때마다 마음이 불편했다. 아들 지운과 함께 바우에게 무예와 글을 가르치지 않았다면, 바우가 그렇게 딴 생각을 품지는 않았을 것이라는 생각이 들었다. 연정흠은 허리가 굽은 춘삼을 안타까운 눈길로 바라보다가 몸을 돌렸다.

판의금부사가 된 뒤로 연정흠의 신상에 많은 변화가 있었다. 우선 등청과 퇴청이 자유롭지 못했다. 집과 의금부 관청을 오갈 때면 항상 도사와 나장이 한 사람씩 따라붙었다. 아침마다 가마와 말을 집 앞에 대령하던 것은 물리쳤으나, 관원이 동행하는 것까지 막을 수는 없었다.

하지만 그렇게 관원들과 동행하는 일이 그리 나쁘지 않았다. 관청 안에서 상관과 부하로서 공적인 일로 사무를 보면서는 나눌 수 없는 이야기를 할 수 있었고, 여염에서 일어나는 갖가지 일도 그들의 입을 통해 들을 수 있었다. 최근 들어 청에서 들여온 홍주와 백주, 황주 등이 관리들 사이에서 돌고 있다는 소식도 그들을 통해 들은 것이었다.

"얼마 전 들어온 첩보가 있어 지방 관아에 갔사온데, 그곳의 향리가 잘 봐달라며 뇌물 조로 청주를 내밀었습니다. 의금부 관원에게 대놓고 그리 나오는 걸 보면, 그런 일이 비일비재한 모양입니다. 도성 부근의 술집과 색주가를 정리하지 못한 상황에서 그 향리를 벌하는 것이 형평에 어긋나는 듯하여 술을 빼앗는 것으로 일단은 마무리했습니다."

그 말을 들은 며칠 뒤 이학송의 집에 모였을 때 연정흠이 의금부도사가 압수한 술을 내밀었다.

"청에서 들어온 술이 시중에 돌고 있다 하오. 이미 청의 술이 관리와 양반들 사이에 유행한 지 오래되었으나, 나나 도승지가 그쪽으로 밝지 못해 까맣게 모르고 있었소."

이학송이 물었다.

"검계가 밀주를 만들고 유통하다 못해 이제는 청에서 밀수까지 하는 것입니까?"

숙영이 이학송의 말을 받았다.

"그렇지 않습니다. 그랬다면 홍화정의 술상에 중국 술이 올랐겠지요. 하지만 거기에서 중국 술을 본 적이 없습니다."

이규상이 생각에 잠겨 있다가 혼잣말을 하듯 이름 하나를 입에 올렸다.

"송상 차길현."

이규상의 그 말에 모두들 고개를 끄덕였다.

이틀 뒤 이학송과 이규상은 개성에 도착했다. 두 사람은 장시의 주막에서 밥을 먹으며 개성에서 가장 큰 색주가가 어디인지 알아보았다. 그리고 그날 저녁 그곳으로 향했다.

개성은 고려의 오랜 수도였던 만큼 한양과는 분위기가 사뭇 달랐다. 특히 양반으로 보이는 이들의 옷차림이 그랬다. 한양의 양반들은 멋을 부린다 해도 도포를 연한 하늘색이나 연분홍색으로 살짝 물들이는 것이 고작인데, 개성의 양반들이 입는 옷은 색깔이 진할 뿐 아니라 자수를 새겨 알록달록하게 꾸민 화려한 옷을 입고 다녔다.

색주가의 건물 모양 역시 도성과는 완전 딴판이었다. 도성에서는 본 적도 없는 이 층 건물이었다. 안으로 들어서니 넓은 실내에 탁자가 조밀하게 놓여 있고 그대로 천장까지 뚫려 있었다. 출입구를 제외한 삼 면은

이 층으로 올렸는데, 이 층은 모두 방으로 꾸며져 있었다. 대체로 일 층의 탁자에서는 옷차림이 수수한 이들이 가벼운 음식에 술을 곁들였다. 이 층의 난간에서 아래를 내려다보며 기생들과 노닥거리는 이들은 입성으로 보아 지체가 높거나 재물이 많은 부류 같았다.

"중국식입니다."

이규상의 말에 이학송이 고개를 갸웃거렸다.

"고려가 원래 중국풍이 강했는가?"

"그렇지 않습니다. 몽골과 원의 영향을 받기는 했지만, 이리 노골적으로 베끼지는 않았습니다."

"그럼 최근 들어 개성이 청의 영향을 많이 받았다는 거로군."

"이곳 주인인 차길현의 취향인지도 모르지요."

두 사람이 구석의 탁자에 자리를 잡자 주점의 일꾼이 다가왔다.

"무엇으로 내올까요?"

"어떤 것이 있나?"

"탕으로는 고기 육수에 볶은 나물과 야채, 고기와 면을 넣은 육탕(肉湯)이 좋고, 해물과 야채를 매운 양념과 볶은 요리도 좋습니다."

"그럼 그것들로 내오게."

"술은 무엇으로 드시겠습니까?"

이규상이 맞은편 탁자를 가리키며 말했다.

"저기 저 사람들이 마시는 것으로 주게."

잠시 뒤 점원이 술과 음식을 내왔는데, 식기와 술잔까지도 죄다 중국일색이었다. 이학송이 혀를 끌끌 찼다.

"쯧쯧, 중국 말만 들린다면 중국이라고 우겨도 될 정도군."

실내를 둘러보던 이학송이 예사롭지 않아 보이는 무리를 발견하고 유심히 살폈다. 술병이 탁자에 놓여 있기는 하지만 그들은 아무런 대화도 없이 묵묵히 음식만 먹고 있었다.

"형님, 왜 그러십니까?"

이학송이 여전히 그 무리에게서 눈을 떼지 않고 말했다.

"무관이 아니고 상단의 무사도 아니라면, 검계이겠지?"

이규상이 이학송의 눈길을 따라갔다. 마침 두 사람 쪽으로 시선을 던진 이와 눈이 마주쳤다.

"사형, 어떤 자들이 이쪽을 주시합니다."

바우의 말에 계형이 물었다.

"관리인가?"

"그렇게 보이지는 않습니다."

"상단의 무사인가?"

"그렇지도 않습니다."

이학송과 이규상에게 등을 보이고 있던 계형이 뒤를 돌아보았다. 계형과 이학송의 눈길이 마주쳤다. 두 사람은 기를 통해 상대를 가늠해보는 듯 상대에게서 눈길을 거두지 않았다. 이윽고 계형이 몸을 돌렸다.

이학송이 말했다.

"차길현을 염탐하는 자가 우리만 있는 것이 아니구나."

이학송은 앞에 놓인 술잔에 술을 따르고는 이규상을 향해 씩 웃어 보였다.

◇ ◆ ◇

숙영이 기루의 방으로 들어서서 술상 곁의 주객들에게 절을 올렸다.

"운심이옵니다. 모시게 되어 영광입니다."

상석(上席)에 앉은 이가 말했다.

"드디어 나에게 차례가 온 것인가? 내 너를 보러 세 번이나 왔다가 허탕을 쳤다. 나를 기다리게 하였으니 몇 갑절로 갚으라."

숙영이 살짝 미소를 지어 보였다.

"알아서 모시겠습니다."

"오냐, 오냐."

말석의 사내가 말했다.

"네가 모시는 분이 누구인 줄 아느냐? 정삼품 예조 참의 대감이시다."

공치사를 입은 참의가 손을 내저으며 말했다.

"자네가 상경한 지 오래지 않아 사정에 어두운가 보군. 이곳 홍화정에서 참의는 내세울 만한 관작이 아니네."

그 말에 운심은 말석의 사내에게 눈길을 던지며 말했다.

"지방에서 중앙으로 옮기셨습니까? 영전을 경하드립니다."

상석의 참의가 숙영의 말을 받았다.

"전라도에서 현감을 지내다가 지난달에 예조 좌랑에 제수되었네. 당분간 도성 관가의 고관들을 대접하느라 홍화정 출입이 잦을 것이니, 운심이 네가 잘 챙겨주어라."

숙영이 좌랑에게 말했다.

"도성의 관아에서 관직을 얻으려면 도성의 생활도 감당해야 할 터인데, 좌랑 나리의 가세(家勢)가 크고 넓은가 봅니다."

좌랑이 대답했다.

"네 말이 옳다. 중앙의 관리는 실력만으로 되는 것이 아니다. 재물 없이는 인맥을 만들 수 없고, 인맥이 없으면 자리도 없다. 뿐만 아니라 도성에서 살림을 꾸리려면 그 또한 만만치 않다. 결국 재물이 없으면 중앙의 관리로 제수된다 한들 자리를 유지하기 힘들지."

숙영은 보지 않아도 알 수 있었다. 좌랑이 말한 '재물'이라는 것이 어찌 그의 것이겠는가. 지방의 수령을 지내며 민초들의 고혈을 빨아 만든 것일 터였다. 중앙의 관리로 변신하면서 그가 재물이 나올 전임지의 화수분을 정리했겠는가. 그는 그것을 그대로 움켜쥔 채 상경했을 것이다. 그리고 신임 현감은 전임자가 선점한 부분을 피해 다른 방법으로 백성들에게서 뜯어내려 할 것이다. 숙영은 지금 이 기루의 술상에 오른 갖가지 음식과 술이 이름 모를 수많은 민초들의 목숨과 맞바꾼 것이라는 데 생각이 이르자, 구역질이 나오려 했다.

좌랑이 참의에게 말했다.

"대감, 그나저나 좌상 대감은 언제쯤 뵐 수 있습니까?"

참의가 인상을 찌푸렸다.

"어허, 왜 이리 보채는가? 기다리라 하지 않았는가? 당상에 오르는 나도 멀찌감치 떨어져 뵙는 것이나마 감지덕지인데……."

좌상이라면, 묘적이 매관매직의 핵심으로 지목한 김판중이었다. 숙영은 홍화정에서 관리들을 상대하는 동안 김판중의 비리를 증명하는 이

320

야기를 하도 많이 들어서 전혀 새롭지 않았다. 하지만 이어진 두 사람의 대화는 새로운 사실을 알려주었다.

예조 참의가 말했다.

"욕심이 과하면 반드시 취한 만큼 되돌려 받는 법이네. 자네, 좌랑 딱지를 단 것이 언제인데 벌써부터 좌상에게 주청을 넣으려 하는가?"

좌랑이 한숨을 푹 내쉬고 하소연했다.

"그게 아니옵고, 며칠 전 사헌부 장령이라는 자가 집으로 찾아왔습니다. 필시 무슨 내막을 알고 온 듯한데 본론은 꺼내지 않고 흰소리나 하면서 빙빙 돌리는 것이 뭐라도 좀 내놓으라는 수작이 아니겠습니까. 도성에 집을 구하면서 좌상 대감께 융통한 돈의 이자를 갚고 계절마다 갖다 바치는 것만으로도 허리가 휠 지경인데, 사헌부까지 손을 내밀면 제가 어찌 감당하겠습니까?"

참의가 버럭 소리를 질렀다.

"어허, 술맛 떨어지게!"

그리고 나서 참의가 숙영의 눈치를 살폈다. 숙영은 아무것도 듣지 못했다는 듯 태연한 표정으로 참의의 잔에 술을 따랐다.

참의의 시선이 다시 좌랑에게로 향했다.

"그런 일까지 우리가 일일이 챙겨줘야 하는가? 그 정도도 감당 못할 것 같으면 그냥 시골구석에 처박혀 있을 것이지 무엇 하러 중앙에 벼슬을 얻겠다고 기를 썼는가?"

참의와 좌랑의 대화는 좌랑이 무릎을 꿇고 사죄하는 것으로 마무리되었다.

다음 날 숙영이 연수에게 물었다.

"사헌부 관리들은 흥화정에 오지 않습니까?"

연수가 대답했다.

"왜 안 오겠느냐? 다만 얼마 전 주인과 사헌부 관리들 사이에 불편한 일이 생겨 뜸한 것뿐이다. 그런데 왜 그러느냐?"

"사헌부를 삼법사 가운데 으뜸이라 하더이다. 그곳의 관리들은 어떤 사람들인가 궁금하여 여쭈었습니다."

연수가 생각에 잠겼다가 말했다.

"사헌부를 상징하는 말이 있다. 풍문거핵(風聞擧劾), 불문언근(不問言根). 풍문거핵이란 소문으로 들은 것만으로도 고위 관료를 탄핵할 수 있음이요, 불문언근은 자신이 주장하는 것의 근거를 대지 않아도 무방하다는 뜻이다. '누가 그러던데'라든가 '어디서 들었소만'만으로도 관리에게 죄를 씌울 수 있으면서 그 근거를 대지 않아도 되니, 무소불위의 권력이라 할 수 있지 않겠느냐. 하지만 운심 너는 사헌부 관리가 어떤 자들인지 굳이 알려고 하지 마라."

"어찌 그렇습니까?"

"아주 독한 자들이다. 얼마 전 주인께서 흥화정의 별채에서 주무시던 중 누군가에게 납치되어 크게 다친 일이 있다. 주인께서는 밝히지 않았으나, 나중에 술자리에서 알게 되었다. 사헌부 관리들의 소행이었다. 사람들은 검계가 악독하다 하나, 그들보다 더욱 악독한 자들이 관리다. 그리고 관리들 중에서도 가장 악독하고 사악한 자들이 바로 사헌부 관리다."

그렇게 말하고 연수가 멀어져갔다. 숙영은 연수의 말을 곱씹으며 생각에 잠겼다.

◇ ◈ ◇

이학송이 차길현의 상단이 머무르는 건물의 담에 올랐다. 그가 담 밑에 있는 이규상에게 말했다.

"나 혼자서 충분하니, 너는 그만 객주로 돌아가라."

이규상이 말했다.

"아닙니다, 형님. 여기서라도 기다리겠습니다."

"그러다 상단 무사들에게 걸리기라도 하면 일이 더 어려워진다. 그러니 돌아가 있어라. 객주에서 보자."

그렇게 말하고 이학송이 담 건너편으로 뛰어내렸다. 이규상은 이학송이 사라진 담 위를 바라보고 있다가 누군가 다가오는 소리에 바짝 엎드렸다. 둘씩 짝을 지어 건물을 경계하는 무사들이었다. 이학송의 말이 옳았다. 이런 일에 이규상 자신은 걸림돌이 될 뿐이었다. 그는 상단 무사들이 가까워지기 전에 슬금슬금 바닥을 기어 달아났다.

차길현의 집이자 상단의 식솔과 무사들이 기거하는 건물은 도성의 궁을 방불케 했다. 전국에서 올라온 상품과 청에서 들여온 물건들을 보관하기 위함이라고는 하지만, 사인의 집이 이처럼 어마어마한 위용을 갖춘다는 것은 왕의 권위에 도전하는 행위였다. 하지만 아무도 그를 건드리지 않았다. 이학송이 담을 넘은 건물의 규모는 그만큼 차길현의 뒷배가 되어주는 세력의 힘이 강하다는 사실을 말해주었다.

이학송은 몸을 숨긴 채 건물 곳곳을 돌아다녔다. 병영의 훈련장이라고 해도 될 만큼 커다란 공터는 분명 상단의 무사들이 군사 훈련을 하는 곳일 터였다. 무사들이 드나드는 커다란 건물이 여섯 채나 되었는데, 건물의 크기로 짐작해보건내 상단 무사의 숫자가 족히 이백 명은 될 것 같았다. 나라에서는 사병 조직으로 변질되는 것을 막기 위해 상단 무사의 숫자를 이십 명으로 제한하고 있었지만, 개성에서는 국법이 통하지 않았다.

이학송이 창고로 보이는 건물의 지붕에 올라가 전체적인 규모를 가늠하고 있을 때였다. 그의 귀에 알아듣기 힘든 빠르고 새된 목소리가 들려왔다. 중국어였다. 이학송이 고개를 빼고 살펴보니, 차길현 상단의 무사들과는 다른 복장을 한 무사 몇이 저희끼리 모깃불 근처에서 크게 떠들고 있는 것이 보였다. 청의 무사들이었다.

'청의 술을 밀수하는 것도 모자라 청의 무사들까지 몰래 들여왔구나.'

차길현이 군대를 양성하는 중이라는 의심을 지울 수 없었다. 수적으로는 수도를 방위하는 5군영에 미치지 못하지만, 무사 개개인의 성취와 능력만 놓고 본다면 능히 5군영 중 하나와 겨룰 만하다는 계산이 섰다.

이학송은 돌아가기 위해 담 쪽으로 달려갔다. 그러던 중 인기척을 느끼고 바닥에 납작 엎드려 주위를 살폈다. 누군가 숨어서 자신을 주시하고 있는 것이 느껴졌다. 만약 상단의 무사라면 호각을 불어 침입자가 있음을 알렸을 것이다. 짐작이 갔다. 며칠 전 색주가에서 보았던 검계의 무사일 터였다.

'이철경의 검계와 차길현의 개성 상단이 서로를 적대시하는가? 그렇다면 볼 만하겠군.'

이학송은 자신과 같은 목적으로 담을 넘었을 누군가가 숨어 있을 만한 곳을 살폈다. 그리고 천천히 몸을 일으켰다. 상대편도 굳이 숨지 않겠다는 듯 나무 위에서 뛰어내렸다. 어두워서 얼굴을 확인할 수는 없으나, 두 사람은 서로를 똑바로 쳐다보았다. 그러다가 경비를 서는 상단 무사들이 다가오자 누가 먼저랄 것도 없이 어둠 속으로 사라졌다.

사헌부 집의 김칠규가 장령 한두수를 거느리고 홍화정에 이르렀다. 두 사람은 술버릇이 지독하고 야비하여 홍화정의 식솔과 기생으로부터 환영받지 못했으나, 사헌부 관리이기에 대접에 소홀할 수 없었다.

집의 김칠규가 기루의 방에 자리 잡고는 대뜸 연수에게 말했다.

"운심이라는 아이에 대한 소문이 자자하더군. 그런데 왜 나에게는 보이지 않는가? 데려오라!"

연수가 말했다.

"운심은 유부기이자 일패 기생으로 집의 나리에게 어울리지 않습니다."

그 말에 김칠규가 벌컥 화를 냈다.

"내가 네년들에게 패악질이라도 했다는 것이냐?"

연수 곁에 선 청지기가 얼른 대답했다.

"그럴 리가 있겠습니까요? 운심을 금방 불러오겠습니다."

그러고 나서 청지기가 연수에게 눈짓을 했다. 연수는 하는 수 없이 고개를 끄덕였다.

사헌부 집의와 장령이 있는 기루의 방에 들여보내기 전 연수가 숙영에게 말했다.

"전에 내가 말한 것을 기억하느냐? 관리들 중에 가장 사악한 자들이 사헌부 관리라고."

"명심하겠습니다."

"나도 같이 있을 것이다. 그래도 몸가짐을 단단히 해라."

하지만 김칠규와 한두수는 숙영이 그리 나긋나긋한 편이 아니어서인지 금세 흥미를 잃어버렸다. 이미 취기가 오른 그들은 애꿎은 술맛 타령을 했다.

"이 고령주라는 것도 값만 비쌀 뿐 맛이 덜하다."

그러고는 연수에게 말했다.

"가서 회주를 불러오라. 일전에 내가 서운하게 한 것도 있고 하니, 술이라도 몇 잔 나누자 한다고 전하라."

연수는 내키지 않았다. 그가 또 이철경에게 어떤 해코지를 할까 걱정이었다. 연수가 머뭇거리자 당장 지청구가 날아들었다.

"연수 네년은 어찌 내가 하는 말은 귓등으로도 듣지 않는가. 당장 회주를 불러라!"

연수 대신 바깥에서 청지기가 대신 대답했다.

"예, 나리. 당장 불러오겠습니다요."

숙영은 긴장했다. 비로소 원수의 낯을 볼 날이 온 것이다. 그동안 기생을 가장하여 갖은 남성의 비위를 맞추어준 일이 드디어 일말의 보상을 받게 되었다. 숙영은 품에 숨겨둔 단검의 위치를 한 번 더 확인했다.

오래지 않아 이철경이 방으로 들어섰다. 포악하고 험상궂은 악인의 상판대기를 기대했던 숙영은 막상 이철경을 눈앞에 마주하자 맥이 빠졌다. 조선의 경기 이남을 장악한 범죄 조직의 우두머리라고 하기에는 너무나도 왜소하고 문약해 보였다. 일 대 일로 맞붙는다 해도 능히 처단할 자신이 있었다. 오래토록 기다려온 순간이 왔음에도 숙영은 그 달콤한 긴장을 즐길 수 없었다. 하지만 숙영은 이내 마음을 고쳐먹었다. 문약해 보이는 얼굴 이면에 숨겨진 이철경의 사악한 내면을 떠올렸다. 그녀는 상석에 앉은 집의 김칠규에게 시선을 고정한 이철경의 얼굴을 곁눈으로 훔쳐보며 다시금 품 안의 단도를 살폈다.

이철경이 사헌부 집의와 장령에게 허리를 숙여 보였다.

"집의 나리, 부르셨습니까?"

집의가 괜한 너스레를 떨었다.

"오, 회주 오셨는가? 내 긴히 회주에게 전할 좋은 생각이 떠올라 부른 것이네."

"말씀하십시오."

"주상께서 금주령을 내린 뒤로 좋은 술이 죄다 자취를 감추었네. 그나마 홍화정에는 고령주라도 있기는 하나, 요즘 시중에 청에서 들어온 술이 퍼져서 고령주도 이제는 시시해졌네. 하여 제안하는 것일세. 홍화정에서 청의 홍주와 백주, 황주를 판다면, 홍화정에도 도움이 되고, 도성의 술꾼들도 좋아하지 않겠는가?"

이철경이 대답했다.

"소인과 홍화정을 생각하는 집의 나리의 말씀은 감사합니다만, 저는 저희 집에서 중국의 술을 돌릴 생각이 없습니다. 홍화정뿐 아니라, 칠선 객이 운영하는 어떠한 주점에서도 중국 술은 다루지 않을 것입니다."

"어찌하여 그런가?"

"비록 법을 어기고 밀주를 만들어 유통하고 있으나, 조선을 우습게 여기는 중국인들의 배를 불려줄 생각일랑 추호도 없습니다."

집의가 빈정거렸다.

"하지만 우리 술이 중국의 것에 미치지 못하니, 아쉬운 점이 많다. 개 성에 가면 오로지 중국 술만 파는 색주가가 있는데, 그곳에 객을 빼앗기 지 않겠는가?"

"지금은 금주령 때문에 우리의 주조법과 양조법이 잠시 모습을 감추 었을 뿐입니다. 우리에게는 중국의 그 어떤 술과 견주어도 뒤지지 않는 좋은 술이 많습니다."

"하나만 대어보게."

이철경은 잠시 생각에 잠겼다가 입을 열었다.

"표철주의 조무래기였던 시절에 울산도호부에 몸을 숨긴 적이 있습 니다. 저를 도성 권세가의 자제로 착각한 그곳의 아전이 술을 대접한 적 이 있는데, 참으로 기가 막힌 술이었습니다."

숙영은 귀를 세웠다. 지금 이철경이 입에 올리는 그 술은 조부와 부 친이 목숨과 맞바꾼 것이었다.

"산곡주라는 술입니다. 산곡(散哭), 울음을 흩어버리는 술. 하지만 그 술을 만들 수 있는 장인은 양조법과 함께 숨어버렸습니다. 오랫동안 추적하였으나 얻지 못했습니다."

숙영의 가슴에 슬픔과 분노가 차올랐다. 지금 뻔뻔하게 산곡주를 입에 올리는 사내의 집착이 할아버지를 죽였고, 아버지를 죽였고, 난지 어머니를 죽였다. 숙영은 품 안의 단검이 주는 불편한 감각을 즐겼다. 지금 당장 달려들어 그의 목을 그어 모든 것을 풀고 싶었다. 하지만 그럴 수 없었다. 이철경은 탐관의 부정을 밝힐 중요한 증인이었다. 지금 그를 죽인다면 장붕익으로부터 이어져온 묘적의 오랜 노력이 수포로 돌아갈 수 있었다.

"회주가 그리 칭찬하는 술이라니, 나도 꼭 맛을 보고 싶군."

집의 김칠규의 말에 이철경이 대답했다.

"지금도 저는 포기하지 않았습니다. 산곡주를 한번 맛본 이라면 어느 누구도 포기할 수 없을 것입니다. 하지만 저와는 인연이 없는 듯합니다."

그때 숙영은 자신이 어렸을 적 아버지가 들려준 이야기가 떠올랐다.

'천남성에는 독이 있다. 그 독을 잘 다스리면 약으로 쓸 수 있지만, 천남성의 생잎을 다량으로 씹어 삼키면 중독되어 죽는다. 천남성을 쪄서 만든 주정은 독성이 더욱 강해서 그냥 마시면 즉사한다. 그래서 산곡주는 함부로 만들어서는 안 되는 술이다. 어설프게 흉내를 냈다가는 여러 사람을 죽일 수 있어. 그래서 우리 조상님들은 산곡주 만드는 법이 외부에 알려지지 않도록 비밀을 지켜왔다. 혹시 나중에 숙영이 네가 이

아비를 따라 산곡주를 만들더라도 이 점을 꼭 명심하여라.'

사람의 마음먹기에 따라 약이 되기도 하고 독이 되기도 하는 술! 산곡주에 환장하여 사람을 여럿 죽인 자를 산곡주로 벌한다면, 그것만큼 기가 막힌 복수도 없을 것 같았다. 숙영의 가슴이 두근거렸다.

이학송과 이규상이 개성에 다녀온 다음 날 저녁 묘적이 은밀히 모였다. 숙영은 홍화정의 운심 행세를 하느라 참석할 수 없었다. 그들은 그동안 수집한 정보를 바탕으로 비리 관료들에 관한 그림을 그려나갔다.

"김판중이 송상 차길현과 칠선객 사이에 양다리를 걸친 것이겠지요?"

이규상의 물음에 채제공이 고개를 끄덕이고 나서 말했다.

"탐관들이 머리를 굴린 것이지요. 주상께서 예순을 넘긴 지 오래이니, 놈들도 슬슬 다음을 생각하는 것입니다. 이대로 주상 전하께서 나쁜 일을 당해 왕위가 세자 저하께 물려진다면, 저하께서는 속히 금주령을 해제할 것이오. 그렇다면 그동안 밀주를 다루어 온 칠선객에게 조선의 주류 유통망이 고스란히 넘어가게 됩니다. 김판중 같은 작자들이 그 어마어마한 이권을 넘겨줄 리 만무하지요."

이학송이 채제공의 말을 받았다.

"차길현의 집안은 대대로 거상의 지위를 누려왔습니다. 장사꾼이 어찌 관리의 뒷배 없이 사업을 키울 수 있겠습니까? 그러니 차길현은 선

대부터 이어져온 가문과 탐관의 끈끈한 유대를 물려받은 것이지요. 탐관들로서는 범죄 집단인 검계보다는 개성상인과 연결되는 것이 보다 안전한 선택일 것입니다. 차길현 역시 뒤가 구린 작자이지만, 최소한 겉으로는 합법적인 상인이니까요. 게다가 오랫동안 청과 교역하며 청의 관리들과 돈독한 관계를 쌓아온 것도 차길현의 큰 장점입니다. 최근 들어 차길현의 상단이 청에서 중국 술을 들여오는 일도 주류 유통망을 칠선객에게 넘겨주지 않으려는 탐관들의 의중이 반영된 것으로 보입니다. 결국 칠선객의 이철경은 토사구팽당하겠지요."

기륭이 말했다.

"숙영의 전언에 의하면 사헌부 관리들이 이철경을 폭행했다고 하지 않았습니까? 사헌부 입장에서는 칠선객의 우두머리에게 본때를 보인 것인데, 김판중이 사헌부 관리들을 움직인 것일까요?"

기륭이 던진 의문에 이어 연정흠이 말했다.

"이철경이라는 자는 참으로 묘한 인물이네. 표철주가 칠선객을 이끌던 시절에는 검계에 의한 범죄가 끊이지 않았어. 벌건 대낮에 양반가에 뛰어들어 그 집의 처자들을 욕보이고 집안을 풍비박산 내던 놈들인데, 요 근래 들어 검계에 의한 범죄가 눈에 띄게 줄었어. 도성에서는 거의 사고를 치지 않고, 지방에서만 간간이 놈들에 의한 사건사고가 올라오지."

생각에 잠겨 있던 이규상이 입을 열었다.

"변신을 꾀하는 듯합니다."

모두의 눈이 이규상에게 모였다. 그의 말이 이어졌다.

"다들 아시다시피 이철경은 함경북도 병마절도사와 평안도 관찰사를 지낸 이사성의 동생입니다. 이사성은 이인좌가 난을 일으켰을 때 역모에 가담했다 하여 참형에 처해졌지만, 장붕익 대장은 그의 죽음을 애석하게 여겼지요. 선정을 베풀어 도민들의 칭송이 자자했다 합니다. 그러고 보면 이철경의 본바탕이 그리 악하지 않을지도 모릅니다."

"그래서?"

"그런 자가 언제까지고 범죄 집단의 우두머리로 남고 싶어 할까요? 어쩌면 그는 칠선객에서 검계라는 꼬리표를 떼고 싶어 하는지도 모릅니다."

연정흠이 고개를 끄덕이며 말했다.

"일리가 있소. 그렇다면 사헌부 관리들이 이철경을 손본 이유도 짐작이 가는군. 우리가 알지 못하는 어떤 방법으로 이철경이 탐관들에게 저항을 한 것이오."

채제공이 연정흠의 말을 받았다.

"그래도 역시 의문이 남는군요. 김판중이 이철경을 치도록 사헌부 관리들을 사주했을까요? 좌의정과 사헌부 대사헌 김규열은 어떤 관계일까요?"

이규상이 그 말을 받았다.

"두 사람이 동행하기에는 둘 다 욕심이 너무 큽니다. 현재로서는 적대적 공생 관계라고 보는 것이 옳을 듯합니다. 김판중과 그의 졸개들이 비리의 사슬을 유지하고 김규열은 그러한 비리를 눈감아주는 대가로 일정한 권세와 재물을 누리겠지요. 어쨌든 둘 다 반드시 척결해야 할 대상인 것만은 분명합니다."

잠시 사이를 두고 연정흠이 말했다.

"이제 그림이 거의 그려졌는데, 세자 저하께서 언제쯤 김판중의 체포령을 내릴 것인지, 도승지는 아시오? 전에는 저하께서 이 몸을 채근했는데, 이제는 입장이 바뀐 것 같아서 하는 소리외다."

채제공이 답했다.

"생각이 많으실 겁니다. 물증과 증언을 제시하여 김판중을 압송한다 해도 주상 전하의 윤허와 지원이 없으면 흐지부지될 수 있습니다. 그런데 날이 갈수록 주상과 세자 저하 사이의 갈등이 커져만 가니, 때를 잡기가 힘든 것이지요."

연정흠이 말했다.

"의금부는 언제든 들이닥칠 준비가 되어 있으니, 저하를 뵙거든 그리 전해주십시오."

채제공이 고개를 끄덕였다.

"법과 원칙을 지배하라.
그러면 힘을 얻을 것이다."

감규열

36
검계의 주인
1759년 겨울

눈이 내렸다. 내관, 궁녀들과 함께 뛰노는 세손을 보며 세자 이선은 미소를 지었다. 하지만 그 미소는 슬펐다.

세자가 세손을 바라보며 뒤에 선 절영과 기륭에게 말했다.

"저 모습을 지켜보며 늙을 수 있다면 그보다 더한 축복이 없을 것이다."

그의 말에 절영이 고개를 숙여 보이며 말했다.

"저하, 왜 그런 말씀을 하십니까? 당연히 세손께서 장성하시는 것을 보시고, 장가들어 후손을 보시는 것까지 보셔야지요."

세자가 뒤를 돌아보았다. 절영과 기륭을 바라보는 그의 눈길이 참으로 처연했다.

"내가 왕의 아들로 태어난 것은 내 마음대로 할 수 없었던 일이네. 만약 나에게 선택권이 있었다면, 나는 이 길을 과감하게 버리고 다른 선택을 했을 것이야. 그럴 수 있었다면, 얼마나 좋았을까. 이 모든 짐을 훌훌 벗어던질 수만 있다면, 이름 없는 한 사람의 백성으로 살 수만 있다면, 그리하여 저 아이가 궁중의 암투를 겪지 않을 수 있다면, 나는 더 바랄 것이 없네."

세자가 걸음을 옮겼다. 그가 내친 탓에 우비를 씌우지 못한 내관이 거리를 두고 주춤주춤 뒤를 따랐다. 절영과 기륭은 세자가 만든 발자국을 망치지 않도록 양쪽으로 빠져 걸었다.

"하지만 나는 싸우기로 했네. 내가 물러서면 그들은 조선의 왕을 우습게 여길 것이다. 왕을 우습게 여기는 것은 곧 백성을 우습게 여기는 것! 내가 강해지지 않으면 그와 함께 백성의 고통도 커지는 것이지. 그래서 나는 싸우기로 했네."

잠시 말을 끊었던 세자가 몇 걸음 옮긴 뒤 다시 말을 이었다.

"이긴다는 보장은 없지만, 그래도 싸울 것이네. 그래야만 내 아들이 올바로 설 수 있어."

기륭이 말했다.

"저하, 이길 것입니다. 저하께서 이기고 우리가 이길 것입니다. 그러니 힘을 내십시오."

세자가 기륭을 돌아보고 고개를 끄덕였다. 잠시 뒤 세자가 그에게 말했다.

"숙영이 멀리 떠난다고 들었다."

기륭이 답했다.

"그러하옵니다. 가문에 대대로 전해져온 술의 주조법을 통달하기 위해 산으로 든다 합니다."

"좌익찬 장기륭!"

"예, 저하."

"자네가 숙영을 데려다주고 이후로 계속 지켜주게. 이곳은 절영과 다른 무관으로도 충분하니, 몇 달이 걸리든 몇 년이 걸리든 숙영이 그 주조법을 익힐 때까지 그 아이를 호위하게."

"예, 저하."

눈이 내리는 가운데 세손이 뛰어노는 모습을 한참 동안 지켜본 세자는 이윽고 동궁으로 향했다.

그날 저녁 세자 이선은 의궤 위에 종이를 올렸다. 그것은 묘적이 조사하고 채제공과 연정흠이 올린 보고를 바탕으로 그동안 작성해온 비리 관료의 명단이었다. 종육품부터 종일품까지 굵직한 요직을 차지한 수많은 이름들이 적혀 있었다. 그리고 그날 세자는 그 이름들의 가장 위에 '좌의정 김판중'이라고 적어 넣었다. 정일품 관리의 이름을 올리기는 처음이었다.

사실 세자는 그 이름을 올리기까지 많이 주저했다. 김판중에게 명단을 내밀어 압력을 가하고 그의 수족을 잘라내는 것만으로도 탐관을 척결하는 절반의 성공을 거둘 수 있었다. 김판중의 명줄을 쥐고서 필요할 때마다 그를 이용한다면, 자신을 반대하는 노론의 여론을 완전히 뒤바꿀 수 있었다. 무릇 정치란 그런 것이었다.

하지만 세자 이선은 타협할 수 없었다. 단지 자신의 성정에 맞지 않기 때문은 아니었다. 모든 것을 까발리고 척결함으로써 역공을 당하는 정치적 위험을 감수하더라도 탐관의 씨를 말려야 했다. 아들을 위해서 였다. 세손 이산만큼은 깨끗한 정치 풍토 위에서 의로운 관리들과 함께하며 선정을 베푸는 왕이 되기를 바랐다. 그러기 위해서는 자신이 희생해야 했다. 그 일로 인해 세자에서 폐위되더라도, 왕이 될 수 없다 하더라도, 비록 목숨을 버려야 하는 상황에 처하더라도 반드시 해내야만 했다.

연수가 옥당 기생 매홍의 집을 찾았다. 벌써 이틀째 운심이 홍화정에 나타나지 않은 까닭이었다. 매홍이 말했다.

"얼마간 도성을 떠나 있을 것이라고 했네. 이유는 모르네. 돌아올 때 까지 기다릴 수밖에."

연수가 물었다.

"돌아오기는 할까요?"

"알 수 없지만, 나는 운심이 돌아오지 않기를 바라네."

연수가 고개를 끄덕였다. 운심이 종적을 감춤으로써 홍화정은 타격을 입을 수밖에 없겠지만, 그녀는 운심이 기생이 아니라 여자로 살아가기를 진심으로 바랐다.

연수가 매홍을 만난 그 시각, 숙영과 기륭은 호명산에 가까이 다가가고 있었다. 부부를 가장하여 묘적사를 떠나올 때 모습 그대로였다.

호명산에 오르기 전 잠시 쉬는 사이에 기륭이 물었다.

"천덕 어른이 산막에 계실까?"

"그럴 거야. 만약 안 계신다 해도 기다릴 거야. 천덕 아버지가 아니면 나는 산곡주를 완성할 수 없어."

잠시 사이를 두고 기륭이 다시 물었다.

"이번 일 다 끝내고 나면 어떻게 할 거야?"

기륭의 물음에 숙영은 선뜻 답하지 못했다. 만약 기륭 자신이 같은 질문을 받았다 해도 쉽게 답하지 못했을 것이다.

생각에 잠겨 있던 숙영이 입을 열었다.

"백선당에 가야겠지. 아버지한테 말했거든. 우리 집안의 조상님들이 대대로 이어온 약속을 나도 지키겠다고. 산곡주는 후손이 지켜야 할 굳은 약속 같은 거야."

잠시 뒤 숙영이 물었다.

"너는?"

기륭이 대답했다.

"난 잘 모르겠어. 무관으로서 세자 저하를 보필해야겠지. 묘적사의 일여 스님은 내가 중이 되는 게 싫은가 봐. 어릴 때부터 졸랐는데 안 들어주셨어."

"묘적사 스님들이랑 너네 부모님, 보고 싶다."

"나중에 같이 가. 이 싸움이 끝나고 나면 그때 가자."

"응."

두 사람은 호명산을 올랐다. 산막이 보였다. 산막은 비어 있었지만, 사람이 지낸 흔적이 남아 있었다.

"삐이이익! 삐이이익!"

숙영이 새소리를 내었다. 그 소리는 난지에게서 배운 것이었다. 사람의 음성보다 새의 소리가 더 멀리 간다며 알려준 것이었다.

오래지 않아 천덕이 나타났다. 먼 길을 단숨에 달려온 듯 그의 가슴이 크게 움직였다. 천덕은 숙영을 보고 잠시 혼란을 겪는 것 같았다. 숙영과 기륭은 알아차렸다. 숙영이 날린 새소리를 듣고 천덕은 아마도 난지를 기대하며 달려왔을 것이다. 천덕은 이내 차오르는 그리움을 걷어내고 숙영을 향해 미소 지었다. 숙영은 눈물이 그렁그렁한 눈으로 천덕을 보았다.

기륭이 넙죽 절을 했다.

"어르신, 그간 잘 계셨습니까?"

천덕이 말없이 고개를 끄덕였다. 그가 숙영에게 물었다.

"도성에서 지내고 있지, 여긴 뭣 하러 왔어?"

숙영이 대답했다.

"천덕 아버지 보러 왔지. 그리고 산곡주도 만들려고."

"산곡주?"

"응. 그놈 얼굴을 봤어. 그놈한테 복수할 거야. 산곡주로……."

천덕의 표정이 좋지만은 않았다. 숙영이 말한 '그놈'은 숙영에게도 원수였지만 천덕에게도 원수였다. 하지만 천덕은 숙영이 모든 것을 잊고 편안하게 살아가기를 바랐다.

천덕이 기륭에게 물었다.

"자네도 여기 있을 건가?"

기륭이 대답했다.

"저는 이곳과 도성을 오갈 것입니다. 숙영에게 도성의 소식을 알리고, 또 도성의 동지들에게 숙영의 소식을 전해야지요."

천덕이 말했다.

"그래, 머물고 싶은 만큼 머물게나. 아무것도 생각하지 말고 그저 편히 쉬게나."

"예, 어른."

천덕이 정주간으로 향했다. 숙영이 기륭을 향해 부드럽게 웃어 보였다.

그날 밤 기륭은 곁에서 자고 있는 천덕이 깨지 않도록 조심하며 방을 빠져나갔다. 잠자리가 바뀐 탓인지 쉬 잠들 수가 없었다. 마당에 쌓인 눈이 달빛을 받아 반짝이고 있었다.

숙영이 산곡주 주조법을 완성하기 위해 호명산으로 향하겠다고 했을 때 묘적의 어느 누구도 반대하지 않았다. 오히려 반겼다. 김판중을 정점에 둔 비리 관료들의 실체와 윤곽을 어느 정도 파악한 상태였기에 더 이상 숙영이 기생 노릇을 하며 위험을 감수할 필요가 없었기 때문이다.

하지만 숙영이 산곡주를 만들려고 하는 진짜 의도를 밝히자, 모두들 표정이 굳고 말았다.

"산곡주는 만드는 사람의 마음먹기에 따라 술이 되기도 하고 독이 되기도 합니다. 만약 세자 저하와 묘적이 뜻을 이루지 못한다면, 저는 산곡주로 탐관과 죄인들을 벌할 것입니다."

숙영의 비장한 눈빛 앞에서 아무도 입을 열지 못했다. 만약 숙영의 우려대로 세자를 위시로 한 묘적이 탐관을 제대로 척결하지 못한다면, 숙영은 동귀어진(同歸於盡)의 결기로 탐관들과 공멸(共滅)하는 길을 택할 것이었다. 묘적이 모두 죽은 뒤 기생을 가장한 숙영이 탐관들과 독주를 나누어 마시고 죽음을 맞는 장면이 머릿속에 떠오르자 기룡은 가슴에 슬픔이 차올라 견딜 수가 없었다. 그는 결코 그런 일이 일어나지 않도록 하겠다고 다짐하고 또 다짐하며 두 주먹을 쥐었다.

바깥의 수상한 기운에 눈을 떴다. 창호로 새어든 햇빛이 눈부셨다. 간밤에 끼고 잤던 기생 셋은 녹초가 된 듯 아직도 일어나지 못하고 있었다. 초로의 사내는 바닥에 있는 자리끼를 벌컥벌컥 들이켰다. 입을 훔친 그가 바깥에 대고 소리쳤다.

"여기 널브러진 것들은 어서 치우고, 술상을 다시 들여라! 기생년들도 데려오라!"

하지만 바깥에서는 아무런 반응이 없었다. 잠에서 깰 때부터 예상한 일이었다. 하긴 술을 퍼마실 때마다 진상을 부리고 사고를 쳤으니, 자신의 위치가 노출된 건 당연한 일이었다.

그가 바깥을 향해 말했다.

"그만 들어오시오."

문이 열렸다. 찬 기운이 들이닥쳐 면상을 때렸다. 숙취(宿醉)가 싹 달아났다. 겨울의 찬 공기만큼이나 서늘한 음성이 안으로 날아들었다.

"회주의 나이가 올해 예순여섯이던가? 기생 셋을 이렇게 골로 보내 버리다니, 그 나이에 참 기운도 좋군."

다시는 듣고 싶지 않았던 바로 그 음성이었다. 초급 관리였던 시절부터 남달리 권력욕이 강했던 자, 정적 관계에 있는 노론 대신들 사이에서 아슬아슬하게 줄타기를 하면서도 결코 자신을 드러내지 않고 뒤에서 조종하던 자, 상대의 이용 가치가 사라졌다 여겨지면 여지없이 발톱을 드러내어 도륙하던 자, 이제는 사헌부 대사헌이 되어 문무백관의 명줄을 움켜쥔 자, 김규열이었다.

초로의 사내는 기방에 어질러진 이불 속 어딘가에 있을 쇠몽둥이의 위치를 가늠했다. 벌써 사십 년 넘게 분신처럼 끼고 산 물건이었다. 지난밤 서천군 동헌의 관기들과 질펀하게 즐기다가 해가 중천에 걸린 때에 잠에서 깬 그 사내는 표철주였다. 칠선객을 넘겨주고 얻어낸 칠십만 냥으로 평생 주색을 탐하다가 죽음을 맞으려 했건만 뜻하지 않은 객의 방문으로 표철주는 자신의 은퇴 계획이 물 건너갔음을 직감했다.

"대헌께서 예까지 무슨 일이오?"

표철주의 물음에 김규열이 날카로운 눈빛으로 응수했다.

"회주가 여기 있다는 소식을 듣고 먼 길을 달려왔거늘 오랜만에 만난 주인을 보고도 꼬리를 흔들지 않다니, 섭섭하기 짝이 없군."

김규열이 여전히 바깥에 서 있는 동안 살벌한 눈빛을 지닌 무사 넷이 방으로 들어섰다. 표철주는 본능적으로 쇠몽둥이가 있는 쪽으로 몸을 움찔거렸다. 그의 낌새를 알아차린 무사들이 칼집에서 칼을 뽑았다.

"워워, 철주. 나와 동행한 무사들은 지금껏 자네가 상대했던 자들과

는 급이 다르다. 그 흉하기 짝이 없는 대가리라도 붙들고 싶다면 고분고
분 구는 게 좋을 거야."

표철주는 자신에게 칼을 겨누고 있는 무사들을 훑어보았다. 얼굴 생
김새나 부리는 검의 모양이 이국적이었다. 청의 무사임에 분명했다.

표철주는 체념하고 자세를 낮추었다.

"대헌께서 무슨 일로 이 늙은이를 찾아오셨소?"

김규열이 말했다.

"자네가 퇴물이라고는 하나 칠선객을 일으킨 장본인 아닌가? 그러니
원래의 자리로 돌아가라. 이철경은 필요 이상으로 고지식하여 검계의
우두머리에 어울리지 않는다. 우리는 너를 검계의 두목으로 세웠지, 이
철경 그놈을 두목으로 세운 것이 아니다."

표철주가 고개를 저었다.

"철경이와 약조했소. 철경이는 약속을 지켰고, 나도 지키는 중이오.
그것으로 족하오."

김규열이 소리쳤다.

"장붕익의 주먹에 빠개진 머리가 정말로 이상해진 것이냐? 네가 언
제부터 우리의 명령에 토를 달았느냐? 잔말 말고 복귀하라! 검계들에게
는 쇠몽둥이 표철주가 돌아올 것이라는 소문을 퍼뜨릴 것이니, 가서 도
성의 홍화정과 기화루를 접수하라!"

김규열은 마치 벌레를 보듯 표철주를 내려다보다가 돌아섰다. 청의
무사들이 가소롭다는 듯 표철주를 향해 비웃음을 머금었다.

김규열 일행이 멀어진 뒤 표철주가 소리쳤다.

344

"술을 가져오라!"

◇　◆　◇

　　호명산을 떠나 도성으로 향하던 중에 기륭은 호원에서 방향을 틀었다. 그곳에서 백 리만 가면 묘적사였다.

　　묘적사로 향하는 계곡을 오르면서 기륭은 가슴이 부풀었다. 을해년(乙亥年, 1755년) 봄에 묘적사를 떠났으니, 올겨울만 지나면 만으로 딱 오 년째였다. 길다면 길고 짧다면 짧은 시간이었다.

　　기륭을 가장 먼저 맞이한 것은 승려들의 기합 소리였다. 그는 일부러 몸을 숨기고 무예를 수련하고 있는 승려들을 훔쳐보았다. 기륭이 어린 시절을 함께 보낸 월현과 월정, 덕호, 덕운이 사범으로서 무술승들을 가르치고 있었다. 갓난아기였던 영현을 안고 나타났던 혜정과 혜문, 혜월 형제의 동작도 선이 굵고 매끄러웠다. 나머지 승려들도 일군의 장수라 해도 손색이 없을 정도로 실력이 뛰어났다.

　　훈련장에 기륭이 모습을 드러내자, 월현이 가장 먼저 그를 발견하고 손짓을 했다. 월현의 손동작을 보고 뒤를 돌아본 승려들이 우르르 기륭에게 달려들었다. 그들은 마치 어린아이들처럼 서로 얼싸안고 맴을 돌았다.

　　기륭이 묘적사를 떠날 때 세상이 떠나갈 듯 울어 젖혔던 영현은 열다섯 살 어엿한 처녀가 되어 있었다. 기륭을 본 영현은 어릴 적 그랬던 것처럼 그에게 와락 달려들어 안겼다. 세상이 강요하는 성리학의 법도가 통하지 않는 묘적사에서는 아무도 영현을 나무라지 않았다.

쉰을 넘긴 장치경의 머리에는 서리가 내려앉았고, 어머니 창해의 눈가에는 고운 주름이 앉아 있었다. 일흔을 넘기고도 정정하던 주지 일여는 지난 이 년 사이에 세월의 무게에 조금씩 무너지는 중이었다. 그래도 기륭의 손을 꼭 쥔 악력만큼은 여전했다.

"세자 저하께서는 언제 우리를 찾으신대요?"

영현의 셋째 오라비인 혜월이 물었다. 기륭이 쓸쓸한 미소를 짓고 나서 답했다.

"혜월 스님, 무예는 써먹기 위해서 익히는 것이 아니야. 신체를 단련함으로써 정신의 깊이를 더하기 위한 것이지. 그리고 세자 저하께서 묘적사의 승군을 부르지 않는다는 건 그만큼 이 나라가 편안하다는 뜻이 아니겠어?"

기륭의 말에 월현이 말했다.

"기륭 네 말대로 정말로 바깥세상이 편안한 것이냐?"

기륭은 꿀 먹은 벙어리가 되고 말았다. 월현의 말이 이어졌다.

"탁발을 나가면 중생들의 비참한 삶에 고개를 돌리게 돼. 도무지 시주(施主)를 청할 처지가 안 되어 외려 우리가 대중(大衆)에게 곡식이나 먹을 것을 나누어주고 돌아오는 일이 더 많아. 백성이 편안하지 않은데, 어찌 나라가 편안할 수 있겠어?"

기륭이 하는 수 없이 고개를 끄덕였다.

"월현 스님 말이 옳아. 백성이 편안한 나라를 만들기 위해 세자 저하와 함께 노력하고 있는데, 갈 길이 아직도 멀어."

월현이 기륭의 어깨에 손을 올렸다.

"그래도 언젠가는 이루어질 것이야. 나와 묘적사의 형제들은 이곳에서 수련하고 기도하며 그날이 오기를 기다릴 거야."

기륭이 승려들과 일일이 눈을 맞추며 억지로 웃어 보였다.

장치경과 창해, 기륭만 남았을 때, 창해가 물었다.

"숙영은 어찌 지내느냐?"

"지금 천덕 어른이 계신 호명산에서 산곡주 만드는 일에 매진하고 있습니다."

"가업을 잇겠다는 것이냐?"

기륭은 자세히 이야기할 수가 없었다. 창해도 기륭이 더 이상 말을 않자, 더 묻지 않았다.

묘적사에서 하루를 지낸 다음 날 아침, 기륭은 그곳을 떠나 도성으로 향했다. 형제와도 같은 승려들이 한 명도 빠짐없이 계곡 아래까지 그를 배웅했다.

홍화정 별채의 마당에서 계형과 바우를 비롯한 검계 무사들이 지켜보는 가운데 이철경은 단검을 쥔 채 표적을 노려보았다. 그가 날린 단검이 정확하게 과녁의 중앙에 꽂혔다. 두 번째 단검 역시 같은 곳에 명중했다. 이어서 던진 단검 여섯 자루가 과녁 한가운데의 둥근 지점에 차례로 꽂혔다.

계형이 말했다.

"회주의 단검이 나날이 날카로워지고 있습니다."

이철경이 대답했다.

"자네 같은 무사들에 비하면 잔재주에 불과하다. 일찍이 무관에 뜻을 두었다면 몰라도 이제는 늦었으니 한 우물을 팔 수밖에."

바우가 그 말을 받았다.

"그래도 회주님의 그 솜씨가 유용하게 쓰일 데가 있을 것입니다. 전에 표 회주의 공격을 멈추게 한 것도 회주님의 단검이었지 않습니까?"

바우의 그 말이 채 끝을 맺기도 전에 기루 쪽에서 청지기가 헐레벌떡 뛰어왔다.

"회주님, 회주님!"

이철경은 무슨 일이냐고 묻지 않고도 알 수 있었다. 땅을 울리는 미세한 진동을 통해 그가 이곳에 왔음을 알 수 있었다. 이어서 익숙한 소리가 들려왔다.

철커덩! 철커덩! 철커덩! 철커덩!

계형이 검을 뽑았다. 이어서 별채의 무사들이 일제히 칼을 뽑았다. 오래지 않아 표철주의 커다란 몸이 별채의 마당으로 들어섰다. 그는 우뚝 멈추어 서서 이철경을 바라보았다. 이철경을 바라보는 표철주의 표정이 가라앉아 있었다.

이철경이 계형에게 말했다.

"검을 거두고, 전 회주께 예를 다하라."

표철주가 가까이 다가왔다. 그는 검계 무사들을 일별하고는 별채 안으로 들어갔다. 이철경이 잠시 뒤에 별채로 들어섰다.

표철주는 의궤 뒤의 상석에 앉은 채 의궤 위에 펼쳐놓은 장부를 훑어보고 있었다. 이철경은 표철주를 향해 허리를 숙여 보이고 그와 마주 앉았다. 이철경이 말했다.

"회주께서 이곳에 다시 나타나리라고는 꿈에도 생각지 못했습니다. 최소한의 의리와 약속은 지키는 사내라고 생각한 저의 믿음이 어긋난 것입니까?"

표철주가 한쪽 입술을 치켜올려 일그러진 미소를 지은 뒤 말했다.

"내가 어떤 사람이건 그것은 중요하지 않다."

"그럼 무엇이 중요합니까?"

"우리를 만든 자들이 어떤 사람인가가 중요하다."

이철경은 표철주의 마지막 말에 담긴 의미를 해석하기 위해 머리를 굴렸다. 오랫동안 마음에 품어온 의심이 서서히 실체로 다가오는 듯했다. 이철경은 표철주의 말을 끌어내기 위해 물음을 던졌다.

"조금 전 그 말은 무슨 뜻입니까?"

표철주는 시선을 아래로 향한 채 생각에 잠겨 있었다. 그가 눈을 들어 이철경의 얼굴을 바라보았다. 그 눈길이 슬픔에 젖어 있었다. 그가 입을 열었다.

"이보게, 철경이. 자네는 우리가 누구라고 생각하나?"

이철경은 대답하지 않았다. 어느 정도 답을 알고 있었으나, 자신의 입으로 그 답을 말하고 싶지 않았다. 이철경이 침묵을 지키자 표철주의 말이 이어졌다.

"검계는 무엇일까……? 우리가 지금껏 행한 모든 일들이 누구를 위한 것이었을까……? 생각해본 적 있느냐?"

그 질문의 답 역시 이철경은 입에 올릴 수 없었다. 뿌연 안개 속을 헤매다가 드디어 목적지에 닿았건만, 그곳이 애초에 기대했던 곳이 아님을 뒤늦게 깨닫고 다시 안개 속으로 숨고 싶은 그런 심정이었다.

"금주령이 내려진 시대에 검계는 밀주를 유통하여 엄청난 부를 축적하였다. 그리고 그렇게 쌓은 부의 일정한 몫은 불법을 눈감아주고 비호하는 관리들에게 돌아갔다. 몇몇 뜻 있는 관리들이 검계를 소탕하겠다고 나서면, 검계는 늑대에 쫓기는 양떼처럼 우르르 쫓겨 갔다가 다시 스멀스멀 제자리로 돌아간다. 와해된 조직을 재건하기 위해서는 다시 관리들에게 큰돈을 상납해야 하지. 철경이 자네가 생각하기에 이러한 구조에서 가장 큰 이득을 보는 자는 누구인가?"

굳이 답할 필요가 없었다. 이철경이라고 왜 진즉 그런 생각을 하지 않았겠는가.

"철경이 자네는 금주령 시대에 검계가 되었다. 금주령이 없던 시대에 검계가 무엇을 했는지 아는가? 여염을 약탈하고 장시의 상인을 상대로 돈을 뜯어내는 것은 작은 일탈에 불과하다. 검계의 진짜 목적은 파괴와 살인이었다. 조정에서 일어나는 갖가지 암투에서 살아남기 위한 고관들이 우리를 이용하여 정적을 암살하고 그 집의 여식과 부인을 짓밟으며, 상대에게 흠이 될 만한 일을 꾸며 멸문을 당하게 만드는 것, 그것이 검계의 진짜 존재 이유였다."

이철경은 자신이 품어온 의심이 표철주의 입을 통해 사실로 드러나고 있음을 지켜보고 있었다. 그것은 진정 두려운 일이었다. 스스로 덫에 걸려들고도 그러한 사실을 까맣게 모르고 있었다는 자괴감이 그를 괴롭혔다.

"그러면 관가에서 일어나는 더러운 일을 처리해주면서 밥벌이를 하겠다는 이들이 모여 검계를 조직했을까, 아니면 제 손에 피를 묻히기 싫어하는 작자들이 갖가지 악행을 대신해줄 이들을 의도적으로 만들었을까? 과연 어느 쪽이 합당한가?"

이철경은 여전히 대답할 수 없었다. 모든 것이 명확해졌으나 스스로 그 모든 것을 인정할 수는 없었다.

"철경이 너의 노력은 가상했다. 칠선객이 범죄 집단이라는 오명을 벗고 관리들과 대등해지기를 바랐겠지? 하지만 검계는 너의 것이 아니고, 검계의 것도 아니다. 원래부터 그들의 것이다."

몇 해 전 표철주가 홍화정을 떠나며 했던 말…… 너는 나에게 자유를 주었다……. 하지만 표철주는 애초에 자유를 누릴 자격이 없었고, 그래서 다시 홍화정으로 돌아올 수밖에 없었던 것이다.

표철주가 힘겹게 입을 열었다.

"너와의 약조를 지키고 싶었으나, 나는 그럴 처지가 못 된다. 너를 칠 생각은 없다. 너는 이곳 도성과 홍화정을 지켜라. 하지만 도성 밖의 일에 관해서는 일절 관여하지 마라. 그래야 네가 산다."

표철주가 몸을 일으켰다. 이철경은 그대로 앉아 있었다. 그는 표철주의 쇠몽둥이가 땅바닥을 내려치는 소리가 완전히 사라질 때까지 일어설 줄 몰랐다.

37

응징의 시작
1761년 봄~여름

　기묘년(己卯年, 1759년) 겨울 호명산에 든 이후
로 숙영은 산막을 벗어난 적이 없었다. 천덕은 숙영이 산곡주 제조법을
수련할 수 있도록 일대의 온 산을 뒤져 천남성을 꾸준히 캐서 날랐다.
기륭은 도성과 호명산을 오가는 와중에도 틈틈이 나무를 해다 옮겼다.
숙영은 기륭이 해온 나무로 찜통을 만들었다.

　하지만 양일엽과 양상규가 일생을 바쳐 수련한 끝에 터득한 비법을
단 일 년여의 시간 안에 완성하기란 애초에 불가능한 일었다. 숙영 역시
조부와 아비의 솜씨에 버금가겠다는 욕심을 낸 것이 아니었다. 주당(酒
黨)의 혀를 유혹할 만큼의 맛과 향이면 족했다. 그리고 천남성의 독성을
그대로 살린 또 하나의 산곡주를 만드는 것이 목적이었다.

기륭은 지난 일 년여 동안 벌써 열두 번이나 도성과 호명산을 오갔다. 한 달에 한 번 꼴이었다. 그사이 기륭은 참으로 바쁜 나날을 보냈다. 세자익위사의 무관으로서 동궁을 방위하고 세자를 시위한 것은 물론이고, 번을 서지 않는 날에는 이학송과 함께 도성의 검계 조직과 개성 차길현의 상단을 살폈다. 도성의 칠선객은 별다른 변화를 보이지 않았으나, 차길현의 상단은 갈수록 번창했고 무사의 규모도 커져서 그 위세가 고려 말기의 호족을 방불케 했다.

단 하루도 여유를 가질 틈 없이 몸을 놀렸지만, 기륭은 호명산으로 향할 때면 잠시나마 몸과 마음이 가뿐했다. 도성에서 호명산까지 백 리 길이 멀지 않았다. 때로는 시간을 단축시키기 위해 편한 길을 놔두고 북한산을 종으로 넘기도 했다. 북한산을 넘으면 거리를 절반으로 줄일 수 있지만 그만큼 체력 소모가 컸다. 하지만 기륭은 개의치 않았다.

신사년(辛巳年, 1761년) 봄이었다. 기륭이 여느 때와 같이 나무를 지고 산막에 이르렀을 때였다. 산곡주를 만들기 위해 지은 광에서 며칠째 두문불출하던 숙영이 기륭을 기다리고 있었다.

"토끼 한 마리만 잡아다 줄 수 있어? 덩치가 큰 아이면 좋겠어."

숙영의 때 아닌 부탁에 기륭은 의아했다.

"토끼를? 산곡주 만드느라 체력이 딸려서 그런 거야? 보신하려고?"

기륭의 말에 숙영이 웃음을 지었다.

"나 고기 안 먹어."

더는 묻지 않았다. 기륭은 곧장 돌아서서 숲으로 향했다. 오래지 않아 푼을 뜯으러 돌아다니는 수토끼를 발견하고 귀를 잡아챘다. 산막으로 돌아가자 숙영이 기다리고 있다가 발버둥 치는 토끼를 품에 꼭 안았다. 그녀는 토끼의 몸을 쓰다듬으며 광으로 사라졌다.

기륭과 천덕은 광을 지날 때마다 숙영이 잘 지내는가 싶어 귀를 세웠다. 굴뚝을 통해 허연 연기만 피어오를 뿐 안에서는 아무 소리도 들려오지 않았다.

며칠이 지났다. 천덕과 기륭이 나무를 손질하고 있을 때 광의 문이 열렸다. 초췌한 모습의 숙영이 밖으로 나섰다. 그녀의 품에는 며칠 전 기륭이 잡아온 토끼가 안겨 있었다. 하지만 토끼는 광으로 들어갈 때와는 달리 죽어 있었다.

숙영은 호미를 챙겨 숲으로 향했다. 기륭이 그녀를 따라붙었다. 한참 동안 걸어 숲속 깊은 곳에 이른 숙영이 죽은 토끼를 내려놓았다.

"여기가 좋겠어."

커다란 참나무가 그늘을 드리우고 있는 곳이었다. 숙영이 땅을 파기 시작했다. 기륭은 숙영이 무엇을 하려는지 알아차리고 숙영의 손에서 호미를 뺏어 들었다.

"내가 할게."

언젠가 산에서 가져온 목련 묘목을 심기 위해 묘적사 대웅전 뒷마당을 파던 때가 떠올랐다. 기륭이 말했다.

"묘적사의 목련나무가 아주 크게 자랐어. 보면 깜짝 놀랄 거야."

기륭이 토끼 무덤의 자그마한 봉분을 올리고 나자, 숙영이 다가가 봉분을 쓰다듬으며 눈을 감았다. 광에서 무슨 일이 있었는지 알 길이 없는 기륭은 내내 궁금했지만, 숙영이 스스로 말할 때까지 기다리기로 했다.

숙영이 참나무에 등을 기대고 앉았다. 기륭이 약간 거리를 두고 바윗돌 위에 엉덩이를 걸쳤다.

"고마워."

숙영의 말에 기륭은 어색한 미소를 지으며 뒷머리를 긁적였다. 숙영의 말이 이어졌다.

"나 말이야. 모든 일이 끝나면 무엇을 할지 마음을 정했어."

기륭이 숙영을 돌아보았다.

"전에 백선당에 갈 거라고 했잖아."

숙영이 뜻을 알기 힘든 표정으로 기륭의 얼굴을 빤히 들여다보며 말했다.

"기륭은 어떻게 할 거야?"

숙영의 물음에 기륭이 답했다.

"난 아직도 모르겠어. 그때 가서 부처님께 여쭈어봐야지."

기륭의 맥없는 답변이 시시했는지 숙영이 입을 삐죽 내밀고는 자리에서 일어섰다. 그러고는 앞장서서 산막 쪽으로 걷기 시작했다. 기륭도 일어서서 엉덩이를 털고는 걸음을 옮겼다.

산막에 이른 뒤 숙영은 광에서 술병 두 개를 들고 밖으로 나섰다. 그녀는 술병을 바닥에 내려놓은 뒤 정주간에서 잔 두 개를 들고 와 하나를 천덕에게 내밀었다.

"천덕 아버지, 자셔봐."

숙영이 천덕의 잔에 술을 따랐다. 잔에 코끝을 들이밀고 향을 음미하던 천덕이 술을 천천히 들이켜더니 한참 동안 맛을 음미하다가 삼켰다.

천덕의 입에서 얕은 탄식이 새어나왔다.

이번에는 기륭 차례였다. 기륭은 숙영이 따라준 술을 혀끝에 대었다. 전에도 숙영이 시험 삼아 만든 산곡주를 맛본 적이 있었다. 그럴 때마다 그 황홀한 향과 맛에 기륭은 온 정신을 빼앗겼다. 숙영이 건네는 산곡주의 맛과 향은 시간이 보태지고 숙영의 수련이 쌓일수록 더욱 짙어졌다. 하지만 숙영은 만족할 줄 몰랐다. 그런데 그날은 달랐다. 술을 맛보는 기륭을 지켜보는 숙영의 표정은 오랜 숙제를 해결한 듯 노곤하고도 나른해 보였다. 역시나 산곡주의 맛과 향은 또 한 번 더 높은 경지에 이르러 있었다.

기륭이 산곡주를 들이켠 뒤 천덕에게 물었다.

"어르신, 백선당의 어른들께서 만든 산곡주에 비해 어떻습니까? 이보다 맛있고 향기로운 술이 또 있을 수 있습니까?"

천덕은 미소만 짓고, 숙영이 대신 답했다.

"내가 만든 것은 할아버지와 아버지가 만든 산곡주에 비교할 게 못 돼. 하지만 당장은 이 정도에서 그만하려고. 진짜 산곡주를 만드는 일은 먼 훗날로 미루어야겠지만, 나 역시 어느 정도는 만족해."

그렇게 말하고 나서 숙영은 바닥에 놓인 또 다른 술병을 가리키며 말했다.

"저기에 담긴 술은 천남성의 독성을 고스란히 살린 거야. 맛과 향은 산곡주와 똑같지만, 마시면 죽어. 토끼에게 먹였는데, 금세 죽어버렸어. 이제 준비는 끝났어."

기륭은 속이 편하지 않았다. 숙영이 산곡주를 완성했다는 사실은 그녀가 또다시 도성의 험난한 세계로 돌아간다는 것을 의미했다. 세자익위사의 무관이자 묘적의 일원으로서 위험을 감수하는 중에 맛보았던 호명산에서의 달콤한 평화도 여기까지였다.

이튿날 아침 기륭과 숙영은 길을 나섰다.

"천덕 아버지, 먼저 갈게요. 나중에 도성에서 봐요. 이레 뒤 미시(未時, 오후 1시부터 2시 반 사이)에 도성의 돈의문에서 기다릴게요."

산곡주의 주정 재료인 천남성을 공급하는 일은 오롯이 천덕의 몫이었다. 산곡주의 비밀은 기륭이나 묘적의 동지들과도 공유할 수 없는 백선당만의 오래된 약속이었다.

사립을 밀고 마당으로 누군가 들어서는 기척을 느낀 옥당 기생 매홍은 밖을 내다보았다. 마당에 숙영과 기륭이 서 있었다. 매홍은 오랜만에 만난 제자가 반가워 버선발로 달려가 숙영의 손을 잡았다. 하지만 기뻐하는 것도 잠시, 매홍의 표정이 어두워졌다. 매홍의 시선이 기륭에게로 향했다.

"영영 데리고 떠날 것이지, 뭣 하러 돌아와?"

기륭은 씁쓸한 미소를 지어 보였다. 숙영이 안고 있는 짐을 알기에 매홍은 안타까운 눈길로 숙영의 얼굴을 더듬었다.

숙영과 방에 마주 앉자 매홍이 물었다.

"홍화정으로 돌아갈 것이냐?"

숙영이 고개를 저었다.

"모화관에 자리를 잡을까 합니다. 제가 찾아갈 것이 아니라, 저를 찾아오게 만들 것입니다. 스승님께서 모화관에 다리를 놓아주십시오."

매홍이 답했다.

"옥당 기생 매홍의 세사 운심의 병성이 자자한데, 그게 무어 어려운 일이겠느냐? 그 일은 내가 알아서 할 터이니, 너는 당분간 편히 쉬어라. 얼굴이 상했다."

"예, 스승님."

이튿날 저녁 묘적의 동지들이 이학송의 집에 모였다. 숙영이 말했다.

"산곡주는 칠선객의 이철경이 오랫동안 탐을 낸 물건입니다."

숙영이 네 개의 잔에 산곡주를 조금씩 따랐다. 맛을 본 연정흠과 채제공, 이학송, 이규상의 눈이 휘둥그레졌다.

"어찌 이처럼 좋은 술이 있을 수 있단 말이냐?"

연정흠의 탄복에 숙영이 미소를 지으며 말했다.

"이철경뿐 아니라 조정의 탐관들 역시 이 술을 탐할 것입니다. 어쩌면 이철경을 제치고 직접 접근해올지도 모릅니다. 그러면 어떤 식으로든 우리에게 약점을 잡히는 것이지요."

숙영이 산곡주를 복수의 도구로 삼고자 하는 뜻을 비쳤을 때만 해도 묘적의 남자들은 산곡주의 진가를 알지 못했다. 하지만 일단 그 맛을 경험하고 나자, 산곡주가 탐관들을 척결하는 데 무척 큰 역할을 하게 되리라는 예감이 강하게 밀려왔다.

이학송이 숙영에게 물었다.

"전에 산곡주는 만드는 사람의 마음먹기에 따라 독주가 될 수도 있다 했는데, 독주도 있느냐?"

숙영이 답했다.

"호명산의 산막에서 만든 한 병을 가져와 집에 숨겨두었습니다. 부디 세자 저하와 묘적이 탐관을 척결하고 정의를 바로 세워 제가 더 이상 독주를 만드는 일이 없기를 바랄 뿐입니다."

모두 고개를 끄덕였다. 숙영의 말대로 그런 일은 일어나지 말아야 했다.

채제공이 말했다.

"산곡주를 탐하는 자들로 인해 숙영이 네가 위험에 처할 수 있으니, 세자 저하께 청을 드려 무관을 더 붙이도록 하겠다."

숙영이 말했다.

"문제가 하나 더 있습니다. 산곡주를 주조할 장소가 필요합니다. 도성 부근에 외따로 떨어진 비밀 장소를 마련할 수 있을까요?"

마땅한 곳이 있느냐고 채제공과 연정흠이 이학송에게 눈짓으로 물었다. 이규상과 눈길을 주고받은 이학송이 말했다.

"장붕익 대장과 함께 금란방 관원들이 죄인을 취조하던 곳이 있습니다. 한강의 하중도인 여의도의 양말산 아래에 있는 비밀 옥사입니다. 우리는 그곳을 말 그대로 '비옥'이라 불렀습니다."

채제공과 연정흠이 고개를 끄덕였다.

세자 이선은 숙영을 보호하기 위해 세자익위사의 절영 외에 용호영 벽부료규과 하도경과 나성찬을 묘적에 합류시켰다. 별군직 윤필은은 숙영을 비밀리에 호위하는 이들이 휴대하기 편하도록 특별한 검을 만들었다. 그것은 겉보기에는 나무막대기처럼 보이지만 안에 날카로운 날이 숨겨져 있었다.

며칠 뒤 도성의 돈의문에서 숙영과 천덕이 만났다. 천덕의 바랑 안에는 밀린 천남성이 가득했다. 곧장 이학송과 나성찬이 두 사람을 여의도의 비옥으로 데리고 갔다. 마포 나루터에서 한강을 건너 당산 나루에 이른 뒤 거기에서 줄나룻배를 타고 여의도로 건너갔다. 여의도의 주인 없는 땅에서는 비루한 행색의 농민들이 무언가를 캐고 있었다.

이학송은 비옥 주변을 둘러보며 감회에 젖었다. 강찬룡과의 내기 장기에서 진 박영준이 그를 대신하여 경계를 서러 왔다가 죽음을 맞았던 곳. 새삼 두 사람과 나경환의 얼굴이 떠올랐다. 그러고 보니 이학송의 나이 올해 쉰넷으로 이미 세 사람의 나이를 넘어 있었다. 그는 한강을 바라보며 혼잣말을 했다.

"내가 세 분 형님들보다 오래 살았소."

다음 날부터 숙영은 천덕의 도움을 받아 산곡주를 만들기 시작했다. 기륭은 비옥을 수시로 오가며 숙영이 찜통을 만들 나무를 날랐다. 비옥을 지키는 일은 이학송과 나성찬, 절영과 하도경이 짝을 이루어 돌아가면서 맡았다.

이른 아침부터 천안 색주가의 기루에 검계 무사들이 모여들었다. 색주가의 운영을 맡고 있는 소회주가 무사들의 숫자를 세었다. 모두 열여섯 명이었다.

이들이 모인 이유는 지난밤에 기생을 넷이나 끼고 술을 처먹은 노인네 하나가 셈도 치르지 않고 아침까지 기생들을 붙잡고 있기 때문이었다. 청지기가 그만 돌아갈 것을 청하려고 문을 열었다가 날아온 술병에 머리를 얻어맞고 피가 터지고 말았다. 육십 줄에 걸린 노인이라고는 하나 말술에 힘이 장사였다. 그가 보통내기가 아님을 간파한 천안의 소회주는 일대의 검계 무사들이 모이기를 기다렸다가 기루를 둘러싼 것이었다.

무사 중 하나가 소회주에게 물었다.

"어떤 작자입니까? 설마 관리는 아니겠지요?"

소회주가 답했다.

"관리의 행색은 아니다. 자기 키만큼이나 큰 쇠막대기를 들고 나타났는데, 그걸로 바닥을 짚을 때마다 지축이 울리더군. 힘이 장사야."

"관리가 아니라면 도륙을 해서 강에 내다버려도 상관없겠지요?"

"뒷일은 내가 알아서 할 것이니, 너희들은 저놈을 끌어내기나 하라."

두 사람의 대화를 듣고 있던 나이 지긋한 무사가 끼어들었다.

"소회주, 방금 쇠막대라고 하셨소?"

소회주가 그의 물음에 대꾸했다.

"그랬네. 뭐 짚이는 게 있는가?"

나이든 무사가 목소리를 낮추었다.

"혹시 철주라고 들어보셨소?"

"도성의 칠선객을 이끌던 표철주 말인가?"

무사가 고개를 끄덕였다. 소회주가 말을 이었다.

"하지만 그자는 이미 일선에서 물러나 종적을 감추지 않았는가."

기루를 둘러싼 무사들이 두 사람의 대화에 귀를 세웠다. 표철주라면, 백 근이 넘는 쇠몽둥이를 휘둘러서 사람 대갈통을 단번에 날려버리는 괴물이라고 들었다. 진위야 어떻든 간에 불세출의 명장 장붕익을 죽음으로 내몬 이도 표철주라고 했다. 정녕 지금 기방에 웅크리고 있는 이가 그자라면 무사들의 안전을 장담할 수 없었다.

소회주는 무사들이 주춤하는 것을 보고 마찬가지로 가슴이 졸아들었으나, 칠선객의 천안지부를 책임지고 있는 수장으로서 내색할 수 없었다.

"표철주 할애비라도 술값은 치러야지! 뭣들 하는가! 안에 있는 놈을 끌어내라!"

그 순간 와장창 소리를 내며 기루의 창호문이 부서지면서 시커멓고 커다란 물체가 날아와 소회주의 안면을 그대로 강타했다. 기루의 사내가 가지고 왔다는 바로 그 쇠몽둥이였다. 얼굴을 정면으로 얻어맞은 소회주는 쇠몽둥이와 함께 저만치 나가떨어졌다. 안면이 완전히 함몰되어 이미 인간의 형체에서 벗어난 소회주의 사지가 경련을 일으켰다.

무사들은 저도 모르게 칼을 앞으로 내밀고는 뒤로 주춤주춤 물러났다. 기방의 어둠 속에서 커다란 덩치가 툇마루로 나섰다. 그는 길게 기지개를 켜고는 저벅저벅 맨발로 걸어가 쇠몽둥이를 집어 들었다. 그는 아직도 부들부들 경련을 일으키고 있는 소회주 몸을 마치 절구질을 하듯 쇠몽둥이로 짓이기기 시작했다. 사방으로 피와 뼈와 살이 튀는 끔찍한 광경에 무사들의 표정이 일그러졌다.

쇠몽둥이 사내가 툇마루로 가서 엉덩이를 걸치고 말했다.

"조금 전에 나를 도륙해서 강에 버리겠다고 한 놈 앞으로 나와라."

아무도 나서지 않았다. 사내의 눈매가 매서워졌다.

"셋 센다. 하나, 둘……."

그때 무사들의 시선이 일제히 한 곳으로 쏠렸다. 모두들 눈짓으로 한 사람을 지목하고 있었다. 피할 길이 없어진 그는 칼을 바닥에 내던지고 무릎을 꿇었다.

"살려주십시오. 망발을 일삼은 죄가 크오나 살려주십시오."

툇마루에 앉은 사내가 말했다.

"당분간 천안은 네놈이 맡아라."

무사가 놀란 눈으로 사내를 올려다보았다.

"나는 한숨 잘 터이니 그동안 천안과 아산 일대의 검계를 모조리 이 곳으로 모아라. 말을 듣지 않거든 표철주가 돌아왔다고 일러라."

스스로를 표철주라고 밝힌 사내가 쇠몽둥이를 들고 기방으로 들어 갔다. 그에 의해 천안의 책임자로 지목된 무사가 조심스럽게 다가가 기루의 덧문을 닫았다.

한성부 서윤(庶尹) 임창직이 참군 둘과 함께 모화관에 이르렀다. 그들은 모화관에 이르고도 시원하게 들어서지 못하고 안팎을 기웃거렸다. 그 모습을 본 매홍이 그들에게 다가갔다.

"한성부 아문의 사람들은 아직 오지 않았으니, 염려 말고 들어오십시오."

그제야 임창직이 허리를 곧추세웠다.

"판윤이나 좌우윤(左右尹)과 마주쳤다가는 피곤할 것 같아서 이리 소심하게 구는 것이니, 옥당이 이해하시게."

"술자리에서 상관을 만나는 것만큼 당혹스러운 일도 없지요. 어서 드십시오."

임창직 일행이 기루에 자리를 잡고 나자, 매홍이 말했다.

"목멱산의 홍화정에서 명성이 자자하던 운심이 오늘부터 이곳 모화관에서 객들을 모시게 되었습니다. 운심이 내놓는 술이 기가 막힌데 한번 맛보시렵니까?"

임창직이 참군들을 둘러본 뒤에 대답했다.

"내 오늘 이들에게 크게 쏠 일이 있으니, 가장 좋은 술로 술상을 채워주시게."

오래지 않아 술상이 들어오고, 이어서 숙영이 산곡주를 들고 안으로 들어섰다.

"운심이옵니다. 서윤 대감과 참군 어른들을 모시게 되어 기쁩니다."

숙영은 나이 스물일곱으로 기생 치고는 노숙(老宿)한 편에 속했다. 하지만 뭇 기생들에게서 찾아보기 힘든 단아한 기품이 흐르고 웃음이 헤프지 않아 주객들의 애간장을 살살 건드리는 맛이 있었다. 물론 모든 주객이 운심을 반기는 것은 아니었다. 유독 여체를 탐하거나 난잡함을 즐기는 이들은 운심의 똑 부러지는 처신을 못마땅하게 여겼다. 한성부 서윤 임창직과 참군들은 어중이떠중이로, 대체로 술자리에 여자가 동석하는 것만으로도 만족하는 부류였다.

숙영이 말했다.

"대감과 어른들께 제가 귀한 술을 올리겠습니다."

숙영이 산곡주를 서윤에게 먼저 따랐다. 이어서 참군들에게도 한 잔씩 돌렸다. 임창직이 말했다.

"너도 한 잔 받거라."

숙영이 답했다.

"귀한 술이라 말씀드리지 않았습니까. 맛을 보시면 기생에게 단 한 방울도 양보하기 싫으실 것입니다."

서윤과 참군들이 술을 들이켰다. 그들은 산곡주가 혀끝에 닿자마자 표정이 싹 바뀌었다. 이내 술을 입 안에 머금고 우물거리다가 목구멍으로 넘기고 나서 서윤 임창직이 말했다.

"이것이 무슨 술이냐? 내 일찍이 금주령이 내리기 전부터 많은 술을 접하였으나 이처럼 향과 맛이 뛰어난 술은 처음이다."

참군들도 할 말을 잊은 채 연신 고개를 끄덕였다.

모화관의 기녀 운심이 내놓는 술의 맛과 향이 기막히다는 소문이 관료들 사이에 퍼지기까지는 오랜 시간이 걸리지 않았다. 하지만 그 술은 매우 귀해서 하루에 딱 네 번의 술상에만 올랐고, 한 자리에서 네 병 이상 올리지도 않았다. 봄이 끝물에 이르렀을 때는 술을 번서 자지하기 위해 관리들 사이에 다툼이 일어날 지경이었다. 하인을 시켜 점심때부터 모화관에 자리를 잡도록 하는 이가 있는가 하면, 웃돈을 얹어주겠다는 이도 있었다. 관작으로 밀어붙여 먼저 온 객을 밀어내려는 이도 있었다. 하지만 운심의 술은 선착순도 아니요, 관작의 높낮이를 따지지도 않았다. 이미 운심의 술을 맛본 이는 후순위로 밀렸고, 모화관을 처음 찾거나 단골에게 순서가 먼저 돌아갔다. 술값이 한 병에 서른 냥으로 매우 비쌌지만, 그것이 과하다고 불평하는 이는 없었다.

운심의 술을 마시기 위해 모화관에 찾아왔다가 순배가 돌아오지 않은 객들은 마음이 상하여 가까운 안산의 색주가로 발길을 돌리기도 했으나, 대부분은 그냥 모화관에 눌러앉았다. 미처 운심이 내놓는 술의 맛을 경험하지 못했거나 모화관의 차선책으로 홍화정과 기화루를 찾는 이들이 있기는 했지만, 칠선객이 운영하는 도성의 색주가는 매상이 크게 줄어들 수밖에 없었다.

하지만 어쩐 일인지 이철경은 개의치 않았다. 기묘년(己卯년年, 1759년) 겨울에 표철주가 홍화정에 다녀간 뒤로 이철경은 넋을 놓은 채 하루 종일 멍하니 지낼 때가 많았다. 그뿐만이 아니었다. 지방의 검계들이 다시 나타난 표철주를 새로운 우두머리로 여긴다는 소식이 올라와도 그는 별다른 반응을 보이지 않았다. 하루는 참다못한 계형이 이철경에게 말했다.

"회주, 지금 당장 손을 쓰지 않으면 도성을 제외한 모든 조직이 표 회주에게 넘어갈 것입니다. 이렇게 고스란히 그자에게 넘겨주자고 우리가 피를 흘려가며 전국을 규합한 것이 아니지 않습니까?"

하지만 이철경은 심드렁하게 대꾸할 뿐이었다.

"계형, 지금은 우리에게 주어진 것을 지키는 것이 중요한 때다. 그깟 지방 따위 다 가져가라 하라. 결국 도성을 수중에 넣지 못하면 그들은 시골의 왈짜 패거리에 불과하다."

계형은 그 말을 수긍할 수 없었으나, 당장은 달리 방도가 없었다. 수하의 무사들이 동요할 때면 그는 이철경이 던져준 돈으로 그들의 마음을 달랬다.

저녁이 되기도 전에 사헌부 집의 김칠규가 홍화정의 별채로 이철경을 찾아왔다.

"모화관의 운심이라는 년이 아주 기막힌 술을 내놓는다고 하는데, 회주는 궁금하지 않소?"

집의가 이철경과 동행하기를 원하는 이유는 술값 때문이었다. 상인들과 타 관청의 관리로부터 공술 얻어먹는 일에 이골이 난 그는 한 병에 서른 냥이나 하는 술을 자기 돈을 주고 마실 생각이 없었다. 집의의 행태가 역겹기는 했지만, 이철경도 모화관의 술이 궁금하던 터였다. 그렇다고 도성 색주가의 주인 된 처지에 술맛을 보겠다고 모화관을 찾아가기도 애매했다. 이철경은 못내 따른다는 듯 말했다.

"술을 기다리는 고관들이 여럿 대기하고 있어서 차례가 올지 모르겠습니다."

김칠규가 말했다.

"사헌부 끗발로 안 되는 일이 어디 있겠는가? 회주는 돈이나 두둑하게 챙기시게."

이철경은 어떤 이유인지 홍화정을 계형에게 맡기고 연수와 청지기를 대동해서 모화관으로 향했다. 모화관에 도착하자 청지기와 연수가 매홍을 찾았다. 집의의 말대로 사헌부 끗발이었는지, 아니면 한때 한솥밥을 먹은 홍화정 식솔들과의 의리 때문인지 매홍은 김칠규와 이철경이 운심의 술을 접할 수 있도록 해주었다.

운심이 기방으로 들어섰다.

"집의 나리와 회주님께 인사 올립니다."

운심은 자리에 앉으면서 이철경 곁에 앉은 연수에게 눈인사를 건넸다. 연수가 보일 듯 말 듯 운심의 인사를 받았다.

김칠규가 너스레를 떨었다.

"운심이 네가 등을 돌린 탓에 지금 홍화정 사정이 딱하다. 그러니 네가 자랑하는 그 술로 회주의 마음을 녹여주어라."

"그리하겠습니다."

숙영이 바깥을 향해 말했다.

"술을 들여주시오."

방문이 열리고 새끼 기생들이 소반(小盤)에 자그마한 술병 두 개를 받쳐 들고 들어섰다. 술병 입구가 두꺼운 천으로 봉해져 있었다. 숙영이 천을 감싼 실을 풀어 술병을 개봉한 뒤 세 사람에게 한 잔씩 술을 따랐다. 잔을 코끝에 대어 향을 음미한 김칠규와 연수가 저도 모르게 옅은 탄성을 토했다. 이철경은 흠칫 놀란 듯 한순간 경직되었다가 미간에 힘을 모았다. 숙영은 시선을 아래로 깐 채 뜻을 알기 힘든 미소를 짓고 있었다.

채신머리없이 혀를 날름거려 술을 맛본 집의가 놀란 표정으로 말했다.

"도대체 이것이 무슨 술이냐? 이것이 어디서 난 것이더냐? 서른 냥이 아깝지 않다. 마흔 냥이라고 주머니를 열지 않겠느냐? 그렇지 않소, 회주?"

이철경은 아무 말 없이 시선을 아래로 내리고 있는 숙영의 정수리를 노려보았다. 분명 이십오 년 전 울산도호부에서 맛본 그 술이었다. 맛과 향이 약간 덜한 듯하지만, 같은 재료와 주조법에 의해 만들어진 것이 틀림없었다.

이철경은 저도 모르게 산곡주의 명맥이 끊이지 않아 참으로 다행이라는 생각을 했다. 백선당주 양일엽이 맥없이 죽고, 그의 아들 양상규가 독초를 먹고 자결하고, 그 뒤로 어렵게 찾아낸 심마니의 처가 절벽에서 뛰어내리고, 이후로 영영 심마니의 흔적을 찾을 수 없게 되었을 때 그는 산곡주를 손에 쥐지 못한 아쉬움과 더불어 이대로 영영 그 술이 사라질지도 모른다는 걱정을 했더랬다.

이철경이 숙영에게 물었다.

"운심, 너는 이 술의 이름이 무엇인지 아느냐?"

숙영이 이철경의 눈을 마주 보며 대답했다.

"저에게 이 술을 대는 이는 밝히지 않았습니다."

집의 김칠규가 끼어들었다.

"그자가 누구이냐? 어디서 술을 가져오느냐?"

이철경이 성가시다는 듯 눈살을 찌푸렸다. 그는 집의가 무슨 생각을 하는지 훤히 꿰뚫어볼 수 있었다. 연수가 집의의 입을 막기 위해 그의 잔에 술을 따르고 술상 위의 안주를 집어 내밀었다. 분위기가 심상치 않음을 느낀 김칠규가 입을 다물었다.

이철경이 말했다.

"이 술의 이름은 산곡주다. 울산도호부의 이름난 술도가인 백선당의 장인이 빚던 것이지. 너는 양일엽이라는 이름을 들어본 적 있느냐?"

이런 상황을 예상치 못한 것은 아니었다. 하지만 이철경의 입을 통해 조부의 이름을 대하자, 숙영은 마음 한구석이 속절없이 무너져 내렸다. 그녀는 가까스로 마음을 다잡고 고개를 저었다.

"들어본 적 없는 이름입니다."

이철경은 숙영에게서 무엇을 알아내려는 것인지 다시 질문을 던졌다.

"그러면 양상규라는 이름은 들어본 적 있느냐?"

숙영은 속에서 치밀어 오르는 슬픔과 분노를 떨치기 위해 주먹을 불끈 쥐었다. 머리가 어질어질하고 눈앞이 흐려졌으나, 그녀는 평정을 되찾기 위해 정신을 집중했다. 이 슬픔과 분노와 서러움을 이겨내야만 뜻을 이룰 수 있었다.

"역시 들어본 적 없는 이름입니다."

이철경과 숙영 사이에 긴장감이 팽팽해지자 연수가 끼어들었다.

"운심 너도 한 잔 받거라."

그러고 나서 연수는 이철경에게 말했다.

"회주, 운심 덕분에 좋은 술을 맛보았으니 한 잔 따라주어도 되지 않겠습니까?"

숙영을 노려보고 있던 이철경이 이내 시선을 거두고 고개를 끄덕였다.

그날 사헌부 집의 김칠규는 기어이 술상에 할당된 산곡주 네 병을 다 비웠다. 그러고는 이철경에게 인사도 없이 부리나케 먼저 자리를 떴다. 김칠규가 물러간 뒤 이철경이 연수에게 말했다.

"먼저 나가 있을 터이니, 연수 너는 조금 있다 나오거라."

이철경은 마지막으로 숙영의 얼굴을 살핀 뒤에 기방을 나섰다.

연수가 운심에게 다가갔다.

"운심아, 지금 이 시간부터 너는 각별히 몸을 조심하여야 한다."

숙영이 아무것도 모른다는 듯 물었다.

"그게 무슨 말씀입니까?"

"전에 내가 말하지 않았느냐. 관리 중에 가장 악독한 것들이 사헌부 관리다. 집의 그자가 네가 가진 술의 맛을 보았으니, 가로채려 할 것이다."

잠자코 있던 숙영이 연수와 눈을 맞추었다. 연수는 조금 전 백지(白紙)와도 같았던 숙영의 얼굴에 묘한 기운이 서려 있는 것을 알아차렸다.

숙영이 말했다.

"회주는 어떻습니까?"

연수는 이철경이 오랫동안 산곡주를 손에 넣기 위해 애써왔다는 사실을 잘 알고 있었다. 하지만 그녀는 이철경을 믿고 싶었다.

이철경을 향한 연수의 막연한 믿음은 오래전에 시작된 것이었다. 홍화정 소속의 검계에게 겁탈당한 여염의 여식이 자결하고 그녀의 아비가 홍화정에 들이닥쳤던 그날이었다. 그때 이철경은 흉악한 일을 저지른 검계를 엄하게 다스렸고, 같은 일이 되풀이되지 않도록 수하들을 단속했다. 그 일만이 아니었다. 사헌부 대사헌과 집의의 시중을 들던 술자리에서 연수가 곤경에 처했을 때 관리들의 심기를 거스르면서까지 도움을 준 일도 있었다. 연수는 칠선객 우두머리의 마음 밑바닥에 가라앉아 있는 인간미를 엿보았고, 남모를 연모의 정을 키웠다. 연수는 자신이 마음에 품은 남자가 목적을 이루기 위해 운심을 해할 것이라고는 생각하고 싶지 않았다.

연수가 숙영에게 물었다.

"운심이 되기 전에 너는 누구였더냐?"

숙영의 눈빛이 잔잔하게 가라앉아 있었다. 연수는 그 눈빛에 담겨 있는 수많은 사연을 읽어낼 수 없었으나, 숙영이 집의의 탐욕과 회주의 집착에 쉽게 무너지거나 굴할 인물이 아니라는 사실만은 분명히 알 수 있었다.

연수가 모화관 바깥으로 나섰다. 이철경이 홍화정 청지기와 함께 기다리고 있다가 연수가 나서자 걸음을 옮겼다. 세 사람이 어둠 속으로 멀어진 뒤 모화관 맞은편 나무 위에 몸을 숨기고 있던 절영과 하도경이 뛰어내렸다.

하도경이 말했다.

"사헌부 집의와 칠선객 회주가 어떻게 나올까요?"

절영이 답했다.

"산곡주를 대는 이의 실체를 밝히려 들겠지. 우리는 그물을 치고 있다가 물고기가 들어오면 잡아들이기만 하면 된다."

"물고기가 너무 커서 그물이 찢어지지는 않을까요?"

하도경의 말에 절영은 답하지 못했다. 무엇이 걸리든 운명에 맡길 수밖에 없었다. 두 사람은 주변을 살핀 뒤에 모화관으로 향했다.

계형이 별채 바깥에서 기별했다.

"회주, 계형입니다."

"들어오라."

계형이 마주 앉자 이철경은 눈짓으로 물었다.

"오늘은 마포 나루에서 나룻배를 타고 강을 건넌 뒤에 다시 여의도로 건너가는 것까지 확인했습니다. 다음에는 더욱 깊이 따라붙을 것입니다."

이철경은 자신의 예상이 적중했음을 알고 고민에 빠졌다. 모화관의 운심과 그녀의 기둥서방이 향한 곳은 이십오 년 전 장붕익 휘하의 금란방 관원들이 은밀히 죄인을 감금하고 취조하던 비밀 가옥이 있는 근방이었다. 그들이 외따로 떨어진 그곳을 어떤 일을 도모하기 위한 근거지로 삼은 것이 우연일 수도 있었다. 하지만 그게 아니라면, 한 가지는 분명했다

'운심은 관리의 *끄*나풀이다!'

도대체 어떤 작자들인가……? 탐욕에 찌든 관리들이 지배한 이 세상에서 도대체 어떤 작자들이 장붕익을 흉내 내고 있는가……? 종적을 감추었던 산곡주가 어찌하여 그들과 연결되었는가……?

생각에 잠긴 채 미간을 찡그리고 있던 이철경이 입을 열었다.

"미행하는 자들이 있는 것을 빤히 알고서 운심을 무방비 상태로 노출시키지는 않았을 것이다. 계형 너 말고 따라붙은 다른 이들은 없었느냐?"

계형이 답했다.

"죄다 장사꾼으로 가장하였으나, 무사의 몸가짐을 무사는 알아보는 법입니다. 그런데 그게 참 복잡합니다. 운심을 호위하는 무리는 무관임이 분명한데, 그년의 뒤를 밟는 또 다른 무리는 정체가 불분명합니다."

"정체가 불분명하다는 말은 무슨 뜻인가?"

"군사 훈련을 받은 티가 나지만 몸가짐이 격식에 얽매이지 않는 독특한 자들이었습니다."

이철경이 곧바로 계형의 의문을 풀어주었다.

"송상 차길현의 상단 무사들이다. 집의 김칠규가 산곡주를 노리고 그들을 동원한 것이야."

계형이 말했다.

"그렇다면 놈들이 선수를 치기 전에 서둘러야 하지 않습니까?"

이철경이 말했다.

"산곡주와 운심을 미끼로 쓴 자들은 이미 이쪽의 움직임을 훤히 꿰뚫고 있다. 섣불리 덤벼들었다가는 오히려 역공을 당할 수 있어."

"하지만 회주, 사헌부의 김칠규와 송상의 상단이 산곡주를 가로채는 것을 지켜보고 있을 수는 없지 않습니까?"

계형의 말에 이철경이 쓴웃음을 지었다.

"적의 칼로 적을 치는 것이 상책 아니겠는가. 집의 무리와 운심 패거리가 맞붙고 난 뒤에 우리가 그 뒤를 친다. 계형, 사수 열 명과 살수 스무 명을 준비시켜라. 나도 동행할 것이다."

"예, 회주!"

무사 기질을 타고난 계형은 일전을 앞두고 신이 난 듯했다.

"그리고 한 가지 더."

계형이 몸을 일으키려다가 다시 자세를 고쳐 앉았다.

"사헌부 집의 김칠규에게 사람을 붙여서 놈의 신병을 확보해라. 우리의 일이 성공하든 실패하든 놈의 꿍꿍이가 무엇인지는 내가 직접 묻겠다."

계형이 방을 나간 뒤 이철경은 다시 생각에 잠겼다. 삼십 년 가까이 좇은 산곡주라는 보물이 눈앞에 있었지만 어쩐지 그의 마음은 어둡기만 했다.

숙영이 집을 나서서 영은문 쪽으로 향했다. 동행한 이규상은 상대가 눈치 채지 못하게 주변을 살폈다. 전날 부상을 가장한 이들은 마포 나루터까지만 따라붙었다. 숙영과 자신을 뒤쫓는 이들은 무리하지 않고 일정한 거리만 따라붙었다가 물러서기를 반복했다. 그렇게 집에서 마포 나루터로 이어지는 숙영의 동선을 파악했을 것이고, 이제는 나루터 건너편에서 미리 숙영을 기다리고 있을 터였다.

나루터에는 봇짐을 손에 들고 머리에 인 아낙 세 명과 부상 넷이 배를 기다리고 있었다. 이규상은 그들 중 두셋은 미행자일 거라고 짐작했다. 한강을 건너서 여의도 쪽으로 방향을 잡으면 이제 완전히 숙영의 동선이 드러나는 것이다. 이후에 비옥에서 대기하고 있다가 누가 덫에 걸려드는지 기다리면 되었다.

나룻배가 움직였다. 장사꾼으로 가장하여 나룻배에 오른 이학송이 부상 차림을 한 이에게 뜬금없이 말을 걸었다.

"요즘 거래가 좀 어떠시오?"

갑작스러운 질문에 상대가 당황한 기색을 보였다.

"그그……."

이학송이 조금 더 나갔다.

"아, 장사꾼한테 장사가 어떠냐고 묻는데 왜 그리 놀라시오? 허허허."

이규상이 이학송을 곁눈으로 보며 눈짓으로 나무랐다. 이학송은 이규상의 눈길을 피하고 딴전을 피웠다.

당산 나루에서 내린 나룻배의 승객들이 뿔뿔이 흩어졌다. 숙영과 이규상, 이학송은 인적이 멀어지고 나룻배가 떠난 뒤에 여의도 쪽으로 방향을 잡았다.

이규상이 말했다.

"형님도 참 짓궂소. 검계 놈이 얼마나 놀랐겠소?"

그때 웃자란 억새풀 속에 웅크리고 있던 나성찬이 모습을 드러냈다. 나성찬은 앞서 그곳에 도착하여 숙영 일행을 기다리던 참이었다.

네 사람은 줄나룻배를 타고 샛강을 건너 여의도에 올라섰다. 양말산은 나무 한 그루 안 자라는 민둥민둥하고 야트막한 고개로, 산(山)이라 부르기에 한참 모자랐다. 한때 나라에서 기르는 말이 풀을 뜯던 목장으로 사용되다가 버려진 곳이었다. 꼭대기에 올라서면 사방을 경계할 수 있지만, 몸을 엄폐할 만한 지형지물이 없어서 적의 공격에 그대로 노출되었다. 만약 누군가가 작심하고 공격해온다면 죽기 살기로 싸우는 것 외에는 달리 방도가 없었다.

양말산을 빙 돌아 비옥에 가까이 다가가자 정상에서 경계를 서는 하도경이 숙영 일행을 향해 손을 흔들었다. 비옥을 지키던 절영이 그들을 맞았다.

절영이 이학송에게 물었다.

"오늘은 몇 놈이나 따라붙었습니까?"

"세 놈이었습니다. 다 아는 처지에 서로 모른 척하고 있으려니 좀이 쑤시고 웃음이 나더이다."

숙영은 절영에게 고개를 숙여 보이고 비옥 안으로 들어갔다. 비옥 안에서는 천덕이 기륭이 날라다놓은 나무를 이어 붙이는 작업을 하고 있었다.

절영이 말했다.

"오늘 저녁에 기륭과 별군직이 이곳에 합류하기로 했습니다. 우리 쪽 무사가 비록 여섯에 불과하지만, 놈들에게 밀리지는 않을 겁니다."

이학송이 그 말을 받았다.

"애초에 그런 염려는 하지도 않았습니다. 조선 제일검(第一劍)인 좌익위가 있고 기륭도 있으며 우림위 무관 둘에 별군직까지 있는데 무엇이 걱정이겠습니까?"

"종사관은 왜 빼시오. 싸움이 나면 줄행랑을 치실 작정이오?"

절영의 말에 이학송과 나성찬이 너털웃음을 터뜨렸다. 웃음기가 잦아들고 난 뒤에 이학송이 절영에게 물었다.

"그나저나 기륭과 좌익위께서 빠지면 당분간 동궁은 누가 지킵니까?"

절영이 대답했다.

"세자익위사와 용호영의 우림위 군사들이 돌아가면서 번을 설 것입니다. 게다가 출중한 인재가 항상 세자 저하 곁을 그림자처럼 따르고 있으니, 염려 놓으십시오."

"출중한 인재라고요?"

"조선 땅이 좁으면서도 참 넓더이다. 곳곳에 숨은 고수들이 적지 않아요. 나와 돌아가면서 세자 곁을 지키는 이는 중금인데, 기륭에 버금갈 만큼 무예가 뛰어납니다."

이학송이 고개를 끄덕이며 말했다.

"그러면 좀 안심이 되는군요."

그날 밤 기륭과 별군직 윤필은이 비옥에 합류했다. 두 사람은 사람들의 눈을 피하기 위해 나룻배를 이용하지 않고 밤섬에 사는 어민의 작은 어선을 얻어 타고 여의도로 스며들었다.

비옥 주변에는 천덕이 만든 나무판자가 여러 개 놓여 있었는데, 사수들의 화살 공격을 피하기 위한 엄폐물이었다.

비옥에 도착하자마자 기륭이 양말산 꼭대기로 향했다. 경계를 서는 나성찬에게 다가간 기륭이 물었다.

"아직 기미가 없어?"

나성찬이 답했다.

"아직은. 형님은 놈들이 어느 쪽으로 쳐들어올 것 같소?"

"이곳에서 훤히 보이니까, 버젓이 한강을 가로질러 곧장 이곳으로 오지는 않을 거야. 노들나루 쪽으로 도강(渡江)했다가 샛강의 강폭이 좁은 남쪽으로 치고 오겠지."

"이왕 올 거면 좀 일찍 왔으면 좋겠소. 몇 날 며칠 이러고 있으려니 좀이 쑤셔서 죽겠소."

"조급하기는 검계 놈들이 더할 테니 곧 들이닥칠 거야."

잠시 사이를 두고 나성찬이 물었다.

"형님은 사람 죽여 보셨소?"

기륭은 답하지 못했다. 암행어사 채제공을 따라 울산도호부에 갔던 일이 떠올랐다. 그곳 동헌에서 검계의 공격을 막아내며 인체(人體)를 베었던 그 섬뜩한 느낌이 선명하게 되살아났다.

기륭에게서 답이 없자, 나성찬이 말을 이었다.

"나는 무관이 되려 하면서도 사람을 죽일지도 모른다는 생각은 추호도 하지 못했소. 그냥 구군복 차려입고 칼 차고 다니면서 고관과 왕실 인사들 곁만 지키면 될 줄 알았지. 그게 오늘이 될지, 내일이 될지 모르지만, 사람을 죽이고 나면 세상 대하는 마음이 많이 달라질 것 같소."

분명 군인은 지켜야 할 것을 지키는 자이지 살생을 행하는 자가 아니었다. 하지만 소중한 것을 지키기 위해서는 타인의 목숨을 빼앗기도 해야 하는 것이 무인의 숙명이었다. 하지만 기륭은 나성찬이 그런 일을 겪지 않기를 진심으로 바랐다. 아무리 그것이 정당한 행위라 할지라도 사람을 죽이는 일은 이 세상에서 가장 끔찍한 비극이었다.

나성찬이 목소리를 낮추어 급히 말했다.

"형님, 저것이 무엇이오?"

기륭은 얼른 나성찬이 손가락으로 가리키는 곳을 향해 시선을 던졌다. 한강 하류 쪽에서부터 커다란 상선 한 척이 양말산이 위치한 여의도 북단을 향해 남하하고 있었다. 차길현의 상선일 터였다. 저렇게 정면으로 치고 들어올 생각을 하다니, 대단한 자신감이었다.

"송상의 상단과 검계가 손을 잡으리라고는 생각지도 못했다. 내려가서 알려라. 나는 이곳을 지키고 있다가 상륙하려는 놈들에게 화살 맛을 보여주고 합류하겠다."

나성찬이 비옥을 향해 내려가고, 기륭은 메고 있던 활의 시위에 화살을 걸었다. 곧이어 이학송과 절영, 하도경이 기륭에게 다가와 함께 상황을 살폈다. 상선은 여의도에서 거리를 두고 멈추어 서더니 작은 목선 네 척을 강물에 띄웠다. 한 척에 열 명씩 도합 마흔이었다.

이학송이 말했다.

"기륭과 도경은 화살 공격으로 놈들의 숫자를 줄이고 비옥으로 합류해라."

"예."

이학송과 절영이 비옥으로 돌아갔다. 기륭이 목선의 상륙 지점을 향해 다가가기 위해 몸을 일으켰다. 그러자 하도경이 급히 말했다.

"내가 가겠다. 네가 엄호해라."

기륭이 뒤를 돌아보며 말했다.

"형님보다 내가 뜀박질이 낫지 않소?"

기륭은 자세를 낮추고 강가로 다가갔다.

이윽고 네 척의 목선에 나누어 타고 온 사수와 살수들이 하나둘 육지에 올랐다. 기륭은 수풀 사이에 몸을 숨긴 채 화살을 날렸다.

"큭!"

기륭이 날린 화살이 정확하게 살수의 목을 꿰뚫었다.

"적이다!"

그렇게 외친 자 역시 기륭의 화살에 왼쪽 눈알을 맞고 쓰러졌다.

달빛이 밝은 편이었으나 밤은 밤이었다. 화살이 어디에서 날아왔는지 모르는 침입자들은 우왕좌왕했다. 다시 기륭의 화살이 날아들었다. 강가에 자란 억새 사이에 몸을 숨기고 있던 사수가 가슴에 화살을 맞고 쓰러졌다.

"저쪽이다!"

기어이 공격 지점이 드러나고 기륭이 있는 쪽으로 사수들의 살이 날아들었다. 기륭은 잽싸게 몸을 일으켜 양말산 정상을 향해 내달렸다. 귓가에 '피융' 하며 화살이 공기를 가르는 소리가 스치고 지나갔다.

기륭이 정상에 거의 이르렀을 때 웅크리고 있던 하도경이 몸을 일으켜 화살을 날렸다. 기륭도 몸을 돌려 산 아래쪽에서 올라오는 적을 향해 화살을 쏘았다. 산을 오르던 살수들이 하나둘 쓰러지자, 무리는 양쪽으로 갈라져 기슭을 끼고 양말산을 돌아서 곧장 비옥 쪽으로 달렸다.

"가자!"

기륭과 하도경은 비옥 쪽으로 향하다가 양쪽으로 갈라졌다. 양말산 양쪽을 돌아 비옥을 공격해 들어가는 살수들을 막기 위해서였다. 기륭은 비옥의 동쪽을 지키고 있는 절영과 나성찬 쪽으로, 하도경은 서쪽을 지키고 있는 이학송과 윤필은 쪽으로 내달렸다.

이윽고 살수들이 들이닥쳤다. 기륭이 양말산에서 달려 내려오던 속도에 몸을 실어 공중으로 치솟았다. 그는 땅에 내려서면서 검을 내리쳐 살수의 몸통을 둘로 갈랐다. 뒤이어 합류한 절영과 나성찬이 앞으로 검을 내질러 두 명의 살수에게 치명상을 입혔다. 어둠 속에서 검과 검이 맞부딪칠 때마다 섬광이 일었다.

일전을 벌이고 있는 동안 뒤에서 천천히 달라붙은 검객 한 명이 갑자기 뛰어들어 나성찬의 복부를 찔렀다. 전광석화 같은 몸놀림이었다. 불시에 공격을 당한 나성찬은 순간적으로 고통을 느끼지 못하다가 이윽고 찾아온 끔찍한 통증에 앞으로 고꾸라지고 말았다. 검객의 두 번째 검이 나성찬의 목으로 향했다. 기륭이 땅에 떨어진 살수의 칼을 집어 검객을 향해 날렸다. 칼을 쳐내느라 자세가 흐트러진 틈에 기륭이 공격해 들어갔다. 만만치 않은 상대였다. 자세가 흐트러진 중에도 그는 기륭의 칼을 쳐내고 뒤쪽으로 몸을 피했다. 기륭은 틈을 주지 않고 다시 검을 내질렀다. 두 번, 세 번 연거푸 이어진 공격에 검객은 계속 뒤로 밀렸다. 그가 알아들을 수 없는 말로 소리쳤다. 청의 무사였다. 살수들이 죄다 절

382

영 쪽으로 붙었다. 절영은 쓰러진 나성찬을 보호하면서 살수들의 칼을 힘겹게 막아내는 중이었다.

기륭이 청의 무사를 위아래로 훑어보다가 그를 향해 내달렸다. 마치 몸으로 충돌할 듯 재빠르게 달라붙은 기륭은 청의 무사가 검을 앞으로 뻗는 것과 거의 동시에 몸을 바짝 숙여 검을 휘둘렀다. 무사의 두 다리가 반으로 싹둑 잘렸다. 처절하고 지독한 비명이 이어졌다. 기륭은 청의 무사를 내버려두고 곧장 절영 쪽으로 붙었다. 기륭이 달려들자 살수들이 주춤주춤 뒤로 물러섰다.

"스승님, 성찬이를 비옥으로 옮기십시오."

절영이 복부에 치명상을 입어 움직일 수 없게 된 나성찬을 뒤에서 끌어당겼다. 기륭은 양말산 등성이로 뛰어올랐다가 방향을 틀어 반원을 그려서 내려오며 다시금 그 속력에 체중을 실어 검을 내리쳤다. 기륭의 검이 살수의 칼을 두 동강 내고 그대로 그의 이마에 꽂혔다. 기륭은 거기서 몸을 회전시켜 곁에 선 살수의 아랫배에 검을 꽂아 넣었다.

그때였다. 공기를 찢는 소리가 들려온 것과 함께 기륭의 팔뚝에 화살이 날아와 박혔다. 기륭은 자신에게 달려드는 살수의 칼을 가볍게 피한 뒤 팔뚝의 화살을 뽑아 그의 목젖에 찔러 넣었다. 달빛 아래서 사수들이 자신을 겨누고 있는 것을 발견한 기륭은 바짝 엎드려 화살을 피했다가 비옥 주변에 세워둔 나무판자 쪽으로 달려갔다. 비옥 서쪽을 지키던 세 사람도 화살 공격을 피해 몸을 피하는 중이었다.

"성찬아!"

나성찬이 누워 있는 것을 보고 하도경이 다가갔다. 곁을 지키는 절영이 나성찬의 복부에서 비어져 나오는 내장을 계속 밀어 넣고 있었다. 기도를 타고 피가 올라오는 탓에 나성찬은 제대로 숨을 쉬지 못하고 컥컥거렸다.

사수들이 쏜 화살이 계속해서 나무판자에 날아와 박혔다. 수많은 화살을 맞은 비옥 주변은 마치 잡초가 무성한 무덤 같았다.

그때, 양말산 남쪽 억새가 무성한 평지 쪽이 환하게 밝아지더니 수십 개의 불똥이 곧장 비옥 쪽으로 쏟아졌다. 불화살이었다. 불화살은 피아(彼我)를 가리지 않고 무자비하게 날아들었다. 화살을 겨누고 비옥 쪽으로 접근하던 사수들이 불화살의 공격에 하나둘 픽픽 쓰러지고, 이내 기륭과 이학송 등이 몸을 숨긴 나무판자에 불이 옮겨 붙었다.

기륭은 불길이 점점 커지는 가운데 나성찬을 내려다보았다. 기륭을 향한 그의 눈동자가 멈추어 있었다.

기륭이 몸을 일으켰다. 그는 자신을 향해 날아든 불화살을 검으로 쳐냈다. 그러고는 바닥에 꽂힌 불화살 하나를 집어 억새밭에 불을 놓았다. 이학송과 윤필은도 불화살을 집어 억새풀 쪽으로 던졌다. 억새밭의 불길이 점점 커지는 가운데 기륭이 불길 속으로 뛰어들었다.

"기륭아!"

이학송이 소리쳤지만, 기륭은 멈추지 않았다. 그와 동시에 내내 비옥 안에 피해 있던 숙영이 밖으로 뛰쳐나와 기륭의 뒤를 따랐다. 이제 앞뒤 가릴 것이 없었다. 이학송과 윤필은, 하도경, 절영도 불이 번지고 있는 억새밭으로 뛰어들었다. 빠르게 번지는 불길을 뒤에 둔 여섯 사람이 마치 물살을 헤엄쳐 앞으로 나아가는 물고기처럼 억새풀을 헤치며 불화살을 날리는 사수들 쪽으로 빠르게 다가갔다. 불화살을 날리던 사수들은 불이 붙지 않은 화살로 바꾸어 시위에 걸었다. 그들은 무성한 억새풀 어디에서 기륭 일행이 튀어나올지 몰라 두려운 눈길로 사방을 훑었다. 바우 역시 두려운 눈빛으로 억새풀 사이를 헤집었다. 그동안 계형을 따라다니며 왈패를 상대로 싸움을 해본 적은 있어도 이처럼 규모가 제법 큰 전투에 나선 것은 그로서는 처음이었다.

비옥을 덮친 개성 상단의 무사들과 묘적의 관원들이 한판 대결을 벌이는 전장으로 불화살을 날린 이들은 도성 칠선객의 무사들이었다. 서로 죽고 죽이느라 양측의 전력이 손실된 틈을 노려 공격을 감행한 것이었다. 하지만 이철경은 묘적의 무인들이 조선에서 몇 손가락 안에 드는 고수들이라는 사실까지는 미처 간파하지 못했다.

"뒤로 물러서라! 억새풀 가까이 있다가는 그대로 당한다!"

계형이 칼을 빼들고 소리쳤다. 그때였다. 억새풀 속에서 뛰쳐나온 기륭이 검을 휘둘러 단칼에 두 명의 사수를 베었다. 기륭은 그야말로 들개들 무리에 뛰어든 한 마리 범이었다. 그가 휘두르는 검에 검계의 사수와 살수들이 추풍낙엽처럼 나가떨어졌다. 사수들은 기륭과 검계의 살수들이 뒤엉킨 탓에 활을 겨누고도 화살을 날리지 못했다. 엎친 데 덮친 격으로 기륭을 뒤따라온 나머지 다섯 사람이 또다시 검계를 덮쳤다.

사수들 중 일부가 멀찍이 뒤로 달아났다가 전열을 가다듬고 활에 화살을 걸었다. 그들 곁에 이철경이 서 있었다. 사수들이 한창 칼부림을 하고 있는 기륭 일행을 향해 거리를 좁히며 천천히 다가갔다.

"멈춰라!"

이철경이 소리쳤다.

"멈추라고 하지 않았는가!"

기륭이 검계 한 명의 몸을 제 쪽으로 끌어당겨 엄폐물로 삼았다. 그 뒤에 숙영이 몸을 숨겼다. 계형과 검을 다투던 이학송은 동작을 멈춘 채 앞에 선 계형과 사수의 방향을 재며 조금씩 몸을 움직였다. 하도경은 바짝 몸을 낮추었고, 윤필은과 절영은 널브러진 시신의 상체를 세워 그 뒤에 몸을 가렸다.

찰나의 소강상태가 지나고 계형이 소리쳤다.

"쏘아라! 나와 동지들은 개의치 말고 화살을 날려라!"

"그만하라!"

다시 이철경이 소리쳤다.

"회주!"

계형이 이철경 쪽으로 돌아섰다. 분을 이기지 못한 계형이 씩씩거리며 이철경을 노려보았다.

"계형, 그만두어라. 저자들 가운데 몇은 저승길의 길동무로 삼을 수 있겠으나, 계속 싸웠다가는 우리가 전멸한다."

계형은 몸을 돌려 자신과 겨루던 이학송을 무섭게 노려보더니 이철경 쪽으로 돌아서서 터벅터벅 걸어갔다. 사수들도 시위를 풀었다. 기륭은 그제야 엄폐물로 삼았던 검계 무사를 풀어주었다. 뒤늦게 불길을 뚫고 달려온 천덕이 숙영 곁에 서서 숨을 헐떡였다.

이철경이 말했다.

"비록 우리 역시 같은 목적을 갖고 이곳에 왔으나, 처음 그대들을 공격한 이들은 칠선객이 아니다."

이학송이 물었다.

"검계가 아니면, 저자들은 누구인가?"

"산곡주를 탐하는 이는 나뿐이 아니다. 사악한 관리가 산곡주를 가로
채기 위해 송상 차길현의 상단을 동원한 것이다."

기륭이 물었다.

"왜 공격을 멈추었는가?"

이철경이 쓴웃음을 지은 뒤 답했다.

"듣지 않았느냐? 살기 위해서."

이철경의 시선이 숙영에게로 향했다.

"운심, 너의 정체가 무엇이냐?"

숙영은 답하지 않았다. 이철경은 숙영과 곁에 선 천덕을 번갈아 보
았다. 그가 운심으로 알고 있는 숙영 곁에 선 사내는 백선당의 심마니가
분명했다. 이철경은 무언가를 알아차렸다는 듯 고개를 끄덕이며 혼잣말
을 했다.

"백선당주 양일엽에게 손녀가 있을 것이라고는 꿈에도 생각지 못
했군."

바우는 억새풀의 불길을 등진 채 서 있는 이학송을 보며 어딘지 모르
게 낯이 익다는 생각을 했다. 그가 인연을 맺은 무관은 주인인 연정흠을
제외하면 딱 한 사람뿐이었다. 언젠가 주인의 심부름으로 찾아갔던 훈
련도감의 별군관 이학송! 다섯 살 난 노비의 자식에게 무관이 되고
싶다는 허튼 꿈을 심어주었던 장본인이었다. 벌써 이십칠 년이 흘러 이

학송이 자신을 알아볼 리 만무하건만 바우는 저도 모르게 그에게서 고개를 돌렸다.

이철경이 이학송에게 말했다.

"그대들에게 줄 선물이 있으니, 곧 모화관으로 전갈을 보내겠소."

그러고 나서 이철경이 소리쳤다.

"가자!"

계형이 이철경의 옷소매를 붙잡았다. 이철경이 계형을 향해 씁쓸한 미소를 지어 보이며 말했다.

"계형, 가자. 몹시 피곤하다."

이철경이 물러나자, 검계의 사수와 살수들도 슬금슬금 뒷걸음질 쳤다. 계형은 이학송과 기룡을 일별하고는 돌아섰다.

사헌부 대사헌 김규열이 등청하기 위해 관아의 출입문을 넘어섰다. 출입문 안쪽에 낯익은 인물이 서 있었다. 좌의정 김판중이 비밀스러운 전갈을 보낼 때면 접근해오던 이들 중의 한 명이었다. 평소 은밀하게 행동하던 그가 이리 대놓고 아문에서 자신을 기다리고 있다는 사실은 그만큼 사안이 급하다는 뜻이었다. 김규열은 사헌부 관리들로부터 인사를 받고 집무실로 향하면서 사내에게 눈짓을 했다. 사내가 김규열을 따라 붙었다. 집무실로 들어선 뒤 자리에 앉기도 전에 사내가 김규열에게 말했다.

"속히 비국(備局)으로 오시라는 좌상 대감의 전갈입니다."

비국은 비변사를 뜻했다. 비변사는 조선의 아홉 번째 왕인 성종 때 나날이 심각해지는 왜와 여진의 침입에 적극적으로 대처하기 위해 만든 임시 기구에서 시작되었다. 의정부의 삼정승과 병조가 국경 수비와 관련한 사안에 발 빠르게 대책을 수립하고 이를 왕에 보고하여 계획을 실행하는 체계를 갖춘 기관이었다. 하지만 시간이 지나면서 삼정승 외에 육조의 수장들과 전직 재상(宰相)들까지 합류하면서 비변사는 그야말로 조선의 최고 의결 기구로 확대되었고, 궁중 내에 마련한 빈청(賓廳)에서 벗어나 창덕궁 앞에 별도의 관청까지 갖추었으며, 임시 기구의 한계를 깨고 공식적인 아문으로 등록하기에 이르렀다. 삼정승과 육조의 판서, 한성부 판윤 그리고 퇴직 후에도 국정에 적지 않은 영향력을 미치는 전직 정승들까지 모여 목소리를 높이면서 비변사는 군사 문제뿐 아니라 국정 전반에 걸쳐 두루 관여했고, 심지어 왕실의 비와 빈을 간택하는 문제에까지 개입했다. 비변사가 왕권에 버금가는, 아니 실제로는 왕권을 넘어서는 힘을 갖고 국정을 주무르자 각 관청이 독립적인 정책을 수립하고 서로 협의하는 가운데 보다 현명한 결과를 도출하는 과정은 생략될 수밖에 없었다. 뜻 있는 관리들이 나라와 백성을 편케 할 뛰어난 의견을 올려도 오로지 자기 잇속만 챙기는 비변사의 '대가리'들에 의해 번번이 막히니, 인재들은 관작을 버리고 낙향하거나 관료의 케케묵은 질서 속으로 편입되는 선택을 해야 했다. 그리고 이러한 비변사의 권한과 횡포는 현왕에 이르러 절정을 누리고 있었다.

진무심을 나선 김규열이 하관(下官)들에게 말했다.

"집의를 부르라."

장령 한두수가 대답했다.

"집의께서는 아직 등청 전이십니다."

이럴 때 나쁜 쪽으로 머리가 잘 돌아가는 김칠규가 동행한다면 좀 든든할 듯한데, 개똥도 약에 쓰려면 없다더니, 딱 그 짝이었다. 그는 하는 수 없이 혼자 사헌부 관아를 나섰다.

김규열은 비변사로 향하면서 크게 자존심이 상했다. 자신과 좌상 사이에 오가는 일이 세상에 드러내놓을 수 없는 것이기에 모처에서 비밀리에 만나자고 했다면 이리 마음이 상하지는 않았을 것이다. 그런데 댓바람부터 비변사로 오라니! 상전이 아랫것에게 하는 작태가 아닌가! 물론 좌의정이 대사헌보다 관작이 높았다. 하지만 비리에 가담한 관료들과 송상의 상단, 검계 무리를 이용하여 잇속을 챙기고 힘을 유지하는 이면(裏面)의 세상에서 그따위 관작이 무슨 소용인가. 김규열은 자신이 김판중과 어느 정도 균형을 맞추었다고 생각하던 참이었기에 호출을 당하고 불려가는 것이 편할 수 없었다.

비변사에 이르자 좌상의 전갈을 전했던 사내가 출입문 앞에서 기다리고 있다가 김규열을 안내했다. 비변사 가장 안쪽의 도제조 집무실에서 김판중이 혼자 기다리고 있었다. 김판중은 집무실로 들어서는 김규열을 꾸짖는 듯한 표정으로 바라보았다. 전에 없던 일이었다.

김규열이 맞은편 의자에 앉자 대뜸 김판중의 엄한 목소리가 날아들었다.

"사헌부에서 내 이름을 팔아 송상의 군사를 동원했다지요?"

금시초문이었다. 최근 들어 송상 차길현이 부리는 청의 무사를 대동한 일이 몇 번 있었지만, 만약 일을 도모하기 위해 병력을 동원하고자 했다면 차라리 뒤탈이 덜한 표철주의 수하들을 불렀을 것이다. 김규열 역시 나날이 위세와 군세가 커져가는 송상 차길현과 더욱 끈끈해지기를 기대하고 있었으나, 아직 김판중을 건너뛰고 직접 군사를 동원할 정도는 아니었다.

김판중의 뜬금없는 소리에 김규열은 아무런 대꾸를 못한 채 눈을 크게 떴다.

"도대체 무슨 작당을 하기에 나와 상의도 없이 송상의 상단을 함부로 움직였다가 모조리 전멸시켰느냔 말이오?"

김판중의 날카로운 음성이 다시 날아들자, 김규열이 대답했다.

"사헌부가 송상의 군사를 움직였다고 하셨소? 하지만 나는 그런 일을 시킨 적이 없고, 그럴 만한 일도 없었소이다. 좌상께서 무언가 잘못 아신 것이 아닙니까?"

"새벽에 차길현 상단의 사람이 은밀히 찾아와 내 잠을 깨웠소. 좌상의 하명으로 사수 스물과 살수 스물을 상선에 실어 보냈는데, 죄다 불귀의 객이 되었으니, 후일을 논의하겠다고 나를 찾아왔더란 말이오. 내가 내리지도 않은 하명을 송상의 상단에 전한 자가 바로 사헌부 집의 김칠규였소. 그런데도 대헌은 발뺌을 하실 참이오!"

그제야 김규열은 김칠규가 등청하지 않은 것이 이 일과 무관하지 않음을 직감했다.

"지금 김칠규는 어디에 있소?"

김규열의 물음에 김판중이 뒷목을 잡았다.

"어허, 대헌의 부하가 어디 있는지 그걸 내게 물으시는가? 내 이름을 들먹이며 엄청난 이권을 챙길 기회가 생겼다고 차길현을 살살 꼬드겼다가 모조로 말아먹은 그자의 행방을 왜 나에게 물으시는가? 대헌이 이 일에 무관하다면 당장 그 집의 놈을 내 앞에 대령하시오!"

모든 것이 명백했다. 집의 김칠규가 무언가에 욕심을 부려 잔머리를 굴렸다가 일을 망친 것이다. 김규열이 말했다.

"김칠규가 사헌부 소속이니 이 일은 내가 사죄하겠소. 허나 나는 이 일과 무관하오. 관리들을 풀어 김칠규를 속히 잡아들일 것이니, 이 일의 내막은 좌상이 직접 물으십시오."

김규열이 자리에서 일어섰다. 그는 김판중에게 까딱 고개를 숙여 보이고는 돌아섰다. 김판중이 멀어지는 김규열의 뒷모습을 의심스러운 눈초리로 지켜보았다.

송상 차길현의 상단 무사들이 여의도 양말산의 비옥을 공격했던 새벽, 김칠규는 송상의 상선에서 목선으로 갈아타고 무사들과 함께 여의도로 향했다. 그는 싸움이 벌어지는 동안 한강에 몸을 반쯤 담그고 있다가 무사들이 패퇴(敗退)하는 것을 보고 혼자 목선을 저어 한강을 건넜다. 마포 나루 부근에 닿은 그는 사헌부 관리 노릇을 하면서 착복한 돈으로 예전에 마련해둔 망원정(望遠亭) 부근 민가의 광에 몸을 숨긴 채 꼼짝 않고 이틀을 버텼다. 그 집이 비어 있는 것을 아는 웬 잡놈과 잡년이 숨어들어와 노닥거릴 때도 그는 나서지 못했다. 그런 중에도 생리 현상은 어쩔 수 없어서 그는 광 한 구석에 똥을 한 무더기 싸놓았다. 냄새 때문에라도 더 이상 그곳에 있을 수 없었다. 곧 동리 주민들이 악취의 출처를 찾아 광의 문을 뜯을 것이었다.

집으로 돌아갈 수는 없었다. 자신이 좌상 김판중의 이름을 팔아 차길현의 무사를 동원했다는 사실이 진즉에 까발려졌을 터였다. 상단의 무사는 물론이고 대사헌 김규열과 비옥을 지키던 무관들까지 눈에 불을 켜고 자신을 좇을 것이다. 이럴 줄 알았으면 엽전이라도 한 꾸러미 챙겨 둘 것을 그랬다고 김칠규는 뒤늦게 후회했다.

후회를 하자면, 그날 공술을 뜯어먹겠다고 이철경을 꼬드겨 모화관으로 간 것부터가 화근이었다. 그곳에서 산곡주를 맛보지 않았다면 정신이 해까닥 나가지는 않았을 것이다. 운심이라는 기생년의 뒷배에 그처럼 탄탄한 무사들이 있는 줄 알았더라도 과욕을 부리지 않았을 것이다. 산곡주는 너무도 탐이 나는 물건이었고, 모든 것이 너무나 쉬워 보였다. 기생년 하나 족쳐서 산곡주의 출처를 알아내고 직접 거래를 튼다면 더 이상 성질 더러운 상관 앞에서 빌빌거릴 필요가 없었고, 여기저기 눈치 보느라 피가 마르는 나날을 보내지 않아도 되었을 것이다. 하지만 모든 것이 허튼 꿈이었다.

그는 어둠이 내리고 사위가 쥐죽은 듯 고요한 시간을 틈타 광을 나섰다. 한강을 끼고 북상하다가는 송상 상단에 걸릴 수 있었다. 그렇다고 경기 이남으로 향할 수도 없었다. 대사헌이 수족처럼 부리는 표철주의 검계 무리에게 붙잡힐 수 있었다. 달아날 곳은 딱 한 곳, 검계가 아직 뿌리 내리지 못했고 김판중이나 김규열의 세도가 미치지 못하는 북녘뿐이었다. 북쪽의 무지렁이들쯤이야 그동안 집의 노릇을 하며 익힌 갖은 권모술수로 찜 쪄 먹을 자신이 있었다.

구파발의 역참까지만 가면 그다음부터는 순조로웠다. 그곳에서 사헌부 인장이 찍힌 가짜 공문서를 내밀어 말을 얻은 뒤 뒤도 안 돌아보고 무조건 내달려야 했다. 구파발 역참까지의 삼십 리 길이 김칠규의 오십 년 인생에서 가장 험난하고 숨 막히는 여정이었다.

망원정에서 안산까지 십이 리 길은 무사통과였다. 야트막한 안산을 북쪽으로 넘기만 하면 구부능선은 건넌 셈이었다. 연은방(延恩坊) 홍제원계(弘濟院契)를 벗어나서 한성부를 등지기만 해도 숨통이 좀 트일 것 같았다.

영은문에서 홍제원(弘濟院) 방향으로 향하는 무악재의 끝자락에 이르렀을 때였다. 뒤쪽에서 우렁찬 말발굽 소리가 들려왔다. 도성을 떠나 북쪽으로 향하는 파발인 듯했다. 김칠규는 길 한쪽으로 물러섰다. 말이 스쳐 지나려는 찰나 그악스러운 손길이 김칠규의 도포 뒷덜미를 낚아챘다. 그의 몸이 공중으로 붕 떠올랐다가 바닥으로 내동댕이쳐졌다. 충격으로 인해 김칠규는 한동안 몸을 일으키지 못했다. 가까스로 정신을 가다듬었을 때 저만치 앞서갔던 말이 되돌아오고 있었다. 김칠규는 삭신이 쑤시는 것도 잊은 채 반대 방향으로 달아나기 시작했다. 하지만 그것도 허사였다. 무사로 보이는 한 무리의 사람들이 무악재를 넘어 다가오고 있었다. 자신을 붙잡기 위해 잠복하던 자들이 분명해 보였다. 가까이 다가온 무사들 중 제일 앞장선 이의 얼굴이 낯익었다. 홍화정의 이철경이 부리는 심복이었다.

'이름이 계형이라 했던가?'

김칠규가 그의 이름을 기억해내고는 비굴한 몸짓으로 알은 체를 하려는 순간 장돌 같은 주먹이 날아와 안면을 후려쳤다. 김칠규는 정신을 잃고 말았다.

◇　◈　◇

"옥당 마님 계시오?"

매홍이 문을 열고 밖으로 고개를 뺐다. 모화관의 일꾼이었다.

"무슨 일인가?"

일꾼이 매홍에게 바짝 다가가 귀엣말을 했다.

"홍화정에서 사람이 왔습니다. 일전에 이야기한 선물을 준비해두었으니, 운심에게 전하라 하더이다."

매홍이 고개를 끄덕였다.

"알았네. 운심에게 전하겠네."

일꾼이 떠난 뒤 어둠 속에 웅크리고 있던 기륭이 달빛 속으로 나섰다. 매홍이 그에게 말했다.

"홍화정에서 사람이 왔다 하네."

기륭이 고개를 끄덕이고는 다시 어둠 속으로 사라졌다.

이하숭과 이규상, 기륭, 숙영이 목멱산 아래의 홍화정에 이르렀다.

대문 바깥에서 그들을 기다리고 있던 검계 무사들이 안쪽으로 인도했다. 깊은 새벽이었건만 홍화정의 기루에서는 간밤의 여흥(餘興)을 매듭짓지 못한 취객들의 두런거리는 말소리가 새어나오고 있었다.

홍화정 깊숙한 곳에 위치한 별채에 다다르자, 무사 한 명이 별채에 대고 말했다.

"회주, 왔습니다."

이철경이 밖으로 나섰다. 그를 향해 기륭이 나직하게 말했다.

"수작을 부린다면, 한 놈도 남김없이 몰살(沒殺)할 것이다."

그 소리에 이철경은 보일 듯 말 듯 쓴웃음을 지었다.

"너희는 예 있거라."

그렇게 말하고 나서 이철경은 별채 뒤편으로 향하더니 담벼락을 훌쩍 뛰어넘어 목멱산의 수풀 속으로 향했다. 이학송과 숙영이 그를 따라 담을 넘었다. 이규상은 기륭의 도움을 받아야 했다.

이철경은 목멱산을 타고 올랐다. 이학송과 기륭, 숙영은 검을 뽑아들고 이규상을 호위하듯 삼각형 모양으로 전열을 이룬 채 이철경의 뒤를 따랐다. 정상에 거의 다다랐을 때였다. 사람의 낮은 신음이 들려왔다. 이철경이 걸음을 멈춘 곳에 한 사람이 재갈을 문 채 나무에 묶여 있었다. 숙영이 그를 알아보았다. 사헌부 집의 김칠규였다.

이철경이 말했다.

"이 자는 사헌부 집의로, 산곡주를 독식하기 위해 송상 차길현을 부추겨 비옥을 공격하도록 꾸민 자요. 거기에 대해서는 이미 실토를 받아냈으니, 더 알고 싶은 것이 있다면 캐내시오."

이학송이 김칠규의 입에 물린 재갈을 벗기고 그의 몸을 묶고 있는 줄을 잘랐다. 김칠규가 앞으로 풀썩 고꾸라졌다. 간신히 상체를 일으킨 그가 자신을 둘러싼 이들에게 손을 싹싹 빌어 보이며 말했다.

"살려만 주시오. 대헌을 잡고자 한다면 내가 증인이 되어주겠소. 김판중을 무너뜨리고자 한다면 그 또한 내가 증언하겠소. 그러니 살려주시오. 시키는 대로 다 할 테니 목숨만 살려주시오."

이학송이 숙영에게 눈짓을 했다. 숙영이 품에서 작은 병을 꺼내 이학송에게 건넸다. 이학송이 김칠규에게 다가가 몸을 낮추었다.

"네가 이 술을 그리 탐했다지?"

이학송이 병의 뚜껑을 막은 천을 풀었다. 풀냄새가 진동하는 여름의 산중에 희미한 향이 퍼졌다. 이철경은 코끝에 걸린 향을 빨아들이기 위해 저도 모르게 숨을 깊이 들이쉬었다. 산곡주였다.

자신의 삶을 망가뜨린 저주받은 술이었건만 김칠규는 저도 모르게 꿀꺽 침을 삼켰다. 혀를 적신 뒤 식도를 타고 흐르던 그 감미로운 맛과 향이 기억 속에서 되살아났다. 김칠규는 이학송이 입에 흘려 넣어주는 산곡주로 마른 목을 적셨다. 목숨이 경각에 달린 상황에서도 여전히 산곡주는 매혹적이었다. 김칠규는 자신이 과욕을 부리고 정신줄을 놓고만 것이 어쩌면 당연한 일이었는지도 모른다는 생각을 했다.

이학송이 물러난 뒤 이규상이 김칠규 앞에 종이를 내려놓았다. 그리고 먹이 담긴 소병(小甁)에 붓을 담갔다가 김칠규에게 건넸다. 이규상이 말했다.

"그동안 송상, 겸계와 결탁하여 탐욕을 부리는 동안 들었거나 본 사의 이름을 빠짐없이 적어라."

김칠규는 말 잘 듣는 개처럼 크게 고개를 끄덕이고는 종이에 이름을 적어 내려가기 시작했다. 제일 먼저 나온 이름은 사헌부 대사헌 김규열이었다. 김판중이 그 뒤를 이었다. 김칠규는 이름을 적어나가는 데 거침이 없었다. 종이 한 장을 다 채우고 모자라 두 번째 종이를 펼쳤다. 세 번째 종이를 절반쯤 채웠을 때부터 속도가 더뎌지기 시작했다. 생각해내야 했다. 이름 하나하나가 자신의 목숨값이었다. 그는 관리 생활을 한 지난 스물다섯 해 동안 가까이서 또 멀리서 알고 지낸 모든 관료의 이름을 떠올렸다.

"만약 무고(誣告)한 이의 이름을 적는다면 나중에 크게 후회하게 될 것이다."

이규상의 그 말에 김칠규는 몇 사람의 이름을 먹으로 덮었다. 그 모습을 보고 있자니, 기룡은 딱하고 처량하여 마음이 아팠다. 지금 자신이 어디로 향하고 있는지도 모른 채 살기 위해 안간힘을 쓰는 인간의 비참한 말로가 참으로 서글펐다.

"다 적었소이다. 나라의 살림을 축내고 백성의 생명을 좀먹는 도둑놈들 이름은 죄다 여기 적었소이다. 한 놈 한 놈 내가 다 증언할 수 있소. 그러니 내 목숨은 살려주시오."

이규상이 바닥에 흩어진 종이를 접어 품에 넣었다. 이학송과 이규상에게서 아무런 대꾸가 없자, 조바심이 난 김칠규가 다시 한 번 손을 싹싹 빌었다.

"윗놈들이 시켜서 그런 것이오. 내가 처음부터 이렇게 빌어먹을 인간은 아니었소. 이제라도 새 사람이 될 터이니 꼭 좀 살려주시오."

이학송도 기륭과 마찬가지로 안타까움을 느꼈던지 부드러운 음성으로 김칠규에게 말했다.

"여의도 양말산의 비옥이 발각되어 너를 숨겨둘 만한 장소가 없다. 미안하게 되었다."

김칠규가 어리둥절한 표정으로 이학송을 올려다보며 말했다.

"그게 무슨 소리요?"

그때였다. 속이 울컥 뒤집혔다. 목을 타고 뜨끈한 것이 올라왔다. 역한 피비린내가 목과 코에 걸리는가 싶더니 이내 피를 토했다. 김칠규는 피가 넘어오는 것을 막으면 살 수 있을 것이라고 생각했는지 자신의 목을 두 손으로 꽉 쥐었다. 하지만 두 번째 피를 흩뿌리고는 바닥에 쓰러졌다. 그의 몸이 심하게 경련을 일으키다가 축 늘어졌다. 이철경과 계형은 놀란 눈으로 김칠규의 시신을 내려다보다가 이학송 등에게로 눈길을 던졌다. 전혀 예상치 못한 전개에 이철경도, 계형도 놀란 듯했다.

숙영의 날카로운 음성이 날아들었다.

"이 일로 너와 내가 한 배를 탔다고 생각한다면 오산이다. 반드시 내 손으로 너의 목을 딸 것이다."

그 말이 자신에게 향하는 것임을 알았지만 이철경은 대꾸하지 않았다. 이철경과 계형은 홍화정 반대편으로 목멱산을 넘어가는 숙영 일행을 그저 물끄러미 지켜볼 뿐이었다.

"바우야, 그만 집으로 가거라."

계형

38

민란

1761년 겨울

이학송의 집으로 묘적의 동지들이 하나둘 모여들었다. 가장 나중에 방으로 들어선 채제공이 말했다.

"예를 갖추십시오."

방 안에 좌정한 이들이 의아한 표정으로 채제공을 올려다보았다. 그때 누군가 방으로 들어섰다. 세자 이선이었다. 모두 몸을 일으켜서 세자를 향해 허리를 숙여 보였다.

"세자 저하를 알현하옵니다."

세자는 거추장스러운 예법 따위 집어치우라는 듯 손을 내저었다. 기룡과 이학송이 바깥으로 나섰다. 따라붙은 자가 없는지 살피기 위해서였다.

어둠이 내린 마당은 텅 비어 있었다. 기륭이 사립문 너머 어둠 속에 몸을 숨긴 이의 희미한 인영을 발견하고 고개를 숙여 보였다. 이학송이 그쪽으로 다가갔다. 그곳까지 세자와 채제공을 호위한 이는 여전히 어둠 속에 머물러 있었다.

이학송이 물었다.

"중금인가?"

하지만 대답은 돌아오지 않았다. 이학송이 말을 이었다.

"나도 한때 주상 전하와 세자 저하의 어성을 대신하였다."

그제야 어둠 속의 사내가 살짝 모습을 드러냈다.

"이지견이라 합니다."

맑고 깊은 음성으로 미루어보아 주상과 세자가 회의를 주관하거나 행차할 때 어성을 대신하는 승전중금임이 분명했다. 어둠에 반쯤 가려져 있는데도 수려하고 훤칠한 외모를 짐작할 수 있었다.

"세자익위사의 좌익위께서 세자 곁을 출중한 인재가 지킨다고 하더니, 자네를 두고 한 말이었군. 나는 이학송이라 하네."

"후학이 선학(先學)을 몰라 뵈었습니다."

"오래전에 스스로 중금군을 떠났으니, 그런 인사를 받을 자격이 없네. 저하께서 위태로운 지경이니, 그대가 잘 보필해주게."

"목숨을 다하겠습니다."

이학송이 돌아서서 방으로 향했다. 기륭이 그의 뒤를 따랐다.

이학송과 기륭이 방으로 들어서자, 세자가 말했다.

"오늘 이 좌랑이 중요한 이야기를 한다 하여 나도 정보를 얻고자 동참하였소. 나는 개의치 말고 평소처럼 자유롭게 이야기 나누시오. 시작하시오, 좌랑."

이규상이 세자 이선에게 허리를 숙여 보인 뒤 입을 열었다.

"이철경과 차길현은 탐관들이 양다리를 걸치고 있는 두 개의 거대한 조직을 이끄는 수장들입니다. 장붕익 대감이 살아 있을 때만 해도 탐관들은 검계와 끈끈한 유대를 맺어왔으나, 어느 때부터인가 그들은 송상 차길현의 상단과 더욱 긴밀하게 연결되기 시작했습니다. 그와 함께 송상 차길현은 상단의 규모를 키웠고, 교역 물품을 지킨다는 명목으로 사병을 확대했으며, 그로 인해 차길현은 청과 무역을 하는 다른 개성상인은 물론이고 나라 안의 물자를 거래하는 경강상인(京江商人)들의 영역까지 거의 잠식했습니다. 차길현이 군사를 양성하고 조선의 상권을 장악하는 데 탐관들이 큰 역할을 했다는 사실을 어렵지 않게 짐작할 수 있습니다. 그렇다면 탐관들은 왜 칠선객으로 대표되는 검계에서 차길현의 상단으로 갈아탄 것일까요?"

기륭이 입을 열었다.

"검계가 부담스러워진 것이 아닐까요? 제 조부님을 비롯하여 우리처럼 검계를 추적하는 관리들이 있기에 함께 엮이는 것을 두려워하여 그들과의 관계를 정리하려는 것이라는 생각이 듭니다."

이규상이 기륭의 말을 받았다.

"일부는 맞다. 하지만 탐관들은 그보다 더 큰 그림을 그리고 있다."

방 안의 사람들이 모두 이규상의 다음 말을 기다렸다. 그의 말이 이어졌다

"힘과 폭력으로 상대를 찍어 누르는 야만적인 방법은 권력을 유지하는 데 있어 궁극적으로는 걸림돌이 될 수 있다는 사실을 깨달은 것입니다. 정적을 척살하거나 경쟁 가문의 처와 여식을 욕보여 집안을 풍비박산 내는 등의 폭력은 당장에는 효과를 볼 수 있지만, 결과적으로는 범죄에 연루되어 비극적인 결말에 이를 수 있기에 그들은 다른 방법을 찾은 것입니다."

세자 이선이 물었다.

"그것이 무엇이오?"

"재물입니다. 탐관들은 돈과 땅, 상권을 지배하는 것이 권력을 유지하고 강화하는 합법적인 수단임을 깨닫고 송상 차길현 같은 거상과 손을 잡은 것입니다. 김판중이 중앙 관직의 관리들을 밀어내고, 그렇게 비게 된 도성의 대가와 민가를 싹쓸이한 뒤 매관을 통해 지방에서 중앙으로 유입된 관리들에게 비싼 값에 집을 구입하도록 하며, 그 과정에서 그들에게 돈을 빌려주어 폭리를 취하는 그 모든 과정이 관리들을 금전적으로 지배하기 위한 포석인 것입니다. 이런 그림 속에서 칠선객의 역할은 없습니다. 이제 탐관들은 예전처럼 범죄 집단을 비호하지 않을 것입니다. 상권과 재물을 장악한 세력과 결탁하여 힘을 축적하는 이러한 방식은 형률로 다스리기 어렵기에 조정의 탐관들은 계속해서 유사한 방식으로 세력을 확대해나갈 것입니다."

채제공이 고개를 끄덕이며 말했다.

"그런 가운데 부자(富者)와 빈자(貧者)가 양극으로 나뉠 것이고, 백성의 살림은 더욱 파탄이 나겠군요."

이규상이 힘주어 대답했다.

"그렇습니다. 조정 각 아문의 탐관들은 앞으로 자신들에게 이로운 쪽으로 법과 제도를 뜯어고치고 형률의 해석을 제멋대로 함으로써 이 나라의 땅과 재물과 재화(財貨)를 더 많이 확보하여 상대적으로 빈곤해지는 수많은 백성과 뜻있는 인사(人士)들을 찍어 누를 것입니다."

기룡은 아찔했다. 범죄에 엮인 탐관들은 금란방이나 묘적과 같은 의로운 이들에 의해 척결될 수 있다. 하지만 겉으로는 경세제민(經世濟民)을 표방하면서 뒤로는 제 잇속을 챙기는 행위에 대해서는 불법과 합법의 경계가 불분명하여 함부로 단죄할 수 없다. 또한 죄를 판단하는 판관들의 평가와 해석에 따라 죄 아닌 것이 죄가 될 수 있고 죄인 것이 죄 아닌 것으로 둔갑할 수도 있다. 기룡은 도대체 어떻게 해야 탐관들의 고리를 끊고 정의를 바로 세울 수 있을지 아득했고, 그래서 두려워졌다.

세자 이선이 말했다.

"이미 김판중을 위시로 한 탐관들은 도성의 많은 부분을 제 것으로 만들었소. 뿐만 아니라 도성의 관리들과 연결된 지방 관리들 역시 마땅히 백성에게 돌아가야 할 몫을 편취하여 나날이 국가의 부(富)가 한 곳으로 편중되는 실정이오. 그동안 묘적이 수집한 정보와 증거가 적지 않으니, 이제 움직여봅시다. 이쪽에서 칼을 뺏다가 역공을 당한다 할지라도 아무것도 하지 않는 것보다는 나을 것이오."

연정흠이 말했다.

"저하, 어디서부터 시작하는 것이 좋겠습니까?"

세자가 대답했다.

"일단 급소를 몇 군데 찔러봐야지요. 도승지와 내가 먼저 시작할 터이니, 나머지는 돌아가는 상황을 잘 주시해주시오."

세자 이선은 의미심장한 눈빛으로 방 안의 한 사람 한 사람과 눈을 맞추었다.

◇ ◈ ◇

어전 회의를 마치고 당상관들이 궁을 빠져나갈 때 채제공이 좌찬성 이제겸을 따라붙었다. 그가 낮은 소리로 말했다.

"대감, 오늘 저녁에 댁으로 찾아뵙겠습니다."

이제겸은 그러라 말라 아무런 대답 없이 가던 길을 갔다.

그날 저녁, 채제공이 이제겸의 집에 이르렀다. 청지기가 문을 열어주었다.

"대감께서 내가 온다고 하시던가?"

채제공의 물음에 청지기가 대답했다.

"사랑채로 모시라 하셨습니다. 이쪽으로 오십시오."

이제겸의 집은 소박하고 정갈했다. 오랜 세월 관가에 있으면서 어느 쪽으로 치우치지 않고 균형을 유지해온 그의 올곧은 성품이 집안 곳곳에서 엿보였다.

채제공이 사랑채에 자리 잡고 오래지 않아 이제겸이 방으로 들어섰다. 채제공과 마주 앉은 뒤 이제겸이 물었다.

"도승지께서 나를 찾아오다니, 뜻밖이오."

채제공이 마음을 다지는 듯 입술을 깨문 뒤 입을 열었다.

"지난 몇 년 동안 저를 비롯한 일단의 관리와 사인들은 세자 저하의 명으로 검계와 결탁한 탐관들을 추적해왔습니다."

이제겸의 눈이 커졌다. 채제공은 개의치 않고 말을 이었다.

"좌찬성 대감께서도 도승지를 지내던 때에 장붕익 대감을 도와 저와 같은 일을 하셨다 들었습니다."

이제겸은 다소 놀란 듯하면서도 가타부타 말이 없었다. 그의 침묵이 채제공의 다음 말을 재촉했다.

"당시 장붕익 대감이 이끈 금란방은 검계와의 비리에 관련한 관리들을 파악하여 명단을 작성해나갔습니다. 당시 혐의가 짙은 고위 관료가 많았으나, 당장은 증언과 물증을 확보한 이들의 이름만 적었기에 명단에 이름을 올린 이들은 주로 당하관이었습니다. 그러니까 그 명단은 미완성이었던 것입니다. 이십육 년 전 당시 명단을 두 장 작성하여 한 장은 금란방 소속 무관이 보관하고 다른 한 장은 장붕익 대감께서 지니고 있었습니다. 장붕익 대감께서 지니고 있던 명단은 대감이 죽고 자객들에 의해 집이 전소하면서 자취를 감추었습니다. 그런데 몇 년 전부터 그 명단이 다시 등장하여 조정 대신들의 명줄을 쥐고 흔드는 저승사자의 명부(名簿)가 되었습니다. 당시 두 장이었던 명단 중의 하나는 아직 우리 손에 있습니다. 사라졌던 나머지 명단을 손에 쥐고 흔드는 장본인은 좌의정 김판중입니다. 그는 중앙의 고관들이 하급 관리이던 시절에 연루된 작은 비리로 협박하여 그들을 자리에서 내치고, 그 자리에 자신의 심복들을 끌어다 앉혔으며, 그렇게 생겨난 관직의 빈자리를 중앙 관식에 목을 매는 지방관들에게 매관하였습니다."

이제겸에게서는 아무런 표정의 변화를 읽을 수가 없었다. 그의 얼굴을 유심히 살핀 뒤 채제공이 말을 이었다.

"하지만 지금 세자 저하가 작성하시고 있는 명단은 완성을 눈앞에 두고 있습니다. 이미 수많은 물증과 증언을 확보하였기에 명단에 이름을 올린 이들은 꼼짝없이 올가미에 걸려들 것입니다. 세자 저하께서 곧 주상 전하의 재가를 얻어 칼을 휘두를 것입니다. 하여 이렇게 좌찬성 대감을 찾아온 것입니다."

이제겸이 여전히 무표정한 얼굴로 말했다.

"허울뿐인 의정부의 뒷방 늙은이가 무슨 힘을 보탤 수 있겠소."

채제공이 그 말을 기다렸다는 듯이 재빠르게 대답했다.

"좌찬성 대감께서는 오랜 세월 도승지를 지내셨고, 그만큼 주상 전하의 신임이 깊으신 것으로 알고 있습니다. 게다가 장붕익 대감과 교분이 두터우셨으며, 검계를 소탕하는 일에도 관여하지 않으셨습니까? 이제 곧 세자 저하께서 조정의 탐관들을 벌하고자 하실 때 저항하는 이들이 많을 것입니다. 이럴 때 주상 전하께서 중심을 잡아주지 않으시면 오히려 당하는 쪽은 세자 저하가 되실 것입니다. 대감께서 주상 전하의 마음이 흔들리지 않도록 도와주십시오. 좌찬성 대감의 말씀이라면 주상 전하께서도 수긍하실 것입니다."

이제겸이 말했다.

"장붕익 대감도 이루지 못한 일을 도승지가 이루려 하는구려."

채제공이 답했다.

"그것이 어찌 저의 공이겠습니까? 이 일에는 여러 사람이 관여하고 있습니다. 특히 좌찬성 대감께서 들으시면 깜짝 놀랄 만한 이도 함께하고 있습니다."

"세상을 떠난 장봉익 대감이 살아오기라도 했소이까?"

채제공은 이제겸의 농담 섞인 물음에 답하지 않고 웃음을 지었다. 이제겸은 상대가 말하려 하지 않는 것은 굳이 캐묻지 않는 성품이었다.

"하지만 이것은 답해주시오."

이제겸의 말에 채제공이 그와 눈을 맞추었다.

"저하께서 작성하신 명단의 제일 꼭대기에 누가 있소? 좌상이오?"

채제공이 답했다.

"지금은 그렇습니다. 사헌부 대사헌 김규열 역시 그 곁에 나란히 이름을 올렸습니다."

이제겸이 고개를 끄덕였다. 채제공의 말이 이어졌다.

"그런데 한 가지 풀리지 않는 의문이 있습니다."

이제겸이 표정으로 그게 무엇이냐고 채제공에게 물었다.

"과거에 작성한 비리 관료의 명단이 어찌하여 김판중의 손에 들어갔나 하는 것입니다. 장봉익 대감이 갑작스럽게 죽음을 맞았을 당시 김판중은 마흔 중반의 적지 않은 나이에도 아직 정오품 교리에 머물러 있던 별 볼일 없는 관리였습니다. 고관들의 심부름이나 하는 처지였지요. 그랬던 그가 관가에서 날개를 달아 승승장구한 것은 명단을 손에 쥐었기 때문일 것입니다. 따라서 그가 장봉익 대감의 죽음에 깊이 관여했다는 사실은 어렵지 않게 짐작할 수 있습니다. 단, 그가 누구의 사주를 받아

그러한 일에 관여했나 하는 것입니다. 정오품 교리 따위가 자신의 판단으로 그와 같은 일을 할 수는 없지 않습니까. 당시 김판중과 표철주에게 장붕익 대장을 암살하도록 지시하고 명단을 취할 것을 사주한 인물, 그가 바로 세자 저하가 작성하시는 명단의 가장 높은 곳에 이름을 올려야 할 자입니다."

두 사람 사이에 한동안 침묵이 흘렀다. 굳은 표정으로 내내 침묵을 지키던 이제겸이 비로소 입을 열었다.

"설령 이십육 년 전에 김판중에게 지시를 내린 자가 있다 한들 아직 살아 있겠소?"

채제공이 답했다.

"지금 이 세상 사람이 아니라 할지라도 반드시 그자를 밝혀야 합니다. 이 땅의 어느 왕조, 어느 나라에서든 탐관들은 있기 마련이었습니다. 하지만 오늘날 조정을 장악하고 나라를 좀먹는 자들은 이전의 탐관들과는 다른 존재들입니다. 지금 조정을 장악한 탐관들의 뿌리가 장붕익 대감의 죽음을 사주한 자로부터 비롯되었기에 반드시 그자가 누구인지 알아내야 합니다."

이제겸은 의중을 헤아리기 힘든 표정을 지은 채 다시 무거운 침묵에 빠져들었다.

승전중금 이지견이 사헌부 관아 앞에 이르러 소리쳤다.

"세자 저하 납시오!"

세자가 타고 다니는 대가가 중금군과 세자익위사 무관들의 호위를 받으며 출입문 앞에 멈추었다. 동궁에 배속된 내관이 대가의 주렴을 말아 올렸다. 이어 세자가 대가에서 내려 땅에 발을 디뎠다.

"세자 저하 납시오!"

이지견이 다시 소리치자, 관원들이 일제히 관아 대문의 바깥쪽으로 달려 나와 도열했다.

대사헌 김규열은 세자가 온 것을 알고도 곧장 나서지 않고 집무실에서 머리를 굴렸다. 왕과 세자가 도성의 관청을 불시에 방문하는 일이 아주 없는 것은 아니지만, 대사헌 자신과 관계가 껄끄러운 세자가 아문을 찾은 일이 예사롭지 않았다. 지난여름에 실종되었던 사헌부 집의 김칠규의 시신이 사리현의 야트막한 야산에서 백골(白骨)로 발견된 일과 무관하지 않을 터였다. 김규열은 일단 부딪쳐보기로 마음먹고 관아의 대문을 향해 내키지 않는 걸음을 옮겼다.

"세자 저하를 알현하옵니다."

김규열은 세자 앞에 엎드려 절을 올렸다. 그러면서 그는 재빨리 세자의 표정을 살폈다. 입가에 희미한 미소가 잡혀 있는데 눈은 책망하는 것처럼 보였다.

"사헌부에 불미스러운 일이 생겼다 하여 이 몸이 직접 대헌을 위로하러 왔소이다."

사사로이 차길현의 상단을 움직였다가 낭패를 당하고 종적을 감춘 김칠규는 마치 증발하기라도 한 듯 도무지 찾을 길이 없었다. 누군가 그의 신병을 확보했다면 어떤 식으로든 접근해왔을 터인데, 사헌부는 물론 김판중 쪽과 차길현의 상단 어느 쪽으로도 기별이 없었다. 홍화정에도 사람을 보내 이철경의 의중을 떠보았으나, 그쪽으로도 소득이 없었다. 그랬는데 다섯 달 가까이 지나서야 백골로 나타난 것이다. 걸치고 있는 옷, 소지한 물건과 가짜 공문서, 호패 등으로 미루어 의심의 여지가 없었다.

더욱 궁금한 일은 김칠규가 어쩌자고 자신과 김판중의 허락도 얻지 않고 상단의 군사를 움직이는 무리수를 두었는가 하는 점이었다. 그가 차길현을 꼬드기며 거론했던 '엄청난 이권'의 실체가 무엇인지도 알 수 없었다. 여의도에서 상단 무사들의 공격을 막아낸 이들의 정체도 불분명했다. 전투가 벌어진 곳에 남아 있던 것은 수십 구의 시체와 불에 완전히 타버린 목조 건물 한 채뿐이었다. 김칠규는 너무나도 많은 비밀을 혼자 안고서 떠나버린 것이었다.

"소신의 수하가 그런 일을 당하여 황망하기 이를 데 없습니다."

김규열의 말에 세자가 고개를 끄덕이며 말했다.

"그럴 테지요."

세자가 성큼 사헌부의 대문을 넘었다. 이지견과 세자익위사 무관들이 뒤를 따랐다. 세자는 곧장 대사헌의 집무실로 향했고, 궁중 무관들이 건물을 포위하듯 둘러섰다. 김규열은 수많은 눈이 지켜보는 가운데 자신의 집무실 쪽으로 천천히 걸음을 옮겼다.

김규열이 집무실에 들어서자, 상석을 차지한 세자가 말했다.

"나는 아바마마의 명을 받들어 지난 세월 검계와 결탁하여 조정을 어지럽히고 백성을 도탄에 빠뜨린 탐관들을 추적하였소. 관리의 비위를 적발하고 탄핵하는 것은 엄연히 사헌부의 소관이나, 탐관들의 눈을 피하기 위해 어쩔 수 없이 비밀리에 일을 진행하였소. 대사헌에게 미리 이야기하지 못한 점은 미안하게 생각하나 이해해주시오. 탐관이 어느 관아에 얼마나 있는지 알 수 없기에 비밀에 부칠 수밖에 없었소."

엉거주춤 서 있는 김규열의 얼굴이 벌겋게 달아올랐다.

"지금까지의 조사와 증언을 바탕으로 대대적인 검거와 압송을 시작할 것이오. 그러니 죄인들의 죄상을 조목조목 밝히고 벌하는 일에 대사헌 이하 사헌부의 인재들이 적극 협조해주기를 바라오."

김규열은 세자의 그 날카로운 전언이 자신의 목을 향하고 있음을 직감하고 침을 꿀꺽 삼켰다. 하지만 여기서 밀려서는 안 되었다. 세자가 사헌부 관아까지 직접 찾아와 엄포를 놓는 것은 사헌부 관원들을 흔들기 위한 심리전의 하나였다. 비록 큰소리치고 있으나 그만큼 세자는 자신의 입지가 굳건하지 않음을 오늘의 이 행차를 통해 스스로 드러내고 있는 셈이었다. 상대가 왕위를 이을 왕세자라고는 하나 주상으로부터 신임을 잃었을 뿐 아니라 권력을 장악한 노론 대신이 적대하는, 미래가 불투명한 존재에 불과했다. 문무백관의 명줄을 쥐고 검계와 개성 상단까지 등에 업었으며 수많은 관리들과 공생관계로 얽혀 있는 자신과 비교할 바가 못 되었다. 하지만 김규열의 심경을 거스르는 딱 한 가지 일이 있었다. 바로 종적을 감추었다가 며칠 전 백골이 되어 나타난 집의 김칠규였다. 칠선객도 아니고 송상의 상단도 아니고 김판중도 아니라면, 도대체 누가 그를 그런 꼴로 만들었단 말인가. 세자에게 김규열 자신도 파악하지 못한 뒷배가 있는 것인가. 떠올릴 수 있는 조정의 인물은 기껏해야 판의금부사 연정흠과 도승지 채제공 정도였고, 군사로는 세자 익위사와 중금군의 소수가 세자 곁을 지킬 뿐이었다. 그와 같은 오합지졸을 거느리고 이리 대차게 나온다? 도대체 그의 뒤에 무엇이 있는가……?

"어찌 대답이 없으시오?"

세자가 김규열에게 말했다. 그에게서 대답이 없자, 세자가 목소리를 높였다.

"대헌, 왜 대답이 없는가?"

왕과 신료들 앞에서 안절부절못하며 말을 더듬거리던 그 겁쟁이는 어디로 갔는가. 김규열은 지금 자신 앞에 있는 사람이 진정 세자가 맞는지 확인하느라 고개를 들고 눈을 크게 떴다. 세자의 매서운 눈길과 마주쳤다. 그제야 김규열은 머리를 조아리며 대답했다.

"여부가 있겠습니까, 저하. 사헌부 관원들은 적극 협조할 것이옵니다."

세자가 집무실을 나섰다. 김규열은 세자를 마중하지 않았다. 그는 세자가 먼저 싸움을 걸어왔으니, 제대로 응수해주겠노라고 독하게 마음먹었다.

일이 급박하게 돌아갔다. 세사가 살생부를 쥐고 있다는 소문이 삽시간에 관가에 쫙 퍼졌다. 가장 먼저 동요한 부류는 그동안 위로부터 내려온 명령에 어쩔 수 없이 복종하여 비위에 발을 담갔던 하급 관리들이었다. 세자가 나선다 해도 어차피 세력이 막강한 비변사의 윗대가리들을 어쩌지는 못할 것이다. 권력가들은 세자와 정치적 놀음을 하면서 버려도 되는 몇 개의 말을 내어주는 것으로 무마할 터였다. '버려도 되는 말'이란 결국 위에서 시키는 대로 따를 수밖에 없었던 말석의 하급 관리들이었다. 거기에 당상(堂上) 언저리에 있는 몇 명의 고위 관료를 얹어주는 것으로 거래를 마무리 지을 수도 있었다.

하지만 탐관 무리의 정점에 있는 비변사와 사헌부의 수장들은 생각이 달랐다. 세자는 있는지 없는지도 모를 '명단'을 내세워 괜한 으름장을 놓고 있는 것이 아니었다. 정치적 셈법에 따라 이쪽에서 이렇게 나갈 것이니 그쪽에서도 적당히 응하라는 식의 약속 대련을 청한 것도 아니었다. 지금껏 노론 대신들과 극한의 대립을 마다하지 않았던 세자였다. 그는 미래의 왕위와 목숨을 내걸고 칼을 빼든 것이다. 김판중과 김규열은 이 싸움이 흐지부지 끝나지 않을 것이라는 불길한 예감에 사로잡혔다. 그것은 오랜 세월 숱한 정적을 제거하며 힘을 다져온 자만이 가질 수 있는 본능이었다.

김판중은 비변사의 도제조와 제조, 부제조에게 사람을 보냈다. 오래지 않아 비변사의 일원으로 국정을 좌지우지하는 각 관청의 으뜸 벼슬들이 한 자리에 모였다. 비변사의 회의에 참여할 자격을 가진 열다섯 명 가운데 열 명이었다. 평소 그들 무리에 끼는 것에 소극적이었던 소론과 무반(武班) 관료 다섯은 아예 부르지 않았다.

이조 판서 정길량이 김판중에게 물었다.

"주상은 만나보셨습니까?"

김판중이 대답했다.

"독대(獨對)를 청하였으나 병을 핑계로 피하더이다. 칼자루를 우리에게 넘긴다는 뜻이 아니겠소?"

모두들 그 말에 미소를 지으며 고개를 끄덕였다.

김판중은 자신과 한 배를 탄 이들의 면면을 살펴본 뒤 입을 열었다.

"세자가 스스로 명(命)을 재촉하고 있으니, 그에 합당한 대우를 해주는 것이 어떻겠소?"

세자를 제거하자는 뜻이었다. 명백한 역모였으나 그 자리에 모인 어느 누구도 동요하거나 놀라는 기색이 없었다. 권신들의 입맛에 따라 궁궐의 주인을 교체하는 것쯤 그리 어려운 일이 아니었다. 조선이 개국한 이래 이미 여러 차례 그와 같은 일이 행해졌고, 현왕 역시 그 덕에 일찍 왕좌를 차지했다는 정황이 뚜렷했다. '경종 독살설'이었다. 그 일에 대하여 시원하게 밝혀진 것은 아무것도 없었으나, 현왕이 그 사건에 어느 정도 발을 담갔음을 의심하지 않는 이는 없었다.

김판중의 말을 이조 판서 정길량이 받았다.

"주상이 일흔을 목전에 둔 지금 외동인 세자가 사라진다면, 다음 왕위는 세손에게 이어지겠지요. 나이 어린 왕을 요리하는 것쯤 일도 아니니, 여러 가지로 이로운 점이 많겠습니다."

대사헌 김규열이 그 말에 고개를 저었다. 그 모습을 보고 김판중이 그에게 물었다.

"대헌은 어떠시오? 다른 좋은 생각이 있소?"

김규열은 잠시 침묵을 지키고 있다가 입을 열었다.

"세자가 제 자신의 힘만 믿고 이리 나대지는 않을 것이오. 세자의 측근이라 할 수 있는 도승지 채제공만 하여도 주상의 신임이 두터워 만만히 볼 수 없고, 연정흠 또한 의금부만큼은 꽉 틀어쥐고 있어 함부로 다룰 수 없소이다. 그 외에 아직 파악되지 않은 무리가 암중비약(暗中飛躍)하고 있는 듯한데, 김칠규의 꼬임에 넘어가 여의도를 공격한 송상의 상단 무사들이 전멸하다시피 한 것을 보면, 그들의 세력과 실력이 뛰어나다는 것을 알 수 있지 않소."

김판중이 역정 섞인 음성으로 다시 물었다.

"그렇다면 대헌은 어쩌자는 것이오? 이대로 세자가 우리의 목을 죄어오는 것을 두고 보자는 것이오?"

김규열이 비열한 웃음을 머금은 채 대답했다.

"굳이 우리가 위험을 감수할 필요가 없다는 뜻이외다. 차도살인지계(借刀殺人之計). 남의 칼을 빌려 적을 치는 것이 가장 현명한 방법이지요."

이조 판서 정길량이 김규열에게 물었다.

"우리 대신 칼을 휘둘러줄 자가 있소이까?"

김규열이 대답했다.

"민심이란 화약고와 같아서 심지에 불을 붙이기만 하면 금세 폭발하는 성질을 지니고 있지요."

김판중이 말했다.

"민란(民亂)을 유도하자는 말이오? 하지만 백성 나부랭이들이 무슨 힘이 있어 세자를 곤경에 빠뜨릴 수 있겠소?"

김규열이 답했다.

"검계가 가세한다면 이야기가 달라지지 않겠습니까? 종적을 감추었던 표철주가 복귀하여 도성을 제외한 거의 모든 지역을 장악하였소. 그를 움직인다면 능히 일국의 군사가 부럽지 않을 것이오."

회의에 참석한 이들이 서로 얼굴을 마주 보며 고개를 끄덕였다.

김판중이 말했다.

"대헌, 세자가 언제 칼을 휘두를지 모르니 한시가 급하오. 오군영의 장수들은 나와 병판이 구슬려놓을 것이니, 대헌은 하루바삐 서둘러주시오."

김규열이 말없이 고개를 끄덕였다.

탁발을 나갔다가 돌아온 혜문과 혜월이 일주문을 넘자마자 곧장 맏형인 혜정을 찾아 나섰다. 승려들이 오후 수련을 마친 훈련장은 텅 비어 있었다. 두 승려는 혜정이 머무르는 요사채로 가려다가 공양간 앞에서 장치경, 창해, 영현과 마주쳤다.

영현이 두 사람에게 말했다.

"오라버니들, 잘 다녀왔어? 바깥에 재미난 소식은 없어?"

을축년(乙丑年, 1745년)에 세 오라비인 혜정, 혜문, 혜월과 함께 묘적사에 닿았던 젖먹이 영현은 이제 열일곱으로, 어엿한 처녀가 되어 있었다. 그녀는 성격이 발랄하고 행동거지에 거침이 없을 뿐 아니라 바깥 세상을 향한 호기심이 강했다. 그래서 묘적사의 젊은 승려들은 탁발을 나갔다 돌아올 때면 반드시 영현의 심문을 거쳐야만 했다.

혜문이 영현의 물음에 답하지 않고 걱정스러운 표정으로 장치경에게 말했다.

"해원 시주님, 아무래도 민란이 일어난 것 같습니다."

장치경의 눈이 커졌다. 혜월의 말이 이어졌다.

"경기 광주부의 유수(留守)가 머물던 관아에 일단의 무리가 닥쳐 유수를 살해하고 무기를 탈취한 뒤 불을 질렀다고 합니다. 중부면과 서부면뿐 아니라 양주군에서도 민심이 극도로 악화되어 도성으로 쳐들어가자는 여론이 불같이 일어나고 있는 실정이라 합니다."

장치경이 물었다.

"민란을 주도한 이가 누구라고 합니까?"

혜문이 답했다.

"그것을 알아보려 했으나, 부민과 군민들은 뚜렷이 지목하지 못했습니다. 요 근래에 세자의 비행을 고발하는 벽서가 장시에 여러 차례 붙었고, 나아가 왕실을 뒤엎고 새로운 왕을 세우자는 반정(反正)의 기운이 싹트고 있다고 들었습니다."

"부민들은 어떻습니까? 민란과 반정에 동조하는 편입니까?"

장치경의 물음에 혜문이 다시 답했다.

"부민과 군민들은 그저 어리둥절해하고 있을 뿐입니다. 하지만 세상이 뒤집어지기를 바라는 마음이야 그들도 같지 않겠습니까? 살기가 힘들고 목숨 부지하기가 이리 어려우니 어느 누구라고 왕실과 조정을 곱게 보겠습니까?"

장치경이 말했다.

"아무래도 심상치 않군요. 나는 주지께 이 일을 알릴 터이니, 스님들께서는 다른 스님들께 알려주십시오."

장치경으로부터 소식을 접한 주지 일여의 표정이 어두워졌다.

일여는 저녁 공양을 마친 뒤 젊은 무술승들을 자기 방으로 불렀다. 묘적사 승군을 지휘하는 월현을 비롯하여 월정, 덕호, 덕운, 혜정, 혜문, 혜월까지 모두 일곱 명이었다.

"혜문과 혜월로부터 바깥이 뒤숭숭하다는 소식은 들었을 것이다. 오늘 밤을 기하여 너희는 경기 북부와 동부, 남부로 흩어져 각 지역의 돌아가는 사정을 살펴보아라. 특히 월현은 도성으로 가서 그곳 상황이 어떠한지 상세히 알아보아라. 판의금부사가 너를 기억할 것이니, 그의 도움을 받아라. 늦어도 사흘 안에는 이곳으로 돌아와야 한다. 세자 저하나 기륭을 비롯한 묘적으로부터 기별이 오기를 기다려야 하겠지만, 사정이 여의치 않다면 우리 스스로 움직여야 할지도 모른다. 너희가 가져오는 소식에 달렸다."

"알겠습니다."

그날 밤 주지의 밀명을 받은 일곱 명의 무술승들은 다른 승려들이 알아채지 못하게 묘적사를 떠났다. 밤새 잠을 이루지 못한 일여는 새벽의 예불 때 나머지 승려들에게 사실을 밝히고 의견을 구했다. 나이 든 승려들은 말을 아꼈다. 불제자로서 살상이 일어날지도 모를 현장에 뛰어드는 것이 마뜩치 않았으나, 원칙만 내세우며 젊은 승려들의 의기를 막을 수는 없었다. 이런 때는 뜻을 하나로 모으는 것이 가장 중요했다. 그래서 그들은 입을 다무는 쪽을 택했다.

중년의 승려 한 사람이 말했다.

"왕실이 위험에 처했다 하여 우리가 어찌 중생을 상대로 창검을 휘두를 수 있겠습니까? 민란에 가담한 이들 대부분이 가진 것 없고 억압만 받던 백성이 아니겠습니까?"

주지 일여가 답했다.

"옳다! 선대 조사들께서 분연히 떨치고 일어났을 때는 외적의 침입을 당하여 우리 국토와 백성들이 유린당할 때였다. 만약 오늘의 민란이 진정 민초들의 뜻이라면 우리는 이곳에서 한 발짝도 움직이지 않을 것이다. 하지만 이 민란의 배후에 불경한 자들의 술수가 있다면, 그때는 달리 판단해야 한다. 단, 어떠한 경우라도 의롭지 않은 살생은 결코 일어나서는 안 된다. 하여 나는 묘적사의 승군들에게 스스로 판단하도록 할 것이다."

법당에 모인 승려들이 모두 침묵을 지켰다.

밤새 어둠을 헤치고 달려온 월현이 도성에 닿았을 때는 아직 사위가 어둠에 잠긴 새벽이었다. 그는 성문이 열리기를 기다렸다가 숭례문을 통과하려 했으나, 성문을 지키는 병사가 막아섰다.

"탁발을 나온 중입니다. 도성과 병사의 평안을 위해 열심히 기도할 터이니 허(許)해주십시오."

병사가 딱하다는 표정으로 월현을 바라보며 말했다.

"이보시오. 지금 다들 상황이 급박하여 도성을 비우려는 처지인데, 어찌 위험천만한 곳에 제 발로 뛰어드시오. 내가 스님의 길을 막지는 않을 것이나, 지금은 속히 산사로 돌아가 은둔하는 것이 이로울 것이오."

월현은 성문의 병사들을 향해 합장을 하고 도성으로 들어섰다. 아닌 게 아니라 그와는 반대 방향으로 성문을 나서는 이들이 꽤 많았다. 수레에 세간을 챙긴 그들은 마치 피란민처럼 수심이 가득한 표정으로 성문을 나섰다.

월현은 수소문하여 의금부 관아의 위치를 알아냈다. 의금부 관아의 담벼락은 여느 건물들보다 훨씬 높았다. 시시때때로 추국장이 되기도 하는 곳이니, 추국을 당하는 죄인들의 비명이 쉽게 담을 넘지 못하도록 한 조치인 듯했다. 아직 새벽 기운이 완전히 가시지 않았으니 판의금부사 연정흠이 등청하기 전일 터였다. 월현은 의금부 관아 주변을 어슬렁거리며 그가 등청하기를 기다렸다.

"월현 스님 아니신가?"

월현이 목소리를 좇아 황급히 뒤를 돌아보았다. 삿갓을 깊이 눌러쓰고 죽장(竹杖)을 든 이가 서 있었다. 그가 삿갓을 살짝 위로 올려 얼굴을 드러냈다. 이학송이었다.

"스승님!"

이학송이 입술에 빗장을 걸었다. 그는 주변을 살핀 뒤에 인적이 뜸한 곳으로 월현을 이끌었다. 운종가를 벗어나 남별궁으로 향하는 골목에 들어선 뒤에야 이학송이 돌아섰다. 월현이 낮은 목소리로 말했다.

"이 넓은 도성 천지에서 스승님을 뵙다니요! 참으로 부처님의 뜻입니다."

이학송이 말했다.

"나 역시 월현 스님을 여기서 만나다니, 정말 꿈만 같소."

"탁발을 나갔던 승려들이 민란의 조짐이 있다는 소식을 전했습니다. 하여 주지 스님께서 무술승 여럿을 경기 곳곳에 보내 소식을 알아오도록 했습니다. 무엇입니까, 스승님? 진정 민란입니까?"

월현의 말에 이학송이 고개를 끄덕였다.

"탐관들의 학정이 극에 달했으니 백성이 들고 일어난다 한들 이상할 것이 없습니다. 하지만 마치 도성을 포위하듯 경기의 동서남북에서 동시다발적으로 난리가 일어난 것은 수상한 일입니다. 해서 남쪽으로 내려가 상황을 알아볼까 하고 일찍 나선 길입니다. 지난 며칠 동안 경기 북부를 돌아다니면서 보고 들은 것을 판의금부사에게 전하려고 나 역시 대감의 등청을 기다리는 중이었소."

월현이 물었다.

"묘적사 승군은 어찌해야 합니까? 세자 저하께서 기별을 주실까요?"

이학송이 고개를 저었다.

"세자 저하께서는 묘적사에 도움을 청하지 않을 것입니다. 사악한 자들이 이 일을 주도하고 있다 해도 거기에 현혹된 수많은 백성이 민란에 참가하지 않겠습니까? 어쩌면 놈들은 무고한 백성을 방패로 삼아 도성을 포위하는 전략을 펼칠지도 모릅니다. 그러니 저하께서는 피아가 뚜렷하게 구분되지 않는 상황에서 묘적사의 승려들로 하여금 창검을 휘두르게 하지는 않으실 겁니다."

월현이 다시 물었다.

"그럼 어떡해야 합니까? 저희가 무엇을 할 수 있습니까?"

이학송이 답했다.

"아무것도 없습니다. 나 역시 묘적사의 제자들이 이 일에 끼어드는 것을 원치 않습니다. 부디 이 모든 소란이 아무 일 없이 가라앉기를 기도해주십시오."

월현의 눈시울이 붉어졌다. 묘적사의 무술승들을 밀어내는 이학송과 세자의 마음이 고마우면서도 안타까웠다.

"이만 돌아가십시오, 스님."

이학송의 말에 월현은 그의 얼굴을 슬픈 눈으로 빤히 쳐다보고 있다가 고개를 끄덕였다.

"성불하십시오."

이학송이 합장하자, 월현도 합장을 했다. 월현은 가슴에 스며드는 아픔을 애써 누르며 돌아섰다. 월현의 뒷모습을 지켜보며 눈길로 배웅하던 이학송이 몸을 돌려 의금부 관아로 향했다.

39

영원히 끝나지 않는 하루

1761년 겨울~1762년 봄

월현이 도성에 다녀가고 나흘이 지난 밤, 이학송과 기륭이 도성의 남부 명철방을 출발하여 목멱산을 넘은 뒤 반대편 산 아래에 있는 홍화정으로 향했다. 홍화정 별채에 불이 밝혀진 것을 확인한 그들은 훌쩍 담을 뛰어넘었다. 별채를 지키는 칠선객 무사들이 침입자들을 발견하고 칼을 뽑았다. 하지만 이학송과 기륭은 우두커니 서 있을 뿐이었다. 계형이 담을 넘은 객들의 얼굴을 살핀 뒤에 수하에게 말했다.

"회주께 손님이 찾아왔다 이르라."

잠시 뒤 이철경이 밖으로 나섰다. 뜻밖의 인물들이 찾아온 것을 알고 이철경은 놀란 표정을 지었으나, 이내 이학송과 기륭 쪽으로 걸음을 옮겼다. 계형이 이철경의 뒤를 따라붙으려 했으나, 이철경이 손짓으로 저지했다.

이학송과 기룡이 담을 넘어 수풀 속으로 사라졌다. 이철경이 그들을 따랐다. 홍화정에서 멀어진 뒤 이학송과 기룡은 걸음을 멈추고 몸을 돌렸다. 이학송이 말했다.

"민란의 배후에 검계가 있는 것을 그대는 알았는가?"

이철경이 고개를 끄덕였다.

"그대도 관련이 있는가?"

이철경은 아무런 대답 없이 몇 걸음 옮기더니 소나무에 등을 기대고 앉았다. 이윽고 그가 입을 열었다.

"왕세자가 비위 관료들의 명단을 쥐고 있다는 소문이 파다하더이다. 그것이 사실이오?"

기룡이 칼을 뽑아 칼끝을 이철경의 목에 대었다.

"묻는 말에 답이나 하시오."

이철경은 아랑곳없이 다시 질문을 던졌다.

"세자가 가진 그 명단을 당신들이 작성한 것이오?"

이학송이 천천히 이철경에게 다가갔다.

"나는 너에게 개인적인 원한이 없으나 백선당의 후손인 양숙영은 다르다. 숙영은 너의 목을 베기 위해 절치부심하고 있다. 우리가 마음만 먹으면 너는 한 줌의 재로 사라질 것이다. 아는 대로 답하라. 검계가 왜 민란을 유도하는 것인가?"

이철경이 침묵을 지키고 있다가 답했다.

"당신들의 수장을 만나게 해주시오. 나도 얻는 것이 있어야 하지 않겠소? 그를 만나게 해주면 내가 아는 모든 것을 속 시원히 풀어놓겠소."

이학송이 생각에 잠겨 있다가 말했다.

"내일 저녁 영은문 앞으로 혼자 오라."

다음 날 저녁 이철경은 영은문으로 나갔다. 계형과 바우를 비롯한 그의 수하들이 호위하겠다고 했으나 이철경은 끝끝내 물리치고 혼자 약속 장소로 향했다. 겨울 해는 짧았다. 노을빛이 세상을 물들인다 싶기 무섭게 어둠이 내렸다. 주위가 어둠에 잠기고 오래지 않아 기륭이 나타났다.

"따라오시오."

기륭이 빠른 걸음으로 앞서 걸었다. 이철경이 뒤를 좇았다. 그들은 곧 이학송의 집에 이르렀다. 마당에 들어선 뒤 기륭이 사방의 어둠을 향해 손을 들어 보였다. 집 주변을 지키는 세자익위사의 절영, 용호영의 하도경, 중금군의 이지견에게 보내는 신호였다. 방 안은 불이 훤했고, 여러 사람의 그림자가 창호에 어른거렸다. 기륭이 마루에 올라 문을 열었다. 이철경이 문을 통해 안으로 들어섰다.

방 안에는 모두 일곱 사람이 앉아 있었다. 이학송과 숙영, 이규상, 천덕은 낯이 익었으나, 나머지 세 사람은 처음 보는 얼굴이었다. 이철경은 숙영의 날카로운 눈빛과 마주치자 얼른 고개를 돌렸다.

풍채와 연배, 앉은 위치로 보아 가운데에 자리 잡은 낯선 이가 수장인 듯했다. 기륭이 문을 닫고 들어서서 자리를 잡았다. 역시나 가운데의 나이 지긋한 사내가 입을 열었다.

"나는 판의금부사 연정흠이다. 네가 나를 만나기를 청하였다 들었다."

이철경이 단도직입적으로 말했다.

"그동안 탐관들의 뒤를 캐고 다녔다면, 놈들이 송상 차길현 쪽으로 기울었다는 것쯤은 알고 있을 것입니다."

이학송이 그 말을 받았다.

"도성의 칠선객이 끈 떨어진 연 신세가 되었다는 것도 알고 있네."

이철경이 쓸쓸한 웃음을 지은 뒤 입을 열었다.

"한때 나는 도성뿐 아니라 경기와 충청, 전라, 경상의 검계와 왈짜 패거리를 규합하여 검계의 왕이 되었소. 하지만 이 년 전부터 도성을 제외한 지방의 검계는 새로운 우두머리의 손에 들어갔소. 지금 일어난 민란의 뒷배에 그가 있소. 그의 이름은 표철주요."

방 안의 사람들이 서로 눈길을 교차했다. 이철경의 말이 이어졌다.

"자리에서 물러났던 표철주가 검계의 우두머리에 복귀한 것은 그의 뜻이 아니오. 지금껏 검계를 사주해온 탐관들, 그중에서도 사헌부 놈들의 지시에 따른 것이오. 앞서 밝혔다시피 탐관들은 이제 송상 패거리와 붙어먹었소. 그렇다고 검계와 완전히 척을 진 것도 아니오. 자신들을 대신하여 칼을 휘두르게 하다가 때가 되면 검계를 때려잡는다고 나오겠지."

연정흠이 물었다.

"표철주라는 자가 강단이 만만치 않은 자인데, 어찌하여 조정의 탐관들에게는 그리 고분고분한가?"

이철경이 대답했다.

"검계의 시작부터 함께하지 않아서 나도 모르오."

이번에는 이규상이 물었다.

"지방의 왈짜 패거리들이 검계라는 조직을 형성하고 체계적인 군사 훈련을 하며 표철주가 그들의 우두머리가 된 일이 모두 숙종 임금 때 한꺼번에 일어났소. 혹시 그에 대해서 들은 것이 있소?"

이철경이 잠시 침묵을 지키다가 입을 열었다.

"역시 나는 모르고 들은 바도 없소. 다만 짐작하는 것은 있소. 검계는 검계 스스로가 만든 조직이 아니라 탐관들이 만든 것이고, 표철주는 그들에 의해 우두머리로 선택된 자라는 점이오."

이규상이 말했다.

"우리 역시 그렇게 짐작하던 바요. 그게 맞는다면, 표철주와 검계가 왜 민란을 주도하는지, 그 뒤에 누가 있는지 딱딱 맞아떨어지니까."

이학송이 물었다.

"왜 우리를 돕는 건가?"

이철경이 대답했다.

"그들이 선택한 검계의 우두머리는 내가 아니었소. 게다가 놈들은 범죄 집단인 검계와의 연결 고리를 끊으려 하고 있소. 그러니 언젠가 놈들이 나를 제거하려 하지 않겠소? 산곡주를 손에 넣었다면 놈들과 어느 정도 힘의 균형을 맞출 수 있었을 것이오. 하지만 나는 실패했소."

채제공이 이철경에게 물었다.

"우리에게서 얻고자 하는 것이 있다고 들었소. 무엇을 얻고자 하시오?"

이철경이 채제공과 눈을 맞추었다.

"지금 말씀하신 이는 뉘시오?"

"도승지 채제공이외다."

이철경의 눈이 커졌다.

"도승지라 하시었소?"

채제공이 고개를 끄덕였다. 이철경이 한참 동안 채제공의 얼굴을 들여다보다가 고개를 숙이고 말을 이었다.

"내가 얻고자 하는 것은 주상만이 들어줄 수 있는 것이오. 주상을 친견(親見)하는 도승지가 이곳에 있다니, 나로서는 천운이오."

방 안의 사람들은 입을 다문 채 이철경의 말을 기다렸다. 이철경이 말했다.

"이인좌가 난을 일으켰을 때 역모의 죄를 쓰고 역신(逆臣)으로 죽은 평안도 관찰사 이사성의 복권이오. 그 일만 이루어진다면…… 나는 더 바라는 것이 없고, 여한도 없소. 이 자리에 있는 사람들이 도모하는 일에 적극 협조하겠소."

채제공과 연정흠은 서로의 얼굴을 쳐다보다가 내내 방 안 구석에서 삿갓의 챙에 얼굴을 숨기고 있는 사내에게로 눈길을 돌렸다. 모두의 시선이 자신에게 쏠려 있는 것을 느낀 사내가 입을 열었다.

"그대의 청은 들어줄 수 없다."

이철경의 눈길이 구석의 사내에게로 향했다. 사내가 고개를 들어 이철경을 바라보았다. 그와 눈이 마주쳤을 때 이철경은 저도 모르게 몸을 움찔거리고 자세를 고쳐 앉았다. 사내의 눈에는 처연함과 애처로움이 짙게 배어 있었다.

"내가 태어나기 전 세상을 떠났으니, 나는 방백(方伯) 이사성을 본 적이 없다. 그러나 그가 생전에 제갈공명의 병법을 구사하는 뛰어난 무신이며 관할의 양민들을 궁휼히 여긴 어진 관리였다는 증언을 두루 접하였다. 그런 그가 난리통에 병사를 이끌고 도성으로 향한 이유가 역모에 가담하기 위함이 아니라 조정의 탐관들을 척결하고자 하였음도 잘 알고 있다. 그를 체포한 장붕익 대감 또한 방백의 억울함을 안타까워하였고, 그의 처자까지 참형에 처해진 것을 지극히 슬퍼하였다고 들었다."

사내의 이야기가 이어지는 동안 이철경의 눈시울이 점점 붉어졌다. 눈을 깜빡거리기만 하면 금세 눈물이 떨어질 것처럼 그의 눈은 젖어갔다.

"그대의 형님인 이사성은 복권되지 못할 것이고, 정사(正史)에는 역신으로 기록될 것이다. 하지만 그를 의로운 인물로 기억하는 사람들이 있으니, 결국 역신의 굴레를 벗고 올바르게 평가될 날이 올 것이다. 나를 비롯하여 이 방에 있는 이들이 증인이다. 그리고 장붕익 대감의 후손인 장기룡도 후대에 그렇게 증언할 것이다."

장붕익의 후손!

이철경은 자신을 이곳으로 데려온 젊은 무사를 돌아보았다. 과연 한 마리 범과도 같았던 장붕익의 기백이 느껴지는 청년이 바위와도 같이 단단하게 자리를 지키고 있었다. 눈이 마주치자 청년 무사가 보일 듯 말 듯 고개를 끄덕여 보였다. 자신과 일생일대의 은원을 맺은 양일엽과 장붕익의 후손이 서로 이렇게 연결되어 같은 시(時), 같은 공간에 머물게 되리라고 이철경은 상상해본 적이 없었다. 가까스로 참았던 눈물이 기어이 볼을 타고 흘러내렸다. 그는 구석의 사내가 누구인지 묻지 않았고, 구석의 사내 역시 자신을 밝히지 않았다. 하지만 그가 어떤 사람인지 이철경은 뚜렷이 알 수 있었다. 이철경은 절을 올리듯 상체를 앞으로 기울이고 울음 섞인 음성으로 말했다.

"나는 얻을 것을 다 얻었습니다. 후일을 위하여 생각한 바가 있으니, 백선당주의 후손과 둘이 있게 해주십시오."

모두의 시선이 숙영에게로 향했다. 숙영이 고개를 끄덕였다. 세자를 시작으로 하나둘 바깥으로 나가고 기륭이 마지막까지 자리를 지키다가 일어섰다.

◇ ◈ ◇

왕과 세자, 당상관들이 인정전에 모였다. 도성을 수비하기 위해 자리를 비운 무관 몇을 제외한 중앙의 정삼품 이상 거의 모든 신료들이 오랜만에 한 자리에 함께했다.

노론의 숫자가 압도적이었다. 왕은 탕평을 기치로 내세웠던 치세 초기의 균형이 무너지고 노론이 다시 득세한 것이 마뜩치 않았다. 하지만 자신의 힘으로 그 균형을 되돌릴 수는 없었다. 어질고 강한 군주가 되고자 했던 마음은 차츰 옅어지고 의욕도 무뎌졌다.

내관들로부터 세자가 관가를 들쑤시고 다닌다는 소식을 접하자마자 좌상 김판중이 독대를 청해왔다. 김판중이 무엇을 청할지는 듣지 않아도 알 수 있었다. 그래서 병을 이유로 들어 피했다.

이미 세자의 운명은 결정되어 있었다. 세자도 그 사실을 알기에 마지막 발악을 한 것이리라. 왕은 살고자 하는 세자의 노력이 참으로 눈물겨웠다. 세자를 폐위하라는 노론의 요구에 굴복한다면, 세자의 목숨을 보장할 수 없었다. 폐세자만큼은 자신이 직접 해야 했다. 그것이 아비 된 자가 자식에게 지킬 수 있는 마지막 도리였다. 하지만 세자를 폐할 것을 요구하는 노론 영수의 독대를 피한 결과는 더욱 참혹했다. 민란이었다.

도승지 채제공이 경기 감영의 파발이 전해온 장계(狀啓)를 바탕으로 상황을 전했다.

"양주와 교하, 과천 등지에서 일어난 폭도의 무리는 각 고을의 크고 작은 관아를 접수하며 세력이 점점 커지는 중입니다. 관아의 관리들은 폭도들이 들이닥치면 그대로 관문을 열어 투항하기 일쑤이며, 대놓고 폭도 무리를 환영하는 관리들도 적지 않습니다. 폭도들은 평야가 있는 금양(오늘날의 김포 일대)에 속속 집결하고 있으며, 하나같이 머리를 검은 천으로 둘러서 서로 같은 편임을 알아본다 합니다. 그 숫자가 현재 오천에 이르고, 경기 각 지역에서 모여드는 숫자를 합치면 일만에 이를 것으로 사료됩니다. 폭도 가운데 무장한 자가 절반 이상이고, 나머지는 낫과 쟁기 등의 농기구를 무기로 삼고 있다 합니다. 떠도는 소문에 의하면 무장을 한 자들은 검계라 합니다."

왕이 말했다.

"검계라고 하였소? 그렇다면 이번 소동은 검계 놈들이 무지렁이 백성을 부추겨 일어난 것인가?"

세자 이선이 재빨리 대답했다.

"그러하옵니다. 검계의 우두머리인 표철주라는 자가 수괴입니다."

그렇게 말해놓고 세자는 노론 대신들 틈에 있는 사헌부 대사헌 김규열을 노려보았다. 김규열은 적이 당황했다. 세자가 표철주라는 존재를 간파했다면, 표철주와 자신의 연결 고리도 파악했을 가능성이 컸다. 하지만 섣불리 나서지는 못할 것이다. 자신이 표철주를 사주했다는 증거는 어디에도 없다. 설령 표철주의 입에서 김규열이라는 이름이 나온다 한들 한 배를 탄 고관들과 함께 모함이라고 몰아붙이면 그만이었다. 김규열은 세자의 날카로운 시선을 피하지 않았다.

표철주라는 이름 앞에서 당황한 이는 민란을 꾸민 자들만이 아니었다. 왕은 등골이 서늘해졌다. 꽤 오랫동안 잊고 지냈던 이름이 다시 등장한 것이다. 왕은 자신도 모르게 이제겸 쪽을 바라보았다. 늘 그랬듯 이제겸은 평정심을 잃지 않은 듯 표정에 변화가 없었다. 참으로 냉정한 사내였다. 왕은 한때 이제겸의 냉정함에 많은 것을 기댔다. 하지만 이런 상황에서도 흔들림이 없는 그를 보면서 왕은 두려움을 느꼈다.

판의금부사 연정흠이 말했다.

"전하, 충청과 황해의 수군으로 하여금 한강을 통제하여 금양의 봉기군이 강을 건너지 못하도록 하고, 오군영의 군병으로 압박해 들어가면 큰 충돌 없이 사태를 진압할 수 있을 것이옵니다."

병조 판서가 소리쳤다.

"청인으로 구성된 해적(海賊)들의 노략질로 서해안 일대가 어지러운 상황에 어찌 충청과 황해의 수군이 자리를 비우게 한단 말이오! 국토를 수호하는 일은 비변사와 병조의 일이니, 판의금부사는 나서지 마시오!"

이조 판서 정길량이 나섰다.

"들어온 소식통에 의하면 작금의 민란은 동궁의 부덕함을 백성들이 탄핵하고자 일어난 것입니다. 하니, 주상께서는 폐세자의 결단을 내리시어 민초들의 마음을 달래고 그들이 스스로 해산하도록 하소서!"

연정흠이 맞받아쳤다.

"남의 말 하기 좋아하는 어리석은 것들이 퍼뜨린 뜬소문에 폐세자 운운하시는가? 더군다나 저하의 안전(案前)에서 망발을 일삼다니, 이는 종묘사직을 모욕하는 처사요! 동궁의 부덕함이라 하였소? 도대체 무슨 일이 있었소? 이판은 무엇을 근거로 그 일이 사실이라 판단하는 것이오? 동궁을 둘러싼 소문이 있다면, 먼저 소문의 진위를 파악하는 것이 신하이자 관리 된 자의 의무가 아니오?"

그렇게 말하고 나서 연정흠이 왕을 향해 말했다.

"전하, 검계는 오래토록 탐관의 비호에 기생하였고, 금주령이 내린 이때에도 버젓이 밀주를 유통하며 질서를 어지럽히고 부를 축적하였나이다. 당장 오군영을 출정시켜 민란의 수괴인 표철주를 잡아들이고 그 입을 통해 진실을 말하게 하소서!"

연정흠의 말에 용기를 얻은 소론 신료들이 목소리를 높였다. 김판중을 비롯한 노론 대신들과 김규열의 낯빛이 점점 어두워졌다. 왕 역시 얼굴에 수심이 가득했다. 소란이 점점 커졌으나 왕은 무슨 생각에 빠져 있는지 꼼짝 않고 용상 아래의 바닥을 내려다보고만 있었다.

"모두들, 정숙하시오!"

세자 이선이 몸을 일으키며 소리쳤다. 그가 매서운 눈길로 인정전을 채운 신료들을 바라보았다. 이내 소란이 잦아들자 세자가 입을 열었다.

"어느 군주도 백성의 뜻을 거스를 수 없고 거슬러서도 안 되는 법! 진정 내가 왕세자의 지위를 내려놓길 백성들이 원한다면 그리할 것이오! 하지만 검계가 주동하는 민란의 저의가 의심스럽소! 이번 민란의 주모자를 색출하여 죄를 묻고, 그들과 관련한 관리가 있다면 엄하게 징벌하여 다시는 같은 일이 되풀이되지 않도록 해야 하오. 그런 후에 백성의 뜻을 다시 묻겠소. 백성이 진정 나를 왕세자로 여기지 않는다면 그때는 미련 없이 지위를 내려놓고 여염의 백성으로 살아가겠소."

세자가 왕을 향해 몸을 돌렸다.

"전하, 주상 전하의 충성스러운 신하로서 간청하옵니다. 당장 판의금부사가 제안한 방도를 실행하여 한강을 통제하고 봉기군의 규모가 더욱 커지기 전에 오군영의 병사로 하여금 포위하도록 하시옵소서. 민란에 가담한 자 중에는 사악한 이들의 꼬임에 빠진 민초가 적지 않게 섞여 있사오니, 민란의 수괴와 무장한 자만 체포하고 나머지는 집으로 돌아갈 수 있도록 해주시옵소서."

하지만 왕은 얼이 빠진 듯 멍하니 시선을 허공에 던진 채 대답이 없었다.

"아바마마!"

그제야 왕이 세자의 얼굴을 보았다. 그러고 나서 이제겸 쪽을 힐끔거린 뒤 기어드는 음성으로 말했다.

"아직 폭도들은 강 건너에 있으니, 사안이 급하지 않다. 보다 신중하게 처신해야 할 것이다. 비변사와 병조는 대책을 강구하여 보고하라."

왕이 자리에서 일어섰다. 세자가 그의 등에 대고 소리쳤다.

"전하, 지금 이때를 놓치면 혼란이 더욱 커지고 사상자가 늘어날 것입니다. 속히 군병을 움직일 수 있도록 윤허해주시옵소서!"

하지만 세자의 다급한 음성은 메아리가 되어 인정전을 울릴 뿐 왕은 아무런 대꾸도 없이 자리를 뜨고 말았다. 노론 신료들이 황급히 인정전을 빠져나갔다. 세자와 도승지, 판의금부사와 몇몇 소론 신료들만 자리에 남아 허탈한 표정을 짓고 있었다.

숙영과 천덕이 광을 나선 뒤 문에 자물쇠를 채웠다. 밖에서 기다리고 있던 이학송이 다가가 자물쇠가 잘 채워졌는지 확인했다.

세 사람이 홍화정 대문으로 향할 때 행수 기생 연수가 다가왔다.

"이제 가는 것이냐? 밤새 고생이 많았다."

연수의 말에 숙영이 고개를 끄덕여 보였다. 연수의 말이 이어졌다.

"회주께서 얼마나 진척이 되었는지 궁금해하신다."

숙영이 대답했다.

"산곡주의 주정을 만드는 재료가 귀한 계절이어서 오십 병을 채우지 못할 듯합니다. 이틀 뒤에 모든 작업이 끝날 것입니다."

연수가 말했다.

"그래, 회주께 그렇게 전하마."

연수가 이학송과 천덕에게 고개를 숙여 보였다.

"살펴 가십시오."

이학송과 천덕이 고개를 숙여 보인 뒤 걸음을 옮겼다.

이철경과 숙영이 함구하고 있어서 연수는 두 사람이 어떤 일을 꾸미는지 알 수 없었다. 일전에 모화관에서 맛을 보았기에 산곡주가 엄청난 물건이라는 사실을 알고는 있었지만, 민란이 일어나 흉흉한 때에 굳이 산곡주를 만드는 이유가 궁금했다. 더군다나 회주와 악연이 있는 듯한 숙영이 회주의 청을 수용하여 홍화정에서 술을 만드는 것도 의문이었다. 계형도 아는 것이 없는 듯했다.

민란이 일어난 뒤로 이철경은 홍화정의 문을 닫았다. 관가에 불똥이 떨어져 객들이 발길을 끊은 탓도 있지만, 숙영이 산곡주를 만들기 위해 드나드는 것을 감추려는 의도가 더욱 컸다.

홍화정에서 먹고 자는 기생들은 가채를 벗고 화장을 지웠다. 그러자 그녀들은 여느 여염의 처녀와 진배없었다. 계형과 무사들도 마찬가지였다. 검을 찬 채 살벌한 눈빛을 발하던 그들 역시 손에서 검을 내려놓자 순한 장정으로 변했다.

연수는 홍화정을 떠날 때가 가까워졌음을 느꼈다. 비록 난삽한 술꾼들 사이에서 고초를 치른 적이 많았지만, 그래도 좋은 주인을 만난 덕에 편히 지낼 수 있었다. 홍화정을 떠나면 어디서 무엇을 하며 살아야 할지 막막했지만, 목숨이 붙어 있는 한 어떤 식으로든 살 길이 열릴 터였다. 다만 그 나머지의 삶을 이철경과 함께하지 못할 것이라는 슬픔은 지울 수가 없었다. 연수는 기루 앞 마당에서 널뛰기를 하며 청아한 웃음을 토하는 기생들을 지켜보며 미소 짓다가 이철경이 있는 별채로 걸음을 옮겼다.

연수가 별채로 향하는 것을 지켜보던 계형이 바우에게 말했다.

"너는 그만 돌아가라."

바우가 놀란 표정을 지었다. 그에게서 대답이 없자 계형이 꾸짖는 눈빛으로 다시 말했다.

"집으로 돌아가!"

바우가 말했다.

"사형, 어찌 저를 쫓으십니까?"

바우의 서운한 표정을 접한 계형이 고개를 돌렸다.

"내 뜻이 아니다. 회주의 뜻이다. 너를 집으로 돌려보내라 하셨다."

"회주께선 어찌 그러십니까?"

바우의 물음에 계형은 생각에 잠겼다가 입을 열었다.

"곧 난리가 날 것이다. 민란을 일으킨 자들이 검계이기는 하나, 우리와 같은 편은 아니다. 어쩌면 이곳을 공격할지도 모른다. 회주와 나를 비롯한 우리 무사들은 목숨을 걸고 저 기생년들을 지킬 것이나, 장담할수 없다. 사람을 죽여야 할 것이고, 목숨을 잃을지도 모른다."

"저도 끝까지 같이하겠습니다, 사형."

하지만 계형은 고개를 저었다.

"집에 계신 부모님을 생각하여라. 노비라는 존재가 버러지만도 못하지만, 아비와 어미는 세상 어느 무엇보다도 귀한 존재다. 가서 그 귀한분들을 지켜드려라. 지금 네가 할 일은 그것이다."

바우는 저도 모르게 눈물이 터졌다. 그렇지 않아도 한강 너머에 봉기군이 진을 치기 시작하면서부터 그는 내내 부모의 안위가 걱정되어 밤잠을 설쳤다. 그래서 잠시 틈을 보아 집 근처로 숨어 들어가서 살피고

올까 생각하던 중이었다. 바우는 부모를 생각하는 마음과 홍화정의 식솔들을 향한 염려, 그리고 자신을 생각해주는 회주와 계형의 마음 씀씀이 사이에서 갈팡질팡하며 뜨거운 눈물을 흘렸다.

"네가 가지 않겠다면, 너를 반송장으로 만들어서라도 보낼 것이다. 괜히 나를 수고롭게 하지 마라."

계형의 말에 바우가 몸을 일으켰다. 그는 계형에게 넙죽 절을 하고 걸음을 옮겨 홍화정의 대문으로 향했다. 울음이 멈추지 않았다. 서럽게 통곡하며 걸어가는 그를 기생들이 의아한 눈길로 바라보았다. 모든 사정을 알고 있었던 듯 홍화정의 무사들이 울음을 토하며 대문 쪽으로 향하는 바우의 등을 두드려주었다.

바우는 홍화정을 나서서 목멱산 자락을 끼고 걷는 동안에도 울음을 멈추지 못했다. 숭례문 근방을 지나쳐서 소의문(昭義門)을 지난 뒤에 돈의문을 벗어났다. 돈의문에서 멀지 않은 안산 자락에 주인이 마련해준 집이 있었다. 십오 리도 걸리지 않는 그 길을 되짚는 데 십육 년이 걸렸다. 열여섯에 집을 떠났던 소년은 서른두 살 중년이 되어 집 앞에 이르렀다. 울타리 너머로 보이는 마루에서 칠순을 넘긴 노부부가 늦은 점심을 먹고 있었다. 바우는 마치 근방에 마실이라도 나갔다 온 사람처럼 성큼성큼 마당으로 들어서는 마루에 엉덩이를 걸쳤다.

"어매, 내 밥도 있소?"

노부부는 마치 실성한 사람처럼 화들짝 놀라서는 갑자기 들이닥친 바우의 등에 멍하니 시선을 놓았다. 바우가 신을 벗은 뒤 몸을 돌려 밥상 한켠을 차지했다. 그의 노모는 부리나케 일어서서는 정주간으로 향했다가 고봉밥을 들고 나와 바우 앞에 놓았다.

"얼른 먹자."

아버지 춘삼의 말에 바우가 숟가락을 들었다. 그는 한 숟가락을 크게 떠서 입 안에 넣었다. 하지만 채 씹지도 못하고 다시 울음이 터지고 말았다.

광의 출입문에 자물쇠를 채운 뒤 이학송이 이철경에게 열쇠를 넘기며 말했다.

"딱 오십 병일세."

이철경이 열쇠를 받아들고 고개를 끄덕였다. 그는 숙영의 시선을 마주하지는 못하고 그녀의 발치 쪽으로 눈길을 던졌다. 그러고 나서 보일 듯 말 듯 고개를 끄덕여 보였다.

숙영과 천덕이 먼저 걸음을 옮겼다. 이학송이 이철경을 일별하고는 돌아섰다. 곁에 있던 연수가 숙영의 등에다 대고 말했다.

"이제 다시 못 보는 것이냐?"

연수의 말이 자신에게 향한 것임을 안 숙영이 돌아섰다. 산곡주 만드는 작업이 모두 끝났다. 사람의 인연이란 알 수 없는 것이지만, 당분간 두 사람 사이에 마침표를 찍을 수밖에 없었다.

숙영이 말했다.

"연수 언니, 다시 볼 날을 기다릴게요. 그동안 고마웠어요."

'언니'라는 말에 연수의 마음이 눅눅해졌다. 그녀는 눈물을 보이지 않으려 일부러 먼 산으로 눈길을 돌렸다.

이학송과 천덕, 숙영이 목멱산 자락에서 벗어나 경기 감영 쪽으로 향할 때였다. 멀리서 커다란 함성이 투명한 공기를 찢으며 들려왔다. 봉기군이 일제히 내지르는 소리였다. 금양에 집결했던 봉기군은 양천으로 옮겨 봉제산 부근에 자리를 잡았는데, 그 수가 오천에서 일만을 헤아린다는 소문이 돌았다. 언제 닥칠지 모를 폭도들의 도적질에 대비해 물건을 죄다 빼낸 탓에 늘 사람으로 붐비던 운종가와 육의전 거리는 텅 비어 있었다. 군영의 수비대가 도성을 지키고 있지만, 군병의 수가 턱없이 모자라다는 사실은 어림짐작으로도 알 수 있었다.

천덕이 말했다.

"왜 왕실이 군병을 움직이지 않을까요?"

밥 먹을 때 말고는 좀처럼 입을 여는 법이 없는 천덕이 물음을 던지자 이학송은 의아한 생각마저 들었다.

"왕의 속내를 어찌 알겠습니까? 세자 저하께서 아무리 주청을 해도 듣지 않으신다 하더이다."

"검계 놈들이 싸움을 잘합니까?"

아무래도 천덕의 말문이 터진 모양이었다. 그 물음에는 숙영이 답했다.

"천덕 아버지, 검계에는 전직 무관이 다수 섞여 있어. 게다가 저희들 나름 체계적으로 무예 수련을 하기도 해. 살상 능력이 뛰어나기 때문에 일 대 일로 붙으면 군영의 병사가 당해내지 못할 거야."

천덕이 생각에 잠겨 있다가 다시 입을 열었다.

"종사관 나리, 말 한 필 구해주실 수 있습니까?"

이학송과 숙영 모두 걸음을 멈추고 놀란 표정으로 천덕을 바라보았다. 숙영이 말했다.

"말을 탈 줄도 모르면서 왜? 말이 왜 필요한데?"

천덕이 쑥스러운 듯 웃음을 지으며 대답했다.

"말 탈 수 있다. 형제들에게 배웠다."

천덕에게 형제가 있다는 사실이 숙영은 금시초문이었다. 어릴 때부터 백선당에서 자랐고 장성해서는 심마니로 살아온 그에게 친지라고는 난지 어머니와 백선당의 식솔들뿐이라고 여겨왔던 것이다.

천덕이 다시 이학송에게 말했다.

"미약하나마 도움이 될 만한 이들이 있어 그들을 찾아갈까 합니다."

이학송은 숙영의 얼굴을 살폈다. 영문을 모르기는 그녀도 마찬가지인 듯했다.

"관리가 아니면 역마를 구할 수 없습니다. 하지만 천덕 아재에게 깊은 뜻이 있는 듯하니, 도승지, 판의금부사와 함께 방법을 구하겠습니다."

바로 다음 날 정오에 이학송과 천덕은 외사복 관리에게 공문서를 내밀고 말을 얻었다. 천덕이 내민 문서에 의하면 그는 사역원(司譯院)의 종구품 훈도(訓導)로, 국경 지대인 회령부에 중요한 문서를 전하기 위해 급파되는 것이었다.

운종가의 끄트머리인 흥인지문에 이르러 천덕이 말에 올랐다. 숙영이 걱정스러운 표정으로 물었다.

"천덕 아버지, 무슨 일인지 말해줄 수 없어?"

천덕은 숙영의 얼굴을 내려다보다가 이학송에게 말했다.

"북쪽에 형제들이 있습니다. 무사로 태어나서 무사로 자란 여진족 사람들입니다. 길산의 아들들이지요."

길산! 익히 들어온 이름이었다. 이학송은 놀란 표정으로 천덕을 올려다보았다.

천덕은 숙영을 다시 한 번 일별하고는 말을 돌렸다. 홍인지문을 통과하자마자 그는 말에 박차를 가했다. 천덕이 멀어진 뒤에 이학송이 혼잣말을 하듯 말했다.

"숙영아, 이제야 알았구나. 천덕 아재의 성씨가 장 씨였어. 장천덕."

숙영은 여전히 영문을 몰라 이학송의 얼굴만 쳐다보았다.

이조 판서 정길량이 비변사 조방(朝房)에 닿았다. 조방은 원래 조정 신료들이 조회를 기다리며 쉬는 방이었으나, 지금은 거의 좌의정 김판중이 독점하고 있었다. 노론의 영수이자 조정 제일의 실력가가 하루 종일 죽치고 있으니, 조정 신료들은 그 방에 드나들기를 꺼렸다.

정길량이 안으로 들어섰다. 김판중이 왼팔로 머리를 받치고 옆으로 누운 채 정길량을 맞았다.

"부르셨습니까, 좌상."

정길량이 자리를 잡자, 김판중이 말했다.

"개성의 차길현에게 도성을 치라 전하시오. 청나라 무사와 관계하는 해적들로 하여금 강화도를 쳐서 병력을 분산시키고 그 틈에 군사를 이끌고 도성의 북쪽으로 치고 들어오라 이르시오."

정길량의 눈이 커졌다.

"왕실을 끝장낼 셈이십니까?"

김판중이 천천히 몸을 일으켰다.

"내 훗날을 기약하여 송상의 병력을 아끼고자 했으나, 세자 패거리의 저항이 완강하여 더는 기다릴 수 없소. 게다가 대사헌 김규열이 사주한 검계 놈들이 도성을 접수하기라도 한다면, 그야말로 도성은 김규열의 손아귀에 들어가는 셈이 아니겠소? 우리는 순식간에 들러리로 전락하겠지. 아직 내가 선택할 패가 많으나, 세자는 반드시 처단해야 하오. 우선 왕실을 행궁(行宮)으로 몰아넣고 왕과 담판을 지을 계획이오. 이판 대감은 속히 믿을 만한 자를 시켜 차길현에게 연락을 취하시오."

정길량은 내키지 않았다. 김판중을 비롯한 비변사의 실권자들이 차길현과 각별하다는 사실은 공공연한 비밀이었다. 지금껏 역모와 민란을 사주하는 뒷배로 몸을 숨겨왔으나, 차길현의 상단을 끌어들이는 순간 역모의 주역으로 전면에 나서게 되는 것이었다. 그렇게 된다면 세자를 폐위하는 것으로 일이 그칠 수 없었다. 현왕을 무너뜨리고 새로운 왕을 세워야 했다. 반정이었다.

정길량은 다시 한 번 김판중의 의중을 확인했다.

"좌상, 진정 그리하시렵니까?"

김판중의 눈썹이 위로 올라갔다.

"이판, 내 입에서 같은 소리가 두 번 나오게 만들 작정인가?"

정길량은 하는 수 없이 상체를 숙여 보이고 일어섰다.

사흘 뒤 강화 유수가 보낸 파발이 조정에 도착했다. 그동안 수시로 출몰하여 서해안을 어지럽히던 청인(淸人) 해적 무리가 대대적으로 공격을 감행하여 강화도 앞 석모도를 점거했다는 소식이었다. 그동안 노략질이나 일삼던 청인 해적들이 하필 한강 건너편에 일만의 폭도들이 진을 치고 있는 상황에서 그 같은 일을 벌인 것이 우연으로 여겨지지는 않았다. 세자 이선은 급보를 접하자마자 송상 차길현을 떠올렸다. 개성의 상단을 염탐했던 이학송이 말하길, 그들 무리에 청인 무사들이 섞여 있었다고 하지 않았는가.

황해도 해주와 황주의 감영과 병영에 있는 군사를 출동시킨다 해도 지형이 험한 탓에 그들이 석모도에 닿기까지는 사나흘이 걸렸다. 비변사 도제조인 정승들과 병조 판서는 사태가 급박하니 당장 한양에 주둔하는 경기 병영의 군사와 도성을 방비하는 오군영 가운데 총융청의 병력을 강화도로 파견해야 한다고 주장했다. 민란을 일으킨 세력이 도성을 위협하고 있지 않았다면 그 판단은 옳았다. 하지만 도성을 수비하는 병력의 삼 할이 빠져나간다면 도성과 왕실의 안위를 장담할 수 없었다. 양천의 봉제산을 근거지로 삼아 세력을 규합한 봉기군은 당산 나루와 여의도 일대까지 점령하여 당장이라도 강을 건널 기세였다. 엎친 데 덮친 격이었고, 설상가상이었다.

이틀 뒤 강화 유수에게서 두 번째 파발이 도착하자, 왕은 경기 병영의 군사와 총융청의 병력을 강화도로 파견하지 않을 수 없었다. 석모도를 점령한 해적 무리의 전선(戰船)이 포격을 가하는 등 곧 강화도로 상륙할 시점이 코앞에 이르렀기 때문이었다. 강화가 무너지면 도성까지는 지척이었다. 당장은 해적을 쫓아내고 그다음을 모색해야 했다.

다시 이틀 뒤 강 건너를 경계하던 군사로부터 민란을 일으킨 폭도들이 나무판자를 이어 붙인 간이 선박 수십 척을 강에 띄웠다는 소식이 전해져왔다. 비슷한 시각 도성의 북쪽인 교하에서도 정체가 불분명한 수백 명의 병력이 도성을 향해 이동 중이라는 급보가 날아들었다. 그들은 민란을 일으킨 자들과 마찬가지로 머리에 검은 천을 두르고 있어 폭도의 한 무리임을 알 수 있었다.

훈련도감과 어영청, 금위영, 수어청의 군사로 도성의 남북을 방어하는 데 성공한다 해도 가장 우선해야 할 것은 왕실의 안전이었다.

"내가 어떡해야 하는가?"

당상관들이 집결한 어전 회의에서 왕은 역정을 내며 해결책을 내놓으라고 다그쳤다.

"당장은 행궁으로 옮기시어 훗날을 도모하소서."

정길량의 훈수에 왕이 소리쳤다.

"그렇다면 도성과 궁을 폭도들에게 고스란히 내어주잔 말인가?"

김판중이 말했다.

"행궁에서 버티시는 동안 경상도와 충청도, 전라도의 병력이 도착하여 폭도들로부터 도성을 탈환할 것입니다."

왕이 못 이기는 척 결단을 내렸다.

"좋다. 행궁으로 옮긴다. 이 시간부로 분조(分朝, 조정을 둘로 나누는 것)하여 나와 세손은 북한산성으로 향하고, 세자는 남한산성으로 향한다. 북한산성은 훈련도감과 금위영, 어영청이 방비하고, 남한산성은 수어청과 용호영, 세자익위사, 별부료군관이 방어한다. 조정을 어떻게 나눌지는 경들이 알아서 결정하라."

세자 이선은 왕실과 조정을 행궁으로 옮기는 것에 반대했으나, 그의 목소리는 묻히고 말았다. 왕이 인정전을 나서자, 신료들은 일제히 자리를 박차고 나섰다. 왕실과 조정이 분조하여 행궁으로 옮기면 도성에 남는 병력은 좌포도청과 우포도청, 한성부, 의금부의 무관들뿐이었다. 이들 무관들이 봉기군에게 투항할지, 아니면 마지막까지 저항할지는 각 관청의 으뜸 벼슬이 결정해야 할 몫이었다.

흥인지문을 출발한 천덕이 오백 리 길을 달려 황해도 곡산에 닿은 것이 그 이튿날 저녁이었다. 역참에서 말을 교체하고 다음 날 새벽에 다시 길을 나섰다. 험준한 산악 지대를 피하여 북동쪽으로 말을 달려 원산에 닿기까지 꼬박 하루가 걸렸다. 거기서부터 동해를 오른쪽으로 끼고 북상해야 했다. 마음은 급했으나, 산세가 점점 험악해진 탓에 속도를 낼 수가 없었다. 원산에서 함흥까지 이백오십 리 길을 주파하는 데 다시 꼬박 하루가 걸렸고, 함흥에서 신포를 거쳐 북청에 닿는 데 또다시 하루가 걸렸다. 도성을 떠난 지 엿새가 지났건만 아직 가야 할 길이 멀었다. 그때부터는 쉬는 것을 아예 포기했다. 사위를 구분하기 힘든 캄캄한 밤에도 말고삐를 쥔 채 걸음을 옮겼다. 그러다 희붐하게 날이 밝아오면 말에 올라 박차를 가했다. 그렇게 천덕은 도성을 떠난 지 열하루 만에 드디어 회령에 닿았다.

천덕은 장시를 지나 서서히 다가오는 국경의 성문으로 향하면서 옛날의 그 무관이 아직 그곳에 있기를 바라고 또 바랐다. 최국영이라 하였지……. 천덕 자신과 형제들이 도적 장길산의 종자(種子)임을 눈치 채고도 느긋한 웃음으로 배웅해주던 이였다. 그런 이라면 왕실과 세자가 처한 상황을 모른 척하지 않을 것이라 믿었다.

천덕이 성문에 다가가 군졸에게 말했다.

"종사관 나리 계십니까?"

성문을 지키는 군졸은 천덕이 끌고 온 말이 공무에 나선 관리에게 역참이 제공하는 것임을 알아보았다.

"우리 평사 나리를 찾는 모양이구면."

군졸은 그렇게 혼잣말을 하고는 문루를 향해 소리쳤다.

"평사 나리, 나리를 찾는 객이 있습니다요."

문루에서 고개를 빼고 누군가 내려다보았다. 천덕은 왈칵 눈물을 쏟을 뻔했다. 문루 밖으로 삐죽 고개를 내밀고 자신을 내려다보는 이는 다름 아닌 평사 최국영이었다. 관리로 가장하느라 행색이 달라진 천덕을 한참 동안 못 알아보던 그가 기어코 기억을 떠올리고는 "어어." 하고 소리를 내었다.

"올라오시오."

역마의 고삐를 군졸에게 넘긴 천덕이 부리나케 계단을 올랐다. 최국영과 마주하고 그는 넙죽 절을 올렸다.

"행색이 이게 무엇이오? 저 역마는 또 무엇이오?"

최국영의 물음에 천덕이 답했다.

"도성에서 예까지 말을 얻어 타기 위해 관리로 가장하였습니다. 도승지와 판의금부사께서 도움을 주셨습니다."

"국법을 어긴 게요?"

그렇게 말해놓고 최국영은 씨익 웃어 보였다. 그의 말이 이어졌다.

"그나저나 도승지와 판의금부사를 뒷배로 두셨다니 참으로 뜻밖이오."

천덕이 말했다.

"그럴 만한 사정이 있습니다. 지금 도성이 위험에 처하여 이곳의 형제들에게 도움을 청하러 온 것입니다."

"도성이 위험에 처했다?"

최국영으로서는 금시초문이었다. 어쩌면 북청의 남쪽 병영이나 경성의 북쪽 병영에는 소식이 닿았을지도 몰랐다. 하지만 소식이 닿았다 해도 병마절도사는 군사를 움직이지 않을 것이다. 외적의 출몰이 잦은 국경 지대를 수비하는 본분을 저버릴 수 없다는 핑계를 대겠지만, 멀찍이서 도성에서 벌어지는 일을 관망하고 있다가 어떻게든 결론이 나면 그때에 맞는 처신을 택하는 것이 이롭다고 판단했을 것이다.

천덕은 자신이 어떤 사람인지, 수양딸인 양숙영과는 어떤 관계인지, 숙영이 어떤 일을 하고 있는지 최국영에게 소상히 밝혔다. 그리고 지금 탐관들이 사주한 자들이 일으킨 민란으로 인해 도성과 왕실이 위험한 지경에 처했음을 전했다.

이야기를 듣고 난 최국영이 물었다.

"그래서 어떤 계획을 갖고 이곳까지 온 것이오?"

천덕이 대답했다.

"제 형제의 부족에게 도움을 청하려 합니다. 그들은 타고난 무사이기에 분명 도성을 지키는 일에 힘을 보탤 수 있을 것입니다."

"여진족 무사들이 조선의 수도를 지키는 일에 나서주겠소?"

"그들 몸에는 조선인의 피가 흐르고 있습니다."

최국영이 고개를 끄덕였다. 그랬다. 그들은 장길산의 자식들이었다. 아비의 피를 이어받았다면 능히 병사 열 명의 몫은 할 터였다. 하지만 그들은 엄연히 여진의 사람이었다.

최국영이 자리에서 일어섰다.

"가서 형제들을 모으시오. 하지만 내가 이곳에 도착할 때까지 성문 근처를 벗어나서는 안 되오. 위기에 처한 왕실과 조정에 원군(援軍)으로 자청한다는 명분이 있으나, 그대들이 국경을 넘는 것은 있어서는 안 될 일이오."

"어디로 가시렵니까?"

천덕의 물음에 최국영이 답했다.

"경성의 병영에 가서 군사를 청할 것이오. 뜻이 제대로 이루어진다면 사람을 보낼 터이니, 그대의 형제들은 집으로 돌려보내시오."

"그게 안 된다면……?"

"나 역시 그대의 형제들과 함께 도성으로 향하겠소."

최국영이 문루를 나서서 아래로 내려갔다. 천덕이 그 뒤를 따랐다. 최국영은 뒤도 돌아보지 않고 성문 곁에 매어놓은 말에 오른 뒤 그대로 내달렸다. 천덕 역시 말을 끌고 강가로 향했다. 두만강 저편에서 나룻배가 천천히 다가오고 있었다.

김판중과 김규열은 망원정에 올라 건너편 한강변에 새카맣게 모여 있는 사람들을 바라보았다. 모두들 머리에 검은 천을 두르고 있어서 더욱 그렇게 보였다. 김판중이 김규열에게 말했다.

"저 버러지 같은 것들 좀 보시오, 대헌. 지들이 무슨 짓을 하는지도 모르고 저리 득달같이 달려들다니, 참으로 우습지 않소?"

김규열은 대답하지 않았다. 일이 뜻대로 풀리지 않는 것 같아 좌불안석이었건만 김판중은 조금도 초조한 기색을 비치지 않았다. 김규열은 어쩐지 김판중에게 심리적으로 밀리는 것 같아서 내내 찜찜하고 기분이 좋지 않았다.

김판중의 말이 이어졌다.

"저 버러지들이 도성에 들어와서 곡식을 축내고 대가와 민가의 재물을 탐할 것을 생각하니, 벌써부터 머리가 아프오. 어떻소, 대헌? 검을 쓸 줄 아는 검계 놈들만 강을 건너게 하고 나머지 쓸모없는 것들은 돌려보내는 것이."

김규열도 같은 생각이었다. 왕실이 행궁으로 옮기고 오군영의 군사들이 북한산성과 남한산성을 방어하기 위해 자리를 비우자, 도성은 무주공산이 되었다. 좌우 포도청과 한성부, 의금부에 무관들이 남아 있지만, 한성부 판윤은 어차피 김판중의 사람이었고, 우포청의 포도대장은 일찌감치 자신의 손아귀에 들어와 있었다. 남은 것은 좌포청과 의금부였다. 하지만 좌포청의 포도대장은 심지가 굳은 사람이 아니어서 난리 중에 나서는 일은 없을 것이다. 사실상 도성에 남은 공권력은 의금부가 유일했고, 칼 좀 쓸 줄 아는 의금부 관원은 고작 육칠십 명에 불과했다. 그 외에 미처 파악하지 못한 병력을 더한다 해도 백 명을 넘지 않을 터였다. 그 소수의 적을 상대하자고 도성 천지를 '버러지'들에게 넘겨주어서 아수라장을 만들 필요는 없었다.

"검계의 우두머리에게 사람을 보내 그리하라 이르겠소이다."

김규열의 말에 김판중이 물었다.

"믿을 만한 자가 있소?"

"홍화정의 이철경이 적격이겠지요."

김판중이 고개를 끄덕이고는 정자에서 내려가기 위해 몸을 돌렸다. 그때 김규열이 그를 불러 세웠다.

"좌상."

김판중은 마뜩치 않은 표정으로 김규열을 돌아보았다. 김규열이 말했다.

"도성 북쪽에 진을 친 무리는 차길현의 무사들이겠지요?"

김판중은 김규열을 노려볼 뿐 대답하지 않았다.

"석모도를 점거한 청나라 해적 놈들도 좌상의 작품일 것이고."

그 질문에도 김판중은 답하지 않았다. 김규열의 말이 이어졌다.

"삼남(三南)에서 올라올 병영의 군사들을 다스릴 인물도 좌상밖에 없겠지요."

김판중은 김규열의 의중을 살피느라 예민해졌다. 우두머리가 둘일 수는 없었다. 김판중은 김규열이 조선의 주인 자리를 넘볼 것이라고는 상상도 하지 못했다. 오군영의 장수들과 남쪽 병영의 병사(兵使)들에게 영향력을 행사하는 이는 자신이었고, 육조와 주요 관청의 으뜸 벼슬들을 수족처럼 부리는 이 역시 자신이었다. 그런 자신에게 가진 것이라고는 국법에 명시된 권력뿐인 자가 도전을 한다? 사실 김판중은 난리가 잦아들면 김규열을 쳐낼 심산이었다. 그뿐 아니라 지금까지 권력과 재물을 얻는 데 이용하며 생의 어두운 이면으로 남을 수밖에 없는 검계 역시 정리해야 했다. 그런데 마치 자신의 그런 계획을 간파하기라도 한 것처럼 김규열이 도발을 해온 것이다.

김규열의 말이 이어졌다.

"그처럼 힘이 막강한 이 앞에서는 납작 엎드리는 것이 상책이지요. 혹시 좌상께서 오해하실까 봐 저의 위치를 확인시켜드린 것이니 마음에 두지 마십시오."

살려달라는 뜻인가? 김판중은 김규열을 향해 쓴웃음을 지어 보이고 돌아섰다. 그가 가마에 올라 주렴 사이로 보았을 때 김규열은 망원정에서 가마를 향해 허리를 숙이고 있었다.

마포 나루에 사공은 보이지 않고 나룻배만 외로이 강물에 떠 있었다. 노를 젓는 것은 계형의 몫이었다.

강 건너편에 죽치고 있던 무리가 나룻배가 다가오는 것을 보고 몸을 일으켰다. 그들은 마치 오랜만에 먹이를 만난 들개처럼 배가 다가오는 방향으로 우르르 몰려들었다.

"회주, 저치들 중에 검계는 몇이나 될까요?"

계형의 물음에 이철경이 답했다.

"지방의 검계 숫자가 오천을 헤아리니, 못해도 삼천은 될 것이다."

배가 강변에 이르자 칼을 빼든 무사들이 앞으로 나섰다. 계형이 소리쳤다.

"도성 칠선객의 회주이시다! 표 회주에게 전갈이 있으니 길을 열라!"

검계 무사들 중에 몇이 이철경을 알아보았다. 하지만 그들은 이미 표철주의 사람들이었다. 이철경과 계형이 배에서 뭍으로 올라 빈손을 내보였지만, 그들은 칼을 거두지 않았다. 이철경이 말했다.

"표 회주께 전할 긴한 말이 있으니 안내해다오."

물길이 열리듯 무리가 양쪽으로 갈라졌다. 이철경과 계형은 인파가 열어놓은 통로를 따라 걸어갔다. 그 끝에 막사가 나타났고, 표철주가 쇠몽둥이를 세운 채 의자에 앉아 있었다. 이철경은 표철주를 향해 허리를 숙여 보인 뒤 말했다.

"전령(傳令)으로 왔습니다. 주위를 물려주십시오."

표철주가 몸을 일으켰다.

"따라오라."

이철경은 계형을 막사에 남겨두고 홀로 표철주의 뒤를 따랐다. 사람이 몰려 있지 않은 둔덕 자락에 이르러 표철주가 돌아섰다.

"도성이 텅 비었다지?"

"그렇습니다."

"대헌의 명을 갖고 왔는가?"

"그렇습니다."

"무엇이라 하든가?"

이철경이 품에서 서신을 꺼내서 내밀었다. 그러자 표철주가 손을 저으며 말했다.

"그냥 네가 읽어라."

이철경은 손에 쥔 서신을 다시 품에 넣고는 말했다.

"도성이 무주공산이 되었고 수비하는 병력이 백을 넘지 않으니, 민초들은 그만 돌려보내고 표 회주의 수하들만 입성하라 하였습니다."

표철주가 쓴웃음을 지었다.

"이제는 봉기군이 거추장스러워진 것이구먼."

이철경은 대꾸하지 않았다.

표철주가 한강 쪽으로 시선을 놓은 채 말했다.

"저들과 함께하면서 정말로 민란을 일으켜 세상을 뒤집어엎고 싶다는 마음이 점점 커졌다. 꼴에 동지랍시고 함께 움직이다 보니 정이 들어버린 거지. 산속의 짐승만도 못한 하잘것없는 것들이건만, 그래도 살아보겠다고, 더 나은 세상을 만들자고 배를 쫄쫄 곯으면서 이 먼 길까지 좇아온 저 어리석은 상판들을 보고 있자니 마음이 몹시 아프다. 하지만 나고 자라는 동안 배운 것이라고는 비적(匪賊)질밖에 없는 내가 무엇을 할 수 있겠느냐."

이철경이 말했다.

"지금 회주가 할 수 있는 일은 저들을 살려서 돌려보내는 것입니다. 도성을 수비하는 병력의 숫자가 일천하지만 서로 맞붙으면 어쩔 수 없이 희생이 따를 것이고, 봉기군이 도성을 접수한다 해도 저들은 결국 역적으로 몰려 참형을 면치 못할 것입니다. 지금이 저들을 살릴 수 있는 마지막 기회입니다."

표철주가 이철경의 얼굴을 물끄러미 바라보았다.

"철경이, 그사이 많이 변했구나. 눈빛이 달라졌어."

표철주의 그 말에 이철경은 시선을 피했다. 표철주가 피식 웃고는 말을 이었다.

"어차피 임시방편으로 만든 배로 강을 건널 수 있는 숫자는 제한되어 있다. 가서 분부대로 따르겠다고 전해라. 내일 밤을 기해 강을 건널 것이다."

표철주가 막사로 돌아가려 발을 뗐으나 이철경은 움직이지 않았다. 그런 그를 보고 표철주가 물었다.

"더 할 말이 있느냐?"

"꼭 대헌의 명을 따르지 않아도 됩니다."

이철경의 말에 표철주는 고개를 저었다.

"놈들의 명을 거부하고 우리가 무엇을 할 수 있겠느냐? 우리에게는 돌아갈 곳이 없다."

표철주가 돌아섰다. 이철경은 멀어지는 그의 뒷모습을 지켜보다가 걸음을 옮겼다.

의금부 관아의 출입문 근처에서 안을 기웃거리는 사내를 발견하고 나장이 물었다.

"무슨 일이시오?"

사내가 대답했다.

"판사 나리의 식솔인 바우라 합니다. 힘을 보탤까 하여 왔습니다."

성을 밝히지 않는 것으로 보아 노비임에 틀림없었다. 하지만 나장은 그에게 하대를 하지 않았다. 곧 벌어질 싸움을 함께할 전우(戰友)였다.

"무기는 다룰 줄 아시오?"

"소싯적에 판사 나리께 배웠습니다."

판의금부사가 집안의 가노(家奴)에게 무예를 가르쳤다? 나장은 연정흠이라면 능히 그러고도 남았을 것이라 생각하며 미소를 지었다.

"나를 따라오시오."

나장이 바우를 무기고 쪽으로 데려가는데, 그를 알아본 숙영이 불러 세웠다. 홍화정의 광에서 산곡주를 만드는 동안 얼굴을 익힌 자였다.

"이보시오. 여기는 웬일이시오?"

뜻밖의 인물과 마주치자 바우는 얼굴을 붉혔다. 이학송이 칼날을 벼리다가 그 모습을 보고 다가갔다. 바우는 전에 그랬던 것처럼 이학송이 자기를 알아볼까 봐 고개를 돌렸다. 이학송이 숙영에게 누구냐고 눈짓으로 물었다. 숙영이 답했다.

"홍화정의 무사입니다."

숙영의 말을 들은 나장이 경계의 눈빛을 띠며 바우에게 물었다.

"판사 나리의 식솔이라 하지 않았소?"

바우는 할 말을 잃고 그저 우두커니 서 있었다. 이학송이 들고 있던 검을 슬그머니 앞으로 내밀며 물었다.

"홍화정의 무사라면 이철경이 보낸 것인가? 그런데 판사의 식솔이라니, 그건 또 무슨 소리인가?"

어쩔 줄 모르고 있던 바우가 무언가를 다짐한 듯 이학송과 눈을 맞추며 말했다.

"판사 나리의 식솔인 바우라 합니다."

"바우?"

이학송이 짧게 탄식했다. 훈련도감으로 찾아와 자기도 무관이 될 수 있느냐고 묻던 노비 아이의 얼굴이 떠올랐다. 이십오 년도 지난 일이건만 그때 그 아이를 배웅하며 가슴에 새겨졌던 서글픔이 다시금 일어났다.

"판사 나리를 도우러 온 것이냐?"

바우가 고개를 끄덕였다. 이학송은 날을 잘 벼려놓은 자신의 칼을 바우에게 건넸다.

"판사 나리를 잘 지켜드려라."

바우가 다시 고개를 끄덕였다.

응당 관청의 출입문을 지키고 있어야 할 포졸들이 보이지 않았고 문은 굳게 닫혀 있었다. 연정흠과 동행한 도사들이 소리쳤으나, 문은 열리지 않았다. 하는 수 없이 연정흠이 담 위로 음성을 넘겨 보냈다.

"좌포장(左捕將), 안에 계시오? 나, 판의금부사 연정흠이오!"

그제야 내내 잠잠하던 좌포도청 안에서 발소리가 들리더니 출입문이 열렸다. 연정흠이 안으로 들어섰다. 무기를 든 군관들이 주춤주춤 다가와 연정흠에게 인사를 했다. 눈대중으로 짐작하기에 숫자가 오십 정도였다. 좌포도대장이 다가왔다. 그는 마당의 군관들을 둘러본 뒤 입을 열었다.

"한강 너머와 도성 북쪽의 폭도들이 곧 들이닥칠 것이라는 이야기가 나돌자 군관의 절반 이상이 이탈하였습니다. 의금부는 어떠합니까?"

연정흠이 대답했다.

"다행히 우리 쪽은 이탈자가 없네. 의금부 관아를 성곽으로 삼아 수성(守城)하는 방향으로 싸울 것이네."

"그런다고 백 명도 안 되는 무관으로 얼마나 버티겠습니까?"

"어떡하든 해봐야지. 그렇게 버티다 보면 삼남의 병력이 도착하지 않겠는가?"

"삼남의 병마절도사들이 왕실의 편이라 장담할 수 있습니까?"

좌포도대장의 그 물음에 연정흠은 시원하게 답할 수 없었다. 병영의 무관들이 비교적 관가의 셈법에서 자유롭고 태생적으로 조정의 문관들에게 적대적이라고는 하나, 김판중과 김규열을 비롯한 노론의 탐관들이 어디까지 손을 뻗었는지는 알 수 없는 노릇이었다.

"아마도 삼남의 병마절도사들도 나와 같은 마음일 겁니다."

좌포도대장의 말에 연정흠이 물었다.

"그것이 어떤 마음인가?"

연정흠의 물음에 좌포도대장은 잠시 뜸을 들인 뒤 대답했다.

"지금은 어느 한쪽 편에 서기보다는 지켜보자는 마음 말입니다."

연정흠은 참담한 심정을 지우고 말했다.

"좌포청도 그리할 것인가?"

좌포도대장이 주위에 선 군관들을 둘러보며 말했다.

"저들을 보십시오. 달아난 이들은 죄다 양반가 출신의 지휘관들입니다. 남은 이들은 평생 무관 말직으로 살아야 할 이들이지요. 저들이 무슨 부귀영화를 누리겠다고 왕실을 위해 칼을 들겠습니까? 기적이 일어나서 행여 이 숫자로 폭도들을 몰아냈다고 칩시다. 무엇이 돌아오겠습니까? 저들이 칼을 든다면 왕실에는 충신이나 탐관들에게는 적이 되는 것입니다. 도성을 지킨다 한들 저들은 결국 탐관의 표적이 되어 목숨을 연명해줄 밥줄마저 끊길 것입니다. 차라리 아무것도 하지 않는 편이 낫지요. 나서지 않으면 최소한 자리는 지킬 것입니다."

연정흠은 딱히 대꾸할 말이 떠오르지 않았다. 좌포도대장의 그 말은 관리인 자로서 할 말은 아니었으나, 그릇된 세상에서 살아남는 이치를 관통하는 뼈아픈 말이었다.

"미안합니다. 우리는 돕지 않을 것입니다. 이래 죽으나 저래 죽으나 마찬가지라면, 차라리 나중에 판의금부사의 심판을 받는 쪽을 택하겠습니다."

연정흠은 입술을 굳게 다문 채 침묵을 지키고 있다가 군관들을 둘러보며 입을 열었다.

"하지만 그렇게 사는 것은 너무 부끄럽지 않은가? 사람이 잘못된 판단을 할 수는 있으나 영혼을 다치지는 말아야 하네. 나 자신에게 떳떳하지 못한 삶을 살면서 무엇이 즐거울 수 있겠는가? 무엇에 흥을 느낄 것이며, 무엇에 감동을 할 수 있겠는가? 더 이상 제군들을 강요하지 않겠네. 하지만 내 말을 곱씹어보시게. 손해를 감수하면서 의로운 일에 자신을 바치는 사람이 비겁하게 숨거나 탐욕에 편승한 자보다 불행하다 할수 있겠는가?"

연정흠은 돌아섰다. 좌포도청을 나서서 의금부로 향하는 내내 가슴에 슬픔이 차올랐다. 의로운 일을 행할 때는 대접 받기를 바라서는 안 되었다. 하지만 세상은 의(義)를 추구하는 이들을 대접하기는커녕 따돌리는 방향으로 흘러가고 있었다. 정의가 무너져가는 세상에서 그것을 지키겠다고 고군분투하는 이들을 떠올리자 연정흠은 심한 안타까움과 외로움을 느꼈다.

의금부에 이르자 출입문 앞에 이학송과 숙영, 이규상뿐 아니라 절영과 기륭, 하도경이 연정흠을 기다리고 있었다. 남한산성에 있어야 할 절영과 기륭, 하도경을 그곳에서 만나니 무척 반가우면서도 그는 일부러 꾸짖었다.

"세자 저하를 호위하지 않고 왜 여기에 왔는가?"

절영이 대답했다.

"세자 저하께서 가서 싸우라고 내쫓으셨습니다. 저하는 세자익위사와 우림위뿐 아니라 별부료군관과 중금군이 철통같이 지키고 있으니 염려 놓으십시오. 수어청과 용호영 내에 간자(間者)가 있어 칼을 거꾸로 쥔다 해도 능히 제압할 것입니다."

그제야 연정흠은 웃음을 지었다.

"도승지는 북한산성에 있는가, 남한산성에 있는가?"

기륭이 대답했다.

"주상 전하 곁에 머물고 계십니다."

연정흠이 고개를 끄덕이며 말했다.

"혹여 그릇된 판단을 하실라 치면 도승지가 옳은 방향을 제시해주겠군."

이학송이 물었다.

"좌포청에 가신 일은 잘 안 되었습니까?"

연정흠이 씁쓸한 표정을 지으며 고개를 끄덕이고 나서 말했다.

"자, 안으로 들어가세."

관아로 들어서려던 연정흠은 담벼락에 꿔다 놓은 보릿자루처럼 서 있는 바우를 발견하고 소리쳤다.

"바우가 아니냐?"

바우가 연정흠을 향해 깊이 허리를 숙여 보였다. 연정흠이 그에게 다가갔다.

"돌아온 것이냐?"

바우가 대답했다.

"예, 나리."

"아버지와 어머니는 뵈었느냐?"

"나리께서 싸움을 앞두고 계시다며 가서 도우라 하셨습니다."

한 명의 군사가 아쉬운 상황이었다. 하지만 바우를 이곳에 두자니 마음이 편치 않았다. 그렇지만 돌아가란다고 돌아갈 바우가 아니었다.

"싸울 때는 적을 치는 것도 중하지만, 자기 몸을 지키는 것이 보다 중하다. 명심해야 한다."

"예, 나리."

그래도 마음이 놓이지 않는 듯 연정흠은 쉽게 발걸음을 떼지 못하다가 비로소 관아로 향했다.

의금부 관아 안에는 창검과 활을 멘 무관들이 도열해 있었다. 담벼락 아래에는 두꺼운 나무판자가 빼곡하게 세워져 있는데, 그것은 담 너머로 날아오는 화살 공격을 막기 위한 것이었다. 물론 그러한 방비가 전투를 승리로 이끌 수는 없었다. 최대한 버티는 것이 관건이었다. 좌포도대장의 말처럼 과연 경상도와 충청도, 전라도 병영의 군사들이 올지는 미지수였지만, 믿을 구석은 그들밖에 없었다. 왕실과 탐관들 사이에서 저울질을 하고 있을 병마절도사들이 부디 의로운 판단을 내리기를 바랄 뿐이었다.

하루가 지난 밤, 강변을 경계하던 나장이 의금부 관아에 도착하여 봉기군이 강을 건너기 시작했다고 전했다. 마포 나루에서 도성까지 이십 리가 채 안 되는 거리였지만, 수적으로 우위에 있는 그들이 밤을 택하여 공격해 들어오지는 않을 터였다.

연정흠이 무관들에게 말했다.

"오늘 밤은 푹 자두어라. 내일 하루 종일 싸워야 할 터이니, 체력을 비축해두어라."

겨울이 지나고 봄이 왔다고는 하지만 아침저녁으로 날이 차가웠다. 의금부 관청의 담이 높아 찬바람을 막아주기는 했지만, 공기를 타고 흐르는 차가운 기운까지 막을 수는 없었다. 관아의 건물과 마당 곳곳에 등을 붙일 수 있는 곳이면 죄다 몸을 뉘었지만 대부분의 무관이 쉬 잠들지 못했다. 그런 와중에도 어딘가에선 코 고는 소리가 들려왔다.

"참 넉살도 좋구먼."

누군가의 농에 여기저기서 웃음이 터졌다. 하지만 웃음소리는 이내 잦아들었다. 무거운 침묵이 흐르는 가운데 코를 훌쩍이는 소리가 들려왔다. 어쩌면 마지막 밤이 될지도 모를 시간이 안타깝게 흘러가고 있었다.

기륭과 숙영은 도성의 남문인 숭례문에 올라 바깥의 동태를 살폈다. 달빛이 유난히 밝은 밤이었다. 기륭은 성문 밖 멀리 시선을 두고 있는 숙영의 옆얼굴을 몰래 훔쳐보았다. 시원한 이마와 오뚝한 콧날, 곱게 다문 입술이 참 예뻤다.

숙영이 기륭의 눈빛을 느끼고는 홱 돌아보았다. 안성의 색주가 주변에서 처음 부닥쳤던 날 복면 사이로 반짝이던 그 눈동자가 기륭의 가슴에 날아와 박혔다. 기륭은 또 한소리 듣겠다 싶어 잔뜩 움츠러들었으나, 숙영은 기륭의 얼굴을 바라볼 뿐이었다. 오히려 기륭이 물었다.

"왜?"

숙영은 여전히 기륭의 얼굴을 바라보고 있다가 입을 열었다.

"그동안 고마웠어."

그 말에 그만 둘 다 숙연해지고 말았다.

"다시는 못 볼 사람처럼 왜 그래?"

기륭이 말하자, 숙영이 고개를 돌려 코를 훔쳤다.

"그렇지? 내일도 보고 모레도 또 보겠지?"

기륭은 대답하지 않았다. 숙영도 입을 다물었다.

그때, 누가 먼저랄 것도 없이 두 사람은 바짝 몸을 낮추었다. 어둠 속에서 누군가 다가오고 있었다. 문루에 누가 있는 것을 알아차린 상대가 걸음을 멈추었다.

"도성을 방비하는 무관들에게 전할 말이 있소."

기륭과 숙영이 고개를 빼고 아래를 내려다보았다. 홍화정의 주인인 이철경 곁을 지키는 계형이라는 사내였다. 계형 역시 숙영을 알아보고 잠시 반가운 기색을 내비쳤다.

기륭이 물었다.

"무엇이오?"

계형이 답했다.

"오늘 한강을 넘어오는 자들은 모두 검계요. 검계라 하여 목숨이 귀하지 않은 것은 아니나, 일부러 검을 휘두르는 팔에 사정을 둘 필요는 없다는 점을 알려주는 것이오."

기륭이 몸을 일으켰다.

"홍화정의 무사들도 우리와 함께하지 않겠소?"

그 물음에 계형이 답했다.

"우리는 홍화정을 지킬 것이오. 그곳이 우리 집이오."

그렇게 말하고 계형은 돌아서서 어둠 속에 묻혔다.

기륭은 이대로 이 밤이 영원하기를 바랐지만, 야속하게도 여명이 스며들기 시작했다. 도성 밖 어딘가에서 함성이 들려왔다. 이학송과 하도경이 경계를 서고 있는 돈의문 쪽이었다. 기선을 제압할 양으로 검계들이 소리를 높이는 것이었다.

미리 약속한 대로 기륭과 숙영은 육조 거리와 운종가가 만나는 지점으로 향했다. 돈의문에서 물러나온 이학송과 하도경 외에 의금부 관원 네 사람이 대기하고 있었다. 기륭과 숙영이 다가가자 관원 중 한 사람이 활과 화살을 건넸다.

그곳은 돈의문과 숭례문 쪽에서 공격해 들어오는 적을 공격할 수 있는 1차 저지선이었다. 예상대로 논의문 쪽에서 검계들이 먼저 모습을 드러냈고, 이어서 숭례문 쪽에서도 물밀듯이 밀려들어왔다. 기륭 일행과 의금부 관원들은 사정없이 화살을 날렸다. 어떤 것은 빗나가고 어떤 것은 명중했다. 상대의 숫자가 많지 않은 것을 알고 느긋하게 도성에 진입한 검계들은 뜻하지 않은 화살 공격에 혼비백산했다. 하지만 곧 전열을 가다듬고 달려들기 시작했다.

기륭 일행과 의금부 관원들은 운종가 쪽으로 내달렸다. 검계들이 뒤를 좇았다. 의금부 관아에 이르자 화살을 메긴 채 대기하고 있던 관원 수십 명이 검계를 향해 다시 화살을 날렸다. 기륭 일행이 의금부 안으로 들어서자 화살을 날린 관원들도 의금부 안으로 숨어들었다. 이제 본격적으로 의금부 관아를 둘러싼 공성전(攻城戰)이 시작될 참이었다.

연정흠이 군관들을 둘러보았다. 동지사와 도사 등의 고급 군관이 열아홉 명, 나장이 사십 명이었다. 여기에 이학송과 절영, 이규상, 하도경, 기륭, 숙영, 바우까지 도합 예순일곱 명이었다. 과연 이들 중에 몇 명이나 이 의금부 관아를 살아서 나갈지 알 수 없었다. 절멸(絶滅)한다 해도 후회는 없으나, 아직 창창한 젊은 군관들과 기륭, 숙영, 바우에 대해서는 안타까운 마음을 금할 수가 없었다.

연정흠이 미리 설치해놓은 사다리를 타고 담벼락에 올랐다. 관아 앞 운종가 양쪽으로 검계 무사들이 운집하고 있는데, 수를 셀 수 없을 만큼 많았다. 칼을 빼들고 조심스럽게 다가서는 무리들 가운데 유독 덩치가 큰 표철주가 눈에 띄었다. 그는 자신의 분신과도 같은 쇠몽둥이로 땅을 짚으며 다가오고 있었다.

연정흠이 소리쳤다.

"탐관이 득실거리는 조정을 응징하기 위해 뜻을 세운 그대들의 충정이 참으로 갸륵하다! 하지만 해안에 도적이 출몰하여 국가의 존망이 위태로운 이때에 혼란이 계속된다면 이 나라의 사직(社稷)은 다시 일어설 수 없을 만큼 주저앉을 것이다! 하여 속히 원래의 자리로 돌아간다면 도성을 위협한 그대들의 죄를 묻지 않겠다! 속히 돌아서서 도성을 떠나라!"

표철주가 앞으로 나서서 응수했다.

"고작 백 명도 안 되는 군사를 거느리고 꼴에 장수랍시고 엄포를 놓는 것이냐? 의금부 관아에 쥐새끼처럼 웅크린 네놈들에게 이른다! 너희들이야말로 순순히 문을 열고 투항한다면, 구국(救國)의 웅지(雄志)에 동참한 뜻을 높이 사서 새로운 세상에서 부귀와 영화를 누리도록 보장하겠다. 그렇지 않다면 산 채로 뼈와 살이 분리되는 고통을 당할 것이다!"

그때 연정흠을 겨누고 있던 화살이 날아와 허공으로 멀어졌다. 연정흠은 급히 안쪽으로 사라졌다.

"쏘아라!"

일시에 공중으로 치솟은 화살이 의금부 관아로 쏟아져 내렸다. 관아 안에서는 후드득 합판을 두드리는 소리가 들려왔다.

화살 공격이 잠시 멈춘 틈에 의금부 대문이 활짝 열리더니, 안에서 이학송과 기륭, 숙영, 절영이 튀어나와 검계 무사들을 공격했다. 불시의 습격에 당한 검계 무사들이 뒤로 후다닥 물러나자, 네 사람은 다시 관아 안으로 뛰어들었다. 관아 안에서는 검계가 접근하지 못하도록 화살을 날렸다. 의금부 대문이 다시 닫히고 양쪽이 물러난 자리에는 검계 무사여섯 명이 피륵 흘리며 쓰러져 있었다. 검계들이 어리둥절해 있는 사이 담벼락에 오른 군관들이 다시 화살을 날렸다. 수십 명의 검계가 화살을 맞고 쓰러졌다. 검계 쪽에서도 화살 공격으로 응수했으나, 이미 관원들이 사라지고 난 뒤였다.

이따위 얕은 수에 당하다니! 표철주는 의금부 대문으로 다가가 다짜고짜 쇠몽둥이로 내려치기 시작했다. 두꺼운 문에 조금씩 균열이 생기고 나뭇조각이 사방으로 튀었다. 검계의 사수들이 의금부 관아의 담벼락을 겨눈 가운데 칼잡이들이 슬금슬금 표철주 뒤쪽으로 달라붙었다. 표철주가 마지막 일격을 가하자 대문이 와장창 박살나고 말았다. 그와 동시에 의금부 군관들이 쏜 화살이 빗발처럼 날아들었다. 표철주는 곁에 선 칼잡이를 제 앞에 세워 방패로 삼고는 뒤로 물러났다. 무사들이 관아로 뛰어들려 했으나, 화살에 쓰러진 시체더미에 발이 걸린 그들은 앞으로 고꾸라지며 그대로 군관이 쏜 화살에 고슴도치가 되었다. 동료들의 죽음에 눈이 뒤집힌 검계 무사들은 무작정 칼을 들고 관아로 달려들었다. 표철주도 쇠몽둥이를 휘두르며 뛰어들어 의금부도사의 머리를 박살냈다.

바우는 피와 살이 튀는 전장에 나서지 못하고 나무판자 뒤에 바짝 웅크려 있었다. 이학송이 쥐어준 칼이 부르르 떨며 용기를 부추겼으나, 두려움에 사로잡힌 그는 차마 나서지 못했다. 이를 악물고 온몸에 힘을 주었다. 그렇게 애를 써도 몸이 쉽게 말을 들어주지 않았다. 그때였다. 의금부 관아의 담벼락을 타고 오른 사수 한 명이 판사 연정흠을 겨누고 있는 것이 보였다. 내내 말을 듣지 않던 몸이 저절로 앞으로 내달렸다. 사수가 시위를 퉁기려는 순간 바우의 몸이 판사를 덮쳤다. 날아간 화살이 바우의 어깻죽지에 꽂혔다. 사수가 다시 화살을 메기려 할 때 연정흠이 들고 있던 검을 던졌다. 날아간 검이 사수의 이마에 정통으로 꽂혔다.

"바우야!"

바우가 자신이 들고 있는 검을 연정흠에게 내밀었다. 연정흠은 바우를 관아 건물 쪽으로 끌고 가서 마루 밑에 짐짝 던지듯 밀어 넣었다. 바우는 검을 들고 멀어지는 연정흠의 뒷모습을 지켜보다가 정신을 잃었다.

피아가 뒤섞이자 화살은 무용지물이었다. 이학송의 검이 춤을 추며 칼잡이들을 도륙하고 숙영의 빠르고 예리한 단검이 상대의 급소를 파고들었다. 기륭과 하도경, 절영은 관아의 담을 뛰어넘어 적진의 한가운데로 뛰어들었다. 마치 순서를 기다리는 구경꾼처럼 관아 안에서 들려오는 살상의 현장음에 귀를 기울인 채 우두커니 있던 검계들은 갑자기 나타난 세 사람의 공격에 속수무책이었다. 순식간에 일곱 명의 검계가 목숨을 잃었다. 절영과 하도경, 기륭이 이룬 군진(軍陣)은 너무도 단단하고 날카로워서 검계들은 칼 한 번 제대로 뻗지 못하고 하나둘 목이 달아났다.

그때였다. 운종가의 동쪽 끄트머리인 흥인지문 쪽에서 커다란 함성이 일었다. 막 의금부 나장의 몸을 쇠몽둥이로 짓이긴 표철주는 갑작스러운 함성에 바깥으로 나섰다. 텅 비어 있는 운종가를 곧장 달려오는 일단의 병사들이 보였다. 아니, 그들은 병사가 아니었다. 하나같이 머리를 파르라니 깎은 기이한 자들이 무기를 들고 소리치며 달려오고 있었다.

'저들은 무엇인가?'

기륭도 함성이 들려온 쪽으로 달려갔다. 온몸을 피로 칠갑한 그는 저도 모르게 웃음을 지었다. 월현과 월정을 비롯한 묘적사의 형제들이었다. 세자가 알리지 말라 하여 아쉬움을 삼켰건만 형제가 위험에 처한 것을 알고 달려온 것이었다.

묘적사 승군들은 일시에 달려들어 칼과 창으로 검계를 공격하며 의금부 관아 쪽으로 길을 뚫었다. 승군의 숫자는 채 마흔이 되지 않았으나, 칼과 패거리만 믿고 허세를 부려온 검계 수백이 달려들어도 그들을 당해낼 수 없었다.

"표철주!"

표철주는 뜻하지 않은 승군들의 공격에 정신을 놓고 있다가 자신의 이름을 함부로 부르는 소리에 번쩍 정신을 차렸다. 마치 물그릇에 떨어진 한 방울 기름처럼 주변의 검계 무사 수십 명이 거리를 두고 있는 그 한가운데에 웬 젊은 무사가 서 있었다. 그가 다시 소리쳤다.

"표철주! 수하들을 모조리 죽일 셈이냐?"

표철주는 주변을 둘러보았다. 도저히 믿을 수 없는 광경이 눈앞에 펼쳐져 있었다. 끌고 온 부하들이 모두 무사의 자질을 갖춘 것은 아니지만, 그래도 다들 한 가닥 한다는 놈들인데, 겨우 백 명도 안 되는 병력에 고전을 면치 못하고 있었다. 널브러진 시신은 대부분이 검계였고, 살아남은 자들의 눈은 겁에 질려 있었다.

표철주가 자신의 이름을 외친 젊은 무사 쪽으로 몸을 돌렸다. 그러자 젊은 무사와 표철주 사이를 가로막고 있던 검계들이 모두 뒤로 물러났다. 두 사람 주변을 감싼 이들이 일제히 숨을 죽이자, 침묵이 들불처럼 전장을 휘감으면서 전투는 소강상태에 접어들었다. 조금 전까지만 해도 죽고 죽이려 기를 쓰던 그들은 순식간에 찾아온 정적을 계기로 모두 휴전에 암묵적으로 동의했다.

기륭이 표철주를 노려보며 목소리를 높였다.

"너와 나의 대결로 이 싸움에 종지부를 찍자! 더 이상 의미 없는 피를 흘릴 필요가 없지 않은가?"

표철주가 가소롭다는 듯 쳐다보고 있다가 고개를 끄덕였다.

두 사람이 조금씩 거리를 좁혔다. 병기가 닿을 만큼 가까워졌을 때 표철주의 쇠몽둥이가 먼저 날아들었다. 기륭은 몸을 뒤로 빼서 가볍게 공격을 피하고 검을 밀어 넣었다. 표철주 역시 기륭의 검을 가볍게 쳐 냈다. 이것으로 탐색전은 끝났다. 표철주는 쇠몽둥이를 머리 위로 들어 올려 빙글빙글 돌렸다. 공기를 찢는 소리에 주변에 선 이들은 귀에 압력이 느껴질 정도였다. 만약 표철주가 쇠몽둥이를 놓쳐서 주변을 둘러싼 검계들을 덮친다면 한 번에 두셋은 그냥 몸이 찌그러질 것 같았다. 싸움 구경을 하기 위해 앞사람을 방패 삼아 더욱 가까이 다가가려는 자들과 더 밀렸다가는 그대로 쇠몽둥이에 맞아 죽을 것이라는 두려움에 사로잡힌 이들 사이에 팽팽한 힘겨루기가 이어지는 가운데 표철주의 두 번째 공격이 기륭에게로 향했다.

기륭은 뒤로 물러서기만 할 뿐 제대로 검을 뻗을 수가 없었다. 표철주가 휘두르는 쇠몽둥이는 강력한 흉기이자 방패였다. 피할 수는 있으나 그 방벽을 뚫고 공격을 하기에는 틈이 보이지 않았다. 기륭은 표철주가 휘두르는 쇠몽둥이를 요리조리 피하다가 멀찍이 거리를 두고 물러나서는 검을 내던졌다. 그러고는 권법 자세를 취했다. 그 모습을 보고 표철주가 피식 웃음을 지었다.

"나의 쇠몽둥이를 맨몸으로 맞서겠다는 것이냐? 용기가 가상하다."

표철주가 달려들려는 순간 기륭의 몸도 앞으로 튀어나갔다. 기륭이 순식간에 거리를 좁혀오자 표철주는 일순 당황하여 동작이 흐트러졌다. 그 틈에 기륭의 주먹이 표철주의 안면을 강타했다. 타격이 꽤 강했으나 표철주는 이내 자세를 가다듬고 기륭을 향해 쇠몽둥이를 휘둘렀다. 기륭은 날아오는 쇠몽둥이의 결대로 몸을 뒤로 물리며 양손으로 쇠몽둥이를 붙잡았다. 그러고는 그대로 몸을 비틀어 뒤돌려 차기로 표철주의 옆구리를 가격했다. 기륭이 왼 주먹을 지르려 할 때 쇠몽둥이를 놓은 표철주가 기륭의 팔을 붙잡고는 던져버렸다. 저만치 나가떨어진 기륭은 땅에 내려놓은 자신의 검을 집어 들고 달려가다가 공중으로 솟구쳤다. 표철주도 잠시 놓쳤던 쇠몽둥이를 얼른 집어 기륭이 내려치는 검을 막았다.

챙!

불꽃이 사방으로 튀었다. 쇠몽둥이를 잘라낸 기륭의 검이 표철주의 가슴을 수직으로 베었다. 주춤주춤 뒤로 물러난 표철주가 얼떨떨한 표정으로 눈을 끔뻑거렸다. 철 백 근을 녹여서 만든 분신과도 같은 쇠몽둥이가 무 잘리듯 가볍게 잘리고 만 것이었다.

살아오면서 표철주는 쇠몽둥이를 딱 한 번 잃었다. 포도대장 장봉익의 집을 급습했다가 되레 당했던 그날이었다. 그는 쇳덩어리 같은 장봉익의 주먹에 나가떨어지고 이마가 함몰되는 큰 부상을 입은 채 쇠몽둥이를 두고 달아나야 했다. 그리고 오늘이 두 번째였다. 표철주는 두 동강으로 분리된 양손의 쇠몽둥이를 하나씩 내려다보다가 바닥에 던졌다. 갑자기 장붕익에게 맞아 내려앉은 이마에 심한 통증이 밀려왔다.

"네놈은 무엇이냐?"

표철주의 물음에 기룡이 답했다.

"장붕익 대장의 후손, 장기룡!"

그제야 표철주는 자신 앞에 서 있는 젊은 무사에게서 장붕익의 젊은 모습을 찾을 수 있었다. 두 동강 난 채 바닥에 떨어진 쇠몽둥이가 오랫동안 이어져온 패배의 역사를 말하고 있었다. 어리석었다. 그는 이번에도 이길 수 없는 싸움에 뛰어들고 만 것이었다.

그때였다. 봄볕 따스한 대낮에 갑자기 어둠이 드리웠다. 훈련도감 관청이 있는 서쪽에서 새카맣게 화살이 날아들었다.

화살은 피아를 가리지 않고 무차별적으로 날아들었다. 몸을 꿰뚫린 검계들이 픽픽 쓰러져갔다. 이학송은 여의도 양말산의 비옥에 개성 상단의 무사들이 들이닥쳤을 때를 떠올렸다. 그때 도성의 칠선객이 같은 식으로 무자비한 불화살 공격을 퍼부었다. 받은 대로 돌려주는 것인가! 그렇다면 화살을 퍼붓는 이들은 차길현의 상단 무사들이었다.

"의금부 관아로!"

기룡이 묘적사의 형제들에게 소리쳤다. 마흔에 가까웠던 무술승의 숫자가 그사이 서른 언저리로 줄어 있었다. 의금부 관아 쪽으로 달려가는 동안에도 두어 명의 무술승이 화살에 쓰러졌다. 기륭도 날아오는 화살을 쳐내며 달려갔다. 그는 허벅지에 화끈한 통증을 느끼며 그대로 주저앉았다. 허벅지에 화살이 박혀 있었다. 내내 의금부 관아에서 싸우던 숙영이 기륭을 발견하고 달려왔다.

"오지 마!"

말한다고 들을 그녀가 아니었다. 기륭은 허벅지에 박힌 화살을 뽑아냈다. 다시금 화살이 비처럼 쏟아졌다. 기륭은 숙영의 몸을 덮쳤다. 요행히 화살들이 두 사람을 피해갔다. 주변에는 화살 공격에 쓰러진 시신들이 산을 이루고 있었다.

의금부 관원들이 두 사람씩 짝을 지어 나무판자를 들고 뛰어나왔다. 그들 중 두 사람이 기륭과 숙영을 가렸다. 엄폐물로 삼을 나무판자의 숫자가 다섯이었다. 그 뒤쪽에 몸을 숨긴 무술승들과 군관들이 화살이 날아오는 방향을 향해 화살을 날렸다.

뒤에서 연정흠이 소리쳤다.

"진군(進軍)!"

나무판자를 잡은 군관들이 화살받이로 제일 앞에 서고 그 뒤에 몸을 숨긴 병력이 간간이 화살을 쏘며 조금씩 앞으로 나아갔다. 그리고 무술승들과 이학송, 절영, 하도경, 숙영, 기륭이 곧 시작될 백병전에 대비하여 언제든 뛰어나갈 자세를 취한 채 뒤를 따랐다.

"불화살이다!"

누군가 소리쳤다. 엄폐물이 되어준 나무판자에 불이 붙었다.

"전속력으로!"

연정흠의 구령과 동시에 나무판자를 앞세운 군관들이 적을 향해 달려들었다. 그대로 불붙은 나무판자가 적진을 덮치자 제일 먼저 월현과 월정이 뛰어올라 공격해 들어갔다. 덕호와 덕운이 그 뒤를 이었고, 혜문과 혜정, 혜월 형제가 칼을 뽑었다. 이학송과 절영, 하도경, 숙영도 뒤질세라 공격해 들어갔다. 기륭 역시 허벅지의 통증을 잊고 검을 휘둘렀다. 의금부의 군관들도 가세했다.

상단의 무사가 대략 삼백여 명이었고, 의금부와 묘적, 무술승을 합하여 사십오 명이었다. 검계에 비해 상단의 무사들은 훈련이 잘되어서 기량이 출중한 묘적과 무술승들도 압도적인 우위를 점하지는 못했다. 게다가 한 사람이 한꺼번에 대여섯 명을 상대해야 하니, 점점 수세에 몰렸다. 제일 먼저 의금부 군관들이 희생되었다. 딱 보기에도 몸놀림이 예사롭지 않은 이들은 분명 청나라 무사들이었다.

고수는 고수를 알아보는 법. 청나라 무사 세 명이 기륭에게 붙었다. 날카로운 검날이 기륭의 옆구리로 파고들었다. 기륭은 살짝 몸을 틀어서 피했으나 섬뜩한 기운이 옆구리를 스치고 지나갔다. 옷 밖으로 피가 배어나왔다. 빠르고 예리한 공격이 연속으로 이어졌다. 가까스로 공격을 막아냈지만, 세 명이 동시에 내지르는 칼날에 조금씩 살을 베었다.

"기륭아!"

이학송이 달려왔다. 그는 무사 한 명을 기륭에게서 떼어내는 데 성공했다. 이학송과 청나라 무사가 목숨을 건 일합을 겨루었다. 어느 누구의 우위를 점칠 수 없을 정도로 팽팽한 대결이었다. 상대가 만만치 않음을 간파한 청나라 무사가 뒤로 살짝 물러서더니 품에서 암기를 꺼냈다. 이학송이 제압할 요량으로 달려들었다. 하지만 이학송의 왼쪽 관자놀이에 날카로운 표창이 꽂혔다. 그는 그 상태로 칼을 휘둘렀다. 피가 눈에 스며들어 앞을 제대로 볼 수가 없었다. 이학송은 자세를 바짝 낮추고 집요하게 무사의 다리를 공격했다. 청나라 무사는 칼을 피해 펄쩍펄쩍 뛰면서도 틈을 보아 표창을 날렸다. 하지만 자세가 불안정한 탓에 정확도가 떨어졌다. 몇 개의 암기가 이학송의 어깨와 다리 등에 박혔으나 그는 개의치 않고 공격을 계속했다. 그러다가 어느 순간 몸을 곧추세우면서 사선으로 검을 쭉 뻗었다. 간발의 차이로 칼이 무사의 심장을 비껴갔으나, 다시 이학송의 칼이 무사의 목으로 파고들었다. 그 필살의 일격에 무사의 목젖이 날아갔다. 대롱거리며 매달려 있던 청나라 무사의 목이 바닥에 툭 떨어졌다.

이학송은 관자놀이에 박혀 있는 표창을 뽑았다. 그때 두 사람의 상단 무사가 달려들었다. 이학송은 본능적으로 자세를 낮추고 뒤로 물러나면서 몸을 회전시켜 둥그렇게 검을 휘둘렀다. 뒤에서 기회를 노리던 무사의 다리가 잘려나갔다. 하지만 이학송이 몸을 일으키는 순간 청나라 무사의 긴 창이 이학송의 심장을 꿰뚫었다. 이학송은 그 상태로 창대를 자르며 접근하여 기어이 청나라 무사의 심장을 찔렀다. 그의 검무는 거기까지였다.

앞으로 맥없이 고꾸라지는 이학송의 모습을 숙영이 보았다. 그녀는 뒤에서 이학송의 목을 내려치려는 상단 무사에게 달려들었다. 공중으로 솟구친 그녀는 무사의 어깨에 올라탄 채 단검으로 무사의 목을 땄다.

"스승님!"

숙영이 흐느끼는 소리에 기륭이 그쪽을 보았다. 숙영의 품에 안긴 이학송의 몸이 축 늘어져 있었다.

기륭이 격정에 휩싸인 틈에 나머지 청나라 무사가 공격해 들어왔다. 눈물이 가려 앞이 보이지 않았다. 기륭은 상대의 공격을 소리로 들었다. 숱한 비명이 터져 나오는 전장 한가운데서도 청나라 무사의 검이 공기를 가르는 소리가 뚜렷이 들려왔다. 기륭은 짧고 날카로운 공기 한 줄기가 자신의 뺨을 스치고 지나간 그 빈자리에 검을 찔러 넣었다. 더 이상 아무 소리도 들려오지 않았다.

기륭이 눈물을 훔치고 주변을 둘러보았다. 연정흠과 하도경이 힘겹게 검을 휘두르고 있었다. 숙영은 이학송의 시신을 붙들고 눈물을 흘렸다. 묘적사에서 어린 시절을 함께 보낸 월정과 덕호는 싸늘한 주검으로 바닥에 엎어져 있었다. 허벅지와 옆구리에 통증이 밀려왔다. 그는 엉금엉금 기어서 숙영에게로 다가갔다. 제자의 마지막 모습을 보려 했던 듯 이학송의 붉은 눈동자가 기륭을 향하고 있었다. 기륭이 이학송의 눈을 감겨주었다.

절영이 소리쳤다.

"원형(圓形)을 갖춰라!"

살아남은 의금부 군관과 묘적사의 무술승들, 연정흠, 하도경이 숙영과 기륭을 중심으로 둥그렇게 둘러섰다. 상단 무사들 역시 둥그렇게 원을 그린 채 조금씩 거리를 좁혀왔다. 최선을 다했으나 중과부적이었다. 상단 무사는 아직 이백 명이 넘었고, 이쪽은 불과 삼십 명이었다.

기륭이 칼을 짚고 몸을 일으켰다. 숙영도 슬픔을 떨치고 일어섰다. 창검을 든 청나라 무사들이 제일 앞장서서 다가왔다. 그들 중 하나가 누런 이를 드러내고 잔인한 웃음을 지었다.

그때 어디선가 바람을 가르는 소리가 들려온다 싶더니, 뒤에서 날아온 화살이 누런 이를 드러낸 청나라 무사의 뒤통수를 관통했다. 이어서 땅을 울리는 말발굽 소리가 들려왔다. 돈의문 쪽에서 기병 삼십 기가 돌진해오고 있었다. 함경도 병영을 이탈한 평사 최국영과 여진족 무사들이었다. 특히 여진족 무사들은 말에 탄 채로 아기살을 날리며 무서운 속도로 달려들었다. 그들 사이에 천덕이 섞여 있는 것을 발견한 숙영이 소리쳤다.

"우리 편이야, 우리 편!"

달려온 말에 부딪친 상단 무사들이 우르르 튕겨져 날아갔다. 원형을 갖추고 있던 묘적과 의금부 군관, 무술승들도 다시 칼을 휘둘렀다. 여진족 기병의 출현으로 전세가 역전되었다. 내내 몸을 사리고 있던 좌포청 군관들이 뒤늦게 달려와 가세했다.

해가 중천에 걸려 있었다.

"형님, 내가 너무 멀리 와버린 것 같소."

이철경

40
진실의 독
1762년 늦봄

　　검계와 송상 상단의 무사들이 도성을 침탈하
려 했던 그때의 일을 두고 세인들은 검계가 난리를 일으켰다 하여 '검란
(劍亂)'이라 불렀다.

　　검란이 일어난 다음 날 경상좌도 병마절도사 허유락이 군사 오천을
이끌고 당도하여 도성을 접수했다. 같은 날 연정흠은 살아남은 의금부
관원 다섯 명과 함께 남한산성 행궁으로 찾아가 세자 이선에게 전황(戰
況)을 보고했고, 좌포도대장과 좌포청 소속 무관들은 북한산성의 행궁
에 있던 김판중과 김규열을 체포했다. 포박될 당시 김판중은 억울함을
호소하며 왕을 만날 것을 청했으나 도승지 채제공이 허락하지 않았고,
왕 역시 행궁의 대청에 틀어박힌 채 모습을 드러내지 않았다. 김판중과

김규열은 의금부 맞은편의 전옥서에 투옥되었다. 하지만 도성의 운종가에 쌓인 검계의 시체를 치우고, 도성에서 달아난 검계의 잔당들이 일으킨 소란을 잠재우느라 그들에 대한 국문은 곧바로 이루어지지 않았다. 민란의 수괴였던 표철주의 시신은 발견되지 않았고, 검란 이후 그의 행적에 대해서 아는 이가 없었다. 검란이 있은 뒤 차길현은 청으로 도망쳤고, 그의 상단은 황해 병영의 군사로 인해 풍비박산 났다.

함경도 병영을 무단이탈하고 여진의 무사들을 조선 땅에 들인 죄목으로 최국영은 군율(軍律)에 회부되어 평사에서 참군으로 강등되었으나, 세자 이선과 허유락이 적극적으로 탄원한 덕분에 평사 지위를 회복했다. 여진의 무사들은 북청의 함경 남병영에 열흘 동안 억류되었다가 풀려나 고향으로 돌아갔다.

절영과 기륭, 하도경은 각각 세자익위사와 용호영으로 복귀했다. 검란에 참여했던 묘적사 승려 서른일곱 명 중에 살아서 돌아간 이는 열두 명이었다. 세자와 채제공, 연정흠의 주청으로 왕이 묘적사에 편액(扁額)을 하사했으나, 주지 일여는 편액을 걸지 않았다.

한동안 도성 운종가에서는 피비린내가 가시지 않았다. 죽어 널브러진 시신을 치우는 데만도 꼬박 보름이 걸렸다. 시신은 하나하나 도성 바깥으로 옮겨져 불에 태웠다.

검란을 피해 떠났던 이들이 하나둘 귀성(歸城)하며 도성은 조금씩 활기를 띠었다. 관가에 관리들도 하나둘 복귀했다. 하지만 도성의 가세(家勢)를 정리하고 종적을 감춘 이가 적지 않았다.

도성이 예전 모습으로 거의 회복된 뒤에도 왕은 행궁에서 창덕궁으로 돌아가기를 주저하다가 검란이 있고 한 달 보름이 지나서야 환궁(還宮)했다. 하지만 환궁하고도 왕은 두문불출했고, 어전 회의도 갖지 않았다. 검란에 관련된 관리들을 친국하는 일도 세자에게 일임했다.

"이제 놈들의 죄상을 낱낱이 밝히기만 하면 세상이 좀 나아지겠지?"

옥당 기생 매홍의 물음에 숙영은 가만히 미소만 지었다. 탐관의 수괴인 김판중과 김규열을 잡아들였으나, 아직 가야 할 길이 구만리였다. 세자가 가진 명단에 이름을 올린 자들 중 많은 수가 지레 겁을 먹고 종적을 감추었으나 김판중, 김규열과 붙어먹었던 조정의 권세가들 대부분은 원래의 자리로 돌아가 있었다. 주상 앞에 나아가 사죄하는 이가 없었고, 감죄(減罪)를 청하며 의금부에 자백하는 이도 없었다. 김판중과 김규열의 입에서 어떤 소리가 나오느냐에 따라 멸문지화(滅門之禍)를 당할 처지인데도 그들은 여전히 굳건했다. 만천하에 죄상이 드러나도 어떻게든 되살아날 수 있는 방도를 가진 것 같아 세자 이하 묘적의 동지들이 오히려 초조했다.

매홍의 말이 이어졌다.

"숙영이 너는 이제 어떻게 할 것이냐? 너도 나이가 찼는데, 세자익위사의 좌익찬과 어떻게 해봐야 하는 거 아니냐?"

기륭을 두고 하는 말이었다. 숙영은 얼굴을 붉히고 고개를 돌렸다. 매홍이 마루에 앉은 천덕에게 말했다.

"천덕 아재는 좌익찬이 마음에 차지 않소?"

천덕은 아무 말 없이 그저 웃음을 지은 채 고개를 끄덕여 보였다.

"천덕 아재도 사위 덕 보면서 이제 좀 편히 살아야지요."

매홍의 그 말에 천덕은 생각에 잠겨 있다가 입을 열었다.

"저는 산으로 돌아가야지요."

그 소리에 숙영이 천덕을 바라보았다. 숙영과 눈을 마주친 천덕이 말했다.

"여기서 내 할 일은 다 끝났으니, 이제 돌아가야지."

숙영이 입술을 깨물고 있다가 말했다.

"천덕 아버지, 형제들이 있는 곳으로 가도 돼."

천덕이 고개를 저었다.

"내 딸이 이 땅에 있는데, 가긴 어딜 가."

숙영의 눈시울이 붉어졌다.

그때 이철경이 사립 앞에서 헛기침을 했다. 늘 붙어 다니는 계형은 보이지 않았다. 숙영은 황급히 눈물을 훔쳤다. 매홍이 그를 보고 말했다.

"안으로 드시오."

이철경은 숙영과 천덕에게 고개를 숙여 보인 뒤에 숙영에게 말했다.

"숙영 소저가 만들어준 술은 영영 쓸 일이 없어지면 내다버리겠네."

숙영이 고개를 끄덕였다.

매홍이 물었다.

"무슨 일로 예까지 오셨소?"

이철경이 답했다.

"옥당께 긴한 부탁이 있어서 찾아왔습니다."

그렇게 말하고 나서 이철경이 숙영과 천덕의 눈치를 살폈다. 숙영이 자리에서 일어섰다. 그녀가 매홍에게 말했다.

"자주 올게요."

숙영과 천덕이 떠난 뒤 이철경이 마루에 엉덩이를 걸쳤다. 매홍이 물었다.

"그래, 나 같은 늙은이한테 무슨 부탁이?"

이철경은 곧장 대답하지 않고 뜸을 들였다. 한동안 깊은 생각에 잠겨 있던 그가 비로소 입을 열었다.

연정흠과 의금부 관원들이 도열한 가운데 산발을 한 김판중과 김규열이 압송되어왔다. 그들은 형틀에 매였고, 그들 앞에 연정흠이 섰다. 근 두 달을 전옥서에서 지낸 두 사람은 꼴이 말이 아니었다. 김규열은 다소 겁을 먹은 듯했으나, 김판중은 여전히 꼿꼿했다. 연정흠이 물었다.

"죄인 김판중, 죄인 김규열, 그대들은 역모를 꾸민 죄로 이곳에 있다. 참형을 피할 길이 없으나 그대들이 하기에 따라 식솔들이 받을 형벌의 무게가 달라질 것이다. 우리 나장들은 심문을 함에 있어 사정을 두지 않을 터이니, 알아서 행동하라."

김규열이 상체를 앞으로 기울이며 말했다.

"판사 대감, 나는 좌상의 꼬임에 빠진 것뿐이오. 저자가 나를 협박하여 어쩔 수 없었던 것이오. 역모라니! 나는 그런 적 없소. 잘못이 있다면 좌상의 협박을 이기지 못한 것뿐이오."

"닥쳐라!"

김판중이 소리쳤다. 김규열뿐 아니라 연정흠과 나장들마저 놀라서 눈이 커졌다. 김판중의 호통이 이어졌다.

"그렇게 꼬리를 내린다고 있는 죄가 없어지느냐?"

그렇게 말하고 나서 김판중은 연정흠을 똑바로 올려다보았다.

"좌찬성 이제겸을 불러라. 그가 모든 것을 쥐고 있다."

연정흠 역시 이십팔 년 전 이제겸이 장붕익 대감의 죽음에 관여한 정황이 있음을 알고 있었다. 그러한 사실을 알려준 이학송은 이제 이 세상 사람이 아니었다.

"김판중, 지금 그대는 좌찬성이 역모의 공범이라고 말하는 것인가?"

연정흠의 말에 김판중이 다시 그와 시선을 맞추었다.

"역모? 애당초 그런 것은 없었다. 좌찬성이 오면 모든 것을 알게 될 것이다."

연정흠이 나장에게 지시했다.

"죄인의 입에서 관련자의 이름이 나왔다. 좌찬성 이제겸을 이곳으로 압송하라."

의금부 나장들이 이제겸의 집을 덮쳤다. 이제겸은 자신에게 닥칠 일을 예상하고 있었는지 늦은 밤임에도 의관을 정제한 채 나장들을 기다리고 있었다. 포승줄에 묶일 때에도 전혀 반항하지 않았다.

김판중 곁에 형틀이 하나 더 마련되고, 곧이어 압송되어온 이제겸이 거기에 매였다. 연정흠은 오랫동안 관가에서 존경받아온 인물과 이런 상황에서 마주하고 있다는 사실이 비현실적으로 다가왔다.

"죄인 김판중의 고변으로 좌찬성을 이곳으로 압송하였소. 죄인과 무관함을 증명하겠다면 충분히 시간을 드리리다."

하지만 이제겸은 입을 열지 않았다. 다만 일렁이는 모닥불에 시선을 놓고 있었다. 기다려도 이제겸의 입이 열릴 것 같지 않았다. 연정흠이 말했다.

"험한 꼴을 보기 싫으나, 왕실의 직속 기관인 의금부의 수장으로서 내 할 일을 하지 않을 수 없소. 더군다나 역모요. 무력을 동원하여 도성을 접수하려 한 반란이오. 엄히 다스릴 수밖에 없소."

"역모 같은 건 없소이다."

이제겸의 입에서 김판중과 같은 소리가 나왔다. 연정흠의 눈매가 매서워졌다. 이제겸의 말이 이어졌다.

"나는 판사와 단둘이 이야기해야겠소."

연정흠이 말했다.

"그럴 순 없소이다. 사사로이 죄인의 고변을 듣는다면 결송에 오해의 소지가 생길 수 있소."

이제겸이 고개를 들어 연정흠을 올려다보았다.

"하지만 내가 지금 여기에서 사실을 말한다면, 판의금부사를 비롯하여 여기 있는 모든 이가 역적이 될 것이오. 그러니 내 말대로 하십시오."

연정흠은 저도 모르게 침을 꿀꺽 삼켰다. 나장들이 연정흠의 눈치를 살폈다. 연정흠은 이제겸의 언행에서 자신이 미처 알지 못하는 심각한 사안이 숨겨져 있음을 느꼈다.

"좌찬성을 나의 집무실로 데리고 가라."

나장들이 이제겸을 형틀에서 풀어 끌고 갔다. 연정흠은 약간의 시간을 두고 집무실로 향했다. 상황이 어떻게 돌아가는지 알지 못하는 김규열은 이리저리 눈알을 굴렸고, 김판중은 멀어지는 연정흠의 뒷모습을 물끄러미 쳐다보았다.

집무실에 이른 연정흠이 나장들에게 말했다.

"귀관들을 포함하여 근처 삼십 보 이내에 아무도 접근하지 못하게 하라."

나장들이 멀어진 뒤 연정흠이 집무실로 들어섰다. 이제겸은 담담한 표정으로 앞을 응시하고 있었다. 연정흠이 그 앞에 마주 앉았다. 그는 이제겸을 재촉하지 않고 기다렸다. 이윽고 이제겸이 입을 열었다.

"표희상이라는 자가 있었소. 숙종 임금 때에 궁에서 별감을 지냈소. 쇠로 만든 지팡이를 짚고 다닌다 하여 세간에서는 그를 표철주라고 부른다 하더이다……."

이어지는 이제겸의 이야기에 귀 기울이는 연정흠의 표정이 점점 일그러졌다. 반면에 이제겸은 조금도 표정에 변화가 없이 조곤조곤 말을 늘어놓았다. 한참 지난 뒤 이제겸의 이야기가 끝나고 연정흠은 무거운 표정으로 집무실을 나섰다. 그가 나장을 불렀다.

"좌찬성이 다른 죄인과 섞이지 않도록 독방에 감금하라. 그리고 지금 당장 도승지 채제공을 의금부로 모셔라."

연정흠의 말에 나장이 물었다.

"압송입니까?"

"아니다. 도승지와 깊이 의논할 일이 있다."

나장이 떠난 뒤 연정흠은 자신의 이마를 짚었다.

◇　◆　◇

연정흠과 채제공은 일부러 인경이 울리기를 기다렸다가 의금부를 나섰다. 운종가 대로를 걷다가 종묘 쪽으로 **빠졌을** 때 순검(巡檢)을 도는 포도청의 순라군 두 사람과 마주쳤다. 연정흠이 공무로 야간에 통행함을 증명하는 통부(通符)를 내밀었다. 금주령이 깡그리 무시당하던 때에는 찾아보기 힘든 일이었다. 그만큼 도성의 치안이 원상태로 회복되었음을 의미했다.

궁에 든 연정흠과 채제공은 동궁으로 향했다. 곳곳에 세자익위사 무관들이 서 있었다. 동궁 입구를 지키던 기륭이 두 사람을 알아보고는 표정이 다소 어두워졌다. 추국장의 관리가 무례함을 무릅쓰고 인경을 넘긴 시각에 동궁으로 찾아왔다는 것은 그만큼 일이 급박하게 돌아간다는 뜻이었다.

"저하께서는 주무시느냐?"

채제공의 물음에 기륭이 대답했다.

"주무시지 않습니다. 추국장의 사정이 궁금하여 잠을 이루지 못하십니다."

고개를 끄덕인 연정흠이 내관에게 일렀다.

"도승지와 판의금부사가 왔다 여쭙게."

세자 이선과 연정흠, 채제공이 마주 앉았다. 김판중과 김규열을 체포하고도 마음이 편치 않았는지 세자의 안색이 좋지 않았다.

"두 사람이 이렇게 오신 것이 좋은 일입니까, 나쁜 일입니까?"

연정흠과 채제공의 표정이 어두운 것을 보고 세자가 한숨을 내쉬었다. 세자가 품에서 비리 관료의 이름을 기록한 명단을 꺼냈다. 세자가 침의(寢衣) 속에 명단을 품은 채 잠자리에 드는 것을 보고 연정흠과 채제공은 마음이 무거웠다.

"그자들만 잡아들이면 이 명단에 이름을 올린 다른 자들은 알아서 납작 엎드릴 줄 알았습니다. 그런데 겁을 먹고 달아난 자들은 잔심부름이나 하던 하급 관리들뿐이고, 지위가 높은 탐관들은 눈 하나 까딱하지 않다니, 이게 무슨 일인가 싶습니다. 왕실의 권위와 체통이 이리 무너진 것입니까?"

세자의 하소연이 그친 뒤 연정흠이 어렵게 입을 떼었다.

"저하…… 오늘 좌찬성 이제겸을 심문하였나이다. 헌데……."

세자가 연정흠의 다음 말을 기다렸다. 연정흠은 차마 못할 짓을 한다는 듯 난처한 표정을 짓고 있다가 다시 입을 열었다.

세자는 아무 말 없이 오래토록 연정흠의 이야기에 귀를 기울였다. 어느 순간부터 세자는 고개를 숙인 채 눈을 감았다. 그의 감은 두 눈은 연정흠의 이야기가 이어지는 동안 내내 그대로였다.

비로소 연정흠이 이야기를 끝맺었다. 무슨 생각을 하는지 세자는 여전히 눈을 감은 채였다.

"저하, 소신들은 이만 물러가겠습니다."

연정흠과 채제공이 동궁을 떠난 뒤에도 세자는 눈을 뜨지 않았다. 창호에 비치는 세자의 그림자가 염려된 기륭이 간간이 다가가 안을 살폈다. 그렇게 밤이 지나고 희붐한 새벽빛이 세상을 물들였다. 멀리서 통금을 해제하는 종소리가 울렸다.

세자는 그제야 눈을 떴다. 그는 스스로 먹을 갈아 붓을 적셨다. 그리고 의궤에 올려놓은 명단 제일 위에 무언가를 적었다.

延礽君 李昑(연잉군 이금)

부왕이 왕세제이던 때의 작위와 휘(諱)였다.

세자는 동궁을 나섰다. 기륭이 일정한 거리를 두고 세자를 따라붙었다. 세자는 흐느적흐느적 왕의 침소인 희정당으로 향했다. 희정당의 내관이 그를 막아섰다.

"밤새 끙끙 앓으시다가 이제 막 잠이 드셨습니다, 저하. 날이 완전히 밝거든 찾아뵈십시오."

하지만 세자 이선은 물러서지 않았다.

"아바마마께 세자가 왔다 전하라. 지금이 아니면 다시는 할 수 없는 이야기가 있다."

"저하, 제발 돌아가십시오."

세자는 희정당을 향해 소리쳤다.

"아바마마, 세자가 왔습니다. 아바마마께 꼭 여쭐 것이 있어 이렇게 왔습니다!"

희정당의 내관들이 일제히 달려 나와 세자 앞에 엎드렸다. 왕에게서는 아무런 반응이 없었다. 세자가 다시 한 번 소리쳤다.

"전하, 지금은 주무실 때가 아닙니다. 아바마마, 깨어서 오랜 응어리를 푸시옵소서!"

희정당에서 희미한 소리가 새어나왔다. 내관 중 하나가 바짝 귀를 대었다.

"들라 하라."

세자는 곧장 왕의 침소로 향했다. 이부자리도 걷지 않은 채 왕이 기다리고 있었다. 무언가를 예감한 듯 왕은 자신의 잠을 깨운 세자를 탓하지 않았다. 마주 앉은 뒤로 두 사람 사이에 무거운 침묵이 흘렀다. 긴 침묵 끝에 세자가 흐느끼며 말했다.

"아바마마께서 이 모든 일의 시작이옵니까?"

왕은 대답하지 않았다.

"아바마마, 사실대로 말씀해주십시오. 진정 이 모든 일의 시작에 아바마마께서 계신 것이옵니까?"

눈을 감은 채 침묵을 지키던 왕이 이윽고 입을 열었다.

"매일 어떻게 하면 하루를 무사히 넘길 수 있을까 전전긍긍하던 못난 왕자가 있었다. 까무룩 잠이 들었다가도 풀벌레 소리에 소스라치게 놀라 잠을 깨던 겁에 질린 왕자가……."

숙종은 희빈 장씨와의 사이에 첫째 아들 이윤을 얻었다. 희빈을 끔찍이 아꼈던 숙종은 이윤이 세 살 때 서둘러 세자에 책봉했다. 하지만 희빈 장씨의 성정이 표독하고 외척의 세도가 도를 넘어서자, 이윤이 열네 살이던 신사년(辛巳年, 1701년)에 숙종은 희빈에게 사약을 내렸다. 이때부터 왕과 세자의 관계는 껄끄러울 수밖에 없었다. 노론이 이 틈을 파고들었다. 소론을 지지하는 이윤을 몰아내고 새로운 세자를 앉히려 했던 것이다. 노론은 친모가 궁중에서 죽음을 맞았기에 복수심에 사로잡혀 세자가 왕위에 오르면 폭정을 일삼을 수 있다는 이유를 들었다.

이때부터 이복형제들과 격 없이 잘 지내던 연잉군 이금의 불행이 시작되었다. 노론은 연잉군을 세자로 만들기 위해 애썼으나, 숙종은 여섯째 아들인 연령군 이훤에게 마음이 기울어 있었다. 연잉군은 왕세자인 이복형 이윤과 임금이 마음에 둔 이복동생 이훤 그리고 자신을 세자로 미는 노론 대신들 사이에서 아찔한 줄타기를 해야 했다. 그는 왕이 되고 싶은 마음이 크지 않았다. 그저 무사안일하게 일생을 살아가기만을 바랄 뿐이었다.

그렇게 초조하고 불안한 나날을 보내던 때에 나타난 이가 별감 표희상이었다. 연잉군과 동갑내기인 표희상은 성격이 호방하고 쾌활하여 시름에 잠겨 있는 연잉군을 자주 웃게 만들었다. 그는 주색잡기에도 능해서 내내 궁궐에서만 지낸 연잉군에게 새로운 세상을 보여주었다. 표희상과 함께 있을 때만이 시름으로부터 해방될 수 있었기에 연잉군은 날이 갈수록 그를 가까이하였다.

"왕이 되지 못한 왕자를 기다리는 것은 비참한 최후뿐입니다."

표희상은 연잉군이 왕위를 탐하도록 부추겼다. 살기 위해서 왕이 되어야 하고, 왕이 되기 위해서는 세력이 있어야 한다고 했다. 그때까지 노론의 지지를 받으면서도 애써 그들 세력과 거리를 두었던 연잉군은 차츰 노론 대신들과 교유하기를 마다하지 않았다.

기해년(己亥年, 1719년)의 일이었다. 하루는 표희상이 지나가듯 말했다.

"주상께서 연령군을 생각하시는 마음이 깊으시니, 편치 않으시겠습니다."

왕이 되어 살아남아야 한다는 생각이 커진 탓에 가까이 지냈던 이복동생 연령군의 존재가 불편해진 것은 사실이었다. 그래서 연잉군은 속마음을 그대로 드러내어 그렇다는 뜻으로 고개를 끄덕였다. 그랬는데, 연령군은 곧 병에 들어 앓아누웠고 오래지 않아 세상을 떠났다.

연잉군은 연령군의 죽음 배후에 표희상이 있는지 묻지 않았고, 표희상도 말하지 않았다.

"우리가 반드시 왕으로 만들어드릴 터이니, 염려놓으십시오."

연잉군은 그 말에 담긴 의미를 애써 모른 척했다. 그것은 알아서는 안 되는 진실이었다. 그때부터 연잉군은 모종의 일을 함께 꾸몄다는 공범 의식에서 자유로울 수 없었다. 공범 의식! 그것이야말로 표희상과 노론이 설치해놓은 빠져나올 수 없는 덫이었다.

부왕인 숙종 임금이 갑작스럽게 죽으면서 왕세자 이윤이 경종 임금에 올랐다. 세력이 약했던 소론이 힘을 얻는 듯했으나, 노론은 밀리지 않았다. 경종에게 후사(後嗣)가 없는 것이 비극이었다. 몸이 약한 데다 자식이 없는 경종에게 노론은 연잉군을 왕세제에 책봉할 것을 강하게 요구했다. 어릴 때부터 피붙이 이상의 형제애를 나누었던 경종과 연잉군은 대신들의 정치적 놀음 사이에서 멀어지고 말았다. 그러던 중 신축

년(辛丑年, 1721년) 초, 별감 표희상이 별안간 종적을 감추었다.

같은 해에 나라에 흉년이 들자, 경종은 금주령을 내렸다. 하지만 금주령을 어기고 밀주를 유통하는 거대한 조직이 질서를 어지럽혔다. 이때 포도대장 장붕익이 맹활약하여 검계를 도성 밖으로 내쫓았다. 당시 검계의 우두머리 이름은 표철주. 쇠몽둥이를 들고 다닌다 하여 그런 별명이 붙었다 했다. 그런데 나중에서야 표철주와 표희상이 동일 인물인 것을 알고 연잉군은 아연실색했다. 표철주는 숙종 임금 때부터 왈짜들을 규합하여 검계를 조직했으며, 청부살인과 아녀자 겁탈, 인신 매매 등을 행해온 인간이었다. 그러니까 표희상은 검계의 우두머리이면서도 궁궐의 별감을 지내며 연잉군을 가까이했던 것이다.

검계는 노론 신료들이 만든 조직이었다. 사회 혼란을 부추기고 정적을 제거하며 재물을 축적하기 위해 만든 노론의 사병 조직이 바로 검계였다. 그리고 노론은 검계의 우두머리인 표희상을 동궁의 별감으로 들여 왕자와 친분을 쌓게 하고, 그 왕자를 왕으로 만듦으로써 영원히 사라지지 않을 권력의 구도를 만든 것이었다.

그뿐인가. 경종의 죽음 배후에도 노론이 있었다. 수라간의 상식 궁녀를 협박하고 매수하여 은밀히 음식에 독을 섞어 왕이 병약하도록 만든 것이 그들이었고, 결국 독을 이기지 못한 경종이 승하하자 마치 그 배후에 연잉군이 있다는 듯이 소문을 퍼뜨린 것도 그들이었다. 그러면서 한편으로는 소문의 진위를 따져 묻는 소론의 공격을 막아내면서 왕위에 오른 연잉군을 더욱 옭아맸다. 연잉군은 노론 대신들의 꼭두각시가 되기 위해 왕위에 오른 것이었다.

하지만 언젠가는 그 사슬을 끊어야 했다. 치세 구 년에 이르러 왕이 금주령을 내린 것은 불세출의 무장 장붕익으로 하여금 검계의 뿌리를 뽑고 표철주를 척결하여 자신의 과거를 지우기 위한 것이었다. 하지만 장붕익은 표철주를 검거하는 일에 거듭 실패했고, 장붕익은 스스로 의도하지 않은 상태에서 점점 검계의 실체에 다가가며 왕의 목을 조였다. 이에 충(忠)을 최고의 덕목으로 아는 도승지 이제겸이 왕의 의중을 파악하고 장붕익을 죽일 계획을 세웠던 것이다.

하지만 이후로도 왕은 금주령을 철회할 수 없었다. 세자가 시시때때로 금주령을 비판하여 왕의 신경을 긁었다. 왕에게 금주령을 철회한다는 것은 항복을 의미했다. 노론은 노론대로 굳이 왕이 금주령을 철회하는 것을 원하지 않았다. 검계를 통해 밀주를 유통하면서 재물을 쌓고, 불법의 사슬 속으로 수많은 관리들을 끌어들여 제 편으로 만들며 관료 사회를 완전히 장악할 수 있기 때문이었다. 이렇게 왕과 노론은 서로 다른 이유로 금주령을 유지했다. 결국 이 복잡한 상황 속에서 고통 받는 이들은 죄 없는 백성뿐이었다.

긴 이야기를 마친 왕이 세자에게 말했다.

"내가 크게 잘못한 것이 두 가지 있다. 하나는 형님이신 경종 임금의 마음을 헤아리지 못한 것이다. 나중에 소론 대신들의 입을 통해 들은 이야기는 경종 임금께서 끝까지 나를 옹호하였고 나에게 왕위를 물려줄 생각을 진즉부터 하고 있었다는 것이었다. 하지만 겁에 질려 있던 나는 섣불리 노론의 손을 잡고 말았다."

세자 이선이 붉어진 눈으로 부왕을 바라보다가 참담한 심정에 고개를 숙였다. 왕의 말이 이어졌다.

"다른 하나는 노론의 관료들을 이기려 한 것이다. 그들은 내가 왕위에 오른 과정을 속속들이 알고 있기에 나는 그들을 이길 수 없다. 지금 이 나라는 왕실의 나라도 아니고 백성들의 나라도 아니다. 관료들의 나라다."

세자 이선이 눈물 그렁그렁한 눈으로 왕을 바라보며 물었다.

"그들을 이길 수는 없습니까?"

"나는 실패했고, 너도 실패할 것이다."

왕이 자세를 고쳐 앉으며 말을 이었다.

"세자에게 명단이 있다 들었다. 어쩌면 그 명단의 꼭대기에 내 이름이 있을 테지. 그 명단을 세상에 공표할지 말지는 세자가 판단하라."

희정당을 나선 세자가 동궁으로 향했다. 일정한 거리를 두고 뒤를 따르는 기륭의 눈에 세자는 넋이 나간 것 같았다. 걸음을 옮기면서 길게 울음을 토하더니 갑자기 웃음을 터뜨렸다. 그러다가 덩실덩실 춤을 추고 다시 바닥에 엎어져 울음을 토했다.

이후로 세자는 동궁에서 두문불출했다. 김판중과 김규열의 죄상을 파헤치는 심문은 멈추었고, 독방에 갇힌 이제겸은 바다 속보다 더욱 깊은 침묵에 빠져들었다.

며칠 뒤 동궁으로부터 의금부로 날벼락 같은 어명이 전해졌다. 김판중과 김규열, 이제겸을 방면하라는 세자의 전갈이었다. 세자의 결정 앞에서 연정흠과 채제공은 아무 말도 할 수 없었다. 그들을 치는 것은 곧 왕을 치는 것이었다. 그들을 치는 순간 저자 거리에 현왕이 이복동생인 연령군과 선왕이자 이복형인 경종을 시해했다는 소문이 퍼질 것이고, 그렇게 왕권이 당위성을 상실하는 순간 왕도 세자도 세손도 다시는 돌아올 수 없는 길을 가야 했다.

그런데 일이 뜻밖의 방향으로 흘렀다. 세자가 동궁에서 두문불출하는 사이 흉흉한 소문이 퍼지기 시작한 것이다. 세자가 왕을 음해하기 위해 괴문서를 만들었다는 내용이었다. 명단에 이름을 올린 탐관들이 역으로 그 명단을 세자가 역모를 꾸미는 도구로 탈바꿈시킨 것이었다. 오래지 않아 왕이 세자의 체포령을 내릴 것이라는 이야기가 관가에 퍼져나갔다.

소문은 궁에서 생활하는 궁인과 무관들이라고 해서 피해 가지 않았다. 아니, 궁궐에 흐르는 기류에 가장 민감한 사람이 바로 그들이었다.

동궁을 경계하러 가면서 기륭이 절영에게 물었다.

"스승님, 만약 세자 저하를 체포하라는 명이 떨어지면 어떻게 해야 합니까?"

절영이 기륭을 나무랐다.

"그런 소문에 흔들리다니, 너답지 않구나. 세자 저하의 체포령은 주상 전하만이 내릴 수 있는데, 어찌 그런 일이 있을 수 있겠느냐?"

기륭이 말했다.

"스승님, 궁에서 지낸 지난 몇 년 동안 너무나도 많은 것을 보았습

니다. 궁에 들어오기 전 묘적사에서 가르침을 받으며 배우고 익힌 것들
이 궁에서는 반드시 옳을 수 없다는 사실도 알게 되었습니다. 소문을 두
려워하는 것이 아니라, 소문을 믿는 사람들을 두려워하는 것입니다. 거
짓 소문에 일말의 진실이라도 있을 것이라 믿는 이들이 소문의 힘을 믿
고 저지를 일을 두려워하는 것입니다."

기륭의 말에 절영은 아무 말도 할 수 없었다.

궁성의 곳곳을 방비하는 군사들 사이에 긴장감이 점점 커졌다. 만약
세자에 대한 체포령이 떨어진다면 어떻게 처신해야 하느냐는 문제를 놓
고 갈등이 커진 탓이었다. 용호영 가운데 스스로를 겸사복이라 여기는
무관들은 세자를 체포하는 일에 적극적으로 동조해야 한다는 의견이 지
배적이었다. 그럴 수밖에 없는 것이 그들 대부분이 양반가의 자제였고,
멀리 또는 가깝게 어떤 식으로든 노론 대신의 집안과 연결되어 있기 때
문이었다. 반면에 서얼 출신으로 구성된 우림위 무관들 사이에는 세자
를 동정하는 여론이 강했다. 하지만 왕의 명으로 세자가 체포될 때 반기
를 든다면, 그들은 반역자가 될 수밖에 없었다. 우림위 사이의 여론은
세자에게 동정적이지만, 실제로 그런 일이 일어났을 때 세자를 도울 수
있는 무관은 없었다.

하루는 궁에서 우연히 마주친 우림위 하도경이 기륭에게 물었다.

"좌익찬, 그대는 어떻게 할 것인가?"

"아직 일어나지 않은 일입니다."

"하지만 일어난다면?"

"세자 저하는 주상 전하를 음해하지 않았습니다. 그것은 형님도 아시

500

지 않습니까? 그런데도 누군가 세자 저하를 체포하려 든다면, 그때는 과연 누가 옳은 편일까요? 저는 옳은 편을 따르겠습니다."

하도경이 쓸쓸한 웃음을 지었다.

"장기륭답다. 그러면 나도 그리하겠다."

임오년(壬午年, 1762년) 봄이 무르익어갈 무렵이었다. 채제공의 모친이 세상을 떠나 그는 상을 치르기 위해 낙향해야 했다. 상황이 급박하게 돌아가는 때에 도성을 떠나게 된 그는 마음이 착잡했다. 채제공은 동궁에 들러 세자를 배알하고 떠나며 기륭에게 말했다.

"기륭아, 사람에게는 각자의 운명이 있다. 너는 너의 운명을 따르거라."

기륭이 채제공의 뜻을 이해하지 못해 물었다.

"도승지 어른, 그게 무슨 말씀입니까?"

하지만 채제공은 답하지 않고 기륭의 어깨를 두드린 뒤 돌아섰다.

며칠 뒤 절영이 세자의 명을 기륭에게 전했다.

"저하께서 이제 묘적을 해산할 터이니 숙영을 집으로 돌려보내라고 하셨다. 저하께서는 네가 숙영의 목적지까지 동행하길 원하신다. 오늘 준비해서 내일 당장 떠나거라."

기륭은 세자의 명이 한편으로 반가우면서도 한편으로는 내키지 않았다. 탐관을 척결하는 데 앞장섰던 숙영에게 도성은 위험한 곳이었다.

기륭도 숙영이 하루 속히 도성을 떠나기를 기대하고 있었다. 그리고 그렇게 된다면 자신이 동행하리라 마음먹고 있었다. 하지만 세자의 안위가 위급한 상황에 자리를 비우는 것이 마음에 걸렸다. 도승지 채제공이 떠난 마당에 왕이 갑자기 세자의 체포령이라도 내리면 그 마음을 돌릴 사람이 조정에는 없었다.

기륭이 머뭇거리자 절영이 엄한 목소리로 말했다.

"세자 저하의 명을 거역할 셈이냐?"

기륭은 하는 수 없이 고개를 끄덕였다.

"알겠습니다, 스승님. 어디든 숙영을 데려다주고 속히 복귀하겠습니다."

절영이 기륭의 얼굴을 빤히 쳐다보고 있다가 나직이 말했다.

"기륭아, 돌아오지 마라."

"스승님……."

절영이 기륭의 어깨를 툭툭 치고는 멀어져갔다.

기륭이 집에 도착했을 때 숙영은 밥상을 차리고 있었다.

"뜸만 들이면 되니까, 조금만 기다려."

기륭이 의아해서 물었다.

"내가 올 걸 어떻게 알고 밥을 차렸어?"

숙영이 대답했다.

"궁에서 저하가 보낸 사람이 왔었어."

그러면서 숙영이 비단 보자기를 펼쳤다. 그 속에 궁에서 쓰는 가락지와 은수저 등이 담겨 있었다.

"세자 저하께서 보내신 거야. 그러면서 도성을 떠나라는 전갈을 전해주 었어."

기륭은 마루에 엉덩이를 걸치고 물었다.

"어디로 갈 거야?"

숙영이 대답했다.

"호명산에. 천덕 아버지한테 갈래."

"백선당에는?"

"나중에. 세상이 좀 편안해지면 그때."

두 사람은 오랜만에 함께 밥을 먹었다. 하늘에서 툭 떨어졌을 리 없 는 굴비와 산적(散炙)도 세자가 보낸 것인 모양이었다. 기륭은 마음이 착잡하여 밥이 넘어가지 않았다. 한사코 자신을 밀어내는 절영과 세자 의 마음을 모르지 않았지만, 지난날 탐관과 검계, 송상을 상대로 싸움을 치렀던 그 시간들이 너무나 허망했다. 숙영도 기륭의 마음을 아는지 말 이 없었다. 어쩌면 숙영도 비슷한 마음일지 몰랐다.

다음 날 새벽, 매홍의 집에 다녀온 숙영이 집으로 들어섰다. 비록 기 륭과 가짜 부부 행세를 하며 지낸 곳이었지만 짧지 않은 시간 동안 머물 렀던 집에 정이 붙었는지 숙영은 떠나기 전에 기둥과 마루를 쓰다듬 었다. 그녀는 집 안 이곳저곳으로 눈길을 던지다가 마음을 끊으려는 듯 앞장서서 집을 나섰다.

호명산으로 향하는 내내 기륭은 한마디도 하지 않았다. 숙영이 간혹 기륭에게 말을 걸었지만, 돌아오는 대답이 마음에 차지 않자 결국에는 그녀도 입을 다물어버렸다.

산곡주 만드는 법을 익히려 호명산으로 향하는 숙영과 동행할 때만 해도 희망이 있었다. 위험하고 힘겨운 날들이었지만, 그 시간을 이겨내면 세상이 조금은 달라질 것이라는 기대를 품었더랬다. 기껏 잡아넣은 탐관들은 모두 제자리로 돌아갔다. 검계가 자취를 감추고 밀주가 사라졌으며 조선의 상권을 독차지하려던 차길현의 상단이 무너진 것은 소득이었지만, 탐욕의 끝을 모르는 탐관들과 비리 관료들은 다시금 세상을 자기 것으로 만들기 위해 새로운 질서를 구축할 것이었다. 이 끝없이 되풀이될 것 같은 상황에 기룡은 몹시도 피로함을 느꼈다. 앞으로 궁중의 무관으로서 자신이 어떤 역할을 할 수 있을지, 그저 녹봉이나 받아먹으면서 하루하루 똑같은 생각으로 살아가면서 똑같은 일상을 되풀이하지나 않을지…….

세상을 떠난 이학송과 묘적사의 형제들 얼굴이 떠올랐다. 세자와 절영, 하도경, 이규상과 연정흠, 채제공의 얼굴도 하나하나 떠올랐다. 조선 땅의 끄트머리에서 말을 타고 달려온 최국영도 잊을 수 없었다. 피를 나눈 형제만큼이나 뜨겁게 아끼는 그들을 위해서라도 무언가를 해야 했다. 하지만 그게 무엇인지 알 수 없었다.

호명산에 이르렀다. 산막을 향해 올랐다. 산막이 멀지 않은 곳에서 기룡이 걸음을 멈추고 말했다.

"이만 돌아갈게."

숙영은 기룡의 시선을 피했다. 기룡은 숙영의 맑은 눈동자를 마지막으로 한 번 더 보고 싶었지만, 숙영은 약간 화가 난 듯 입술을 꽉 다문 채 숲속 어딘가에 시선을 두고 서 있었다. 가슴이 폭발할 것처럼 무엇인가가 끓어오르는데, 기륭은 그것을 꺼낼 수가 없었다. 그대로 더 있다가는 정말로 심장이 터져버릴 것만 같았다. 기륭은 돌아섰다.

그때 따뜻하고 부드러운 것이 기륭의 손에 닿았다. 숙영의 손이었다.

"가지 마."

아! 그 맑은 눈동자를 보고 싶은데…… 표독스럽게 째려보는 숙영의 표정을 보고 싶은데…… 그녀의 눈은 호수가 되어버린 듯 깊은 물길 속에 가라앉아 있었다.

"가지 마. 안 가도 돼."

기륭은 대답하지 않았다. 숙영의 말이 이어졌다.

"세자 저하께서도 네가 돌아오는 걸 원치 않으셔."

기륭은 숙영의 얼굴을 마주할 수가 없어서 고개를 숙였다. 가슴에 점점 차오르는 것이 슬픔인지, 울분인지 알 수 없었다. 그것이 무엇이든 곧 폭포수 같은 눈물로 터질 것만은 분명했다.

기륭이 말했다.

"그러실 거야."

잠시 사이를 두고 기륭이 말을 이었다.

"그래서 더 가야 해. 지금 저하께선 무척 외로우실 거야. 나라도 지켜드려야지."

기어이 기륭의 눈에서 눈물이 쏟아졌다. 그는 눈물을 감추려 얼른 돌아서서 산을 내려갔다. 점점 어둠이 짙어졌다. 기륭은 딱 한 번만 더 숙영을 보고 싶다는 마음을 억누르며 걸음을 옮겼다.

벌써 몇 달째 홍화정은 문을 닫아건 상태였다. 하지만 이철경은 꼬박 꼬박 식솔들의 새경을 챙겼다. 연수와 계형뿐 아니라 기생들과 무사들, 청지기, 허드렛일을 하던 하인들까지도 점점 초조하고 불안해졌다. 처음에는 새경 값을 하느라 없는 일을 만들어내서라도 분주히 움직였지만, 더 이상 일을 만들려야 꺼리가 없었다.

지나서 생각해보면 참으로 좋은 일터였다. 검계의 우두머리에게 친절과 자상함을 기대할 수 없었기에 애초에 이철경을 무서운 존재로 인식했다. 그러나 되짚어보건대 그가 부당하게 사람을 부리거나 누군가를 혹독하게 대한 적이 없었다. 홍화정 식솔들은 저희들끼리 모여서 주인에게 서운했던 기억을 나누어보려 했지만 딱히 떠오르지 않았다. 하지만 연수에게는 서운한 기억이 사무쳤다. 단 한 번도 곁을 내어주지 않았다는 점.

이대로 빌어먹는 것은 도리가 아니라는 식솔들의 의견을 모아서 청지기가 대표로 이철경을 만난 적이 있었다. 그때 돌아온 이철경의 대답은 이랬다.

"그동안 자네들이 내 배를 불려주었으니, 이제는 내가 자네들 배를 불려줄 차례가 아니겠는가."

그 말을 들은 기생 하나가 주인의 정신이 이상해진 것 아니냐고 청지기에게 물었다. 청지기는 아니라고도, 그렇다고도 답을 못 했다.

왕과 세자 사이의 갈등이 점점 커지고 있다는 저자의 소식이 목멱산 아래의 홍화정에도 날아들었다. 하지만 홍화정 식솔들에게 그것은 큰일이 아니었다. 누가 세상의 주인이 되든 똑같았다. 기생은 기생이고, 노비는 노비였다.

무료하고도 평화로운 나날이 이어지던 어느 하루, 이철경이 별채로 연수와 계형을 불렀다. 연수는 이철경과 한 공간에 있는 것이 워낙 오랜만이어서 참으로 반가웠다. 확실히 이철경은 달라져 있었다. 눈을 점령했던 독기가 싹 빠져나가고 표정이 가라앉아 있었다. 하지만 반길 일만은 아니었다. 독기가 빠져나간 자리에 나른하고 허탈하면서도 처연한 기운이 스며들어 있었다. 좋은 징조가 아니었다.

"이 집을 거간꾼에게 내놓았다. 어느 정도만 값이 맞으면 넘길 생각이다."

호시절은 끝이었다. 연수는 못내 서운하면서도 내색하지 않으려 일부러 미소를 지었다. 계형이 물었다.

"회주, 어디로 가시렵니까?"

이철경이 고개를 저었다.

"나는 아무데도 안 간다."

연수가 물었다.

"그게 무슨 말씀입니까?"

이철경은 대답을 않고 웃음을 지었다. 그가 방 한 구석에 놓인 반닫이를 가리키며 말했다.

"계형, 저 안에 든 것을 몽땅 꺼내오게."

계형이 반닫이의 뮤을 열고 안에 든 것을 하나하나 꺼내 이철경 앞에 놓았다. 족히 수만 냥은 됨직한 엽전 꾸러미와 갖가지 문서들이었다.

이철경이 말했다.

"모화관의 옥당에게 부탁해놓은 일이 있다. 그곳이 어디든 좋으니, 청렴한 관리가 아주 잘 다스리는 고을의 땅과 집을 알아봐 달라 했지. 그런 곳을 찾았다 하더군."

연수와 계형은 초조한 심정으로 이철경의 다음 말을 기다렸다.

"모두 이곳을 떠나라. 홍화정의 식솔들을 데리고 옥당을 찾아가. 그러면 옥당이 길을 알려줄 것이다."

"회주!"

계형의 놀란 음성을 이철경의 목소리가 덮어버렸다.

"그곳에 가서 무엇이 되든 자유롭게 살아. 농부가 되어도 좋고, 상인이 되어도 좋고, 객주를 열어도 좋아. 바다가 가까운 고을이니, 배를 사서 부려도 좋을 것 같구먼."

연수가 물었다.

"회주, 도대체 무슨 말씀이십니까?"

이철경이 아랑곳 않고 말했다.

"나는 형님의 복수를 하기 위해 검계가 되었다. 하지만 진짜 검계가 되느라 완전히 길을 잃고 말았지. 나쁜 짓을 많이 했고 상처도 많이 남겼다. 누구보다도 나 자신이 가장 많이 다쳤어. 이제 조금이나마 그 상처를 감싸려고 하네. 그러면 마지막 가는 길이 조금은 가볍지 않을까 해서."

계형이 말했다.

"회주, 무엇을 하든 함께하겠습니다. 우리를 내치지 마십시오."

508

이철경이 처연한 웃음을 지으며 말했다.

"이리 좋은 사람들을 왜 진즉 몰라봤나 말이다. 아니지. 알고도 모른 척했지. 그래야 모질게 굴 수 있으니까. 흐흐흐."

이철경이 울음 섞인 웃음을 흘리다가 말했다.

"계형, 이만 돈을 챙겨서 나가거라. 난 좀 쉬어야겠다."

그렇게 말하고 이철경은 방석을 베개 삼아 자리에 누웠다. 연수가 이불을 꺼내 그의 몸을 덮어주었다.

별채에서 나와 걸음을 옮기던 중에 광을 지날 때였다. 계형은 퍼뜩 숙영이 만든 술을 떠올렸다.

"행수, 그때 그 숙영이라는 낭자가 만든 술이 어디 있는가?"

연수가 광을 손가락으로 가리키며 말했다.

"숙영이 마지막 다녀가고 저 광을 한 번도 연 적이 없으니, 아직 저기 있겠지요."

목멱산에서 사헌부 집의 김칠규가 마셨다가 피를 토하며 죽었던 그 술!

계형은 이철경이 어떤 계획을 품고 있는지 알 것 같았다. 그는 기루의 마루에 걸터앉았다.

"행수, 회주는 정녕 아주 먼 길을 가려고 하는가 보네."

연수가 놀란 표정으로 물었다.

"사형, 그게 무슨 말입니까?"

계형의 눈가가 촉촉하게 젖어 있었다.

"말씀 좀 해주세요, 사형!"

연수가 다그쳤지만 계형은 긴 한숨만 내쉬었다.

◇ ◆ ◇

구름 뒤에 달이 숨어 유난히 밤이 어두웠다. 기룡은 동궁 주변을 둘러보고 나서 절영에게 다가갔다.

"스승님, 다른 무관들이 보이지 않습니다."

절영이 씁쓸한 미소를 지으며 말했다.

"다들 슬금슬금 꽁무니를 뺀 모양이구나. 의리 없는 것들."

"예?"

"그러게 돌아오지 말라 하지 않았느냐?"

절영이 동궁에서 멀지 않은 지점의 어둠을 응시하며 말을 이었다.

"기룡아, 검을 뽑아라."

절영이 응시하는 어둠 속에서 일단의 사람들이 모습을 드러냈다. 하나같이 복면을 하고 검은 옷을 입었지만, 겸사복 무관들임을 한눈에 알아볼 수 있었다. 기룡이 어림짐작으로 숫자를 세었다. 그가 어둠 속 그림자들을 향해 말했다.

"육십 명이 꽉 찼구나. 겸사복 무관들께서 총출동하셨어. 하긴 이럴 때 빠지면 두고두고 따돌림을 당할 테니, 빠지고 싶어도 그럴 수 없었겠지."

절영이 소리쳤다.

"어명도 없이 세자 저하를 체포한다면 형벌을 면치 못할 것이다. 썩

510

물러가라!"

김판중의 외손자이자 겸사복의 우두머리 노릇을 하는 안효서가 앞으로 나섰다.

"주상께서 어찌 자신의 혈육을 체포하라는 명을 내리시겠는가? 이럴 때는 주상의 의중을 알아차리고 미리 손을 쓰는 것이 신하 된 도리 아니겠는가?"

기륭이 말했다.

"옷차림을 요상하게 한 것을 보니, 저하를 체포하는 것이 목적이 아닌가 보군. 하지만 너희 겸사복은 스승님과 나한테 안 돼. 숫자를 믿고 쳐들어온 모양인데, 아직 머리가 달려 있을 때 조용히 물러가라."

안효서가 칼을 앞으로 내밀며 말했다.

"쳐라!"

겸사복 무관들이 일제히 달려들었다. 기병이어서 검법에 약하다고는 하나, 그래도 궁중의 가장 깊은 곳을 방어하는 최정예 궁중 무관들이었다. 육십 명을 상대로 두 사람이 막아내기에는 역부족이었다. 하지만 절영이나 기륭 둘 다 죽어도 여한이 없었다. 죽기를 각오하고 싸운다면 동궁을 지킬 수 있을지도 몰랐다.

기륭은 날아드는 칼날을 피하며 칼집으로 상대방의 이마와 정수리를 노렸다. 같은 궁중 무관끼리 생명을 빼앗는 일은 피하고 싶었다. 반면에 겸사복 무관들은 명백히 살수(殺手)를 썼다. 정말로 죽일 작정으로 달려들었다.

"그만하라!"

기륭이 소리쳐도 소용없었다.

절영 역시 치명상을 피하는 초식을 펼치며 겸사복 무관들의 공격을 막아냈지만, 점점 힘에 부쳤다. 안효서의 검이 절영의 머리로 향했다. 재빨리 절영이 검을 쳐내고 이어지는 다른 무관의 공격을 막아냈다. 하지만 절영의 뒤를 잡은 무관이 그의 등에 검을 꽂았다. 절영은 그 상태로 뒤로 물러서며 앞에서 공격해 들어오는 무관 둘의 목을 날렸다. 하지만 세 명이 동시에 검을 찌르자 절영의 허벅지가 뚫리고 말았다. 그 충격에 절영의 몸이 앞으로 기우는 것과 동시에 안효서가 그의 목을 쳤다.

기륭의 눈에 그 모습이 똑똑히 들어왔다. 내내 칼집 속에 있던 그의 검이 드디어 파랗게 번쩍였다. 기륭의 기세에 겸사복 무관들이 주춤주춤 뒤로 물러났다. 기륭이 전광석화처럼 달려들어 한 명의 목을 날렸다. 이어서 자세를 낮추어 무관의 정강이를 자르고 몸을 일으키는 것과 동시에 다른 무관의 손목을 잘랐다. 기륭이 검을 휘두를 때마다 무관들의 신체가 하나씩 몸에서 떨어져나갔다. 기륭이 슬슬 뒤로 물러나는 무관을 향해 칼을 내지를 때 허벅지에 뜨거운 통증이 느껴졌다. 도성에 침입한 검계 무리와 싸우던 중에 상단 무사들이 날린 화살에 꿰뚫렸던 그 부분이었다. 기륭의 자세가 흐트러지자 어김없이 사방에서 동시에 칼날이 날아들었다. 살을 주고 뼈를 취한다! 기륭은 몇 군데 베일 것을 각오하고 오른쪽에 있는 무관 두 명에게 달려들어 포위망을 뚫었다. 무관 한 명의 심장에 검을 찔러 넣었지만 기륭도 옆구리를 깊이 베였다.

무관들과 거리가 생긴 사이에 기륭이 무릎을 꿇고 가쁜 숨을 몰아쉬었다. 상대는 아직 마흔 명 넘게 남아 있었다. 기륭이 기합을 넣으며 몸을 일으켰다. 팔다리가 잘려나가고 목이 날아간 동료들의 시신에 눈이 뒤집힌 무관들이 무섭게 달려들었다. 그때였다. 동궁 내당의 문이 박살 나고 세자가 뛰쳐나왔다. 그는 손에 들린 언월도를 위에서 내리쳐 무관 하나의 몸을 절반으로 갈랐다. 기륭도 다시 힘을 모았다. 세자 이선과 기륭은 한 몸이 된 듯 서로의 빈 공간을 채우며 겸사복 무관들의 공격을 막아냈다. 그리고 한 사람이 만들어낸 빈틈으로 나머지 한 사람이 정확히 칼과 창을 꽂아 공격해 들어갔다.

동궁에서 칼과 칼이 부딪히는 굉음이 터지고 처절한 절규가 끊임없이 이어지는데도 궁성의 어느 누구도 모습을 보이지 않았다. 세자 이선은 그러한 사실에 절망했다. 정녕 부왕이 세자의 체포령을 내리려 했다는 것이 사실이란 말인가. 앞날이 창창한 젊은 무관들의 소중한 생명이 한 잎 두 잎 지고 있는데도 궁내의 내관과 궁녀와 나인과 무관들은 침묵을 지켰다. 그들은 어서 이 지독한 밤이 지나가기만을 기다리고 있을 터였다. 세자 이선은 언월도를 내던졌다. 이쯤에서 모든 것을 끝내는 것이 더 이상의 희생을 막는 가장 좋은 선택이었다.

"저하!"

세자의 속도 모르는 기륭은 그를 살리겠다고 혼신의 힘을 다했다. 세자를 보호하기 위해 운신의 폭이 좁아진 가운데 무관들의 칼날 여러 개가 한꺼번에 날아들었다. 기륭은 급한 김에 자신의 몸으로 칼을 막아냈다. 배와 어깨, 허벅지에 칼날이 박혔다. 더 이상은 싸울 힘이 남아 있지 않았다.

그때였다. 어둔 속에서 바람을 가르며 누군가 다가와 기륭의 몸을 찌른 손목을 모조리 베어버렸다. 중금 이지견이었다.

뒤를 이어 우림위 하도경이 겸사복 무관들의 측면을 공격해 들어왔다. 하도경은 미처 방어 태세를 갖추지 못한 무관 두 명의 목을 순식간에 베었다.

기륭은 이시견의 무예를 처음 접했다. 하도경도 뛰어난 무사였지만, 이지견은 다른 영역에 있었다. 기륭은 몸에 칼날 세 개가 꽂혀 있는 상태에서도 이지견이 어떤 스승 밑에서 배웠는지 몰라도 참 제대로 배웠구나, 라고 생각했다.

"우리 스승님들을 욕되게 할 수는 없지."

기륭이 몸을 일으켜 자신의 몸을 꿰뚫은 칼을 하나씩 뽑았다. 피가 분수처럼 솟구쳤다. 그는 바닥에 떨어진 자신의 검을 집었다. 두 사람에게 뒤질세라 기륭은 검을 높이 쳐들고 겸사복 무관들에게 달려들었다. 세자익위사와 중금군, 우림위의 최고수들 앞에서 겸사복 무관들은 추풍낙엽처럼 나가떨어졌다. 그제야 몇 명 남지 않은 무관들이 달아나기 시작했다. 기륭은 마지막 힘을 다해 공중으로 치솟았다. 땅에 내려서는 것과 동시에 등을 보이고 달아나는 안효서의 정수리를 내리쳤다. 정수리부터 허리까지 수직으로 쩍 갈라진 그의 몸이 몇 걸음을 더 내딛다가 앞으로 고꾸라졌다.

기륭과 이지견, 하도경이 세자가 있는 쪽으로 달려갔다. 피 웅덩이에 팔다리와 머리가 둥둥 떠다니는 지옥 한가운데에 세자가 무릎을 꿇은 채 어두운 밤하늘을 올려다보고 있었다.

◇ ◆ ◇

의금부 관아에 우포청 포졸들을 앞세운 사헌부 관리들이 들이닥
쳤다. 그들은 판의금부사 연정흠을 포박했다. 죄명은 무기 밀반출이
었다. 연정흠과 윤필은이 군기시에서 만든 창검을 사사로이 빼돌려 사
인인 승려들에게 공급했다는 이유였다. 그것은 세자가 왕의 허락을 얻
어 진행한 일이지만, 연정흠을 먹이로 삼은 김판중과 김규열에게 사실
의 진위 따위는 중요하지 않았다. 연정흠은 세자를 내세울 수 없었다.
그것은 입지가 위태롭기 그지없는 세자를 벼랑으로 몰아붙이는 꼴이
었다. 사헌부 관리들은 묘적사 승려들에게도 무기 밀거래에 관여한 죄
를 묻겠노라고 했다. 연정흠은 검란이 일어났을 때 묘적사 승려들이 목
숨을 바쳐 도성을 지켰노라고 항변했다. 하지만 사헌부 관리들은 공(功)
은 공이요, 과(過)는 과라고 차갑게 말했다.

기륭은 중죄인이 되었다. 연정흠 등과 공모하여 무기를 밀반출한 죄
를 묻기 위해 겸사복 무관들로 하여금 체포하게 했으나, 저항하는 과정
에서 전원 몰살한 죄였다. 중금 이지견과 우림위 하도경은 기륭을 도운
공범으로 체포되었다. 궁중 무관 육십 명을 도륙한 죄는 죽음으로 다스
릴 수밖에 없었다.

연정흠과 윤필은, 장기륭, 하도경, 이지견이 전옥서의 옥사에 갇
혔다는 소식을 접했건만 세자는 그다지 동요하지 않았다. 무겁게 가라
앉은 그의 표정에서는 어떠한 감정도 느낄 수가 없었다.

밤이 이슥한 시각에 세자가 동궁을 나섰다. 늘 곁을 지키던 절영은

죽었고 기륭과 이지견은 죄인이 되었다. 궁중의 무관과 내관들이 외면한 탓에 동궁 마당은 텅 비어 있었다. 그는 밤하늘을 올려다보았다.

세자는 세손의 처소로 걸음을 옮겼다. 내관이 다가왔다.

"잠들었는가?"

"예, 저하. 곤히 주무시고 계십니다."

"깨워서는 안 되겠지?"

내관은 말이 없었다.

"아비가 다녀갔다고 전해주게."

"예, 저하."

세자의 발걸음이 희정당으로 향했다. 늦은 시각이지만 부왕은 세자가 찾아오기를 기다리고 있을 것이라는 생각이 들었다.

희정당에 이르렀다. 침소에 아직 불이 밝았다. 내관들도 세자를 제지하지 않았다. 세자는 휘적휘적 걸어 희정당의 침소로 향했다. 왕이 의궤를 앞에 놓고 앉아 있었다. 세자가 들어온 것을 알고도 왕은 알은 체를 하지 않았다.

세자가 왕 앞에 무릎을 꿇었다.

"제가 죽어야 이 모든 일이 끝날 것입니다."

왕은 말이 없었다. 세자는 왕 앞에서 길게 흐느꼈다. 세자의 울음이 그친 뒤 왕이 낮은 음성으로 말했다.

"세손은 해하지 않는다 하였다. 귀신에게 목숨을 빌려서라도 세손이 장성하는 것을 지켜볼 것이다."

세자가 여러 번 고개를 위아래로 끄덕인 뒤에 왕을 바라보며 말했다.

"판의금부사 연정흠, 별군직 윤필은, 좌익찬 장기룡, 우림위 하도경, 승전중금 이지견 그리고 묘적사의 승려들도 살려주십시오. 그러면 이 세자는 아주 기쁘게 죽겠나이다."

왕이 고개를 끄덕였다.

세자가 품에서 꺼낸 명단을 호롱불에 태웠다. 과거부터 현재까지 이어져온 왕과 노론 사이의 악연을 기록한 흔적은 그렇게 재가 되었다.

세자가 침소를 떠난 뒤 왕은 불을 끄고 잠자리에 들었다. 이불 속에서 그는 뜨거운 눈물을 흘렸다. 부왕인 숙종 임금에게 업신여김 당하던 그 시절의 모습이 세자에게 있었다. 세자를 볼 때마다 그토록 떠올리기 싫고 부정하고 싶었던 못나고 어리석은 자신을 보았다. 일이 이렇게까지 된 것은 모두 자신의 잘못이었다. 하지만 돌이킬 수 없었다. 왕이란 참으로 비정한 자리였다. 잘못을 인정하는 순간 그대로 무너지고 마는 위태로운 자리였다. 왕은 과거의 연잉군으로 돌아가 길게, 길게 울었다.

그해 윤오월 가장 더운 여름날에 세자는 뒤주에 갇힌 채 세상을 떠났다. 세자가 훙서한 그날 왕은 자신이 죽음으로 내몬 아들을 곧바로 세자에 복권하고 '사도(思悼)'라는 시호를 내렸다. '어린 죽음을 생각하다'라는 뜻이었다.

오랜만에 홍화정이 활기를 띠었다. 멸문지화를 당할 위기에서 극적으로 생환한 김판중과 김규열을 축하하기 위해 비변사의 노론 대신들이 마련한 자리였다. 그동안 세자를 처리하지 못해 전전긍긍하다가 드디어 뜻을 이룬 것을 자축하는 자리이기도 했다. 홍화정에서 가장 큰 기루를 준비했건만 인원이 많아서 방 안이 꽉 찼다.

이조 판서 정길량이 말했다.

"겸사복을 움직여 세자를 척살하도록 한 것이 신의 한 수였습니다. 그러한 일을 접하고 왕은 세자가 언제든 암살될 수 있고 세손 역시 안전하지 않다는 사실을 깨달았을 테지요. 암요, 그렇지요. 우리를 거스르고 어찌 왕좌를 유지할 수 있습니까? 누구 덕에 그 자리에 있는지 이번에 아주 단단히 느꼈을 테니 당분간 고자세로 나오지는 못할 것입니다."

김규열이 정길량을 책망하듯 말했다.

"어허, 이판 대감. 동궁을 습격했다가 몰살당한 겸사복에 좌상의 외손(外孫)이 있었는데, 어찌 그런 말씀을 함부로 꺼내시오?"

김판중이 그 말을 받았다.

"어릴 때부터 무재(武才)가 뛰어난 아이였소. 이번에 변을 당하지 않았다면 능히 병권(兵權)을 쥐었을 것이오. 그 아이를 생각하면 가슴 한 곳이 꽉 막혀 숨을 쉬지 못할 정도로 애통하오."

그렇게 말하고 나서 김판중이 바깥을 향해 소리쳤다.

"왜 이리 술이 늦는 건가? 어서 들여라!"

기다렸다는 듯이 기루의 문이 열리고, 진귀한 음식이 가득한 상이 안으로 들어왔다. 행수 기생 연수가 기루로 들어서서 대신들에게 말했다.

"오늘은 특별히 기쁜 날인 듯하여 저희 주인께서 귀한 술을 준비했습니다."

정길량이 말했다.

"도성에 밀주가 딱 끊겨서 막걸리나 기대하고 왔거늘 그런 술이 있단 말인가?"

연수가 답했다.

"저희 주인의 수완을 과소평가하셨습니다."

김규열이 말했다.

"주(酒)가 있는데 색(色)이 빠져서야 서운하지 않은가?"

연수가 답했다.

"특별한 분들을 모시니 몸단장과 치장에 각별히 신경 써라 일렀습니다. 먼저 좋은 술로 흥을 돋우시고 천천히 오래 색을 발하소서."

김판중이 길게 너털웃음을 터뜨렸다.

"못 본 사이에 연수 네년의 말솜씨가 늘었구나. 네가 자랑하는 그 술부터 내어다오."

곧이어 이철경이 직접 술병을 들고 기루에 들어섰다. 김규열이 그에게 말했다.

"이리 가까이 앉으시게. 내가 전에 서운하게 했던 것은 다 잊고 장부답게 앞날을 보고 가세나."

이철경이 말했다.

"여부가 있겠습니까? 저는 다 잊었으니, 괘념치 마십시오."

그러고 나서 이철경이 허리를 굽힌 채 김규열에게 다가갔다. 그가 술병 입구를 막은 천을 풀었다. 진하고 달콤한 향이 금세 방 안에 퍼졌다.

정길량이 놀란 표정을 지으며 말했다.

"잠깐! 혹시 그 술이 모화관의 운심이라는 년이 내놓던 그것 아닌가?"

이철경이 정길량을 향해 고개를 숙여 보이고 답했다.

"맞습니다, 대감. 산곡주라는 술입니다."

정길량이 과장된 몸짓을 하며 큰 소리로 말했다.

"조선을 다시 손에 쥔 것만큼이나 기쁘다. 내 영영 다시는 맛을 못 볼 줄 알았거늘."

이철경이 김판중의 술잔에 술을 따랐다. 김판중이 잔을 코끝에 대어 향을 음미하더니, 짧게 탄성을 터뜨렸다.

이철경과 연수가 대신들의 잔에 일일이 술을 따랐다. 김판중이 한 잔 들이켠 뒤에 만족스러운 듯 고개를 크게 끄덕이고는 이철경에게 잔을 내밀었다.

"자, 내 잔을 받으시게."

이철경이 손을 앞으로 뻗었다. 그는 잔에 가득한 산곡주를 한 입에 털어 넣었다. 그 모습을 바라보는 연수의 표정이 살짝 일그러졌다. 그녀는 속에서 차오르는 울음을 삼키며 곁에 앉은 대신들의 잔을 채웠다.

김규열이 말했다.

"지방의 검계가 망가지고 차길현의 상단도 해체되었네. 그게 무슨 말인가 하면, 이제 이 회주의 세상이 왔다는 뜻일세. 좌상 대감께서 여기 홍화정까지 귀한 걸음을 하신 것도 다 뜻이 있어서 그런 것이니, 자네가 알아서 잘 하게나."

이철경이 허리를 굽혔다.

"저는 그저 좌상 대감의 가르침을 그대로 따르겠습니다."

김판중이 기루 안의 대신들이 들으라는 듯 큰 소리로 말했다.

"나를 따르지 말고 술이나 따르게."

좌상의 우스갯소리에 술상의 객들이 떠나갈 듯 웃음을 터뜨렸다. 한껏 기분이 좋아진 김판중은 나이도 잊은 채 거푸 두 잔을 들이켰다.

정길량이 칭찬한 대로 과연 명주(名酒) 중의 명주였다. 대신들은 한 잔이라도 더 마시기 위해 채신머리없이 자기 잔에 스스로 술을 따르기도 했다. 술상에 올렸던 몇 병의 산곡주가 금세 사라지고 청지기가 다시 술병을 채웠다.

대신들은 기녀를 잊었다. 산곡주가 지닌 영험함 가운데 하나가 그것이었다. 주와 색을 탐하기 마련인 자리에서 색을 지워버리는 것. 아무리 색을 밝히는 자라 할지라도 산곡주 앞에서는 그리되었다.

산곡주 한 잔을 다시 들이켠 김판중이 상 위의 음식을 집기 위해 손을 뻗다가 연수를 보았다. 그가 의아하여 물었다.

"저년이 왜 우는 것이냐?"

별안간 김판중의 표정이 일그러졌다. 그는 속이 좋지 않은지 배를 슬슬 문지르다가 이내 피를 토했다. 김판중을 시작으로 약속이나 한 듯 술자리의 대신들이 일제히 피를 토하고 술상 위에 엎어졌다. 입 안 가득 피를 머금은 김규열이 공포에 질린 눈을 커다랗게 뜨고 이철경을 바라보았다. 이철경은 자신의 잔에 산곡주를 따르며 말했다.

"이런 잡것들. 이제야 나도 술을 좀 즐길 수 있겠구나."

연수가 몸을 일으켰다. 그녀의 눈에서 하염없이 눈물이 흘러내렸다. 이철경은 연수를 향해 웃어 보였다. 연수는 이철경을 향해 곱게 절을 올렸다. 그리고 나서 뒷걸음질을 쳐 문으로 향했다. 연수가 문을 열자 마당에 계형을 비롯한 홍화정의 식솔들이 서 있었다. 모두 일제히 이철경을 향해 허리를 숙여 보였다. 그들을 향해 웃음을 짓던 이철경의 고개가 앞으로 푹 꺾였다.

"이 싸움이 끝난 뒤에
    꼭 하고 싶은 일이 생겼어."

양늑영

41

귀향

1765년 봄

　을유년(乙酉年, 1765년)이었다. 요 며칠 동안 바닷바람이 차고 매섭더니, 불쑥 다가온 봄을 시샘하느라 그런 모양이었다. 새벽에 잠을 깬 기륭은 마당에 나왔다가 담장을 덮친 진달래 가지에 분홍빛 꽃이 매달린 것을 보고 넋을 놓았다. 아직 바람이 차건만 여리고 작은 꽃잎들이 봄이 왔음을 알리려고 외딴 섬 백작도까지 찾아와 있었다.

　간밤에 꿈을 꾸었다. 꽃이 흐드러진 목련 나무 아래에서 흰 두건을 쓴 여인이 손짓을 하는 꿈이었다. 햇볕을 받은 목련이 너무나 하얗게 빛나서 눈이 부실 지경이었다. 두건이 만든 그늘 때문에 얼굴이 잘 보이지 않았지만, 기륭은 그녀가 숙영임을 알 수 있었다. 기륭을 향해 무엇이라고 소리를 치는 것 같은데, 귀머거리라도 된 듯 아무 소리도 들려오지 않았다.

임오년(壬午年, 1762년) 호명산의 움막에 숙영을 남겨두고 돌아선 지 삼 년이 지났다. 그날의 선택을 후회한 적이 없었다. 어찌 인생의 갈래에서 항상 옳은 것만 선택할 수 있겠는가. 하지만 숙영의 마지막 눈빛을 이제껏 단 한 순간도 잊은 적이 없었다. 터지려는 울음을 참느라 입술을 깨물고 있던 그녀의 일그러진 표정 역시 눈을 감을 때마다 제일 먼저 떠올랐다. 유배 생활을 한 삼 년 동안 숙영이라는 존재는 길고 긴 하루를 견디게 하는 힘인 동시에 바깥세상을 향한 그리움을 떨치지 못하게 만든 가장 큰 이유였다.

기륭은 담 너머의 짙은 바다를 보았다. 삼 년 동안 하루도 빠짐없이 보고 지냈건만 그는 넘실거리는 파도를 볼 때마다 현기증을 느꼈다. 평생 섬에서 산다고 해도 온전히 섬사람이 되기는 힘들겠다는 생각을 했다.

점심을 먹고 휴식을 취한 뒤에 검술 훈련을 했다. 지난겨울 땔감으로 들어온 나무들 중에 잘 뻗은 것을 다듬어서 만든 목검을 휘둘렀다. 마당이 좁아 동작을 크게 할 수 없었고 별다른 성취를 기대할 수도 없었다. 다만 검을 다루던 감각을 잃지 않기 위해 하루에 한 번 그렇게 목검을 휘두르고 동작을 취했다.

"있으시오?"

봄과 가을, 일 년에 두어 번 배를 타고 와서 백작도를 둘러보고 가는 송지 현청의 아전이었다. 기륭이 도성에서 해남까지 압송된 뒤 그곳에서 백작도로 향하는 배에 올랐을 때 나졸들과 동행한 이였다. 집안 대대로 구실아치 노릇을 한 사람들이 대개 그렇듯 관리로서의 의무감이 깊지는 않았으나 민초들과 격 없이 잘 어울리는 그런 사람이었다.

기륭이 검을 담벼락에 세우고 아전을 맞았다.

"이제 막 진달래가 피었는데, 올봄에는 조금 일찍 오셨습니다."

기륭의 인사에 아전이 답했다.

"그럴 일이 있어 온 것이오."

그러면서 아전은 뒤를 돌아보았다. 기륭이 그의 시선을 따라갔다. 세 사람이 더 있었다. 기륭은 너무 반가운 나머지 제대로 인사도 건네지 못하고 얼어버렸다. 채제공과 이규상, 그리고 어딘지 낯이 익은 사내였다.

채제공은 기륭에게 눈짓을 하고는 손에 들고 있던 두루마리를 펼쳤다. 그 곁에서 이규상이 미소를 지은 채 기륭을 바라보고 있었는데, 이미 그의 눈에서는 하염없이 눈물이 쏟아지고 있었다.

"어명에 역행한 죄로 집형(執刑) 중에 있는 전 세자익위사 무관 장기륭의 유배를 해제한다. 장기륭의 형을 중지하는 동시에 복권(復權)을 명하니, 과거를 거울삼아 충(忠)을 다하는 일에 마음을 기울이라."

채제공이 두루마리를 말자, 아전이 말했다.

"그럼 당상께서는 무관과 회포를 푸십시오. 저는 섬을 둘러보고 오겠습니다."

아전이 떠나자, 그제야 이규상이 기륭의 손을 덥석 잡았다.

"고생이 많았다."

"이 먼 곳까지 어찌 오셨습니까?"

"기쁜 소식을 전하고 싶어 단숨에 달려왔다."

기륭이 이규상과 맞잡은 손에 힘을 준 뒤 채제공에게 고개를 숙여 보였다.

"도승지께서 직접 오시다니요. 몸 둘 바를 모르겠습니다."

채제공이 손을 저었다.

"지금은 관작이 없는 자유로운 몸이나, 주상께 특별히 주청하여 어명을 전하러 왔네."

장기륭이 의아한 표정을 짓자, 이규상이 말했다.

"작년에 공께서 부친상을 당하셨다. 상을 치르느라 관직을 잠시 떠나 계시다."

기륭이 다시 머리를 조아렸다.

"또 한 번 몸 둘 바를 모르겠습니다."

채제공이 동행한 사내에게 눈길을 던졌다. 기륭 역시 그를 바라보았다.

"이 사람은 연 대감 댁에서 청지기 일을 하고 있네. 이번 여행에 나를 수행하라고 굳이 대감께서 붙이셨어."

사내가 기륭을 향해 고개를 숙여 보인 뒤 말했다.

"연석태라고 합니다. 대감께서 좌익찬에 대하여 많은 이야기를 들려주셨습니다. 뵙게 되어 영광입니다."

연석태? 집안의 청지기라 하였는데, 연정흠과 성씨가 같은 것이 의아했다. 기륭의 표정을 보고 그의 심중을 알아차린 연석태가 덧붙였다.

"저희 주인께서 '연'을 성씨로 주셨습니다."

성을 하사받았다는 것은 면천(免賤)을 했다는 뜻이었다.

그랬다. 채제공, 이규상과 동행한 이는 바우였다. 연정흠은 무기를 밀반출했다는 죄로 잠시 투옥된 뒤 판의금부사에 복권되고 나서 제일 먼저 바우와 춘삼 내외의 면천을 서둘렀다. 검계가 도성에 닥쳤을 때 함께 싸웠을 뿐 아니라, 자신의 목숨을 구했다는 점을 내세웠다. 왕과 조정 신료들은 그의 면천을 허하지 않을 이유가 없었다. 저간의 사정을 짐작한 기륭이 연석태에게 고개를 숙여 보이고 미소 지었다.

채제공이 말했다.

"돌아가신 세자 저하께서 자네에게 많이 기대었지. 끝까지 지켜드리지 못한 저하에 대한 미안함을 이런 식으로나마 풀고 싶었네. 우리 두 사람이 다시 만난 것을 알면 저하께서도 기뻐하실 것이야."

잠시 사이를 두고 채제공이 말을 이었다.

"복권되었으니, 다시 무관으로 돌아갈 수 있네. 어떻게 하겠는가? 세자익위사로 복귀하겠는가? 그렇게 된다면 세손을 보필하게 될 것이네."

기륭이 고개를 저었다.

"주상 전하께서 허하신다면, 이름 없는 민초로 살고 싶습니다."

채제공이 고개를 끄덕이며 말했다.

"나라가 또 한 명의 귀한 인재를 잃었구나."

채제공은 상중(喪中)이라 다음 날 배를 타고 떠났고 연석태가 동행했다. 이규상은 장기륭의 거처에 남아 사흘을 더 머물렀다. 자유로운 몸이 되었건만 막상 떠나야 할 때가 되자, 장기륭은 마음이 울적했다. 죄인으로 유배 생활을 하느라 깊이 알고 지내지 못했지만, 때때로 마주치며 인사를 나눈 섬사람들이 장기륭을 배웅해주었다.

"좌랑께서는 앞으로 어쩔 것입니까?"

배를 타고 넘실거리는 바다를 건너는 중에 장기륭이 이규상에게 물었다.

"서른 해 동안 참으로 많은 일을 겪었다. 당분간 쉬면서 시문을 짓고 글을 읽으면서 소일할 것이다. 혹여 나에게 아직 쓰임새가 있다면 그때는 또 다른 길이 열리지 않겠느냐."

배가 육지에 닿았다. 이규상과 기륭은 백작도에서 약조한 대로 월출산으로 향했다. 특별히 목적이 있는 것은 아니었다. 두 사람 다 그동안 속박된 몸이었기에 마음껏 유랑하며 강산을 즐기자는 뜻이었다. 월출산은 호남의 다섯 명산 중 하나로 특히나 풍광이 장엄하고 기가 세서 선비라면 누구나 한 번쯤은 오르고 싶어 하는 곳이었다.

조선의 땅 끝이라 하는 해남에서 출발하여 논과 들과 밭과 산과 내와 사람과 음식과 풍속을 천천히 즐기며 느리게 걸었다. 서두를 일이 없었다. 무관으로 있을 적에 공무로 많은 곳을 다녔으나, 그때는 항상 급히 쫓기어 강산을 제대로 돌아보지 못했다.

현산의 장시에서 남도의 진미(珍味)를 즐기다가 마음이 동하여 대둔산에 올랐다. 거기서 내친 김에 두륜산까지 둘러보았다. 평지에서 우뚝 솟아오른 산의 모양새가 사람의 얼굴마냥 제각각이었고, 사람의 성정처럼 기운 역시 하나같이 남달랐다.

길을 걷고 산을 오르는 동안 이규상은 기륭의 할아버지인 장붕익 대감에 대한 이야기를 끊임없이 풀어놓았다. 가만히 귀 기울이면 그 이야기가 그 이야기이지만, 기륭은 듣고 또 들어도 지겹지 않았다.

"훈련도감의 대장 집무실에 처음 모였을 때는 말이야……."

이규상이 가장 자주 들먹이는 장면은 훈련도감의 금란방 관원들이 처음 만났던 때였다. 장붕익을 포함하여 겨우 여섯 명의 관원으로 도성을 장악한 검계를 상대하겠다고 했을 때 이규상은 하도 어이가 없어서 어안이 벙벙했노라고 털어놓았다. 기륭은 이규상으로부터 워낙 자주 들어서 얼굴을 본 적 없는 나경환과 강찬룡, 박영준이 마치 피붙이만큼이나 가깝게 여겨졌다. 신분에 위아래가 있었지만, 그런 격식 따위 다 집어치우고 서로 호형호제하며 어울렸을 그들을 생각할 때마다 가슴이 뜨거워졌다. 기륭에게도 그들처럼 피와 우정을 나눈 사람들이 있었다. 하지만 그들 중 많은 이가 세상을 떠났다. 먼저 떠난 이들을 향한 그리움을 숙명처럼 가슴에 안고 살아야 할 것이다.

해남의 바닷가를 떠난 지 열흘 만에 월출산에 올랐다. 이백 리 길을 구불구불 돌아오며 온갖 것에 간섭하고 즐기느라 시간을 허비했지만, 한 순간 한 순간이 아깝지 않았다. 월출산 정상에서 사방을 둘러보니, 동쪽과 남쪽으로는 불쑥불쑥 솟아오른 산이 끝없이 이어지고, 북쪽으로는 영산강의 지류가 사람의 지문처럼 얽혀 있으며, 서쪽으로는 남도의 너른 평야가 끝없이 펼쳐져 있었다. 명산(名山)을 만드는 것은 산 그 자체만이 아니라 주변을 둘러싼 지형과 풍광일 것이라는 생각이 들었다. 사람도 명인(名人)이 되기 위해서는 주변에 좋은 인물을 두어야 한다는 이치를 또다시 깨달았다.

월출산 정상에 오른 그날 산 아래의 객주에서 하루를 묵고 두 사람은 다음 날 다시 길을 나섰다. 하지만 이번에는 각각 방향이 달랐다.

"묘적사에는 언제 갈 것이냐? 부친과 모친께서 이제나저제나 기다릴 것인데."

"묘적사에 들면 평생 그곳에 머물러야 하는데, 굳이 서두르지 않겠습니다."

"중이 되려고 하느냐?"

"묘적사 승병들을 훈련시켜야지요. 승려가 되지 않고 어찌 그들을 가르치겠습니까? 하지만 그전에 꼭 가봐야 할 곳이 있습니다."

이규상이 기륭의 얼굴을 살피며 말했다.

"울산도호부로 가는 것이냐?"

기륭이 가볍게 미소를 지으며 고개를 끄덕였다. 이규상의 말이 이어졌다.

"그동안 숙영 소저 소식은 나도 듣지 못하였다. 어쩌면 울산의 백선당에서 너를 기다리고 있을지도."

기륭은 대꾸하지 않았다.

오래전 일여 스님이 어린 자신에게 했던 말이 떠올랐다.

'기륭아, 때가 되면 알게 될 것이다. 그때 네 운명이 어찌될지 부처님께 여쭈어라.'

중이 되게 해달라고 떼를 쓰던 당시에는 일여의 그 말을 이해하지 못했다. 그날로부터 이십 년이 지나서야 부처에게 그 물음을 던지게 될 것이라는 사실도 그때는 알지 못했다.

"이만 헤어지자꾸나. 발길이 떨어지지 않을 때는 매몰차게 돌아서는 것이 현명한 일이다."

그렇게 말하고 이규상이 발걸음을 옮겼다. 저만치 멀어지다가 뒤를 돌아보고는 기룡을 향해 손짓을 했다. 기룡은 이규상이 보이지 않을 때까지 자리를 지키고 있다가 돌아섰다.

무안의 객주에서 하루를 머물고 오전에 출발하여 함평에 이르렀을 때는 점심 무렵이었다. 행인이 많이 오가는 길가에 국밥을 파는 주막이 있어 이규상은 평상 하나를 차지했다.

"따끈한 국밥 좀 주시오."

봄기운이 북상하고 있었지만, 여전히 쌀쌀했다. 봄이 완연해지려면 앞으로 보름 이상은 더 기다려야 할 것 같았다. 오래지 않아 주모가 밥상을 들고 왔다. 뜨거운 국물을 떠서 목으로 넘기자, 냉하던 몸에 온기가 돌았다. 부근에서 제법 이름이 난 주막인 듯 손님이 꽤 많았다.

"장 대장이 죽었는가?"

처음에 그 소리가 들려왔을 때 이규상은 그쪽으로 잠깐 시선을 주었을 뿐 크게 신경 쓰지 않았다.

"장 대장이 죽었는가?"

하지만 카랑카랑한 목소리가 질기게 이어졌다. 이규상이 보니, 상투를 틀지 않아 앞머리가 앞으로 흘러내린 더벅머리 노인이 평상에 앉아 밥을 먹는 사람들에게 계속 같은 질문을 던지고 있었다. 거지꼴을 한 노인은 삽을 지팡이처럼 짚고서 구부정한 등을 의지하고 있었으나, 딱 보기에도 기골이 장대했다. 두상이 크고 손이 큼지막한 것이 젊었을 때는 힘깨나 썼을 것 같았다.

밥을 먹는 이들에게는 노인의 기행(奇行)이 익숙한 듯했다.

"벌써 죽었지. 장 대장 죽은 지가 언젠데?"

대답을 듣고 나면 노인은 자리를 옮겨 다른 이에게 같은 질문을 했다.

"장 대장이 죽었는가?"

"아, 죽었지. 벌써 죽었지."

마치 약속이라도 된 듯 같은 질문과 비슷한 대답이 계속해서 오갔다.

노인은 이규상을 지나치지 않았다.

"장 대장이 죽었는가?"

이규상은 대답하지 않고 노인을 바라보았다. 그러자 밥을 먹던 사람들이 이규상에게 말했다.

"죽었다고 하쇼. 그러면 그냥 가오."

노인이 다시 물었다.

"장 대장이 죽었는가?"

주막의 객들이 일러준 대로 답을 하려다가 이규상은 이상한 느낌이 들어 노인에게 물었다.

"장 대장이라니, 누굴 말하는 거요?"

노인 대신 주막의 객들이 알려주었다.

"아, 누군 누구겠소? 도성에서 검계 놈들 때려잡던 포도대장 장붕익 대감이지."

이규상은 숟가락을 내려놓았다. 원하는 것이 돌아오지 않자, 노인이 다시 물었다.

"장 대장이 죽었는가?"

이규상은 답하지 않고 물음을 던졌다.

"장 대장이 죽었는지 왜 묻는 거요?"

노인이 답했다.

"응, 장 대장 죽었으면 난 안 죽으려고. 저승에서 만날까 봐 무서워서 못 죽어."

그제야 앞으로 흘러내린 머리에 가려져 있던 노인의 이마가 드러났다. 무엇에 맞아 두개골이 부서진 듯 함몰되어 있었다.

'표철주!'

이규상은 온몸에 오소소 소름이 돋는 것을 느꼈다. 장붕익이 그토록 잡고 싶어 했던 대상이 세월의 무게에 짓눌려 망가지고 부서진 초라한 늙은이로 앞에 서 있었다. 불과 몇 해 전에 민란의 수괴로 도성에 출몰했을 때와는 영 딴판이었다.

"노인 양반, 배고프지 않소?"

"배고파."

"이리 앉으시오. 내가 뜨끈한 국밥을 대접할 테니, 장 대장 이야기 좀 해주시오."

그러자 주막의 객들이 말렸다.

"이보시오, 괜한 짓 마시오. 그 양반, 한번 이야기 시작했다 하면 사나흘이 지나도 안 끝나."

이규상은 오히려 잘되었다는 생각이 들었다. 장 대장의 이야기라면, 사나흘이 아니라 열흘이라도 귀를 기울일 만했다.

표철주가 이규상 앞에 자리를 잡더니, 이규상이 먹던 국밥을 뚫어지게 쳐다보았다. 이규상은 국밥을 표철주 앞으로 밀었다.

이규상이 말했다.

"기억나는 대로 차근차근 이야기해주시오. 한동안 먹여주고 재워줄 터이니 천천히 하나하나 알려주시오."

표철주가 국밥을 그릇째 비우고는 히죽 웃었다.

기륭은 마음이 급했으나, 서두르지 않았다.

삶을 좌우하는 수많은 순간을 거쳤다. 가장 중요한 때가 언제였느냐고 누가 묻는다면, 기륭은 "지금."이라고 답했을 것이다. 앞으로 살아갈 나날 속에서도 같은 질문에 그는 항상 같은 답을 할 것이다.

하지만 기륭은 그 어느 때보다 가슴이 두근거렸다. 부처에게 자신의 운명을 묻고 그 답을 들을 시간이 다가오고 있었다. 월출산에서 울산도 호부까지 반도의 남쪽 땅을 횡으로 가로지르는 팔백 리 길이 멀게 느껴지지 않았다. 사악한 무리에 맞서 싸우고 목숨을 버려야 하는 상황 앞에서도 겁을 먹은 적이 없었건만 지금 그는 몹시도 두려웠다. 형률의 판단을 앞둔 죄인이 판관 앞에 이르는 시간을 미루기 위해 미적대듯 그는 느리게 천천히 움직였다. 몸이 피곤하지 않았으나 자주 쉬었고, 배가 고프지 않아도 끼니때마다 밥을 먹었다. 시냇물에 물끄러미 시선을 놓기도 하고, 들판에 누운 채 흘러가는 구름을 세기도 했다.

월출산을 출발한 지 스무 날 만에 울산도호부의 약사동에 이르렀다. 암행어사로 나선 채제공을 수행하며 숙영과 함께 와보았을 때와 크게 달라진 것이 없었다. 논에서는 못자리에 볍씨를 뿌리는 농민들이 흥겹게 노래하고 있었다. 농민들에게 댈 새참을 옮기는 아낙들이 기륭을 힐끔거렸다. 기륭은 삿갓을 벗어 그들에게 목례를 건넸다. 아낙들이 멀어지며 저희들끼리 재잘거렸다.

백선당으로 오르는 계곡의 초입에 이르러 기륭은 심호흡을 했다. 계곡을 오를수록 시야에 들어오는 논이 점점 넓어지고, 그 너머로 흐르는 태화강 물줄기의 부드러운 은결이 모습을 드러냈다. 그때 기륭은 이 길을 숙영과 함께 걸었다. 조상들이 대대로 술을 빚고 아버지가 자란 백선당으로 향하던 숙영의 얼굴에는 참으로 여러 가지 감정이 얽혀 있었다. 그때 숙영이 그랬지. 숙영의 모친을 젖먹이 때부터 돌보았다는 서생댁이라는 여인에게 그랬지. 모든 일이 끝나면 이곳에서 살겠다고, 백선당을 다시 일으키겠다고. 숙영의 그 한마디가 기륭을 여기까지 이끌었다.

백선당에 이르자 아이들 글 읽는 소리가 들려왔다. 굵직한 어른의 음성을 따라 참새처럼 조잘거리는 아이들의 목소리가 참으로 청아하고 정겨웠다. 전에는 버려진 폐가처럼 황량하기만 하던 곳이 그새 사람의 손을 탄 모양이었다. 기륭의 예상대로 슬쩍 들여다본 백선당의 마당은 깔끔하게 정리되어 있었고, 수많은 사람들이 오간 기운이 느껴졌다.

기륭은 감히 안으로 들어서지 못하고 대문 앞에 서서 멀리 태화강에 시선을 놓았다. 백작도에 찾아왔던 여린 봄기운이 울산의 약사동에 이르러 만개해 있었다.

생각에 잠겨 있는 사이 공부가 끝난 모양이었다. 백선당을 빠져나온 아이들이 우르르 계곡 밑으로 내달렸다. 한 아이가 기륭을 발견하고는 걸음을 멈추고 물었다.

"누굴 찾아오셨습니까?"

일고여덟 살쯤 먹은 여자아이였다. 기륭이 부드러운 미소를 지으며 대답했다.

"집주인께서 계시느냐?"

아이가 백선당 안으로 쏙 들어갔다. 곧이어 마흔 중반으로 보이는 사내가 여자아이의 손을 잡고 나타났다. 아이의 아비인 박동희였다.

"집주인을 찾는다고 하셨습니까?"

사내의 물음에 기륭은 삿갓을 벗어 고개를 숙여 보이고는 대답했다.

"예. 과거에 이곳에 온 적이 있어 지나가는 길에 들러보았습니다."

사내가 말했다.

"집주인은 지금 안 계십니다. 대신 제가 이곳을 학당으로 이용하면서 틈틈이 집을 돌보고 있습니다."

"전에 서생댁이라는 분이 계셨는데……."

"아, 우리 아줌씨를 아십니까? 어허, 그런데 이를 어쩌지요. 아줌씨께서는 이태 전에 돌아가셨습니다."

기륭이 고개를 끄덕였다.

숙영의 소식을 묻고 싶었으나 입이 떨어지지 않았다. 좋은 사람을 만나 가정을 이루었다면, 큰 폐가 될 수 있었다. 하지만 다행히도 동희가 기륭을 알아보고 물었다.

"혹시 십여 년 전에 암행어사가 이곳에 당도했을 때 숙영 아씨와 동행했던 무관이 아니십니까?"

기륭의 표정이 밝아졌다. 이쪽에서 묻기 힘든 이야기의 실마리를 그가 대신 풀어준 것이다. 기륭이 끓어오르는 감정을 가까스로 추스르며 물었다.

"숙영 낭자께서는 잘 계십니까?"

하지만 동희에게서 질문이 되돌아왔다.

"숙영 아씨 소식을 모르십니까?"

"아니, 이곳에 오지 않았습니까?"

"그렇지 않아도 이제나 올까 저제나 올까 기다리는 중입니다. 아씨께서 백선당을 다시 일으키시겠다 우리 아줌씨한테 약조하셨다는데, 아직 그 약조가 지켜지지 않았습니다. 그때 암행어사와 함께 떠난 뒤로는 뵙지 못했습니다."

기륭은 마음이 급해졌다. 어쩌면 숙영이 아직 호명산의 산막에서 자신을 기다리고 있을지도 모른다는 예감이 스쳤다. 기륭은 황급히 동희에게 목례를 하고는 삿갓을 썼다. 백선당으로 올 때와는 달리 기륭의 발걸음이 빨랐다.

◇　◆　◇

　월출산에서 울산까지 가는 데 스무 날이 걸렸다. 그보다 훨씬 먼 울산에서 철원의 호명산에 이르기까지는 엿새가 채 걸리지 않았다. 한반도의 절반 이상을 북상하면서 기륭은 잠시도 쉬지 않았다. 체력이 한계에 달하면 뛰던 걸음의 속도를 잠시 늦추었을 뿐이었다. 마음이 너무 급한 나머지 주막에 들러 국밥 한 그릇 비울 생각을 못했다. 여염에서 몇 푼 쥐어주고 얻은 주먹밥을 씹으면서 계속 걸었다.

　호명산에 도착했을 때는 한낮이었다. 기륭은 단숨에 산을 올라 산막에 이르렀다. 하지만 산막은 오랫동안 비어 있었던 듯 쓰러지고 무너져 있었다. 비와 눈과 바람을 맞으며 스스로 자연의 일부가 되어 있었다. 기륭은 다 쓰러진 산막을 손으로 쓰다듬었다. 못해도 사람이 떠난 지 삼사 년은 된 듯했다. 그제야 숙영이 이곳에서 자신을 기다리고 있을 것이라는 기대가 참으로 헛된 것이었다는 부끄러움이 밀려왔다. 내가 그리워했다고 해서 어찌 상대가 나를 잊지 않기를 바랄 수 있는가. 그것은 이기심이었다. 더군다나 기륭은 용기를 내어 자신을 붙잡던 숙영을 매몰차게 외면했다. 반드시 가야 할 길이었지만, 사나이의 의기와 절개가 항상 옳은 것일 수는 없었다.

　기륭은 엿새 동안 몸 안에 쌓인 피로가 일시에 닥치면서 풀쩍 주저앉고 말았다.

　"숙영……."

　그녀의 이름을 입술 사이에 머금자 설움이 밀려왔다. 기륭은 모로 누워서 두 팔로 몸을 감쌌다. 가슴에 대못이 박힌 것처럼 아팠다. 숙영과 함께했던 시간이 빠르게 지나갔다. 위태로우면서도 행복했던 그 시절로 다시 돌아갈 수 있다면 무슨 일이든 할 수 있을 것 같았다. 시간을 되돌린다 해도 같은 선택을 할 수밖에 없을 테지만, 최소한 그녀가 곁에 있었고, 자신이 숙영 곁에 머무를 수 있었던 그 시간으로 돌아가고 싶었다.

"숙영……."

왈칵 울음이 터졌다. 기륭은 바닥에 누운 채 몸을 떨면서 서럽고 서럽게 울었다.

눈을 떴을 때는 몸이 이슬에 젖어 있었다. 하루가 지나 아침을 맞은 것이었다. 기륭은 몸을 일으켰다. 산새 지저귀는 소리가 온 산에 가득했다.

"부처님 대답 잘 들었습니다."

이제 기륭이 향할 곳은 묘적사뿐이었다. 하지만 그는 호명산의 산막을 쉬 떠나지 못하고 그 주위를 맴돌았다. 해가 중천에 걸렸을 때에야 비로소 마음을 잡을 수 있었다. 그곳을 떠나기 전에 기륭은 숙영에게 작별을 고하듯 산막을 향해 고개를 숙여 보였다.

철원의 호명산에서 양주의 묘적사까지는 꼬박 하루 거리였다. 중간에 쉬어 가더라도 이틀이면 충분했다.

아버지, 어머니는 아들이 유배에서 풀려난 것을 아실까? 일여 스님은 건강히 잘 계시려나? 어쩌면 묘적사 동지들이 한동안 무예 훈련에 게을렀을지도 몰라. 이제 승려가 되면 삶이 어떻게 달라지려나? 기륭은 앞으로 시작될 새로운 삶에 대하여 궁금한 것이 많았다. 사미가 되게 해 달라고 일여를 졸랐던 일이 떠올랐다. 이제야 그 원을 이루게 되었다. 하지만 기륭은 그게 진정 자신의 길인지 확신할 수 없었다.

내처 걸으면 묘적사에 당도할 수 있었지만, 기륭은 일부러 진접의 객주에서 하루를 머무르고 다음 날 아침 일찍 길을 나섰다. 묘적사로 향하는 계곡을 오를 때 점심 공양을 알리는 범종 소리가 울렸다.

드디어 묘적사 입구에 이르렀다. 꽤 오랫동안 절을 떠나 있었지만, 마치 며칠 동안 여행을 다녀온 것 같은 기분이 들었다.

초라한 일주문을 지나 묘적사 경내로 들어서는데, 대웅전 너머에 우뚝 선 목련나무가 봄 햇살을 퉁겨내고 있었다. 하얗게 피어난 목련꽃들이 눈부셨다.

기륭은 문득 백작도로 채제공과 이규상이 찾아오기 전날 밤 꾸었던 꿈이 떠올랐다. 꿈속에서도 목련꽃이 눈부시도록 하얗게 피어나 있었다. 그 눈부심에 이끌려 걸음을 옮기던 기륭이 우뚝 걸음을 멈추었다. 두건을 쓴 여인이 땔감을 품에 안은 채 이쪽을 바라보고 있었다. 기륭의 눈이 금세 젖어들었다. 꿈에서 보았던 바로 그 여인이 거기에 있었다.

끝

◆ 1728년 무신란을 일으킨 이인좌는 1907년 대한제국의 고종 황제에 의해 복권되었으나, 당시 함께 역모의 죄를 쓰고 참형에 처해진 평안도 관찰사 이사성은 끝내 복권되지 못했다. 하지만 세인들의 증언을 통해 그가 병법에 능하고 양민을 위해 애쓴 훌륭한 관리였다는 사실은 후대에까지 전해졌다.

◆ 조선 후기의 문인 이규상이 펴낸 『일몽선생문집(一夢先生文集)』에 「장대장전」이라는 글이 실려 있다. 「장대장전」에는 영조의 금주령 시절 검계를 소탕한 장붕익의 활약상이 담겨 있는데, 이 이야기는 한때 검계의 우두머리였던 표철주의 증언을 바탕으로 지은 것이다.

◆ 남양주시 와부면에 위치한 묘적사는 왕실 산하의 비밀 군사를 선발하여 승려로 출가시킨 뒤 훈련을 시켰던 곳으로 알려져 있다. 실제로 절의 동쪽 평탄한 대지에서 화살촉 등이 발굴되기도 했다. 고(故) 박정희 대통령이 이곳을 호국 교육의 산실로 복원하려 했으나 그 뜻을 이루지 못하고 죽음을 맞았다고 전해진다.

금주령 2

1판 1쇄 발행   2022년 8월 12일

지은이   전형진
발행   김성룡

편집   이양훈, 유현규, 백승기
교정   김은희, 장미경
삽화   김완진
디자인   은디자인

펴낸곳   비욘드오리진
주소   서울시 마포구 월드컵북로 4길 77, 3층 (동교동, ANT 빌딩)
전화   02-858-2217
팩스   02-858-2219
이메일   2001nov@naver.com

ISBN   978-89-6897-110-5 04810
        978-89-6897-108-2 (전2권 세트)